人◦岁月◦生活

［苏］伊利亚·爱伦堡　著

冯南江　秦顺新　王金陵　译

（下）

海南出版社

·海口·

图书在版编目 (CIP) 数据

人·岁月·生活：全三册/（苏）伊利亚·爱伦堡
著；冯南江，秦顺新，王金陵译. -- 海口：海南出版
社，2024.6

ISBN 978-7-5730-1605-8

Ⅰ. ①人… Ⅱ. ①伊… ②冯… ③秦… ④王… Ⅲ.
①回忆录—苏联—现代 Ⅳ. ① I512.55

中国国家版本馆 CIP 数据核字 (2024) 第 093256 号

人·岁月·生活（下）
REN · SUIYUE · SHENGHUO (XIA)

作　者：　[苏]伊利亚·爱伦堡
译　者：　冯南江　秦顺新　王金陵
责任编辑：　于晓静
装帧设计：　MM末末美书
责任印制：　杨　程
印刷装订：　三河市兴达印务有限公司
读者服务：　唐雪飞
出版发行：　海南出版社
总社地址：　海口市金盘开发区建设三横路 2 号
邮　编：　570216
北京地址：　北京市朝阳区黄厂路 3 号院 7 号楼 101 室
电　话：　0898-66812392　010-87336670
电子邮箱：　hnbook@263.net
经　销：　全国新华书店
版　次：　2024 年 6 月第 1 版
印　次：　2024 年 6 月第 1 次印刷
开　本：　787 mm × 1 092 mm　1/16
印　张：　102.75
字　数：　1 560 千字
书　号：　ISBN 978-7-5730-1605-8
定　价：　198.00 元（全三册）

目　录

◎ **第 五 部**

◎ 第 六 部

第五部

01

德军入侵与书刊检查员的剪刀

我将要叙述的那些年代，在每个人的记忆里都留下了深深的痕迹。涅克拉索夫、卡扎凯维奇、格罗斯曼、潘诺娃、别尔戈利茨、贝克（当然，这个名单远不是全部）对那些年代都做过出色的描写。请读者不要见怪，对于某些重大事件，我将只做简单的叙述，或者干脆只字不提，没有必要重复别人已经说得很清楚的事情。

我说过，在和平时期，每个人都有自己的道路、自己的欢乐和不幸，然而战争不仅使所有的人都穿上了保护色的衣服，甚至还不能容忍心灵上的多样性，年龄、性格特点、经历统统要向它让步。我在战争年代的思想和感受，和我的全体同胞是一样的。

我也不愿意重复自己曾经说过的话，但我担心这难以避免。在《暴风雨》这部长篇小说中，许多会见、谈话、情景、心境都同作者的回忆有关。我记得勒热夫市有两座房子，它们各有一个外号："上校"和"中校"。长篇小说的一个女主人公拉雅常常望着它们，我在明斯克看见过奥西普，当时一座座房子由于德国人在底下埋了地雷而被炸毁，我在维尔纽斯同谢尔盖一起走进罗斯基地，并且我作为克雷洛夫医生在希格雷市住在一个曾经同德国军官同居的女人的家中。我所希望的不是回忆一番过去的事件，而是打算用今天的眼光来看看那些事件。

我的眼前出现了战争初期那几个月的情景。虽说人们对一切渐渐习惯了，形成了一套战时的生活方式，然而在 1941 年的夏秋两季，一座座城市像一棵棵树木一样辗转不安、吱吱作响，最后轰然一声倒了下去。一切都是那样陌生和难以理解——征兵站、告别、激昂的歌曲、眼泪、屋顶上的值勤、流言蜚语、像鼠疫或流行病一样可怕的"包围"这个字眼、长长的军用列车、挤满了难民的道路、日益增长的恐慌。在我的笔记本里是一串日期和城市的名字：6 月 26 日——明斯克，7 月 1 日——里加，7 月 10 日——奥斯特罗夫，7 月 14 日——普斯科夫，7 月 17 日——维捷布斯克，7 月 20 日——斯摩棱斯克，8 月 14 日——克里沃伊罗格，8 月 20 日——诺夫哥罗德、戈梅利、赫尔松，8 月 26 日——第聂伯罗彼得罗夫斯克，9 月 1 日——加特契纳、卡霍夫卡，9 月 13 日——切尔尼戈夫、罗姆内，9 月 20 日——基辅……（我记下的只是我从《红星报》上读到的，战报绝大多数只谈"方向"。）我们在三个月内丧失的领土比整个法国还要大许多。现在这已经是历史了，但当时这对人却是致命的折磨。我们都是屏息以待下一次的战报。不久，收音机便被拿走了，换上了一个"碟子"（指有线广播器的喇叭），"碟子"每天用嘶哑的声音报告两次消息，说瓦西里耶夫中士的班消灭了三辆敌人的坦克，说俘虏们讲德军的士气正在瓦解，说希腊或荷兰的爱国者向红军致敬，说我们在退却，一直在退却。

"有什么消息？"我问编辑部的卡尔波夫上校。他回答道："维亚济马方向，但维亚济马已经放弃了。"要想了解点什么是不可能的，只好相信，而我也就和大家一起相信——不是相信战报，而是相信那些堵塞了莫斯科大街的携带着行李的难民和妇女了。

我遇见了许多人——有老朋友，有常来《红星报》编辑部的我不认识的人，去过军医院、飞机场，到过前线，同将军们和士兵们谈过话。我记得第一次世界大战，经历过西班牙战争，亲眼看见了法兰西的毁灭，我以为，自己对许多现象都是有准备的，但是我得承认，我有时也充满了绝望的情绪。而年轻一些的人则困惑地发问道："这是怎么回事？……"过去他们常常听到人们说，敌人要是进犯我们的国土，定会遭到毁灭性的打击，战争将在外国的领土上进行，可现在他们发现法西斯分子几乎是毫无阻拦地从布列斯特长驱直入，直达斯摩棱斯克。战报中反复地说着"敌人的优势兵力"，这类字眼

左：1941 年 6 月的难民
右：1941 年，莫斯科高尔基大街上的哨兵

应该说明许多问题，但却没有说明一个主要问题：为什么德国人有那么多的飞机和坦克？

7 月 3 日大清早，我们听了斯大林的讲话，他显然十分激动——听得见他喝水的声音，而且开始得异乎寻常，他用"兄弟姊妹们""朋友们"称呼我们。斯大林解释说，军事上的失利是由于突然进犯，他谈到了希特勒的"背信弃义"。同时他却反复地说，由于苏德条约，我们赢得了时间，从而能做好防御的准备。大家默默地听完了广播。白天我在城里东奔西走。莫斯科当时天气很热，人们在林荫道、街心公园和大门道里谈话。普希金广场上的《消息报》的橱窗里挂着一张大地图，莫斯科人忧郁地看了看它，便四散回家了。

有谁知道，当时我们每个人心中有多少疑虑、痛苦和不安啊！但我们哪有工夫对这做历史的评价呢——法西斯分子已经冲到莫斯科城下了！

在莫斯科河畔的大街小巷里走过一队队的民兵，他们迈着零乱的步子，喘着气，忍受着岁月和疾病加在他们身上的重压。不过在那些日子里是没有人想到军容的。

我和其他人一样感到不安，也和其他人一样因为接踵而来的事件摆脱了

1941 年的民兵

许多怀疑。我生平从未这么紧张地工作过，一天平均写三四篇文章。我坐在拉甫鲁申胡同的家里不停地敲着打字机，傍晚去《红星报》编辑部，写第二天要见报的文章，阅读德国的文件和无线电截听来的材料，校订译稿，为照片写文字说明。关于《红星报》，我下面再谈，现在我只想谈谈我的心情。我不断地证明我们一定会胜利。我相信胜利不是因为我把希望寄托在我国的资源或开辟第二战场上，而是因为我非常愿意这样相信，当时，无论是我还是我的同胞都没有其他办法可想。

从国外陆续有电报发来，形形色色的报纸要求我给它们写点什么，有《每日先驱报》《纽约邮报》《法兰西日报》、瑞典报纸、美国的合众社等。不仅用词需要改变——对红军战士和对中立的瑞典人在论述上也不相同。我几乎每天都要发表广播演说，有时是对苏联听众，有时是对法国、捷克、波兰、挪威和南斯拉夫的听众。

洛佐夫斯基告诉我，斯大林认为对美国和英国的工作极其重要。苏联情报局开始安排以美国为主要对象的广播大会，这些大会有斯拉夫人的，有犹太人的，有妇女的，有青年的。我在犹太人的广播大会上也发了言。发言的还有所罗门·米哈伊洛维奇·米霍埃尔斯、谢·米·爱森斯坦、佩列茨·马尔基什、达·贝格尔森、建筑师鲍·米·约凡及彼·列·卡皮察等人。（8 年后，有些发言者或在呼吁书上签了名的人仅仅因为参加了犹太人反法西斯委员会而被捕。)

就在那一天，我的一位老朋友、诗人布罗涅夫斯基来看望我，他刚从监狱里被释放出来。他情绪低沉，向我叙述了他在监禁期间的感受和思想，并对许多现象十分愤慨。我对他说，现在应当打败法西斯分子，他微笑了一下说："这个我比你知道得早……"他说，他的命运就是蹲监狱，他知道这一点。如果打败了德国人，解放了波兰，他在那儿还会蹲监狱的。但愿蹲在波兰的监狱里——不是因为那儿好一些，而是因为他是波兰人。

布罗涅夫斯基是个满腔热情的、正直的共产党员。我们是毕苏斯基当政时在华沙初次见面的，当时我心里立刻说，这才是一个国际主义者！……对于世界上发生了什么变化，当时我还没有明确的概念，但我模糊地感觉到这一点，并且也理解布罗涅夫斯基。我们都是在 19 世纪思想的培育下成长起来的人，憎恨民族的狭隘性，相信国界的概念即将寿终正寝。在第一次世界大战期间发生的一切使我大吃一惊，我向笛卡儿寻求答案，然而历史从来不听逻辑课。我在西班牙懂得了人民的苦难，但那儿在内战。国际纵队战士的功绩仿佛是在继承巴黎公社、东布罗夫斯基（1836—1871，波兰革命家，巴黎公社的著名军事领袖）、加里波第。我突然感觉到，有一个非常重要而顽强的东西——土地。我坐在莫斯科的街心公园里。旁边坐着一个带孩子的女人，她长得不漂亮，神情忧伤，有一副我极其熟悉的面容，她说："彼坚卡，别淘气，可怜可怜我……"我明白了，她是母亲，她可以为彼坚卡而死。思想是思想，但也还有这个……

七月底，对莫斯科的空袭开始了。在经历了马德里和巴塞罗那的大轰炸后，我觉得莫斯科的轰炸并不厉害，我们的空防工作很出色，但是对莫斯科人来说这却是新的事情。各人的性格不同，所以他们的举动也各不相同：一些人沉着，另一些人由于不习惯而惊慌失措，还有少数人甚至将行李袋也搬进了防空洞。轰炸常常迫使我留在《红星报》编辑部里。我们在小德米特罗夫卡大街的一座宅子的地下室里继续工作（我们开玩笑地称呼这个地下室为"不怕死"）。当我清晨出来走在高尔基大街上的时候，我心情很快乐，所有的房子都完好无损！这些房子的建筑式样我一点也不喜欢，但我怀着柔情望着它们，就像望着从战斗中生还的亲人一样。

有一次我夜里从编辑部回家，我在拉甫鲁申胡同口被拦住，我们住的楼房被封锁了，消防队员在跑来跑去。我吓了一跳，柳芭和伊琳娜出了什么事？后来我在胡同里找到了她们，原来有一颗不大的炸弹落在我们那排楼房上，所有的人都被赶出了屋子。

7月26日，我在家里碰上了轰炸，我正在写文章。诗人谢尔文斯基被气浪震伤，我还记得他的喊声。炸弹在附近的亚基曼卡大街上爆炸。

有一天我出席一个记者招待会，所·阿·洛佐夫斯基将德国人正在准备细菌战的文件拿给外国记者看。空袭警报响了，我在防空洞里正好碰见了美国作家考德威尔和他的妻子。我们交谈起来，几个钟头不知不觉地过去了。警报解除之后，我同叶·彼·彼得罗夫一同往家走去。我们在尼古拉大街上看见人们正在从房屋的废墟中拖出遇难者的尸体。远处大火的反光照红了半个天空。

在战争开始的头几天里，洛佐夫斯基便召集了一些作家，谈到报纸工作的重要性。有些人当时就对他说，应该抛弃老一套的死板写法，让作家能够用自己的声音同读者交谈。洛佐夫斯基对此十分了解，但他的权力有限，决定权掌握在亚历山大·谢尔盖耶维奇·谢尔巴科夫手中。在我的笔记本里，有几行记述了我同谢尔巴科夫所做的一次困难的长谈（这是在9月3日）。我当时说，人们对公式化的文章不感兴趣，谢尔巴科夫回答道："战前他们吃得太胖了……"话题后来转到了盟国的问题上。谢尔巴科夫说，我应当每天为西方写文章。我告诉他，我的文章在情报局里受到宰割，或者干脆就被压了下来。他生气地说道："可你别再标新立异……"

在别的时候，这种谈话可能会使我心灰意冷，但我却继续工作，我哪有工夫去怀疑。当时有许多人大概都经历过这种时刻——有些人是在后方，有些人是在前线，他们都要碰到混乱、狭隘和不公正。然而，谁也没有停留在我们的缺点上，没有停止自己的工作和斗争，大家愿意牺牲一切。我想，再也找不到比这更为痛苦的时代了，而那些经历过这个时代的人，却能引以为豪地去回忆它。

作家们长时期（自然，不是出自他们的本意）对战争开始的那几个月保持沉默，他们的描写总是从 1941 年 12 月的反攻开始。然而实际上正是在战争初期的几个月里决定了一切，人民在当时显示了自己的精神力量。

当然，存在过张皇失措和混乱，我多次听见人们说这种生硬的话："糟糕到这种地步。"我到过布良斯克前线一个名叫阿福尼诺的村子——我们从德国人手中把这个地方夺回了很短一段时间。一个女庄员给战士们送来了水，她认真地对他们说，抵抗是愚蠢的，德国人很有秩序，他们是坐汽车来的，穿得

波兰诗人布罗涅夫斯基

也很整齐，士兵们甚至还有巧克力糖吃。有人骂了一句，但也有一些人同情地叹了口气。

十月，庄稼尚未收割。撤退常常是毫无秩序的。德国坦克突破了缺口，一直冲向东方。地方当局有时满不在乎地回答说"用不着制造混乱"，但几个小时后他们也跑了。机关这个集体是一个有着"螺丝钉"和"齿轮"的庞然大物，在和平时期，它不论好歹只要工作就行，然而在 1941 年秋天却对它有不同的要求，那就是主动精神和个人的责任感。

我记得斯大林在 1941 年 11 月的演说，他那关于"吓破了胆的知识分子"的话刺伤了我。当然，在知识分子中间也有惊慌失措的人，但是这种人绝不比其他阶层的多。我不知道斯大林为什么又选中了我们知识分子作替罪羊，知识分子同人民一起在前线战斗，在卫生营和兵工厂里工作。回想一下作家们吧：从第一天开始，几乎所有的人都担负了他们力所能及的工作。盖达尔、克雷莫夫、拉宾、哈茨列温、彼得罗夫、斯塔夫斯基、乌特金、维什涅夫斯基、格罗斯曼、西蒙诺夫、特瓦尔多夫斯基、基尔萨诺夫、苏尔科夫、利金、加布里洛维奇及其他许多人立刻奔赴前线。我们都经受了很多痛苦，这不仅因为希特勒的军队的确强大，而且也因为我们看见战前的那些岁月对国防的影响有多么严重：自吹自擂，烧香敬神，大喊大叫和官僚主义，而主

1941 年，莫斯科克里姆大街

要的是使红军指挥人员及"知识分子"遭受的那个可怕的损失。

我翻阅了从 1941 年 7 月到 11 月的全部旧报纸，斯大林的名字几乎没有提到过，这是多年来头一次没有他的相片，没有热烈的形容词，爆炸的烟雾驱散了香炉的轻烟（这就是说，斯大林也明白，他应该让出点地方）。一些人知道自己是在保卫十月革命免遭愚钝而残酷的法西斯主义的侵犯，另一些人则想的是自己的家，但人民坚持着，战斗着，苏联的知识分子也同人民一起投入了战斗。

外国人在绞尽脑汁解答一个问题：俄国人的沉着是哪儿来的。有这样一些毫无意义的说法："俄罗斯的神秘主义""长久忍耐的结果""东方的宿命论"。在莫斯科城下的反攻结束以后，一个美国记者对我说："什么谜也没有——领土的辽阔拯救了你们。"初听起来，这种说法颇有说服力，但却没有说服我。我记得，法西斯分子在西班牙几乎毫无阻拦地从卡迪克斯冲到马德里城边，但是出乎他们的意料，正是在马德里的郊区遇到了极其猛烈的抵抗。即使莫斯科就在布列斯特的附近，12 月的事件也可能在 9 月或

10 月发生。

我记得自己在躲避空袭时同考德威尔的谈话，他问了我他想了解的一些问题，他说，对祖国土地的依恋之情想必是非常强烈的。我回答他道，我们既依恋俄国的土地，也依恋苏维埃制度，虽然我们的处境十分困难。（我当时没有向考德威尔讲起我们的各种困难——自尊心妨碍着我。但我国人民了解得很清楚，他们去和敌人决一死战并不是因为有人命令他们这样做：当死亡就在面前时，单靠纪律是不够的，还需要有自我牺牲精神。）

从军事史家的观点来看，最初几个月的情况是相当悲惨的。我国军队在叶利尼亚和布良斯克取得的小小胜利是无法抵消德国人的胜利的：敌人占领了我们大片领土，包围了我们许多部队，但我并未丧失信心。我在布良斯克城下看见了我们的弱点，也看见了我们的优点。混乱现象层出不穷，联络工作十分糟糕，德国坦克长驱直入，而在空中，敌人也远比我们强大。但是，人们在知道自己必将牺牲时，仍在继续战斗，所以德国人遭到了巨大的损失。

我在布良斯克认识了叶廖缅科将军，他正在同新入伍的战士谈话，他说得很好，很有感情。他坦白地说，所有的人开始都感到害怕，应当善于控制自己。他还告诉战士们说，他小时候是个放羊的孩子。

1941 年 8 月，爱伦堡在莫斯科中央文化公园发表演说

　　我在那儿还遇见了那些"西班牙人"中间的一个——坦克兵彼得罗夫将军。他微笑着说："记得吗？……同样的场面……只是在这儿，我看，我们能支撑住……"我们坐在一座茅草房里。一个疲惫不堪的农妇在斥责自己的孩子："安静点，将军正在思考呢……"

　　马车在道路上发出吱吱的响声。德国飞机在俯冲轰炸，我又看见了母亲俯在被炸死的孩子身上哭泣。苦难是多得数不清的，但是多么奇怪，人们在那些日子里彼此显得更为和善。我丝毫不想对此进行理想化叙述，这是不折不扣的真实情况：在和平时期，人们可以因为公用厨房里的一只锅被挪动了位置而吵架，或者在柜台旁为一块衣服料子而吵架，现在却能彼此分享一小块面包，帮助他人带孩子。

　　我在伏尔加河上碰见一个上了年纪的火车司机，他驾驶火车一连行驶了72个小时，他说，当自己困极了的时候，便停住火车用雪擦一擦脸。他对我的惊讶很是奇怪："那又该怎么办？……如今只能这样……"文尼察的一个年老的犹太女人到《红星报》编辑部来找我，她将自己逃出的经过告诉我，她步行了一百公里，后来被带上一辆汽车，领着一个双亲均被德国人杀害的孩子。屠格涅夫博物馆从奥廖尔迁了出来，每到一个车站，馆长都要请求千万别将载有陈列品的车厢拆开。人们生气地说："谁需要这个破烂？"因为车厢里有一只尽是窟窿的旧沙发，馆长成百次地说，这个沙发就是伊万·谢尔盖耶维奇称为"催眠沙发"的那个沙发。人们心软了："运走吧……"我现在谈的这些前后都不连贯。我写了一本《暴风雨》，是有结构和情节的，而现在每当我回忆起那些日子里的情形，眼泪就涌上来：人民感受到的苦难太深重了，他们实在不该遭受这种苦难。

　　德国军队迅速向莫斯科推进，人人都很忧愁。一个小女孩对母亲说："妈妈，你把我再生回去吧！……"

　　《红星报》编辑部迁到了红军剧院的地下室里，人们说，那儿更安静些，因为是在地底下。剧院周围尽是坑洼和壕沟，夜晚一片漆黑，我摔了一跤，不过第二天要用的文章还是写出来了。

　　没有什么可隐瞒的，人们情绪很坏，但有时必定得笑一笑。有一天，斯拉夫学家彼·格·博加特廖夫逗得我们大笑不已。我们是20世纪20年代在布拉格认识的，他对古代捷克的民间创作远比对今日的作战地图熟悉得多。他走起路来就像刺猬一样啪啪直响。这天早晨，他兴高采烈地走来了，他说德国人很快就会被打败。柳芭问他，这个好消息是哪儿听来的。彼得·格里戈里耶维奇解释道："我刚才在车上的时候，有个人——不是普通人，是个军人——说，古德里安（德军坦克部队的指挥官）的军队快到莫斯科了，有许多坦克。这么说来，德国人会被赶走的。"博加特廖夫以为古德里安是亚美尼亚人。我们笑了很久，彼得·格里戈里耶维奇脸色沉了下来，说道："其实也没有什么好笑的……"

到了十月中旬，在我们位于拉甫鲁申胡同的这座楼房里，已经没有几个人了，我不愿意离开。突然，叶·彼·彼得罗夫打来电话说：谢尔巴科夫命令将情报局和情报局下面的一批作家撤退到后方去。在战争初期的那种混乱局面下，我被忘记列入编制，《红星报》的主编认为我是自己人。然而谢尔巴科夫说，我应该在国外工作，更重要的是我写的文章要通过情报局发出。谢尔巴科夫是中央委员会的书记，同他是不能争吵的。

在喀山车站，天晓得是怎么回事，我的一个小手提箱和《巴黎的陷落》第三部的手稿不见了。不过话说回来，这种混乱现象到处都有，我自己在巴塞罗那和巴黎已经领教过了。我后来感到有点难过，但在当时我对其他的事情考虑太多，根本没有想到什么文学，我只惋惜自己丢了刮脸刀，我拿什么刮脸呢？……我们被带进一个通常是在郊区行驶的车的车厢里，车内拥挤不堪，转身都很困难，而一直到五昼夜后，我们才到达古比雪夫。这列车很长，一节卧车里是外交人员，另一节卧车里是共产国际的工作人员（我记得有多洛雷斯、雷蒙·居约）。火车每到一站，外交人员总是先向站上的餐厅冲去。雅罗斯拉夫斯基的妻子瞧着田里一片片没有收割的庄稼，难过得时而哭，时而骂。彼得罗夫试着说几句逗笑的话，也没有用。阿菲诺格诺夫自言自语地大声说："一切都正常。"在一个挤满了难民的车站上，我们听到消息说：敌人突破了防线，距离莫斯科已经不远了。

在古比雪夫，我们先在《伏尔加公社》报主编的家中住了一夜，随后又在"大旅社"的宿舍中住了几天，接着又从那儿搬了出去，英国人要给使馆的女工安排住处。

雅·扎·苏里茨留我住了一晚，我们几乎谈到第二天清晨。他按捺不住地说，关于德国人准备进攻的消息，别人曾多次提醒斯大林注意，又说斯大林不知道国家的实际情况，人们瞒着他。随后雅科夫·扎哈洛维奇从箱子里拿出一张罗丹的画，摆在床头，一心一意地要我表示赞赏。

我在外交人民委员部和苏联情报局占用的一座楼房的走廊里写文章——我将打字机摆在一个木箱子上面。

后来我们领到了住房，隔壁屋子住的是刚从前线回来的格罗斯曼和加布里洛维奇。我将打字机摆在手提箱上，继续在上面敲打。

外国记者们三番五次地向我抱怨说：为什么不许他们去前线？为什么将他们送到古比雪夫而要他们发的电讯却标明是莫斯科？……他们住在"大旅社"里，不停地喝酒，间或也用威士忌或伏特加招待彼得罗夫和我。他们认为，过一两个月希特勒便会征服整个俄国，有时他们为了安慰自己和我们，便说，战争将要在埃及或印度继续进行。当日本人偷袭珍珠港的

白天，防空气球也停了

消息传来后，"大旅社"里的美国人和日本记者还打了一架。阿菲诺格诺夫被召回莫斯科，随即就在一次轰炸中牺牲了。我们不知如何将此消息告诉他的妻子珍尼。

乌曼斯基对美国做了一些描写，他的描写使人感到不愉快。李维诺夫在动身去华盛顿前的一次晚餐上对我温厚地说："我担心不会有好结果……"为什么，他没有解释，比起苏里茨来，他毕竟是一个更老练的外交家，他会及时住口。

12 月初，我在萨拉托夫附近参加了安德斯将军的集团军的阅兵典礼，这个集团军是由战俘组成的。西科尔斯基（1881—1943，波兰政治家，第二次世界大战期间，他领导波兰国外的流亡政府）在维辛斯基的陪同下来了。我不知道为什么这件事恰巧选中了维辛斯基，也许因为他是波兰籍，可我却想起了他在法庭上担任检察长的角色……他同西科尔斯基碰杯，并甜蜜地微笑着，波兰人中间有许多人由于过去的种种遭遇，脸色是阴沉的，而且还有怨恨的神色。少数人克制不住，公开承认恨我们。我感觉得出，这些人是不可能逾越往日的一切的。西科尔斯基和维辛斯基双方以"盟友"相称，而在这些殷勤的字眼背后却能感觉到一股敌意。

莫斯科艺术剧院的《三姊妹》正在萨拉托夫上演。韦尔希宁在舞台上说："两三百年以后，地球上的生活将变得不可思议的美好和令人惊讶……"我们一面听着，一面叹息。

我再三请求允许我回莫斯科。洛佐夫斯基回答说："再过一个星期，一切都会明朗化的。现在应该工作……"

我坐着，每天写五篇文章。

《红星报》的主编奥滕贝格（他就是瓦基莫夫）立刻决定让我加入，参加他的报纸的工作，他说，前线的战士喜欢我的文章。还在七月，有一次他说，我应该写一篇社论。我企图提出异议：我干不了这个。他回答说："战争时期什么都应当会做。"两小时之后，我给他送去一篇论文，他一面读，一面哈哈大笑，他很少有笑的时候，何况文章中并没有什么好笑的东西。"这叫什么社论？读了第一句话就可以知道这是谁写的……"原来，社论使用的字眼都应当是大家熟悉的。奥滕贝格在文章下面写上了我的名字，说：

1942年，"我每天写五篇文章……"

"登在第三版上。"

前线的士兵之所以喜欢我的那些短文章，也许正是因为它们不同于社论。也许是因为我有时成功地表达了一点点当时人们的心情。通常，战争总要带来书刊检查员的剪刀，然而我国作家在战争最初的一年半的时间里却感觉到自己远比过去自由得多。

下面是我当时写的那些文章中的几个句子。"敌人在进攻，敌人威胁着莫斯科。我们应当只有一种思想——坚持住。""大概，我们是能够改正我们的缺点的，即使有种种缺点，我们也要坚持住。也许，敌人还会进一步深入我国领土。对此我们也有准备。我们不会屈服。我们不再焦急不安地等待早晨的或晚上的战报。我们的生活有了新的安排。我们勇敢地向前看：哪儿有苦难，哪儿就有胜利……""我们有许多人习惯于这样一种状况：有人在替他们考虑。如今不是那个时候了，如今每个人都应当担负起责任的全部重担……不要再说有人在替他们考虑。不要指望别人会拯救你……""我们好歹总是在自己家里。德国人会给所有的人带来毁灭……""我们曾经对许多事情都不明白。我们曾有怀着赤子之心的白发苍苍的人们。如今连我们的孩子也都明白了。我们长大了一百岁……"

不知为什么，亚历山大·谢尔盖耶维奇·谢尔巴科夫责备我标新立异，从上面我抄录的句子中可以看出，我的文章里并没有任何标新立异的思想。而前线的战士们显得很乐意读，我每天都要收到许多士兵和军官的来信。

当时我在《文学与艺术报》上写道："读《战争与和平》的时代是会来到的。现在我们的战争是不带引号的——它不是小说，而是生活……作家不仅应该会为时代写作，还应该为短短的一分钟写作，只要这一分钟决定着人民的命运……"

在和平时期，每个作家也像作曲家一样，愿意听一些别人还不清楚的东西。这不一定总能做到，更常有的情况是作家竟成了一个只看中某个乐器的音乐家。然而，也往往有这样的时刻，作家只是一种乐器——喇叭或芦笛，它是被人在路上发现的，它能发声是因为别人的气灌进去了。

02

永远留在了前线的诗人拉宾

9月16日，我在编辑部读到了鲍·拉宾和扎·哈茨列温从基辅用电话发来的一篇特写。他们写道，德国人已经打到城边，但基辅人并不气馁："克列夏齐克依然十分热闹，每天早晨都有人用水龙带洒水、冲洗和清扫……学校里开学了……大街小巷都堆起了街垒……马戏院售票处窗前排着长长的队……"四天之后，德国兵从克列夏齐克列队走过。

拉宾和哈茨列温早在六月就上前线去了，他们在八月回到了莫斯科。哈茨列温病了，《红星报》编辑部催他们一星期后再去基辅。九月初，拉宾从基辅打电话来，他一面开着玩笑，一面说，大概很快就会见面的……

1932年，我结识了许多年轻作家：拉宾、斯拉温、鲍里斯·莱温、加布里洛维奇、哈茨列温。我们谈论过新的形式、特写的作用、浪漫主义及我国文学的道路等问题。拉宾将他的作品《太平洋日记》送给我一本，我喜欢这本书的清新气息和技巧，我对作者本人也发生了兴趣。从外表上看，他很像一个谦逊的年轻副教授，一个满身书呆子气的人物，而实际上他却旅行过很多地方，心甘情愿地以甲板、帐篷、边防人员的木棚来代替书桌。

拉宾的所有作品都是新风格的探索，他把幻想的东西写成历史纪实，把特写写成短篇小说，努力想消除枯燥的记录和诗歌之间的界限，这都同作者的精神气质有关系。拉宾读历史学家和经济学家的著作，读语言学家和植物学家的著作，而他最喜欢的还是诗歌。

第　五　部

　　我在本书前面的一部里曾提及伊琳娜通知我说她嫁给了拉宾。当时我在西班牙，拉甫鲁申胡同的作家公寓里有一套住宅分给了我们。在 1937 年至 1938 年间，我们一起住了大约半年的光景，随后又共同度过了战前的最后一年。这段时间不算长，但是我觉得，在那个时候，人们可以顷刻之间成为知己。我了解并爱上了拉宾。

　　革命爆发的那一年，拉宾刚 12 岁。他的父亲是医生，他带着儿子（母亲到外国去了）走上了国内战争的前线。拉宾在 17 岁的时候就出了一本诗集，这是一些既充满激情又有年轻人的狂妄的短诗，从中可以看出作者的年龄，也可以看出时代的矛盾。古代的德国浪漫主义作家和中国的革命，宇宙和构词法都使他入迷，他参加激烈的文学辩论会，幻想去印度。后来他转向散文方面，但诗歌继续吸引着他。他将自己写的诗收入各式各样的书中，冒充塔吉克古代诗歌、楚科奇咒语、日本短歌和美洲小调的译文。

　　伊琳娜保存着一份旧材料："本证件的持有者确系布里同志，穆斯塔法-库利之子，阿扎尔省人，他于 1927 年 5 月 11 日根据苏维埃国家的命令为进行普查而来到这里，并于九天内登记了亚兹古洛姆村社全体居民，如今正返回原单位，兹将本证件发给布里同志、穆斯塔法-库利之子。"布里同志、穆斯塔法之子就是 22 岁的拉宾，他有时骑着马，有时坐着牛车在帕米尔的村落中游来游去，身上穿着彩色的棉长褂，脚上蹬着阿富汗式的尖头便鞋。他学习塔吉克文，从而忘掉了霍夫曼，他全神贯注于古代波斯的诗歌上。

　　一年后，拉宾前往楚科奇地区，参加了毛皮贸易站的工作，他同楚科奇族人生活在一起，学习他们的语言，楚科奇族人亲切地称呼他"廷德利利亚卡"，意思是"戴眼镜的"。他到过阿拉斯加和千岛群岛，回到莫斯科后写了一本书。本来他可以成为一个正式的首都作家，但是他却寻找一切机会去看新的地方和新的人。他跟随地质植物学家考察团出发去中亚细亚，又同考古学家的一个团体去克里米亚；他当过"契切林"号轮船上的海员，访问了土耳其和亚历山大港；他两次被派往蒙古人民共和国。1939 年，他同哈茨列温以《红星报》军事记者的身份参加了哈勒欣河战役。

　　这一连串的旅行和职业的变更可能使人迷惑不解——它很像一个喜欢猎奇的人的履历表。然而拉宾一点也不像追求异国情调的旅行家，他深入到帕

1941 年 9 月，拉宾和哈茨列温与最后飞离基辅的电影摄影师告别

米尔或楚科奇地方居民的日常生活中，不拒绝任何工作，很快学会用当地的语言同居民交谈，从他们的性格和习惯中寻找使他感到亲切和可爱的东西。

他掌握语言的能力很强，他身上有一股语言学家的激情。他能读德语和法尔西语（即古波斯语），也能读英语和北方各民族的语言，他还认识几百个汉字。战前，我们天天晚上坐在相邻的房间里听广播。有时我回来晚了，顺便走进他的房间打听伦敦广播了什么新闻，结果他却去听他根本不懂的语言的广播，他对自己能从塞尔维亚语或挪威语的广播中听懂许多字感到十分兴奋。他致力于字根的研究，在这方面他仍旧是一个诗人。

虽然他有飘忽不定的生活所赋予的种种习惯，他还是十分勤勉的。我亲眼看见他坐在书桌旁边，面前摆着一张白纸，他能这样一连坐上几个小时，以便找到准确的比喻和必要的字眼。他有时同自己的朋友哈茨列温一起写电影剧本或特写。我们开玩笑地称呼哈茨列温为哈茨，他写过一部出色的作品——《德黑兰》，他有丰富的想象力，然而懒惰妨碍了他。他躺在床上，有时说声"不是那样"或"此处应该加上风景描写"，拉宾却辛勤地写着。

拉宾属于在苏维埃时代成长起来的第一代知识分子。许多曾使我为之惊讶、钦佩或反感的东西，在他看来是十分自然的。1937 年到了，和我年纪相仿的人，如曼德尔施塔姆、帕乌斯托夫斯基、帕斯捷尔纳克、费定、巴别尔，都已 40 多岁。我们已经写了许多东西，而且主要的是思考了许多东西。突如其来的事件使拉宾和他那一代的作家们措手不及，他们刚刚告别了自己的青年时代，开始思考自己成熟的作品。他们远比我们这年长的一代艰苦得多。

拉宾是个勇敢的人。我记得奥滕贝格在责备报社的某些工作人员时说："我对拉宾和哈茨列温是放心的，他们不会躲在司令部里，我在哈勒欣河畔见过他们……"是的，拉宾喜欢危险。然而当朋友们、同志们、熟人们在 1937 年开始一个个地失踪，他心灵上受了沉重的打击。他是个求知欲强的人，容易和人接近，很勉强地接受了这个新的课题：他学会了不问也不答。过去他说话时声音就不高，到那个时候他说话的声音更低了。有时他同我、同伊琳娜开玩笑，而在他摘下眼镜的当儿，我发现他的眼睛里隐藏着忧伤和困惑。

这是在 1938 年初，有一回，我走进了他的房间，他正在写什么。不知怎的我们谈到了文学，谈到如今作家该做些什么。拉宾微笑着说："我正在写戈壁滩……在我写《太平洋日记》和《功勋》时，我选择的主题是写我的生活。如今不同了……我本想写另一个沙漠，但这是不可能的……然而应该工作，否则更困难……"

我现在所谈的那个时期对拉宾来说是特别沉重的：他对人与人之间相互关系的根本改变感到痛苦。他为人极其忠诚，最使他伤心的是不信任、蔑视友情和某些人不惜任何代价试图使自己得救的行为。

哈茨列温几乎每天晚上都来找拉宾，这是个非常可爱的怪人。他外表上很讨人爱，女人们喜欢他，但他却怕她们，过着单身汉生活。他那温柔的、富于幻想的和多疑的天性使我吃惊。他有癫痫，不知为什么却要瞒着大家，甚至对拉宾也不例外。八月，拉宾曾劝他在莫斯科多住一两个月，但哈茨列温却希望尽快回到前线去。

我在前面谈过我们在彼列杰尔金诺读海明威的长篇小说的那个夜晚，远处高射炮火响个不停。我们有时放下手稿，拉宾谈起前线上的种种见闻，谈到了英勇行为和混乱、勇敢、惊慌失措，他亲身经历了战争初期几个星期的撤退。我们不知何故回忆起 1937 年的情形。拉宾说："您要知道，现在毕竟要轻松些——看来一切走上了正轨……"我们又接着读了起来。我瞧着他，心里想，我竟没有发现自己对他有一种眷恋之情。我们回到莫斯科后，他说："战争结束后，大概许多人都会写出真正的作品，就像海明威那样……"

他幻想过的那本书，他没能够写出来。

拉宾和哈茨列温一起随军从基辅撤退到达尔尼查，再到鲍里斯波尔。德国人包围了我们的部队，少数人突围出来了。我们后来从他们那儿打听到了拉宾和哈茨列温的遭遇，一分钟也不能拖延，然而哈茨列温却躺在床上——他那间歇性的癫痫又发作了。拉宾不愿意抛下自己的朋友，一个记者对他说："快点！德国人快来了！"拉宾回答说："我有手枪……"这是我听到的关于他的最后的消息。

伊琳娜久久地盼望着出现奇迹。战争期间不免要产生一些无稽之谈：有些从前方回来的人说，他们仿佛在某某战线上看见了拉宾。

拉宾在动身去基辅前，将自己从前写的诗整整齐齐地抄写了一遍。或许，他在鲍里斯波尔附近也还听到自己那未完成的诗句在回响——他是一个诗人，腼腆，不大流露自己的感情，能体谅人，但对自己很严格。我现在想起拉宾很早以前翻译的10世纪塔吉克诗人鲁达基的两句诗："……许多沙漠被开拓成百花盛开的花园，也常常可以遇到有过金黄色花园的沙漠……"

1945年5月9日是一个节日：战争的沙漠结束了。但是，几乎我们每个人的生活中都有一个不会变绿的沙漠——对亲人的怀念……

03

在屠杀面前学会憎恨

在战争初期的那几个月里，我同战士们谈话时，有时感到自豪，有时感到失望。当然，我们有权引以为豪的是苏联教师用友爱精神教育了少年儿童。但是我们的城市一个接一个地丢失了，而我却不时地听到红军战士们说，敌人的士兵是被资本家和地主驱使来作战的，说除了希特勒的德国外，还存在着另一个德国，说如果将真实情况告诉德国的工人和农民，他们就会扔下武器。许多人真心诚意地相信这种说法，另一些人则乐意听另一种说法——德国人正在迅速向前推进，而人总是要有所指望的。

保卫斯摩棱斯克或布良斯克的人们重复着先是在学校里、后来又在各种会议上听到的以及在报纸上读到的那些话：德国工人阶级是强大的，这是个先进的工业国家，不错，法西斯分子是在鲁尔的工业巨头和社会党叛徒的支持下夺取政权的，但是德国人民反对他们，并且正在继续进行斗争。红军战士们说："当然，军官是法西斯分子，就是在士兵中间大概也有一些迷失方向的人，但是千百万士兵之所以去打仗，仅仅是因为他们受到枪毙的威胁。"我国军队在最初几个月里对德国军队还没有产生真正的仇恨。

战争的第二天，我被叫到红军总政治部去，他们请我写一张给德国士兵的传单，他们说，法西斯军队是靠谎言和铁的纪律来维持的。当时有许多指挥员还把希望寄托在传单与扩音器上面。

传单真是不少，似乎应该有说服力，但德国人却继续向前推进。

假如战前我住在莫斯科，并且听了一些关于国际形势的报告，或许我也会同意许多人的幻想。但是我记得 1932 年的柏林和法西斯集会上的工人，在西班牙我同德国飞行员谈过话，在被占领的巴黎住过一个半月。我不相信扩音器和传单。

我在战争初期看见过少数战俘（主要是坦克兵），他们个个都很自信，认为自己被俘只不过是运气不佳，过一两天进攻的部队就会来解救他们。有一个战俘甚至建议团长投降以取得希特勒的宽恕："我保证你们全体士兵的生命安全和在战俘营中受到良好待遇。到圣诞节战争结束时，你们就可以回家了。"在这些战俘里面有工人。不错，在莫斯科城下吃了败仗后，我初次听见那些惊慌失措的战俘喊"希特勒完蛋啦"，但是当 1942 年夏天德国人向高加索推进时，他们又相信自己是无敌的了。战俘们在受审时一般都很谨慎，他们既怕俄国人，也怕自己的同志。即使有一些真心诚意地咒骂希特勒的士兵，这些人也大部分是来自巴伐利亚偏僻乡村的农民、天主教徒和家长。真正的转变直到斯大林格勒战役之后才开始，而在 1944 年夏天以前，几万万张传单也只能带来少得可怜的投诚者。

在战争初期，我们的战士不仅对敌人没有憎恨，而且由于崇拜表面上的文明，对德国人还有几分尊敬。这也是教育的结果，在 20 年代和 30 年代，任何一个苏联小学生都知道，一个民族的文明标志是：铁路网的密度、汽车的数量、先进的工业、普及教育、社会卫生。在所有这些方面，德国都名列前茅。红军战士们发现战俘的行李袋中有书籍和日记本、精致的刮脸刀，衣服口袋里有相片、奇妙的打火机、自来水笔。一群来自奔萨的集体农庄的红军战士拿着一个像支小手枪的德国打火机，不无赞叹而同时又颇为遗憾地对我说："文明啊！"

我记得在前线阵地上同炮兵们的一次困难的谈话。连长接到了向公路开炮的命令，战士们一动不动，我对此十分恼火。有一个战士对我说："不应该光向公路上开炮，然后又撤退，应该让德国人走近一些，试着向他们解释，现在他们该觉悟了，该起来反抗希特勒了，在这方面我们会帮他们的。"其他的人则同情地点点头。一个年轻的、看起来挺机灵的小伙子说："我们向谁开炮？向工人和农民。他们会以为我们在反对他们，我们不给他们出路……"

当然，在那些日子里，最可怕的还是德国人在军事装备上的优势：红军战士拿着手榴弹同敌人的坦克交锋。但同样使我感到可怕的是宽容、天真和惊慌失措。

我记得那个"奇怪的战争"——为一个德国飞行员举行的隆重葬礼、扩音器的尖叫声……战争是一桩可怕和可憎的事，但它不是我们发动的，而敌人既强大又残酷。我知道我的责任是说明法西斯士兵的真面目，他们在漂亮的笔记本上，用出色的钢笔写着关于自己的种族如何优越的血腥的、迷信的胡言乱语，记载着一些无耻的和疯狂的行为，这种种举动会使任何一个野蛮人也自愧弗如。我应当提醒我们的战士们，企图从德国工人那里取得阶级支持和指望希特勒的士兵会天良发现是徒劳的，要想在给我们的城市和乡村带来毁灭的敌人的进攻部队中寻找"善良的德国人"，这不是时候。我写道："杀死德国人！"

我在那篇写于十分艰苦的 1942 年夏的名叫《仇恨的理由》的文章中说："这场战争不像以往的战争。在我国人民面前首次出现了非人的生物，这是一群用先进技术武装起来的既凶恶又卑鄙的野人，一群根据条令行事和援引科学知识、把消灭婴儿当作国家智慧的最新发现的恶魔。我们学会憎恨是不容易的。我们为它付出了无数的城镇、乡村和千百万生命的代价。但是现在我们明白了，我们同法西斯分子在一个地球上是不能共存的……当然，德国人中间有善良的人和凶恶的人，然而问题不在于某一个希特勒士兵的精神气质……他们进行屠杀，因为他们相信只有德国血统的人才配在地球上生存……我们对希特勒分子的憎恨是出于对祖国、对人、对人类的爱。这就是我们憎恨的力量所在，这也是憎恨的理由。当我们碰见希特勒分子时，我们看到，一种盲目的仇恨使德意志的心灵变得极为空虚。我们没有这种仇恨。我们憎恨每一个希特勒分子是因为他们是仇视人类的力量的代表，是因为他们是有信仰的刽子手和有其原则的强盗，我们憎恨他们也是因为寡妇们的眼泪，因为孤儿们没有欢乐的童年，因为那满怀忧伤的逃难者的行列，因为被践踏的田野，因为千百万死难者的生命。我们进行战斗不是为了反对人，而是为了反对那些貌似人的机器人。我们的憎恨之所以更强烈，是因为他们的样子像人，是因为他们能够笑，能够抚摸狗或马，是因为他们在日记中也进行自我检查，是因为他们装扮成人，装扮成文明的欧洲人……我们的人民没有复仇的思想。我们教育我国青年也不是要让他们复仇，使他们降低到希特勒分子的报复的水平。红军战士从来也不会杀害德国儿童，烧毁魏玛的歌德纪念馆或马尔堡的图书馆。复仇——这是一报还一报，这是用相同的语言回答。但是我们和法西斯分子没有共同语言……我们为生活的丰富多彩和复杂，为各民族人民的特色感到高兴。一切人都在地球上有位置。洗涤了希特勒执政十年所犯下的种种骇人听闻的罪行的德国人民，也将生活下去。但是慷慨也有一定的限度：如今我不愿对摆脱了希特勒控制后的德意志的未来幸福说什么话和做些什么设想，既然目前几百万德国人还在我国土地上横行霸道，说那种话和有那种思想都是不恰当的，而且也不真诚……"

我每天都要读德国报纸、军事命令、德国士兵的日记和信件，我应当将法西斯分子精神上的空虚描写出来，描写得既准确而又有凭有据。

在战争中，有时人们也想笑笑，我不仅揭露希特勒的士兵，还嘲笑他们。我记得我是最先采用"弗里茨"这个蔑视德国人的诨号的人之一。请看几篇短文章的标题（每天都写）：《哲学家弗里茨》《妄自尊大的弗里茨》《虐待狂弗里茨》《什摩伦格斯地方的弗里茨》《神秘主义者弗里茨》《文学家弗里茨》，等等，类似的标题数以百计。

我最初发现战士们开始对敌人有了憎恨是在莫斯科城下，当时我国部队在一次反击后夺回了被德国人烧毁的村庄。女人和孩子们正在烧焦了的木头旁边烤火。红军战士们有的在咒骂，有的气得说不出话。有一个人同我谈话时说，他一点也不明白——他认为，他们轰炸城市是由于那儿有指挥部、营房、报纸。但是德国人干吗把草房也烧掉呢？那里面住的是女人和孩子啊。而外面是一片严寒……在沃洛科拉姆斯克，我久久地看着法西斯分子搭的一个绞架，战士们也看着它……新的感情就是这样产生的，而它也预先决定了许多事情。

由法西斯德国发动的这场战争和过去的历次战争不同：它不仅毁灭和残害了人的身体，还歪曲了人们的心灵。希特勒分子成功地使千百万德国人轻视另一个民族，使士兵们没有道德上的障碍，把规矩的、诚实的、肯劳动的普通人变成焚烧村庄和以杀害老人和儿童取乐的"纵火者"。从前在任何军队里都可以遇见暴虐之徒或强盗——战争不是道德的学校。但是受希特勒诱惑而参与了大规模暴行的，不仅是党卫军、秘密警察、职业的或业余的刽子手，而是他的整个军队，他用连环保的方式控制着几千万德国人。我记得一个外貌温厚的淡黄头发的德国人，战前他是杜塞尔多夫的一名工长，他的家就在那儿，他将一个俄国婴儿扔进井里，因为他患有失眠症，服了几片鲁米纳之后，孩子的喊声仍不能使他入睡。我拿着一块肥皂，上面印着"纯犹太肥皂"的字样——这是用被枪毙的人的尸体炼制的。何必再提这些呢——已有成千上万册的书写过它们了。

俄国人是心地善良的，要想使他们发怒，必须狠狠地欺侮他们。他们愤怒时是可怕的，但怒气消失得很快。有一次我乘吉普车去前线阵地——请我在俘虏中间找找阿尔萨斯人。司机是白俄罗斯人，在此之前不久，他得知他的家人被德国人杀害了。一群俘虏被押来了，司机抓起了冲锋枪，我勉强劝住了他。我同俘虏们谈了很长时间，在我们返回指挥所的当儿，司机向我要点烟丝抽。当时烟叶短缺，前一天晚上我在师司令部弄到两盒烟丝，给了司机一盒。"你的烟叶哪儿去啦？……"他没有回答我，后来他才承认："你同那些法国人谈话时，弗里茨们围住了我。我问他们中间有没有司机。司机有两个，我给了他们一点烟抽。当时他们全都苦苦哀求……两者任择其一——或者将他们全杀死，如果不行，人总得抽点烟哪……"这是 1943 年的事。一年后，在明斯克附近的特罗斯佳涅茨市，希特勒分子杀死了一些女人和小孩，我在这儿又一次证实了我国人民的同情心。我国战士们狠狠地骂着德国人，他们说，用不着再抓什么俘虏了。旁边的一个小树林里还藏着一些德国兵，战士们押来了一个被俘的德国步兵。少校请我担任翻译，当我们的人向俘虏问起树林里有多少德国兵时，他回答说，他渴得很，说话十分困难。战士们给他送来一杯水，他皱起了眉头，说杯子太脏，并用手绢擦了擦杯子的边缘。他的态度让我发了火：一个人渴极了的时候是不会吹毛求疵的。战士们起先叫喊着说，用不着再问他了，枪毙掉这只野兽，等到怒气一消，过了才半小时，就有一个战士给这个俘虏送来一盘汤："喝吧，猪猡！"

（我自己也是这样：我有很多次看见有些俘虏流露出害怕自己会被杀死的神情，便在小纸片上写着，他们是阿尔萨斯人或者他们是"好德国人"，并在下面签了名。总之，我憎恨法西斯主义，但却挽救解除了武装的法西斯分子。我想，在类似的情况下，任何人也会采取和我同样的行动。）

戈培尔需要一个稻草人，所以他散布了一个关于渴望消灭德国民族的名叫伊利亚·爱伦堡的犹太人的奇谈。

我收藏着一些从德国报纸上剪下的材料、无线电截听来的情报和传单。希特勒分子常常写到我，他们说我是个胖子，生着斜眼睛和弯鼻子，嗜血成性，说我在西班牙时盗窃了博物馆收藏的价值 1500 万马克的宝物，并在瑞士出卖，说为我服务的交易所经纪人就是曾经效忠于荷兰女王威廉敏娜的那个人，说我的资本存在巴西的一些银行里，说我每天都要去见斯大林并给他制订了一个消灭欧洲的计划，该计划名叫《Д. Е. 托拉斯》，说我想把位于奥德河和莱茵河之间的这片地区变为荒漠，说我号召强奸德国妇女和杀死德国儿童。

希特勒本人也在 1945 年 1 月 1 日的命令中特别提到我："斯大林宠爱的奴才伊利亚·爱伦堡宣称，德国民族应该被消灭掉。"

宣传起到了效果：德国人把我当作魔鬼。1945 年初，我来到了东普鲁士的巴滕施泰因，该地是我军在除夕时占领的。苏联的警备司令请我去一所德国医院向他们解释，无论是德国医务人员或伤员都不必害怕。我安慰了主任医生好半天，最后他说："好吧，可是伊利亚·爱伦堡……"我讨厌再同他谈下去，便回答说："别害怕，伊利亚·爱伦堡不在这儿，他在莫斯科。"医生才稍微安心了些。

所有这些既可笑，又令人厌恶。我憎恨侵略我国的德国人，不是因为他们住在"奥德河和莱茵河之间"，不是因为他们的语言是我最喜爱的一位诗人——海涅使用过的语言，而是因为他们是法西斯分子。我在童年时代就曾同种族和民族的傲慢习气发生过冲突，因为它而遭受到不少痛苦，我相信各民族之间的兄弟友情，而后来突然看见了法西斯主义的诞生。在戈培尔常常引用的幻想小说《Д. Е. 托拉斯》里，欧洲的毁灭是由贪婪的美国商人所支持的欧洲法西斯分子的狂妄造成的。当然，我在许多方面都是错误的，我写这本书的时候，法国占领者还留在鲁尔区，对德国可能发生的革命还抱着某些希望。在小说中，德国、波兰和苏联的一部分是被以法西斯分子布兰台沃为首的法国所毁灭的。实际上，法国、波兰和苏联的一部分是被德国法西斯分子毁灭的，布兰台沃原来是希特勒。

我要谈一个与我有关但超出了我个人履历的故事。1944年，"北方"集团军司令为了鼓起士气（由于不停地退却而变得一蹶不振），便在一份命令中写道："伊利亚·爱伦堡号召亚洲各民族的人喝德国妇女的血。伊利亚·爱伦堡要求亚洲各民族的人强奸德国妇女：'把淡黄色头发的女人拿去吧，这是你们的战利品！'伊利亚·爱伦堡在唤起草原地带人们卑下的本能。退却是可耻的行为，因为德国士兵现在正为保卫自己妻子而战斗。"我知道这个命令后，立刻在《红星报》上写了一篇文章："曾经，德国人伪造重要的国家文件，现在他们竟下贱到伪造我的文章的地步。德国将军把一些引文硬加在我的身上，实际上是暴露了作者自己。"

德国将军捏造的这个谣言经历了第三帝国的毁灭，也经历了纽伦堡审判以及其他许多事件。

不久前，我的《人·岁月·生活》一书的德文译本的出版者，居住在慕尼黑的金德勒寄给我一些有趣的文件和照片。原来有一个名叫尤尔根·托瓦尔德的人，1950年在斯图加特出版了一本叙述战争经过的书，他在书中写道："伊利亚·爱伦堡在三年中，毫无约束地、公开地、满怀仇恨地对红军士兵们说，德国女人将是她们的战利品。"这个尤尔根·托瓦尔德不是别人，而是亨茨·鲍哈尔茨，他在1941年出版了一本颂扬希特勒的书，并将它献给战犯海军上将雷德尔。

1962年，慕尼黑的《南德意志报》发动了一个反对在西德出版我的书的运动。自然，报纸想起了那个号召强奸德国妇女的假传单，它威胁出版者，称我是"世界历史上最大的罪犯"。一些作家，例如埃恩斯特·容格尔，支持法西斯分子的传单，而另一些作家则感到愤怒。金德勒证明说，托瓦尔德是在重复戈培尔的谎言，虽然如此，复仇主义分子迄今仍继续反复地说："杀人犯和强奸者的回忆录。"

再说一遍——问题不在我身上。但是在第二次世界大战的五千万牺牲者中间却少了一个——法西斯主义。它经历了1945年的5月，病了一阵子，也忧郁了一个时期，但活下来了。

我在战争时期天天都说：我们一定要打到德国去消灭法西斯主义。我担心如果又是那卑鄙、肮脏的政治占了上风的话，一切牺牲了的人们，苏联人民的功勋，波兰、南斯拉夫、法国游击队的英勇行为，伦敦的苦难和骄傲，奥斯威辛的焚尸炉，血的河流——所有这些都将不过是胜利的蓝色焰火、历史的一个插曲。

我在 1944 年写道："法国作家乔治·贝尔纳诺斯，一个积极的天主教徒，愤怒地批驳了某些民主主义者企图替法西斯主义辩解的念头，他在《马赛人报》上写道：'战前，英国、美国、法国的大部分社会舆论都支持、赞扬过法西斯主义，并且为它辩护。我再说一遍，他们不仅容许法西斯主义，而且帮助它发展，希望（我说这是愚蠢的希望）能控制这个鼠疫，利用它来反对自己的对手……《慕尼黑协定》不只是一件愚蠢的事，而且还是投机勾当的卑鄙结局……遗憾的是，迄今仍有一些人想'贮存'一些病毒，只是把繁殖鼠疫细菌的溶液冲淡一些罢了……我们应该记得：法西斯主义的产生是由于一些人的贪婪和愚钝，是由于另一些人的奸诈和怯懦。如果人类想结束这几年里的这场残酷的噩梦，那就应该消灭法西斯主义。如果让法西斯主义在某地滋长，那么 10 年或 20 年后，又会出现大规模流血事件……法西斯主义是个可怕的恶性肿瘤，用矿泉水是医不好的，应该割除它。我不相信那些为刽子手哭泣的人的善良心肠，这些伪善者正在为千百万无罪的人制造死亡。"

我瞧着这些旧报纸，心中感到很不自在。而如今所发生的一切正是我曾经恍惚感觉到的。法西斯分子被保存下来了。德国国防军的基干军官也被储备起来了。有人甚至还想将核武器交给德国军队，支持狂热的复仇主义分子。故去的贝尔纳诺斯称之为"投机勾当"的事在继续着，只不过摆在绿呢子（指会议桌）上的已经不是古典的"火药桶"，不是坦克和轰炸机，而是火箭和氢弹了。真的，良心对此是不能容忍的！

我扯到 20 年以后的事上去了，应该回过头来谈谈战争第一年的冬天。我们坐上汽车沿

法国作家乔治·贝尔纳诺斯

着华沙公路向小雅罗斯拉韦茨驶去，这个城市的周围还在进行战斗，我们从一些烧毁的村子旁边经过。到处可以看见被击毙的德国人，有的躺着，有的斜靠在树上。天气非常冷，太阳仿佛是一团凝聚起来的浅红色血块，雪堆映射出淡蓝色的光芒。在严寒中，死人的脸上呈现出一层红晕，好像活人一般。一个与我同路的军官兴高采烈地叫道："瞧，打死了多少！这些家伙来不了莫斯科啦……"我现在不隐瞒，我当时也是很高兴的。

有人也许会说：这不是一种好的、善良的感情。当然是的，我像其他人一样，这种憎恨不是轻易产生的，这是一种可怕的感情，它会使人的心灵变得冷酷。我在战争年代就知道这个，当时我写道："欧洲幻想过同温层，如今它却得像田鼠一般住在防空洞或土窑里面。由于希特勒及其同谋者的恣意妄为，一个黑暗的时代来临了。我们憎恨德国人，不只是因为他们用卑鄙无耻的手段杀害我国儿童，我们憎恨他们也因为我们一定得杀死他们，因为在我们曾经掌握过的丰富的语言中只剩了一个字——'杀'。我们憎恨德国人，因为他们盗窃了生活。"这段话写在一篇报上的文章中，但我也会把它写进日记或给亲人的信中。年轻人大概不会理解我们所经历的一切。一片黑暗的岁月，充满了仇恨的岁月，遭到盗窃的、残破不堪的生活……

04

作家和人民一起经受"战争的 X 光照射"

虽然雪很深，我们仍迅速前进。在一堆微呈黑色的雪堆中间竖着一个牌子"波克罗夫斯克村"，而村子却不见了——它被德国的纵火者烧掉了。也许红军战士们以为，只要加快脚步就可以阻止他们烧毁村庄并救出老百姓。因为在别洛乌索沃，不仅所有的房子均完好无损，而且德国人在逃跑时连自己的行装都抛弃了。在巴拉班诺沃，正好是夜晚，他们仓皇失措地只穿着衬裤从屋子里逃了出去。

疲惫不堪的红军战士用铁锹顽强地挖着冰封的土地，挖出埋在小雅罗斯拉韦茨广场上的德国士兵的尸体。

德国人颇为关切地埋葬了自己的士兵（恐怕这是他们唯一使我羡慕的地方）。后来我看见许多墓地，一行行的木十字架上整整齐齐地写着死者的姓名。可是在战争的头一年里，他们不知何故将自己士兵的尸体埋在苏联城市里的广场上。也许这样方便些，也许是想表示他们来这儿要待很久。这种做法激怒了红军战士。不久以前的宽宏大量如今已所剩无几——人们甚至在同死人作战了。

集体庄员们也气得咬牙切齿，一个老头对我说："我满以为德国人有学问，不会触动我们什么，谁知这群寄生虫抢去了我的牛，甚至把我厨房里的所有用具也都弄得乌七八糟。他妈的，竟然用它们洗脚……昨天有四个家伙给冻坏了，跑来要求进屋里待一下。女人们听说有德国人来，跑来把他们揍

第 五 部

了个半死……"

人人都对胜利感到突然。集体庄员们承认说："简直没有想到我们的人会回来……"士兵们吸着从被丢弃的司令部里拣来的保加利亚香烟，满怀希望地说："开春以前我们就可以打垮他们……"

戈卢别夫将军笑着说："我上过两个军事学院。现在是第三个，这个严肃得多。"他叙说了被围和突围的经过，当时他穿着将军制服，但脚上穿的是树皮鞋。"什么叫包围？应该重新审查一下所有的理论……"他说，波多利斯克的老工人给了他的部队很大帮助：工厂撤退了，但年老的工人留了下来，继续制造迫击炮弹。

一切对我来说都是新的：歌声、喝进嘴里有点烧痛的胡椒酒、一个叫玛申卡的不知是通信员还是指挥员的妻子的女人、关于过去和未来的长时间的谈话。大家都畅所欲言地谈了起来，口中骂着那些官僚主义者，一个军官生气地说："我们的检察官拿什么吹牛呢？拿判决书的数量——他超额完成了自己的定额。"另一个若有所思地说："毁了多少好人啊！……"不过大家也都明白，尽管有过委屈，有过错误，他们不仅保卫着自己的家，也保卫着他们可爱的苏维埃国家，他们还都明白，正是波多利斯克的苏维埃工人们帮助了军队，而且"我们的事业是正义的"这句话不是一个普通的口号，而是千真万确的真理。既不需要宣传员，也不用选票，人民用鲜血表达了自己的意见。

我的心中交织着两种不同的感情：第一个胜利也冲昏了我的头脑，但我又在努力开导自己——德国军队依然十分强大，战争刚刚开始。然而，要做冷静的思考是有困难的：德国人不久前还在夸口，他们要在莫斯科庆祝圣诞节，可现在瞧瞧，我国军队正打得他们向西方逃窜！……俘虏们的样子也使我感到兴奋：他们个个冻得直打哆嗦，头上缠着头巾或破布条，脸上一股恐惧的神情，有时低声埋怨几句，他们倒使我想起一个巡回展览派画家所画的1812年的拿破仑的士兵，自然，鼻尖下还挂着冰溜。

收复梅登以后，人们开始谈到维亚济马甚至斯摩棱斯克了。大家愿意相信这就是转变的开始，我也这样相信（但我的预言错了）……我在冬至这一天写道："太阳将转向夏天，冬季将更加寒冷，战争将转向胜利……"

是的，还在一月时，我便觉得我们的进攻是不会停止的。1月18日我访问了戈沃罗夫将军，我立刻喜欢上他了。我在本书的这一部里将要三番五次地提起同将军们的会面。像作家以及从事其他任何职业的人一样，将军们也是各种各样的——敢于革新的或保守的，聪明的或不聪明的，谦逊的或傲慢的。列·亚·戈沃罗夫将军是一个真正的炮兵，换句话说，是一个有着准确的估计、清醒而明白的头脑的人。他告诉我说，他曾经在彼得堡的造船综合技术学校读书。第一次世界大战爆发了，1917 年，他这个年轻的准尉被派往前线。他非常爱列宁格勒，他的身上有一种典型的列宁格勒人的气质——沉着和潜在的热情。他说，在保卫莫斯科的战斗中，炮兵起了主要作用，在他指挥的第五集团军里，他没有把希望寄托在步兵身上——牺牲很大，而人员的补充工作却十分迟缓。他阐述了一套完整的理论：在现代战争中，在自动武器过于饱和的状态下，炮兵不能只限于打击火力点，而应该参加到战役的各个阶段中去。他不仅说得津津有味，而且把我也迷住了。虽然军事这门学问说来是一种艺术，而不是一种精密科学，它毕竟要由技术装备来决定，最先进的概念也会迅速变为陈旧的。（不过话说回来，有的艺术也依赖于技术，譬如电影；我们认为雅典卫城的雕像是最完美的，然而现在看无声电影却会使你发笑。）当然，戈沃罗夫在 1942 年是不能预见到核武器时代的。我现在谈起这点只是为了表现一个人的面貌：在莫扎伊斯克附近的一座寒冷的木房里，我看见的这个人不像一个威武的将军，而是一个数学家或工程师，一个优秀的苏联知识分子。（后来我在前线，在莫斯科，在列宁格勒都遇见过戈沃罗夫。我还记得 1945 年 5 月的一个夜晚——我们谈到美丽的白夜，谈到诗歌，谈到海军司令部大厦顶上的尖塔。）戈沃罗夫尽管很沉着，甚至性格上还有些多疑，但他也像大家一样，因为胜利感到鼓舞，他说："大概再过个把星期，我们就会拿下莫扎伊斯克……"实际上几个钟头后莫扎伊斯克就被拿下了。奥尔洛夫将军没有听从首长的劝告，连夜闯入了城内，戈沃罗夫笑着说："胜者不受审……"

我又看见了被焚烧的村庄——谢苗诺夫斯克、鲍罗季诺，被炸毁的房屋。士兵们的行动很迅速，城市中央的德国人的坟墓已不在原地了。天气酷寒，零下 35 度，仇恨也加深了。一个年老的妇人用空虚的目光望着士兵，望着雪，望着白茫茫的天空。她的丈夫是个 62 岁的数学教员，他在街上走的时候从衣袋里掏出了手绢，德国人说他试图向俄国人发信号，就把他枪毙了。我在墙上看到了一些关于"使生活正常化"的命令，命令中说，城市居民如有帮助游击队或隐藏犹太人者一律处以绞刑。第二天我来到了鲍罗季诺，德国人逃走时烧毁了博物馆，这时还在燃烧。步兵师在两天里前进了近20公里。奥尔洛夫将军笑着说："您很快就可以到我家做客了……"（他是白俄罗斯人。）夜里，一位少校弄来了一些香肠和伏特加，我们大吃了一顿。少校弯起他粗糙的手指计算道："距离格扎茨克有16公里。两天以内就可以赶到了……"然而到格扎茨克却是在430天后——摆在前面的是那个可怕的1942年夏天，当时我们不知道这个。

（并非只有我一人怀有这种希望。瓦西里·谢苗诺维奇·格罗斯曼当时是《红星报》驻西南方面军的记者，他在给我的信中写道："人的的确确变了样，变得生机勃勃，勇敢和主动了。道路上扔着成百上千的德国汽车、大炮，参谋部的文件和书信被风吹得遍地皆是，到处可以看见德国人的尸体。当然，这还不是拿破仑军队的溃退，但这种溃退的征兆已经可以感觉到了。这是奇迹，绝妙的奇迹！解放了的村庄的居民对德国人怀着切齿的仇恨。我同成百上千的农民、同许多老头和老太婆交谈过，他们准备牺牲自己和烧毁自己的家，只要这样做能造成德国人的死亡就行。一个巨大的变化出现了——人民仿佛突然觉醒了似的……当然，这不是结束，这是结束的开始。我希望我想的正是这样，有许多理由可以这样设想。"瓦西里·谢苗诺维奇通常在下结论时是非常谨慎的，但他当时也未能预见到即将来临的许多考验。）

亚历山大·谢尔盖耶维奇·谢尔巴科夫嘲笑地对我说："可您却批评我国报刊，说莫斯科人焦躁不安。多么好的人民啊！"莫斯科的确没有了一个临近前线的城市的面貌。不错，夜晚每隔一百步仍有一个岗哨，通行证必须放在袖筒里，但是铁丝网从街上搬走了，而且行人也渐渐多起来。甚至还举办了一个风景画展，大厅里很冷，人们穿着军大衣和皮袄在欣赏绘画……

人们开始想起自己的职务，以至于自己的习惯。《消息报》的编辑夜里打电话对我说："您在文章中写道，里宾特洛甫到一些国家的首都游历了一番，他像一个正人君子似的到处受到接待。这句话可以被理解为一个暗示——他不是也到我们这儿来过吗。改一改吧……"一天夜里，我在《真理报》编

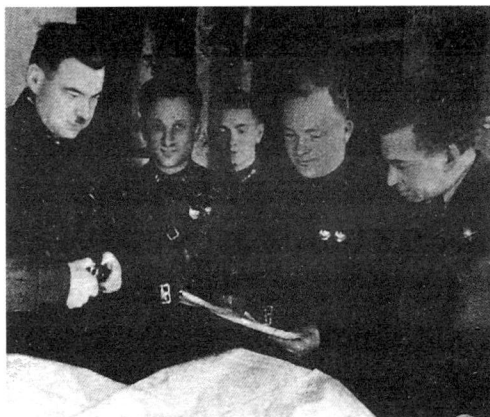

1941 年，爱伦堡和戈沃罗夫在戈沃罗夫的司令部

辑部参加了关于西蒙诺夫的诗《等着我吧》的一次很长的谈话，编辑和另一位负责同志想把"黄色的雨"这几个字改一下，雨没有黄色的，而整篇诗中我所喜欢的正是"黄色的雨"这几个字，我尽一切可能坚持保留它们，我既以泥质土为例，又引用马雅可夫斯基的诗句。黎明时分，编辑决定冒一次险，所以"黄色的雨"原样保留下来了。《红星报》编辑部有一天夜里也忙乱过一阵子："注意力全放在战争上了，竟然连日子都忘了！明天是奥尔忠尼启则逝世五周年……"

作家俱乐部也异常寒冷，但大家常在那儿喝伏特加，吃腌蘑菇。许多作家身着军服——从前线到莫斯科只要三四个小时。我记得去那儿的有彼得罗夫、西蒙诺夫、斯韦特洛夫、阿里格尔、格赫特、加布里洛维奇、卡达耶夫、法捷耶夫、利金、苏尔科夫、斯塔夫斯基、斯拉温。有一天，主席团的委员们被请客吃腌牛肉，随后召开了会议。某些人的发言中已经出现了在五六年后红极一时的那种新风格。利·尼·谢芙琳娜忍不住说："我的父亲是个俄罗斯化的鞑靼人，母亲是俄罗斯人，我一直感到自己是俄罗斯人，但是当我听见这种话时，我愿意说我是鞑靼人……"我们走出来之后，我拥抱了谢芙琳娜。

（生活中有很多偶然的事，多年以来，大约每天你都要同一些志趣不同又不喜欢的人见面，而与你所喜欢的人却很少有碰面的机会。我同利·尼·谢芙琳娜只认真地交谈过三四次，我觉得她的可爱之处正是她那罕见的正直。我还记得她年轻时的模样——在莫斯科，在巴黎。小个子，大眼睛，略带讥讽的微笑——她是很有魅力的。

在 20 世纪 20 年代，谢芙琳娜的作品对苏联文学的形成起过重大作用。

它们的真挚吸引了我——谢芙琳娜从来不知道在作家的圈子里被称作"骑墙态度"的那种东西。她最害怕虚伪。她受到一些人的喜爱，他们是马雅可夫斯基、巴别尔、富尔曼诺夫、叶赛宁、斯韦特洛夫、利金。回顾已往，我深信任何文学流派或文学思潮都不能产生持久的友谊。谢芙琳娜是非常谦虚的，她不久便受到了排挤，人们不注意她了，更确切地说，是竭力不去注意她。真实性——这不是一种文学思潮，良心也不是一种艺术手法。谢芙琳娜只比我大两岁，我相信她早期作品的真实性，但在那时它们离我还很遥远。由于谢芙琳娜的精神品质的高贵，我是始终喜爱她的。

我最后一次见她是在作家协会的存衣室附近，谈话是简短的，可是仍像过去的几次会见一样，我们两个都很高兴。她有病在身，行走困难，但她的精神状态照旧。她于 1954 年 4 月去世，倘若她再活半年，她就能知道她的朋友伊·埃·巴别尔恢复了名誉……在我的记忆里她依然是那样——有时是爱开玩笑的，甚至是非常淘气的，有时是怒气冲冲的，怀着一颗敏锐的良心，我们在回忆 19 世纪的文学时往往把它称之为"俄罗斯的良心"。）

一天傍晚，诗人多尔马托夫斯基来看我，他曾陷入敌人的包围圈，目睹德国人的种种暴行，他说："我觉得我是个死人，或许过去的生活根本没有存在过……"他设法逃了出来。他向我读了几篇关于水的诗，他多么渴望得到一口水，他们不给水喝。他还谈到他是怎样回到自己部队这边来的，人们热情地接待了他，然而随后被带到了司令部并受到长久盘问。他应当证明自己的身份，证明被围后的情况。他在我家里一直坐到清晨四点钟。后来我睡着了，突然又被自己的喊声吵醒，我梦见自己受到盘问，但却无法证明我就是我，至于谁盘问我，如今已不记得了。

吉洪诺夫从列宁格勒来了，他瘦得很厉害。他一连几个小时谈着被围期间的种种惨相，谈到了人民的英勇行为，谈到营

利·尼·谢芙琳娜在前线

养不良和所有的狗全被吃掉了，谈到在那没有生火的、冰冷的房子里躺着死去的人——活着的没有力气将他们抬出去埋葬。

我认识了玛加丽塔·阿利格尔，她向我读了一些感伤的诗：烛火、蔚蓝和玫瑰色的卡卢加……她的丈夫在前线牺牲了。她像一只小鸟，她的声音也很清脆，但我感觉到她的身上有一股巨大的内在力量。（从那以后又过去了几乎四分之一个世纪，在我于艰苦的战争年代遇到过的人们当中，有许多人从我的视野中消失了——有的过于贪图虚荣，有的提前衰老并变成了备受众人尊敬的过去时代的化石。而玛加丽塔·阿利格尔却成了我的朋友。我还记得1957年在政府别墅举行的一次宴会，当她受到不公道的辱骂的时候，她的声音犹如一只小鸟在飓风中的鸣声，几乎使人听不见，但她仍坚强地答辩着。我的天啊，维护自己的尊严，不让狂风吹灭一盏小小的油灯——这不但比一切过誉之词都重要得多，甚至比卢日尼基的诗歌晚会重要得多！）

二月初，柳芭和伊琳娜从古比雪夫回来了。奥滕贝格签署了关于拉宾和哈茨列温的命令——"失踪"。伊琳娜勇敢地支撑着，只是眼睛暴露了她的悲哀——我有时不得不转过头去。

似乎所有的人都应该死于炸弹或炮弹，正常的死亡反而显得不正常了。12月底，画家利西茨基去世。3月，我获悉了何塞·迪亚斯的死讯。

生活在继续……供应的情况恶化了，人们开始议论口粮和领物证。一月，在"莫斯科"旅馆里还可以吃到东西，有一回我和利金一起在那儿吃午饭，他说："这顿炒肝我们是会记得的。"的确，一个月后一切全变了。我每天在艺术工作者之家领一顿午餐，几乎总是三个人分着吃，有时甚至是四个人。

外国记者也从古比雪夫回到莫斯科来了。有几个跑来找我，他们是夏皮罗、亨德勒、尚普努瓦、沃思。他们全都渴望得到新消息，千方百计想去前线，有的抱怨，有的发牢骚。我继续给外国报刊写文章——给合众社，给《马赛人报》，给英国和瑞典的报纸。

几乎每天我都要出去讲演，有时是在医院里给伤员，有时是在机场，有时给防空部队和阻塞气球部队。我看见了无数的苦难，也看见了众多的英勇行为。人民似乎一下子长大了，人们在战斗，在劳动，怀着不会白白牺牲的意识死去：芦苇在思考。

也出现了另一些现象。利金自战争开始以来就在前线上，给报纸写了许多文章，可是他的一篇文章（《敌人》）不知把谁得罪了。这篇文章我读过好几遍，始终搞不清其中有什么应该指摘的地方。弗拉基米尔·格尔马诺维奇找过《消息报》的编辑，给谢尔巴科夫写过信，但毫无结果，人们不再发表他的文章了。彼得罗夫的一篇没有一丝过错的文章《虏获的狼狗》也引起了不满。乌曼斯基说："苦闷啊！德国人在格扎茨克。他们正把军队从法国调到东线来。我接受委托在写一篇关于暴行的照会。可是如今人们却开辟了第二个战场——向彼得罗夫进攻……"

但是，对于这些书呆子们、保险主义者们、庞巴杜尔（意为昏聩刚愎的大官，出自谢德林的作品）们，只好随他们去吧！我们在战争年代关心的不是这些，我们大家努力不去想他们。每天，我都会收到读者从前线和后方各地写来的几十封信。我现在摘录几封女人的来信，战争期间，关于我国妇女的作品写得不多，其实胜利是她们创造的。这是加里宁州一个女庄员写的信："我叫谢苗诺娃·叶里扎维塔·伊万诺夫娜。我恨凶恶的敌人，当敌人来到我们科齐岑诺村时，他们首先牵走了我谢苗诺娃的母牛，后来又抢去了我的鹅。我想不给他们，结果挨了几个耳光。一个家伙跺着脚说：'滚蛋！'孩子们看见他们打我，便喊道：'你走开，让敌人去大吃大喝吧！'第二天他们又来了，想拿走我最后一只羊，我哭着不给他们。一个德国兵跺着脚叫道：'滚开，老太婆！'我刚转过身去，他便开了枪，我吓得倒在雪地上。最后一只羊终于给抢走了。他们撤退时，放火烧掉了我的房子和我的所有东西，我只好和三个孩子住在别人家里。我有两个儿子在红军里——克鲁格洛夫·阿列克谢·叶戈雷奇和克鲁格洛夫·格奥尔吉·叶戈雷奇。我的孩子，如果你们活着，狠狠地打敌人吧！我们要尽一切可能帮助你们。"

下面是红军战士杰多夫转寄给我的一个西伯利亚农妇的信："你好，亲爱的米特罗沙兄弟！我向你致以最衷心的问候，并希望你在战胜最凶恶的敌人的事业中一切顺利。我第一件事就是要告诉你，菲利亚在同德国法西斯分子的斗争中英勇牺牲了……当他牺牲的通知书送到后，爸爸被叫到警察局去了。他回家后哭得十分伤心。妈妈问：'你哭什么？'他一开始没有说，但当说到菲利亚已经牺牲时，妈妈立刻昏过去了。我们大家哭了整整两天，如今我们再也看不见他，也听不见他的声音了。他过去总是安慰我们，信上总是写着：'爸爸，妈妈，别为儿子担心，我的生活很好，我的身体很健康……'米特罗沙，你寄的钱我们收到了。非常非常感谢你！但是，米特罗沙，你要为菲利亚，为自己的兄弟向德国人报仇。愿你成为一个英雄……米特罗沙，我们现在寂寞得很，来信告诉我们你现在在什么地方……我们不久前接到塔尼娅和娜塔莎的信，她们说她们的生活暂时还过得去。娜塔莎是集体农庄的生产队长。现在我来谈谈自己的生活，我们如今的生活差多了，没有粮食，吃的东西什么也没有。集体农庄发给七个人的五天粮食是九公斤。我们家这些粮食只够吃一天，其余的日子只好自己想办法。不过这没有什么，我们都会熬过去的。我们这儿的姑娘们也要应征去前线了。米特罗沙，我真想去前线，去为自己亲爱的兄弟报仇，他是为人民的幸福牺牲的……"

　　下面是奥·希特罗娃的信的片段："常常听人说，如今在打仗，我们很快也完啦，因此也就不值得好好工作。难道这种说法对吗？依我看，恰恰相反。既然在打仗，工作就应做得更好。如果提前死去，就不会看见胜利了……我参加了筑路工作。我们问工程主任，有些什么任务，可他什么也不说，对一切都马马虎虎。干吗要这样呢？要知道用这种态度是做不出成绩来的。我在战争初期也有这种情绪，早晨一听到坏消息后，这一整天也就算完啦。然而现在我能克制自己了。每当听到坏消息，我就对自己说，我偏要好好地工作，偏要给红军战士缝衣服，洗裤子，补裤子。我不愿在不该死的年岁死去！如果我们什么地方有奸细，那就让他瞧瞧，我们是挺得住的……"

　　下面是基辅大学迁到科捷利尼科沃村后，该校西方文学教研室主任一封来信的片段。埃达·哈利夫曼写道："……撤退的那一天来到了，我们家里的每一个人都备了一只背包，只有我觉得它不合用没有拿。在即将离开的当儿，我又走进了自己的屋子，烧掉了亲人的相片、信件，我走到书橱跟前，拿起自己的著作：《法语词汇学》，我为它花了整整一年的时间。还有，《19世纪法国文学语言史》，这是用两年时间写成的；《文学语言概论》，这是四年的劳动结晶，我瞧了瞧，翻了几页又重新放进书橱中，我空手离开了。我们把基辅留在后面，您知道这意味着什么……我们在路上什么地方遇见同乡们搭乘的一列火车，其中有一节车厢里是西班牙保育院的孩子和工作人员。有几个工作人员在我们系里讲过课，孩子们也来参加过我们的新年晚会。8 岁的奥克塔维奥对我 3 岁的侄女娜塔莎说，我们的飞行员很快就会赶跑法西斯分子，当娜塔莎返回基辅的时候，他也就回毕尔巴鄂了。我们被送到了科捷利尼科沃村。娜塔莎在那里看见了骆驼，不是在动物园里，而是在草原上。发生了许多可怕的事，父亲在这里去世了。从前线送来了亲人牺牲的消息。我有时觉得，我的心支持不下去了，但还是支持住了。原来，悲伤和痛苦一旦与刻骨的仇恨结合起来，人就会变得坚强，并像我的前方朋友谈笑时说的那样，愿意'经受战争的 X 光的照射'……生活是不容易的——新的环境、新的人要求你要以新的态度去对待。不论看来有多么奇怪，从大学的工作转到村苏维埃秘书这个工作岗位竟然相当复杂。这里的一切都简单得多、坦率得多，而这恰巧正是环境的复杂之处……为了能经得起照射，为了战争结束后能坦然地对待自己的同志们，我要把自己身上的全部潜力发挥出来……"

我读了这一堆在当时曾给我很大鼓舞的信，如今也激动不已。我也知道，应该经受住"战争的 X 光的照射"……

我住在"莫斯科"旅馆里（我的住宅在空袭时受到了一点破坏），生活就像在天堂里一般，说得更正确些，像 1920 年在"公爵府"中一样既暖和又明亮。我利用前线上战事转趋沉寂的当儿，在一二月间写完了《巴黎的陷落》的最后几章。每天我都和住在旅馆里的朋友们会面，有彼得罗夫、苏里茨、乌曼斯基。我们有时也谈到未来，彼得罗夫永远是个乐观主义者，他认为到了春天盟国就会开辟第二战场，德国人就会被打败了，胜利以后，我们的情况就会有很大改变。苏里茨生气地说："人不是那么容易改变的。"接着他放低嗓子补充了一句："他也没有改变啊……"乌曼斯基说，当德国人同我们打得筋疲力尽时，盟国才会开战，至于对战后的情况，他不是沉默不语便是勉强地说："最好是等更坏的情况吧……"

一月底的形势已很明显，我们的攻势中断了。1 月 28 日，我和巴甫连科一起来到西部方面军司令部。司令员朱可夫将军向我们叙述了反攻的经过，莫斯科保卫战结束了，也许在某些地区我们还可以往前推进一些，但德国人的战线已经加强了，而在春天以前，看来战争只是防御性质的。后来使我感到突然的是，将军谈起了斯大林的作用，他的话中没有那种常见的老一

左：吉洪诺夫（右二）在前线
右：1941 年，莫斯科的街头防御堡垒

套——没有"天才的战略家"这种字眼，而且声调中也感觉不到有崇拜的意思，所以他的话给我留下的印象很深。他再三地说："这个人有铁一般坚强的神经！……"他说，他曾多次告诉斯大林：必须尽快击退敌人，否则德国人有可能冲进莫斯科，他一天用直通电话谈过两次。斯大林的回答总是一个样：应该等一等——三天之后要来个什么师，五天之后要增加一批反坦克炮。（斯大林有个笔记本，其中记录了调到莫斯科地区的部队和武器装备。）只是当朱可夫说德国人正在配置重炮并准备轰击莫斯科时，斯大林才同意采取行动。我返回莫斯科后，把这次谈话全部记录了下来。

　　我不是军事专家，我也没有足够的材料来评判斯大林的战略才能。就在七八年以前，我国历史学家们都把对德作战的胜利首先归功于他的"天才"。苏联大百科全书在关于伟大卫国战争的那个条目中，复制了那幅表现斯大林俯身在作战地图上的拙劣的彩色图画，在年表中列入了将近六百个重大事件，其中一百个不是军事行动，而是斯大林的演说、颁发给他的各种各样的勋章以及他的祝贺和接见。至于军事行动，照这部百科全书所说，1944 年敌人共遭受了"十次斯大林打击"，还附有一张照片："斯大林同前线交谈时使用的电报机。"电报机我倒想象得到，可是斯大林通过电报机向各司令员说了些什么，我不知道。当然，斯大林在战胜德国方面所起的作用，当他在世时是被过分夸大了。而西部方面军司令员的谈话听来倒合乎情理。我们都知道，斯大林留在莫斯科，11 月 7 日发表了演说，他说敌人是可以阻挡住的。

（我军在莫斯科城下取得的胜利，在国外提高了斯大林的威信。我国士兵虔诚地相信他，我在柏林的废墟中间看见有的地方贴着从报纸上或《星火》杂志上剪下的他的相片。我又想起了特瓦尔多夫斯基的话："这儿既没有增，也没有减……"

有人说，死要死得恰是时候。如果斯大林死于 1945 年，也许战争会遮盖许多东西。人们或许会长久地怀着这种错觉——许许多多无辜的人的遇害是由亚戈达、叶若夫和贝利亚造成的，而在参加过战争的人们的记忆中，会留下一个身穿军大衣的斯大林的形象——莫斯科保卫战的艰苦日子。普希金曾说，一个高尚的谎言比"许多低级的真理"更值钱。然而也有贬低人的谎言，我常常对自己的命运表示感激：我活到了我们今天并听到了那个冷酷的真理。）

希特勒在 1941 年 12 月声称，德军自莫斯科近郊撤退是出于自愿，这样做是为了在更加适当的阵地上过冬，如果说发生了什么阻碍，那也是由于罕见的严寒，他说到了夏天攻势又会恢复的。后面这句话倒是事实，至于所谓自愿"缩短战线"这种话，就连最天真的德国人也不相信。法西斯德国在莫斯科城下遭到了沉重的打击，主要还不是指战斗力方面，而是指威信。当然，我和许多人一样夸大了我国胜利的规模，而且不久之后我亲眼看见了自己的错误：那个可怕的 1942 年的夏天来到了，德国人在两三个月内一直推进到伏尔加河和北高加索。然而，莫斯科城下的那场会战不是整个战争的一个插曲，它决

1941 年，朱可夫在莫斯科

上：1942 年冬天，列宁格勒的人
们在外面提水
下：1942 年，列宁格勒伊萨基辅
教堂外面的菜园

定了后来的许多事情。

　　谁也不会责备德国士兵不够勇敢，德国国防军有着优良的技术装备，指挥人员也有丰富的军事知识和经验。这一切都毋庸置疑，但是法西斯军队的弱点却在 1941 年至 1942 年的冬天完全暴露出来了：它只适合进攻，一种认识到自己的优势的思想鼓舞着它，但是只要希特勒的这些士兵一遇到真正的抵抗，他们精神上就会发生动摇。莫斯科会战使德国第一次尝到了毁灭的滋味。

05

叛徒弗拉索夫

我刚才考虑了一下这部书，我正在写它的第五部分，换句话说，我快要写完了。读者也许会问，为什么我把自己经历过的岁月写得那么阴暗，而对自己曾与之交往过的人们却用尊敬和爱戴的笔触予以描绘，表现了他们的美德和优点。当然，我也遇见过告密者、自私自利的变节分子、沽名钓誉的家伙，但我没有同他们相好过——不是因为自己特别敏锐，只不过是命运对我大发慈悲罢了。我也有过失望的时刻，纵然我没有同后来变得卑鄙和残忍的那些人交好过，但间或也同他们打打交道，然而当我回顾往昔时，我却不想提起他们，我更愿意谈谈逝去的岁月，谈谈促成心灵堕落的种种环境，我不想裁判，何况我并不相信自己完全公正不阿。

虽然如此，我却不得不在回忆录中谈谈同一个曾给人们带来众多灾难的人的短促会见，我不能不写这一章。

1942 年 3 月 5 日，我坐上汽车顺着沃洛科拉姆斯克公路直奔前线。我初次目睹了伊斯特拉和新耶路撒冷修道院的废墟：德国人焚毁了一切。如今我在新耶路撒冷附近居住了 12 年，伊斯特拉已经重建，但是，当我有时从新的楼房、公园、契诃夫的纪念像旁边经过时，那个遥远的寒冷日子里的雪堆和大火后留下的焦土，那一片空寂和死亡，仍历历在目。

我穿过了沃洛科拉姆斯克。弗拉索夫将军的指挥所设在卢季纳山旁的一座小木房里。使我感到惊讶的首先是他那一米九的个子，其次是同战士们谈

上：1941年，爱伦堡在沃洛科
拉姆斯克附近的战士们中间
下：爱伦堡在第20军团

话时的姿态——他那神气活现的谈话有时会故意显得粗鲁些，同时又颇为亲热。当时我有一种矛盾的感觉：我欣赏它，同时它又使我厌恶——在他的语气、声调和姿势中，有一种做作的东西。晚上，当弗拉索夫同我长谈时，我明白了他的举止的来历：他一连两个小时谈着苏沃洛夫（1730—1800，俄国名将），我在自己的笔记本中记道："谈起苏沃洛夫就像谈起一个曾相处多年的人一般。"

第二天，士兵们对我谈到了将军，夸赞他"朴实""勇敢"。"一个司务长负了伤，他便用自己的毡斗篷包起了他"，他还"很会挖苦人"……

　　那时打的是阵地战，为一个无名高地和一个名叫佩图什卡的村子进行着无休止的战斗。村子早已不存在了，小土岗子三番五次易手。在我同弗拉索夫坐在掩蔽部里谈话的当儿，德国人正在进行猛烈的炮击，他说双方的牺牲都很大。

　　后来我看见一座遭到炮火摧残的树林，好像死去了一般。雪依然呈现出白色，甚至泛着淡淡的蓝色，但在阳光下显得有点呆滞和萎靡。一小时后，响起了一片轰隆声，我们的部队发动了进攻，坦克清除了洼地上的德国人。

　　我们走进一座掩蔽部，看样子里面住过德国军官，摆着两张镀镍的床，到处都是印有希特勒和女明星的外国杂志。一个战士找到一筒荷兰的可可。救护兵抬来了伤员，弗拉索夫说："可是没能收复佩图什卡……真该死！……不过，这也应该——我们毕竟突破了他们的防线……"

　　我们乘车走上了归途，汽车在雪地上不住地打滑，天气酷寒。指挥所里一个名叫玛鲁夏的姑娘把房间布置得十分舒适，桌上蒙着台布，点着一盏带绿灯罩的灯，细长的玻璃瓶内盛着伏特加酒，她还为我准备了被褥。我们一直谈到凌晨三点钟，说得确切些，是弗拉索夫在谈，在发议论，我记录了他的一部分谈话。他曾在基辅附近被敌人包围，不巧得了感冒，不能走动，战士们抬着他突了围。他说，此后有的人对他投以白眼。"但这时斯大林同志打来了电话，问起我的健康状况，于是一切立刻就变了样。"他在谈话中数次提及斯大林。"斯大林同志把一个集团军托付给我。我们是从红色波利亚纳来到这里的——几乎是从莫斯科的郊区马不停蹄地一连走了 60 公里。斯大林同志召见了我，向我表达了谢意……"他批评了很多东西："没有良好的教育。我问一个红军战士，他的营长是谁，他回答说是'红头发'，连姓他都不知道，不培养士兵对上级的尊敬。可是瞧瞧苏沃洛夫，他当时就知道把自己摆在什么位置……"他一想起要夸奖什么，便说："好，有教养。"谈到一个被德国人绞死的姑娘时，他骂道："我们总要收拾他们的……"这话刚说完不久，他便说："他们也有可学习的地方。您见到掩蔽部里的铁床了吗？是从城里拉来的，这是文明，他们每个士兵都尊敬自己的指挥官，不回答说'红头发'……"他在谈到作战行动时补充道："我对士兵们说：我不想怜悯你们，我想爱惜你们。这话他们明白……"

1942 年冬天，爱伦堡在飞行员中间

夜里，他突然紧张起来：德国人的照明弹照亮了半个天空。"他们正在用飞机运来援兵，明天大概又会将洼地夺回去……"他的议论中常常插进一些我从未听说过的俗语和俏皮话，我记得有这样一句："每个费多尔卡都有自己的借口。"他还说，首要的是忠诚，他在被围时就想到了忠诚："我们能坚持下去……忠诚会帮助我们的……"

第二天大清早，弗拉索夫被唤去听电话。他回来时十分激动："斯大林同志给了我极大的信任……"弗拉索夫接受了新的任命。片刻之间，人们搬出了他的行装，小木房里变得空荡荡的了。穿着棉衣的玛鲁夏在指挥这个工作。弗拉索夫带我登上了他的汽车——他要去前线向战士们告别。我是在那儿的迫击炮的炮火下同他分手的。他回莫斯科去了，而我被军人们挽留下来："一起吃午饭吧……"我是夜里返回莫斯科的。高射炮的炮火响个不停，我却在想着弗拉索夫。在我看来，他是个有趣的人物，虚荣心很强，但很勇敢，他的关于忠诚的话打动了我。我在一篇关于争夺无名高地的战斗的文章中，对这个集团军做了简短的描写。

卡尔波夫上校告诉我说，弗拉索夫受命率领第二突击集团军去突破列宁格勒的包围圈，我心想，这个选择倒不错……

四个月后，即 7 月 16 日，德国人宣布俘虏了一名苏联的高级指挥官，他躲在一间木房子里，穿着士兵的衣服，但一看见德国人，便叫喊说他是将军，带到司令部经过讯问后，才知道他确系特种集团军的司令官弗拉索夫将军。

随后一个突围出来的苏联军官告诉我说，弗拉索夫的腿部受了轻伤，他拄着拐杖走在路边上，嘴里骂着什么。

又过了一个月，德国人广播说，弗拉索夫将军将战俘们组成了一个集团军，这支部队将"站在德国一边，为在俄国建立新秩序和社会主义制度"而战斗。

　　有人给我送来一张在前线拣到的传单，我保存着它，其中谈到了我——"犹太狗爱伦堡发火了"，传单下面的署名是"弗拉索夫部队"。我读了之后，想起这位披着斗篷的身材魁伟的将军半年前同我告别时曾吻了我三次，我就骂了起来（不错，我不会使用漂亮的辞藻，我不是弗拉索夫）。

　　当然，知人知面不知心，不过我敢于陈述一下自己的推测。弗拉索夫不是布鲁图（公元前85—前42年，古罗马政治家，刺杀恺撒的主谋），也不是库尔布斯基公爵（1528—1583，俄国大贵族，1564年背叛祖国逃往立陶宛），我觉得整件事要简单得多。弗拉索夫本想完成交付给他的任务，他知道，那时斯大林又会向他祝贺，他又会获得一枚勋章，会高升，他还可以用自己出色的口才——在引用马克思的言论时插进一两句苏沃洛夫式的俏皮话，使别人大吃一惊。结果出乎意料：德国人更强大些，集团军又陷入了包围圈。弗拉索夫为了逃命，换上了士兵的衣服。遇见德国人后他害怕了：一个普通士兵可能就地被处决。他当了俘虏后，便开始考虑自己该怎样办。他十分熟悉政治常识，赞美过斯大林，但是他没有信仰——有的只是虚荣心。他明白，自己的前途完蛋了。如果苏联获胜，对他来说最好的结果也是革职。所以只有一条路：接受德国人的建议，为他们卖力，帮助德国取得胜利。那时他将成为在战胜者希特勒的庇护下的支离破碎的俄国的总司令或国防部长。自然，这话弗拉索夫从未对任何人说过，他在广播里宣布说，他早就厌恶苏维埃制度，他渴望将"俄国从布尔什维克的统治下解放出来"，"每个费多尔卡都有自己的借口"，他不是曾经向我说过这句谚语吗？

　　弗拉索夫从战俘中搜罗了几个师。这些人中间一部分受着饥饿的折磨，另一部分害怕自己人。弗拉索夫分子在战斗中不堪一击，德国人主要用他们镇压游击队。战后我来到法国，利穆赞的居民曾对我叙述弗拉索夫分子是多么残酷地迫害老百姓。坏人到处都有，这既不取决于政治制度，也不取决于教育。

　　1942年7月，当弗拉索夫决定对自己祖国的敌人效忠时，三名机枪手和女救护兵薇拉·斯捷潘诺夫娜·巴金娜守卫着大多尔日克村旁边的一个小岗子。一个营的敌人包围着他们，但他们进行了回击。德国人用大炮轰击，炮弹炸死了两个机枪手，第三个机枪手和女救护兵受了重伤。德国人立刻开枪打死了机枪手纳皮夫科夫，随即用手枪威吓满身是血的姑娘——他们希望她请求饶恕。薇拉·巴金娜的确向一个德国军官请求过，但请求的不是饶恕，而是手枪，以便自杀，她当时 29 岁。

就在有人给我送来弗拉索夫分子的传单的那一天，我收到一封信，信中附了一句话："此信是在斯大林格勒城下牺牲的中士马尔采夫——雅科夫·伊里奇的身上发现的。"马尔采夫写道："亲爱的伊利亚·格里戈里耶维奇！我恳求你将我这封文理不通的信修改一下，发表在报纸上。司务长雷奇金——伊万·格奥尔吉耶维奇活着。人们本想提请授予他以最高奖赏，但我们所在的那个营全部牺牲了，明天或后天我就要投入战斗，或许也将牺牲。在这最后的时刻，我殷切盼望人民能知道司务长雷奇金的英勇事迹。"中士说，1941 年 8 月，营被敌人包围了，少数人投降了敌人，其余的都牺牲了，活着的只有三个人，雷奇金率领他们突围出来，击毁了一辆德国坦克，抓了两个德国俘虏。我当时履行了马尔采夫的这个要求。在即将投身战斗的时候，他显然知道死亡在等待着自己，在最后一夜里，他想的不是自己，而是自己的战友。

我现在谈的不是法西斯主义，而是人们。

人是什么，他能做什么？可以回答这个问题吗？他什么都能做，能做一切的一切，能够像弗拉索夫那样堕落到名誉扫地，也能够上升到难以形容的高度。我常常在想，那些在同一块土地上长大、进过同样的学校、说着同样的语言的人竟是多么的不同啊！也正因为如此，我才决定在前面谈谈弗拉索夫。（人们早就忘掉了他，就连他的那一伙及时逃进美占区的帮凶也忘了他。他们如今已不宣扬国家社会主义了，而是在大肆吹捧"自由世界"，他们不便提起自己曾经是弗拉索夫的人。）

鸟会飞，爬虫只会在地上爬，而人不仅是杂食的生物，还真正是能到处生存的生物——既能翱翔于高空，也能在地面上爬行，这是谁都清楚的，然而不应习惯于此，这不仅每次都使孩子目瞪口呆，也会使仿佛已丧失了惊讶能力的老年人哑口无言。

06

为军报《红星报》工作的作家

我的面前摆着一张小小的照片，上面是《红星报》编辑部的一个夜晚。我送来了第二天的文章，桌子后面坐着科佩列夫大尉，站在旁边的是莫兰。灯光照射在报纸的版面上。

我从战争一开始直到 1945 年 4 月都在《红星报》工作——我一生中的一些岁月同它紧紧地连在一起。长期以来，这个报纸对前线情况的报道比其他报纸要充实和鲜明得多。我记得一个风尘仆仆、疲惫不堪的士兵（这是步行的步兵）再三地说："不，我要看《红星报》……"我保存着托木斯克一个女人的来信："我恳求您，让我哪怕是有偶尔阅读《红星报》的机会吧！我知道我对此没有任何权利，但是我有三个儿子在前线，第四个在战争初期就牺牲了……"1941 年 10 月，在古比雪夫有两个美国记者为了一期新的《红星报》而发生了一场斗殴。不用说，在战争年代军报引起人们注意是十分自然的事，但是《红星报》的成就是人创造出来的。

在 1941 年至 1943 年间，报纸是由奥滕贝格-瓦基莫夫主编的。他是个天才的报人，虽然就我所知，他自己什么也没有写过。他既不吝惜自己，也不吝惜别人。有一次我同他去布良斯克附近，野战医院里躺着负伤的报纸记者莫兰，我们一起去探望他。奥滕贝格问道："您怎么负的伤？"莫兰回答说："迫击炮……"奥滕贝格满意地微笑着说："真行！"不用说，他不怕炸弹，也不怕机枪（这是个身经百战的人），就是在编辑工作这个岗位上，他

左：1941 年，莫斯科《红星报》编辑部的一个夜晚
右：1941 年，爱伦堡和奥滕贝格在莫雅斯克

也表现得很勇敢。在 20 世纪 40 年代，报界的行话里有一个术语叫"捉跳蚤"：当所有文章经过校改和同意发表后，主编就把各版上的文章再次仔细地读上一遍，从中找出可能使上面某人感到不悦的一个字眼甚至一个逗点。奥滕贝格虽然也"捉跳蚤"，却不用放大镜，往往放过了别人准会砍掉的东西。当然，我知道当他说"用好纸抄一份"时，这表示他有怀疑，想把文章送给斯大林审阅，不过这种情况并不常有。有一次奥滕贝格收到阿夫杰延科寄来的一篇战地特写，阿夫杰延科是在战前不久根据斯大林的命令被开除出作家协会的。奥滕贝格把这篇特写送给了斯大林，并附了一封信，他写道，阿夫杰延科"以战斗行动赎回了自己的罪过"。特写登出来了，我的文章大约有两三次也用好纸重抄过。我不能抱怨奥滕贝格，他有时对我发脾气，但文章还是发表了。有一天他把莫兰（这是报社里学识最渊博的人）叫到自己跟前，问他到底有没有埃里尼斯（希腊神话中的复仇三女神）。看来他是对的——前方的战士不应该知道希腊神话，他也反对采用"爬虫"，反对引用丘特切夫的诗句，反对归反对，但他还是发表。科佩列夫不久前告诉我，他偶然间得知了我和柳芭从中央艺术工作者之家只领一份可怜的口粮，便将此事报告给了主编。奥滕贝格起先不相信，后来就大发雷霆，立刻给红军后勤部长赫鲁廖

夫中将写了一份报告，要求按军人的标准发给我口粮。在报社的全体工作人员中，奥滕贝格最喜欢西蒙诺夫：大概，年轻的西蒙诺夫的特写和诗歌中流露出的吉卜林（1865—1936，英国作家）的语调很中他的心意。

1943 年 7 月末，我从奥廖尔附近回到了莫斯科。奥滕贝格向我打听了前线的情况。他说刚才得到消息，墨索里尼退休了，我发现他的神色有些激动。两小时后，我拿着写好的文章去找他时，办公室已经空了。科佩列夫向我解释说："去啦……刚才他还打来电话，问这儿的工作是否一切正常……总之，他被撤职了。谢尔巴科夫不喜欢他……"

没过多久，奥滕贝格上前线去了，他进了莫斯卡连科将军的集团军。我把自己的一本论文集送给他看，他在回信中写道："您自己大概也没有想到，在剧烈的风暴的日子里，那忠实可靠的友谊之手有着多么巨大的意义！"

两星期之后，我看见编辑部来了一个温和的、十分客气的将军，这是《红星报》的新主编塔连斯基。我同他工作了一年，我们之间从未发生过冲突。他离开后，我便尝到了苦头，幸好这时距战争结束没有多久了。1962年，我同塔连斯基将军一起出席了布鲁塞尔的裁军问题的"圆桌会议"，当时我又在想，同这个人一起工作有多么轻松啊！

每当空闲时候，我便同莫兰在一起议论诗歌。我不知道他是怎么参加军报工作的。他爱诗，如今他一面翻译诗，一面自己也写点诗，而当时他常常写社论——奥滕贝格在办公室内瘸着一条腿踱来踱去，向莫兰解释他应该怎样写。莫兰是个非常谦虚可爱的人。战争结束后，他到《消息报》工作，后来因为他是"世界主义者"而被捕，我直到 1955 年才又看见他。

在编辑部工作的还有米哈伊尔·罗曼诺维奇·加拉克季奥诺夫，这是个受过军事教育的人，不知何故失宠，而且没有军衔。虽然他和我同岁，可是别人对他就像对待小孩子似的，常常呵斥他。可是骤然间情况大变，上面某人想起了加拉克季奥诺夫，一天我发现他穿上了将军制服，人们开始有礼貌地同他谈话，而他仍像过去那样默默地、认真地完成自己的工作。1946 年我同他一起去美国，关于他的命运我将在本书的最后一部分叙述。

奥滕贝格善于将一些优秀的作家团结在报纸周围。瓦·格罗斯曼在斯大林格勒度过了最艰苦的几个月，他在那里写了《主要打击方向》和《契诃夫的眼睛》这两篇在我今天看来依然是杰出的特写。我也记得西蒙诺夫关于北方战线的特写。彼得罗夫在战争初期曾经为《消息报》撰稿，但最后写的关于塞瓦斯托波尔的特写是在《红星报》上发表的。在报纸的军事记者中，还有一些其他作家：巴甫连科、苏尔科夫、加布里洛维奇。卡尔波夫上校能够说服阿·尼·托尔斯泰坐下来立刻写一篇文章。至于我个人，我通常总是能完成交给我的一般编辑工作——编简讯，翻译外国报纸上的消息，一句话，做自己力所能及的事。

我想回忆一下报纸的军事记者们，他们的工作是艰苦的，往往还不合乎要求：报道都是匆匆写成的，有时是在两次空袭之间写成的，有时是在煤油灯下写成的，随后便是"推动"文章，也就是说，恳求电讯人员将它发出去，这也要碰机会，有时报道已经过时了，奥滕贝格或卡尔波夫便将电报稿往废纸篓一扔了事。

考涅楚克在《前线》这个剧本中描写了一个讨人嫌的记者克里空。（不巧，某方面军报纸的一位记者也姓克里空，他屡次对我说，所有的人都以此取笑他。）当然，像喜剧的主人公那类人在军事记者中间是存在的，但并不多。使我感到惊讶的倒是绝大部分的军事记者都很谦逊。我偶然间保存了谢·博尔津科的一封信，"随信附上一篇特写，请转给《红星报》编辑部，这篇特写叙述的是我们这个近卫师的最近一次战斗。我参加了这次战斗，所以我尽力将我亲眼看到的一切真实地写了下来。我恳求您抽空读一读，如果您还感到满意，请将自己的意见转告主编。我们是在大雪纷飞中战斗的，您别奇怪，今天是 3 月 30 日，而我们这里是零下 20 度的严寒"。谢·博尔津科成了苏联英雄，他的英雄事迹是家喻户晓的。

然而有谁记得那个一向沉默寡言的列夫·伊什——一个不写稿、只校对别人文章的报社的普通工作人员呢？1941 年秋季的一天，他正在校对一篇来自西方战线的通讯，突然大叫了一声，原来文章中提到德国人在叶利尼亚残暴地杀死了他的父亲。伊什坚决要求派他以军事记者的身份去前线。他写了一些文章，也吃过不少苦。1942 年，他在从被围困的塞瓦斯托波尔寄来的一篇报道中写道："……我怀着羡慕的心情望着别人向德国人射击，而他们有机会这样做不是一个月一次，而是每天……"（列夫·伊什出去侦察过许多次。）结局到了，最后的一批塞瓦斯托波尔的保卫者在海岬旁继续战斗着，其中有列夫·伊什，而他就在这次战斗中牺牲了。

我在编辑部里读了东斯科伊上校写的几篇文章。1943 年秋，我在斯洛博德卡遇见了东斯科伊上校，面前是仍然被德国人占据的基辅。他的真姓是奥伦德尔。他在文章中对几次军事行动做了出色而冷静的分析，他将许多知识传授给年轻的指挥员们。然而我们这次没有谈战争，我们谈的是生活和艺术。奥伦德尔朗诵了勃洛克和巴格里茨基的诗。接着我们的话题转到忠诚、白色的农舍和别离上。奥伦德尔很像一个满怀浪漫主义热情的年轻人，所以我对他说："假若我年轻些，而您又年长些，主要的是，假若在另一个时代，我们就可以坐在某个像'洛东达'那样的咖啡馆里，谈的不是前线的道路，不是浮桥，而是像今天这样，谈的是完全不同的东西……"我们像老朋友似的分别了，实际上我们在一起一共才几个小时。1944 年，奥伦德尔像士兵一样牺牲在枪弹下。

我在第聂伯河上遇见了格罗斯曼和多尔马托夫斯基，在索日遇见了西蒙诺夫，在莫扎伊斯克遇见了斯塔夫斯基，在白俄罗斯遇见了特瓦尔多夫斯基，在维尔纽斯遇见了巴甫连科。我们没有就文学问题进行争论——我们顾不上这个。

我想起了 20 世纪 40 年代末的情形……简直难以想象，在战争时期我们像一个连里的战士那样亲密无间。我翻阅了战争年代的一些信件。当然，我明白，给我写信的有我的旧友，如亚·雅·泰罗夫、彼得·彼得罗维奇·孔恰洛夫斯基、阿·尼·托尔斯泰、安娜·阿赫玛托娃、阿·阿·伊格纳季耶夫。可是也有许多信来自我当时还不认识而战后也很少见面的作家。那时我们有共同的敌人，我们很清楚德国的坦克或德国的冲锋枪手是什么东西。我刚刚又重读了那些年代的一封信，一个年轻诗人自前线给我写道："……譬如，所有那些描写战士们快活地高唱关于爱人或类似的歌曲，以及投入战斗的诗歌究竟有何价值呢？那些无数的关于'蓝手绢'的作品又有什么用呢？莫非那保卫俄国诗歌不为庸俗所沾染的勇敢和权威的声音还不够响亮吗？难道我们会像战士们带着靴子上的泥土那样带着庸俗去冒险迎接胜利吗？既然庸俗是浮在表面上的，同它斗争也不困难，然而对那无数空洞的、高调的、轻率的诗歌又该怎么办呢？即使你费尽九牛二虎之力也不会从中找到一丝独特的思想的影子。如今的刊物充斥着这些诗。"写信的人接着请我读读他寄来的诗，并且解释说，他为什么要给我写这封信："为什么正是写给您呢？说句实话，这里没有恭维的意思，因为您的声音即使在最困难的时刻也是同我在一起，因为前线的战士们信任您。除此之外，您的威望和对俄国文学的爱使您的见解具有直率和尖锐的性质——这是批评中的优良品质……"信末的署名是尼·格里巴乔夫。

我承认，在那些年里，就连空洞的、高调的诗也很少使我感到不快。（我自己对此感到很奇怪。大概战争的声音压倒了一切。）我在翻阅这些幸存下来的笔记本时，读到了军事消息、野战信箱的号码、跟我交谈过的德国战俘的名字。我交了许多既非作家也非记者的新朋友，他们是炮兵、工兵、飞行员。我同许多前方战士有信件来往，我打算在下面谈谈其中的几个人。

帕·伊·巴托夫将军在关于斯大林格勒会战的回忆录中谈到他的部队虏获了由希特勒签署的一份指令——《十二条纪律》，这个法令告诉德国兵应该怎样对待俄国人。帕·伊·巴托夫写道："第65集团军的政治工作人员拿这份《十二条纪律》同战士们进行了座谈。我记得在切博塔耶夫的部队里由团长亲自主持座谈会。一阵愤怒的笑声。决议通过了：'一、我们宣誓要毫不留情地打击法西斯分子并最先进抵伏尔加河。二、将《十二条纪律》寄给爱伦堡同志，请他通过《红星报》把德国人痛骂一顿。'"类似的要求我先后接到过几百条。我写过德国人，写过战争，写过我们的人。

我在1942年写的一篇文章的标题是《全副精力用于一桩事！》。把全副精力用于一桩事上是十分困难的，只有地下活动时期的革命家、地下经堂里的耶稣教徒，也许再就是学者才能够做到这一点。人——这是一种复杂的生物，他既不是鸟，也不是鱼，他生活在各种各样的环境中，过着不同的生活，也以不同的方式生活。然而，看来几乎每个人都有暂时离开自己、离开习惯的思绪与疑虑、离开朋友的圈子、离开自己内心的主题的时候，即使这在一生中只有过一次。从1941年到1945年，即在《红星报》工作的那几年里，我自己就是如此。

07

战士古德坚柯和他的诗

这是早春的一天，清晨有人敲我的房门，站在我面前的是一个穿着军便服、眼神忧郁的高个子年轻人。常有许多从前线回来的人来找我，他们请求我写一写牺牲的同志，写一写连队的英雄事迹，有的还带着从俘虏身上搜出的小本子，而且总要问为什么目前战场上比较沉寂，谁将发动进攻——是我们，还是德国人。

柳芭·卡杰茨娃-爱伦堡绘制的谢苗·古德坚柯肖像

我对年轻人说："请坐！"他刚刚坐下，马上又站起来说："我向您读几首诗。"我准备接受又一次的考验——当时谁不写几行关于坦克、关于法西斯分子的暴行、关于加斯捷洛（1907—1941，苏联飞行员，苏联英雄）或游击队的诗句呢。

年轻人提高了嗓门，仿佛他不是在旅馆里一间窄小的屋子里，而是站在炮声隆隆的前线阵地上。我反复地说："读下去，读下去……"

后来有人对我说："你发现了一个诗人。"不，这天早晨，谢苗·古德坚柯向我揭示了许多我依稀能感到的东西。他当时只有 20 岁，他不知道自己那一双长胳膊该放在哪里，难为情地微笑着。

他当时对我读过的诗中，有一篇如今已是人所共知的了：

面对着死亡

可能会哭泣，

可他们走向死亡——引吭高歌。

战斗中最可怕的时刻——

等待进攻的时刻……

现在轮到我了。

对我独自一人

进行狩猎。

你这该死的

一九四一年啊——

步兵在冰天雪地里冻僵了。

我觉得我是一块磁铁，

吸来了一颗颗炮弹。

轰隆一声爆炸——

中尉声音嘶哑。

死神又一次打身旁溜走……

这是一场短促的战斗。

后来

狂饮冰镇的伏特加酒，

我还用小刀

从指甲缝里掏出

敌人的血。

　　我目睹了第一次世界大战，经历了西班牙战争；我读过许多描写会战、战壕以及生与死的小说和诗歌，有的充满高昂的激情，有的揭露了战争的残酷，它们的作者是司汤达、托尔斯泰、雨果、吉卜林、丹尼斯·达维多夫（1784—1839，1812 年俄国卫国战争中的英雄、诗人、军事学著作家）、马雅可夫斯基、左拉、海明威等。1941 年，我国的诗人们写了不少优秀诗篇。他们不是从一旁观望战争，他们中许多人每天都受到死亡的威胁，但是没有一个人从指甲缝里掏过敌人的血。刺刀毕竟是刺刀，诗毕竟是诗。也许这甚至使我在战前就认识的诗人们的最成功的诗作也增添了几分文学性。而古德坚柯不需要证明什么，也不需要说服谁，他是以一个普通志愿兵的身份投入战争的，他在敌后作战，受过伤。苏希尼奇、杜米尼奇、柳季诺沃（以上都是俄国的城市）对他来说，不是某个莫斯科报纸或军报的撰稿人的笔记本中的一行字，而是日常生活。（他在第一次见面时便对我说："我从报上读到，您去访问过罗科索夫斯基，是在马克拉基，我就是在那儿负伤的。当然，是在您来之前……"）

那天早晨，他也向我读了《友谊之歌》。"歌"这个字是来自传统的浪漫主义作品，然而诗句却完全不是浪漫主义的。战士知道：在执行这个任务时，两个人中有一个要牺牲——他或者是他的朋友。

> 我多么想活下去——
>
> 哪怕是绝交，
>
> 哪怕不再相好。
>
> 好吧，
>
> 让我去，
>
> 让他留在活人中间吧……

我前面说过，古德坚柯向我揭示了许多东西。我们经历的这场战争是残酷可怕的，同时我们也清楚地知道，必须打败法西斯分子。昔日的诚实的诅咒和新的依然是诚实的赞美对我们已不适用："砍碎的人肉，堆积如山……"不，起变化的不仅是规模，还有认识。"神圣的战争"吗？不仅是那几个词！而我听见了古德坚柯的诗……

那天早晨，我什么也没有问他——我在听诗。我只知道他是基辅人，他有一个母亲，他在文史哲学院学习，1940 年听过我的描写巴黎的诗。

（在我看来，古德坚柯从头到脚都是诗人，是个除了诗以外还没有学会思考的年轻人。他当时在自己的笔记本中写道："昨天伊利亚·爱伦堡来我们这里，他差不多和任何一位诗人一样，远远地离开了深厚的社会根基……"初次见面往往有这种情形：我们互不了解，总是按照自己的心情来描绘交谈者。）

左：1941 年，在乡村迎接圣诞节

右：法西斯分子的暴行

我将古德坚柯的诗读给许多人听，如托尔斯泰、谢芙琳娜、彼得罗夫、格罗斯曼、苏里茨、乌曼斯基、莫兰。我往作家俱乐部和各个编辑部打电话：我想同所有的人分享这个意外的喜悦。

他又来了，我们相互端详了一阵子，我喜欢上了他。

他的诗发表了，随后在作家俱乐部举办了晚会，他从此踏入了文学界。那是战争时期：很快地引起注意，很快地得到承认，也很快地被忘记。

他很勇敢，而且异常淳朴，他在死亡面前没有畏缩，然而在文艺界，他初看起来简直像个十分腼腆的少年。我现在谈谈上面引用过的两句诗的历史，这两句诗是：

你这该死的

一九四一年啊——

步兵在冰天雪地里冻僵了。

编辑要求改一下，古德坚柯顺从地写道：

天空要求信号弹，

步兵在冰天雪地里冻僵了。

我问他，天空在这里究竟有什么意思，他歉然地微笑了一下说："我有什么办法？……"（过了15年，古德坚柯死了，在1957年的版本中又出现了一个同样荒唐的新方案："艰苦的一九四一年，步兵们在冰天雪地里冻僵了。"仿佛那个觉得自己吸来了迫击炮弹的士兵是在进行学究式的思考：这一年是艰苦的。只是到了1961年，当被冰雪封冻的诗解冻以后，才恢复了原文的面目。）

1945年2月，他在从前线寄给我的信中写道："寄给您五首诗，有的发表过，有的未曾发表。我写得很多，几个笔记本全写满了，但结果如何，只有天晓得。如果有的能发表，当然很好……诗中用墨水标出的句子是发表时的方案。我从写第一行诗起就受过书刊检查的训练。"

古德坚柯在1942年谈到未来时是严肃而满怀信心的。他也像他的全体同团战友以及他的全体同胞那样，相信胜利后生活将会更美好、更纯洁、更公正。

古德坚柯重伤刚刚复原，就在莫斯科被汽车轧死了。他在后方住了很久，在斯大林格勒的《共青团真理报》巡回编辑部工作。他从那儿将自己的关于斯大林格勒的诗寄给了我，又有一首诗像个新发现似的使我为之惊讶：

> ……一片沉寂
>
> 随着第三列军车
>
> 终于
>
> 来到了这里。
>
> 这是
>
> 从未有过的沉寂，
>
> 它笼罩在炮弹壳
>
> 和碎砖上，
>
> 它使你心悸，
>
> 使你激动得
>
> 立刻睡去。

1943 年 9 月，他在给我的信中写道："我打算去乌克兰，基辅不会让你安静的，我大概不久就去那里，不能再在这里写后方了，我要写一写前线，会有结果吗？"

11 月，古德坚柯来看我，他高兴自己马上就要上前线，不久就可以看见基辅了，同时他的脸上突然掠过一个仿佛是由于一朵孤独的云彩造成的阴影。不知为什么我当时在笔记本中写着："古德坚柯问，为什么实行男女分校，规定制服，他谈到一个基辅的犹太人受到很多委屈。他在一年内变得老练了。"

古德坚柯跟随军队西进。优秀的诗篇总是在考验的时刻产生的，这还用三番五次地解释吗？古德坚柯在 1942 年写道：

> 每个人都以自己的独特方式记得，
> 苏希尼奇，杜米尼奇，
> 还有通往毁于战火、渺无人迹的
> 柳季诺沃的林中道路。

1945 年，不仅进行过战斗的城市的名字改变了，人的心情也起了变化。古德坚柯不是倾听心脏的跳动，而是倾听响亮的字眼和韵脚：

> 占领杰日，
> 占领克卢日，
> 占领肯普隆。
> ……没有希望了。
> 只有偏僻之乡。
> 尼贝龙根人在哭泣。

胜利前不久，他在给我的信中写道："我们地区的战争仍十分激烈。一切照旧。不久以前，我在横渡摩拉瓦河时碰上了一次猛烈的空袭……我在那儿躺了好长时间，真够折磨人的。我真不愿在 1945 年死去……"

第 五 部

战争结束了，活着的人们复员了。我看见了没穿军装的谢苗，但是他内心里仍然穿着那件褪了色的破旧的军便服。当然，诗的题材变了，他描写了外喀尔巴阡山乌克兰的村庄，描写了集体农庄和和平时期边防军的生活。他知道，这是一个大首都的一些重大事件，但是"每个诗人都有自己的外省"，他承认：

> 我也有一个没有改变的、
> 没有绘入地图的、
> 严酷无情又不加掩饰的
> 遥远的省份——
> 战争……

我的笔记本中有这样一段记载："我在奥尔忠尼启则机床厂朗诵……人们在听……我却对自己的诗感到枯燥无味……"

许多小说、电影、诗歌都描写过士兵们回到和平生活后的怀旧心情。古德坚柯没有描写过这种心情，但是他无论描写什么，他的诗中总流露着一个前方战士对过去的怀念。表面上看来一切都很好：他找到了幸福或自己的理想，讲大道理，脸上常常露出微笑，在国内各地旅行，做了许多工作，像是一个模范的乐观主义者。（我记得他年轻时的一句自白："幸福的永恒伴侣——40个疑问与忧伤。"）有一回他顺便对我说："我学会了写诗，可现在写得比以前糟。不过，这是可以理解的……"我没有表示异议，也许，他是在等候反驳，究竟如何，我就不知道了。

他的样子倒挺健康，也显得更成熟了，甚至还有点发胖。他在 1946 年写道：

> 我们不会死于衰老——
> 而会死于旧伤。
> 给杯中斟满罗姆酒吧，
> 缴获的红色罗姆酒！

这倒像一支普通的军队歌曲。1952 年，我听说古德坚柯病了，是战时受了震伤的结果，已经做了环锯手术，但医生们不能断定他能否复原。我当时突然想起了盛着红罗姆酒的杯子……

古德坚柯一面同死亡斗争，一面又写了三首诗。他又像在 1942 年写的那些早期诗作里一样，升到了高处。他要死得像他的同团战友们那样，死在亲近而遥远的外省。

> 如今我多么想活，
> 仿佛刚从战场上下来！

他在病倒的几个月以前曾来看我，我们谈了很久，但是谈话失败了。也许这是因为他的一个诗人朋友在场，也许这是我的过错，不过那个时代也不怎么适合倾心相谈。过了两三天，他又跑来了，这次只待了一刹那，好像是忘了给一本书题词，他站着，面带笑容，直到告别时才说："许多事都不是当初所想的那样……不过我们还会见面的，那时再谈吧……"此后我再没有看见过他。

是的，许多事都不是我们当初在 1942 年所想的那样，原子弹的时代来临了，谁也不知道明天会怎样。无辜的人遭到逮捕——又是向自己人开炮。古德坚柯死于第一次解冻前不久的一个隆冬的月份——1953 年那个寒冷、阴暗的 2 月。

对我来说，他仍然是在苏希尼奇、勒热夫、斯大林格勒开始了生活的那一代诗人，许多和他同岁的人都没有从战场上回来。我如今仍依稀记得在战争前夕朗诵过自己诗歌的两个年轻诗人——库利奇茨基和科甘。后来我还朗诵过他们的诗，他们死得太早，他们的优秀之作都写于战前。然而古德坚柯却不同，他善于在炮火声中发言，为自己和别人说了许多话。他在一首题为《我这一代》的诗中，三番五次地重复着这样两句话：

> 我们不需要怜悯，因为我们也不会怜悯别人……

古德坚柯在写这两行诗时，心里想着那些和他同岁的人会凯旋，并将领略幸福的真正意义。1951 年，他在昏暗的门厅里对我说："许多事都不是当初所想的那样……"

古德坚柯是不幸的。他在我的记忆里依然像在那个遥远的 1942 年的早晨那样年轻。他在那短暂的时光中挺起了身子，看见并发了言……

08

流血的卡德里尔舞

　　1942 年 3 月 10 日，战斗的法兰西的代表罗歇·加罗给我打来了电话。我得招待他吃顿饭，而这在当时相当困难。经过再三交涉，大都会饭店的经理终于同意提供一个小小的房间。（服务员不好意思地在洗脸池上蒙了一块白布。）这顿饭在当时来说已十分丰盛，还有伏特加酒。加罗是个机灵的法国人，个子不高，但很热情。他说戴高乐在伦敦的处境十分困难：对于英国人来说他只是个侨民，仅此而已。加罗有一个打算：为什么不在苏联建立几个法国师呢？可以先从空军开始。他对法国的局势十分担忧："几乎所有的人都恨德国人，但是不管怎么说，人总是想保住自己的金钱和地位，比起其他人来，工人的表现要好得多……"他一直称自己是"雅各宾党人"。

　　加罗要求我晚上同他谈谈。客人们中间有法国将军柏蒂、记者尚普努瓦、土耳其的领事和莫斯科天主教堂的神父布隆。加罗气愤地说："你们瞧，英国人和美国人低价购买德国的工厂，还将开始保卫'贫穷的德国'。对他们来说，战争只是一场板球赛……"

　　我谈了谈自己在前线的见闻，神父布隆对法西斯的暴行深感愤怒。此后不久，亚历山大·谢尔盖耶维奇·谢尔巴科夫对我说，德国人把一些斯洛伐克部队调到了东线："您到过斯洛伐克，您给他们写点传单吧……"我立刻想到了布隆：斯洛伐克农民中有很多信教的人，天主教神父的呼吁肯定会对他们起作用。我便去找布隆神父，他当时住在美国大使馆的一个舒适的厢房里

（外交人员还留在古比雪夫）。布隆向我做了很多解释，他说神父喜欢忍耐，又说同梵蒂冈是不能闹着玩的。我们谈到了教义，谈到了前线的形势，也谈到了戴高乐。至于传单，布隆倒是写了，但此后他却开始为自己的汽车向我要汽油。我向分配汽油的部门打听情况，得到的回答是布隆领的汽油已超过他应得的数量。布隆神父在信中说他经常东奔西跑，给要死的人举行圣餐礼。他在我拒绝他的要求后，又开始威胁我，不是用阴间的苦难，而是用一些无聊的胡闹。

四月，我因《巴黎的陷落》获得斯大林奖金，加罗将戴高乐的一份贺电转交给我。柏蒂将军寄给我很长一段引火的火绒，整个战争期间我都不用像布隆神父那样为汽油操心了。

柏蒂将军是军事代表团团长，是戴高乐军校时的同学，虔诚的天主教徒。他的诚意、直爽和过人的谦逊立刻博得了我的好感。他目睹苏联人民在怎样战斗，了解了他们，也爱上了他们，他告诉我说，他回到法国后变成了另一个人。战争结束后，他被任命为巴黎的副军事总督，我曾去荣军宫拜访他。然而他在这个岗位上的时间不长，他不掩饰自己对苏联、对昨天的游击队员的感情，可这已经不合时宜了。前不久我在巴黎的时候，秘密军队组织在他的家里放置了爆炸物。他微笑着顺便说："昨天我挨炸了……"

我在我的笔记本中找到了加罗的几句话："第二战场被搁置一旁了，慕尼黑精神复活了"，"英国人战前也在迪耶普度周末，这是逍遥自在的散步，可我们相信了"，"你们在斯大林格勒作战，而他们却在训练未来的委员，以便有朝一日占领那些赶走了德国人的国家"……

1942年9月28日，苏联政府承认了战斗的法兰西的全国委员会是唯一有权代表法国人民的组织。加罗拥抱了我。他在电台上发表了一篇热情的演说："现在情况越来越清楚了，欧洲的未来取决于苏联和法国之间的相互信任，法国将会挽回自己的威信和尊严。"在"阿拉格维"饭店，加罗高喊道："我们一定要绞死德国国防军的所有将军，他们不是军人，而是罪犯！……"

1944年12月，戴高乐来到了莫斯科，陪同前来的有儒恩将军和外交部长皮杜尔。法苏条约的谈判陷入僵局：戴高乐不愿承认波兰新政府（"卢布林委员会"）。我被邀请出席了法国使馆的宴会，没有一个女人，坐在戴高乐旁边的是所·阿·洛佐夫斯基和我，戴高乐几乎一直在同我交谈。他的情绪很坏，抱怨莫斯科人太冷淡。后来有人告诉我说，宴会前他被带去参观地下铁道，在所有外国客人的访问日程里都有这一项。地下铁道最不能使戴高乐感兴趣，因为他是个17世纪的人，而在那个时候，既没有法西斯主义，也没有地下铁道，又没有其他新鲜玩意儿。车厢里挤得满满的，因此特为法国客人把儿童游戏场腾了出来。乘客们吵吵嚷嚷，对此甚感不满。而戴高乐将军忽然想起向他们致意，那些正在发牢骚的人们听说高个子法国人就是戴高乐将军，显得有点惊慌失措。车厢里鸦雀无声，只有一个矮小的老头，想起革命前在学校学的法文字，便用颤抖的声音说了句："谢谢。"戴高乐生气了，他向我整整抱怨了一小时，说莫斯科人在他看来就像一群苦役犯。对我来说，他是抵抗运动的人，所以我尽力让他相信苏联人是爱法国的。

儒恩将军在我看来是个勇敢的军人。当乌兰诺娃在《吉赛尔》一剧中表演时，他一面打盹，一面说："我原先以为你们起码没有这种尽是幽灵的荒诞的玩意……"第二天他看了红军歌舞团的表演。演员开始跳蹲舞时，他从座位上跳起来，高兴地喊道："哥萨克终于出现了！"看样子，这是他唯一喜欢的节目。他如今拥护秘密军队组织，我丝毫不觉得奇怪。

皮杜尔喝了伏特加后立刻醉倒了，这是有决定意义的最后一个夜晚，法国人被邀请去克里姆林宫，皮杜尔为了显示一下自己的本事，喝光了一瓶伏特加。斯大林在晚餐席上发现戴高乐只喝矿泉水，便邀请皮杜尔与之对饮，而皮杜尔没过多久就被送回住所去了。后来戴高乐返回大使馆，加罗和莫洛托夫继续就条约中有争议之点进行谈判。加罗告诉我说，他是天亮时回去接皮杜尔的，后者头上缠了块湿毛巾正躺在床上，他对皮杜尔说："部长先生，穿上裤子吧，我们全都谈妥了，剩下的就是由您在文件上签个字。"

1942年，一切都显得既简单又明了。当时由基利西创办的法文报纸《马赛人报》在伦敦出版了。他请我给他们写点文章，我照办了。十月，《马赛人报》的主编在报上用一篇社论回答了我："苏联在一年多的时间里几乎是单独承担了对德作战的全部重负。爱伦堡读了我们的报纸，无疑在寻找对自己呼吁的答复。今天我们可以回答他……法国工人拒绝在德国工作。我知道，有人会指责我把法国工人的固执的拒绝同斯大林格勒保卫者的英勇精神相提并论。但是，爱伦堡，您要知道，当饥饿的孩子在一旁啼哭时，需要的是经常的决心，在机枪下举行罢工的决心……"

战争孕育了我们称之为"互助精神"的那种东西。在"莫斯科"旅馆我的寓所，在克鲁泡特金滨河街柏蒂将军的寓所，在法国大使馆，都经常有一些很难称之为志同道合者的人在聚会，他们是莫里斯·多列士、加罗、让-里沙尔·布洛克、柏蒂将军、使馆参赞施米特林、尚普努瓦、戈尔斯、卡塔拉，我们友好地交谈着。1944 年，我从维尔纽斯带回几瓶布尔冈陈酒，这是坦克兵送给我的，他们有点扫兴地说："伊利亚的文章很有劲，可他只喜欢喝克瓦斯……"瓶子上印着德文字样："专供国防军饮用，非卖品。"我将莫斯科的几个法国朋友请来。加罗和多列士在"为胜利"干杯，我们是怀着分外满足的心情喝这些酒的，因为它本来只供给德国军官。

1942 年末，在那非常艰苦的日子里，第一批法国飞行员——"诺曼底"航空大队来到了苏联。法国人被安排在伊万诺沃郊区，他们要在这里熟悉一下我国的歼击机。我同尚普努瓦一同前去访问他们，我们还带了礼物——一架留声机和一些唱片。我们去的时候正是圣诞节前夕，这在法国如同我国的新年一样，人人都要庆祝它。由于逢到节日，一个犯纪律问题的飞行员刚从禁闭室被释放出来。他的故事逗得我们笑了一阵子：在伊万诺沃马戏院里，一个姑娘塞给法国飞行员一张字条，约他会面。"诺曼底"大队距城市十公里，四周到处是雪堆，法国人不习惯这么寒冷的冬天，冻得直打哆嗦，但是这位飞行员拿到字条后，决心要寻找幸福，便前往姑娘指定的地点。他迷了路，陷进了雪堆里，后来被别人救了出来，飞行大队的纠察队长罚他蹲七天禁闭。这个刚获释的小伙子快活地说："我一定要找到她……"法国人享受了一顿丰盛的晚餐。大家都有点醉意，不约而同地唱起几支轻佻的歌曲。曲调是伤感的，食堂的一个女服务员低声对我说："他们在祈祷……他们会被打死的，而且还是在异乡……"

的确，在斯大林格勒会战以前来到的第一批飞行员，幸存者已屈指可数。丘梁少校牺牲了，这是个身材矮小的快活的人，飞行员友好地称呼他"丘丘"。扎哈罗夫将军在利托尔夫大尉——飞行大队的队长牺牲后，曾要求丘梁不要自己去冒险："您是指挥员，您没有权利……"但丘梁是 1943 年夏天在奥廖尔附近牺牲的。勒费弗尔这个后来被追赠以苏联英雄称号的出色人物也牺牲了。他的飞机是 1944 年春在维捷布斯克附近坠毁的。他被烧伤后，送到了莫斯科。我还记得，在索科利尼基的军医院里，一个医生皱着眉头对我说："伤势十分严重……"我们把他葬在德国公墓（这真是对命运的奇怪戏弄，旁边便是拿破仑远征俄国时牺牲的法国士兵的一座公墓），一个女护士哭了。牺牲的还有利托尔夫大尉，中尉台德斯科、德尔维勒、德·谢因、德尼、儒阿尔、杜兰、弗科以及其他许多人。有两个获得苏联英雄称号的飞行员活下来了：一个是前雷诺工厂工人阿尔贝，一个是贵族——德·拉·普阿波子爵（他的一个祖先是法国革命时期的将军，同朱安党打过仗，后来又在意大利同苏沃洛夫作过战。）"诺曼底"大队成了"诺曼底·涅曼"大队，它的战绩簿上记载着 300 架被击落的敌机。曾在我国天空中作战的共有 95 名法国飞行员，其中活下来的有 36 名……

我在奥廖尔近郊（随后又在明斯克附近）访问过"诺曼底"大队的飞行员，后来在莫斯科、图拉、巴黎也遇见过他们，我只想说一点，他们都是好同志，并未灰心丧气，很快地适应了异乡的生活。我们的飞行员、机械士、翻译人员都喜欢他们。难道我能够忘记那个不愿丢下苏联机械士而单独生还的德·谢因中尉是怎样牺牲的吗？难道我能够忘记苏联士兵是怎样在弗里什加夫海湾援救德·若弗尔中尉的吗？当时不是在各种会议上谈论民族友谊……血更有黏合力。

1944 年 8 月 22 日，我从前线返回莫斯科后，在编辑部知道了巴黎起义的消息。第二天清晨，加罗给我打来了电话："巴黎胜利了……"我前往法国大使馆，柏蒂将军、加罗、尚普努瓦、使馆的工作人员和几个年老的女人都在那儿。一架小留声机不断地放着《马赛曲》，我们激动得说不出话来，让-里沙尔·布洛克热泪盈眶。随后我们举杯，为法国，为红军，为游击队，为巴黎解放委员会干杯。我问加罗，这个罗尔上校是个什么人——一则电讯里说他在领导巷战。加罗赞赏地回答说："大概这不是真名字，我听说他是个工人，共产党员。不管怎么说，他是个英雄！"

戴高乐政府奖给我一枚荣誉团十字勋章，新任大使卡特鲁将军郑重其事地将勋章挂在我的胸前，拥抱了我，并且说，法兰西永远不会忘记那些在艰苦岁月里对它信守不渝的人们。

　　1946 年夏天我来到了巴黎，这里举行了盛大的晚会，普莱耶尔厅（这正是 3 年后召开第一届保卫和平大会的地方）挤满了人。坐在主席团里的有爱德华·赫里欧、郎之万、多列士、柏蒂将军，大家在等候部长会议主席皮杜尔，他迟迟未来，场内的群众议论纷纷，晚会是在没有他的情况下开始的。正当我发言时，皮杜尔在两名"弗立克"（这是法国人对穿制服的警察或便衣警察的称呼）的陪同下走进会场。晚会的主席递给我一张字条，皮杜尔希望马上发言——他急不可待。我离开麦克风向桌子走去，皮杜尔迎着我走了过来。他想向我问好，但身子晃了一下，我及时扶住了他，大厅里的人们大概以为我们在拥抱……他毕竟讲了话，称赞了我……

　　1950 年春天，当皮杜尔再次领导政府时，我要从布鲁塞尔去日内瓦，所以请求法国政府给予过境签证，我被拒绝了。在巴黎机场要换一次飞机，"弗立克"机警地盯着我，唯恐我悄悄溜掉，并一直陪送我上了瑞士的飞机。看来他觉得我的脚步还不够快，所以推了我一下，仿佛我不是荣誉团的军官，而是一个被押往监狱的小偷。

　　我活到了我们这个时代。大家都知道，过去德国国防军的将军们目前正在法国土地上给年轻人讲授军事科学，而这些年轻人的父亲就是我曾在被德

左：1943 年初，爱伦堡访问了奥廖尔近郊的"诺曼底"飞行大队
右：1944 年 8 月，巴黎起义

国人占领的巴黎看见过的那些士兵。加罗当时希望绞死希特勒的全体将军，听说他现在变了，我没有见过他。不久前在兰斯附近举行了一次阅兵式——法国士兵同德国士兵并肩行进。

当我是个孩子的时候，人们跳的是卡德里尔舞——那时爵士音乐还没有出现。这种舞有许多花样，跳舞时不时有人在喊："男伴调换女伴！"我这一生中，对流血的卡德里尔舞的种种花样见得够多了。1912 年，俄国报纸大书特书斯拉夫人的团结，谈论反抗土耳其暴政的解放战争。塞尔维亚人、保加利亚人和希腊人打败了土耳其人，签订了和平条约，然而一个月后，不久前的盟友彼此间又打起来了，以保加利亚为一方和以塞尔维亚及希腊为另一方的两个集团之间爆发了战争。土耳其这时也向保加利亚人展开了进攻。我当时年轻，对此颇感惊讶。后来我对一切就习惯了。1915 年，参加三国同盟的意大利开始对自己先前的盟国宣战。法国报纸赞赏邓南遮和墨索里尼的热情。四分之一个世纪以来，意大利有一个"拉丁姊妹"的绰号。1940 年，"姊妹"侵犯了法国。所有这一切都难以理解，或者说太容易理解了。

为什么关于法德军队联合检阅的一则电讯使我感到难受呢？我本来就知道外交和道德毫不相干。一个普通人必然会对看起来无关紧要的一些细节留下印象，我指的是 1940 年 12 月拍给里宾特洛甫的那封惹祸的电报。我想起了第一次世界大战期间的兰斯市，那座遭到破坏的教堂和酒窖里的学校；想起了1943 年被枪杀的那个兰斯市出生的游击队员的种种传说，所以我感到很不自在。也许这有些天真，但我觉得，死人是有自己的权利的，血不是政治宴会上的葡萄酒，良心并不总能与利益和睦相处，改变道德的基本要求远比改变对外政策的方向困难得多。（检阅只是一道冷盘，在此之后某些政治家便准备了下一道菜：法国与德国军国主义的联盟。我不想猜测，饭后的甜食将是什么。）

当然，我对法国的感情是不会因为某届法国政府的曲线政策而改变的。在我的一首诗中有这样一些句子：

> 你说，我沉默不语，
> 心怀嫉妒和责备。
> 巴黎不是树林，我也不是狼，

但生活总不能一笔勾销。

我曾在那儿居住

那是一个伟大的城市，

它不停地喧闹，有时是铅灰色，

犹如一座石林，有时是浅蓝色，

屹立在岁月的灰烬中……

请原谅，我在那片树林中住过，

我经历了一切可依然活着，

我要把巴黎浓重的暮色

带进坟墓。

在另一首诗中有这样一句辛酸的自白：

为什么偏偏是我，

爱上了陌生的国度？

但这话是出于一时的激动写下的，我过去不能，现在也不能像对待一个陌生国家那样对待法国，我在巴黎住得太久，在那儿学到的东西太多了。我的论断也常常显得偏颇，读者对此是容易理解的。

不久前，奥廖尔的少先队员们写信告诉我说，他们在省里发现了两个法国飞行员的坟墓。我想起了那些有说有笑又爱唱歌的活泼而勇敢的法国人，想起了贝勒维尔或梅尼利蒙丹的行话和那座在 1943 年夏天驻扎过飞行大队的白桦树林。

我知道，健忘是生活的规律，这是死亡的序曲。叫人难过的是另一种情况——由于各种事件的影响，人与人之间的相互关系不由得起了变化。提到这个，我想起了几个我曾经当作朋友的人。看样子好像是你自个儿在走，其实这是错觉，你在走，而一位被"时代"或是"历史"命名的排长在指挥："向左转！向右转！向后转！开步走！"后来只得提出："我和某某人已经断绝往来，我们分道扬镳了……"

09

沉痛的 1942 年夏季

在漫长的严冬过后，大家都为春天的来临感到欣喜。我们晒着太阳，猜测夏天将是什么样子。我想起了杜米尼奇，这儿在战前有一座制造澡盆的工厂，城市毁于战火，在那一堆堆的废墟中间，有一些澡盆在阳光下闪闪发光——这是杜米尼奇仅剩的东西。一个不太年轻的留着一脸灰白胡子的中士懒洋洋地说了几句颇有哲学意味的话："卫生！那些坏蛋知道什么卫生？他们只知道破坏……不然我现在就可以洗个澡了！这些坏蛋目前还多得很，我们恐怕还得打上一年仗。听说我们现在有很好的坦克。你写吧，写得尖锐些。人们的心情十分沉重……昨天政治指导员说：'如果那帮流氓再往前窜，我们就好好整他们一下，让他们连自己老婆也认不出来。'谁知道他又想出了什么名堂来着？人们太可怜了。我们的奥西波夫就是被一个寄生虫打死的。报纸上谈到过他……你对我解释一下，那些坏蛋为什么要杀人？……"

我在苏希尼奇认识了罗科索夫斯基将军，莫斯科战役以后，他的名字特别引人注目，而且他的仪表也很招人喜欢。我觉得，他是我所遇见过的将军们中最谦逊的一个，我知道他有一段不轻松的经历。女诗人奥莉加·费奥多罗夫娜·别尔戈利茨曾告诉我说，她被捕后，发现她隔壁的牢房中便是罗科索夫斯基。他在苏希尼奇负了伤，一块弹片打伤了他的肝。罗科索夫斯基几乎不能吃东西，坐在汽车里，剧烈的晃动给他带来很大痛苦，这一点很少有人能猜到——罗科索夫斯基具有罕见的自我克制能力。自然，我问过他，今后的形势如何。他平静地说，德国人把一切都归咎于苏联的冬天是不对的，倒是冬天救了他们——阻止了我们的攻势。也许他说这话是为了鼓舞别人，也许他正是这样想的——如果说象棋手不知道对手的意图，至少棋盘上的棋子他总是看得清清楚楚，而指挥官要想判断情况却得看一些有时还不符合实际情况的侦察材料。

两个月后我听到军人们说："我们把力量白白地分散了——尤赫诺夫、苏希尼奇……可是却没有准备防御。"在这个问题上我没有自己的意见。数学这门学问要搞明白很不容易，需要有一定的训练，但是如果明白了，那就很清楚，正是如此，不是别的。历史却是另一回事——任何一个事件都可以做不同的解释。在画家的笔下，掌管几何与天文的缪斯乌剌尼亚是个手执圆规的女神，掌管历史的缪斯克利俄是个拿着手稿和笔的女神。在一百年前达利编选的俄罗斯谚语集中，有几页是关于虚构艺术的，其中有这样一句话："鬼知道扎哈尔怎么会成为委员的（这句话没有什么意义，主要是扎哈尔和委员二字，原文都以 ap 结尾）。"

5 月 18 日的战报报道了我们在哈尔科夫方向获得大胜的消息。我正在写论文的当儿，卡尔波夫上校走了进来，他神秘地微笑着说："关于哈尔科夫方向一个字也别写——有指示……"过了一个星期，德国人宣布说，在哈尔科

1942 年 5 月，罗科索夫斯基（右二）和爱伦堡（右三）在指挥部

夫以南，包围了苏军的三个集团军。6 月 5 日，谢尔巴科夫打电话对我说："给国外写点关于第二战场的文章……"莫洛托夫飞赴伦敦。6 月 10 日，德国人在南线发动大规模攻势。

沉痛的 1942 年的夏季来到了。战报中出现了新的方面军的名称：沃罗涅日方面军、顿河方面军、斯大林格勒方面军、外高加索方面军。想起来真可怕，杜塞尔多夫的市民居然在皮亚季戈尔斯克的街道上散步，好斗成性的马尔堡的大学生居然在观赏卡尔梅克的沙漠。看来一切都令人难以置信。

我坐在桌旁不停地写着，每天都要给《红星报》写文章，此外还给《真理报》、红军总政治部以及英国和美国的报纸写点什么。我想上前线去，但编辑部不准。

常有军人到报社来谈及撤退的情形，我记得有位上校曾忧郁地说："从来没见过这种溃退现象……"

这次的撤退比一年前更可怕，当时还可以用敌人的突然袭击来解释。军官、政工人员、红军战士给我写来的信中全都充满了不安和忧虑。我当时并不是对一切都了解，而且我所知道的也不是都能写出来。虽然如此，我还是在 1942 年夏天道出了一部分实情——这在三年前或三年后都是不可能发表的。在《真理报》上的一篇文章中就有如下一段话："记得前几年，有次我在某个机关里被桌子碰破了腿，秘书连忙安慰我说：'所有的人都给它碰过。'我问道：'为什么不搬开？'他回答说：'主任没有指示。要是我搬开它，说不定会有人质问我："为什么你想出这个主意，这是什么意思？"让它就摆在那儿吧，这样更安宁些……'这只象征性的桌子——因循守旧、推脱责任、漠不关心——在我们所有人的身上都留下了伤疤。"《红星报》上的一篇文章中有这样一段话："谁能说说那些正在前线过着紧张、激昂、坚定的生活的人们在想些什么？他们在想现在和过去。他们在想，为什么昨天的战役失败了，还想为什么许多东西过去没有教给他们。他们在想未来，想那胜利者将要创造的美好生活……战争，无论对民族或个人都是一场巨大的考验。在战争中许多事情都要重新考虑、重新审查、重新估价……人们将要以新的方式去劳动和生活。我们在战争中得到了主动精神、纪律和内心的自由……"

前线既有许多乱七八糟的事，也有许多使我万分激动的英勇事迹。德国人正在接近斯大林格勒，而红军正在接近胜利，但是当时我们还不知道这一点。那年夏天，支持着我和我的全体同胞的是一股顽强不屈的精神。

莫斯科既是大后方，又是前线上的一座观察所。德国人依旧待在格扎茨克，但他们不打算在这个地区展开攻势，所以莫斯科不再有去年秋天那种剧烈的不安气氛。有位爱开玩笑的人编了几句打油诗：

> 从前有个老大娘，养了只灰色的小山羊。
> 童话毕竟是童话，德寇如今就在身旁……

大街上人很多，到处都可见到排队现象，电车上挤满了人。人人满面愁容，闷声不语。大家都知道，德国人抢去了库班的麦子、迈科普的石油，并想切断莫斯科同乌拉尔、西伯利亚的联系。报纸上出现了法国雅各宾党人的古老的警句："祖国在危险中！"

我保存着那年夏天用过的一个笔记本，笔记既简短又不连贯，只记着事件的日期、某某人说过的片言只语和零星的生活记事。

谢尔文斯基从刻赤回来了，他说："战士们学会了，将军们却没有"，他谈起了惊慌失措的现象，谈到德国人的暴行——起先是把犹太人，后来把战俘也赶进坟墓。特明从塞瓦斯托波尔带来一些照片——城市在垂死挣扎中的景象：瓦砾堆、列宁纪念像、死难的儿童、一个身穿血迹斑斑的衬衫的水兵。

传来了彼得罗夫遇难的消息，我去访问卡达耶夫，斯塔夫斯基正在他那儿，我们相对无言地坐着。

我问英国大使凯尔，到底何时开辟第二战场。他没有回答我的问题，而是向我打听起斯大林的烟斗是什么样式——他想从伦敦带一只最好的烟斗送给斯大林。我说，斯大林用什么烟斗我不知道，我跟他不常见面，而且这也不重要——现在倒是应该开辟第二战场。凯尔委婉地微笑了一下，他没有说什么。

我坐在房间里，忽然间走廊里响起了叫喊声，我跑出房门一看，是诗人扬卡·库帕拉从上一层的楼梯上摔了下来。

合众社记者夏皮罗愤怒地跑了进来——新闻检查删去他写的一句话："从沃罗涅日到顿河只有 8 公里。"

一个女人高价卖土豆——45 卢布一公斤，她被打死了。一小块糖值 10 卢布。莫斯科有一个名叫安涅特的法国女人，她的丈夫是苏联建筑师，当时他在外地，而她带一个吃奶的婴儿。有一天她打来电话，激动得上气不接下气地说："瓦尼亚回来了，带了一瓶黄油……"

7 月 26 日是书市，作家都要在自己的书上题字，一个女人问道："为什么您给他的写上了日期，而我的却没有？"谁也没有发笑。

阿·尼·托尔斯泰一面吸着烟斗，一面说："德国人终归是要被打败的。可战后又是什么样子呢？如今人们不同于……"

7 月 29 日，公布了设立几种新勋章的命令：苏沃洛夫勋章、库图佐夫勋章、亚历山大·涅夫斯基勋章。同一天，向全体战士宣读了斯大林的命令，命令中没有提到勋章，而是谈到没有命令便放弃罗斯托夫和新切尔卡斯克的事，谈到混乱和惊慌失措现象，如此下去是不行的，这是在千钧一发之际："不许后退一步！……"斯大林过去从来没有如此坦白地说过，所以影响巨大。《红星报》的一位军事记者对我说："父亲向儿子们说：'我们破产了，我们现在应该改变一下生活……'"他说"父亲"这个词时既没有讥笑也没有赞美之意，而是一种询问的口气。

然而，德国在继续冲向北高加索。

戈沃罗夫将军来了，他说他见过斯大林。戈沃罗夫坚持将列宁格勒的居民撤退到后方去。

我在编辑部读到一条国外的消息，未来派马里内蒂启程来苏联，他想瞧瞧法西斯分子怎样改造农民。我想起马里内蒂早先写的诗："我的心是用红糖做的。"

我收到第 626 联队野战警察队的书记弗里德里希·施密特的一本日记。2 月 25 日那天是这样写的："女共产党员叶卡捷琳娜·斯科罗耶多娃在苏联人进攻布杰诺夫卡的前几天便得悉此情况。她咒骂同我们合作的苏联人，12 时枪毙了她……萨姆索诺夫卡来的萨韦利·彼得罗维奇·斯捷潘年科老头子和他的妻子也是被枪毙的……还打死了戈拉维林的情妇的一个 4 岁的孩子。16 时前后，押来了四个 18 岁的姑娘，她们是从叶伊斯克的冰上来的，皮鞭子使她们变得听话了。这四个都是漂亮的大学生……"我发表了这篇日记，并接到一个司务长从布杰诺夫卡寄来的信,他知道那些被枪毙的人。

我收到一本俄文的《人民日历,农业手册》,这是德国人为占领区编印的。当时我每天都会读到一些关于种种暴行的令人发指的文件,我知道法西斯分子不仅打算消灭我国人民,还在侮辱他们。同希特勒的许多命令比较起来,这个荒唐的日历又有什么了不得呢?但是往往也有这样的情况,一些细节会引起愤怒,我一气之下,抄录了日历上的"纪念日"。"1月12日——戈林和罗森贝格诞辰纪念日。1月29日——契诃夫诞辰纪念日。2月10日——普希金逝世纪念日。2月23日——霍尔斯特·韦塞尔逝世纪念日。2月24日——希特勒宣布国社党党纲周年纪念日。2月26日——谢甫琴科逝世纪念日……"我一想起这个日历心中便骂道:"好啊!既有戈林!又有契诃夫!……"

8月15日举行了作家会议,主席说,困难时期,大家应该振作起来,不发牢骚也不喝酒。当天,德国人占领了埃利斯塔。

哈萨克人阿斯卡尔·列赫罗夫在从前线给我寄来的信中写道:"生活是什么?这是个很大的问题,因为每个人都想活着,可是死在一生中是不可避免的,所以死就要死得像个英雄……"

德国人打到了莫兹多克,每天我的熟人中总有人接到父亲、儿子、丈夫牺牲的通知。我去过几次前线,修路的是疲惫不堪的女人,在工厂里工作的是儿童,工间休息时,他们又吵又闹。英雄行为和麻木不仁,精神上的成长和残酷的生活,全都混合在一起了。

德国军队刚一发动进攻,大家就开始猜测盟国什么时候开辟第二战场。乌曼斯基对我说:"别指望,不会有第二战场的……"我给《新闻纪事报》《旗帜晚报》《每日先驱报》写了一些言辞激烈的文章,谈到我国人民对于盟国不采取行动有些什么想法。文章是发表了,报社甚至向我表示感谢,但是,依然如故。不错,保守党议员戴维森向情报大臣提出质问时,曾引证过我写的一篇报道,但是英国的大臣们对于不恰当的问题却有不予回答的巧妙本领。

我常同外国记者见面,利兰·斯托伊是个乐观主义者,他说:"很快就会在法国或荷兰登陆的。"乐观主义是他的天性,他很像叶·彼得罗夫,后者在动身去塞瓦斯托波尔时对我说:"恐怕再过一两个星期就会开辟第二战场了。"辛杜斯和沃思却相反,是怀疑派。关于外国记者,我以后再谈,我还记得几

左：1942 年 7 月，爱伦堡和马尔什克在莫斯科书市
右：1942 年 8 月，丘吉尔和斯大林在莫斯科

件十分可笑的事，不过那年夏天我们是笑不出来的……即使有时我们笑过，那也不是愉快的笑。譬如，前方的士兵在打开美国的肉罐头时会挖苦地说："瞧，我们现在来开辟第二战场……"

伦敦和纽约都举行过规模巨大的集会：普通人民要求开辟第二战场。丘吉尔在 8 月 12 日来到了莫斯科。我们十分激动：会不会达成协议？夏皮罗跑来说："哈里曼对结果不满意。"我把此话告诉了乌曼斯基。康斯坦丁·亚历山德罗维奇笑着说："可谁会满意？难道是贝当吗？"联合公报的内容含混不清。

丘吉尔刚走，便传来了英军在迪耶普登陆的消息。人们聚集在街上，兴高采烈地议论说："这下子德国人可受不了啦！……"人们问我，迪耶普在什么地方。我十分怀疑，但晚上在编辑部里人人都说这是大规模军事行动的开端，斯大林已使丘吉尔相信，德国人将不得不立即从我国前线撤走若干师团。奥腾贝格给莫洛托夫打了个电话：是否需要专为迪耶普登陆写一篇社论。

幻想没延续多久，迪耶普登陆原来是一次小规模的袭击，也许是英国政府想平息一下社会舆论。莫兰在编辑部里朗诵了波列扎耶夫的诗：

不列颠的勋爵
以自由自豪，

第 五 部

他固执而坚强

像爱国者一样。

他喜爱荣誉——

他爱吃，

吃完后坐在汽船上……

　　我至今也不知道，普通的英国人如何看待这次去迪耶普的参观，但我国的人却很气愤——他们觉得自己被骗了。许多美好的感情正在战争中消失，我常常忽然发现自己变得冷酷了。但是有一种同自我牺牲精神相联系的崇高感情却正是在战争的岁月里繁荣起来的，在报纸上它被称为"战斗救援"。这样的一些故事渐渐不再对我们发生作用：一名狙击手的战斗账单上有五十多名德国人，或者一名步兵用"瓶子"消灭了五辆坦克——英勇事迹看多了也会使人腻烦。然而无论是我还是我遇到过的人们都始终被这一点所感动——一个决意拯救同志而把敌人的火力吸引到自己身上的战士的舍己精神和壮烈牺牲精神。对这一点是不能熟视无睹的，每一次它都像奇迹一样令人万分激动，而且不论有多么艰苦，你都会重新把自己托付给生活。

　　有一种外交手腕只有专家们能够了解。还有一种被称为对外政策的东西，它是人人都能了解的，但是如果它同盘算、战略或策略联系起来，那就得诉诸理智了。也还有另一种东西——良心，侮辱它是危险的。既然我现在是叙述经历，我就不能对我们在那个该死的夏天的感受避而不谈。当然，我现在明白了，何以盟国要在 1944 年夏，而不是在 1942 年夏开始军事行动。威尔基，后来还有艾登，都曾对我说，他们对于登陆还没有做好充分准备，因而不愿付出"不必要的牺牲"。按照他们的意见，希特勒的军队应该集中在我国战线上。我们遇到了"不必要的牺牲"。类似的盘算是可以理解的——计算并不是那么复杂的计算，而往事却难以忘怀——几乎对于我们每一个人，它都是同个人的痛苦联系在一起的。

10

勒热夫的战士与勒热夫的痛苦

九月，奥滕贝格将军允许我去勒热夫，从八月份开始，那里就进行着激战。关于这些战斗，战争史上说道："勒热夫地区的攻势，威胁着莫德尔上将所指挥的'中央'集团军所据守的德军进攻基地，并牵制了敌人的强大兵力，从而加强了斯大林格勒的防御。"在许多苏联家庭的家史上，勒热夫是同亲人的丧失联系在一起的——那些战斗真是血流成河。我没有得到机会去斯大林格勒，关于伏尔加河之役我也仅仅是从格罗斯曼的特写、涅克拉索夫的长篇小说以及朋友们的叙述中获悉的，但是勒热夫我却不会忘记。也许曾经有过一些进攻让很多人付出了生命，但如此悲惨的景象却似乎还不曾见过——为五六棵折断了的树木，为破碎了的房屋的一堵墙壁以及一座小小的山冈进行长达数周的战斗。

雨下个不停，同《真理报》主编的论断相反，雨水原来是黄色的，甚至有些发红。在秋天，有什么能比特维尔的沼泽以及污浊的天空、五光十色而又颤抖不已的树叶、道路上的深坑更为令人烦恼的呢！汽车的轮子空转不已，人们绝望地叫喊着"一，二，三"，企图把它们推走。有的地方路上铺满了砍下来的树木，于是又脏又旧的"威利斯"车就像受伤的小鸟一样跳动起来。去勒热夫花了很长的时间。在被德国空军焚毁了的托尔若克、斯塔里察，只能看见一片黑压压的烧焦了的空房子。在农村，妇女们挖着马铃薯，并把马铃薯紧紧地抱在怀里，就像抱着含金的矿石。

第　五　部

左：1942 年，勒热夫
右：1942 年 5 月 1 日，乡村中的处决

在一座山丘上可以清楚地看到勒热夫，虽然远远看去，它仿佛是一座普通的生机蓬勃的城市，但其实生气已所剩无几。我军占领了机场，但兵营还在德国人手中。我总共只看到过两所住人的房屋——较高的那一所被士兵们称为"上校"，第二所被称为"中校"。城郊小树林的一部分曾经是战场，被炮弹和地雷炸得七零八落的树木像是一些乱七八糟地插在地上的木桩。地面被壕沟切成一块块的，掩蔽部像水泡似的膨胀起来，弹坑遍地。

身着伪装服的乌兹别克人，高高的，很漂亮，像是神秘的梦幻剧的演员，而伪装服上的花彩却像抽象派的绘画。

司令部里都摆着一些画着城市的街区的地图，但有时街道已无影无踪，战斗在很小的一块土地上进行，下面布满铁丝网，填满了弹片、碎玻璃、罐头盒、粪便。我曾数次听见德国歌曲和片言只语——敌人就在旁边的一些同样的战壕里蠕动。大炮震耳欲聋，迫击炮在发狂，后来在寂静中突然听见机关枪打了两三秒钟。

人们不仅同德国人，也同死神生活得如此近，以至于看不到更多的东西了，形成了一种生活方式——议论到底什么时候才开始发一百克食物，研究那个搬到营长的窑洞里去住的瓦利娅为什么得到了一枚奖章。士兵们在油灯怯生生的光线中咒骂、写家信、找虱子（它们被称为"冲锋枪手"），漫无止境地谈论着未来将会如何，战争何时结束。谁也不愿谈到死亡，都情愿回忆或者预测。每当信号弹盘旋上升的时候，总有人平静地骂道："升上去了，坏蛋！现在就要开始……"两小时后，另一个啐一口唾沫说："你瞧这个寄生虫！这是他在俯冲……"在司令部里，人们给获奖者分发勋章，编制下落不明者的名单。在卫生营里，人们给伤员输血，截除手足，卫生员埋怨道："连睡个把钟头都不让……"女通信兵，这些在所有的战争故事里都不可或缺的女英雄，玛鲁夏们、卡佳们、娜塔莎们反复地说："奥卡，给我要星星。"根据幼稚的秘密工作方法，团、营在电话交谈中都被叫作"家具"。司令官对奥莉娅或薇拉叫道："您是怎么啦，他妈的，打搅我！……"姑娘们回忆着毕业晚会、初恋——我遇到过的姑娘几乎全都是一离开学校就上了前线，她们常常胆怯地瑟缩不已——周围带着贪婪目光的男人太多了。在师报编辑部里，一位少校口述道："准尉库兹米切夫的功勋。根据司令部的任务……"接着他同朋友——负责党员登记的指导员交换新闻："据说梅赫利斯（当时《真理报》的总编辑）被撤职了，这将是一出好戏！……"

　　然而隐藏在这一切背后的却不是漠不关心，不是日常琐事，而是残酷无情。战争已进入第二年，它早已不再是突然的灾难，它成熟了，虽然大家都知道南方正在发生可怕的事件，德国人已经到了伏尔加河，但依然确信战争是长期的，有的人注定要牺牲，也许是在一年以后，也许是在一小时之后，而那些像奇迹似的幸免于难的人们则将看到胜利。每个人都觉得他一定会活下去，同时每个人又迷信地竭力不谈这一点，不仅不谈，也不去想。

　　有时候一切不知何故都沉寂下来，有时候战斗又十分激烈。加瓦列夫斯基上校成功地把敌人从伏尔加河北岸赶走了。在八个月中，德国人巩固自己的阵地，出色地安排布雷区。拉舍夫斯基少尉率领一个连提前投入战斗，违反了命令。在这个连里有各个民族的战士——苏联人、乌兹别克人、鞑靼人、犹太人、巴什基尔人。拉舍夫斯基负了伤，但依然留在作战部队里。鞑靼人易卜拉欣·巴高季诺夫说："稍稍给了他们一点厉害……"集体农庄庄员舒姆斯基的父母、妻子、姊妹都留在被德国人占领的村子里。"老人家真可怜，"他一再地说，"我心乱如麻……"他有一张温和的苏联人的脸，轮廓模糊，但可以感觉到他正在经受痛苦的折磨，他轻声说："打他们！……"

我还记得过去曾是乌拉尔炼钢工人的丹尼尔·阿列克谢耶维奇·普雷特科夫苍白的面孔，他发狂似的战斗。我获悉他的老母亲在乌拉尔，德国人杀死了他的一个同志。普雷特科夫常在夜里爬到德国人的阵地上去，带着战利品回来，他拿来了自动步枪、狙击枪。他曾对萨莫先科中校说："首长同志，请给我一支祖国的自动步枪！我曾有过16支德国的家伙，都送人了，我讨厌用它们来射击……"中校说："你休息一两天吧……"普雷特科夫拒绝了："那让谁去进攻呢？……"只有他一个人活着。受了震伤以后，他的听觉失灵了，他把手表放在耳边："我聋啦！……没关系，在那里就会听见的！……"（"那里"是什么地方，我简直不明白。）他一再地说："坏蛋！……坏蛋！……"他两眼放光，双唇颤动，可以感觉到他很兴奋。

士兵伊利亚·戈列夫曾对我说："心都会为他们干枯的……"果真，当我现在想着当时我们的感情时，我看到：当时我们对法西斯匪徒是那么憎恨，我们生活在那么强烈的痛苦与忧虑之中，以至于可以把每个人的心拿来同布满裂纹的、灼热的、晒焦了的干旱的土地相比……

别利亚科夫准尉是个已不年轻的沉默寡言的集体农庄庄员，他同我谈过一次，诉说妻子的苦处，要照顾三个孩子，又患了病，集体农庄很穷，战前的生活就很苦，现在就更坏了。每逢别人开玩笑、争论、交换军事新闻的当儿，他总是默默地坐着，有时抽起烟来就咳个不停，只有一次，一个女人告诉他，德国人临走时开枪打死了母牛，他忍不住了："他们丧尽天良！当兵的也好，小娃娃也好，对他们来说都是一样，这种人杀得太少了，可是拿他们怎么办呢？……"他不做声了，把自种的烟草倒在一小片报纸（他不爱看报）上，并轻声补充了一句："过去听人说，他们的铺子很漂亮，卖的东西很多。可您给解释一下：这种人有灵魂吗？……"

大家都嘲笑米沙·萨夫琴科，他写情诗，并把它们献给各种各样的女人，时而是斯韦特兰娜，时而是列诺奇卡。我抄下了曾引我大笑的几行：

前线上既没有玫瑰，也没有飞马（希腊神话中的双翼飞马），
但是德国佬却在各处埋下了许多地雷。

在进攻的时刻来到之前

我和你在一起，爱人啊！我将同你飞往柏林！

　　他很委屈，因为师报不曾刊登他的任何一篇作品，"那里只承认陈词滥调。要是我写近卫军的荣誉，马上就会发表……"就是这个米沙，曾在德国人进攻时打坏了一辆坦克。昌奇巴泽将军授予了他一枚红星勋章，并拥抱了他。米沙扬起他那本来就长得很高的细眉："我怎么啦，要给坦克开路吗？……"他把关于勋章的诗献给了格鲁莎，但未被刊登。

　　我还想起了矮小的犹太理发师，他好像叫作费格尔，笔记本上记的名字已被磨灭了。和别的理发师不同，他剪发和刮脸时默不作声。谁也不明白，他是怎么去捉"舌头"并背了一个身材高大的德国人回来的。他也不善于说明情况："因为闷得慌。我还想起了一桩旁的事情……"我不再追问他想起的是什么事情，他大概有亲人留在占领区里——他是明斯克人。我只问道："您当时害怕吗？"他耸耸肩膀说："我爬的时候什么也没有感觉到，但也可能感觉到了，不过忘了，可现在想起来却觉得害怕了……"

　　我曾和美国记者利兰·斯托伊同去拜访波·格·昌奇巴泽将军，后者是个爱冲动的、愉快的格鲁吉亚人。当天夜里，德国人的迫击炮火力很猛，但波·格·昌奇巴泽将军却沉着地用华丽的辞藻频频祝酒，想把美国人灌倒。利兰·斯托伊是个勇敢的人，他参加过各种战争：在西班牙，在挪威，在利比亚。他虽有酒量，但也受不了了："不能再喝了。"这时将军给自己斟了一满杯，给记者的杯底倒了一点儿，并对我说："您翻译给他听——我们是这样作战的，而美国人是那样作战的……"斯托伊大笑起来："这是我第一次因为我们打仗打得不好而感到高兴……"次日夜里，我们在通往司令部的路上看见一所小木房，便在门上敲了很久。最后听到了一个惊恐万状的女人的声音："谁在那里？""自己人。"女人把我们放了进去，不信任地打量着。"我想会不会是德国魁子……"（她把"德国鬼子"说成"德国魁子"。）听见我们不是用俄语交谈，她哭了起来："德国魁子！……"我说明了我的同伴是美国人。女人说："他们干吗袖手旁观？要咱们的人流血牺牲？……"我把她的话译给斯托伊听，他把脸转了过去：这可不是筵席主持人……婴儿醒了，哭了起来，女人便去哄他睡觉。

我在勒热夫城下意外地遇见了"西班牙女人"埃玛·拉扎列夫娜·沃尔夫，她在做反宣传工作。我们想起了马德里，这一切都已是往事，但我们觉得，也许永远都将是这样：战地电话、迫击炮、死亡。只是，她的儿子长高了一点，她说，他正在勒热夫作战。而可爱的戈列夫，马德里的保卫者已不在人世了。难以想象，他竟死于自己人之手……

"我曾有一个同志，是个出色的指挥员，在芬兰战争中立过功，但他在德国人进攻前的一个月被捕了。"阿·伊·济金将军告诉我说，他是个勇敢的好人。这是一个黑暗的有星星的夜晚，在前线的一个静悄悄的地段。我们坐在岸边的帐篷（济金开玩笑说"伏尔加河上的小屋"）里。他沉思着："我们要拖到结束，那时候一切就会是另一个样子了……不然的话坏事太多。《真理报》上发表了剧本《前线》。全都正确，只是人们何以这么迟才醒悟过来？有多少无辜者遭到杀害！而马屁精却都被安置在很高的位置上，引起了恐怖。我在前线上是不害怕的，可那时候却跟所有的人一样很胆怯……您是怎么看的，斯大林知道吗？哪怕只知道十分之一也好？我认为他什么都不知道，人们欺骗他，说准备工作做得很出色……如今他不能不看见……他说得对。但是谁应该执行呢？还是那些人……"

当时许多人都有济金的想法。我愿做一个认真的人，每一次我都害怕现在的评价会影响往事的叙述。让我摘引一封信的几个片段，这封信是前方战士舍斯托帕尔大尉在 1942 年 9 月写给我的，被我保存下来了："我的妻子和婴儿丢失了（我说"丢失了"，就像说的是什么东西似的——在占领区，人的丢失比东西还不如）。我可爱的蓝眼睛乌克拉英娜被德国人钉在十字架上……我从来都不曾像现在这样为祖国的命运担忧……你只听见撤往新的战线、敌人迫使我军后退……当我们结束战争的时候，我们要洗洗双手然后坐下来评判，为了拯救国家谁曾做了什么，回忆回忆那些应该回忆的人和那些由于玩忽职守或欺上瞒下而应严加责罚的人……报刊可能是在竭力用好的事例教育社会，就好像这样我们的社会生活就是一帆风顺的了。这种教学论让我们付出了巨大代价！斯大林在敲警钟。报刊一定立刻就会大叫大嚷，以此制造又一次运动，甚至在'具有历史意义的'运动结束之前就安慰自己和别人。须知他们曾经叫嚷道:'别忘了最英明的(这是必不可少的,尽管毫无必要)斯大林的那些英明的、具有历史意义的话。但我国的边界固若金汤,忠实的哨兵正牢牢地保卫着它。'这简直是自杀!……总之,我们有许多事做得不好,现在我们还在为此受苦。我认为,我们不仅要给德国人嵌入脑筋,而且也要给我们的某些人嵌入脑筋。战争将教会我们许多东西……"

阿列克谢·伊万诺维奇·济金死于 1943 年,我不知道 M. 舍斯托帕尔大尉是否活到了今天。而且对于别的许多人我也毫无所知。我在那几年间曾写道:

> 我们害怕说话,说了也还是要分别!
>
> 如果命运使我们萍水相逢,
>
> 也许我不能立刻认出
>
> 穿旅行服的灰色的路人是谁……
>
> 任何一个人都很奇怪:
>
> 他热烈发誓,说他热烈地爱,
>
> 同时又忘记是在何时又是对谁……
>
> 但他不会背叛一点:
>
> 一句简单的话,一只灼热的手,
>
> 勒热夫的树林与勒热夫的痛苦……

一本小小的、扯破了的笔记簿里的许多地方都看不清了,自己写的潦草字迹已难以辨认,但是有别人写的一行清楚的字:"转告科科林之妻,他活着并在作战。"还有一个莫斯科的电话号码。我不知道科科林的下落,甚至记不得是在哪里遇到他的,似乎是在军报的编辑部里,但我们作倾心之谈却大概是在勒热夫的树林里……

11

伟大的心灵和渺小的政治

　　早在 1941 年秋，我就开始为瑞典的《哥德堡贸易日报》撰稿，但一年之后才从我国驻瑞典大使亚历山德拉·米哈伊洛夫娜·柯伦泰（1872—1952，苏联女外交家）那里获悉，我的某些文章使得通常比较好静的甚至萎靡不振的北方人动怒了。但首先我想谈谈亚历山德拉·米哈伊洛夫娜·柯伦泰。

　　我初次看见她是 1909 年在巴黎的一个报告会上，或者如当时所说，在一个介绍性的学术报告会上。当时我觉得她很漂亮，她的衣着不像一般俄国的女侨民那样蓄意突出自己对女人气的蔑视。她所谈论的也是那一定会吸引十八九岁的青年的东西——人为之而生的个人幸福，没有普遍的幸福是不可思议的。

　　但我认识亚历山德拉却是 20 年后在奥斯陆，当时她是那里的全权代表（1941 年 5 月以前苏联的驻外使节，均称"全权代表"）。

　　虽然她已年近 60，但当她攀登陡峭的山岩时，我只能勉强跟上她。青春的活力既表现在争论的风格上，也表现在幻想中——那是在 1929 年，当时无论是争论还是幻想都还很容易。她的平易近人使我吃惊，许多遇见的人都向她问好。我们走进咖啡馆，乐师们认出了她，便开始演奏俄国歌曲以示敬意。政治活动家们以尊敬的口吻谈论她，而诗人和艺术家们则激动地期待着她对展览或书籍发表意见。

1909 年，亚历山德拉·米哈伊洛夫娜·柯伦泰在巴黎

亚历山德拉在同我交谈时有时会回忆起自己的过去。她是多蒙托维奇将军之女，她的母亲生于芬兰。亚历山德拉 18 岁时嫁给了工程师柯伦泰，但不久便离开了他：家庭幸福不合她的胃口。她醉心于革命思想，经常出国，成了社会民主党员，遇见了列宁、普列汉诺夫、罗莎·卢森堡、拉法格。1908 年沙皇当局曾要查办她，在她身上搜出了一本关于芬兰的小册子、起义的号召书。亚历山德拉不得不亡命国外。（芬兰人没有忘记她曾为芬兰的独立进行过斗争，这为 1940 年 3 月开始和平谈判时进行私人接触提供了方便。我曾到萨特舍巴登的瑞典演员卡尔·赫尔哈特的别墅去过，他告诉了我芬兰政府代表同亚历山德拉夜间在他那里相见的情形。"像这样聪明的女人我没遇见过第二个，"他感叹道，"坚定的信念通常是排斥远大的目光和耐性的，但柯伦泰夫人却很有分寸……"）

1914 年德国曾因亚历山德拉发表反对军国主义的演说而把她关进狱中。后来她到了瑞士，然而中立的、似乎是爱好和平的瑞士政府也逮捕了她，并驱逐她出境。亚历山德拉不得不到加拿大去了。

亚历山德拉保存了一篇文章，它在 1917 年 7 月曾在瑞典社会民主党人的报纸上发表过，其中谈到，朋友们把到了彼得格勒的亚历山德拉同志送进了克伦斯基的监狱。的确，临时政府的委员别洛谢利斯基公爵在边境等待着她，他立刻把她送进了女苦役监狱。十月革命后柯伦泰被任命为社会保险人民委员，她创办托儿所，为孩子们争取牛奶，起草保护母亲的法令。苏联的第一部婚姻法是亚历山德拉起草的，当然，其中既没有"孤独的母亲"，也没有"私生子"。从 1942 年到 1946 年，亚历山德拉曾任苏联驻挪威、墨西哥、瑞典的外交代表。

为什么我会对一个似乎相当出名的政治活动家的履历和生平感兴趣呢？

亚历山德拉把60年的光阴献给了争取社会主义社会胜利的斗争，但是关于她，人们却写得很少，比许多毫不出色的官员都少……

亚历山德拉朴素自然的民主作风赢得了我的好感。无论是同迂腐的瑞典国王交谈还是同矿工交谈，她都是那么轻松自如、谈笑风生。在向我介绍保姆时她说："这是我的私人秘书。"在大使馆里，所有的人——职员、司机、女工都在一起吃饭。亚历山德拉有教育才能，许多曾在她的领导下工作的年轻人都得把自己的精神发展归功于她。

她在1929年曾对我说，需要艺术中的现代形式，年轻的挪威人和墨西哥人的作品吸引了她，她喜欢凡·高。1933年我们谈论了文学问题。亚历山德拉感到奇怪："他们给我寄来两部新的长篇小说。要这些乖孩子干什么呢？在托尔斯泰、陀思妥耶夫斯基、契诃夫之后……"

1938年5月，当我从莫斯科回到西班牙去经过斯德哥尔摩时，我发现亚历山德拉变得苍老了、忧郁了。她请共和制的西班牙的大使帕伦西亚吃饭，帕伦西亚谈到在战斗中成长起来的新指挥员："我也认为，还没有失去任何东西……"这时她活跃起来了。后来帕伦西亚走了。亚历山德拉问道："家里怎么样？"接着急忙补充一句："您可以不回答——我知道……"我们分手时她说："祝您有力量，现在双倍地需要力量，这不仅因为您很快就要到巴塞罗那，也因为您不久之前在莫斯科待过……"

我保存了我在战争时期收到的几封亚历山德拉的信，她在信中谈到我的文章，也简略地提到了自己："我做的工作很多，工作也很伟大。"她的性格就是这样。

在亚历山德拉的晚年，我常去找她。她已局部瘫痪，但继续工作着。外交部的工作人员常向她请教。她为未来的历史学家写回忆录——想说出她曾不得不看到和经历过的事情。她于80岁去世。

现在要从伟大的心灵回到渺小的政治上来了。众所周知，瑞典在第二次世界大战中仍是中立的，但是政府却允许希特勒通过瑞典领土运送部队和军事装备。有些瑞典人喜欢这件事，另一些人不得已地容忍了此事，还有一些人感到气愤。

《哥德堡贸易日报》是倾向同盟国的，因而建议我从莫斯科寄文章去。我明白瑞典的处境困难，便尽可能写得委婉些。但我的文章依然触怒了德国人。德国情报局宣布，外交部的代表在记者招待会上预先警告了瑞典人，"哥德堡的报纸上的爱伦堡的文章是同一个中立国不相容的，而且对于瑞典会有不愉快的后果"。

有些瑞典报纸支持里宾特洛甫——《斯德哥尔摩新闻》《哥德堡晨报》《晚报》等。《达格斯波斯坦》说得尤其活灵活现："爱伦堡打破了精神暴虐狂的全部纪录。没有必要批评这种卑鄙的谎言并证明爱伦堡企图把红军士兵通常的作为记在德国人的账上。"

发行很广的体育报纸《体育报》的主编泰格奈尔先生大发雷霆，仿佛是在看足球比赛。按照希特勒的形形色色的捧场者的说法，我的文章是同瑞典船只在波罗的海沉没，同俄国人侵占斯德哥尔摩的阴谋以及其他骇人听闻的事件有联系的。

哥德堡的报纸发表的那些文章也在挪威和丹麦的报刊上出现了。这当然激怒了德国人，《法兰克福报》写道，"一切有理智的瑞典人都对给予凶残的莫斯科奸细的殷勤招待提出抗议"。报纸引用了旅行家斯文·赫定的话，此人大谈"俄国熊的凶残"，并赞扬一个报名参加德国师团的瑞典人。

一个身居要职的人物，邮电部门的主管者安德斯·阿尔内也发言了。他发表了《伊利亚·爱伦堡在瑞典》一文，其中写道："从内部征服瑞典的企图原来是为了把它并入苏联版图。"这是在 1942 年 7 月，当时我军正在顿河草原上浴血苦战。

1943 年初，瑞典杂志《经济学家》上刊登了下面这段话："我们曾发表了伊利亚·爱伦堡对希特勒最近一次演说的评论。我们删去了许多地方，因为不想让文章中有任何使德国政府首脑感到受辱的东西。文章没有遇到来自书刊检察机关方面的反对意见。不料次日举行了一次内阁会议，决定把载有爱伦堡文章的各期杂志全部没收。我们认为这是真正的过火行为。"

《哥德堡贸易日报》的主编塞格斯泰特教授曾告诉我说，尽管书报检查使他有时不得不在我的文章中做些删削，但他衷心地感谢我并愉快地指出，他收到报纸读者的许多赞许的信。亚历山德拉曾写信给我："您也知道，在瑞典，人们是多么重视和喜爱您……"

我在莫斯科时，有时会去拜访挪威大使安沃尔。他是个亲切的、平易近人的人。我和他回忆着挪威的友人。他知道瑞典报纸上的论战并对我说；"别去理会邮政局长。他不过是个局长而已，但普通的瑞典人却经常写信。这是些好人。他们知道挪威的遭遇，他们感到痛苦，有时也感到耻辱……"

战争结束了五年之后我来到了瑞典。我也到了哥德堡，在《哥德堡贸易日报》（塞格斯泰特教授已经不在那里了）上刊登了一条关于战争时期的撰稿者的非常不客气的简讯。我并不奇怪：在这之前很久我即已懂得，在政治决定一切的地方，记忆是一种累人的偏见。

可是我曾在瑞典遇见了一些在艰苦的岁月里支持过我们的人。我比较亲近地认识了在西班牙遇到过的耶奥里·勃兰金格、梅尔以及别的许多人。我明白了，挪威大使说得对：瑞典原来有许多好人。他们都怀着深情回忆起亚历山德拉。

结果究竟如何呢？异国的生活犹如黑暗的剧院大厅，只有舞台上才有灯光。但演员在舞台上的出现与消失却完全取决于事件、局势和那名曰历史的导演难以捉摸的性格。当希特勒进逼伏尔加河，当他到了埃及并开辟通往印度的道路时，在瑞典的剧院里出现了一场根据拙劣的剧本排演的拙劣的演出。但这出戏不久就从戏报上取消了：红军士兵引得瑞典人说起话来。大厅里又怎么样呢？在大厅里坐着普通的观众，他们可以鼓掌或吹口哨，但要想插嘴却办不到。而当他们一冲上舞台，则不仅布景摇摇欲坠，连剧院也晃动起来了……

12

解放的库尔斯克：不屈的人们和苟且偷生者

斯大林格勒战役结束的消息我是在路上听到的：我和《红星报》摄影记者谢·伊·罗斯库托夫一同去了卡斯托尔纳亚。我情绪昂扬：显然发生了一个转变，先前是不得不相信胜利，尽管一切所表明的恰好相反，但如今却没有怀疑的余地了——胜利是有保证的。

天气寒冷异常，有着漫长的暴风雪和刺脸的风搅雪（不下雪的时候低风吹起地上的雪）的二月开始了。我们到达卡斯托尔纳亚是在一个寒冷而晴朗的晚上。月亮把淡绿色的、死气沉沉的光线倾泻在雪原和被炮弹炸碎或被坦克压扁了的尸体上。我们伫立片刻便走进了小木房。

清晨我在卡斯托尔纳亚周围徘徊良久。从沃罗涅日撤下来的德国师团在这里中了埋伏，于是一个默默无闻的村庄便立刻出了名。翻倒了的载重汽车，埋入雪堆里的微型汽车"奥佩利""雪铁龙""菲亚特"（有一个时期新婚夫妇常开着它们去海滨度蜜月），被撬去了侧面的意大利公共汽车，司令部的纸张，一块块的尸体，行军灶，戴着钢盔的脑袋，香槟酒瓶，公事包，被打断了的手臂，打字机，机关枪，一个长着老长的睫毛的巴黎的驱邪木偶和一个仿佛从雪里长出来的光光的脚后跟。

即使在战争中被杀害者的惨状也令人吃惊——你不禁会想到：他生在哪里，为什么来到这儿，撇下了什么人，在这种感情中有一种人道的东西。但是在卡斯托尔纳亚，甚至都不会想到个别士兵的遭遇。冬天的太阳露面的时间很短，在它的光线中尸体犹如蜡像陈列馆里的蜡像，而布满废铁、被肢解了的躯体和黑洞的雪原，则是早已消失了的世界的模型。

一名中尉给我喝了一口白兰地，我们坐在一个被人体弄得热烘烘的黑暗的小木房里。大家都争先恐后地说着话。中尉叙述他们怎样一天之内在积雪的草原上走了30公里。"打败了敌人以后我累得站也站不住了——睡着了……"我记得年轻的季先科大尉。一切都混乱了，他也被德国人包围了。"那时候有什么办法呢？我们曾包围了他们，可我一看——周围是德国鬼子……我甚至都不知道这个念头是怎么来的，大概是因为吓坏了，我抓住对方一个人的手说：'小伙子，你要是投降，好，很好……'他们把手举起来了……"

我记下了这样一段事迹："科里亚夫采夫准尉掉进冰水里了。连长说：'到屋里去吧——你会受凉的。'但准尉答道：'我根本不觉得冷——仇恨温暖着……'"

士兵奈马克的一只手被包扎起来了。战前他在切尔尼戈夫当会计。他很脏，脸也不刮——一头苍白的硬发。他微笑着说："人们说'犹太人的幸福'，可您瞧——我真是走运：三个指头掉了，两个还留着，而那些还很好——我可以继续工作。我老实对您说：我还想走到切尔尼戈夫呢……"

我也记下了同德国间谍、第13军司令部的军官奥托·金斯凯尔的一次很长的谈话。这是个既不年轻也不愚蠢的人。起初他对我说："我没有被希特勒的威严所迷惑，但我也不想责怪他——他配得上他所得到的东西。他成功地唤醒了德国人的民族自豪感——这是他的功绩。坏只坏在纳粹党人常常妨碍年长的、有经验的指挥官……当然，铲除共产主义或消灭犹太人已被列入了党纲。我对政治不感兴趣，而一个军人是不能可怜敌方的居民的——战争毕竟是战争。但是您要知道，暴力和抢劫能败坏任何军队，甚至是德国军队。不过这也不是主要的……"他沉默了，直到一个钟头以后，当他缓和过来，吸了几支香烟，这才坦率起来："你以为我们的侦查机关不知道你们的后备队吗？施特罗姆将军不仅有你们的师团的番号，还有关于人员和器材的资料。这是老早以前的往事了！……当侦察机关通知，俄国师团到了科捷利尼科沃附近时，这消息没有继续传到集团军司令那里。冯·扎尔穆特将军说

左：1943 年，去卡斯托尔纳亚的路上
右：1943 年，爱伦堡在布良斯克前线

过，大本营不喜欢收到类似的情报：禀告元首是危险的——将军的名字将同不愉快的事情联系起来。原来有一条联想的规律……因此情报工作就可以改名了：我们不如说是在捏造情报。施特罗姆将军欺骗冯·扎尔穆特将军，后者又欺骗凯特尔将军，凯特尔则欺骗元首。德国就被拴在这条小链子上拖向深渊……"

我们继续前进，在我军冲入希格雷的数小时后便到了该城。我们到来时已是深夜，敲各家的门敲了很久，谁也不应答。最后终于把我们放进去了。谢尔盖·伊万诺维奇·罗斯库托夫被安置在几个讨人喜欢的老头子那里，我却被带进一个住着一位带着六七岁的儿子的年轻女人的房间。男孩子醒了，任性地要吃糖酱。母亲把他抱到自己的床上，我就睡在小沙发上。我在昏暗的灯光下打量女主人——一张娟秀的苏联人的脸，忧郁而疲倦。我为吓住了她而感到不好意思，我说，现在可怕的事情已经过去，她将得到休息并安下心来。她哭起来了：她已有一年半没有自己丈夫的任何音讯。他是飞行员，最后的一封信她是在战争开始时收到的。她问我怎样能找到他——军邮号当然变了，而她甚至不知道他是在哪个部队。后来我睡着了，但又被那个重又想起了糖酱的男孩子任性的声音吵醒。我终于看见了他热望着的东西——一听有法国字的罐头。女主人请我吃早饭，解释道："我们什么东西都很多——

德国人扔掉了，我们到晚上去拾来……"我问德国人的行为怎样。她说："您自己也知道——这还算是人吗？我幸亏没撞见他们。他们都住在漂亮的房子里，可我这里，您也看见了，简直是个狗窝。连一个德国人都没到这里来过……"男孩子打断了她的话："妈妈，奥托叔叔每天都来，他跟我玩，跟你玩。"女人的脸涨得通红："别胡说！……"男孩子固执地重复着说："我没乱说。奥托叔叔答应拿一个巧克力糖做的小房子来……"女人惊恐万状地瞧瞧我。我说："别怕，我不会说。"然后我便走了。（我记住了这个场面，在长篇小说《暴风雨》里，克雷洛夫医生在一个小镇上过夜时曾听到一个男孩子说起"奥托叔叔"的事。）

一位上校告诉我，抓住了一个叛徒——"警察"。小房间里坐着一个约莫35岁的人。他抬起头来，用一双晦暗的、没有光泽的眼睛瞧瞧我。他有一个很大的喉结。

他告诉我，德国人曾在希格雷办了一个"警察训练班"。他在那里学习过。一般说来，他没有做过任何坏事。他只不过代表毕业生给警卫司令鲍林格写了一封致谢信。现在这件事被想起来了。"没有脑筋……我是从来都没有实际办事能力的……"他呜咽起来了："那时我害怕了，可现在自己人在打……"一分钟后他突然勇敢起来："不，您说，我做过什么坏事？干吗要拿我出气？听说是'训练班'，我就去了。我在十年制学校毕了业，本想继续读书，可是没读成。您可以问别人——我在战前担任过负责工作，没受过一次处分，要考虑环境。我第一个为我们的人回来感到高兴。到底为什么要攻击我？我那时不在莫斯科，要是德国人曾在此发号施令，那也不是我的错……"

小城里只留下一些木房子了：好房子都被德国人在离开之前烧毁了。在城里的公园里我看见了德国人的公墓——长长的一排排的十字架。人们叙述经历：游击队炸毁了桥梁，德国人当时枪毙了50名人质，春天，广场上又绞死了六个妇女——因为她们同游击队有联系。当她们被带去处死的时候，人们都哭了。其中的一个妇女看到一个涂脂抹粉的女郎就叫道："给德国人当床垫也不害臊……"在《暴风雨》里我引用了当时在一个被占领的城市里编的一支小调：

您仿照德国的洋娃娃梳妆打扮，

把自己涂抹得花枝招展，还像陀螺那样旋转，

一旦勇士归来——一绺绺的发卷不能帮忙，

小伙子也要鄙薄地走开。

鲁萨诺夫兄弟受尽了折磨……

上校说，我军正迅速向库尔斯克挺进，再过两三天大概就会解放该城。我们沿着指定的路线行驶，在科萨尔扎碰上了猛烈的轰炸，便躺在雪上。当我们站起来时，雪原已布满一个个很大的黑斑。

猛烈的暴风雪开始了。司机咒骂不休，每走百十步就得停一下，我们走下车来，企图猜测前进的方向——道路消失了。我们行驶了 10 公里，也可能是 15 公里，后来汽车陷住了。天开始黑了——这是下午四时。我们没有食物，都冻僵了。发动机沉寂了。我穿的衣服很糟：一件军用大衣，一双皮靴，一双手套。黑夜降临了。起初我冷得难受，但后来不知何故却突然觉得暖和，甚至舒适起来了。谢尔盖·伊万诺维奇咒骂着，他说天一亮就要去找住处。但司机和我却不做声。我没有睡，但打起盹来，我觉得非常舒服。总之，我冻坏了。

我一生中曾数次濒临死亡的边缘。最不舒服的是闷死。有一次，考涅楚克、万·利·华西列夫斯卡娅、法捷耶夫和我在暴风雨中飞越阿尔卑斯山。小小的飞机上升到四千公尺的高度。法捷耶夫仍在读书。我看见考涅楚克的脸就吓坏了——他的脸色发青。我张开嘴，感到没有一丝可呼吸的空气。当女服务员拿来氧气袋的时候我已没有吸气的力量了。这是非常难受的。

但我现在回忆起在科萨尔扎和佐洛图欣之间度过的一夜却不无亲切之感。当时有什么不曾在我的幻觉里出现啊！仿佛我生来还不曾享受过这样的幸福。后来司机告诉我，他也冻坏了，也做了些好梦。但谢尔盖·伊万诺维奇却不愿同命运妥协，他想拯救我们。天刚亮他就说："我走了。"我答道，这是干傻事。我看了看——他陷进雪堆里了，我便重又回到自己的幻境中去。我模模糊糊地记得来了一辆雪橇。我被挖了出来，谁给我盖上了一件皮袄。谢尔盖·伊万诺维奇在微笑。

少校给了我一杯伏特加，我喝了，但甚至感觉不出这是伏特加。少校摇

着头又给我斟了半杯。当然,我喝了这么多,又空着肚子,在一般的情况下我可能就躺在桌子下了。而这时我们吃了点东西,一小时后就同炮兵营的军官们坐在地图前面,讨论起如何去库尔斯克的问题来了。我们的汽车被拖到佐洛图欣,从那里顺着铁路到了库尔斯克。

(1962年夏,在争取裁军代表大会筹备委员会的一次会议上,肯尼亚的主席向和平主义者说明了茅茅不是一个种族,而是一个政党。这次会后,我的邻座尼·伊·巴扎诺夫,一个谦逊而又十分热爱和平的人,突然问我是否还记得炮兵们在佐洛图欣附近是怎么让我暖和过来的。我在这之前也遇见过尼古拉·伊万诺维奇,但未曾料到他就是曾在一个遥远的二月的清晨用伏特加治疗过我的那位少校。)

人们转交给我一个卷宗,上面写道:"伊利亚·爱伦堡在前线。卷中订有35页,已编号。始于1943年2月5日,止于1943年2月20日。"卷宗最前面是我和罗斯库托夫少校签署的电报。"已抵黄玉,即去部队","已抵'探照灯'","赴切尔尼亚霍夫斯基庄园"。电报都是寄往"天鹅绒"的——这是莫斯科的代号。"探照灯""锻炼""黄玉""镉黄"都是各部队的司令部。2月6日以后我们没有发出我们还活着的消息,于是惊动了奥滕贝格,他发电报给布良斯克前线政治部主任皮古尔诺夫将军、切尔尼亚霍夫斯基将军和普霍夫将军、《红星报》记者克拉伊诺夫上校和斯米尔诺夫少校,给他们打直通电话。斯米尔诺夫少校很有理由地答道:"爱伦堡显然滞留在途中了,猛烈的暴风雪已持续了四天,路上不能通行。"但奥滕贝格却要尽快把我找到,他甚至惊动了柳芭,直到收到"已抵库尔斯克第60军司令部"的电报后,这才放下心来。

在库尔斯克,我坐下来写文章了——从战争开始以来,报上一连三周不见我的名字这还是第一次。

德国人在库尔斯克盘踞了15个月,我在那里看见了占领时期出版的《库尔斯克消息报》所描写的"新秩序"是什么东西。我仔细观察那些时而发呆,时而醒觉过来并说个不停的人们。在他们当中有英雄,有懦夫,也有已经适应了战地抢劫、投机、射击和酗酒的市侩。从人们的叙述中展现出一幅瞬息万变、不怎么连贯,也没有理性的生活的图画。市参议会的会议大厅里挂过希特勒的肖像。一个叫作斯米亚尔科夫斯基的人被任命为市长。我翻阅了他给城防司令马尔赛将军的报告,市长胆小如鼠,四处奔波,竭力证明他忠于元首。

几个企业开办起来——一个针织厂,一个制革厂,一个制粉厂。寄卖行大为兴隆,但城市的灵魂却是市场。那里出售糖、从德国人那里偷来的药品、意大利袜子、私酿的白酒。一个扫院人变成了富翁——他报告地窖里藏着两个年老的犹太女人,从而博得了秘密警察的信任,得到一所漂亮住宅,过起快乐的生活来了。一个医生在市场上卖甲基磺胺噻唑,喝醉了就说:"我毕竟不为我留了下来而感到惋惜。当然,德国人是强盗。但是过去难道我能想象,每天晚上都能喝白兰地,还能送袜子给女孩子们吗?……"

我认识了一个姑娘,过去是师范学院的大学生,她痛哭了一场之后向我坦白地说出了一切:"我信任您:我读过您写的关于爱情的长篇小说,不记得名字了,有一个法国女人……我不知道,对我来说这是爱情,还是只不过是由于痛苦而产生的迷恋。但他并未纠缠,仅仅吻过手。他的钢琴弹得非常好,还谈到过感情。早先我从来没听见过这样的话。于是我深受感动……可现在——报应……"她贪婪地瞧着我……寻找同情。我默然。许多年以后我看了影片《广岛之恋》:一个年轻的法国女人在占领时期爱上了一名德国士兵,德国人被赶走了,姑娘受到人们的鄙视,头发被剃光了,宛如一只被捕获的小兽。女演员演得很好,我也不禁可怜起影片的女主角来了。我久久地思索着"爱情的古怪"。究竟为什么在我身上找不到对那个年轻的库尔斯克女人的怜恤呢?一切都还太新。恰巧在这之前我曾同女教师科祖布谈过,她曾被送去挖战壕,一个德国军官打她的耳光。我看见过另一个女教师——普里瓦洛娃,德国人杀死了她的儿子。我同唯一幸存的一个犹太人谈过话。他躺在伤寒病室里,见习护士们对德国人说,他死了。但其他的犹太人都被杀害在谢特尼卡的郊区了。吃奶的婴儿被提起来把头往石头上摔。我感到我身上的一切都变得冷酷了。当然,女大学生所钟情的那个德国人可能受到良心的谴责,甚至感到痛苦,有谁知道他呢?但我那时却顾不得什么"爱情的古怪"。

遇到曾向游击队员提供武器的师范学院女生卓娅·叶梅利扬诺娃后,我觉得她就像一股活水那样让人感到高兴。我曾记道："卓娅——这就是共青团员！"（日后我有时还收到她的来信，我们的谈话没超过一小时，但她在我的记忆中却是一个精神上与我十分亲近的人。）

我还看到其他一些勇敢的、高尚的人，但我不隐瞒：我感到难过。我知道，居民受尽了苦难——在法国、荷兰、比利时的那些被占领的城市里实施的法西斯制度，同被希特勒匪徒侵占的苏联各州所推行的制度是不能相比的。尽管被敌人迫害，人们依然是不可制服的，可能正因如此，幸福的事物便似乎是令人不能容忍的。我们全都呼吸着痛苦、屈辱、愤怒。你瞧街上有一个时髦女郎。她穿的那件绒线衫是从哪里来的？那个红光满面、留着棕色小胡子的公民卖过什么东西？是蛋粉还是从被绞死者脚上脱下来的皮靴？后来我看到许多解放了的城市，既看见过欢乐的眼泪，也看见过英雄们的坟墓，还看见过苟且偷生者的谄笑。我明白了，占领时期的生活是虚幻的。青年男子几乎没有了——他们在我国军队中作战。倔强的人被杀害，或被送往德国做工。"去掉奶油的牛奶不浓。"奥廖尔有位老太太曾对我说。（她谦逊地避而不谈她曾在自己小房子的地窖里藏过一个负伤的红军战士——这是我后来在市苏维埃听说的。）我之所以特别清楚地记住了库尔斯克，是因为它是我看到的第一个获得解放的城市。

我在库尔斯克认识了伊·丹·切尔尼亚霍夫斯基将军。他的年轻令我吃惊，当时他才 36 岁。他爱冲动，性情愉快，身材又高，使得他看上去还要年轻些。我第一次同他谈话的时候就觉得他不像别的将军。他说，现在德国人正在抱怨"离奇的处境"——"俄国人从西方打来，因而我们有时竟被迫往东方钻"。伊万·丹尼洛维奇说："总之，他们把自己的'钳形攻势'理论也忘掉了。我们向他们学到了一点东西……"虽然是一个坦克手，但他却说："现在坦克似乎是一个新的军事纪元

1943 年，切尔尼亚霍夫斯基在库尔斯克与爱伦堡会面

的开端，但其实却是结束。我不知道新发明将从何而来，但我宁肯相信威尔斯的幻想小说，而不大相信戴高乐、古德里安或者我国坦克手的想法。你学呀，学呀，可后来却看到生活把那些颠扑不破的真理全推翻了……"在下一次见面时他谈起了偶然性的作用："我不知道，拿破仑的伤风在决定性的战役中起了什么作用。关于这个问题人们写了许多……但偶然的因素是很多的，它可以改变条件。这就像个人在历史上的作用一样——当然，起决定性作用的是经济、基础，但是在所有这一切条件下，拿破仑既可能倒台，也可能不倒台……"

几个月后，当我在格卢霍夫附近又遇到他时，他谈到斯大林："这就是你们的辩证法——不是理论，而是活生生的范例。要了解他是不可能的。只有相信。我从来没有想到，不是准确的方法，不是严格的分析，原来是如此错综复杂的一堆矛盾……"

如果从我所引述的话来判断，切尔尼亚霍夫斯基应该是阴郁的，但他却很快乐，这是大自然赋予自己的宠儿的那种难以忍受的快乐。即使是在库尔斯克他也谈笑风生。他突然跳了起来，开始朗诵：

> 青春引导我们
> 挥戈扬鞭……

他笑着说："要是研究明白，愚蠢，但一点也不愚蠢，比任何一门历史课都要聪明……据说巴格里茨基喜爱鸟雀。但是您知道，在乌曼有个小老头有一次曾告诉我说，大卫王写赞美诗并向青蛙发誓，为的是青蛙叫得异常动听——也是诗……"

在战争中切尔尼亚霍夫斯基总是一帆风顺的。当然，他精通军事科学，但这是不足以取得胜利的。他很勇敢，不等候命令，而在困难的时刻则是吉星高照、化险为夷。战争开始时他指挥一个坦克军团，到 1944 年春则被任命为第三白俄罗斯方面军司令员。他第一个进入德国。1945 年 2 月，我到了东普鲁士的巴恩什坦城。切尔尼亚霍夫斯基往陆军司令部打了个电话，叫我去找他："快来吧，到了快散场的时候了……"三天后他被杀害了。

第 五 部

后来我在最高苏维埃、招待会、阅兵式上遇到过别的将军。有的死在自己的床上，有的退休了，有的还在服役。而伊万·丹尼洛维奇在我的记忆中却依然年轻，他常在炮声的伴奏下反复吟咏情诗，或者发表机智而辛酸的见解……

回头来谈 1943 年 3 月。一个漫长的休战时期到来了（库尔斯克弧形地带的战斗爆发于 4 个月后）。报上登满了获奖者的名单、新的肩章和勋章的照片、论述近卫军传统的文章、贺电。在去莫斯科的途中，我曾在叶夫列莫夫附近某地的一个小木房里过了一夜。炕上坐着一个士兵，他脱下皮靴，嘟囔着说："走啊走啊……小腿都走痛了……可昨天我收到了信，上帝保佑！……"我睡着了，因而没有听见那封信里说些什么。不过那时我们有谁不曾写过或收到过这样的信呢？……

13

博学多才的外交官乌曼斯基

　　我和康斯坦丁·亚历山德罗维奇·乌曼斯基成为挚友是在 1942 年初。他就住在我所住的"莫斯科"旅馆里，于是我们几乎每天相见（更确切地说，是每夜相见：我从《红星报》归来的时间很迟——在夜里两点，有时是 3 点。乌曼斯基在同一个时间从外交人民委员部回来：斯大林喜欢在夜里工作，负责的工作人员都知道，他会打电话，索取材料，找人查询）。1943 年 6 月，乌曼斯基去墨西哥了，此后我没有再看见过他。一年半似乎是一段不长的时间，但那是一个艰苦的时代，虽然食盐是凭票供应，但我也可以说，我和他共同吃完了配给的一普特盐（意为两人相处甚好）。

　　我现在想：为什么我很少叙述我自愿地或不得已地遇到过的那些政治活动家。要知道我是生活在这样的时代，当时政治干预着每一个人的命运，而报上的消息给予我的激动也往往比书籍或图画给予我的要强烈得多。对于生活使我与之相遇的形形色色的人们，我多半都不太了解。许多事情都是由职业预先决定的，只要这个职业不是被迫的，不是偶然的。当然，我有自己的偏爱、自己的嗜好、自己的职业，但是从作家们工作本身的性质来说，他们很少是狭隘的职业家：他们得分析形形色色的人物的精神世界。德律福斯大尉是个目光短浅的专家：他简直不明白，"老百姓"爱米尔·左拉为什么要为他鸣不平。对于米哈伊洛夫斯基（1842—1904，俄国社会学家和政论家，自由主义的民粹派的主要代表人物之一）来说，契诃夫是不可理解的，但契诃夫却清楚地理解民粹主义者或自由主义者。

我之所以和乌曼斯基亲近起来，是因为他和他那个圈子里的大多数人不同。他很少向我谈起他的过去——那个时代是不大适宜回忆的。然而我们的道路有时互相交叉，也许我们见过面，但时间磨灭了关于那些仓促的会见的记忆。华盛顿的外交官们未必知道，这位苏联大使馆的参赞，后来是以其年轻和政治上的渊博而使所有的人都感到吃惊的大使，曾在 1920 年用德文写过一本书，这本书写的既不是《凡尔赛和约》，也不是外交封锁，而是在革命的最初几年里曾引人注目的那些画家——连图洛夫、马什科夫、孔恰洛夫斯基、萨良、罗扎诺娃、马列维奇、夏加尔等人的绘画。乌曼斯基当时是 18 岁。他的那本名叫《新俄罗斯艺术》的书是由柏林的一家大出版社出版的。他曾醉心于结构主义，而且当我和利西茨基出版《作品》杂志的时候，我大概遇见过这个年轻的热心之士。后来乌曼斯基多年在西欧各国首都任塔斯社记者，我也不可能不碰见他。当我开始在《消息报》工作的时候，他是外交人民委员部的出版部主任，和科利佐夫交好，我不怀疑我遇见过他——1941年秋在古比雪夫时我曾觉得他很面熟。

当然，我们经常谈到罗斯福、丘吉尔，谈到美国的孤立派，谈到第二战场，但我们也谈到过许许多多别的事情。除了自己的事业以外，乌曼斯基喜爱诗歌、音乐、绘画。一切都使他醉心——肖斯塔科维奇的交响乐，拉赫玛尼诺夫的音乐会，格里鲍耶陀夫时代的莫斯科，庞贝的绘画，关于控制论的最初的窃窃私语。我在“莫斯科”旅馆五楼他的房间里遇到过海军上将伊萨科夫、作家叶·彼得罗夫、外交家施泰因、演员米霍埃尔斯、飞行员丘赫诺夫斯基。他同不同的人谈论不同的事——这并非出于礼貌：他想多知道一些事情，想看清生活的一切方面。

据说，博学同记忆力有关，现在西方有一种时髦的竞赛——大家当众向一个人提出意料不到的问题：矮子丕平（751—768 年的法兰克国王）是哪一年诞生的，柏拉图写了哪些对话录，什么是矢算和张算，等等。很少的幸运儿将获得大量奖品，而失败者则受到嘲笑。那些幸运地回答了所有问题的人都具有非凡的强记能力，但这并不意味着可以把他们称作博学之士。乌曼斯基的记忆力是罕见的，但他只记得曾使他感兴趣的事。他的头脑里装的不是目录，而是正文。他的英语、德语、法语都说得很漂亮，在向墨西哥共和国总统递交国书的时候，他说："半年以后我就要说西班牙语了。"他履行了诺言，以无懈可击的西班牙语使墨西哥人大吃一惊。自然，从事外交工作是需要语言知识的。（然而在 20 世纪 40 年代末，被任命为大使的，往往是些没有掌握前去工作的那个国家的语言的人物，而且显然是认为和外国人愈少交谈就愈好。）但乌曼斯基之所以要迅速掌握语言，却不仅是因为要埋头于自己的工作，不是的，他是想同巴勃罗·聂鲁达、让-里沙尔·布洛克、安娜·西格斯自由交谈，想阅读保罗·瓦莱里、布莱希特、马查多（1875—1939，西班牙诗人）的原著。

他憎恶官气，但他却不得不经常呼吸官气，说得更确切一些，是被官气弄得窒息了。有时他忍不住了，说道："又是不愉快的事：我建议放弃陈规旧习——于是受到申斥……""人们最怕'新事物'、创造性……"他曾告诉我，他如何试图在美洲改变宣传的特点，但毫无结果。"我们不懂得我们有权借以自豪的是什么，我们隐瞒最优秀的事物，像傻小子那样傲慢，还害怕会有一个外国人突然嗅出了米尔哥罗德市没有洗衣机。"

关于美国人，他说："能干的孩子们。有时令人深为感动，有时又叫人难以忍受……欧洲被毁掉了，而美国人在胜利后将发号施令。舞曲是由掏钱雇乐师的人选定的……当然，普通的美国人不喜欢希特勒：如果可以买的话，为什么要烧掉呢？这就是他的逻辑。可您却不能用种族主义引起他的愤怒……不要根据罗斯福来判断美国的政策，他比自己的党高出十个头……"

有一次他对我说："我的'老板'大为光火，因为我不喜欢高尔基大街上的房子——应该喜欢……"另一次我们谈起了毕加索（乌曼斯基很喜爱他），他说："有一次我提到他的名字，就被厉声训斥了一顿，说他挖苦资本家，却依靠干不光彩的事情生活……您要是给这样的同志用英语读读莎士比亚的诗，他会说，'胡言乱语、杂乱无章代替了诗歌……'您可记得斯大林对肖斯塔科维奇的歌剧说的话吗？……还有日丹诺夫……而且他们的审美感是所有的人都必须有的……"

我偶然地保存了几封寄自墨西哥的信。乌曼斯基在一封信里谈到墨西哥新任驻莫斯科大使巴索尔斯，并请求道："您值得为他花些时间，而且别让他在莫斯科的外交官和外国记者团体的气氛中'变酸'。我不怀疑，同他谈谈拉丁美洲问题、欧洲问题和其他问题，将会使您得到真正的快乐，就同我在您的胡利奥·胡列尼托迷人的祖国时从这些谈话中得到的快乐一样。"在另一封信里，他写道："寄给您一份不久以前在这里举办的毕加索画展的目录。顺便说说，美国海关把从美国运到这里来的他的油画扣留了数月之久，认为它们可能藏着密电码之类的东西。"

我总是觉得，乌曼斯基是在吉星高照之下诞生的。这是一桩极为罕见的事——一个37岁的人就被委派担任驻美大使这样一个极其重要的职务。他在美国度过了最痛苦的几年——从1936年到1940年。也许这救了他。要知道接替他担任出版部主任一职的是叶夫根尼·亚历山德罗维奇·格涅金，他是一个聪明而富有学识的人，出过一本政论集，但他入狱了。叶夫根尼·亚历山德罗维奇直到解冻以后才回到莫斯科。而乌曼斯基却幸免于难，他被派往墨西哥去了。他很高兴：新的世界，新的人——他的求知欲极强。在那儿他能发挥一些创造性。（的确，他在墨西哥待了一年半，墨西哥人都异口同声地说他做了许多事，他大受欢迎，国务活动家也常倾听他的意见。）

突然一切都改变了：星儿从天空陨落了。1943年6月，乌曼斯基的生活因为一桩悲惨而又极其荒唐的偶然事件而受了挫折。他有一个名叫尼娜的女儿，是个小姑娘，中学生。她本来要和父母亲一同去墨西哥。一个小伙子，她的同学，爱上了她。当他知道尼娜要走了，便在一番激烈的解释以后开枪打死了她并自杀。乌曼斯基热爱自己的女儿，他的家庭生活完全系于她一人之身。（我知道，他一生有着强烈的感情，1943年他曾体验过契诃夫在短篇小说《带小狗的女人》里所描写的苦恼。）一场悲剧就这样爆发了。

我永远不会忘记乌曼斯基到我家来的那一夜。他勉强能够说话，垂首而坐，双手遮面。

过了几天他到墨西哥去了。他的妻子赖萨·米哈伊洛夫娜几乎是在神智昏迷的状态中走的。

一年后乌曼斯基写信给我："……我所经历的痛苦使我一蹶不振了。米哈伊洛夫娜是个残废，我们现在的情况比我向您辞行的那一天还要糟得多。和平时一样，您是个聪明人，给了我一些正确的忠告，可是我——哎！没有听从……"方才我把这封信重读了一遍，想回忆起我能给予一个遭到不幸的人一些什么忠告，但是枉然。也许我曾想安慰他、鼓舞他？我记不得了。

1945 年 1 月，一架飞机从墨西哥市的机场起飞。前来为乌曼斯基夫妇送行的人们目睹了惨剧。乌曼斯基当时 42 岁。

在墨西哥市为乌曼斯基举行的追悼会上致辞的不仅有政治家或外交家，还有墨西哥最大的作家阿方索·莱耶斯、女演员多洛列斯·德·莉娥。一位墨西哥女诗人出版了《给康斯坦丁·乌曼斯基的颂诗》。看来就连那里的艺术界人士也感觉到了他是自己人……

关于乌曼斯基，或许也应该说他死得正是时候？这话听起来像是对死者的不敬，但那是在 1952 年，如果是在 1962 年我就决不会作如是之想了。从年龄上来说，在被称为"李维诺夫式人物"的那一批杰出的苏联外交家们看来，他是太年轻了，但就思想方面说，却当然属于他们之列。他们之中的一个早在 1937 年即已死去，而偶然保全了性命的也都已离职，如乌曼斯基最亲密的朋友施泰因，或者被贝利亚打发到更远的地方去了，如鲁比宁。在墨西哥市的招待会上，乌曼斯基得穿上新颁发的制服。我想象不出他穿上这种制服会是什么样子。我更不能想象他在 1949 年同世界主义进行斗争的时候是什么样子。不过对他日后的遭遇进行猜测是徒劳的：命运前来干扰，发生了不幸的事件或破坏行为——发动机发生了故障，乌曼斯基特别热爱的生活发生了故障。

14

1943 年：深夜、深秋——深的战争

　　人们说：深夜，深秋。回忆起 1943 年来，我想说：深的战争。和平已被遗忘，而且尚未在人们的幻觉中出现。在那一年里一切都发生了变化——我们的国土开始从侵略者的铁蹄下解放出来。六月初，库尔斯克弧形地带的德国人试图转入进攻。他们被遏制了，后来被击退了。两周以后我在卡拉切夫附近看见了一个路标——"距柏林 1958 公里"。这是在苏联的腹地，德国人还控制着奥廖尔，但有一个乐天派却已经在计算他的营还有多少里路可走了。

　　读者也许感到奇怪，甚至感到气愤，为什么我对我一生中最重要的几年（世界史意义上）写得这么简短。但我曾预先声明，我无意侵夺编年史家的劳动。我对本书的名称是这样理解的：人和岁月——这就是生活，我的生活，许许多多生活之一。战争的岁月是漫长的。无论在战前或在战后，我从未遇见过这么多的人。有时在一天之内我曾同几十个素不相识的人谈话，在避弹所或林间草地上聆听可笑的故事、冗长的作战报告、内心的自白。我现在还清楚地记得个别的面孔、话语、农舍、废墟，但不记得是谁对我说过"仇恨咬破了心房"，不记得是在哪里的一个夜间埋葬了一位被杀害的军官，以及当时是谁曾说"上尉将同我们一同进入基辅"，不记得是在哪一个被烧光了的小城市里我曾突然绝望地恳求一个梳着细细的小辫的小姑娘说："你别哭啦，要不我也要哭啦……"被焚毁的村庄、被破坏的城市、树木的碎块、陷在泥潭

中的汽车、卫生营、匆匆挖掘的坟墓——所有这一切融为一体：深的战争。

如果我写的是一部长篇小说或中篇小说，那我会有足够的想象来表现个别的人物、给他们洗礼、把他们分别安置在布良斯克的林中或杰斯纳河的陡岸上，但我已答应自己在本书中不作任何臆想，即使前后连贯的虚构可能比现实生活的凌乱篇页显得更为逼真。我谈到那些扮演不说话的配角的人们时，常常要比谈到英雄人物时说得详尽一些，而不太显眼的情节也要比动人心弦的重大事件在书中占据的位置多——毫无办法，我被记忆所缚，而记忆有自己的规律，人是不知道他何以记住了这一件事而忘却了另一件事的。在有的回忆录里，有小说家前来帮助作者，用引人入胜的故事来修补破绽，但也有另一种回忆录——作者阅读许多书，力求客观地判明人们在他所描述的岁月里依靠什么生活，提供一幅时代的真实图画。而我现在只说我所记得的。

（我保存了一些战时的札记簿，但上面的记事都是表面的、贫乏的：我到过什么地方，同谁说过话，一连串的人名，村名，敌人师团的番号，个别的语句。）

1943 年 7 月我在奥廖尔附近。这是一个令人惊叹的夏天，时有喧嚣的暴雨。草儿是鲜绿色的，似乎我从未看见过这么多的野花。在密林深处隐藏着我们的坦克，有时我也曾碰见被打坏了的德国坦克——当时的新产品"虎式""斐迪南式"。伊·赫·巴格拉米扬将军的司令部设在德国人修建的一座带有桦木的露台和凉亭的新村里。周围是许多由于和游击队有联系而在上一年的夏天就被烧毁了的村庄，杂草淹没了一切，只有新写的"米哈伊洛夫卡"或"布德尔基"的字样能使人想到这里曾有人居住。小本子上有这样一些村名：利戈沃，库德里亚韦茨，斯塔伊基，博亚诺维奇，佩涅维奇，赫瓦斯托维奇……

秋天，我看见了乌克兰：格卢霍夫，克利什基，恰普列耶夫卡，奥布托夫，科洛普，波诺尔尼查，科洛布科夫卡，肖尔斯，戈洛德尼亚，多布良卡；看见了白俄罗斯的一部分：马尔科维奇，格拉博夫卡，瓦西里耶夫卡，戈尔诺斯塔耶夫卡，捷列霍夫卡，杰列哈；又看到了乌克兰：克拉西洛夫卡，科捷列茨，奥斯杰尔，列特基，布罗瓦雷，波格丹诺维奇，谢米波尔基；第聂伯河右岸：扎雷，柳杰日……

我为什么要抄下这些地名？在我听来，它们就像诗句一样：其中既包含

1943 年 7 月，爱伦堡（中）和巴格拉米扬（右）在巴格拉米扬的司令部

着过去，也包含着朴实而羞怯的美，它们还同许多人的丰功伟绩有联系，这些人为了把战报上称之为"居民点"的那些古老的、被坐暖了的、空气窒闷的窠巢解放出来而献出了自己的生命。

在奥廖尔附近，营长哈尔琴科邀我去吃午饭。这是一个蓄着极明显的小胡子的肤色黝黑的人。他告诉我，他的老母亲怎样藏在斯大林格勒的废墟当中。他狡狯地使着眼色解释面临的战斗："咱们要给他们来个两面夹攻，咱们现在学会了……"少尉伊翁西扬说："他是个下流东西，到过高加索，硬要到我那里去做客——可我是一个巴库人。我老实告诉您：我那个时候就看不起他了……"坦克手克拉斯佐夫对我说："她叫加利娅。这是照片——一点也不特别，可是在我看来却非常出色。说不定她已把我给忘了——我不知道。我是从普斯科夫来的，据说她好像已经离开那里了，可怎么找到她呢？……我对您说，您是作家，这就是说您应该明白。我是什么呢？一个普通人，党员，战前是畜牧工作者。可我现在什么都明白了。多半要被打死，我一开始就参加了战斗，负了两次伤——没死成。总之，这不是主要的……我的脑袋里有这么一种东西，说起来可笑：好像我不是克拉斯佐夫·斯捷潘，而是普希金或叶赛宁……"

这些人怎么样了？年轻的冲锋枪手米佳·布伊洛夫怎么样了？中尉普拉

夫尼克可曾从战争中回去？第一个渡过索日河的工兵叶菲莫夫还活着吗？

我在奥廖尔附近遇见了费琼金将军。我不知道伊万·费奥多罗维奇后来的生活怎样。在布罗瓦雷我曾与瓦西里·谢苗诺维奇·格罗斯曼一同在马尔季罗相将军那儿坐了半夜。他的仁慈、人道主义和非常高尚的思想感情使我们惊奇。我们在黑暗中归去，被汽车的前灯照亮了的第聂伯河岸的沙滩宛如雪地。天空悬挂着照明弹。瓦西里·谢苗诺维奇说："碰到了这样一个人……"在和平时期天天看到某人，但对他毫无所知：各人都有自己的事、自己的家、自己的硬壳。但在战争中一切都混乱了：人们敞开了心扉，遇到一个人而又立刻失去了他。（1963年，马尔季罗相将军写信告诉我，他已退役，住在埃里温。）

现在我有时还意外地收到我在战时遇到过的或通过信的那些年纪很大的前方战士的来信。1948年8月，第四近卫旅第一营的营长比比科夫上校曾根据一群共青团员坦克手的请求，把我作为"名誉红军战士"编入了一个坦克乘员组。我同塔秦部下的坦克手们的友谊，特别是同伊万·瓦西里耶维奇·奇米尔准尉和亚历山大·缅杰列维奇·巴伦包姆的友谊即由此而来。我在白俄罗斯遇见过塔秦的部属，到军长布尔杰伊内将军那里去过，他给我介绍了许多战士，塔秦的部属也常到我在莫斯科的家里去。我保存了几封信。1942年伊万·瓦西里

1943年7月，在奥廖尔附近，营长哈尔琴科和爱伦堡（左一）

耶维奇·奇米尔写道:"我还年轻,生于 1918
年,老家在光荣而可爱的波尔塔夫辛纳,那里
有白色的农舍和绿色的花园。死神曾不止一
次地窥视我的愉快的眼睛,但我并不害怕。我
有过四个妹妹。我有过爸爸和妈妈。我有过一
个心爱的姑娘……"伊万·瓦西里耶维奇一直
战斗到结束,受过八次震伤,数次从着了火的
坦克里爬出——总之,吃了苦头。战后他结了
婚,在中等技术学校学习,现在他是绍利亚市
的城市财务部的职员。他的妻子安东宁娜·瓦
西里耶夫娜在流行病防治站工作。他们有三个
孩子:伊戈尔、维克托和娜塔莎。1956 年他

1943 年,进医院后的炮兵中尉亚
历山大·缅杰列维奇·巴伦包姆

写信对我说:"……是啊……谁都不愿再去体验战争的恐怖——我们已经安土
重迁,一切都建筑好了,家庭也有了,习惯了和平幸福的生活。伊戈尔已经上
一年级了。可世界上却还有黑暗势力。难道我还得去拉 T-34 式坦克的操纵杆
吗?……"

亚历山大·缅杰列维奇·巴伦包姆现在敖德萨工作。有一次我收到他的
一封信,他要求我替一个小伙子,一个遭遇不幸的诗人说情。伊万·瓦西里
耶维奇·奇米尔曾写信给我说:"我想,您已知道亚历山大·巴伦包姆阵亡
了。他是真正的战士,是个金人。他是于 1944 年 2 月或 3 月在斯摩棱斯克
和奥尔沙之间阵亡的。"我给伊万·瓦西里耶维奇回信说巴伦包姆活着,并把
信寄去了通信处,不久便收到回信:"萨沙是我们全军的宠儿和英雄,是全体
人员的宠儿。出现了奇迹:他当时负了重伤,险些儿把灵魂交给上帝,但他
活下来了,却没有回到我们的部队里来,于是我们认为他牺牲了……"我难
以解释,何以伊万·瓦西里耶维奇和亚历山大·缅杰列维奇的信使我如此高
兴。我同他们相见的次数很少,但他们的命运却比许多我不得不经常接触的
人们的命运更使我激动。

我也很喜欢曾在战时和我通信的狙击手加夫里尔·尼基福罗维奇·汉多金
的信。加夫里尔·尼基福罗维奇战前在原始森林里打毛皮可供人取用的野兽。现

在他在工地上做锯床工。"受了伤的一条腿开始发痛。可是得干活。我养活四口人……在战后的最初几年里我还到原始森林里去猎熊，打黑貂、灰鼠，可现在不行了。我把别人送的猎枪也沉到河里，自己好不容易爬了上来……很想在和平环境里、在家里、在家人中间同您见面。要是您能到我这里来做客的话……"

现在回头来谈 1943 年。这是一个温暖的秋天，有林中的蘑菇、蛛网，有明朗辽阔的天空。似乎一切都会让人产生和平、欣赏的情绪。然而却不得不目击可怕的景象。在白俄罗斯，德国人撤退时认真地焚烧村落、杀害牲畜。路边倒卧着腹部肿胀的死母牛。焦臭弥漫。

波格丹诺维奇村里只剩下一个老头子。他坐在太阳地里。我试图同他攀谈，他不答话。地上摆着一个面包，一块脂油——大概是士兵们放的。老头子坐在那儿死盯着一个地方。

在科捷列茨，一个女人叙述道："舒拉那会儿几岁？ 12 岁。她是卢沙最小的一个女儿。卢沙被枪打死了，舒拉向一个德国人请求道：'叔叔，别杀我！我想活着。你们最好是到德国去。'起初他还留着她，甚至给她腊肠，可后来忍不住了——开枪把她打死了……"希特勒匪徒在小小的科捷列茨枪杀了 860 人。

在特里波列附近的一条通往奥布霍夫的路上，我看见一条深沟和一块小木板："1943 年 7 月 1 日，德国刽子手在此虐杀和枪毙了 700 人——老人、妇女、带着孩子的母亲。其中有玛丽亚·比雷赫和他的 5 个孩子，以及他 65 岁的老母；戈尔巴哈·杜尼娅同两个儿子。"

皮里亚京的居民切普连科叙述他是怎样被赶去挖坑的。希特勒匪徒杀害了 1600 个犹太人。切普连科突然听见有人在叫他。轴承厂的驭手鲁德尔曼在尸体中间：他满脸血污，一只眼珠被打掉了，他请求道："打死我！……"一个女人说："活埋的时候，地面直颤抖。"

我看见过一个当了叛徒的村长。他神态自若。因为他，一个带着吃奶婴儿的女人被杀害了。他对我说："人们不应该激动。他们自己

炮兵准尉伊万·瓦西里耶维奇·奇米尔

说的：'你去当村长吧。'我做了什么坏事呢？只不过把每个人的情况说明了一下。我没用手指头碰过任何人……"

马匹没有了。人们用乳牛耕地。在瓦西里耶夫卡附近有一头乳牛拉着木料。一个女庄员哭诉着："母牛瞎了眼啦！它不能……它只顾走，可瞧不见。我也受了内伤，看来看去也看不见。难道能这样生活下去吗？"乳牛有一双十分明亮、平静的眼睛，而背上却秃了一大片。

"现在可要轻松些了——咱们占了上风，"一位老人议论道，"圣母节马林果熟了，就好了……"在第聂伯河右岸，一个农妇向士兵们、载重汽车、大炮画着十字："我站了五个钟头，你们就没断过。有个德国人说，俄国人什么都没有……"

我曾在索日河畔坐了一夜。德国人轰炸桥梁——八次直接命中。工兵们没有停止工作。担架兵把伤员和死者运走。看上去一切都很简单乏味，人们拿着斧子、锯子和锤子工作着。我回忆起在埃布罗河（西班牙的河流）上架浮桥的士兵：那儿有许多豪迈的情趣、歌声和戏谑。这显然出于民族性格。俄国人十分喜爱戏剧，但在生活中却不能容忍任何戏剧色彩，不相信说得天花乱坠的演说家，对于使人感动的事物感到害羞：甚至把死亡也说成是家常

左：1943 年，爱伦堡在解放的白俄罗斯乡村
右：1943 年，爱伦堡和西蒙诺夫在杰斯纳号上

便饭。士兵们谈论着工作，说架桥最好是用木桶，说水是冷的，应该打上木桩，"那时德国人就糊涂了，分不清楚了"。

切尔尼戈夫静悄悄的。地上乱堆着颇像光滑的小石子的栗子，于是我回忆起了我年幼时在基辅玩这种"小石子"的情形。一座被破坏了的房屋，旁边只剩下一块记事牌：此系普希金曾经停留过、谢甫琴科曾经住过的"帝城"旅馆的旧址。我想着古代教堂的美，想着和平。突然轰炸开始了。一个小姑娘被炸死了。

瓦西里耶夫卡的 600 户人家保全了 30 户。农民们藏在树林里。法西斯分子捉住了 37 人并杀害了他们，杀害了年迈的老人波隆斯基和 13 岁的亚当·费利莫诺夫。一个被枪杀者的妻子说："你写吧——咱们活不下去了——灵魂忍受不住啦……""纵火者"烧了一村又一村，他们堆上稻草，毫不吝惜燃料——他们纵火不是出于仇恨，而是认真地执行命令。他们烧毁了捷列霍夫卡。庄员们捉住了一个"纵火者"——他爬到草垛里去了——用叉子把他刺死了。

人们在一个村长身上找到了一张被枪杀者的名单，名单上写着："三岁的穆扎列夫斯卡娅·利玛·尼古拉耶夫娜，一岁的达维多夫·维克多·米哈伊洛维奇。"

1944 年，爱伦堡在白俄罗斯与被俘的法国军团人员谈话

叛徒被吊死了。他吊在那里显得很长，胡子被风揪来揪去。一个女人跑到他的跟前，抓住胡子，想扯下来——但突然叫喊起来。至今我还听见这叫喊声……在科留奇科夫有一个神甫拿着十字架去见德国人——请求饶恕这个村子。他和妻子一同被枪杀了。

小本子上还记着这样一个故事："当然，她是一个陌生的女人，有人说她仿佛是个犹太女人，也有人说她跟游击队员们交好，总之，德国人把她带到广场上来了。可她有个小孩，她想把小孩藏起来。当然，她被枪毙了，而小孩却活着，在地上爬来爬去。我们请求道：'把小孩给我们吧。'但一个年轻的德国人跑了出来，抓住小孩就把头往石头上一摔……"

德国人在离开格卢霍夫和科捷列茨的时候没来得及把它们烧毁，后来他们从空中把它们烧毁了。

看到一个像奇迹般保全下来的乡村，我很高兴。我还记得 70 岁的庄员伊利斯特拉托夫怎样修建农舍。他的房屋被烧毁了。我问他，活儿是不是太重了。他微微一笑："没啥，我能盖好……这不是给我自己盖的。我快死啦。这里有一些士兵的老婆。她们的男人给打死啦，可总得活下去呀……"

沙地泛白。摄影记者克诺林格正在拍摄浮桥，而水中有一个战士高兴得扑哧一声笑了："盼到啦——第聂伯河的水，举世无双……"晚上人们告诉我说，他牺牲了——我们刚刚驶离河岸，敌人便开始轰炸渡口。

我担心这些不连贯的画面并不能告诉读者很多东西。年纪较大的人们走过了战争的道路，他们看见过，现在还记得。而年轻人也从十几部长篇小说里知道了这些事。况且我也无意描述战争的面貌。在 1943 年，我出席过两三次莫斯科作家的会议，当时需要的是"宏伟的场面"：艺术要以规模来压倒一切。过了大约五年便开始兴建多层的大厦，但在战时哪有工夫去搞建设，于是便勒令作家限期完成文学的摩天楼。许多作家都愁眉苦脸，默不作声。

我觉得，在那些年里需要的不是创造文学，而是捍卫它——捍卫语言、人民、土地。我继续从事成效甚微的工作——每天写几篇文章。我的记事簿里注明，十月份我给国外写了 8 篇文章，给莫斯科各报写了 6 篇，给前线的报纸写了 17 篇。我不能不写，常有战士前来说道："为什么没有关于奥西波夫的文章？当渡船沉没的时候，是他救出来的。""您写写哈基莫夫吧——说不定亲人会读到的。""伊利亚同志，你写狙击手斯米尔诺夫的事吧，他可以把文章剪下来，给他母亲寄去。"

敌人还很强大。应该表现敌人意气消沉，说明日托米尔附近的反冲锋是一桩偶然事件，任何"老虎"（指德国的虎式坦克）也拯救不了希特勒。我一天天地不断描写法西斯分子的兽行：不仅战士们需要如此，良心也需要如此。

面前是一张张黄色的、快烂了的报纸。我现在可以根据它们来再现个别的战斗情节，回忆起我曾到过哪里，但其中没有任何有关我的个人生活的记载：我写的是当时大家依靠什么为生——写人民的苦难、对法西斯分子的憎恨、英勇无畏的气概。

　　我不记日记，但有时写诗，这些诗都比较短，而且不像我的文章：在诗里我和自己交谈。在 1943 年夏季以前，我们生活在严酷的环境里，哪有工夫去仔细推敲。就像在西班牙一样，对于我，诗又变成了日记。现在当我把这一首或那一首诗拿来同小本子上的简短记事和文章中的个别句子加以对照时，就回忆起了我当时想的是什么，回忆起了苦恼、绝望和希望。

　　我回忆起我是怎样从瓦西里耶夫卡乘车去捷列霍夫卡的。烧焦了的木头还在冒烟，一个女人在徘徊。我们叫了她一声，她没回答。后来我们在一个农舍里过夜。我把军用大衣垫在头下，它散发出一股烟味……

> 我会记得这使心脏停止跳动的灼热，
> 这宛如白昼的黑夜，
> 以及灰烬当中的悲惨的阴影，
> 就像记得最后的礼品。
> 焦臭刺鼻，
> 就像永远不能摆脱的灾难，
> 它厮守着我，像村庄的灰烬，
> 像苍白的、病态的阴影，
> 像伤寒病人的呓语般的
> 一堆堆红色和黑色的不幸，
> 像陌生而新奇的寂静中的
> 一弯人烟灭绝的月明。

　　我当时已 50 出头，我不禁回忆起第一次世界大战和西班牙来。无论在重现的景象还是在重现的感情中都有一种令人难以忍受的东西。

> ……我的一生纷扰不宁，人们迅速凋零，
> 而静静的春天业已降临——
> 它那幸福的外貌使人害怕，

正如那在战争中使人害怕的寂静。

又是一场战斗。机枪手

重又在一所烧光了的住宅旁卧下。

也许这是我那已被夺去的青春

依然在那里四处奔忙?……

1943 年不像 1941 年——一切都逐渐变得习惯了:被毁掉的城市,被破坏的生活,亲人的牺牲。虽然对于一切,甚至对于战争,都能因为看得多了而习惯了,但心灵却不能容忍全民的苦难。当时我们有谁不曾企望看到另一种景象?

生活中芳草稀少,

多的是鲜血、灰烬和灾难。

我并不抱怨自己的命运,

我但愿看到这样的一天,

普普通通的一天,

那时浓密的树荫除了意味着寂静、酣梦和夏天,

再没有任何别的意义,

尽管它是同样的黑暗。

我曾在本书中写到德国人撤退时怎样锯倒或砍伐果树,1916 年我在皮卡尔迪看到过这种情形,1943 年在乌克兰又再一次看到:

有过这样一个时刻——精神衰竭了:

我看见了格卢霍夫的花园,

看到被敌人砍倒的苹果树上

尚未成熟的果实,

枝叶颤抖着。一片空虚。

我们伫立片刻然后离去。

> 伟大的艺术啊，请你原谅，
>
> 我们连你也没有保护好啊。

　　很多年以后，我的书的编辑在读到这八行诗的时候曾劝我把最末一行改一下："为什么要加一个'连'字呢？没有保护好艺术，但保护好了别的，这很好呀……"不错，但我们也丧失了很多东西，非常多的东西。为什么我想起了艺术？因为苹果树是需要栽培的，这不是野生的树苗，因为所想的不仅是诺夫哥罗德的废墟，也想到了在前线牺牲的年轻的诗人们，因为对于我来说，艺术是同真正的幸福，是同那个最高尚的世界相联系的，在那个世界上就连忧伤也是光明的。

　　有谁知道我们是多么憎恨战争啊！然而没有别的出路：法西斯分子带来了野蛮、兽行、暴力崇拜、死亡。人民英勇奋战，但我们深知，人民生来并不是为了炸毁坦克和在炸弹下丧生，我们知道，是敌人把使人恐怖的黑暗强加于我们的。我曾写道（这是在我看到绞架和大胡子的叛徒之后不久）：

> 告诉我，这里是不是也曾有过生活，
>
> 有过沐浴在炽热的绿荫里的房院？
>
> 无论是天空、灰烬还是被枪杀者的便帽，
>
> 都沉默无言。
>
> 只有一个被绞死者无比森严，
>
> 恰如一只傲慢的摆锤，
>
> 为了测定时间的进程
>
> 不倦地摇摆……

　　在一首大概是同一个女庄员对母牛的哭诉有关的诗里，我最为准确地表达了自己的精神状态：

> 在坎坷不平的路上，在垃圾和灰烬中间，
>
> 一头母牛拉着木材。它瞎了眼。

它的两眼里是我们的全部黑暗。

形式和色彩都已改变。

你要明白——我可惜的不是词句——

词句可以替换，

我可惜的是过去重大的错误。

常有无聊而清醒的日子的光亮，

要同它一同生活，它比黑暗还要黑暗。

我在科捷列茨看到一个小男孩，他在废墟当中玩沙土——想塑造什么东西。他的脸上时而流露出聚精会神的表情，时而浮现出一丝淡淡的、朦胧的微笑。我在他身旁站了很久。人们似乎从来不曾像在战时那样怀着那么贪婪的柔情注视孩子，他们怎么看也看不够。这也许是因为人人都想看到未来，但谁都不敢确信自己能活到哪天，哪怕是明天。

我在被焚毁的列特基村待了一周。战前那里的人们用芦苇编椅子。芦苇还在喧闹，而人却没有了。我在那里想起了科捷列茨广场上的男孩子：

过去有菩提树、人、圆屋顶。

现在是垃圾、碎玻璃、灰烬。

但是你瞧——一个婴儿从破碎的石板中间

爬了出来，他坐在那里

一只软弱无力的手

紧握着一把潮湿而温暖的沙土。

他要塑造什么？塑造什么样的梦？

而岁月却正在发黑，被烧成了灰。

黄昏降临。我们该走啦。

可悲而又迷人的游戏啊。

回头来谈谈上面所引的一句诗：我觉得我已摆脱了我所说的那种"重大的错误"。这是又一个错误。当然，我当时不能预见到许多事情——无论是广岛、氢弹、索尔仁尼琴在不久以前所描写的许多无比正直的人们的遭遇，还是"穿白衫的凶手"（指 1953 年被控企图谋害党和国家领导人的一群苏联医生，但不久斯大林去世，随后便恢复了医生们的名誉）。然而当科捷列茨的男孩子露出朦胧的微笑时，难道他隐约地看见了这些？不，他塑造的不是这个。如今他该有 22 或 23 岁了。他不记得他的家是怎样烧掉的，他没有经历过痛苦的战后岁月。他的生活应该是另一种样子。而奇米尔的儿子，伊戈尔·伊万诺维奇，他现在还不到 15 岁呢……把一块石头拉到山上，为的是让它从山顶滚下——这是良心所不容的！如果有人对我说，这是所有的错误中最天真的错误，我就要回答说，没有这些错误也就没有了活的生活——人可以抛弃一切，只是不能抛弃希望。

15

1943年：第一次出现的不祥乌云

　　1943 年 11 月 7 日，外交人民委员部在斯皮里多诺夫卡的一所私邸内举行了一个豪华的招待会。出席者有政府官员、外交使团、将军、作家、演员、记者——总之是所有那些被作家俱乐部的理发师称之为"要人和大亨"的人物。彼得·彼得罗维奇·孔恰洛夫斯基环顾了一下大厅，向我耳语道："就像爱德华·马奈的一幅油画……"苏联的外交官都穿着新近设计出来的礼服。各国使馆的武官金光闪闪。将军们的胸脯被勋章压得疲惫不堪。加罗发狂地摆动着燕尾服的后襟，几盅香槟下肚，便谈起阿尔及利亚的英国人的阴谋来了："幸而我一下子看见了莫洛托夫。我们能识别出谁是真正的朋友，谁是虚情假意的……"英国大使凯尔忘记了他所固有的矜持，同大家"为胜利"干杯，他喝着伏特加，不久就变得不像是不列颠的外交官，而像是一个苏联作家了。洛佐夫斯基拥抱柏蒂将军："我在法国当过工人，我了解贵国。我们将打败他们。""On va battre les Fritzs à Minsk et à Biarritz."（"德国鬼子将在明斯克和比亚里茨被打败。"）将军的眼泪夺眶而出。阿·尼·托尔斯泰身穿燕尾服，像老爷那样无忧无虑地戏弄一个美国外交官："当然，意大利是个美丽的国家，可是巴黎也值得为它做弥撒……"伊·谢·科兹洛夫斯基坐在地板上，唱着古代的浪漫曲。玛加丽塔·阿利格尔惊恐地瞧着浑身镶满了闪闪发光的金银绦带的埃塞俄比亚公使，说道："伊利亚·格里戈里耶维奇，您可记得 41 年？……"美国记者夏皮罗说："八年来我在莫斯科第一次觉得身体很好。这就是同盟的意义！……"

局势看来是令人鼓舞的。在招待会期间，大炮轰鸣不已。基辅解放了。盟国对自己在意大利的军事行动感到满意。十月底，苏美英三国外长的莫斯科会议闭幕。我们当然不知道部长们谈些什么，但发表的共同声明强调了反希特勒同盟的巩固性。11月6日，斯大林说，在意大利进行的战斗、轰炸德国城市、向苏联提供武器和原料"毕竟是一种类似开辟第二战场的行动"。

但是我知道，盟国在西西里岛和意大利南部的登陆根本不是在1942年所允诺的那种行动。当有人在《红星报》的编辑部里问及是否要查询一下西西里岛的地理情况时，主编气愤地说："完全不必……"在宣布了第二战场的开辟将再推迟一年之后，李维诺夫和迈斯基分别从华盛顿和伦敦被召回了。我常在编辑部里阅读不拟发表的塔斯社电讯，因而明白，英国人因波兰师团在苏联组成一事而恼火，美国人被希腊游击队的情绪吓住了——友谊是友谊，政治是政治。

报纸报道，在德黑兰会议上，关于战争的目的达成了完全一致的协议。在丘吉尔生日那天，有人给他送去了一块插有69支蜡烛的大蛋糕——他69岁了。（当丘吉尔开始准备在富尔顿发表的后来成为"冷战"起点的演说时，他的寿糕上总共只增加了两支蜡烛。）当然，我们不知道未来的事。但我开始猜测，胜利后的世界将是什么面貌。先前我不能让自己仔细思考：我们的生活只有一个目的——制止敌人。而从第一发礼炮的火星在莫斯科的上空爆发的那个八月里的一天开始，我开始了认真的观察和思考。

伊·米·迈斯基早在夏天就从伦敦回来了。礼物使我感到高兴——刮脸的刀片，一本记事簿，一支自来水笔，但伊万·米哈伊洛维奇的叙述却使我感到不快。他赞扬伦敦的居民在疯狂的轰炸时表现出来的英勇气概，但是他说，盟国认为，似乎他们对于开辟第二战场尚未做好充分准备，他又补充说，他们对希特勒的迅速毁灭不感兴趣——害怕红军。迈斯基告诉我，戴高乐以新的贞德（约1412—1431，法国百年战争时期领导法国人民抗击英国侵略者的女英雄）自诩，但英国人却并不重视他。

年终的时候，曾随诗人费费尔同赴美国的索·米·米霍埃尔斯向作家们叙述自己的印象。据他说，美国人传染上了种族主义，崇拜机器文明，而且距希特勒的思想也不那么遥远了。米霍埃尔斯同迈斯基一样，说盟国绝不为红军的胜利感到高兴。

（我想起了有时到我家来访问的英国记者亚历山大·沃思讲的一个笑话。沃思生于彼得堡，俄语说得很漂亮，他是个神经质而又睿智的人。我的看家狗布祖，一头苏格兰犬，在战争初期被气浪震伤，因而非常害怕礼炮，它认为大炮的轰鸣是同不幸联系在一起的。无线电刚一播送呼号，他就狂吠起来。有一次沃思碰见了这个场面，就说：“现在我看到了，这的确是一只英国狗——害怕苏联的胜利。”）

11 月我曾去英国大使馆赴晚宴。凯尔大使的举止非常文雅，他对柳芭说：“您当然是普鲁士人。”接着又说：“我可是个假绅士。”鲍尔弗参赞当时却正在同我谈政治，维护西班牙战争时期的不干涉政策，为慕尼黑辩护，末了又承认他尊敬萨拉查（1889—1970，1932 年起葡萄牙的法西斯独裁者）。

12 月，美国大使哈里曼邀我前往。当时我还不了解美国的风尚。索然无味的食物、有时变得不拘形迹的简朴、大使的女儿把双足放在给我们摆咖啡的小桌上的举动，都使我感到惊奇。除了我以外，哈里曼还邀请了一位将军，此人从文学谈起，赞扬切斯特顿（1874—1936，英国散文作家，侦探小说作家，诗人），又谈到他自己，说他是爱尔兰人和天主教徒，后来却盘问起通常被称为“军事秘密”的那些事情来了。我明白，这位文学鉴赏家是一名间谍，于是迅速地打断了他的话：“我不是军人，而是作家，咱们还是回头来谈切斯特顿吧。”

我把在哈里曼那里度过的那个晚上的情形告诉了洛佐夫斯基，他皱起眉头：“当您被请到大使馆去的时候，最好是提问……而美国人那里则根本不值得一去。”

我曾收到美国副总统华莱士的一封信，他告诉我他正在研究我们的语言，想用俄文给我写第一封信，并谈到对苏

1956 年，伊·米·迈斯基和爱伦堡

联人民的好感；他的话很直爽，甚至可以说很天真，使我十分感动。

苏联情报局同先前一样要求我为国外撰文，表示我们忠实于我们的盟国，但是开辟第二战场的最后时刻已经到了。我继续为《红星报》《真理报》和前方的报纸写稿。然而工作变得困难了，似乎发生了什么变化。我内心有这种感觉。

夏天，苏联情报局要我向美国的犹太人写一篇呼吁书，谈谈希特勒匪徒的兽行，谈谈必须尽快粉碎第三帝国。亚历山大·谢尔盖耶维奇·谢尔巴科夫的助手之一孔达科夫认为我的文章不合格，说不必提到犹太人和红军战士的功勋："这是吹牛。"我给谢尔巴科夫写了一封信。亚历山大·谢尔盖耶维奇在红军总政治部接见了我。谈话是冗长而不愉快的。谢尔巴科夫说，孔达科夫"做得过火了"，但我的文章却也有应该删去之处。我表示了不同意见。谢尔巴科夫发火了，并把谈话引向另一个题目——夸奖我的文章，同时又批评道："战士们想听苏沃洛夫的事，而您却引证海涅……"后来我谈到了利金的遭遇：战争一爆发他就当了战地记者。但不知何故却又被打发到一家军队的报社去，而且不发表他的任何东西。谢尔巴科夫神秘地答道："他不善于为人民写作。"（后来我获悉，利金写的一篇通讯不知何故激怒了斯大林。）而谢尔巴科夫却微笑着说："您有很多事情不明白……"我反唇相讥，末了还说：

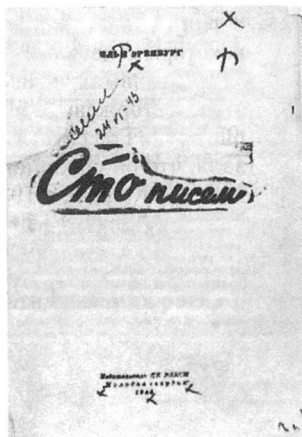

1943 年，前线战士写给爱伦堡的《书信一百封》

"现在是战争时期，德国人还很强大——这就是说，只要你们不像对待利金那样对待我，那我还要在报上写文章。"我起身告辞。亚历山大·谢尔盖耶维奇突然微笑了一下："胜利以后您要干什么？"我回答说不知道，尚未考虑这个问题。"可是我知道，"谢尔巴科夫说："我要一连睡他三天三夜。"我看了看他：他有一张浮肿、苍白、疲倦的脸。

我的《书信一百封》原定要出版，书里是从前方战士那里收到的文章和信简，我觉得在这些信里展现了人民的心灵。书已排好，拼了版，但突然被禁了。我问是什么缘故，得不到回答。最后，出版社的一个工作人员说："现在不是 1941 年……"

谢尔文斯基写了一些关于俄罗斯的好诗。他表现得很勇敢，在一家前线的报社工作，但有几行诗使斯大林感到不满，于是谢尔文斯基便挨骂了。《真理报》猛烈抨击普拉托诺夫："油腔滑调代替了朴实。"举行了作家们的会议，谴责了（当然是全体一致地）费定的一本关于高尔基的书，也谴责了谢尔文斯基和左琴科。报上的一篇新的文章补充了一系列"暗害分子"，这篇文章是针对给儿童写了一篇名叫《巴尔马列伊》的童话的科·伊·楚科夫斯基的："科·伊·楚科夫斯基庸俗的矫揉造作令人厌恶。"叶·施瓦茨是一位在我看来具有高度，富有诗意的讽刺才能的作家，他写了一个名叫《龙》的剧本。他预测到了未来：骑士兰谢洛特把一座城市从龙的统治下解放出来，但过了一段时间回到该城，却看见居民们在哀悼龙，哀悼那头喷出火来使他们不用炉子也能做煎鸡蛋的"亲爱的龙"。《文学与艺术》写道："施瓦茨的作品是对人民同希特勒主义所做的英勇斗争的诽谤。"帕乌斯托夫斯基被揭发了：他在一个描写莱蒙托夫生平的电影剧本里胆敢说沙皇尼古拉军队的制服使诗人感到苦恼。所有这一切都像 20 世纪 30 年代。但德国人却还盘踞在奥尔沙，并炮轰列宁格勒……

克鲁日科夫上校曾在《红星报》工作。我想起了 1943 年 11 月 11 日的夜里——几个国家保安局的工作人员来到编辑部，从上校胸前剪下了勋章的缎带，把他带走了。一小时以后，塔连斯基将军来了，向科佩列夫问起克鲁日科夫可曾读过社论。"克鲁日科夫被捕了……"主编激动得一句话也说不出来。（不久前我遇见了克鲁日科夫，当然，已给他恢复了名誉。）

报纸给予一位赞扬削藩制（伊凡雷帝时代实行的中央集权制度）的历史学家的演说以赞许的评价。谢·米·爱森斯坦根据斯大林的指示拍摄了一部关于伊凡雷帝的影片。（影片的第二部大大触怒了斯大林，他看后简短地说："冲洗掉。"）

1943 年末，附有一位匿名画家插图的《巴黎的陷落》在马加丹出版。我很喜欢插图，从某些细节可以看出，画家熟悉巴黎。我当然明白何以不标明他的姓氏，但给出版社写了一封热情洋溢的信，希望以此改善插图作者的处境。一年后画家施列贝尔的妻子前来找我，她说他是里加人，真的在巴黎住过，向宣传画大师科连学习过，1935 年回到苏联，但于 1937 年被捕，在矿场上干活，现在在画宣传画。

每一天都有一些新的措施。城市的十年制中学实行男女分校。一位教师证明，应该从小让男孩子学习兵法，让女孩子学习女红。（斯大林死后不久，男女分校制便废除了。）给外交官设计了制服，后来又给法官和铁路员工设计了制服。我的一个朋友诙谐地断言，很快就会给诗人设计一种制服，肩章上缀有一个、两个或三个里拉（里拉是古希腊的一种拨弦乐器，在俄语中又作诗才、诗兴、诗歌解）——视所授予的称号而定。我们笑了，但笑声是不愉快的。

一首新的颂歌发表了。我想起了《国际歌》，沉思起来。

战时的生活方式已逐渐固定下来。人们过着艰苦的生活，要支持下去，就需要细微而平凡的英雄气概。我忧郁地看着那些拖着沉重的木头修筑道路的妇女。孩子们在工厂劳动，空闲的时刻则像世界上所有的孩子那样游戏。粮食勉强够用，人们感到伤心："又是不按供给证供应大米……"投机商以每公斤两千卢布，有时三千卢布的价格出售白糖。家家户户都很冷——炉子里生的一点火仅能使烟囱不至于破裂。剧团回到莫斯科后，每场演出基本上座无虚席：既想消遣一番，又想来此取暖。在幕间休息的时候人们谈论着战报，谈论着谢尔盖耶夫大尉在前线结识了一位女战友，玛莎不再给丈夫写信，并跟一个瘸腿的音乐家同居了，他们当然也谈到配售店只卖酸果酱，油是根本不会有了。

肖斯塔科维奇在 11 月给我寄来一封便函——请我去听他的第八交响乐。听完回来我非常激动：突然响起了古代希腊悲剧中的合唱声。音乐有一个巨大的优点：它能不提任何事情却道出一切。

1943 年，第一次出现了笼罩在我们头上的乌云。敌人却还盘踞在我们的土地上。人民顽强地战斗着，在他们的丰功伟绩中有这样一种力量，它使人可以正直地、光明磊落地生活，而不必去注意许多事情。我深信，胜利后一切都会立即改观。如今当我回顾已往的时候，我往往不得不承认自己的幼稚、盲目。这要比在过去某时相信有时会与一切相反来得容易。看来一个人总是要把自己的愿望当作现实，而且常常像梦游病患者那样向空的地方迈步，结果是粉身碎骨或醒来时摔断了骨头。

现在我正回忆着在前方和后方进行的谈话，重读信件——似乎当时所有的人都在想，胜利后人们将会尝到真正的和平和幸福，当然我们也知道，国家遭到了破坏，变穷了，将不得不做很多的工作。我们并未梦见金山，但我们相信，胜利将会带来正义，人的尊严将要取得胜利。当时谁也不曾想到，在战争结束的三年之后美国人会用原子弹威胁我们，贝利亚会重新向自己人开火。尽管有许多事情我们都没有预料到，但我现在却怀着柔情和骄傲回忆着那些年间的理想。

不管战争有多么残酷和可怕，它在我们的回忆中却不是没落，而是上升：我国人民已上升得很高很高，说明这一点的不是对"最英明的统帅"唱的赞歌，不是一俄丈长的描写战争的油画，甚至也不是勋章，而是对没有归来的人们的怀念和永不枯竭的眼泪——这是人民的良心的活水。

16

20 世纪 20 年代最聪明的作家之一
——特尼扬诺夫

尤里·尼古拉耶维奇·特尼扬诺夫于 1943 年 12 月逝世。我早在 20 世纪 20 年代就认识了他，当时他是"奥波雅兹"（即诗歌语言研究会，1914—1923 年在莫斯科和彼得堡活动的一些俄国资产阶级语言学家和文学研究家团体的通称）的鼓舞者之一，同鲍·米·艾兴包姆、维·马·日尔蒙斯基和维·鲍·什克洛夫斯基在一起。他的文学生涯并非肇始于写作，而是肇始于文学研究，但他研究得那么富于灵感而又出人意料，以至于他的《拟古派和革新派》一书至今仍是文学研究中的转折点，是一本艺术家的作品。

在最初几次见面的时候，尤里·尼古拉耶维奇曾使我感到不好意思：当时我是个自学的作家，脑袋里装着一些可能是在中学接受的十分糊涂的认识，写了一些具有种种令人不忍卒读的错误的长篇小说，这些错误既有文字上的，也有知识上的（我在《胡利奥·胡连尼托》里把埃特纳火山跟维苏威火山弄混了）。而且我又是血气方刚，正在探索长篇小说的新形式，否定了我一年前捍卫过的东西，因而特尼扬诺夫便使我感到拘束，有时感到害怕，因为这个地道的"彼得堡人"（就这个词的陈旧含义而言）总是那么彬彬有礼，甚至在激烈地进行反驳时亦是如此。

我还记得一次谈话：特尼扬诺夫说，各种文学流派争奇斗艳的时代已经过去了——革新者也许就是拟古派，同帕斯捷尔纳克最接近的是曼德尔施塔姆。尤里·尼古拉耶维奇一再地说："词中省略的一扬三抑格音步。"这使我大为恼火，因为我当时不明白这是什么意思，又耻于承认。

1936年春，尤里·尼古拉耶维奇来到了巴黎——他有病在身，一种叫作播散性硬化的罕见而又可怕的疾病使他衰弱下去了。我对特尼扬诺夫另眼相看：在我面前的不是一位文学研究者，而是一位作家，他写的那些作品记述了我一生中发生的那些重大事件。在这部回忆录里，我不是一开头就决定写他的，因为我写的不是各种作品，而是各种人，但是后来我决定，对于一个其作品曾帮助我懂得了许多事情的人，是不能默不作声的。

1941 年，特尼扬诺夫

我们对我们同时代人的作品所持的态度，不同于我们对古典作家作品的态度，在我们的心目中，长篇小说的主人公往往同作者的面貌混在一起。在我进行探索、思考和写作的那半个世纪里，我曾觉得，而且至今也这么觉得：同需要留出更多空白的散文相比，诗歌显得更为重要，但在苏维埃时代，却出现了不少有重大意义的长篇和短篇小说。我见到过许多在革命前即已知名的作家——高尔基、布宁、阿·列米佐夫、安德烈·别雷、阿·尼·托尔斯泰、叶·扎米亚京。见到过我这一代的人们——费定、帕乌斯托夫斯基、巴别尔、特尼扬诺夫、左琴科、弗谢·伊万诺夫、卡达耶夫、奥列莎、列昂诺夫。见到过那些到 20 世纪才出生的人——法捷耶夫、肖洛霍夫、卡维林、格罗斯曼。海涅曾写道，每一个人都是一个世界，一座座墓碑矗立在那些已经消亡的世界的遗址上。在他之前很久，英国诗人多德就曾提到过这些世界之间的联系：钟声不仅为死者而鸣，也是为你而鸣。我喜爱一些作品，对另一些不感兴趣，然而我的同时代人所做的一切，都同我的一生有联系。我没有谈到伊·埃·巴别尔——他是我的朋友，我现在常常像怀念自己的老师那样想到他，但是我也曾向其他一些同时代人的作品学习。特尼扬诺夫曾帮助我认清了时代。

这番话可能会使人感到诧异，因为特尼扬诺夫写的长短篇小说都是历史题材，而且他挑选的又是一些黑暗的时代——尼古拉一世时代，保罗时代，彼得的末日。他的历史知识极为丰富，而且从来不曾试图违背真实，把当代的什么东西硬写进已往的事件中去。他不仅在生活上老成持重，他在写字台前坐下的时候也善于控制自己，也许正因如此有些人才觉得他的作品有点枯燥乏味。但是从来还不曾有过一个既伟大而又诚实的作家能够很好地描写处于他的精神世界之外的种种事件，描写同他相距很远而又迥然不同的各种人物。

在长篇小说《瓦济尔-穆赫塔尔之死》中，特尼扬诺夫写道："20世纪20年代的人大都不得好死，因为时代早于他们死去了。在20世纪30年代，他们正确地预感到人何时会死。他们就像狗那样去挑选一个比较舒服的角落去死。在死亡面前他们已经既不需要爱情，也不需要友谊了。"

尤里·尼古拉耶维奇喜欢开玩笑、谈论一些琐事，他顽强地同病魔斗争，但他是个十分忧郁的人，格里鲍耶陀夫的忧郁对他来说也并不是历史的一页。他与巴别尔和皮利尼亚克生于同一年，后二人是在最不舒服的角落里死去的。特尼扬诺夫活得比他们长一点，虽然他是死在自己的床上。

我们当时都深刻地理解《陆军少尉基热》和《蜡人》。就在那个时期，我只知道《丘赫利亚》，写下了倒霉的拉济克·罗伊特什瓦涅茨的奇遇，种种事件驱使他在世上漫游，从一个城市到一个城市，从一个国度到一个国度。有一次，人们让他去饲养家兔——这在当时是一个时髦的职业。有人给他送来了一对家兔，不料刚把它们从篮子里放出来，一条狗就把它们给咬死了。可怜的拉济克立即写信报告他遭遇的又一次不幸，可是别人却回信问他：那一对兔子生了几只小兔。拉济克明白了，对于有些人来说，最重要的是统计学，于是开始计算，倘若没有那头恶毒的狗，他能够有多少只家兔。当数字变得颇为可观的时候，长官们驾到。他一再地说："我不是写信向你们报告了吗？那一对兔子一下子就被狗给咬死了。"可是来宾却不予理睬："兔子到底在哪里呀？"陆军少尉基热幸运得多——他是由于司书的笔误而诞生的——司书把"就是那些陆军少尉"（Подпоручики же）误写成"陆军少尉基热"（Подпоручик Киже）了，而且谁也不敢向保罗承认这一点。沙皇下令把陆

第 五 部

军少尉基热送往西伯利亚。其实并无其人，但又实有其人，于是卫兵们把他赶往弗拉基米尔卡。保罗赦免了他，命令他娶一名宫中女官为妻。在教堂里不见新郎，但仍给新娘举行了结婚仪式。保罗提升他为将军，有一天还下令传他入宫。人们启奏保罗，说基热将军病了，不数日便死去。人们给一只空棺举行了隆重的葬礼。

蜡人是彼得大帝的写照，它装上了弹簧，可以移动。人们把它送进陈列馆，弹簧断了，于是可怜的蜡人便同形形色色的"标本"——怪胎一起被泡在酒精里。

特尼扬诺夫精通历史，他比别的许多人都更聪明地看出了当代的若干特点，但是被我们现在称之为"政治事件"的那种东西却并不使他多么激动。他在人民阵线诞生的那个春天来到巴黎。我当时很天真，经常去参加群众大会，相信法西斯主义今后将遭到致命打击。尤里·尼古拉耶维奇也不争辩，只是答道"也许是吧"。他来到一个他曾从各种长篇小说、文件、计划和版画上知之甚详的城市。他想仿效瓦·利·普希金（1767—1830，俄国诗人，亚·谢·普希金的伯父）到帕列-罗雅尔去走走，想找到丘赫尔别凯（1797—1846，俄国十二月党诗人，普希金的朋友）做过报告的那个地方，他想起了亚·伊·屠格涅夫（1784—1845，俄国社会活动家、历史学家、作家）和维亚泽姆斯基，读着各种葡萄酒的招牌，犹如在读他早就熟悉的文章一般："迈特……克利科……纽伊……"

他也到过巴黎，在那里可以往地板上扔烟头，可以怀疑乘法表和唾弃一切权威，可他仍是那样老成持重——他怕暴露自己对风俗习惯的无知，小心翼翼地探询在咖啡馆里言谈举止该是怎样。他身上有一种能使所有的人都解除武装的温和与魅力。

尔后他动手写《普希金》了。按照他的说法，此书应该回答许多困难的问题，说明理智、天才、和谐是怎样战胜了强制的纪律和粗野无礼。一天，我问他："那么在波兰起义之后的那些使密茨凯维奇大为愤懑的诗呢？"他点了点头："这个……"

我回忆起在1941年那个令人忐忑不安的春天我同他的最后一次会晤，那是在战争爆发前的三周。特尼扬诺夫当时住在普希金诺的作家的创作之家，

／ 1183 ／

在阿·尼·托尔斯泰过去的别墅里。花园里水仙花和郁金香盛开。客厅里的家具都是用红木制成，墙上挂着画，一派宁静气氛。尤里·尼古拉耶维奇温和地微笑着。我们谈的当然是战争。我记得，特尼扬诺夫说："也许在德国正在进行一场极其丑恶的革命？……"他毕竟是按照 19 世纪的逻辑培养出来的：他觉得一个文明大国是不可能糊涂起来的。

他没有写成《普希金》，只完成了开头——诗人的童年和少年时代。尤里·尼古拉耶维奇逝世了，他没能活到 50 岁，晚年疾病妨碍他工作。他把自己的普希金的谜底带进了坟墓。

无论是过去还是现在，我经常回忆起关于一个虚构的短命者和那个颐养天年的维图希什尼科夫的杰出的短篇小说，那个维图希什尼科夫可惜只会干一件事——敲鼓。我有时感到自己就是这样的一个呆公子，这也得感谢特尼扬诺夫。

我参加了他的葬仪。斯大林格勒大捷以后，许多东西看上去都变了样子。官衔和制服决定了一个人的地位。特尼扬诺夫既不受人欢迎也不合乎时代潮流。报纸甚至没有报道他的去世。棺材放在特维尔大街上一间小屋里，花圈也是用纸花扎的——简单一点，快一点。

我伫立在棺前想到：我们埋葬的是我国 20 世纪 20 年代最聪明的作家之一……

17

外国的外交官和记者的趣事

在普通人看来一切都是停滞不变的：在军事行动的剧院里进行着对共同的敌人的战斗，而反希特勒同盟的各国政府的首脑则交换着贺电。实际上一切都比这复杂得多，在幕后进行着斗争。

美国人不喜欢戴高乐，而看中了海军上将达尔朗，当海军上将被杀害以后，又看中了日罗将军。戴高乐却看中了自己。在法国，他的拥护者不愿同游击队员——自由射击手达成协议。在意大利，同盟国支持前阿比西尼亚总督巴多里奥元帅，而游击队员则发誓要绞死所有的法西斯头目。英国人向米哈伊洛维奇将军（1893—1946，二次大战期间为南斯拉夫流亡政府的国防部长）供应武器，在开罗存在着一个南斯拉夫国王的政府，而共产党人铁托则担任了人民解放军的司令。在开罗还有一个希腊的右派政府，但在希腊本土，左派的民族解放阵线却在同侵略者进行斗争。波兰政府在伦敦找到了栖身之处，苏联同它断绝了外交关系；产生了波兰爱国者的联盟；在波兰的森林里既有右派的部队——地方军，也有左派的部队——人民近卫军。关于这一切，报纸仅仅顺便地（有时还是譬喻性地）提一提。

不用说，不会有人告诉我外交家们的秘密，但由于我的工作性质，我也知道一些事情：我常应邀出席招待会，不得不去各国大使馆，几乎每天都有外国记者来找我。我现在无意描述同盟国的相互关系史，我也不知道这种历史。我只想谈谈几次仓促的会见，谈谈一些与其说是意义重大，不如说是十分风趣的事件。

英国大使凯尔有一次问我为什么不喜欢英国人。我提出了抗议，并开玩笑地开始列举我所喜爱的英国的一切——自由大宪章，特纳的风景画，伦敦的公园里的绿茵。此后每逢凯尔向他的同事介绍我的时候总是要说："这位就是只承认英国的烟斗、草地和小猎狗的爱伦堡先生……"凯尔是个很有修养的怀疑主义者，他不让自己说他所想的事情。只有一次在一个沉闷的招待会上，当关于诗歌的谈话结束后，他坦白地说："我爱上了莫斯科的多样性。我们总是喜爱我们所没有的东西，不是吗？……"

1944 年 10 月，丘吉尔和艾登来到了莫斯科。我不知道此行曾对英苏关系发生过什么影响，但它却出人意料地把曾被阿·尼·托尔斯泰称为"制烟斗的能手"的老旋工扬克列维奇从灾难中救了出来。扬克列维奇制造过一些玲珑剔透的烟斗并把它们卖给爱好者。他曾被捕，似乎就是因为非法出售烟斗。阿列克谢·尼古拉耶维奇曾企图为他说情，但没有成功。外交人民委员部决定赠给丘吉尔一件礼品——一只古代的精制的匣子，带有秘密的格子和精巧的锁。小匣子被弄坏了，没人能把它修好。这时候有人想起了扬克列维奇老头子。他真该感谢命运或丘吉尔。而英国首相的光临给"爪哇"工厂的经理带来的却只是麻烦：要他在限期之内制成头等的雪茄。丘吉尔在招待会上取了一支雪茄抽了起来：雪茄喵喵作响，并像礼花似的火星四迸。丘吉尔微微一笑。他有一张老巴儿狗的脸，眼神疲倦，甚至睡意蒙眬，但讥讽的微笑却使双目神采奕奕。我被介绍给他了。他勉强地微微一笑："我特别要向您祝贺……"他向我祝贺什么，我不得而知，但我照样微微一笑并向他祝贺，也不知祝贺什么。

同艾登的简短谈话却有趣得多。艾登一上来就对我说："您好像不大喜欢英国人？……"我断定凯尔已经把关于草地和狗的事情告诉他了，但我还是问艾登何以这样想。他答道："我听说您很喜欢法国。"这话出自一位老练的外交家之口是如此出人意料，使我简直有些张皇失措，过了约莫一分钟我才问道："难道爱法国同不喜欢英国有什么联系吗？"大概在我的声音里流露出了愤慨情绪，艾登急忙微笑了一下："这是开玩笑。当然，我们都是盟国，而且我个人也很喜欢法国人……"

1943 年，阿·尼·托尔斯泰
和爱伦堡

　　但是另一些人却更为坦率。例如哈里曼曾说："同法国打交道可不容易——那里的叛徒比所有的地方都多。"英国记者温特顿坦白地说："最好没有法国人……"威尔基曾信任地对我说："法国作为一个伟大的强国的作用永远结束了，恢复它先前的地位不符合我们的利益。"

　　自然，法国人——加罗大使，施米特林参赞，年轻的戈尔斯，柏蒂将军——常常谈起他们不相信美国人和英国人：他们担心西方的盟国将竭力重新扶植战败了的德国。一天晚上，我们在柏蒂将军那里聚会，那里有多列士、让-里沙尔·布洛克、加罗，加罗开始缅怀往事：在第一次世界大战以后他曾目睹莱茵河地区的占领，当时他是一名军官。他叙述同盟国曾如何赞美秩序、组织，如何钟爱德国女人。谁都不曾怀疑和平是有保障的，但鲁登道夫（1865—1937，德国陆军上将）却已在慕尼黑号召复仇了。于是加罗愤激地让多列士相信："现在我们只有一个希望——俄国人不允许旧戏重演！……"

　　1943 年 12 月，我从哈尔科夫回来，那里审判了因大规模屠杀居民而被揭发出来的德国人。车厢里坐着阿·尼·托尔斯泰。美国记者斯蒂文斯走了进来。大家谈起了未来。突然有人啪地打了一下可怜的斯蒂文斯的脑袋——上铺躺着法国记者尚普努瓦。他受不了关于"软性的和平"最受欢迎的谈话，加以他又喝了半公升酒。

（我同尚普努瓦交谊甚厚。早先他是哈瓦斯通讯社的记者，但当贝热里大使——过去的极"左"分子——根据维希政府的指示离开莫斯科后，尚普努瓦便留在我国，为在伦敦出版的法文报刊撰稿。战后他曾打算回祖国去，不料他已舍不得离开莫斯科了。他会像俄国人那样开怀畅饮，像俄国人那样聊天聊到半夜：什么都谈而又什么都没谈，既说了一大堆废话而又谈到了最主要的问题。这是一个既丧失了功名心又失去了处世的机智的人，他会在心旷神怡的时刻开玩笑或骂人，他写诗——写给自己看，不在任何地方发表。）

我觉得，不仅美国人不明白某件事，我所遇到的英国人也是如此——他们的国土没遭到法西斯侵占。我说的不是政治家或外交家——他们都有自己的打算。但是许多军官、记者也都认为那些关于希特勒的兽行的故事言过其实，在他们的概念里，希特勒的军队同威廉的军队被混为一谈了。同那些从被侵占国家逃出来的人谈话之所以容易得多，原因就在这里。

挪威大使安沃尔未必赞美过苏维埃制度，但他了解自己的国家的痛苦，并看见只有红军才是真正在战斗。他有时邀请我们到他那儿去。他是一个花天酒地之徒，喜爱法国的美酒。我们坐在壁炉旁边，安沃尔想起了挪威、共同的友人，说："我希望'飞弹'能使英国人醒悟。他们想以绅士风度同希特勒匪徒打交道，似乎这是一场比赛。但今天我又得到了镇压我国大学生的消息。你们是对的——药水无济于事，需要外科……"

在外交官当中我特别喜欢雷纳·布卢姆，他代表一个最小的国家——卢森堡，但他却有一颗宏大的心。1944年在明斯克附近的前线有一个投诚者来到我方。一位上校对我说："这个德国鬼子说，似乎他既不是德国人也不是法国人，而像是什么卢森堡人……"我被带到这个投诚者那里。这是一个年轻的农村小伙子。他向我要了几张纸："我想写一封信……"我以为，他是想通知自己的亲人，并且天真地认为他们能收到这封信。但他写道："卢森堡女大公殿下，我现在通知您，我已尽了我的职责，并投奔到红军方面来了……"当我把这封信转交给雷纳·布卢姆的时候，他的眼泪夺眶而出。他是左翼社会党人，但给女大公的信却使他受了感动。他爱上了我国，学会了用俄语说话，常去听演讲、报告。（有一次我看见他被挤在一群冲进了综合技术学院的大学生之中——他几乎被挤得透不过气来。）布卢姆的女儿曾在莫斯科大学学

左：1942年，美国记者和利兰·斯托伊（中）在勒热夫城下
右：1946年，利兰·斯托伊和爱伦堡在美国

习。他是谦逊的、彬彬有礼的，在他的身上也像在他的卢森堡那样，保留着一种从19世纪流传下来的东西。几年前我曾去他家做客。他现在是苏卢友好协会的主席，他常在群众大会上演说。人人都知道他、尊敬他。晚上我们打开一瓶酒就回忆起战争时期来了。

我常去找捷克斯洛伐克大使费林格。同他谈话很容易：他懂得什么是法西斯主义。他的妻子，一个可爱的、十分活泼的法国女人也懂得这一点。

贝奈斯来莫斯科时，我在招待会上遇见了他。他想起了我们很久以前的一次谈话："我当时已经知道，捷克斯洛伐克在劫难逃……"后来他又补充了一句："对于我们说来，唯一的生路就是同贵国结成紧密的同盟。捷克人可以抱有各种不同的政治信念，但在一点上他们却是无可争论地意见一致的——苏联不仅能把我们从德国人手中解放出来，还能让我们不至于生活在对未来的经常的恐惧之中。"

常来找我的有几个南斯拉夫人——游击队的一位司令捷尔吉奇、雕塑家奥古斯丁契奇，后者当时正在绘制一座纪念碑的草图，画了很多图样。我既喜欢他的作品——极其丰富的内容同运动的结合，也喜欢他本人——他是艺术家又是战士，他什么都不放弃，有各种各样的计划，但依然是他本人。在银林，南斯拉夫人获得了几幢房屋。我在那里遇到过一些男女游击队员。他们住在莫斯科城郊的别墅里，就像是住在波斯尼亚山里那样——可以感觉到那种民主作风、坦率。我同他们在一起觉得很愉快。

外国记者常常抱着打听一点战况的希望前来找我，我有时就把德国人的日记或信件交给他们。他们同样也谈论一些外交方面的复杂步骤。在外国记者当中，有几个很有名气——斯托伊、沃思、亨杜斯。1942 年秋，我曾带领利兰·斯托伊同赴勒热夫城下。他了解战争——他到过西班牙、中国，显得英勇而又善于观察，他写了一些出色的特写。1946 年，我曾去过他那离纽约不远的小平房。"冷战"已经开始了。周围是些漂亮的单独小住宅。玫瑰盛开。人们享受着安宁的生活，但斯托伊却是忧郁的。他说："您记得勒热夫吗？我在那里觉得心情比较安宁。没有舒适还可以生活，没有希望可就比较困难了……"

当然，外国记者是很为难的：报上的文章比消息多。书报检察机关没有打盹，记者们有自己的对头——出版部主任。在记者招待会结束后，每人都竭力赶在别人前面，并第一个冲向电报局的小窗口。经常发生打架事件。有一次一个美国记者在竞争者的汽车的外胎上刺了一刀，使对方来不及赶往电报局。

合众国际社记者夏皮罗对我们的态度很好，但老是诉苦：要他报道轰动性的消息，可又不许他到前线去，他不知该报道什么。这时候发生了一桩使他一蹶不振的事件：斯大林回答了美联社记者凯西蒂提出的问题。夏皮罗异常激动地跑来找我："我也提过问题……美联社比合众国际社更右……为什么斯大林决定把我毁掉？……"要使他安静下来是办不到的，他连听都不愿听什么凯西蒂不过是运气好——他的问题恰巧是在斯大林决定发表什么意见的那一天提出的。外交部的出版局作为"安慰奖"允许夏皮罗前往斯大林格勒前线。回到莫斯科后，他对我说："我看到的当然很出色。现在我更清楚地明白了何以你们坚持开辟第二战场。但从合众国际社的观点看来，这是不能同凯西蒂的收获相比的。我至今也不能理解，何以斯大林看中了美联社？……"而凯西蒂则像寿星那样眉飞色舞，把斯大林在答记者问的下面署的签名拿给所有的人看，并且竟然巧妙地在"阿拉格维"弄到了四瓶酒：

第　五　部

"斯大林正在给我写……"

在美国记者当中也有一些讨厌的人物。我记得曾有一位放肆的人物前来找我，并在桌上放了一磅糖。柳芭走进室内，她不知道我的客人是什么人，问道："怎么，您卖糖吗？……"我要求这位美国人把他的礼物拿走。几天后我把他的事告诉了托尔斯泰。托尔斯泰哈哈大笑起来："他把这磅糖给我送来了，可我这个傻瓜竟慌里慌张地收下了，你明白吗？我决定立刻还礼，可手头什么东西都没有，我送给他一支'水手'牌自来水笔。这个下流坯竟收下了……"我们笑了好久。（当然，我们当时还不知道"美国的援助"这几个字对于整个欧洲将意味着什么……）

糖的事情是可以忘记的，但有些事情则比较严重——反希特勒同盟的参加国之间的争执表现得愈来愈明显了。1944年的夏季开始了。宣布胜利消息的礼炮声对于莫斯科人已变成日常现象。同盟国在诺曼底登陆了。结局临近了。

7月1日我到了由切尔尼亚霍夫斯基将军指挥的白俄罗斯第三方面军。在鲍里索夫附近，在别列津纳河右岸，我看见了由叛徒多里奥组织的"军团"的法国战俘。所有的法国人都知道别列津纳河的名称：在1812年，俄国人几乎包围了拿破仑的大军，只有部分军队依靠艾勃列将军统率的士兵的英勇才得以渡过别列津纳河（我之所以知道艾勃列将军，是因为我在巴黎时常常走过一条以他的名字命名的街道）。但"军团的战士"都陷在右岸：他们是一伙胆小如鼠但贪得无厌的雇佣兵，他们被箱子缠住了——舍不得抛弃抢来的家用什物。我受委托去同他们谈谈。有一个要我相信，他堕入了不幸的情网，于是决定殉情，"不管怎么死法都是一样"，另一个描述他的贫困、穷苦——"出于一时的软弱就同意了"，第三个引证"命运的神秘道路"，第四个说："我完全是个普通的老百姓。我在巴黎开了一个叫作'百合花'的小饭馆，顾客总是夸奖我。在烹调方面我没出过差错。政治却是另一码事了……""军团的战士"同德国战俘住在一起，在德国战俘中原来有许多阿尔萨斯人。后来别人告诉我说，阿尔萨斯人在夜里把"军团的战士"痛打了一顿。

我到"诺曼底"大队的飞行员那里去过。法国人告诉我说，在夺取鲍里索夫的战斗中，飞行员加斯东在别列津纳河上空牺牲了。在三年当中他一直试图离开法国去参加空战，每一次他都被拘捕了，最后他被送进了北非利奥特港的苦役监狱。美国人把他解放出来以后，他决定到苏联去加入"诺曼底"大队同敌人作战。他在别列津纳河附近接受了战斗洗礼，不料却牺牲了⋯⋯我把"百合花"饭馆老板的事告诉了飞行员们，他们笑了一阵，有一个以鄙夷的口吻说："您别认为这样的人很多。这是咱们的'弗拉索夫分子'⋯⋯"我微笑了一下：我坚信法兰西。

是的，我不隐瞒，我相信美好的未来——否则活着就太艰难了。我对自己说：能解决问题的不是外交家，不是政治家，而是各族人民——他们吃够了苦头。这就是说，法西斯主义将永被埋葬。

我在鲍里索夫和明斯克之间的某地遇见了一些外国记者。他们都很幸福，这既因为他们看到了盟军的胜利，也因为他们收集到了有趣的电讯材料。特别高兴的是《泰晤士报》的一个记者——他俘虏了三名士兵。这些陷入了包围圈的德国人正在寻找能接受他们投降的人，当他们看到一个穿着考究的普通人的时候，便断定他们找不到更好的机会了。12岁的男孩子阿廖沙·斯韦尔丘克曾押回52名俘虏。但这位《泰晤士报》的记者自然感到高兴。

坦白地说：在莫斯科，来自边境的电讯会使我悲伤，但在明斯克附近我却不去想希腊问题将如何解决，美国人是否会承认铁托，艾登关于波兰人会说些什么。我想的是怎样潜入明斯克——德国的师团在四周徘徊。

18

明斯克包围圈：德军指挥官、作家巴甫连科、幸存的人们

我于 7 月 4 日进入明斯克。坦克手们在这前一天冲进了城市，并立即继续向西挺进。在南部各区还在进行射击。我看着一条长长的街道，觉得很高兴：几乎所有的房屋都完好无恙。一刻钟后响起了连续的爆炸声，房屋也就不复存在了。

工兵整天工作——起地雷，他们挽救了市政大厦和若干别的房屋。但是我在市内漫步的时候却处处看到废墟。可我对胜利还是感到那么高兴！两天前我曾去见切尔尼亚霍夫斯基将军。他对我说："我们现在不是赶走敌人——我们在包围他。"我知道在明斯克东部还有强大的德国部队，因此不容易进入城内——德国人常突然在公路上出现，用迫击炮射击。一位坦克手对我说："他们陷入了一个结实的大包围圈。"我认为战争已接近结束，便微微一笑。但目睹明斯克的废墟却令人痛苦。这不是诺夫哥罗德，不是基辅，不是列宁格勒——这是一个曾遭到多次焚烧、破坏的城市。城中没有古代的遗迹、美丽的建筑。但是人也常有忘记艺术的时候。我当时所想的不是被破坏、炸倒或焚毁的房屋的美学价值，我想的是人们工作、受苦、建设，到头来却是一堆堆碎砖，一片片烧焦了的废墟。被破坏的住宅，被毁掉了的人类的窠巢的景象是令人痛苦的，而且总有一些零星物品使人激动——一把坐坏了的圈椅，一堵残存的墙壁上因长久悬挂画片或照片而留下的痕迹，一个被弄坏了的木马。

〔七八年以后，在出席世界和平理事会的一次例会的途中，天气不适于飞

行，我滞留在明斯克了。彼·乌·布罗夫卡（1905—1980，白俄罗斯诗人）救了我——他把我接到他家里，陪我参观了重建起来的城市。当然，房屋都像 40 年代末在我国所兴建的一切房屋那样豪华而不美观，但我真诚地赞叹了一番：人们在进晚餐、争论、嫉妒。这幢住宅里想必也有孩子，那里还有一个木马正在安静地睡觉。〕

在疮痍满目的明斯克城中漫步的时候，我忽然想到：我很走运，譬如说我来明斯克就没迟到！奥滕贝格不给我自由。有一次，那还是在战争之初，我曾和他同赴布良斯克前线，他不知何故断定我能干出逞一时之勇的蠢事，便授意自己的部下对我多加注意。1943 年秋，《红星报》派康·西蒙诺夫和我去乌克兰。我到了第聂伯河右岸。副主编卡尔波夫上校给第 13 军的军事委员会委员科兹洛夫将军拍了一封电报（不久以前我得到了它的副本）："伊利亚·爱伦堡现在您处，为保证安全，请勿使其远离渡口。"但我却及时来到了明斯克，而且后来我还到我想去的别处去了——我溜走了，编辑部不知道我在何地，而奥滕贝格也不在了，如他还在，他恐怕又会着手寻找。

切尔尼亚霍夫斯基是对的：我军包围了明斯克，约有十万德国人陷入了包围圈。我国部队神速地向巴拉诺维奇、维尔纽斯推进，而撤出莫吉廖夫的德国人却还在幻想冲进明斯克。在这条战线上德国人还未被彻底击溃，许多师团还在负隅顽抗，发动进攻，企图突围。有一次，我在一位少校营长那里安安静静地吃着晚饭，这位营长过去是列宁格勒的工会干部。在别列津纳河上激烈的战斗之后，这个营得到了一段短暂的休息时间，少校一面拿出虏获的香槟酒款待我，一面议论道："您写的那些德国鬼子写得真不错，您大概观察了很久吧。譬如说，您在写长篇小说的时候，您是怎样进行调查的，写谁呢？我常想，作家是从哪里知道一个人的心事的呢？莫非人们把自己的心事告诉了作家？或者是只得凭空去想？……"我还没来得及回答——响起了一阵阵的机枪声：德国人的一个团开火了，企图冲往西方。

我向西去到了拉科夫、伊韦涅茨，回到明斯克后，重又听见枪声：被围的德国人袭击一家面包厂。

当德国人开始扫射道路的时候，我正在莫吉廖夫的公路上。俘虏们肯定地说，树林里有一个营，那里还有一名带着迫击炮的德国将军在徘徊，他常说："我是德国人，而不是废物……"一名摇晃着手绢从林中走到路上来的德国少校曾对我说："当然，此刻优势是在你们一方——德国被迫在两条战线上作战。但您必须承认，坦克的突破、包抄——这是德国战略的成就，你们正在效法我们……"我回答说，我不是军人，而作为一个老百姓我承认德国人的优先权：他们开始了战争并对战争做了很久准备，不过为此骄傲却不见得必要。

在维尔纽斯的罗斯公墓（那里是俘虏的集合点），有一名上尉曾说："我一开始就在东线。1941 年我们往前推进，不顾你们还留在后面。现在一切都变了。当你们已逼近维尔诺的时候，我们还在试图守住明斯克。我们在这里把几幢房屋坚守了三天，可你们的一位军官却说，你们已经到了涅曼河畔。现在你们正在前进，就像我们根本不存在似的。"他沉默了半晌又出人意料地补充了一句："我问自己：我们果真还存在吗？……"在巴洛克式的司智天使和长了青苔的半身像中间，月季花盛开。突然响起了一阵绝望的叫声——飞来一只受了致命伤的乌鸦，缩成一团落在德国军官的足前。他双手捂住脸，像一尊雕像似的一动不动地坐在那里。

我在立陶宛边境遇见塔秦部下的官兵：他们已疲倦得要命。旅长洛西克上校叙述着夺回明斯克的情况："我们不是在路上走——而是在森林里、沼地上走，说句笑话——那里只有兔子奔跑。当我们在 3 号冲进明斯克的时候，那里的德国人比我们的人要多，但他们张皇失措了……"

天气炎热异常，久未下雨，令人窒息的尘埃像浓密的乌云一般遮蔽了道路。几百辆砸碎的、弄翻的汽车堆满在路上。准尉别利克维奇说："我很急，我有一个妹妹留在明斯克，塔尼娅，17 岁……她是在名副其实的前夕——2号——被杀死的，邻居们都看见了……"他用袖子擦擦脸，汗同尘土混在一起，形成了一个假面具。"你瞧这尘土！……"接着又轻声补充了一句："我们进了城以后，我得到准许回家看看，我就往家里跑去。可妹妹不在了……"他声音里的痛苦使我一句话也说不出来。对一切——苦闷、灾难、孤独都可以习惯，只有对别人的不幸却不能习惯，在那几年里我曾多次感觉到这一点。

在从奥尔沙到维尔纽斯的一路上我看见了什么？我看见了那么多废墟、被烧毁的村落，听到了那么多令人毛发悚然的故事！在拉科夫，我曾去拜访大教堂的住持、天主教士加努谢维奇。他老态龙钟，静静地坐在祈祷者和褪了色的照片当中。他曾目睹希特勒匪徒纵火焚烧房屋。一个女人在绝望中把婴儿扔出了窗户，一个"纵火者"跑了过来，像抢一块烧着的木头那样老练地抱起婴儿就投入火中。教士摇着头说："我不能想象世上竟有如此没有心肝的人。他们把一个老教士从克列巴尼拉了出来，他生着病，不能行走，他们就折磨他。在多里，他们把所有的人都赶进东正教教堂，然后放火去烧。在彼尔沙，他们杀死了两个天主教教士。经书上说：'他从愚昧的众生之中发现深奥的哲理，又把死亡的阴影带到世上，他既增加民族的数目而又消灭民族，他既驱散各族人民而又使他们聚集，他剥夺人民头脑中的智慧并让他们在没有道路的沙漠上游荡。'我是一个老人了，但年轻人在这以后将如何生活呢？……"

我曾在炮兵们那里过夜。我们喝着低劣的匈牙利的罗姆酒。大家都沉浸在对未来的幻想中。突然谢尔盖耶夫大尉说道："亚布洛奇金的妻子寄来了一封信，她写道，她现在用不着再活下去了——她孤孤单单的一个人，想同帕沙的同志们告别……"大家不做声了，不久都入睡了。我睡不着，爬了起来，悄悄地走到油灯跟前把老教士的话记在小本子上。

次日，在回到明斯克和通过了莫吉廖夫公路以后，我看见了特罗斯佳涅茨。希特勒匪徒曾在那里活埋过犹太人——明斯克的犹太人和从布拉格、维也纳运来的犹太人。无可幸免者被装进窒死人的汽车（这是一种用毒气使人窒息而死的汽车，希特勒匪徒称之为"黑瓦根"。汽车经过改善——车身能自动翻倒，把被窒死者的尸体抛出。新的汽车叫作"黑克尼普瓦根"）。德国指挥部在德军被击溃之前不久曾下令掘出尸体、浇上汽油焚毁。烧焦了的骨殖处处都能看到。希特勒匪徒在逃跑的时候想把最后一批死人火化，尸体就像木柴那样堆积起来。我看见烧焦了的女人的身体、一个小姑娘、几百具尸首。不远的地方堆着一堆女用手提包、童鞋、文件。我当时对马伊达内克、特雷布林卡、奥斯威辛都毫无所知。我一动也不能动地站在那里，连向导喊我的声音也没听见。这真难以描述——无话可说。

在莫吉廖夫公路上向被围的德国人进行猛攻的我国士兵看见了特罗斯佳涅茨。看来战争在任何地方都不像在这里那么残酷。晚上在公路的周围敌人尸骸遍地。炎热没有减轻，恶臭扑鼻。

第 五 部

我同步兵师师长奥克斯纳中将谈过话。他被俘的时候穿着士兵的服装，但在一小时后却出示证件并要求把他调到军官的俘虏营去。和其他的俘虏不同，他对我说，鼓舞着德国武装力量的那些思想依然活着，而且迟早总会取胜。我拿特罗斯佳涅茨的暴行去质问他，他答道："您干吗问我这个？我个人没杀过孩子。我们打了败仗，于是所有的罪过都推在战败者身上。德国军队一向以纪律严明著称，我也曾以荣誉精神教育我的士兵……""可您为什么要改装呢？""我不愿降低身份——德国的将军是不会投降的。"他心满意足地吸完了一支雪茄，又说："我们处于一个弱小民族的地位——反对我们的是两个大国：俄国和美国。这是大卫同两个歌利亚的决斗（据《圣经》传说，歌利亚是非利士族的巨人，与青年大卫决斗时被杀，大卫后来成为犹太人的王）……"他有一副令人肃然起敬的教授的相貌。后来我在战犯名单上看见了他的名字。

别的将军举止比较谨慎。军团司令黑尔维策将军毕恭毕敬地端详着年轻的切尔尼亚霍夫斯基。伊万·达尼洛维奇带着嘲笑的口吻说："你们在沃罗涅日打得比较好……"黑尔维策答道："过去的一切不应由军队承担，而应由希特勒承担，他不听有经验的将军们的话，让一群势利小人把自己包围起来……"黑尔维策在一份呼吁书上签了名，这份呼吁书两周后在苏联报纸上发表了：一部分被俘的德国将军出面反对元首。在此之前不久，德国有一小撮军官曾企图出面反对希特勒，这件事使得被俘的将军们的宣言具有了一些说服力。将军们指责希特勒什么呢？他们根本没有指责他发动了战争，把一个个的国家攫为己有，组织对居民的大规模屠杀，建立无人区和死亡营。不，基干将军们指责他的是另一件事——他不会打仗，使德国的武装力量陷于失败。将军们建议德国的指挥官们赶走希特勒，并在军事行动转移到德国领土上之前实现和平。他们没有谈到特罗斯佳涅茨那一堆堆被窒死的人们……

我面前摆着一份《士兵报》，我正在看一个穿着制服的军人的照片：坦克部队的将军冯·扎乌根，带有橡树叶和金刚钻的铁十字勋章获得者，他年满70岁了。报纸叙述着寿星的生平。第一次世界大战期间，他在法国和俄国打过仗。1939年他曾出征波兰，驰往巴黎，后来又到了莫斯科城下，奥廖尔近郊。但在1944年7月，第39坦克军团司令冯·扎乌根将军却企图守住鲍里索夫……我对自己毫无办法：我记得。我记得被夷为废墟的鲍里索夫城内那些苏联战俘的尸体——希特勒匪徒在他们放弃该城的两天前把他们全部杀害。我记得像奇迹一般从尸堆底下爬出来的瓦西里·韦泽洛夫的故事。我记得拉祖瓦耶夫卡，法西斯分子在那里杀死了一万个犹太人——老人、妇女、吃奶的婴儿。我不知道这位寿星是否记得，而且问题也不在他的身上。这一期的《士兵报》还号召德国人收回西里西亚、梅梅尔、但泽、苏台德地区。这岂不是意味着旧戏又要重演了吗？……无论理智还是良心都不能容忍这件事。

七月，白俄罗斯第三方面军向西方推进之速使空军也常常追赶不及。在第一次世界大战时就作过战的老兵格拉戈列夫将军曾说："您可别忘了步兵，在12天内走了几乎400公里。每个步兵现在都有自己的发动机——心，人虽倒下了，但仍在前进。昨天有一名战士对我说：'我们气极了……'他们看见德国人干下了那么多罪恶勾当就迫不及待了——该结束啦……"

许多情况都在变化，但总的情况却还是老样子：在斯摩棱斯克州和立陶宛边境，人们用不同的方式说话，但大家说的都是同一件事。一座座城市的残迹从眼前掠过。在被焚毁的村落里可以看到一家家火炉上黑色的出烟道。似乎在奥尔沙内我曾看到一块写着"自由广场"字样的小木板。似乎是在克拉斯内，但可能仍是在奥尔沙内，工厂老板里哈德·萨多夫斯基曾强迫过路的人从人行道上下来，举起一只手来喊道："嗨！"（法西斯分子见面时向希特勒致敬的礼节）阿列克谢·彼得罗维奇·马利科（我记下了他的名字）叙述德国人怎样烧死了他的小女儿列娜和格拉莎，这是在布鲁萨的乡村里。在斯莫尔贡附近，战士们在田野里找到了一个四五岁的小姑娘，她说，她叫多拉，"德国人往妈妈的嘴里塞沙子，妈妈就叫"。在拉多什科维奇有一个波兰老人谈到两年前德国人烧死了1200个犹太人，有一个裁缝在德国人命令他："跳舞！"的时候啐了一口唾沫，并喊道："快点杀吧，你也跑不了的！……"我曾乘车驶过一个村庄，村里的房屋都还完整，但空无一人——我不知道居民是被杀死了还是被赶走了，但也可能是跑到树林里去了。

看上去一切都像一年前格卢霍夫或切尔尼戈夫附近那样，但战争却不同了。7月12日黄昏时分我看见了维尔纽斯的第一批房屋，四面八方都有枪弹飞来，一位我不认识的少校喊道："卧倒！……"这天我们的坦克手已经跑得很远了——通往考纳斯的路程已走了一半，但在明斯克东部的森林里却还有一群群的德国人在游荡，他们不知道他们同德国军队之间的距离要比苏联的坦克手同德国边境之间的距离遥远得多。

在莫洛杰奇诺附近某地，我曾在帕·阿·罗特米斯特罗夫元帅那里过夜。罗特米斯特罗夫元帅解释道："在去年夏天，坦克起的是另一种作用，当时是逼使敌人后退，而现在我们正在包围和消灭他们，向前冲击。在我们的时代，没有技术装备是不行的。没有脑袋当然也不成。我们的人都很聪明，不过摇晃得太久了——缺乏主动性。但愿战后我们能生活得更明智些。"我很喜欢这位元帅：年轻、生机勃勃，他不仅分析战斗动作，也分析许多别的事情——我们的盟国的政策、文学，甚至是各种不同品种的莱茵葡萄酒。战后我同罗特米斯特罗夫元帅见过两三次面，并深信他不仅在战场上是个勇敢的人，在日常的公民生活中亦是如此（这一点也许更加难能可贵）。

先前我从未到过维尔纽斯。德国人没来得及把它焚毁，这是不寻常的——房舍，巴洛克式的天主教教堂，狭窄而古老的街道。一个老太婆突然从地窖里爬出来而又立刻藏了起来。人们在搬运伤员，把俘虏送往罗斯公墓。士兵很少——他们正在把德国人从城郊的小树林中赶出来。昨天德国人还控制着市中心、古老的鲁基什基监狱。城中还有许多士兵潜伏着，不时用冲锋枪射击。

克雷洛夫将军坐在一张地图前面，他的两眼因为许多不眠之夜而发红了。他看见我就摇着头说："您不该乱跑——他们从窗子里开枪。当然，我明白，您觉得有趣，不过毕竟……"

我在指挥所里看见了作家巴甫连科。我早在 1926 年就同他相识了——当时我路过伊斯坦布尔，他带我参观了圣索菲亚教堂。我们很少见面，他是个讲故事的能手，我很爱听他讲那些似真非真的故事，然而就像在人们的关系中常有的那种情况那样，当我们几年不见的时候，我却想不起他来。我们一同在城内漫步。德国人在一个大广场上扔下了几百辆汽车，汽车里真是无所不有——电影拍摄机，法国的甜酒，侦探小说，还有手纸。在奥斯特罗布拉姆斯基门附近有一群妇女跪在地上祷告圣母。我们来到圣安娜教堂。巴甫连科说——拿破仑曾为他不能把这座教堂搬往巴黎而感到遗憾。我们走过了密茨凯维奇的故居。某处卧着两具市民的尸体。我记得一个长着楔形银髯的老人，就像19世纪的学者，旁边躺着一根有白色镶头的手杖。巴甫连科仔细地观察着镶头、教堂里的塑像和一台德国收音机，忽然说："下雨啦……咱们走吧——我有一瓶法国白兰地……"

后来我独自走着。一名准尉向我走来，要看我的证件，他看了以后便笑了起来："瞧我碰到了谁啦。我常读您的文章，好像一篇也没漏过。您可知道我对您会有什么请求吗？请您去说说，让报纸每天公布我们距德国的里程，我向别人打听——谁也搞不清楚，有的说是一百公里，有的又说是一百五。要是在莫斯科的报上不能登，那就登在部队的报上吧。我想我们快要胜利啦。我的母亲在比斯克，她来信说她日夜盼望着，她有病，生怕活不到……"

我遇到了一群犹太人的游击队员，他们协助清除了地下室和顶间里的法西斯分子。我同两个女大学生——拉希尔·门德尔松和埃玛·戈尔芬凯尔谈过话。她们叙述了犹太人居住区里发生的事情。德国人几乎每天都要把一群人赶到波纳雷去——在那里杀死他们。活人必须工作，由卫队押解。在犹太人区有一个地下的抵抗组织，它的参加者焚烧仓库、埋地雷、消灭希特勒匪徒。他们曾策划大批逃跑。这个组织的首脑是维尔诺的工人——共产党员维滕贝格。希特勒匪徒刺探到了他的情况，便要求他出面，否则他们就要把犹太人区全部消灭。维滕贝格对同志们说："没有我你们也能工作。我不愿所有的人为了我全部被害……"他被折磨死了。有五百名囚徒逃了出来，他们在"争取胜利""复仇者""消灭法西斯"这些队伍里战斗。拉希尔和埃玛战前是大学生，喜爱文学。现

爱伦堡与维尔纽斯犹太区难民中的游击队在一起

在她们手中拿的不是书，而是手榴弹。她们愉快地笑着，我保存了一张照片，上面是我同一群游击队员在一起的情形。

次日颁布了解放维尔纽斯的命令，小树林中的德国人开始投降了。我重又漫步街头，同居民交谈：人们的脸色都很可怕——他们在地下室里蹲了五天，常常没有食物，甚至没有水喝，但几乎所有的人都面带笑容——最痛苦的时候已经过去。街道上再也没有尸体了。士兵们把家用什物从德国人的汽车里搬出来。据说将要配售粮食。

我同军人们共进晚餐。后来少校把我带进了一所被抛弃的住宅。从一切迹象可以看出，德国人没在这儿住过：我在一个玻璃罐里发现了一些黑面包干，在一个大概曾经保存过传家宝的古老的首饰箱里发现了一堆烟蒂。墙上挂着照片——一群女中学生，一位戴着发饰的太太，一个身穿波兰军装的年轻人。桌下扔着一张印有尼斯风景的明信片。书架上摆着波兰和法国的书籍。少校给我留下一支大蜡烛，于是我决定看看法国小说。我读了十二三页之后就把它扔了。主人公不能断然抛开妻子去找他的情妇，这同我有什么相干？我试图入睡，但睡不着。突然，我感到难以忍受的苦恼。这部小说里的人物是因缠绵的爱情而痛苦。他们可能曾在尼斯相会。契诃夫的一个短篇小说的主人公在雅尔塔遇见了一位带小狗的夫人。虽然并无幸福，但未被活埋，未被关进窒死人的汽车。他们不像现在这样经常与死神为邻。少校的妻子大概正在很焦急地盼望着他的来信。即使在胜利在望的现在，战争也是那么可怕！但也许正是由于胜利在望才能够沉思、忧伤？……

我卷起了少校用来遮挡窗户的地毯。天已亮了，这是一个阴沉的早晨。枪声时有所闻。从对面的房子里跑出来一只猫，尖声地叫了起来。我躺下睡着了。

19

布洛克的笔与战争的口授

　　我回到莫斯科后，让-里沙尔·布洛克前来找我。他因许多重大事件而十分激动。我向他叙述了明斯克的包围圈、维尔纽斯的战斗、"诺曼底"的飞行员。他也同样告诉了我一些新闻："根据无线电截听的消息判断，游击队已开始占领多菲内、利穆赞的城市。"他迷信地压低嗓门补充了一句："看来我们很快就能回法国去了……"

　　俄罗斯早已进入了让-里沙尔·布洛克的世界，我说这句话的时候，想到的不仅是很久以来已成为列夫·托尔斯泰的道路上的路标的那些作品，我还想起了 1905 年 1 月 9 日一群法国大学生致俄国大使的信，信上有许多签名，而这封信的执笔者正是 20 岁的巴黎大学的大学生让-里沙尔·布洛克。他十分热烈地迎接苏维埃共和国的诞生。他于 1934 年第一次看到我国，当时他被邀请参加苏联作家代表大会。他在我国逗留了半年，后来便在各种各样的集会上叙述自己的印象。当然这只是一个善意的旅行者的叙述，他所看到的只是一个旅行者在任何一个国家里都能看到的那些东西——名胜古迹，示范的、供人观摩的生活。

　　1941 年春，他第二次来到莫斯科，带着妻子，从被占领的法国前来，并在苏联度过了艰苦的战争岁月。他认识了一些人，并对他们依依不舍。他经历了撤退。阿·尼·托尔斯泰曾告诉我，1941 年秋，他路过喀山的时候曾找到布洛克，布洛克在一个鞑靼人的家里租了一个房间。这个房间是个地下室。布洛克安慰女主人（她的丈夫在前线）说："德国人很快就会被打败的……"托尔斯泰又笑着补充道："他不仅安慰了她，也使我快乐起来了。我当时心情极为恶劣——我军失利的战报，粮食没有收割，人们垂头丧气——总之，糟透了，可咱们这位法国人却平静地向我解释，说希特勒注定要灭亡，这就像二二得四一样明显。天气冷得可怕，他这个不幸的人感到不习惯，他喝着没有糖的茶，而且面带笑容……"

布洛克每周都要用无线电向自己的同胞做两三次广播演说：他描述红军的英勇，竭力鼓舞法国人。他在莫斯科有一些朋友，我不能一一列举，但应该有利季娅·巴赫、伊格纳季耶夫夫妇、托尔斯泰。布洛克夫妇从来不曾对任何事情发过牢骚。有一次，布洛克病了，医生给他诊断后不禁大吃一惊，打电话给我说："由于长期营养不足而引起的体力衰竭……"如果他不伤风，我们大概不会知道布洛克夫妇竟过着食不果腹的日子。

被迫离开祖国使布洛克很痛苦。现在我们可以从宇宙中听到人的声音。但在那些年代却只有炸弹的轰鸣和沉默，布洛克不知道法国的情况。他也不知道他的亲人——母亲、孩子们的遭遇。然而谁都不像他那样善于掩饰忧愁和不安：周围的人看到的是一个始终精神饱满、谈笑风生的人。1944 年他满60 岁，但看上去却很年轻，这也许是因为他一直过着紧张的生活。他十分消瘦，中等身材，面部轮廓分明，就像曾在我的房间里悬挂过的那幅孟德斯鸠的旧照。他的两眼含着不倦的笑意，只有一次，那是我们在巴黎最后几次见面中的一次，他破例说了一句笑话："常有这样的时代，一个人必须给自己准备两双眼睛——一双为别人，一双为自己……"

我们谈了两三小时前线的情况。后来他突然说道："有人向我翻译了一项关于婚姻的新命令（指当时苏联政府颁布的禁止苏联公民与外国人通婚的命令）……"看到我那郁郁不乐的神情，他开始安慰我说："现在是战争时期，不值得去多想这事……"

我知道，有许多事曾使我感到为难、不安。他顺便提到的那项命令，我曾在明斯克附近的某地读到过。周围枪弹横飞，我把报纸塞进了衣袋，而且也像布洛克那样对自己说：不必去想它。战争有自己的规律：一个人只要稍有疑虑，他就失去了战斗力。当然，布洛克提到的那项命令使我伤心，但我当时只

左：让-里沙尔·布洛克在巴黎
右：爱伦堡和让-里沙尔·布洛克——法国与苏联共同发行的邮票

靠一件事生活——法西斯主义的毁灭，而其他的一切我觉得都是次要的。

我并不是偶然地提到布洛克在 1944 年 8 月脱口而出的一句话：他是一个天生的诗人和思想家，而战争又过于频繁地干预他的生活，于是人们看见了一名拿着刺刀或笔杆的战士。

他只比我大 7 岁，但这一点却预先决定了许多事情。我刚刚认识了人生，第一次世界大战便爆发了，同时，一个新的时代开启了，但布洛克却已写出了一部优秀的长篇小说《……公司》，已吸入了 19 世纪的空气，已经成熟了。他很早即向往社会主义，而且对他来说这不是同地下工作、奸细和"失败"、监狱联系在一起，而是同饶勒斯高尚的演说、对理智和进步的信仰联系在一起的。我很年轻的时候曾去过佛罗伦萨，当时我精神上茫然不知所措，总是饥肠辘辘，同时又被一个陌生世界的美所陶醉。布洛克当时也住在佛罗伦萨，但他已是法兰西大学的教授，三个孩子的父亲，一个博学之士和人道主义者。他不像一个钻进富有人家的小偷，而是像一个合法的继承人那样欣赏着 15 世纪的艺术。

也许正是出于这个缘故，第一次世界大战对他来说才成了一场浩劫、一次考验——他必须决定他该怎么办。关于他在那几年里的经历，我是不仅根据他同罗曼·罗兰的通信，也根据他的叙述获悉的。在本书的第一部中我曾写道，班长布洛克敢于同一个他不仅敬重而且崇拜的人争论。更正确地说，布洛克常同自己争论——他知道罗兰在瑞士的远方所做的论断是正确的，但他也知道另一点——德国人侵入了法国，不需要犹豫，而需要战斗。他战斗了，负了三次伤——在马恩河上，在香槟省和在凡尔登城下，最后一次伤势沉重，人们长久地担心他会失明。他喝干了这一大杯苦酒。罗曼·罗兰喜爱布洛克，但指责他的行动：他认为年轻的布洛克就像许多人那样正在自己身上培植盲目。但问题不在喜爱盲目，而在于 30 年后向布洛克口授"现在不值得去想这个"这句话，以及那些战争的规律。在第二次世界大战前夜，担任了一家共产党报纸的编辑的布洛克曾写信给罗曼·罗兰谈了巴比塞的长篇小说《炮火》："他写了一部引人入胜但不能长久流传的作品。他满足于出色地展示布景和侧影。但他没有说明，为什么几百万人要留在那里，而这是最主要的。"

20 世纪 20 年代以及 30 年代的前半，对于布洛克也像对于他的许多同时代人一样，是一个叫人喘一口气的暂息时期。历史允许能思考的芦苇在一个短暂的时间内既可以弯曲还可以思考。作家们在这个时期写作。布洛克也在写作——写长篇小说、短篇小说、供舞台演出的剧本、诗。我绝无否认他的长篇小说或剧本的价值之意，但在那些年里，无论优秀的长篇小说、引人入胜的剧本还是精雕细琢的诗都不少。不过在一个文学领域里布洛克却达到了尽善尽美的境界，这就是法国人早就看中了的那个领域——小品文。

别的一些具有较多诗情的天赋而又不大醉心于思想的诗意的民族，似乎认为小品文是一种次要的体裁，不如文学批评或艺术性政论那么重要。但是法国人，从蒙田到萨特，从司汤达到布洛克，却认为小品文可以把艺术家特殊的敏感同理智结合起来。在布洛克的全部著作中，我特别珍视的是《一个世纪的命运》一书。这本书于 1931 年问世，令人惊奇的是，不仅常常谈论艺术，而且也常常谈论政治的小品文，并没有过时。不久前，在把这些小品文重读了一遍之后，我深信 30 年前曾使布洛克苦恼过的那些问题，直到我写本书的今天，依然摆在我的面前。

《一个世纪的命运》的作者在序言中说："我的话不是对政治家们说的。同我谈话可能会浪费他们的时间。他们清楚地知道这一点。我的话是对和我同类的人们，有手艺的人们说的。我们既然有手艺，便以这种手艺为工作。我的手艺是同语言，同对语言的分量、容量、严密性的了解以及如何确切地运用语言的知识有联系的。我认为我们的手艺是最美好的，不管这在许多人看来是多么滑稽可笑……"这本书可能看上去写的是文学问题，但书中谈到长篇小说或诗歌的命运的篇页大概最少。布洛克企图预测一个正在跨入一个新时代的人的命运。他不是一个无动于衷的公断人，在这之前很久他便选定了自己的位置，尽管入党的时间很迟，但他当时已把自己称作共产党人。他在 20 世纪 20 年代末预见到了行将来临的晦暗："又是工人卡利班和乐师马尔西——真正的文化的保护者。他们应该是机警的，因为我们看见了第二个中世纪的开端。新的入侵的浪潮正在升起……这些新的野蛮人已在我们这里定居下来。他们操纵着我们的工业、我们的经济，美国也正在慷慨地供应他们的理论、口号、理想。"

在谈到新的世纪，谈到它同过去的革命浪漫主义不同之处的时候，布洛克曾给现代人下了这样一个定义："社会革命在他们看来已不再是救世主的理想，这是他们个人的方程式的未知数之一。他们开始认为，待在可能获胜者的俘虏营里倒更好一些。"他说，夸大个人作用是 1930 年的人的特点。他看到了时代的社会问题和对体育运动前所未见的狂热之间的联系。在希特勒上台之前，在许多别的事件发生之前，他曾预先警告："总之，我们正在使戴着护身符、被电灯照亮的穴居野人复活，这是骇人听闻的……18 年前我写了短篇小说《得到改善的浴盆的邪说》，这个邪说正在变成宗教……"他接着又说："我们正在走向全能警察的独裁——我指的是道路的警察、身体的警察、灵魂的警察。"他还谈到了精密科学和技术的发展——没有愤，但也没有自我陶醉。我之所以回想起这本书来，当然不是为了用几段引文来解释它的内容——我想把年轻的读者所不知道的布洛克的另一面展示出来。

在布洛克的一生中，也像在别的许多人的一生中那样，西班牙标志着宣战。这一次谁也不曾召唤他。而且他在西班牙待的时间也不长——只看到了开头。但布洛克明白，暂息时期结束了："我也想写女人、爱情，我想以前人不曾用过的手法，用文字来表现黄鹂的啼啭和芭蕾舞女演员的心灵。我感到需要在和平的恩赐之中做一个普通的、享有朴素的幸福的人。不料我却听见了炮弹的呼啸、负伤者的哀号，我的同志们正在飞机下面、坦克面前退却，我也尝到了这种退却的苦味……"再没有考虑的余地了。

从这个时候开始，布洛克重又过起了战士的生活。一年后《今晚报》开始在巴黎出版，该报的编辑是布洛克和阿拉贡。布洛克写的不是黄鹂的啼啭，而是"不干涉"、慕尼黑、怯懦、背叛。1939 年秋，政府禁止《今晚报》出版。不久布洛克同郎之万和瓦龙一起在审讯共产党议员的法庭上为被告辩护。当德国人兵临巴黎城下的时候，他企图徒步逃回故乡普瓦捷——路途遥远，德国的坦克超过了他。他开始为地下报刊撰稿。1941 年初，他的儿子米歇尔被捕，警察也曾去逮捕布洛克，碰巧他不在家中。他转入了地下状态，并于 1941 年春来到莫斯科。关于他在苏联的几年我已谈过了。布洛克夫妇于1945 年 1 月回到巴黎。布洛克获悉他的母亲，一位 86 岁的老太太，被希特勒匪徒在奥斯威辛烧死了，女儿弗朗斯被载往汉堡处以死刑。《今晚报》开始出版，于是布洛克又继续撰文。他被选入了国民大会。他几乎每天都在群众大会上演说——反动临近了。他编了一本论文集《莫斯科—巴黎》，校对校样，在 1947 年 3 月猝然去世。

对于一个地下工作者、战士、共产党员来说，这样的一生大概是十分平常的。但对于一个作家来说却很特殊，而我已经说过，布洛克首先是一位艺术家。他曾在莫斯科的第一次作家代表大会上提到从事他认为是最美好的职业的人们的使命是什么："作家不仅是已完成的事业的打官腔的颂扬者。如果这样的话，作家就会扮演一个有些可笑的角色，而且不久就会获得'成品检查员'这一讽刺性的称号。他会变成社会的寄生虫，古代帝王的宫廷里就有过这样的人物，他们的工作就是歌功颂德……幸而作家们还有另一项任务！"在这篇演说中，布洛克还反对在日丹诺夫的演说里显示出来的那种把伪古典主义的形式奉为典范的倾向："不管社会结构是什么样子，永远会有一批利用现有形式的艺术家和另一批寻求新形式的艺术家。飞行员中既有勤勉可靠、英勇无畏的驾驶员，他们正在驾驶一批批的飞机，但也有另一些人——试飞员。有的作家为一百万读者写作，有的为十万个读者写作，还有的只为五千个读者写作，这种情况是不可避免的，而且也是必需的。"布洛克本想当一名试飞员，说出前人未曾说过的话，但战争却有自己的规律。他写过许多人已经写过的东西，写过慕尼黑的背叛，写过不能在法西斯分子的压制下生活，写过美国的黄金想代替德国的优质钢。他很叛逆，但不得不恪守军纪。他做这件事的时候面带笑容，只有在他孤居独处的时候才把那双模范战士和乐观主义者的眼睛"换成"自己的那双天生的艺术家的眼睛。

我不记得我是什么时候同他认识的，仿佛是在 1926 年或 1927 年。当时我们并不经常见面，但谈起话来却长久而坦率。我保存着一本有布洛克的题字的《一个世纪的命运》，我从这本书上看到，他在 1932 年就把我视为朋友。后来我们的关系变得更加亲密。共同的工作也是使我们接近的因素之一：筹备反法西斯代表大会、保卫西班牙、为反对即将来临的法西斯主义而斗争。1940 年初，当我在科坦登街上因病闭门独坐的时候，布洛克夫妇曾去看望我、帮助我。但战时在莫斯科我们却常常见面。我还记得一天清晨，传来了关于巴黎起义的第一个消息。我立刻跑到布洛克夫妇那儿。布洛克激动得一句话也说不出，只是拥抱着我。是什么使我们接近的呢？就是我们很少谈到的：共同的遭遇。

布洛克曾写道："是否需要说苏联并非天堂，而且在那里可以碰到的不仅只有正人君子……"他不是瞎子。他把《伊利亚·爱伦堡——我们的朋友》一文收进了《莫斯科—巴黎》一书。方才我把这篇文章重读了一遍，发现了我自己已经忘却的一段插曲。1944 年，在谈到法西斯分子破坏文物的暴行时我列举了一些被破坏了的艺术古迹，最后还提到了被年轻的法西斯分子剪碎了的一些毕加索的油画。布洛克写道："83 位苏联学院派的画家签名抗议这种无耻行为——怎能把'毕加索的怪物'同民族艺术的瑰宝相提并论！"这当然是一件小事，但它触怒了布洛克。别的许多事情也触怒过他。但是如果他能搞清楚一件事情，那他在另一件事情上就只得完全相信别人的话。他知道毕加索是大画家，但说服他却是不可能的。有一次他在电车上听到有人谈论，说"犹太人情愿去塔什干也不愿上前线"。他平静地回答说，在德雷福斯（犹太人）受审期间他是一个中学生，曾打过未来的法西斯分子们的耳光。他看见过妄自尊大的官僚和贪污受贿者，他对我讲过几次，说有些前方战士的家庭没有得到帮助。可是他能从哪儿知道图哈切夫斯基不是卖国贼，而是无辜的牺牲者呢？布洛克是一名战士，斯大林统率着军队，战士是不能怀疑指挥官的理智和良心的。他相信了"第五纵队"的说法。他开始写斯大林的传记。他当然知道，战争还在继续……

他在感到忍受不了的时刻如何自慰呢？有时写诗。有时译诗。在第一次世界大战时期，他负伤后便在野战医院里开始译歌德的作品。在第二次世界大战的年代里他翻译《浮士德》的第二部。这说明了许多问题。

善当然是一种与生俱来的天性，而且在具有不同信仰的人们中间，好人和恶人的百分比大概也是相同的，但我认为，在法西斯分子中间，善与其说是一种美德，不如说是一种缺陷、一种变态。一个善良的党卫军分子在奥斯威辛该会有什么感觉呢？损害自己的竞争者的资本家是个恶人，这不会使任何人感到惊奇。但"他是一个恶劣的共产党员"这句话不仅刺耳，也使良心受到莫大委屈。布洛克是一个具有罕见的善的人。

即使是决定论的最激烈的反对者也不会断言人能自由地选择时代。让-里沙尔·布洛克曾写道："现在是军事记者的时代，而非作家的时代，是战士的时代，而非历史学家的时代，是行动的时代，而非考虑行动的时代。"这一段话里不仅包含着布洛克的悲剧，其中也有对我们这一代人所做的说明和辩解。

20

格罗斯曼头上的灾星：命运不喜欢最高纲领派

瓦西里·谢苗诺维奇·格罗斯曼来到莫斯科作短暂的停留。我们谈到凌晨三时，他叙述前线的情况，我们猜想着胜利后的生活将会怎样。格罗斯曼说："我现在怀疑许多事情，但不怀疑胜利。也许这是最主要的……"

战争使家庭四分五裂，使战前的朋友天各一方，战争也系上新的纽结。我在战争的最初几个月里就同格罗斯曼成了朋友。在这之前我只知道他的作品。我记得，我在巴黎读了《文学报》发表的他初期的短篇小说之一——《四天》。我喜欢这篇小说也许不仅是因为它写得好，也因为在写作手法上我感觉到颇有巴别尔的风格。后来我开始阅读《斯捷潘·科利丘金》，我觉得它是"经典作品"，而我却还没能享受到用我所不熟悉的手法写作而又获得了成功的那种喜悦。

战争把文学上的争论推到一边去了。看来我同格罗斯曼是什么都谈到了，但是谈得最少的则是长篇小说的形式或语言。

我在一个旧笔记本里找到这样几行："1941 年 11 月 17 日。德国人广播说他们占领了刻赤，开始进攻莫斯科和罗斯托夫。早上在集体农庄里，一个比萨拉比亚的养猪姑娘，穿着灰鼠皮袄。未设防的机场。区中心基涅尔。火车站上有个胖子在啃母鸡，他出示证件——向乌法疏散。'可您干吗坐在这儿？''着凉了。'后来又悄悄地说：'他们也要到乌法去的。'格罗斯曼和什卡普斯卡娅来到了古比雪夫。他们是乘雪橇来的。格罗斯曼说：'脑袋里乱成

左：1943 年，爱伦堡和格罗斯曼在基辅附近
右：20 世纪 60 年代，格罗斯曼，这是他最后的照片之一

一团了。'"

当时恰巧给我们拨了一幢住宅，格罗斯曼和加布里洛维奇住了进去。开始了没有休止的夜间谈话——白天我们坐下来写作。格罗斯曼在古比雪夫住了两周，后来《红星报》的编辑来了命令，他就飞往南线去了。我不久便动身去莫斯科。他谈得很多，既谈到了惊慌失措，也谈到了奋起抵抗——有些部队顽强作战，可搞不到粮食。他还谈到亚斯纳亚波利亚纳。他已开始写中篇小说《人民是不朽的》，当我日后阅读这个作品的时候，我觉得其中有许多篇章都十分熟悉。

我和他不仅在文学手法或对绘画的理解上不同（格罗斯曼喜欢在我看来不能接受的东西），而且性格也不同——咱俩是在不同的车间里用不同的材料制成的。年轻的波兰作家费杰茨基有一次说，我是个"最低纲领派"：我对人及对岁月的要求都很少。这也许是对的——当局者迷，旁观者清。当然，应该做一点补充，我在中学时代曾狂热地一再重复易卜生作品中的一个主人公的话："全或无！"显然，人们是随着岁月的流逝渐渐成为"最低纲领派"的。然而年龄并不是一切，格罗斯曼到 50 岁依然是个"最高纲领派"。若不预先说明他对人对己的严格要求就不可能理解他的种种遭遇。

格罗斯曼在文学上的老师是列夫·托尔斯泰。格罗斯曼细心地、认真地描写主人公，爱用长句子，不怕使用大量的副句（法捷耶夫喜欢这一点，于是他长期热烈地捍卫长篇小说《为了正义的事业》）。格罗斯曼爱用很长的沉思来中断叙述。战后我有一次对他说，他简直是用主人公们的思想、感情和行为来证明一切，作者的退避只会削弱篇章的力量。他生气了："您所说的那种叫作'退避'的东西对我来说是主要的，这是一种进攻……"我不跟他争论：我认为他是个诚实的大艺术家，他有权依从他的心愿写作。他在战争期间找到了自己的风格，早先写的那些作品只不过是对自己的题材和自己的语言进行的探索罢了。

他是个真正的国际主义者，他常常责备我，说我在描写占领者的兽行时总是说"德国人"，而不是说"希特勒匪徒"或"法西斯分子"："不能把鼠疫的流行归咎于民族性格。卡尔·李卜克内西也是德国人……"（只有一次他失去了自制力。那是在被德国人焚毁了列特基村时——我们等待着进攻基辅。我同一个俘虏谈话，他是"纵火者"之一。跟我在一起的有格罗斯曼和他认识的一个侨居国外的德国作家。格罗斯曼一直默不作声。我们离开以后，他对我说："也许您也是对的……"我很惊讶，不知那个俘虏何以使他感到吃惊——他的回答同其他千千万万的俘虏是一样的呀。格罗斯曼说，问题不在俘虏身上，而在于他所认识的那个德国作家一直在竭力为"纵火者"辩护。）

格罗斯曼极其尊重苏联各族人民的历史、习俗和文学。他怀着虔敬的心情谈论列宁。脱离了地下状态的布尔什维克对他来说都是完美无疵的英雄。我比他大 15 岁，他所钦佩的一些人我在侨居国外时曾见到过。有一次我说："我不明白，您钦佩那些同志们身上的什么东西？"格罗斯曼气呼呼地答道："您不明白的东西多啦。对你们来说生活是一首长诗，越复杂越好。而生活却是一则寓言。"

据说有些人生来就吉星高照。譬如巴勃罗·聂鲁达就可以称之为这样的幸运儿。可格罗斯曼出生时头上高照的那颗星却是灾星。有人告诉我，好像斯大林把他的中篇小说《人民是不朽的》从提名授奖的书单上划去了。我不知道此事的真假，但是斯大林肯定是不喜欢格罗斯曼的，正如他不喜欢普拉托诺夫一样——由于格罗斯曼的种种癖好，由于他对列宁的爱戴，由于真正的国际主义，并且也由于他不但要描写，还试图解释生活中的各种寓言。

格罗斯曼在飞行结束时到了斯大林格勒。他在那儿写了一系列的特写，我觉得，在我们战争年代的所有特写中，它们是最令人信服也是最卓越的。为什么奥滕贝格将军要命令格罗斯曼前往埃利斯塔，而把西蒙诺夫派往斯大林格勒？把西蒙诺夫派往斯大林格勒，是由于喜欢这个年轻而又有才能的作家，这是可以理解的。可是何以不让格罗斯曼看到结局呢？这一点我至今也不明白。在斯大林格勒的数月和同斯大林格勒有关的一切，像最重要的东西那样铭刻在格罗斯曼的心灵里了。其他许多人也写过这次战役，但只有涅克拉索夫（他当时是一名工兵军官）和格罗斯曼才能够表达出整个壮烈的气氛和斯大林格勒战役参加者的全部伟大精神，斯大林格勒人不是把格罗斯曼看作一名新闻记者，而是把他看作自己的战友。

格罗斯曼的长篇小说《为了正义的事业》的第一部在 1952 年发表。1953 年 2 月，《真理报》上刊出了一位作家的一篇文章，这篇文章不像是对长篇小说的批评，而像是一篇控诉书。我在编辑部里听说，有人向斯大林朗读了长篇小说的一些片段，斯大林动怒了。这不是一部四平八稳的长篇小说，其中有格罗斯曼的一切优点和一切缺点：有一些几乎是被迫出场的人物，有一些冗长的议论，但是也有一些惊心动魄的篇章。我永远不会忘记在渡往伏尔加河右岸之前的那一夜和查看行囊里的小玩意的那个少年军官。只有大作家才能写出这样的场面。

1946 年进行了第一次预演：格罗斯曼发表了他在战前就已写好的剧本《倘若相信毕达哥拉斯派》。一位批评家立刻发表了《一个有害的剧本》一文。对格罗斯曼的咒骂是绝不会落空的抽彩。

他的性格有些病态，作为一个非常善良而又忠实的朋友，他会突然微笑着对一个 50 岁的女人说："这一个月来您大为见老了……"我知道他的这个特点，因此当他突然指出"您写的东西不知为什么大大退步了"时，我也并不见怪。在斯大林逝世以前的战后岁月里，他常来找我，后来又突然不见了。我不论怎样努力回忆也想不起如何得罪了他，柳芭也想不起来。也许这是不值一提的小事，而且也不必寻找解释。有一次我在作家协会碰到他，试图得到解释，他微笑着答道："我干吗要来呢？您有您的事，我有我的事。"后来有一次他打电话告诉柳芭，说他有"事"要来找我，他来了，坐了好久，可啥也没谈。凡此种种都不同于一般的朋友关系。显然是战争和战后的痛苦岁月把我们联系在一起了。后来一切都中断了，突然显现出完全不同的两个人，各自有各自的遭遇。

格罗斯曼继续工作。他在续写长篇小说的时候碰到了一些我难以叙述的痛心事。他深居简出，于 1964 年夏去世。他的葬礼是令人痛苦的，生者都是泪痕满面。该来的人全都来了，而格罗斯曼不喜欢的人则一个也没来。我看见了《红星报》的一些军事记者——凡是犹在人世的都来了。我瞧瞧卧在棺中的格罗斯曼，痛苦地想到：我何以来看一位死者而不是来看一位生者？我想，许多人都曾被这样一种想法折磨过：人们为什么不支持他，不使他感到快慰呢？我回忆起了战争的岁月。他是个坚强的战士，但命运却对他特别无情。还是那句老话：命运看来不喜欢最高纲领派。

21

《黑书》和它的编著者

1943 年底，我同瓦西里·谢苗诺维奇·格罗斯曼一起动手编一部我们预先称之为《黑书》的文献集。我们决定搜集日记、私人信件、希特勒匪徒在占领区实行的大规模屠杀犹太人暴行的幸存者或目击者的叙述。我们吸收了弗谢·伊万诺夫、安托科尔斯基、卡维林、谢芙琳娜、佩列茨·马尔基什、阿利格尔等作家参加这一工作。曾在军报和师报工作过的记者给我们寄来了材料，这些记者是：彼得罗夫斯基大尉（《骑兵近卫军战士》），索博列夫（《向敌人进军》），斯塔尔采夫（《祖国旗帜》），列瓦达（《苏联军人》），乌兰诺夫斯基（《斯大林的战士》），谢尔盖耶夫大尉（《前进》），《红星报》的记者科尔津金，格赫特曼，军事司法系统的工作人员梅利尼琴科上校，帕夫洛夫上尉，数以百计的前方战士。

我为编辑《黑书》花费了不少时间、精力和心血。有时在我阅读寄给我的日记或倾听目击者的叙述的当儿，我觉得我就置身于犹太人区，今天就采取"行动"，我正被赶往冲沟与壕沟。

我保存了一部分信件、日记、札记。我把它们重读了一遍，虽然过去了20 年，我又感受到了恐怖和极度的烦恼。我不明白，我们是如何经历了这些事件，又从哪里得到了能够活下来的力量。我现在说的不是死亡，甚至也不是大规模的屠杀，而是这样一种想法：20 世纪中叶的人们，一个文明国家的居民，竟能干出这样的事来。

里加犹太人区的一名囚徒在他的札记中写道，当时已年满 70 岁的著名历史学家杜布诺夫跟他住在同一个棚子里。在犹太人区的警卫队长中有一个约翰·齐贝特，此人曾在海德堡大学学习过。杜布诺夫在第一次世界大战以前曾在海德堡讲授过古代东方史。齐贝特获悉在犹太人区里住着他过去的一位老师，便前去看他，而且长久地笑着说："我年轻的时候竟然蠢到了去听你讲课的地步。你给我们胡扯了一些什么啊！你想让我们软化下来并相信人道主义的胜利。真可笑！……"约翰·齐贝特没有放弃享受出席屠杀杜布诺夫的场面给他带来的欢乐。最可怕的莫过于此。这就是说，只是让大家普遍识字，只有大学课堂和高度发达的技术，还不足以防止人们变得野蛮。

我希望出版《黑书》，我现在摘录书中的若干篇页并不是要使自己和读者痛苦一番——应该记得过去发生的事，这是使人们不许历史重演的保证之一。

西部各州的疏散工作是在艰苦的条件下毫无秩序地进行的。身强力壮的男子汉都在远方作战。战争一开始德国人就侵占了白俄罗斯、乌克兰、立陶宛、拉脱维亚——在这些土地上自古以来就住着许多犹太人。在诸如维尔纽斯、里加、明斯克这样一些城市里，希特勒匪徒在两三年内逐步地屠杀犹太人。年轻人有时还得以逃出犹太人区，在游击队里作战。在另一些城市里，例如基辅或哈尔科夫，德国人一来就把所有的犹太人斩尽杀绝。在千千万万的犹太人当中只有几十个能死里逃生，一些被当地居民藏了起来，另一些越过了前线。在不少的城市和村镇里，没有一个人逃生。在城市解放以后，常常可以看到俄罗斯人或乌克兰人在向上了前线的自己的犹太人同乡叙述他的全家的遭遇。

下面是博尔兹纳镇（切尔尼戈夫州）女教师谢苗诺娃给罗斯诺夫斯基的信："……1942 年 6 月 18 日深夜，大家都睡了，他们来到犹太人家中，把104 个人全都抓走，运往沙波瓦洛夫卡村，那里有一条反坦克壕。他们在枪毙年迈的乌尔金老人前问他：'老头子，想活吗？'他答道：'我但愿能看到这一切怎样收场。'22 岁的尼娜·克莲豪兹抱着一周岁的小姑娘死去。女教师赖萨·别拉娅（装订工人的女儿）目睹她的 16 岁的儿子米沙、姐姐玛尼娅带着几个子女（最小的才几个月）一起被枪杀，她已经什么都不明白，只是为遗失了眼镜而焦急不安……"

索科洛娃从阿尔乔莫夫斯克给维皮赫中尉寄了一封信："……您的亲人——母亲、别佳、罗扎和索福奇卡也落到他们当中。逼他们列队快跑，还把他们活活地关起来。还要把索福奇卡的话转告您，她哭着说：'为什么这么久看不到咱们的人呢？您说，他们什么时候来呢。'您的母亲说，她只有一个愿望——在死前看到儿子们……"

苏联英雄克拉夫佐夫少尉给岳父写信谈到留在亚尔图什基诺镇（文尼察州）的他的一家的遭遇：

"……1942 年 8 月 20 日，德国人同别的一些人一起抓走了我们的老人和我的几个小孩，把他们全都杀了。他们节约子弹，把人们排成四列，然后开枪，把许多人活了。对于小孩，在把他们扔进坑里之前，先把他们撕成一块块，我的尚小的纽先卡也是这样被他们杀死的。至于其他的孩子，其中有我的阿杜霞，则被推进坑里活埋了。两座坟墓埋了 1500 个遇害者。我一个亲人也没有了……"

赫梅利尼克市（文尼察州）于 1941 年 7 月 18 日被德国人占领。在这里的几万犹太人当中，逃生者相对要多一些——有 260 人，一部分在游击队里作战。贝克尔也得救了，他给我写信描述了他的经历，其中有这样一段："……不管我怎样恳求允许我同全家一起走，以便妻子能比较轻松一点地带着孩子们去死，但是除了拿枪托打我之外毫无结果……把我们赶到城外三公里的一座松林里，那里已经挖好了几个坑。亲人全都失散了。四岁的男孩子沙伊姆（他的父亲已不在人世，母亲在这之前就被杀害了）像成人似的在队伍里走着……他们让大家列队站在坑边，逼着他们脱掉衣服，还把孩子们的衣服脱得精光，就这样在刺骨的严寒中站着，然后走进坑里。孩子们嚷道：'妈妈，你干吗脱掉我的衣服？外面可冷啦……'"

一个粉红色的练习簿，这是女大学生萨拉·格列赫的日记。令人吃惊的是她竟能草草地，有时是毫不连贯地逐日把一切都记下来。从最初的一些记事中可以看出，她是在 9 月 17 日进邮局去工作的，那是她从哈尔科夫被疏散到她的父母居住的马留波尔的一个月之后。9 月 1 日，姐姐法尼娅和拉娅，两个军人的妻子，来到卫成司令部，要求让她们疏散；她们得到的回答是，"在春天以前预计不会疏散"。10 月 8 日，她写道："邮政局长梅利尼科夫早上告诉我，我们将在明天疏散，要把文件准备好，可以带家眷，这就是说，动身是有保障的……"当天晚上她接着写道："中午 12 点德国人进了城，城市不战而失……"翻过许多页有这样一段记事："10 月 19 日。凌晨 7 时，我们要放弃我们在城里的最后一个栖身之处……""10 月 20 日……我们被赶往为保卫城市而挖的堑壕。在这些堑壕里找到了九千具犹太居民的尸体。大家被命令脱下衣服，只穿一件汗衫，赶到堑壕的边上，但是边缘已经没有了——全都填满了尸体，每看到一个白发苍苍的妇女，我都觉得看到了妈妈。有一次我觉得，一个脑髓外露的老人像是我的爸爸，可又无法走近一些。我们开始告别，大家都互相接吻。法尼娅一直不相信这就是末日：'难道我再也看不见太阳啦？'弗拉佳则问道：'咱们要去游泳吗？咱们干吗要脱光衣服？妈妈，咱们回家去吧，在这里不对劲。'法尼娅揽着他的胳膊，他行走困难。巴霞低声说：'弗拉佳，干吗要杀你呢？'法尼娅转过身答道：'跟他在一起我可以平静地死去，我知道，我不能留下一个孤儿。'我忍不住了，抱头痛哭起来。我觉得法尼娅又转过身来说道：'安静一点，萨拉。'到此一切都猝然中止了。我恢复知觉时已是黄昏，压在我身上的尸体在颤动，那是德国人在开枪，他们在离开的时候想叫受伤的人不能逃跑，这是我从德国人的谈话中懂得的，他们担心有许多人没被打死，他们没有搞错。有许多被活埋了。被母亲们抱在怀里的小孩们啼哭着，德国人从背后向我们开枪，小孩们没有受伤，但掉在地上，被尸体压在下面……我开始从尸体下面往上爬，我站了起来，环顾四周。受伤的人们蠕动着、呻吟着。我开始叫法尼娅。我旁边原来是格鲁津斯基。他两腿负伤，想站起来，但跌倒了。一个老头子在唱着……这真可怕……"萨拉·格列赫在草原上流浪了一个月，到 11 月 27 日获悉，我军在距离大洛格五公里的地方，她走到那里，终于找到了红军队伍。

　　住在克拉马托尔斯克的 20 岁的布霞写了一封信，写信的时间是 1943 年 8 月，信的开头是这么几个字："我的亲人，亲爱的姑姑们！"这封信说明了死里逃生的少数人的经历，这也许比等待死亡更为可怕。（布霞也写道："我现在在想那个将看到此信的可怜的检查员，让他知道'生命是一件美好的事'，就像基洛夫所说的那样，但同时生命又是一钱不值的，知道几分钟以后你将不复存在，可一点儿也不觉得可怕……"）她向姑姑们叙述了 1942

年1月20日的情况："……零下30摄氏度的严寒。女人们拿着东西在街上走。警察驱赶着她们。后来人们被装进汽车，载往反坦克壕。他们当中有明娜，有格里沙一家，施奈德一家，布赖洛夫斯基兄弟的妻子和孩子们，还有赖森和波林娜，他哪怕在临死的时候也坚持己见——她和他，而不是和库兹涅佐夫一起进坟墓。够了！我现在只是想知道，你们是不是因为我把明娜留下了而瞧不起我？我不会为自己辩护的。我对妈妈说：'你想怎么样就怎么样吧，可我要跑。'我怎么能对妈妈这样说呢？显然，在这样的时刻你是没法议论的。她跟我一起走了，好几次又想回去——同别人一起去死，她还谈到了义务。我仿佛现在还记得，她向四面张望——房门都关得紧紧的，谁也不让进去取暖。就让咱们冻死吧，就让他们把咱们抓住吊死吧，只是别一个人走！……你们自己来审判我吧，要是你们认为我有罪——即便是你们的看法——那你们就别再把我当作'亲爱的侄女'啦。这将是可怕的，可是我要知道，这是个正确的判断，而且我经受得住，就像我已经受过许多那样，就像我将来想必要经受更多出乎意料的可怕的事情那样。"

我不止一次问我自己，德国士兵在看到人们屠杀手无寸铁的居民时，或者获悉自己的同志去迫害人民时，不知他们有什么感觉。也许有些人被发生的事情吓坏了，但由于害怕而沉默不语，况且总得活下去——去打仗，说笑话，在休息时饮酒唱歌——最好别去想那些受尽折磨的孩子。但是我曾听说这样一件事：一个德国兵救了一个带着几个孩子的妇女，这事发生在1941年的第聂伯罗彼得罗夫斯克，无可幸免者等待着别人把他们赶到堑壕里去。这时一个士兵走到塔尔塔科夫斯卡娅身边悄悄地说："我现在就放您走。"他还补充了一句："谁知道咱们还会碰到什么事呢……"

对于窝藏犹太人的人，德国人不是绞死就是枪毙，可是依然有不少苏联人甘冒生命的危险把犹太人藏在自己家中。从叶夫帕托里亚逃了出来的法什托格写信告诉我："有些曾被我当成朋友的人胆怯起来，急忙躲开了，而一个我不认识的叫作哈连科的人却把我给救了。"生活中常有这样的事——患难见人心。在幸存者的所有信件、日记和回忆中，都提到曾帮助人死里逃生的那些俄罗斯人、白俄罗斯人、乌克兰人、立陶宛人、拉脱维亚人的名字。第聂伯罗彼得罗夫斯克州有个布拉戈达特诺耶村，村里集体农庄的会计济连科藏过 32 个人——来自顿巴斯的 7 家犹太人。当然，庄员们都猜到了住在农舍里的是什么人，可是当德国人或"警察"问起的时候，他们都答道："本地人。"

在经受重大考验的时刻，一切都受到检验：无论是心灵的纯洁、勇气还是爱情。希特勒匪徒到处宣扬，只有犹太族出身的人和犹太父母生的子女才应接受"疏散混合婚礼"（这是他们对大规模屠杀的说法）。我在《黑书》的文献中也找到了几则叙述一个俄罗斯族的妻子或俄罗斯族的丈夫自称是犹太人前去就义的故事。

回头来谈我在回忆往事时老是萦绕在我心头的一个想法：人是无所不能的。有一次，一个魁梧结实的人，海军陆战队的军官谢苗·马祖尔到《红星报》编辑部来找我。他给我讲了一个不寻常的故事。他在基辅战役中负伤，陷入包围之中，于是换装进入基辅市，他的妻子住在市内。家里一个人也没有，他去找妻子的姐姐。后者害怕了，劝他离开城市。他回答说，他要去找自己人，但想看看妻子和小孩。当他走到自己家门口的时候，他的妻子看见他便叫了起来："抓住犹太佬！……"有几个行人回头一看，但碰巧有一个卡车队从街上通过，马祖尔才得以藏身。他向东走，走到塔甘罗格。一个俄罗斯妇女——克拉夫琴科把他藏了起来。由于负伤未愈，招来了麻烦。马祖尔被送进了医院。俄罗斯医生乌普里亚姆采夫知道马祖尔是犹太人，便给了他一个死人的护照。马祖尔又往东走。克拉夫琴科被德国人抓去了，有人出卖了她。乌普里亚姆采夫救了许多人，1943 年夏天德寇把他枪毙了。马祖尔穿越顿河前线，在斯大林格勒城下作战，获得了勋章，再次负伤。他坐在我对面，要求我向他解释，为什么一些陌生人救了他，可妻子却要把他出卖给敌人。我回答说不知道他们夫妻俩是怎么共同生活的。马祖尔说，过得不错，他上前线的时候妻子哭了，他还收到过她的几封信。我重复道："您了解她。可我打哪儿知道她为什么这么干呢？……"他用拳头捶了一下桌子："您必须知道，因为您是作家嘛！"

现在我谈谈另一对夫妇。这是在斯摩棱斯克州的莫纳斯特尔辛纳镇。伊萨克·罗森贝格，户籍登记处的职员，在离莫纳斯特尔辛纳不远的一次战斗中负了重伤。夜间他爬到自己家里。妻子纳塔利娅·叶梅利亚诺夫娜把丈夫

苏联士兵为《黑书》寄来的
德国人拍摄的一个难民营

藏在炉子下面的地窖里。他们有两个小孩子，母亲把他们给救了——她对德
国人说，这两个孩子不是罗森贝格的，而是第一个丈夫的。她不让孩子们知
道他们的爸爸藏在家里，怕他们说漏了嘴。罗森贝格夜里从地窖里出来，直
直腰，吃点东西。有一天，四岁的小姑娘在门缝里看到什么人的一对眼睛，
吓得叫了起来："妈妈，谁在那里？"母亲平静地说："难道你没看见，这是
个耗子，咱家耗子可多啦……"罗森贝格在德国报纸的碎片上写日记，记下
妻子告诉他的事情和自己的感受。有一页日记专写咳嗽，他伤风了，咳嗽使
他窒息，可他一直憋着，他写道："我从来不曾想到还会有这么一种自由——
咳嗽的自由……"纳塔利娅·叶梅利亚诺夫娜得了斑疹伤寒。孩子们被邻居
领走了，她很痛苦——丈夫会饿死的。两周后她回到家里，看到丈夫已衰弱
不堪，但还活着。

1943年9月，我军到达莫纳斯特尔辛纳。德寇拼命抵抗，他们把镇上
的居民赶走，于是纳塔利娅·叶梅利亚诺夫娜同孩子们就跑进树林里去。她
看到第一批红军战士便回家去了。家已没有了，灰烬还在冒烟，炉子烧得漆
黑。伊萨克·罗森贝格被烟熏死了。他在炉子下面生活了26个月，在解放
前的两天死去了，纳塔利娅·叶梅利亚诺夫娜坐在火炉旁边，手里拿着一张
报纸——上面是日记的片段。

1941年，玛莎·罗利卡伊季斯

在编《黑书》的时候，我一直感到吃惊——有时是对惨无人道吃惊，有时是对高尚品质吃惊。我瞧瞧废墟，瞧瞧烧焦了的骨殖，瞧瞧德国人储存的童鞋、口红，倾听那些已成为终身残疾的人的叙述，阅读临死前写在旧收据、一小片报纸、德国的传单上的信件，于是越来越清楚地懂得了我什么也没弄懂，而且我也不会弄懂，尽管照谢苗·马祖尔的说法，我作为一个作家，应该一切都懂。在索罗钦齐镇住着一个叫作柳博芙·米哈伊洛夫娜·朗格曼的妇科医生，她深受村民爱戴，农妇们把她藏了起来，不让德寇抓她。一个11岁的女儿跟她在一起。一天，人们来找她，说村长的老婆难产。柳博芙·米哈伊洛夫娜去了，救了产妇和婴儿。村长谢了她，就把她交给了德国人。当她和女儿被拉去枪毙的时候，她说："别杀孩子……"然后把女儿搂在怀里："开枪吧！我不愿让她跟你们一起生活……"我不知道是什么更使我震惊——是医生的行为还是村长的行为……

《黑书》于1944年初编成。我在《旗帜》上发表了一些片段。书终于印出来了。1948年底，随着犹太人反法西斯委员会被查封，此书也被销毁了。

1956年，一位专给那些因莫须有的罪名而被特别会议判刑的无辜者恢复名誉的检察长前来找我，提出了这样一个问题："请问，《黑书》是个什么东西？有几十份判决书都提到这本书，有一份还提到您的名字。"

我对《黑书》应该是一本什么样的书这个问题做了解释。检察长痛苦地叹了口气，握了握我的手。

1965年初，列宁格勒的杂志《星》发表了14岁的小姑娘玛莎·罗利卡伊季斯的日记，她曾被监禁在维尔纽斯的犹太人区，后被解往死亡营，奇迹般地死里逃生了。诗人爱德华达斯·梅热拉伊蒂斯为日记作序，他写道："为了使这不再重演……"20年前，瓦西里·谢苗诺维奇·格罗斯曼和这部回忆录的作者，也是这么想的。

22

发现人的心灵：伊娜和她的日记

我企图在本书中叙述我生平所遇到的和知道的人们，其中有的较好，有的较坏。现在我想叙述一个我从未见到过的姑娘。

在我从维尔纽斯回来之后不久，过去住在卡申市的女教师薇拉·瓦西里耶夫娜·康斯坦丁诺娃便来"莫斯科"旅馆找我，她说她的女儿伊娜曾是一名游击队员，在三月牺牲了。薇拉·瓦西里耶夫娜请求我读读伊娜的日记。我把几本中学生的笔记簿放进抽屉里了，直到两个月后才想起它们来——报刊方面的工作太忙了。一开始阅读日记，我就爱不释手了。

日记从1938年开始——伊娜当时14岁，她记下了自己四年的生活，这是人生的清晨。我一面阅读，一面情不自禁地忆起了我的中学时代：又像又不像，童年依然是童年，但时代变了。

战后我打算往访康斯坦丁诺夫一家。我到卡申去了一趟。这是加里宁州的一个小城市，那里的工厂很少，有一个集市的大广场，古老的小教堂，一些小木房。康斯坦丁诺夫一家就住在这样的一幢小木房里，亚历山大·帕夫洛维奇和薇拉·瓦西里耶夫娜先前都是教师，除了伊娜之外，他们还有一个小女儿，名叫莲娜。

伊娜自幼酷爱读书，但她也很淘气，喜欢做游戏（"举行婚礼""瓶子和棍子""二轮马车"），跳舞，爱溜冰，照料小猫、小狗，在花园里工作。她并不是优等生，而且常常责备自己，在得到不好的成绩的时候（"数学害了我一辈子"），竭力设法补救。她身上没有任何不正常的、过度兴奋的、与众不同的东西。

她有一个儿时的女友叫柳霞，伊娜对她无话不谈，当柳霞的父母把她送到马加丹去以后，伊娜十分难过，因为她再没有人能倾诉自己的秘密了。但她绝不是一个生性孤僻的女孩子，她交了很多朋友，总是留意同伴们的长处。她上八年级的时候被编在 A 班，升入九年级后被调到 Ｂ 班，但她立刻同塔尼娅和莲娜成了朋友。在她常去的保育院里，她很喜爱瓦利亚·安布拉茹纳斯和奥莉娅·鲁马诺娃。"总之在这一年里我被带进了人间。马克西姆和费奥多尔，阿莲卡，塔尼娅·沃尔科娃——他们都是非常非常好的好人。只可惜柳霞走了。""莉多奇卡·科日娜。她多么好啊！一个最理想的姑娘。漂亮，聪明，学习好，一个好同学。""我同克拉拉·卡利尼娜做了朋友。"战争开始的时候，伊娜参加了救护队，在医院里工作。"罗斯托夫市人扎斯拉夫斯基，一个年轻人，腿部、肩部和头部负伤。他是一个非常好的人和爱国者。"一群新生入学了："莫斯科人叶尼亚·尼基福罗夫和列宁格勒人雷姆·梅尼希科夫。非常好的、可爱的小伙子。""萨沙·库利科夫好像要留在我们这里。这可好啦！我觉得他是一个出色的小伙子，聪明，博学。"1941 年 11 月——撤退。伊娜来到一个遥远的城市，进了一所陌生的学校，两个月后她就舍不得

1941 年，伊娜·康斯坦丁诺娃

同新朋友们——柳达、格尔卡、加利亚、沃夫卡分手了。1942 年 6 月，伊娜成为一名游击队员。她被派往敌人后方。她谈到自己的第一位首长时说："命运在我的道路上安排了一位多么出色的人啊！他聪明、敏感、机灵。"谈到政委阿布拉莫夫时说："一个非常有趣的人，那么有学问，而且也很……机灵（这是我的形容词，我把它理解为一种好意）。"这是她游击队里的那些同志："格里沙·舍瓦乔夫。高高的，瘦瘦的，一个犹太型的小伙子……非常好的青年。伊戈尔·格林斯基。一个非常好的小伙子……具有惊人的幽默感。聪明，博学……

马卡沙·别列兹金。瞧他有多好！……老是快快乐乐的，老是在微笑。他什么事都不拒绝……"后来她写信对妹妹说："卓娅是我最好的女友。一个出色的姑娘！她死得也很英勇。的确英勇。许多杰出的人物都牺牲了。我把卓娅、旅长阿尔布佐夫、无线电报务员根卡、伊戈尔·格林斯基和格里沙·舍瓦乔夫当作最亲近的人。而他们之中只有伊戈尔还活着。"队里有一个50多岁的瓦季克·尼科年诺克。姑娘们奇怪地问伊娜："你同他谈些什么呢？"她回答："他是那么有趣……"

她很愉快，就像一个小姑娘那样常常扑哧一笑。"费佳·格尔曼的面颊上有两块妙不可言的墨迹。我一看见它们，就憋不住要笑，几乎把眼泪都笑出来了……突然老师叫我了。我甚至都不知道该回答什么。我靠同学们偷偷给的提示马马虎虎地做了回答，并得了个'四分'。但是在回答问题的时候我突然被一种放声大笑的欲望所支配，我忍不住了，就在全班同学面前扑哧一声笑了出来。这下可就坏了……""今天在少先队之家举行了一个晚会，纪念某次罢工的35周年……起码有一个穿着绸裤的小姑娘在跳舞。后来有一个人在外面砸碎了一块玻璃，于是皮塔诺夫就跳出窗子捉拿暴徒去了。大家都快要笑死啦……"

伊娜读的书很多，又没有计划。她15岁时记道："我取了一本席勒的《美学论文》……只可惜书里有些东西我看不懂。需要先读康德、黑格尔和其他哲学家的作品，然后再读这本书。"看来她对哲学不感兴趣。如同许多和她同年的女孩子一样，她很赞赏《马丁·伊登》，为《牛虻》落泪。一些风格完全不同的作者都曾使她激动——马明-西比利亚克和盖达尔，施皮尔哈根和尤·格尔曼，韦尔比茨卡娅和安德烈·纪德。伊娜喜爱诗歌。16岁的时候她喜欢纳德松，却否定马雅可夫斯基——她只是根据中学的文选读本去了解他的。后来她理解了并爱上了另一个马雅可夫斯基，并在自己的房间里挂上了他的肖像。她曾写道，海涅的作品是那么好，竟打消了她对德语的成见。她常常反复吟诵勃洛克的诗，她在一份陈旧的《涅瓦》杂志上找到了他早年的诗作。

她在莫斯科的博物馆里看到了古代意大利人的绘画。"现代画家们画的人脸同西红柿没有什么区别，而且这些画的主题也同沙丘一样单调，永远不能把它们称为写生画。这是拙劣的绘画。在现代雕塑中，美被动态和'寓意'所代替了，不能把这种雕塑列为优美的艺术作品。《乔康达》、意大利大师们的壁画再也不会出现了……再也不会有人写出《神曲》和《安娜·卡列尼娜》来了。世界丧失了最美好的东西——美……"

她在 16 岁时曾觉得，在这个问题上，过错在于人民的审美感。一年后她在这一句话上批道："不对！"在指摘马雅可夫斯基的地方批道："错了！"

但对美的热爱却依然保留，伊娜从未把这种热爱当成错误。

少年们常常幻想当一个演员或作家。伊娜却想进法学院学习。后来她做了游击队员就改变了计划，并在 1944 年请求母亲把证件寄往航空制造学院。我既未看到她成为一个检查员，也未见到她成为一名飞机设计师，然而无论是戏剧学校还是文学研究所都不曾吸引过她，这毕竟是一件好事，虽然她无疑参加过中学里的戏剧演出，在恋爱的时候还偷偷地写过诗。

她常常陷入热恋，而且每一次都认为——"这才是真正的爱情"。15 岁的时候她爱上了一个中学同学："我得付出巨大的意志力才能不坐在那张能看见他的长凳上……我只能在他从走廊上走过的时候才能欣赏他。但是如果我察觉到他的目光落在我的身上，那我就做一个表示蔑视的鬼脸。为什么呢？难道这果真是于连·索雷尔（司汤达的长篇小说《红与黑》的主人公）无心的策略吗？不可能！要知道他的行动出于高傲，而我爱……"

廖武什卡走了，伊娜思念着他。"妈妈说，我爱的不是他，而是我塑造的一个偶像……我觉得不是这样。因为我看见了他的所有缺点，知道他的一切短处，可还是爱他。我爱他的一切，连缺点也爱。"三个月以后，伊娜恐惧地问自己："我不明白——难道可以爱上几次而每次都爱得一样热烈？不过区别在于怎样去爱。对于廖沃奇卡我总盼他能待在我的身边，想抓着他的手，吻他。可这一个……不，根本不是这样。对于这一个，我在生活中最渴望的是能和他做朋友，知道他爱我……"按照她的说法，廖武什卡对她颇为冷淡。"我跟他跳过舞啦！他突然走到我跟前来，于是我就同他跳起舞来。我一直迷迷糊糊、昏头昏脑、嘟嘟囔囔地说着些什么，说我不会跳，于是一切……我还是竭力表明，我对他完全是漠不关心的，然而看来，结果……"

伊娜尝到了嫉妒的滋味："他又陪她回家去了！"她生自己的气："在爱

情中应该做一个有自尊心的人，如果他喜欢别人，那我是不愿插身进去的。"但她在这之后不久就明白了，在生活中并不是一切都能听从理智的支配："这种感情显然比高傲和自尊心更加强烈。可高傲和自尊心是不是能和爱情一同存在呢？不能，永远不能！"

1940 年，她同两个同班同学——保育院出来的学生马克西姆·皮鲁什科和费佳·格尔曼做了朋友。"他们告诉我，他们的爸爸妈妈是怎么被逮捕的，他们的语气还那么平静，叫人觉得这不是他们的遭遇。马克西姆的爸爸先被捕，后来妈妈又在火车上被捕。他甚至都没和她告别。费佳是妈妈先被捕，爸爸后被捕。现在他俩的妈妈都在卡拉干达，爸爸在什么地方可就不知道了。后来他们也和我们一样，每当要谈谈什么特别的事情，每当有什么强烈的感受，就一同跑到一个任何人都不会妨碍他们的地方，然后把所有的话都说出来。"伊娜在 1937 年是 13 岁，灾难没有落到她父母的头上。女孩子的天地很狭窄，但对于马克西姆和费佳来说，无辜者的被捕却是一种普遍现象，是一种日常生活。这件事使最为痛恨不公道的事的伊娜多么震惊，那是很容易理解的。费佳成了她最好的朋友。她常到保育院去。费佳把父母亲和姐姐的照片拿给她看。"昨天他们告诉了我一件最不愉快的事——从人民委员部下来一道命令，叫把保育院里 14 岁以上的学生都送进技工学校。这就是说，他们马上就要走啦……"她接着写道："昨天在保育院举行了一个纪念宪法节的晚会……每当我走到那里的时候，我都真像过节那么高兴。只有在那里我才真正觉得舒服而愉快……我跳了一会儿舞……但大部分时间却跟费佳一起坐在角落里谈天。他有点忧愁。据他说，他想起了三年前的这几天里他的爸爸妈妈被捕的情形。有人叫老师注意我们的 'tête-à-tête'（法语，意为"两人单独面对面地"），于是今天妈妈就跟我谈起了这个问题……我想，这仅仅是一种友谊，没有别的。可是这种友谊对我来说是很珍贵而不可代替的……""刚才费佳告诉我，他的妈妈在 3 月 19 日死了。我的天哪，这该有多么沉痛，又多么难以忍受啊！……"

在伊娜的日记中，她内心表现出的严格、诚实、坦率使我吃惊。在她还是七年级学生的时候她就憎恶"马屁精"。她是共青团员，经常参加国防航空化学建设后援会的会议。1940 年秋，她曾写道："我在一个不好的、黑暗的、模糊的时期开始使用这本日记簿。我们今天是这样过的，可明天怎样就不知道了……"伊娜对于任何欺骗都过于敏感，她思索着因日益逼近的战争而产生的各种各样的困难，同在卡申市的大小集会上听到的那些言不由衷、过分乐观的演说之间所存在的矛盾："这是骗人！……可为什么要这样呢？……柳霞不在了，也就找不到一个人能同她谈谈这个问题了……"她16岁就已善于思考，善于正视真理，并于三年后在为真理而战的时候牺牲了。

伊娜的日记中有许多地方很平常，同和她年龄相仿的女孩子们的日记并没有多大区别；也有的地方不那么平常。也许对艺术和诗歌的热爱赋予了她一种特殊的心情？她14岁时曾写道："现在是一个很静谧的、不像是一月的温和的黄昏。一切看上去都特别美好，一切都笼罩在一层淡红的奶油色光线里。太阳快落山了。本来应该一切都很轻松、愉快，但实际上却没有这种感觉。相反，出现了一种苦闷感。为什么呢？仿佛并没有任何重大原因，但是……就是这个'但是'碍事。人们没有它会觉得轻松一些。譬如说，丽莎，纽拉——她们生活在一个真正的、现实的世界上，可我却不能。对我来说最重要的是理想，幻想。如果我不能生活在非常浪漫的环境里，例如意大利，或者哪怕是远东，而是生活在一个没有任何重大事件的发霉的小城里，那又有什么办法呢……"半年后，她又思索起自己的性格来了："我有一个双重心灵。第一个'我'每逢黄昏出现。这个'我'只靠未来和理想而生。这个心灵是忧郁的、苦闷的，它有时会抛弃我。这时候我就成为一个现代的女孩子。这时候我就对目前大家所注意的问题感兴趣……具有心灵上的这两种矛盾的倾向，我的生活将很艰难。这仿佛是两个完全不同的人……"

伊娜第一次想到死亡问题是在读了列·安德烈耶夫的《七个绞死者的故事》以后："这是一个多么可怕的作品——使人感觉到死亡的不可避免和逼近！我曾试着想象自己处在他们的地位的情形，但想象不出。有时我觉得，我将平静地等待死亡，连想都不去想它，有时又觉得，我将向一个什么人去哀求，毫无用处地东跑西奔。"

卡申市有一个教师自杀了。伊娜大为震惊，尽管她对自杀者几乎一无所知："多可怕呀！刚才我知道中等技术学校的教师日加列夫服毒自杀了……难道就没有别的出路了？这就是说，没有。意识到自己的处境毫无出路，看见不可避免的和逼近的死亡，这多么可怕啊！"

"月亮……雪……寂静，寂静。就像在童话里一样。有一天我将在和这一样的夜里走到森林里去。于是就开始了一个童话……我们为之啼哭、为之欢笑的一切是多么渺小！我们的生活是多么贫乏和枯燥！在每一个人的一生中只有一桩真正的重大事件值得拜倒在它的面前，那就是死亡，是那迈向不可知而又不存在的事物的一步。"

1941 年 5 月对伊娜来说是一生中的一个幸福的时期："我偶然间同米沙·乌沙可夫并排坐在一起，并谈起天来。于是……于是我就像人们所说的那样爱得发狂了！……怎能把这个时刻突然产生的全部感情都表达出来呢？……""有时候他甚至有些古怪，但是我连他这种古怪的样子也爱……""我一直坐在米沙旁边。在宣布了我们是新郎和新娘以后，大家就向我们喊'苦哇'。我们又接了一个吻……""活着是多么好哇，在你的后面是 16 年的岁月和 9 年的学业，明亮的太阳和良好的成绩，深厚的友谊和幸福的爱情，而前面……前面就是生活！"米沙曾向伊娜朗读福法诺夫的一首诗：

> 一切都在溶解，希望和岁月……
> 还有那对美好时光的记忆，
> 像那被大自然唤醒的冰块
> 一去不回还。

但这些哀伤的诗句是否会使十七八岁的情侣感到不安？

1941 年 6 月 22 日。"昨天一切都还那么安宁，那么平静，而今天……我的天啊！……"

轰炸，同朋友们分别，替莫斯科和祖国担心。"就连空气也变了样。将要发生什么事……上前线去——这是我的理想！消灭法西斯匪徒！"在伊娜的日记里没有宣言。她爱人们，信任他们，这帮助她经受住了考验："不，同这样的人民在一起我国不会灭亡，不可能灭亡！"

她绝未把战争浪漫主义化，当她所工作的医院里的两名伤员死后，她写道："他们付出生命是为了什么？其他千千万万年轻而勇敢的人们失去了生命是为了什么？谁能回答这个问题？"

在撤离而又重返卡申市以后，伊娜知道了米沙·乌沙可夫在战斗中负伤并牺牲了。她明白了（或许是使自己相信了），米沙是她最热爱的、真正的和唯一的爱人。她给区军事人民委员部送去了一份申请书，要求派她上前线去，说她已经学完了女救护兵的课程而且"射击也不坏"。很久未见答复。伊娜常去学校，她喜欢年轻人，还常常为米沙低声哭泣，她问自己："这场该死的战争到底什么时候结束？"她竭力想办法娱乐："我们有时打开留声机跳舞。妈妈把这叫作轻浮，她不能理解我们现在怎么会想到娱乐。但其实我们是想忘掉所有的灾难，哪怕只有一分钟也好……而我们的娱乐又是那么可怜，简直不该受到责备。可是就连这些娱乐不久也要结束了……"

娱乐果然不久就结束了：1942年6月，伊娜被派到敌后去了。她什么都没对父母亲说就走了，在从加里宁寄回家的一封信中她写道："我知道这样做对你们是很没有礼貌的，但是要知道，这样倒比较好。我反正受不了妈妈的眼泪……"

她战斗得很英勇，那些没有牺牲的同志都谈到了这一点。她去侦察敌情，既参加同讨伐队的战斗，也"执行任务"——炸毁桥梁，袭击仓库。我不想多谈她的战斗生活：英雄气概在那几年里是许多人的日常生活。我之所以从学校生活的日记中抄下若干片段，是为了指出这种英雄气概的源泉。许多东西都是因对自己的严格要求、坦率、诚实所预先决定的。

一天，伊娜作为一名侦察员被派去搜集关于德国驻军的情报。在她回队的途中，希特勒匪徒把她抓住了。一名军官打姑娘的耳光，然后用雪茄烧她的手。伊娜一言不发。在战争开始的半年之前，医生曾替她拔过一次牙："我哭得连我也不知道这件事什么时候才能结束和怎样结束。好像要是再痛得更厉害一点我就会发疯了。"然而当法西斯分子拷打她的时候她却沉默着："我想的只有一件事——可别流露出自己的软弱。"

她给母亲写了一些亲切的、朴实的信："有时候在夜里我突然醒来，因为我好像清清楚楚地看见你就像从前我在家里的时候那样坐在我的床上。于是我就觉得那么愉快，那么温暖。我一醒来——什么人都没有，于是一切都变得空虚了。""现在我老是想起家里的事、去年的事。我是那么舍不得米沙，我去年大概还不像这样舍不得他，因为现在我才真正认识到生命的价值。""您还是几乎把我当成了一个英雄。这是没有根据的。我只不过是一个苏维埃人罢了。"

伊娜的父亲亚历山大·帕夫洛维奇曾被派往敌后。他遇见了伊娜，他告诉我说，当他把她叫作小姑娘的时候，她提出了抗议："爸爸，我已经不是小姑娘啦，我是第二加里宁游击队的侦察员。"可是当伊娜知道父亲的背囊里装着糖果时，却要求道："给我一块糖……"

虽然当了游击队员，但她依然是她自己。她在给中学的女友列娜的一封信中谈到："我疯狂地爱上了一个同志，他也爱我。但后来他牺牲了。我想我会发疯的。你了解我的性格……"

如果我略去了伊娜日记中如下的一段记事，则她的肖像就不完整了。我已说过，她常参加战斗，用冲锋枪射击，她觉得这很容易。她曾在日记中记述枪决一名当了叛徒的队长的情形："他很顽固。一句话也没说。只是指尖有点发抖。他死得也很平静。是卓伊卡把他枪毙的。她的手一点也没抖。好样的！可我却有点害怕。我觉得非常不舒服。"

1943 年 3 月 4 日的夜里，几名游击队员睡在林中一个窑洞里。拂晓之前哨兵把他们叫醒了："德国人！"伊娜明白，不可能全体脱逃。她向同志们喊了一声："快跑！"然后她屈膝跪下，举起冲锋枪就射击起来。就在这个白雪皑皑的林中，就在她三年前描写过的星空之下，她牺牲了。她还不到 20 岁。

我在读了伊娜的日记之后不久即写下了她的事迹。日记在战后出版了——但稍微做了一些整理：人们不愿让一位女英雄谈到生活的阴暗面，但这只能更鲜明地表现她的忠贞和勇敢。在这一方面，正同在别的许多方面一样，她也是——我重复一遍她的话——"一个苏维埃人"：战前她曾对许多事物感到愤懑，但在艰难的时刻却挺身捍卫苏维埃的土地。

我把伊娜的日记交给了艾·尤·特里奥莱，她把它译成了法文。在别的一些国家也出版了译本。

伊娜的母亲在 1958 年死于车祸。她的父亲现在还住在那幢小木房里，同列娜、外孙在一起，男孩子已经上学了。不久前我曾见到亚历山大·帕夫洛维奇，不用说，我们又谈到了伊娜。我觉得，我对她的了解之所以比我对某些曾同我在一起生活了多年的人们的了解更深，不仅因为她善于在日记中吐露自己的心曲，也因为我仅仅在她死后才遇到的这位姑娘或少女在精神上同我十分接近。人们早先是发现大陆、岛屿，不久大概就要开始发现行星，但对于一个作家来说，无论在过去或是在未来的一切时代，最重要的是发现人的心灵。我之所以把伊娜·康斯坦丁诺娃的故事写进了这部记述我的一生的书里，是因为在那个通常被我们称作人性的一切正遭到战争的践踏的艰苦时代，伊娜曾帮助我对许多事物做了再一次的检验。

我觉得，伊娜短促的一生可以帮助人们理解，何以苏联人民能经受住考验并获得胜利。这是那在还没来得及抽穗之前就被割去了的一代的自白。此外，不管这话听起来有多么奇怪，在叙述伊娜的精神生活的某些方面时，我也是在谈我自己。

23

进军德国：欢乐中掺杂的悲哀

1944 年，一位《红星报》的记者曾对我做了这样的描写："一位极其普通的中年人坐着一辆溅满泥污的'威利斯'牌汽车在靠近前线的地带奔驰，他身穿一件又肥又大的褐色外衣，戴一顶普通的皮帽，叼着一支雪茄。他微微有些驼背地在前沿阵地上不慌不忙地走来走去，轻声同人谈话，而且对自己是个普通的老百姓这一点连一秒钟也不曾竭力加以掩饰。"

当我在一月末对塔连斯基将军说我想去东普鲁士的时候，他微笑着答道："不过您得穿上制服，否则您恐怕难免会被人当成德国鬼子。"我没有军衔，穿上一件没有肩章的崭新的军官大衣也许比穿上那件又肥又大的褐色外衣看上去还要可笑。但是我只是在德国人开始顽固地把我称作"政委先生"的时候才想到这一点。

我军神速向西方推进，把一个个孤零零的据点留在后面了，那里还有被围困的希特勒匪徒在负隅顽抗。巴滕施泰因城内的房舍还在燃烧，旁边是德军阵地。我遇见了昌奇巴泽将军，他微笑着说："这不是勒热夫……"他说士兵们正在向前冲，他抱怨弹药不足。（德国人在那个"大包围圈"里又顽抗了两个月。）我到埃尔平的时候，那里的巷战犹在继续。敌人时而仓皇败退，时而做绝望的抵抗。学校的楼房里，农民的粮仓里，鞋店里——到处都埋下了地雷。将军对着电话机叫道："你听着，命令你增援火力——见他的鬼，他还顶嘴……"而一个士兵在谈到他的一个同志时则说："他说：'德国鬼子筋疲力尽了'，可是一天还没过去——我就把他拖到卫生营去了，他们看了看便说：'迟啦……'"

人人都明白事情快结束了，但谁都不敢确信自己能活到那一天。二月初的天气发生了剧变——初春降临了，阳光已是暖融融的，被遗弃的花园里的雪花和淡紫色的番红花已经开放。由于战争接近结束，死亡便显得特别荒唐和可怕。

想到我们正在向德国腹地推进，我不禁感到头昏。当希特勒匪徒在伏尔加河上的时候，我曾写了那么多文字谈论这件事，而现在当我在两侧栽着椴树的坚实而平坦的道路上乘车奔驰，看到古老的城堡、市政管理局、挂着德文招牌的商店的时候，一切却又令人难以置信了：难道我们真在德国？有一次我遇到了一群老朋友——塔秦部下的官兵。我们长久地微笑着，毫无意义地重复着说："没想到我们在这里……"

几乎每一个人都有自己的痛苦：我的两个兄弟牺牲了，家被烧毁，姊妹们被逐往德国，母亲在波尔塔瓦被杀害了，全家在戈麦尔受尽了折磨——这是一种还没有平息下去的活生生的仇恨。我的天啊，要是在我们的面前出现了希特勒或希姆莱、部长们、秘密警察们、刽子手们，我们会怎样对付他们啊！……但是路上却只有一辆辆大车像诉苦似的吱吱嘎嘎地响着，德国的老太婆毫无用处地跑来跑去，失去了母亲的孩子们在啼哭，于是怜悯之情油然而生。我当然记得，德国人不曾怜悯过我们的同胞，我什么都记得，但是法西斯主义、第三帝国、德意志，这是一回事，而那个头戴一顶插着羽毛的蒂罗尔省可笑的呢帽、挥动着一小块床单在被拆毁了的街道上奔跑的老头子，则是另一回事了。

在拉斯登堡，一名红军战士狂怒地用刺刀去刺一家被捣毁了的商店橱窗里的一个用混凝纸做的姑娘。洋娃娃娇媚地微笑着，而他却不停地刺着。我说："别这样！德国人在看着……"他答道："恶棍！他们折磨我的老婆……"他是白俄罗斯人。

罗森菲尔德少校被任命为这个拉斯登堡的城防司令。希特勒匪徒杀害了他的全家，而他所做的一切却旨在保护这个德国城市的居民。他曾留我在他那里过夜。在一个富有的法西斯分子的房子里，墙上挂着一张业余拍摄的照片：主人的女儿正把一束鲜花献给希特勒。据当地居民说，元首在赴东普鲁士的时候曾在这幢房子里住过。罗森菲尔德少校为他脱离了团队而感到惋惜，但他几乎是昼夜不停地在工作。我曾目睹一个小姑娘被带到城防司令那里——她的父母亲都死掉了。少校温存而忧伤地看着她，他也许是想起了自己的女儿。他大概曾无数次自言自语地谈到"神圣的复仇"，而在拉斯登堡，他才明白这是一个抽象概念，明白他心灵上的创伤是不会痊愈的。

胜利的欢乐在这里也掺杂着那种当你看到战争的时候不可避免会产生的忧愁——这不是战争画家的画布上的战争，也不是银幕上的战争，而是近在眼前的战争：被炸裂的房屋，褥子里的羽毛，难民，包袱，没挤奶的乳牛，还有谁的一声长长的刺耳的尖叫久久地留在耳中。

有些城市被炮火摧毁了：克雷茨堡仅仅留下一座监狱。我在韦劳的废墟中连一个德国人也没看到：所有的人都跑掉了。另一些城市保全下来，拉斯登堡的居民在清除街道上的家具碎片、被拆毁的大车。埃尔平有六万人口——三分之一的居民留了下来。

东普鲁士向来被认为是德国最反动的一部分。这里的工厂很少，工人也很少。富裕的农民投过兴登堡的票，后来又齐声喊叫"嗨，希特勒"。地主们是不折不扣的死硬派，任何自由主义的宽纵在他们看来都是对世代相传的荣誉的侮辱。城市里住着商人、官吏和律师、医生、公证人，以及难以被列入知识界的那些从事知识分子职业的人们。房屋都是干干净净、设备完善的，具有小市民式的舒适气氛，餐室里都有鹿角，还有一些绣制的格言："家齐而后国治"或"劳动能使你做甜蜜的梦"。厨房里摆着一个个陶瓷的罐子，上面注明"盐""胡椒""欧芹""咖啡"。书架上冠冕堂皇地陈列着书籍：作为遗产继承下来的《圣经》、乌兰德（1787—1862，德国诗人，晚期浪漫主义的代表人物）的诗集，有时还有一卷歌德的作品，以及十来本新书——《我的奋斗》《远征波兰》《种族卫生学》《我们的坚固的普鲁士》。在拉斯登堡、列特参、塔皮阿乌这样一些城市里没有市图书馆。我在巴滕施泰因听说博物馆未受损伤，便去打扰城防司令："请立即设置警卫。"我走进博物馆就觉得颇不痛快：除了动物的标本之外，那里都是清一色的陈列品——一幅巨大的兴登堡的肖像，一张1914年军事行动的地图，战利品——俄国军官的肩章，

1944 年，在东普鲁士，爱伦堡见到了一些老朋友

被破坏的华沙的照片，当地女慈善家们的肖像。

我国士兵们仔细地观察环境。我记得有一个人嘲笑说："这样的熊窝倒还可以住住。"另一个人骂了一句："下流坯，他们过得不坏，干吗要爬到我们这里来？你瞧，这是咱们的毛巾。"他把漂亮的厨房里的几块绣花的乌克兰毛巾拿给大家看。

有一次在埃尔平，我正在军长格·伊·阿尼西莫夫将军那里吃晚饭，一名中尉跑了进来："请允许我报告！"中尉说，在一个地下室里发现了三四十人，他们拒绝出来，喊叫着说他们是瑞士人，并要求别打扰他们的安宁。误会不久就冰释了——一个穿着被煤染污了的衣服、久未刮脸的人被带到将军面前，他自我介绍说："卡尔·勃兰登贝格，瑞士副领事。"原来在埃尔平住着许多瑞士人，他们是作为制造干酪的专家在此定居的。将军下令让饿坏了的副领事吃饱喝足，然后叫人把全体瑞士公民都从地下室里领出来。使我惊奇的是，中立国的干酪制造家呈验的护照是用俄文写的，并且是由瑞士政府在 1944 年秋发给的。副领事解释说："在伯尔尼，人们预见到了事态的发展。"接着又微微一笑，补充了一句："那是在伯尔尼，而不是在埃尔平……"

总主教向我抱怨说，德国人在希特勒上台以后都丧失了信仰（有两个牧师也曾这么说）。而我却认为他们只不过是改变了迷信的对象罢了。教皇的绝对正确已不再使天主教徒感兴趣，但他们却虔信元首的绝对正确。红军进入东普鲁士使居民措手不及：他们不仅信任希特勒，也信任他的那些助手，而长官埃里希·柯赫在一月初还曾写道："俄国人永远不会冲入东普鲁士的腹地——我们在四个月内所挖掘的掩体和战壕总长达 22 875 公里。"数字安定了人心。我在利布什塔德找到了一份未完成的"阿利安人血统证明书"——1 月

1944 年，东普鲁士的一个城市

12 日有个名叫席勒的人在决定娶妻以后填写了一份关于自己的祖先的调查表，但他没有来得及呈验关于他的一个祖宗的证件：苏联的坦克在 1 月 26 日开进了利布什塔德。

我在 1944 年常常问我自己：红军进入德国以后会发生什么事呢？要知道希特勒不仅已使个别的狂信者，而且也使他的大部分同胞深信：他们是特等民族，金融寡头同共产党人已联合起来剥夺富于才能并热爱劳动的德国人的生存空间，以及德国负有建立欧洲新秩序的伟大使命。我记得同俘虏们所做的一些谈话和一些日记，这些日记令人惊讶之处不仅在于它们的残忍，还在于那种对武力和死亡的迷信、庸俗的尼采学说同死灰复燃的迷信的混合。我预料居民将以绝望的抵抗来迎接红军。我到处都可以看到在我军到来的前夕所写的标语、诅咒、斗争的号召："拉斯登堡永属德国！""埃尔平决不投降！""塔皮阿乌的公民记得兴登堡。消灭俄国人！"我读了一张传单，上面不知何故提到"维尔沃尔福们"的传统。我问一个在敌军中做宣传工作因而精通德语的大尉，什么是"维尔沃尔福"，他答道："这是一个将军的姓，似乎他曾在利比亚作过战……"我决计验证一下，便翻开详解词典，于是读到了这样一段文字："在古代德国的传说中，维尔沃尔福具有超自然的力量，他

披着一张狼皮，住在橡树林中袭击人们，消灭一切有生命的东西。"我在拉斯登堡找到了一本中学生的笔记本，这个男孩子写道："我发誓要做维尔沃尔福并杀死俄国人！"不料就在这个拉斯登堡，不仅少年或老人，即使那些滞留城中正当服兵役年龄的居民也都像乖孩子那样听话。希特勒党徒都预备了一把短小的匕首，刀身上有一行题词："一切为了德国。"上级的指示说，这些匕首将帮助德国爱国者同赤色侵略者战斗。我拿了一把这种匕首当作开罐头的刀用。可是我并未听说有被刺死的红军战士。所有这一切不过是戈培尔的谈话和幻想，是最恶毒的法西斯的浪漫主义精神。当然，在居民当中不仅有不怀恶意的老人和儿童，也有豺狼，但是与神话传说中的维尔沃尔福们不同的是，他们情愿暂时披上羊皮并认真地执行苏联城防司令的任何命令。

我到过数十个城市，同各种各样的人谈过话，其中有医生、公证人、教师、农民、小饭馆的老板、裁缝、小铺老板、旋工、啤酒酿造工人、珠宝商、农艺师、牧师，甚至还有一位编制家谱支系表的专家。我曾向一位天主教的主教、马尔堡大学的一位教授、老人们、中学生们寻求答案——我想了解他们对"统治世界的民族"这一思想、征服印度的幻想、希特勒个人、奥斯威辛的焚尸炉采取什么态度。我到处都听到同样的回答："这跟咱们完全无关……"有一个人说，他对政治一向不感兴趣，战争是灾难，只有党卫军分子支持希特勒；另一个人要我相信，在1933年举行的最后几次选举中他投的是社会民主党人的票；第三个人发誓说，他曾同他的舅子有过联系，他的舅子是共产党员，而且参加了汉诺威的地下组织。在埃尔平附近的霍恩瓦尔德村里，一个德国人举起一个拳头向"政委先生"致敬："红色战线！"（德国红色战线成员见面时的礼节。）他的房子里有一本照片册：绞架上吊着几个俄国人，绞架旁的一块木板上写着一行大字"我想烧毁锯木厂，游击队的助手"。几个胸前缀着黄星的犹太妇女在车厢上等候枪决。这个发现并未使冒充的"红色战线分子"哑口无言，他继续叙述他反对纳粹分子的斗争："这些照片是一个不知名的突击队员留下的，他大概是来找我的弟弟的，我的弟弟十分天真，他在东线被杀死了，而我则在荷兰、法国、意大利作战——苏联我没去过。您可以相信我：我在精神上是个共产党员……"

当然，在我同他们谈过话的千百个人当中也有一些人倾吐了肺腑之言，但我却不能把他们同另一些人区别开来——所有的人说的都是那一套。我以彬彬有礼的微笑作答。我觉得最真诚的也许是一个从西方返回朴烈伊西什-艾伊劳的中年德国人，他说："斯大林先生胜利了，我要回家了。"

我同那些人谈话时，他们起初回答说，他们对奥斯威辛、"纵火者"、被焚毁的村庄、大规模屠杀犹太人都毫无所知，后来看到没有任何东西直接威胁着他们，便承认回来休假的士兵曾告诉他们许多事情，并谴责希特勒、党卫军、秘密警察。

不久以前仿佛还固若磐石的第三帝国猝然崩溃了，被庸俗化了的尼采学说和关于德国人的优越性、关于德国的历史使命的谈话，这一切都（暂时地）被埋葬了，钻进缝里去了。我看到的只是拯救自己财产的愿望以及非常认真地执行命令的习惯。所有的人都毕恭毕敬地向别人问好，竭力装出笑容。有一次我的汽车在马祖里湖区陷在泥沼中了，几个德国人从某处跑来，把汽车拉出了泥沼，争先恐后地告诉我哪条路比较好走。埃尔平城内还没停止射击，而一位彬彬有礼、肥头胖脑的市民却已经在表现他的主动性了——他搬来一架可以折叠的小梯子，把一口大钟的时针拨前两小时："这口钟走得很准，现在是莫斯科时间3点12分……"

一名队列军官被任命为城防司令，当然，他并不是专门被准备着来担任这种职务的。一份铅印的布告贴了出来——那是规章。我们的一位城防司令笑着说："连我都还没读过上面写的东西，可他们却从第一个字母直到最后一个字母都研究过了——什么可以做，什么不能做。还没过一个钟头，他们就陆续前来：一个问能不能爬到屋顶上去补窟窿，另一个问他该把一个卧病在床的苏联女工送到什么地方去，第三个毁谤他的邻居……"

我曾在埃尔平看到一个颇不寻常的行列。几千个市民迫不及待地想钻进监狱。我问一个看样子是最爱和平的人："你们为什么要站在这里挨冻？请给我指引一下本城的道路，您大概知道，在哪几个区里还在进行射击……"他起初抱怨他失去了自己在行列中的位置，说监狱现在是最安全的所在：苏联人大概会布置警卫，这就可以平安地度过灾难。直到我答应晚上把他送进监狱，他才稍稍安下心来。这是一个电车司机。我没有问他关于希特勒的问题，因为我知道他会回答什么。他说他的房子烧掉了，他好不容易才穿着一件上衣跑了出来。天气很冷。我们经过一家服装店，街上乱堆着大衣、外套、衣服。我叫他给自己拿一件大衣。他吓住了："您这是怎么啦，政委先生！这是苏联人的战利品呀……"我表示愿给他开一个书面证件，他想了一会儿，问道："可您有图章吗？政委先生，没有图章这不算证件，空话是谁也不信的。"

我在拉斯登堡的向导是一个名叫瓦夏的男孩子，他是被德国人从格罗德诺赶来的。他说他曾在一个有钱的德国人家里干活，胸前有一个号牌，人人都叱骂他。现在他同我并肩而行，路上遇到的德国人都彬彬有礼地向他问安："日安，瓦夏先生！"

日后西德的报刊连篇累牍地大谈"苏联人的兽行"，竭力把居民们顺从的举止说成是出于自然的恐惧。说实话，我曾担心，当占领者在我国干出了所有的坏事之后，红军战士会开始报复。我曾在几十篇文章中反复地说，我们不应该报复，也不能报复，因为我们是苏维埃人，而不是法西斯分子。我曾多次目睹我国士兵如何皱着眉头默默地从难民们的身边走过。巡逻队保护着居民。当然，也发生过使用暴力和抢劫的事件——任何军队里都有刑事犯、流氓、醉汉，但我军指挥部一直在同不法行为进行斗争。居民的巴结逢迎不是由于苏联士兵的放肆，而是由于居民的张皇失措：幻想崩溃了，纪律废弛了，于是习惯于按照口令迈步的人们就像一群受惊的绵羊那样无所适从。我为胜利和战争接近结束而高兴。但环顾四周却又感到难过，而且也不知道最使我揪心的是什么——是城市的废墟、道路上绒毛形成的暴风雪还是居民们的低声下气、逆来顺受。在这些日子里，我感到连环保把残暴的党卫军分子同拉斯登堡温和的缪勒夫人联系在一起了，这位缪勒夫人没杀害过一个人，而只是得到了一个廉价的女仆——来自奥廖尔的娜斯佳。

看到拉斯登堡或埃尔平的居民的微笑，我既不感到幸灾乐祸，也不感到怜悯，我心中交织着嫌恶和怜惜，而这种感情有时候竟败坏了当我看到从伏尔加河一直打到维斯瓦河河口的我国士兵时所体验到的那种莫大的幸福之感。我常在休息的时候同获得了解放的人们交谈——其中有苏联的姑娘，也有其他被希特勒奴役的国家的公民和士兵。在巴滕施泰因我有幸成为一次罕见的会面的目击者：一名战士（斯摩棱斯克人）在一群被解放出来的苏联妇女中找到了自己的姐姐和她的两个孩子——一个 11 岁，一个 9 岁。这个女人不久以前还挖过埃里希·柯赫吹嘘过的那些战壕。她一句话都说不出，只是哭着："瓦夏！……瓦申卡！……"大孩子则无比敬佩地仔细观看瓦夏舅舅胸前的两枚奖章。

1944 年，被释放的法国战俘

我什么人没有见过啊！在被解放的人们之中有各个国家、各种职业的人：法国战俘，比利时人，南斯拉夫人，英国人，甚至还有几个美国人，一个雅典的大学生，几个荷兰演员，一位捷克教授，一个澳大利亚的农场主，一群波兰姑娘和神甫，一艘挪威帆船的全体船员。所有的人都喊叫着、打闹着，不知该怎样表达自己的欢乐。

法国人好不容易弄到一些德国的自行车，骑上就向东方驶去——他们想快一点回家。在他们当中永远都能找到一个擅长做饭的人，他们宰一头羊就办起一桌酒宴，邀请我国士兵前去，又是唱歌，又是开玩笑，就连沉着稳健的英国人也会被他们逗得发笑。

所有的人在被俘期间都学会了讲几句德语，一个比利时人向一个捷克人叙述他的经历，而南斯拉夫人和英国人则讨论着现在该怎样处置德国。在这里达成协议要比在雅尔塔会议或波茨坦会议上容易得多：人们互相了解。

在埃尔平的收容战俘的营棚里，我看见一份用十种文字印成的规章。一群法国人曾受命在马祖里湖区砍伐树林并修筑工事。在冯·金戈弗的领地上干活的有法国人、苏联人、波兰人——总共 150 个农奴。来自第聂伯罗彼得罗夫斯克的铁路员工丘多夫斯基同一个摩洛哥人交上了朋友，并教会了他说几句俄语。在小小的、偏僻的巴滕施泰因，每一个有三个孩子的家庭都得到了一个女工——苏联女人或波兰女人。有一个农场主的老婆曾对我说，她的生活很简朴，只有一个乌克兰女人和一个意大利人在她那里干活，她为他们付了 60 马克给"职业介绍所"。现在这已是人人皆知的事了，而当时却使我震惊：古希腊罗马社会的奴隶制又复活了，但代替欧里庇得斯的是巴尔杜·冯·舍拉赫，而代替卫城的则是奥斯威辛。

一位法国军医曾告诉我，在离他们的集中营不远的地方有另一个囚禁苏联战俘的集中营。伤寒开始流行了。一名希特勒的医生说道："不必去给他们医治，他们反正都要死的……"每天都要掩埋一批死人。这个法国人说："我曾目睹他们把还活着的人同尸体一齐掩埋了，我一想起来就不禁毛骨悚然……"

我国士兵在巴滕施泰因的一间厨房里找到一本笔记——这是一本苏联少女的日记。我把笔记本带走了。其中有一些朴实的，因而也是确凿可信的记事："9月26日。我趁她不在，便收听莫斯科的广播。哈尔科夫是我们的了！后来我就欢喜地哭了一整天。我对自己说，傻瓜，咱们胜利啦，于是就哭啊，哭啊。我想起了彼佳。他现在在哪里，他还活着吗？也许他把我忘了吧？这没有什么关系，只要他活着就成！我知道，我活不到获得自由的那一天。但现在我确切地知道，我们胜利了……11月11日。我的生日，我想起了塔尼娅和尼诺奇卡到我家来的情形。我们喝着茶，吃着甜点心，争论着书上的问题。塔尼娅把她的 И 大大夸奖了一番。我哪里想得到我将来要端她的尿盆并受人嘲笑呢！……"

我不知道这个少女的姓名，不知道她是否活到了获得自由的那一天以及她后来的遭遇，但我却不能不怀着赞美之情看着那些真正解放了人的灵魂的人们，同时又无比悲伤地想到那些在基辅的包围圈、勒热夫城下、伏尔加河上死去的人们。

我在古什塔德住了一夜，次日清晨准备继续往前走。一位师长劝我多待一会儿，吃顿午饭再走。他说，我必须去看看一座古老的修道院。我让步了。但我并未看到修道院，只看到一片废墟，修道院被炮火摧毁了。地上堆着一大堆书籍——都是一些皮面或羊皮纸面的小书，我在其他城市里看到过这些书，它们是祈祷书、赞美诗集、《圣经》、教会的创始者们的著作。我本想走开，可后来连自己也不知道为什么，竟俯身拾起了一本小书。我愣住了——原来这是1579年在巴黎出版的龙萨的第一本诗集！第二卷、第三卷、第四卷……龙萨的朋友列米·别洛的诗集。一本卢奇安（约120—约190，古希腊讽刺作家）的作品的法译本。（后来我把卢奇安的作品送给了雅·扎·苏里茨，而龙萨和别洛的诗集我至今还保存着。）第一页上写了一行字：某某购于某地，书价若干。在 16 世纪的时候，有一些过于贪恋酒色的修道士被遣送到遥远的修道院，送到天主教世界的边缘去了。当然，一个喜爱龙萨的诗和卢奇安的讽刺作品的人不会是一个苦行僧。大概是在一个违禁犯戒的修道士在被大家忘掉了的古什塔德死去以后，他的书落到了修道院的图书室里——德国人没去辨别这是些什么书，谁也没有看过一眼，于是这些书就令人惊异地保存下来了。

我在汽车里打开了龙萨的诗集，于是再一次愣住了——我翻到的恰巧正是我引用了《巴黎的陷落》的一些片段的那首长诗——冉涅特向德赛尔朗读了这些片段：

> 连死亡也会承认你的领地，
> 大地忍受不了爱情，
> 我们将一同看到遗忘之舟
> 和极乐世界……

一切都是难以并存的：废墟、坦克、卫生营和龙萨、爱情、极乐世界——不是巴黎的那个（在俄语中，巴黎著名的林荫道爱丽舍田园大街和"极乐世界"是同一个词），而是另一个，普希金曾对它做过这样的描写："而詹尼即使在天上也不会把埃德蒙抛弃……"

两周以后，在返莫斯科的途中，我在维尔纽斯把瑞士副领事的故事告诉了尤·伊·帕列茨基斯。我们笑了起来，都反复地说："现在很快就要结束了！……"

后来我经过了满目疮痍的明斯克。一条熟悉的道路——化为灰烬的村落，鲍里索夫。一座制革厂，希特勒匪徒在这里杀害了……积雪还慈悲地掩盖着被焚烧一空的坎坷不平的土地、生了锈的铁丝网、空弹壳、尸骨……

我猛然一惊：这就是胜利，但究竟为什么在欢乐中掺杂着悲哀？先前倒不曾有过这种心情。大概是战争接近结束使人思索起来。我记起了龙萨的那几本诗集。1940 年在巴黎时我曾写道：

> 在那震撼全球的痛苦年代，
> 在战争的喧嚣里，在大自然的赤贫中，
> 我不止一次地阅读龙萨的诗句。

这首短诗是这样结尾的：

> 这一切是多么平凡！多么难以理解！
> 爱人啊，有时连呼吸也是犯罪……

我的记忆里浮现了那个春天之后逝去的五年——牺牲，苦闷，希望。看来这样的一个时代已经来临：人们将可以自由呼吸，所有的爱人都将酣然入梦，而不必为人的脆弱的生命担心。也许，另一些东西——欢乐、迎春花、艺术也会变得能被人理解……我不再想拉斯登堡或埃尔平了——我想着生活。

24

战争的最后几周

四年前我曾在本书的引言里写道："某些章节，我认为发表得过早了些，因为它们谈的是尚在人世的人，或是还未成为历史财富的事件。"我在战争年代的经历，有许多被我略去了。现在我来谈谈战争的最后几周。

在柯尼斯堡西郊，在通往柏林的若干要冲，在匈牙利，进行着血肉横飞的战斗。在莫斯科，几乎每天黄昏都可听到礼炮的轰鸣。礼炮共分三级——第一级由324门大炮发射24响排炮，而第三级则由124门大炮发射12响排炮。莫斯科人对它们已经习惯了——黄昏时分，天空常常出现三四次五彩缤纷的焰火。"干吗放礼炮？"一个姑娘在剧院的休息室里问她的女友，女友答道："没什么了不起——为了一个匈牙利的城市……"但是人们一方面已经习惯了胜利，而另一方面他们对胜利的期待却是极为热烈而痛苦的。他们盼望着亲人从前线的来信，他们的痛苦比前几年更甚。那就像永恒一般的最后时刻终于姗姗来临了。

塔连斯基将军三月间离开了《红星报》。我感到难以同新主编共事。我用这样的想法安慰自己：报纸方面的工作即将结束，不久就可以坐下来写书了。目前我暂时还得继续为《红星报》《真理报》《战争与工人阶级》周刊写文章。

还在1944年秋，我曾收到吉布夫人从英国寄来的信。她为宗教感情所支配，向我呼吁：让上帝去惩罚法西斯罪犯，而不要煽起复仇的感情。我把这封信连同我的回信一并在《红星报》上发表了，我写道，复仇的感情同我是格格不入的，红军士兵在占领特兰西瓦尼亚的那些住着许多德国人家庭的城市时没有杀害过手无寸铁的居民，我们要求正义、消灭法西斯主义、真正的和平，因而我们不能让上帝大人去审判希特勒凶手。我指出，当瞎了眼的政治家们把捷克斯洛伐克拱手献给法西斯刽子手的时候，他们被称为"和平的天使"，实际上他们却是愚蠢的滑头和狡猾的傻瓜。

我收到了许多被吉布夫人的态度激怒了的前方战士的来信。（原来这位夫人收到的信更多——我后来听说，她住过的那个小城里的邮递员们对于积压的一大堆苏联信件曾大伤脑筋。）当时吉布夫人竟偶然地成为万人瞩目的人物：当然，问题不在于她。坚决消灭法西斯主义的人们同昨天的"慕尼黑分子""有条件的和约"的拥护者们之间的斗争开始了。不是悲天悯人的基督教徒，而是十足鲜廉寡耻的政治家们起来反对雅尔塔会议关于把战犯交付法庭审判、解除德国武装并强迫德国人参加被他们破坏的城市的重建工作的决定。不管这听起来有多么离奇，事实是在1944年末，当德国人还在阿尔萨斯和阿登进行反击的时候，就已经发现有些美国人和英国人在为给"能堵塞通向共产主义的道路"的德国留下哪怕是它的军事力量的一部分而操心了。

1944年，在英国出版过一本书的作者布赖斯福特建议首先帮助德国人

左：1944年，苏军占领柯尼斯堡的日子
右：1945年，雅尔塔会议上的丘吉尔、罗斯福、斯大林

重建德国的城市，放弃某些赔款，让捷克斯洛伐克人承担保证苏台德地区的德国人享有平等权利的义务，至于奥地利是否应该成为德国的一部分的问题，则由全民投票决定。塔斯社各种各样的电讯使我失去了自制力。美国兴办了一所极不寻常的学校：德国战俘准备回被占领的德国去当警察。据美国报刊报道，这个学校的听课者同意用民主制度代替法西斯制度，但坚决要求美国人拨款重建被同盟国的空军炸毁的德国城市。

从1945年2月开始，希特勒匆忙把师团从西线调往东线。完全可以理解，希特勒匪徒是两害相权取其轻。他们已经确信，盟军在占领德国城市的时候会对昨日的纳粹分子采取宽大的态度。莱茵省的市长依旧是希特勒党徒。《每日电讯报》曾指责一个允许意大利和苏联俘虏离开一个德国地主的领地的英国军官说："这些措施正在摧毁德国的农业。"同盟国建立的各种经济机构网罗了一批鲁尔的大工业家、"伊格"托拉斯的代表。一个知名的美国政论家出版了一本书，他在书中第一次宣布了"大西洋共同体"。

我的天哪，我绝不是外交家，也不是政治家——对于我来说，文学永远比复杂的政治游戏更为容易理解，也更为亲切。如果我曾写道，某些西方的政治家想保存法西斯细菌以备日后之用，这仅仅因为我记得西班牙、慕尼黑，我知道对希特勒德国的胜利是用什么样的牺牲换来的。

我继续撰文说明，我们到德国来不是为了复仇，而是为了根除法西斯主义。由于想到曾在东普鲁士的某些城市里发生过的个别使我们大家感到气愤的暴行，我曾在《红星报》上援引了军官库里尔科给我的一封信："……德国人以为我们将在他们的土地上干他们曾在我们的土地上干过的事。这些刽子手不能理解苏联军人的伟大。我们将是严厉的，但又是公正的，我们的人永远、永远不会辱没自己……"我接下去写道："我曾目睹苏联士兵拯救德国孩子，我们并不以此为耻，我们为此骄傲……苏联军人不碰德国妇女……他们到德国来一不为战利品，二不为家用什物，三不为姘妇……"

当时"冷战"还藏在秘密的保温箱里，西方有许多人也说，应该了解付出了最大牺牲的人民的道理。1945年3月，《纽约先驱论坛报》曾写道："爱伦堡近来从战时状态中得出了一些结论，这抵得上50个国会议员、20个评论员和一打政治专家写的许多废话连篇的著作……这不是脱离实际的战略，而是具体的战术。这是德国人把世界推入其中的那场战争真实而严酷的特征。我们任何人都不要它。1939 年签订了互不侵犯条约的苏联人不要它，拿着合起的雨伞来到罗登斯堡的张伯伦先生不要它，波兰人、法国人、英国人、美国人不要它，但德国人却坚决要自行其是，于是现在他们只得自食其果。只有明白这场战争是什么样子的那些人才能在胜利的时候为我们支离破碎的文明保障和平。"

4 月 11 日，《红星报》刊登了我的《够了！》一文，这篇文章同前几篇并无多大区别。在谈到曼海姆市已在电话中向同盟国投降，但勃兰登堡市却还在苦战的时候，我说法西斯分子对于苏军的占领远比对英美联军的占领害怕得多。《够了！》是针对这样一些西方的政界人士而写的，他们在第一次世界大战结束以后就指望保存和发展德国的军国主义。

4 月 12 日，罗斯福逝世。这是一个沉重的损失。现在我们有了时代的远景，于是我们看到，罗斯福属于希望更新世界的气候并同苏联保持友好关系的为数不多的美国国务活动家之列。莫斯科悬旗志哀。人人都在猜测新总统杜鲁门未来的作为。

4 月 17 日我出席了由斯拉夫委员会举行的向铁托元帅致敬的晚宴。格奥尔吉·费奥多罗维奇·亚历山德罗夫（1908—1961，苏联哲学家）挨着我坐了下来，问我是否疲倦，对我在报纸方面的工作表示赞许。次日，我打开《真理报》，看见一行大字标题——"爱伦堡同志看得过于简单"，文章的署名是格奥尔吉·亚历山德罗夫。（当然，我立刻明白了，亚历山德罗夫撰写此文并非出于自愿，而前一天他之所以未向我谈到这一点，则是因为他感到有点难为情，也许他因此才大肆夸奖我的文章。）

格奥尔吉·费奥多罗维奇·亚历山德罗夫责备我没注意到德国人民的阶级区分，竟说在德国谁也不必投降，全体德国人都对罪恶的战争负有责任，最后还责备我把德国的师团从西方调往东方的原因说成是德国人对红军的恐惧，实际上这是挑拨离间，是希特勒的手腕，是企图在反希特勒联盟的参加者之间播下不信任的种子。

当然，要是我写的是一部时代的历史，我是不会谈起所有这些事情来的，但我现在写的是一本关于自己的一生的书，因而我就不能对那曾使我经历了许多困难时刻的事件保持缄默了。

我又一次犯了天真的毛病，而当时我已 54 岁了：我不能再以年轻、没有经验来为自己开脱。看来这种天真是我天性的一部分。我明白亚历山德罗夫的文章为什么出现：当时需要设法击破德国人的抵抗，这就得答应不惩罚希特勒的命令的普通执行者，还需要提醒盟国，说我们珍视联盟的团结。这两点我都同意——我同所有的人一样，也希望悲剧的最后一幕不要带来多余的牺牲，希望即将来临的战争的结束能成为真正的和平。使我不快的是另一点：为什么要把并不是我的思想硬加在我的头上，为什么为了使德国人放心就非得把我指责一通？现在，当那些天的苦痛早被遗忘，我才看到人们的用心都有自己的逻辑。戈培尔曾把我描绘成一个魔鬼，亚历山德罗夫的文章也可以成为一盘象棋中正确的一着。但我的天真却在于我认为人不是一枚木头做的小卒。

不用说，《红星报》转载了亚历山德罗夫的文章。主编像同一个蹲禁闭的战士讲话一样同我做了一番严厉的谈话。大批信件从前线纷纷寄往编辑部，询问何以不见爱伦堡的文章。国外亦有人议论此事。有人建议我写一篇关于攻取柏林的战斗的文章。我知道，主编会把这篇文章送到中央委员会去给同

左：1945 年 4 月，爱伦堡读前线的来信
右：1945 年 4 月，格奥尔吉·亚历山德罗夫的文章

一个格奥尔吉·费奥多罗维奇·亚历山德罗夫审阅，于是我宁肯自己来做这件事。我把给亚历山德罗夫的信的副本保留起来了："……另一个读者在读了您的文章以后会得出这样一个结论：似乎我号召灭绝德国人民。然而，不用说，我从未做过这种号召，这是法西斯德国的宣传对我的诬蔑。如果不用某种方式把这一误会解释清楚，我是一行也不能写的。正像您将看到的那样，我没有采取反驳的形式来解释这一误会，而只是引用我先前的一篇文章中的文字。我那作家的和无比厌恶种族论的国际主义者的良心在这里受到了损害……"我没有收到回信。

直到 5 月 10 日——胜利日的次日——《真理报》才刊登了我的《世界的黎明》一文。我已经明白，我得不到辩解的机会了，于是就在这篇文章中为那些具有记忆力的人们插进了几段不加引号的引文，这些引文都引自我的几篇旧文——谈复仇的感情是同我们格格不入的，当德国人民清除了法西斯主义以后，定能在太阳下找到自己的位置。

遗憾的是，亚历山德罗夫的文章并未对德国人产生应有的影响。他们在这篇文章发表之前很久早已军心涣散，然而还有一些有战斗力的师团在负隅顽抗。至于我们的盟国，则其中有一些在第一分钟里就惊慌起来了：俄国人当真无意把德国人拉到自己一边去吗？然而他们很快就放心了——他们明白，一条条血的河流不是一瓶墨水，一篇文章既不能改变苏联人民对希特勒匪徒的态度，也不能改变德国市民对共产主义的恐惧。当然，盟军的官兵对拉文斯布吕克或布痕瓦尔德的景象是如此震惊，致使法西斯的头目不用去考虑是否会得到饶恕，但是鲁尔的工业家、国防军的将军、第三帝国的大官、希特勒的党徒之流的人物并不是一眼就能看得出来的，那些急忙烧毁党证的人都明白，他们在什么地方能找到有势力的庇护者。

亚历山德罗夫的文章对我国前方战士产生的影响说不定倒是最为强烈的。我一生中从未收到过这么多的贺信。连街上素不相识的人们也都同我握手（老实说，我对这有些害怕，于是就尽可能少出去抛头露面）。

前方战士给我寄来一些表示安慰的礼物，现在我谈谈其中的一件。这是一支折断了的猎枪，它是列日市的军械匠们在共和历七年献给执政官波拿巴的。枪很漂亮，刻有共和国的组合字、年轻的拿破仑的浅浮雕像，还有用黑

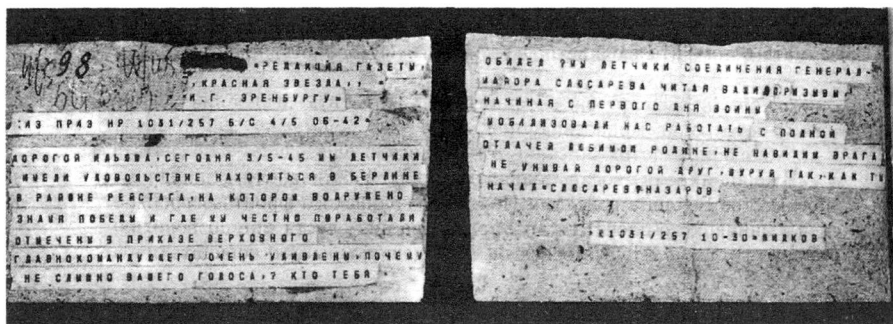

飞行员给爱伦堡的电报

银绘在白银上的对英国的海战图。"海洋自由！"这一行题字使人想起了革命的法兰西反封锁的斗争。尽管我很喜欢这支枪，然而更使我高兴的却是那些在普鲁士的路上找到了这支枪并把它寄给我的士兵们的来信。信中对我在艰苦的时代写的文章说了些好话，洋溢着亲切、热爱之情。

苏里茨前来对我说："您不必难过。这不是跟您作对，这不过是他的脾气。我知道他的作风……"一般来说，他是对的。我的文章有好几个礼拜不能发表，后来一切全被忘了，现在只有《士兵报》的复仇主义者们还记得格奥尔吉·亚历山德罗夫的文章。

但可叹的是，在战争的最后几个月里曾使我感到激动的那些问题却并未显得陈旧。希特勒的党羽们在 1945 年 4 月欢迎盟军战士的时候知道他们在干什么——他们需要一只能在下面隐藏、喘一口气、等候风暴过去的羽翼，以待日后东山再起的时候重又大谈"赤色恐怖""保卫西方""德国的历史使命"。我的桌上有几份近日的报纸——上面有关于德国军队的演习、苏台德地区德人的示威、国防部长施特劳斯的演说之类的消息。读来令人感到难受。回想起来也使人感到难受。车轱辘话可以不听。但我现在正在新耶路撒冷写作此书，旁边是早已青草丛生的兄弟的坟墓。今天是个晴朗的秋日，神气活现的孩子们正第一次走向重新修复的学校。我不能不想那等待着他们的东西。

25

我认识的法国总理赫里欧

四月底，苏联情报局的通报报道，乌克兰第一方面军在柏林西郊把爱德华·赫里欧（1872—1957，法国激进党领袖，多次任法国总理）从德国的囚禁中解放出来了。两天后我接到电话："赫里欧问您是否在莫斯科，他想看看您。"

赫里欧拥抱了我："小伙子，这不容易啊！……"谈起他的经历来他激动得突然用"你"来称呼我了。

我是在 20 世纪 20 年代中期认识他的。我们不常见面——一次在瓦·萨·多夫加列夫斯基的大使馆，一次在下议院，一次在里昂，一次在马赛（激进党代表大会），在一起吃过两三次饭。他爱讲，我爱听。我觉得他对我颇有好感，但谈到友谊却未免可笑：我们相差 20 岁，这使他可以把我叫作"小伙子"，同时我们又生活在不同的世界里——对于总理、国会主席、里昂市长来说，文学是一种休息，而对于我来说，政治与其说是一种癖好或职业，毋宁说是兵役。

他的外貌令人一见难忘：大脑袋，硬头发，凸出的前额，肥厚的两颊——所有这一切都像一个最怕把一块黏土弄平的现代派雕塑家的作品，但一双淡蓝色的眼睛却温柔地闪烁着。战前的漫画家们画的赫里欧都有一个硕大无比的肚子。他生于香槟，但在里昂生活了半个世纪，里昂以精美的肴馔闻名，而他也就嗜好美味，不管是否会影响自己的腰身。我发现他消瘦得十

从囚禁中解放出来的爱德华·赫里欧

分厉害，上衣穿在身上显得非常宽松。尽管德国人对他比对普通的囚犯要好得多，可他来到莫斯科后还老是想吃。当他被请到苏联对外文化协会的时候，他低声问我："您说他们会给咱们吃点点心吗？……"

他微笑着告诉我他是怎样被红军战士解放的："你们的一位军官和几名士兵走了进来。我喊道：'法国人！爱德华·赫里欧！'您想象得到，他知道我的名字，握着我的手，笑着用俄国人的腔调反复地说'赫里欧'……"（赫里欧在说自己的姓的时候竭力把重音放在第一个音节上。）他说，他看见人们惊慌失措的情形就明白了：结局很快就要到来——他不是被杀害就会被释放。"我被你们的人释放出来，这倒不坏——因为我的全部政治生涯都同法苏友好的思想联系在一起，您是知道这一点的……我正开始想自己的经历——应该把一切都安排得十分协调……"

他久久地叙述着他在法国毁灭之后的经历。他所说的许多事情我都知道，但我感兴趣的是赫里欧是怎么认识它们的。我看到，我认为他是19世纪那个一直支持到第一次世界大战的法兰西的最鲜明的代表人物之一，我并未弄错。问题不仅在于年龄，也在于思想、性格、习惯。当然，作为一个政治活动家他是非输不可的——同他那落后的战略、过了时的武器、已不再适用的言辞一起输掉，但使我对他发生兴趣的却正是这些旧时代的残余。

　　好像是在第二天，他被请到苏联对外文化协会的一间小放映室去看一部战争纪录片。他赞叹地看着在德国的道路上挺进的我国坦克。后来银幕上出现了尸体、奥斯威辛的焚尸炉、准备运往德国去的一捆捆女人的头发。我向他译解说："六吨女人头发。"突然我看见赫里欧闭上了眼睛，泪水在他的脸上直流。我们走出放映室的时候，他说："我先前不知道这个……看来我该死了——我什么也不懂……您知道我为什么热衷于政治吗？因为德雷福斯案件。我本来是个教员，曾幻想从事文学创作。突然来了这么一桩'案件'。一个人被错误地判了罪，仅仅因为他是一个犹太人，于是整个法国分裂了。我当时 26 岁，我喊叫得声嘶力竭。左拉、饶勒斯、安纳托尔·法朗士……发来许多电报——列夫·托尔斯泰、维尔哈伦（1855—1916，比利时诗人）、马克·吐温，所有的人都提出抗议……一个无辜者竟被送上了鬼岛！……您说说看，您可明白人类发生了什么事吗？我个人可什么也不明白。'六吨女人头发……'我知道，这是纳粹分子，德国人，可是要知道这是我们的同时代人，邻居。他们有过贝多芬……"

　　他不爱德国人，他说："他们的狡诈最使我惊奇，甚至比他们的残酷还使我惊奇。我同斯特莱斯曼谈话的时候，他在一刻钟内对我撒了三次谎。他幻想着一件事——在短短的喘息时期之后捞回本钱，恢复'伟大的德意志'的领先地位。"但赫里欧对德国人的厌恶同种族主义或沙文主义无关：他非常喜爱德国古典音乐，帮助过反法西斯的德国流亡者。这事说起来可能使人惊异，甚至耸人听闻——对于一个经常处于 20 世纪中叶一个大国的政府首脑地位的人，像"履行诺言""拯救荣誉"这样一些十分陈腐的问题竟然还具有头等重要的意义。"必须偿还对美国的债务——因为我们已有言在先。""英国人容许重新武装德国——他们的诺言安在？""我们欺骗了捷克人，这玷污了法国的荣誉。""比利时国王，'骑士王'之子，干了一桩不体面的事：他没征求盟国的意见就投降了。""不能放下武器——我们同英国订了条约。"

　　在 1940 年 7 月的悲惨日子里，赫里欧支持把政府迁往阿尔及尔的方案，在那里可以组织抵抗。同时他又暴露了自己的全部弱点：他要求宣布他的里昂为不设防的城市。赫里欧一方面说贝当比德国人还狡诈，同时却依然呼求他的正义感。国民大会召开了：建议议员们放弃自己的地位并埋葬共和政体。第一次会议由赫里欧主持，他在自己的演讲中说："正在经受巨大不幸的我国人民已在贝当元帅的周围团结起来，贝当元帅的英名博得了全民的景仰……"在向我谈到那个时候的时候，他承认："这是我一生中最严重的错误之一。当然，我知道贝当憎恨共和政体，但我觉得他理解荣誉，而且也不敢向自由举起手来……"赫里欧没有反对投降。他对把全部政权转交给贝当采取了容忍态度。但他不能接受对那些前往阿尔及尔的议员提出的责难："他们服从了职责、荣誉……"亲法西斯的议员们气势汹汹地打断了他的话，想到这件事的时候，赫里欧就对我说："不折不扣的食人生番！……"（当一群显贵的无知之徒在德雷福斯案件期间跑到左拉的窗下起哄的时候，左拉也曾说过这句话。）1941 年 6 月初，赫里欧曾请求贝当维护法国的尊严：行行好吧，德国人会剥夺阿尔萨斯和洛林的议员们把自己称作法兰西国会议员的权利！ 1942年 8 月，当德国似乎是不可战胜的时候，当德国军队进逼到伏尔加河、北高加索、埃及国境的时候，赫里欧做过三次演讲：他援引海牙会议的决定抗议德国人枪毙人质；他为对法国的犹太人的迫害而愤怒；最后，当两个站在德国一边去苏联作战的叛徒被授予荣誉团勋章以后，他退还了自己的一枚同样的勋章。赫里欧被捕了，1944 年秋被转交给希特勒分子，后者把他送到德国去了。

如果把这些互相矛盾的行径看作是一个显要的国务活动家的策略，那就只能令人摊开两手了。不错，赫里欧当然是激进党——它把南方的贫苦农民和大实业家、热爱和平的教师和自称是"青年激进党"的半法西斯分子一股脑儿搞在一起，是个成员极其复杂、组织极为松弛的政党——的领袖之一，然而一个既勇敢无畏而又张皇失措、既知识渊博而又天真无邪的如此矛盾的人物能多年领导一个伟大的强国的政府，这毕竟是令人惊异的。但是如果想到赫里欧是在 19 世纪成长起来的，想到他写过一些关于雷卡米耶夫人（法国 19 世纪初期著名的沙龙女主人）、哲学家亚历山大的斐洛（约公元前 25年—约公元 50 年，犹太和希腊宗教哲学家）、年轻的苏维埃共和国的书籍，想到他能在部长会议的两次会议之间的休息时间里同苏联作家谈谈笛卡儿或苏联青年的风尚问题，想到他每周都要在里昂的市政管理局亲自接见一切求见者，耐心倾听他们的申诉，想到他并不以结识了一些帝王和工业大王为荣，却以结识了高尔基和爱因斯坦为荣，那么他生平的许多事情也就会变得可以理解了。

第二次世界大战结束后，右派分子曾指责赫里欧结交"赤色分子"，而左派则谈论他的忘恩负义："他忘掉了苏联士兵释放他的时候他是怎么高兴得手舞足蹈的了。"赫里欧什么也没忘掉，只不过他仍旧是那个老样子——在政治上前后不一，同时对于自己依依不舍的事物又忠实不渝。1954 年春我在里昂时曾去拜访过他。在谈论别的问题的时候我们谈到了苏联的艺术。我对他说，我认为法国政府对乌兰诺娃和莫斯科芭蕾舞剧团的其他演员的态度是可耻的：邀请他们前来做巡回演出，而又突然以印度支那事件为借口禁止他们登台。赫里欧侧耳谛听，然后走向书桌，就在这张书桌上给我写了一封信："我借此机会告诉您我对芭蕾舞事件感到多么遗憾，以及我是如何谴责它的。厄运似乎正在竭力阻挠法俄的接近，这种接近是作为一个老民主主义者的我热烈渴望的。我向您保证，大多数法国人在这个问题上是同我一致的。"他给了我一张便条："您可以发表……"

之后不久，赫里欧的病情恶化了——他不能行动了。1954 年 8 月，国民会议要批准关于"欧洲防务集团"，说得简单些——关于法国同意重新武装西德的条约。赫里欧来到了议院的会场上，他不能登上讲台，便坐在圈椅里发言。他激烈地指责了法国的对外政策，说欧洲安全的保证在于法苏亲近，并向议员们提出了这样的警告："你们可知道，亲爱的同事们，要是你们在战争的道路上寻找和平，那你们是找不到的。"

1956 年，在里昂举行了爱好和平组织的代表会议，讨论德国军国主义复活的危险。我们在赫里欧的办公室里开会。他的健康逐月恶化，但他还是想向我们致敬。他行走很困难，由别人搀扶着。他说，必须为和平斗争，波恩政府手中的武器是对全欧洲的威胁。他看上去很虚弱、衰老，但双目却仍像先前那样温柔地闪烁着，声音也很年轻、响亮。以后我没再见过他。

1945 年在莫斯科时他曾想同苏联政界的一位领袖谈谈。当时同盟国之间的关系已很紧张。法国大使馆的全体人员均已更换。法国的外交官们对赫里欧说："苏联人曾打听，您打算什么时候动身——这比暗示更为明显……"

看来有人想挑拨赫里欧同他的苏联朋友绝交。

当时他没有烟丝了。我找了很久，终于弄到了几包"金羊毛"，便给赫里欧打了个电话，但我听到的回答是他"突然走了"。我旋即把烟丝寄去，不久便收到回信："我在德黑兰收到了您的烟丝。我估计，它够我抽到我生命的末日了。我很抱歉，我不得不同您不辞而别，未能和您一同度过具有历史意义的胜利日，必须提前结束我在莫斯科的逗留。但我在晚上10点钟得到通知，说我必须在早晨4点钟起飞。"

他活到85岁高龄，死于第四共和国寿终正寝的前一年。他的好恶爱憎没有改变。他不喜欢军阀、教权主义者、普鲁士人、沙文主义者、排犹分子，不喜欢狡诈、轻歌舞剧和严格规定的饮食，而喜欢雅各宾党的传统、里昂、笛卡儿、苏联人、贝多芬、辞令、声誉和"波若列"酒。

1954年，有一次我到他那里做客，他突然谈起诗歌，说他年轻的时候怎么遇到了为补助金而四处奔走的年迈苍苍、变成了酒鬼的魏尔兰。"您喜爱维永，"他说，"可您是否知道16世纪里昂的女诗人路易斯·拉拜的诗？"于是他就念了一段她的一首十四行诗的开头：

> 我活着而又即将死去，
> 我正在燃烧——将烧得干干净净，
> 我冻僵了，而且只能这样——
> 我在极端的苦闷中因幸福而哭泣，
> 生活对我来说既轻松而又艰辛。

这几行诗可能是关于赫里欧的故事的最好的结尾。然而为了回到叙述的线索上来，我还要提到：5月2日他曾对我说"不久我就要为得到的胜利而同您、同所有的苏联朋友碰杯了"，但他却在胜利的前夜被装上了飞机。

26

胜利之夜，我想着痛苦、勇气、爱情、忠诚

我清楚地记得战争的最后几天。由于亚历山德罗夫的文章，我未能前往柏林。我坐在收音机前收听伦敦、巴黎、布拉柴维尔的广播：等待结局。

战争的开始几乎总很突然，而结束得却很迟缓：结局已很明显，但人们却还在不断牺牲。

在四月我曾写道："在德国谁也不必投降……"第三帝国的覆灭同它的生存一样惨无人道。现在既没有基尔的海员，甚至也没有巴敦的马克斯亲王。哪怕是在最后一分钟里起来反对纳粹头目的团队和城市也一个都找不到。后来有一个爱说俏皮话的德国人说，红色的窗帘到处都完好无恙，但床单却没有了——一块块白布从所有的窗户里爬了出来。盟军现在推进神速：德国的城市一个接一个纷纷投降。但在柏林战斗还在进行，不过市内的房屋也一个接着一个地投降。记得霍亨索伦帝国的老战士、被廉价的浪漫主义作品愚弄了的中学生、害怕报复的党卫军队员，还在从窗口和屋顶上向苏联战士射击。而法西斯的头目们则在防空洞里歇斯底里地叫嚷，或者更衣化装，悄悄地溜往西方。

5月1日，德国的无线电广播宣布希特勒像英雄那样在柏林牺牲。一两天后，伦敦广播说，元首同戈培尔一起自杀了。戈林和希姆莱失踪了。海军上将邓尼茨宣布他领导着新政府，但这个政府却难以组成——反对党在德国早已绝迹，但那些昨天还在支持希特勒的人们对瑞士护照的期望却比对部长

职位的期望更为殷切。

5月7日晚我收听到布拉柴维尔的广播：邓尼茨和德军司令部的代表在兰斯签署了投降书。代表苏联在文件上签字的是上校……这个消息我听了三遍，但还是没搞清楚是哪一位上校——广播员说不清楚苏联人的名字（原来这是我知道的苏斯洛帕罗夫上校——他曾任驻法武官）。布拉柴维尔的广播还说，5月8日已被宣布为一个节日。我激动无比，给编辑部打了一个电话，人们对我说，不可轻信谣言，这可能是挑拨——企图单独媾和，无论如何军事行动还在继续。

5月8日，伦敦、巴黎广播了人群的欢呼声、歌声、对游行的描述、丘吉尔的演说。傍晚鸣了两次礼炮——庆祝德累斯顿和捷克斯洛伐克的几个城市的解放。但电话从下午两点却一直没有停过，朋友们和熟人们问道："您什么也没听到吗？"或者神秘地叮咛道："别关收音机……"而莫斯科的无线电广播却叙述着利巴瓦的争夺战、一笔新的贷款顺利签字、旧金山会议。

直到深夜，终于广播了德国在柏林签字投降的消息。似乎是夜里两点。我看看窗外——几乎到处的窗户都是亮的，人们没有睡觉。

人们开始走到楼梯上来，有些人没穿外衣——他们是被邻居唤醒的。大家互相拥抱。有人在大声哭泣。清晨四点钟，高尔基大街上已经有很多人了：他们站在房屋旁边，或者往下走——到红场去。在一连几天的大雨停止以后，天空万里无云，太阳给城市带来了暖意。

我们那么盼望的一天就这样来临了。我走着，而且不再去想我曾是一粒被风扬起的沙土了。这是不平凡的一天，它的欢乐和它的悲伤都很不平凡：很难把它描写出来——什么事都没有发生，但任何一张脸、遇见的人的任何一句话、一切的一切都充满了意义。

一位中年妇女拿着一个穿军服的青年的一张照片给所有的人看，说这是她的儿子，他是去年秋天牺牲的，她一面哭，一面笑。姑娘们手挽手地唱着歌。一个女人带着一个男孩子同我并肩走着，男孩子一直不停地说："这是个少校。乌拉！上尉，二级卫国勋章。乌拉！……"那个女人有一张可爱的、憔悴不堪的脸，突然我想起了，在战争初期曾有一个女人带着儿子坐在受难周广场的林荫道上，儿子在淘气，而她在哭泣。我觉得，这就是她。也许她们根本毫无相似之处，不过是两个面孔合二为一了。一个小姑娘塞给一名海员一小束花，他想拥抱她，她扑哧一笑就跑掉了。一个老头子大声说"死者永垂不朽"，一位拄着两根拐杖的少校把一只手举向帽檐，而老头子就叙述道："老婆求我：'你说吧'，她受凉了，躺着呢……近卫军准尉别列佐夫斯基，曾得到斯大林同志两次亲自嘉奖……"有人说："现在就快回来了……"老头子摇着头："他已英勇牺牲了，4 月 18 日，指挥员写了一封信……老婆求我：'你说呀……'"

我说过，有很多悲痛：所有的人都想念死者。我想着拉宾，我觉得，在我们读海明威的长篇小说的那个夜里，他本想说些什么，但我们很匆忙，于是就没能谈下去。我想到我们毗邻而居，但我却很少同他交谈，这就是说，我们的话虽然很多，但都是谈别的事情——没谈主要问题。我想到善良的叶尼亚·彼得罗夫，想起他曾笑着说："战争结束以后，我要写一部长达七卷的优秀的长篇小说，描写公安部三级政委尤斯季安·因诺肯季耶维奇·普罗卡金-斯图卡尔的英雄气概。"我想起了他曾劝我穿一件暖和的内衣："您不是纨绔子弟，莫扎伊斯克也不是尼斯……"我想起了《红星报》的同事们，年轻的诗人米哈伊尔·库利奇茨基、帕维尔·科甘、塔秦的部下、切尔尼亚霍夫斯基、《旗帜》的尤里·谢夫鲁克、曾在勒热夫城下向我朗读自己的诗作的驭手米沙。勒热夫不知何故老是矗立在我的眼前，雨，两所房屋——"上校"和"中校"，似乎后来卡斯托尔纳亚、维尔纽斯和埃尔平都不曾有过。老是勒热夫、勒热夫……

在我国，每当夜晚人们围桌团聚的时候，似乎找不到一张桌子是没有空位子的。后来特瓦尔多夫斯基写到过这一点：

> ……在雷鸣般的炮声中，我们第一次
> 同所有在战争中牺牲的人们告别，
> 犹如生者与死者诀别。

少年们白天在红场上作乐，他们的欢乐感染了别人。怎能不高兴呢：结束了啊！人们把军人抬起来向上抛。一位军官提出抗议："干吗要抛

战争结束了

我？……"回答他的是一片"乌拉"的喊声。几个军人认出了我，有谁喊了一声："爱伦堡！"于是我也被抬起来向上抛。被人不停地向上抛是颇不愉快的，主要是不好意思。我说"够啦"，但这只能刺激那些战士，于是我被抛得更高了。

"结束了。"我向柳芭、伊琳娜、萨维奇夫妇、熟人们、生人们反复地这样说。我对战争的痛恨是难以形容的。在人类所有的创举——有时是残酷的和轻率的——之中，最为罪大恶极的就是战争。没有什么理由可为战争辩护，说什么战争是人们的天性或培养勇敢精神的学校之类的任何言论，任何吉卜林和以吉卜林为师的人物，任何"篝火边的男人们的谈话"的浪漫情调，都不能掩盖大规模屠杀的恐怖、被灭绝的家族的遭遇。

晚上广播了斯大林的演说。他说得简短、坚定：声音里感觉不到任何激动，同时也不像1941年7月3日那样把我们称作"兄弟姊妹们"，而是称作"男女同胞们"。前所未闻的礼炮轰鸣——千门大炮齐放，玻璃窗为之震动，但我却想着斯大林的演说。他的演说缺乏亲切感，这使我不快，但并不使我惊奇。他是大元帅、胜利者。他何必要动感情呢？倾听他的演说的人们虔敬地叫道："斯大林万岁！"这也早已不再使我惊奇，有这么一些人，他们有欢乐，也有痛苦，而在他们之上的某处——有一个斯大林，我对这种情况已经习惯了。一年有两次能远远地看到他，他站在陵墓的观礼台上。他希望人类向前进。他引导着人们，决定他们的命运。我自己描写过胜利者的斯大林，我想着那些相信这个人的士兵们、游击队员们或人质们、以"斯大林万岁！"这几个字结束的绝笔信。在回想起 5 月 9 日之夜的时候，我本可以把别的一些正确得多的思想说成是自己的——因为我记得戈列夫、施特恩、斯穆什克维奇、帕夫洛夫的遭遇，我知道他们并非叛徒，而是最正直和最纯洁的人，知道对他们、对别的一些红军指挥官、对工程师们、对知识界的镇压使我国人民付出了很高的代价。但是我要坦白地说：在那个晚上我没有想到这一点。在斯大林说出的（说得更确切些：不容反驳地说出的）话里，一切都是令人信服的，而千门大炮齐射的声音听来也犹如"阿门"。

大概所有的人在那一天都感觉到了：这又是一条界线，也许是最重要的一条——有的结束了，有的刚开始。我知道，战后的新生活将是艰苦的——国家百孔千疮而又贫困，年轻有力的、可能还是最优秀的人们在战争中牺牲了。但我也知道我国人民是怎样成长起来的，记得我在避弹所和窑洞里听到过不止一次的那些关于未来的英明而高尚的言论。如果那个晚上有人告诉我说，将来会发生列宁格勒案件，判决一群医生有罪——总之是 10 年后在第 20 次代表大会上被揭发和谴责的一切，我就会把他当成疯子。不，我不是先知。

从四月中旬开始，我有了空闲时间，对未来想了很多。有时候我充满了惊惶之感。虽然在战争的最后几周中有关同盟国之间的纠纷的消息已从我国的报纸上消失，但我明白，真正的一致是不存在的，将来也未必会有。美国人和英国人谈到佛朗哥、萨拉查的时候语气温和得使我惊奇。我担心西方盟国将设法得到这么一种和平，在这种和平的条件下德国军阀能很快站立起来。在我的拍纸簿里记载着法国无线电广播的一段广播节目——同一个投降了美国人的德国将军的谈话。他曾在大本营受到殷勤的款待，在回答记者们的问题时他说："希特勒打击西方，犯了不可饶恕的错误，我们为此得到了报应。我希望你们的政府将来的行动能明智一些，因为十年以后你们在反对苏联人的战争中将不得不依赖德国。"采访员气愤地补充道，这一类声明只能引起轻

左：1945 年，柏林出来打水的人们
右：1945 年，苏联战士给柏林人分发面包

蔑的微笑。我听的时候却并未微笑。无线电广播报道说，美国人正在同海军上将邓尼茨谈判，后者终于找到了各部部长并在接近丹麦边境的小城弗伦斯堡定居下来。所有的人都向斯大林祝贺，颂扬红军，但心里依然感到不安。

战后我们将会怎么样呢？我对这一点想得很多。需要新的教育方法——不是呵斥，不是读死书，不是搞运动，而是鼓励，需要在青年中激发善的因素，信任，能烧毁对同志、邻人的遭遇的漠不关心态度的火焰。主要的是——斯大林现在将做什么？伊琳娜在三月份受《红星报》之托去敖德萨——那里正在遣返被红军解放的英国人、法国人、比利时人。当时有一艘载运我国战俘的运输船刚从马赛驶抵敖德萨，战俘中有些人曾从俘虏营中逃跑，有些人曾在法国的游击队中战斗。伊琳娜说，他们受到的接待就像是对待罪犯一样，他们被隔离起来，据说要把他们送到集中营去。我曾在几分钟内问我自己：1937 年是否会重演？但我又一次上了逻辑的当，我对自己说：在 1937 年是出于对法西斯德国的恐惧才向自己人开火。现在法西斯主义被粉碎了，红军显示了自己的威力。人民已饱经忧患……过去的事不会重演。我又一次把自己的愿望当成了现实，并把逻辑当成了历史学校的必修课了。

我现在谈到这一点是因为我想明白，何以我在那个不寻常的日子的深夜写了一首题为《胜利》的诗。这首诗不长，我把它完整地写在这里：

> 诗人曾为他们哀悼，
>
> 他们彼此等了很久，
>
> 但一旦相见，却互不相识——
>
> 只有在天上才不再有痛苦。
>
> 但他们不在天堂，而在辽阔的尘世，
>
> 在那里你每走一步，都只有痛苦，痛苦，痛苦，
>
> 我曾像等待情人那样等待她，
>
> 我曾像了解自己那样了解她，
>
> 我曾在鲜血、泥泞、悲伤中呼唤她。
>
> 时候到了——战争结束啦。
>
> 我向家中走去。她迎面走来。
>
> 但我们却互不相识啦。

亚·亚·法捷耶夫有一次曾问我，这首诗是什么时候写的。我回答说，在胜利日。他很惊奇。"为什么？"我老实承认道："我不知道。"即使现在回想起那一天来，我依然不解，我所看到的望眼欲穿的胜利何以恰恰是这个模样。大概诗人的天性感觉比较敏锐，也比较深刻。在这首诗中我不曾企图做一个合乎逻辑的人，我没有安慰自己，而是表达了隐藏在内心深处的疑虑和不安。

我现在力求尽可能精确地再现那遥远的一天。我把我已写下的文字重读了一遍，于是突然感到不好意思：读者可能认为我当时只是高谈阔论、忐忑不安。但我其实是同所有的人一同欢乐、微笑、祝贺。胜利了！我记起了马德里之夜、巴黎街道上的党卫军队员、基辅。我的天啊，多么幸福啊！无论如何，一个新时代开始了。我国人民显示了自己的威力——虽然没做好准备，遭到了突然袭击，但他们没有投降，在莫斯科城下、在伏尔加河上死守着阵地，面向着侵略者，蜂拥而上。我想起了《基督教科学箴言报》上的一篇文章："下一个时代也许会被称为'俄罗斯世纪'……"

莫斯科胜利日——1945 年 5 月 9 日

　　这一切都是对未来的思虑。而现在我想从另一方面来结束 5 月 9 日的故事：这是所有的人特别亲近的一天，这种亲近不仅表现在素不相识的人们在街上接吻，也表现在微笑里、眼睛里、一种在夜间笼罩着城市的同情和温情之雾里。

　　战争的最后一天……我从来没有感受过同别人之间有像在战争年代那样的联系。有些作家当时写了一些优秀的长篇小说、中篇小说、长诗。而我在那几年里又留下了什么呢？几千篇如今只有极为认真的历史学家才会读完的彼此雷同的文章，以及几十首短诗罢了。但我最为珍视那几年：我曾同所有的人一起悲痛、沮丧、憎恨、热爱。我对人们有了比在漫长的数十年间更为清楚的了解，我更为深挚地爱上了他们——他们遭遇了那么多的不幸，而又有那么雄厚的精神力量，他们曾那样同亲人分别，而又那样沉着。

　　这一点我在那天夜里也曾想过，当时焰火已经熄灭，歌声已经沉寂，女人们把头埋在枕头里哭泣，怕惊醒了邻居——我想着痛苦、勇气、爱情、忠诚。

第六部

01

1945年6月：我开始了漫游

　　我以 1945 年 5 月作为本书第五部的结尾，我不知道这样做是否正确，因为我在最后一部里叙述的一切开始于一年之后。

　　而 1945 年的事件和感受仍与战争紧密相连。在波茨坦会议上，在于伦敦和莫斯科举行的外交部长们的会晤中，我国的外交官们同盎格鲁撒克逊人争论，但结果仍做出了妥协性的决定。热情洋溢的电报和勋章的交换仍在继续。对希特勒分子及其同谋者的审讯正在各地进行，检察官们看到自己最忙碌的时刻来到了。赖伐尔和吉斯林（1887—1945，挪威法西斯头子）被审讯和处决了。对贝尔森的刽子手们的审判延续了很久。在比利时、荷兰、意大利、南斯拉夫、波兰和我国，不论哪一天都要刊登控诉书。审判了老态龙钟的贝当，这是可以理解的——他在法兰西的毁灭中起了十分显著的作用。就连挪威作家克努特·汉姆生（我年轻时曾读得入迷的几部出色的长篇小说的作者）也被审讯了，尽管他已 85 岁，并且多半是出于老年的糊涂才赞扬希特勒的。

　　惊恐万状的佛朗哥还在东奔西跑。日本还在抵抗。我还记得我读了关于原子弹的消息的那一天。即使我们经历过的灾难也不能根本消除一切人类的情感，不料却发生了一桩使我们距离有关良心和精神进步的习以为常的概念无限遥远的事件。而我却依旧相信曾被一个四年级的中学生摘录下来的柯罗连科的话："人为幸福而生，正像鸟为飞翔而生。"想不出有比广岛更为震耳的对 19 世纪的反驳了。

克努特·汉姆生

已经超过服兵役年龄的人们不知何故立刻感到疲倦万分。当战争还在进行的时候，他们支持住了，一旦松弛下来——许多人却卧病不起了，血管梗死，高血压，中风，黑框的悼文不时可见。

七月，满载复员军人的第一批列车向东驶去。士兵们回到了被炸弹摧毁的城市和烧毁了的乡村。他们想休息，而生活却不允许。我重又看见了我国人民的精神力量——生活艰难，许多人食不果腹，干力不胜任的工作，但依然没有气馁。

在大学和专科学校的教室里，从伏尔加河一直走到易北河的三十多岁的老战士们，同年纪轻轻的后生们并排而坐。其中的一个对我说："不得不在半夜里死啃书本——忘啦，忘得一干二净！可我是上过学、拿到过文凭的……"我看着他，心里想：当然，困难，比他自己所感受到的还要困难——因为他要第二次取得文凭，要度过第二个学生时代……我们十分清楚地记得我们的过去，而又竭力想着未来，推测着，幻想着——既默默自语，也大声说出让别人听见。

有许多各种各样的悲剧，这个说他丧失了技能，另一个埋怨不给他住处。一个年轻的中尉忧郁地一再地说："原来他也叫别佳，就像是故意……"他回到故乡穆洛姆，看见妻子有个新丈夫，她为了不使他伤心就不写信，而这位新丈夫竟又是一个同名的人！中尉险些把他们两个给宰了，后来他们坐下来吃晚饭，把他送到车站。他决定到塔林去——他是在那里复员的，而半路上却来找我"倾吐积愫"了。

一位教授曾向我谈到那些长了小胡子的阴沉的一年级学生："他们根本不再听话了……"我暗自冷笑了一下：要知道我也不再听话了。我早在 1944 年就开始构思一部长篇小说，但直到 1946 年 1 月才坐下来写作《暴风雨》——我很久都不能站在一旁观看战争。起初连我自己都不明白我出了什么事，后来我仔细观察别人，这才明白要摆脱战争不是那么容易的——我们都中了它的毒。

第 六 部

　　早先我曾幻想：战争结束后，我要休息休息，在森林里、草原上走走，然后坐下来写长篇小说。原来我是不能待在一个地方不动的。我开始了漫游。

　　六月底，我到了列宁格勒，从 1941 年 6 月以后我就没有去过那里。（我每次来到这个城市，它都使我震惊。在离开莫斯科——我爱莫斯科，我在那里度过了童年和少年时代——以后两眼得到了休息，列宁格勒的街道与大自然联系在一起，天与水都被囊括在城市的景色之内。）到处都可以看到恐怖岁月的遗迹，没有一所房屋不是残缺不全或伤痕斑斑的。有的地方还遗留着一些警告人们不要沿着街道的某侧行走以避免危险的字句。许多房屋都在树林里，干活的主要是妇女。人们开玩笑地谈论着“整容术”。然而使人伤心的不是房屋，而是人。我曾仔细观察人群：列宁格勒原来的居民多么少啊！多数是来自其他城镇和乡村的人们。经历过封锁的人们，一连几个钟头叙述着封锁的惨状，他们所说的都是众所周知的，但每一次都使人喉咙发紧。

　　7 月 9 日发生了日食。人们站在街上观看。突然天昏地暗，寒风阵阵，群鸟乱飞。一个十岁上下的男孩子不以为然地说：“这算什么，不值一提！当德国人从乌鸦山上开炮的时候……”

　　旧书店里躺着一堆堆的珍本书——因营养不良而死去的列宁格勒市民的藏书。我拿了一本。售货员说：“恭喜。”可我却连高兴一下也不能。这是一本勃洛克的诗选，上面有写给一个我不知道的女人的题词。我直到现在也不知道，这是偶然留下的墨迹呢，还是勃洛克生活的一页。我不知道，战前这本书是在谁的手中——是诗人所熟识的那个年老的女人，是她的子女，还是一个藏书家。这也许是一种盲目崇拜，但是瞥了一眼勃洛克的笔迹，我却回忆起了很久以前的彼得格勒、死者的阴影、一代人的历史。

　　我看见一张广告：“役犬和在封锁中幸免于难之犬展览。”在荣耀的座位上坐着被削去一只耳朵的牧羊犬吉那，一行题字说明它曾发现了五千枚地雷。狗儿忧伤地瞧着来客，大概是不明白人们何以要看它——须知它做的只不过是人们所做的事儿，而且遭受的损失也很轻——只有一只耳朵。经历过封锁的狗仿佛有 15 只——都是又小又瘦的非良种狗，牵着它们的女主人也是一些又小又瘦的老太婆，她们曾同自己心爱的狗儿分享一份不够吃的口粮。

　　（一位作家曾写信给我，说我在本书中写狗写得太多，这是“老爷们的怪癖"。在读他的信时，我不仅想起了卡什坦卡，也想起了列宁格勒的老太婆们。我再说一遍：我的书是对一个人——许多人之中的一个人的生活所做的极富于个人色彩的叙述。人们有同样的权利可以指责我，说我对绘画写得太多，而对音乐则写得少了。我往往想到巴黎而没提芝加哥，说了犹太人而没谈冰岛人。）

我在展览会上想起了两只列宁格勒的狮子狗——乌尔斯和库斯的故事，它们属于《高尔基传》的作者、"谢拉皮翁兄弟"之一的伊·亚·格鲁兹杰夫。在封锁开始的时候，格鲁兹杰夫的妻子拿来了面包——两天的口粮。穿堂里的电话响了，她忘掉了饥饿的狗儿，后来想了起来，赶紧跑回室内。狮子狗瞧着面包，口涎直滴：看来它们比许多人都更有自制力。伊利亚·亚历山德罗维奇在这之后不久便枪杀了乌尔斯，拿它的肉来喂库斯，库斯虽然保全了性命，但却变得多疑而忧郁了。我无意把我的爱好强加于任何人。可以不喜爱狗儿，但对于某些狗的故事却值得思索一番。

我曾在普希金诺的一所被破坏了的宫殿的四壁看到一些西班牙字句——"蓝色师团"的雇佣兵曾在此寻欢作乐。他们大概以为很快就将通过列宁格勒的街道……我突然发现自己一直在想着战争。安娜·阿赫玛托娃曾这样描写皇村花园里的普希金：

> 这里曾躺着他的三角制帽
>
> 和一卷破烂的帕尔尼（1753—1814，法国诗人）的诗集……

在地下，普希金的雕像被找到了——它被埋藏起来了，三角制帽也在旁边被找到了。和平女神的雕像被推倒在地。因诺肯季·安年斯基描写过它，我也常常反复吟诵这些诗句：

> 啊，请把永恒给我——我又将献出永恒
>
> 换取对屈辱和岁月的淡漠。

不，这种交换不能进行，这不仅因为我们并无永恒，而且还因为无论岁月或屈辱都是不可忘怀的。

彼得戈夫（彼得宫城的旧称）的宫殿被破坏了，人们说："我们要修好它。"我明白，将会有一个仿制品，一幢新的建筑物。德国人砍伐了三千株古树。

该城的保卫者——列宁格勒近卫军于 7 月 8 日入城。我站在基洛夫工厂旁边。老工人们举杯款待战士。妇女们拿来了郊区荒地上的野花。一切都异常朴实而动人。

傍晚，列·亚·戈沃罗夫邀我去别墅。在美妙的白夜里我们在凉台上回忆战时的岁月。后来戈沃罗夫谈起列宁格勒的美，并突然朗诵起来：

> 它蕴藏着多么大的力量！
> 这匹马性子同烈火一样！
> 你往何处飞奔，高傲的马啊，
> 你要把铁蹄落在何方？

沉默了一会儿，他又说："人民变聪明了，这是无疑的……"

有一次我们同一群作家坐在一起谈天说地。贝利亚被授予了元帅称号。奥莉加·费奥多罗夫娜·别尔戈利茨突然问我："您是怎么想的：1937 年是否会重演，也许现在这不会吧？"我答："不，我看不会……"奥莉加·费奥多罗夫娜大笑起来："可您的声音却是没有把握的……"

曾有一位姑娘前来找我，她说："您大概将要描写战争。我在这里度过了整个封锁时期，当时我在工作，还写日记。请您读读，也许对您有用。用毕请还给我——这对我是个纪念……"夜里，我开始阅读这个小本子。记载都很简短：多少克的面包啦，多少度的严寒啦，瓦西里耶夫死啦，娜佳死啦，姐姐死啦……后来我的注意力被以下的记述吸引住了："昨天读了一整夜《安娜·卡列尼娜》""通宵看《包法利夫人》……"姑娘来取自己的日记时，我问道："您怎么竟能在夜里读书呢？没有灯哪。""当然，没有灯。我每天夜里回忆我在战前读过的那些书。这曾帮助我同死亡斗争……"我很少听到给我的影响有比这更为强烈的话，在国外，每当我竭力想说明是什么帮助我们坚持下来的时候，我曾多次引用这一段话。在这段话里不仅有对于艺术的力量的承认——其中也有对我国社会性格的证明。尤里·奥列沙写过一个剧本，女主人公编制了两份统计表：一份拿来登记她称之为革命的"罪行"的事件，另一份登记革命的"善行"。关于第一份统计表，人们近几年来说得不少，只是无论如何也不能把罪行算在革命的账上，罪行是由于违反了革命的原则才成为罪行的。至于"善行"，则它们的确是同革命的本质联系在一起的。如果我没有记错，这个剧里的女主人公说道：革命把书籍和地球仪送到了牧人的手里。记日记的姑娘于1918年生于沃洛格达省的一个偏僻的农村，曾在师范学院学习，战争开始时当了卫生员。同苏维埃社会的本质相联系的，不仅只是她能在封锁时期可怕的夜里回忆早先读过的那些最优秀的书籍，而且还有她对我的惊讶感到奇怪。对这个问题的认识日后在最艰难的时刻都一直支持着我。

我曾去找丽莎·波隆斯卡娅。她叙述了她撤退时在卡马河上的生活情况。她的儿子在军队里。我们谈论着战争、奥斯威辛、法兰西、未来。我同她在一起时感到轻松，仿佛我们曾一同度过了漫长的岁月。突然我想起了动物园旁边那条巴黎的街道，海象夜里的叫声和诗歌课，于是不做声了。同自己的青年时代相见是痛苦的，特别是在心境不宁的当儿，在心软的时候试着取笑自己几句，柔情就同苦恼混在一起了。

我一回到莫斯科就立刻想走。举办过几次马雅可夫斯基晚会的帕维尔·伊里奇·劳特来了（马雅可夫斯基的一首长诗提到过他："安静的犹太人帕维尔·伊里奇·劳特曾对我说……"）。劳特建议举办晚会，问我想去哪里。我不知何故挑选了雅罗斯拉夫尔和科斯特罗马。轮船在平稳的运河里走了很久。人们谈论着一去不返的人们，比较各个城市里的集市，有的人饮酒、唱歌。我竭力要睡，但睡不着。

我喜欢科斯特罗马——巨大的广场、商场、烟草市场、伊帕季耶夫修道院。我还受到了殷勤的接待。省委书记邀我共进午餐。（劳特深受感动。）年轻的诗人们聚会朗诵自己的诗作。在博物馆里我看到了收藏的展品。在革命后的最初几年间，有些青年画家的油画从莫斯科送到外省的博物馆去了，这些画使我想起了当时莫斯科的街道——立体主义者，构成主义者，至上主义者。一幅静物画吸引了我的注意，原来这是科罗温（1858—1908，俄国画家）的一幅画稿。我感到奇怪，为什么不能把它挂在大厅里呢。经理惊讶地举起两手一拍："您是怎么啦！这是印象派的影响，背离了现实主义。"

晚会后，一位退休的大尉走到我跟前，自我介绍说："您的读者。"他微跛地在长长的街道上一步步地走着："例如这样的事实您就可以描写。譬如说，我从头到尾参加了这次战争，开始是在里沃夫，做侦察工作，四次负伤，最后一次是在布达佩斯城下，谁都没说过我是胆小鬼。不料昨天他却把我叫到市苏维埃去。他嚷了起来。我知道他是有过错的，他曾亲口告诉我说没有柏油纸，这就是说，没啥可忙的，但有什么可说的呢：他在你面前既是将军，也是元帅，又是上帝。总之，我成了胆小鬼。请您写明，为什么会这样。不过请您别提我的姓名——他会把我磨成粉的，请您最好连科斯特罗马也别写，只写人世的一桩趣事……"

在伊帕季耶夫修道院里，我久久地站在一个旧炉灶前面，在两株树下的一块瓷砖上写着这样一句话："一个即将死去，另一个正在诞生。"这年夏天，我写了几首诗，都是写树木的。我回忆青年时代：

> 我忐忑不安而又没有信心地活着，
> 说的是不相干的废话，
> 但我还记得一棵大树，
> 墨色的枝叶衬以蔚蓝色的天空，
> 我还记得我喜爱的一个女人，
> 我不知道是不是力量不够，
> 但我曾迷信而羞涩地
> 抓住一只手但又把它松开。
> 一切都早已消失，
> 连屈辱也没有留下影踪，
> 只有那一棵大树，
> 仍挺立在某处。

我描写勇敢精神：

曾有一株青草，像奴隶一样趴在地上，

一粒柔和的露珠闪闪发光，

一只燕子舍弃了屋顶，

飞向温暖的天庭。

大树啊，只有你

还在坚守自己的岗位——

你是一名受命掩护

自己的高地的士兵……

我谈到自己的生活，谈到我写了什么和想写什么：

……我曾同它们一起生活，我听过它们的故事，

可爱的栗树、橄榄和榆树啊。

那不是风景画，不是背景，也不是装饰，

树上有着命运和忠实。

我将离去——它们会留下来警戒，

我已开始讲话——它们会把话讲完。

我之所以写诗，想必是因为早年的激情还没有平息下来。这些诗曾刊登在《星》和《列宁格勒》这两个杂志上。但我重又长期同诗歌分手了。

我记不得在雅罗斯拉夫尔举行的晚会的情景了，但我在那儿看见了亚德维加。她像在考特贝尔那样温柔地微笑着。无话可说——我的青春在寻找我……

亚德维加在师范大学工作，女儿丹娘同她住在一起。丹娘有个未婚夫。我觉得，亚德维加的变化很小——声音和眼睛都是先前那个样子。女儿，未婚夫……我突然感到，人生有多么长啊。人们一天天地生活着，没有觉察岁月的流逝。老年的来临想必使所有的人都措手不及。

我们在堤岸上漫步，观看古代的教堂。一个管仓库的女人在抱怨命运：子女和丈夫都杳无音讯，又不给她养老金。大学生们问道："日本很快就会投

降吗？”"的里亚斯特将属于谁——属于南斯拉夫还是属于意大利？”"您对亚历山德罗夫的文章抱什么态度？”"为什么没有一个作家写一部《战争与和平》？"旧货市场上出售糖块和虏获的女上衣，可亚德维加却在一旁走着，就像四分之一个世纪以前在莫斯科那样。

回到莫斯科后，我立即到基辅去了。克列夏齐克没有了，但天竺葵却在石制的花瓶里开花，还有警察在指挥交通。我沿着大学街向高处走去——这里曾有一所我在其中诞生的房屋，如今只剩下一堆垃圾。我在第聂伯河畔坐了很久，战争，拉宾的铃声，横渡第聂伯河的情景，汇聚成漫无止境的一天的岁月，这一切又出现在我的眼前。我想：我很快便将坐下来写书了——这就是说，战争将在我的房间、头脑和心灵中逗留很久。我去找过狄青纳、巴让、戈洛瓦尼夫斯基、卡甘。我曾在波多拉河上一位军官那里坐了一个晚上——他在街上叫住了我，说我们曾在明斯克附近相遇，便把我邀往他处，买了半升酒和一些香肠，接着久久地谈起了他的儿子们，说他们怎样长大、学习、参加战争，然而一去不回。"为什么被打死的是他们，而不是我呢？……妻子留在基辅。在娘子谷……"我离开他的时候已经很迟，接着在崎岖不平的街道上徘徊了很久。天已亮了。我沉思了片刻，突然发觉，我正站在一株栗子树旁谈话——不知是在同树谈还是在同自己谈。过了几个钟头我才走开。

在莫斯科曾有一位陌生人前来找我，他说："请原谅我冒昧前来——您的电话很难打通。我是保加利亚共产党员科拉洛夫。"……我们那儿没有电梯，因而我想到的第一件事就是：他已年近70，不知是怎么爬上来的？……但瓦西里·彼得罗维奇却微笑着，一支接着一支地抽烟。他说，他请求我去访问保加利亚，写写这个国家。"在西方也有人读您的作品……"我立刻同意了。

几天以后，格奥尔吉·费奥多罗维奇·亚历山德罗夫打了个电话给我，要我前去找他。他态度十分亲切，夸奖我的文章。"我们支持保加利亚朋友的请求……"我忽然想问，为什么在四月份他不回我的信，但我立刻明白这是不必要的——他不会向我做任何解释。我只说，我想在访问了保加利亚之后前往南斯拉夫（这也是战争的继续，因为在所有被希特勒匪徒侵占的国家之

左：1945 年，第一批复员军人回到莫斯科
右：基辅克列夏齐克大街

中，南斯拉夫是最难以制服的）。亚历山德罗夫答道："当然。"他问，近几个月来我在什么地方发表自己的诗作，尽管他对这个问题的了解不比我差。"在《真理报》和《消息报》上。"他劝我同《消息报》商定，定期给该报投寄特写："您是《消息报》的老人啦……"不知为什么，我竟把我的想法说了出来："当然。但我宁可当一只狗，也不愿做一只猫——我所习惯的不是职位，而是人。同我在《消息报》报社共过事的人一个也不剩了……不过这没有关系，《消息报》就《消息报》吧……"亚历山德罗夫对于无须做任何解释感到高兴，紧紧地握了我的手。

在车厢一个双人包间的上铺，躺着一个衣着简陋的姑娘，她把一个极大的袋子枕在头下。当列车员劝她把身子盖上的时候，她嚷道："决不！"第二天，她在知道我是什么人以后（记不得她是怎么知道的了，可能是隔壁包间里的一位军官曾呼唤我的姓氏），便同我攀谈起来。我听到了她的自白。我一下子就注意到了的那个袋子里装着衣料。她要去乌克兰的一个小城，那儿住着她的母亲，她要在那里卖掉衣料，购买面粉、牛油。她是纺织学院的大学生，丈夫也是大学生——学语文。"他就会读书。可您知道我们的生活怎样？我不记得什么时候吃过一顿饱饭。我倒没有什么——我很结实，可他正患开放性肺结核，他需要增加营养。您不了解他，他是个不平常的……"年轻的女投机商突然变成了朱丽叶，傻乎乎地谈起自己的爱情来了。车票是她走后门弄到的。她的钱很少——只够雇搬运工人，袋子会在换车时被偷走的。我请她吃夹肉面包，她拒绝了。我把面包、香肠放在上铺上，接着便听见她大嚼起来了。她换车的时候是在夜里，分手时她说："请别把我想得太坏，您是作家，应该明白……也许不必雇搬运工人？……"（两年后，在纺织学院的一次读者代表会上，一个女学生向我走来："还记得吗？……"我立刻想起来了。"怎么样——搬运工人雇了吗？"她笑了："没雇，我自己背到家的。"）

　　隔壁包间里的那位军官带着一个八九岁的小姑娘。"我们是在巴拉诺维奇附近把她捡来的——她父母亲被德国人杀害了。我负伤后在卫生营服务。她对我依依不舍。妻子来信说：'把她带来吧。'我的妻子有病，动了四次手术。没有孩子。战前我的收入相当多。我曾在一个坦克旅里作战，负伤后就到卫生营去了——一只手负了伤。不过这没有关系——我会安排好的。我们要活下去。可是没有孩子却很寂寞。要知道我已 42 啦……小姑娘很好。妻子很

1945 年 7 月，列宁格勒的保卫者——列宁格勒近卫军团开进列宁格勒

高兴……"小姑娘有点害羞，没有开口。

我在敖德萨街头徘徊了一阵，这地方令人伤心：一堆堆的废墟，人们都赤着脚，衣衫褴褛。这种不幸同敖德萨很不相称，她就像一个受尽委屈、衣服破烂、泪痕满面的时髦女郎。我被安置在一个虽然豪华但无人照管的房屋里过夜——在占领时期那里曾住过一个罗马尼亚的将军。宽敞的房间里漂亮的镶木地板已被烧焦：大概曾有人试图在地板上生火。在一张宽大而跛脚的卧床上面挂着一个被打碎了的威尼斯的枝形吊灯架。

我躺下后突然感到疲倦得要命。当然，夏季应该休息，可我却不会休息。我想去看看一些陌生的国家。一系列群众大会、报告会即将开始。我将不得不用电话口述文稿。然后我要坐下来写长篇小说，而且可能重犯考虑不周的错误……

就像 1932 年在巴黎的科坦登街上那样，我开始责备自己。不过在巴黎时我是对自己的耽于冥想生气，对我待在生活的一旁生气，而现在我却责备自己轻蔑艺术，仓促草率，不愿深思熟虑。但是在新旧责难之间却有一种共同之处。我想起了两个月前写的诗：

> 我忐忑不安而又没有信心地活着，
> 说的是不相干的废话……

这确是真情，我的废话说得太多——而没有说那对我来说最重要的事情。从外表上看我非常阴沉，而内心却十分轻率。也许已到了好好想想的时候了……先前我觉得，老年的来临是轻易而自然的——热情渐渐消失，愿望渐渐减弱。看来就在那个敖德萨之夜，在打碎了的枝形吊灯架下，我第一次明白了，所有这些都是无稽之谈，正在枯竭的不是热情，而是力量。

翌日我飞往布加勒斯特，打算从那儿前往索菲亚。飞机还是战时的样子——椅子是铁的。飞机在黑海上空摆动不已，而我却在写笔记——关于军官和小姑娘，关于敖德萨，关于普希金诺，关于我自己的该死的轻率。飞机突然着陆了。（我又中断了自己的思索和写作！）我看见机场上有一大群人——欢迎同特特勒斯库一起从莫斯科回来的格罗查总理。

第 六 部

　　大使馆的秘书丹古洛夫和监察委员会的莱维少校走到我面前说，我应该逗留一些时日，看看布加勒斯特、罗马尼亚。说服我并不困难。少校把我领到旅馆去了。天气同盛暑一般酷热，市声喧哗，五光十色，于是我忘掉了深夜的沉思，贪婪地打量起陌生的人们来了。这是 17 年前的事了，现在我深知我在敖德萨责骂自己是做对了。有些谚语并非胡扯，的确只有坟墓才能矫正驼背。

02

四个月访问七个国家

我的担心是正确的：人物、城市、国家都一闪而过。要想真正了解一个国家，就得在那里住一段时间，结交几个朋友和对头，不仅要了解欢乐，也要了解不幸，甚至还得体验一下闲暇时的无聊，但摆在我面前的却是另一回事——在四个月内访问七个国家：罗马尼亚、保加利亚、南斯拉夫、阿尔巴尼亚、匈牙利、捷克斯洛伐克和德国。人们曾幻想过飞毯，现在地毯都按时刻表飞行，女服务员面带永远不变的那种微笑宣布："我们将在九千米高空飞行，将给旅客们送上午餐……"但是我继续幻想着古老神话的一个标志——隐身帽。在保加利亚和南斯拉夫，我有时央求人们给我一个假日，或者像小学生那样溜掉，跑到画家的工作室去，在黑暗的小酒馆里同过去的游击队员们共饮李子酒，寻找我所喜爱的作家，然而不是在会上寻找，也不是在作协的会址寻找，而是去可以谈心的幽静之处寻找。这是短暂的喘息机会。每天都得做报告或在群众大会上演说，发表谈话，参加官方的仪式，参观过去的或未来的宫殿，同部长们、军人们，甚至教士们共进午餐。我就像十年前那样在旅馆的房间里匆忙地为《消息报》撰稿，然而那时一切对我来说都很新鲜，但如今我却常常怀着憎恶之感瞧着打字机的键盘。

契诃夫在他还是安托沙·契洪杰的时候曾说，医学是他法定的妻子，而文学则是他的情妇。他学了很久医学，取得了执照，开过业。而我呢，在我还不到 16 岁的时候就搞政治。后来呢？……后来这样的一个时代来到了：

就像对千百万别的人那样，政治也找到了我的头上，而这不像吃醋的妻子的责备，却像母权制时代的女统治者的命令，她需要的不是爱情的自白，而是被杀死的野兽的皮。

这是战后的第一年，在民穷财尽、精疲力竭的欧洲的上空，笼罩着破晓前的云雾。据《圣经》所载，上帝在着手创造世界的时候，第一天把光明与黑暗分开，至于大地和深渊，他却拖到第二天才把它们分开。在 1945 年，还没有任何人决计劈开无论是国际关系中的还是个别国家内的反希特勒联盟。这大概是因为一部分人在玩扑克，另一些人则沉湎于幻想中了。从一旁看去是一派升平气象。在法国立宪会议的开幕式上，莫里斯·多列士也同戴高乐将军并排坐在政府席上。而在布加勒斯特附近的一处公园里，我曾看见年轻的米哈依国王，在此之前不久，他被授予了一枚苏联的"胜利"勋章。

两年以后，一切又各归各位了。1947 年 5 月，共产党员部长被逐出了法国政府，同年 11 月，自由主义者特特勒斯库和右翼社会民主党人彼特雷斯库被赶出了罗马尼亚的政府机构。在罗马尼亚、保加利亚、匈牙利，我受到了作家之家的理发师所说的那些"要人和大亨"的接待。他们大多数很快就下台了——有的被囚禁，有的侨居国外，有的得到了一个俸多而清闲的职位，可以缅怀过去的黄金时代了。

我不仅会见了许多部长，也会见了罗马尼亚的地主、保加利亚的烟草出口商、霍尔瓦提的主教。让我简短地叙述一个故事。烟草的出口对于保加利亚具有头等重要的意义。这个国家的南部培植着一种叫作"杰贝尔"的最名贵的烟草，美国人把它掺进"弗吉尼亚"里。不料美国的烟草公司宣称，他们不能向保加利亚人购买"杰贝尔"，因为保加利亚政府未被美国承认。在莫斯科外长会议上通过了一项建议：在保加利亚政府内增设两名代表未参加祖国战线的力量的部长。保加利亚人找到了这两名部长，不过就连他们也不合美国人的口味。"杰贝尔"卖不出去了。

幕后进行着 1947 年的预演，而舞台上则继续演出田园诗。照片上的贝尔纳斯定是挽着莫洛托夫的手。杜鲁门给斯大林发令人感动的电报。在贝尔格莱德的一次招待会上，一位英国将军把铁托元帅的牧羊犬恭维了足足一个钟头。在布加勒斯特，法国大使邀我去吃午饭，他请了许多罗马尼亚人，当然，我们为"永恒的友谊"干杯了。

我到过罗马尼亚的科舍伦尼村，同农民们谈过话，他们不知道对土地改革是否应该感到高兴，担心地主康士坦丁内斯库会把土地夺回，而且还会鞭打侵夺别人财产的人。我曾去拜访一个地主，他待我殷勤，请我喝李子酒。当我谈到土地改革的时候，他彬彬有礼地说："这事还不大明确……"我企图了解他盼望着什么。他固执地不予回答，却把谈话引向原子弹的可怕力量上去了。

在布达佩斯的"布里斯托尔"旅馆附设的餐厅里可以吃到美味的大餐。一餐我就付了一万五千班格，而职员们的平均工资却只有十五万班格。我在那里看到了美国和英国的军官。有几张餐桌旁坐着一些投机商。一个匈牙利人已有了三分醉意，他走到美国人前面举起一杯葡萄酒高声说道："为我们的第二次解放！……"

战争是令人难以忘怀的：它使人处处都会想到它。我在布达佩斯欣逢为第一座把佩斯和布达联结起来的桥梁的落成而举行的盛典，但优美的布达及其豪华而轻浮的巴洛克式建筑却像是稀奇古怪地堆积起来的废墟。我想起了沃龙涅什的匈牙利人，但胜利却使人得以用另一种眼光看待许多事物。使人特别痛心的是看到那些已无法重建的城市的废墟：布达，德累斯顿，纽伦堡。明斯克已重建起来了，但诺夫哥罗德的涅列季察救世主教堂里的壁画却不能恢复了。自然，对于无家可归的人来说最重要的是一个住处，但在过了一年或十年之后，他住进了新居，忘掉了饥饿与寒冷，他就要开始怀念美，但美却是任何计划也不能恢复的。我看到过普洛耶什特、索菲亚、扎达尔、波德哥里察、费乌梅、尼什、科尔恰、布尔诺的废墟，后来又看到了一些德国城市的废墟。我的天啊，毁掉了的房屋是多么雷同啊！只有聚精会神地去察看才能分辨：这是波德哥里察而非勒热夫，那是索菲亚而非明斯克。

到处都有人在哀悼死者，死者的阴影继续生活在生者当中，在利克、黑山、斯洛伐克和保加利亚的杜普尼察，都有死者的阴影在徘徊。在南斯拉夫，一个女人叙述道，她有七个孩子，全都死了。我在布拉格获悉了我记得很清楚的万丘拉（1891—1942，捷克作家，共产党员）被枪杀的细节，看见了

1945年，爱伦堡在布达佩斯

提里济纳的死亡营。战前察尔纳果腊有四十万人，死去了八万五千人。

巴尔干和中欧遭受了浩劫。我曾在笔记簿上记下了可以在各国的商店里找到的东西："烛台（没有蜡烛），乳酪罐（没有乳酪），纸花，香荚兰的粉末，保险柜，枝形吊灯架，红辣椒，皮鞋带（人们都穿着破鞋，我还遇到过赤足的）。"布达佩斯的街道上有人出售薄薄的南瓜片。一支香烟要卖二百五十班格。保加利亚没有牛奶。在人们还没有告诉我此事之前，我已从孩子们身上看出了这一点。察尔纳果腊人在挨饿，地方当局说，没有载重汽车——无法运面粉。阿尔巴尼亚士兵在检阅时赤足行进。到处都在无穷无尽地谈论购货券、"黑市"、神话般的物价。宽大的女用手提包成为最时髦的物品，里面可以收藏偶然买到的货物—— 一块肥皂，几个茄子，菊苣制的咖啡，用作饲料的芜菁。我在德国看见过一些用勋章上的缎带精巧地滚了个边的手提包（在我国叫作网兜子）——有人弄到了一批这种手提包，更主要的是发现了这种手提包的用途。

有些人生活在麻痹状态中，一上街就胆怯地东张西望，如果他们幻想什么的话，那也只是幻想战前的午餐。另一些人被寒热病弄得发抖。在南斯拉夫城市里的广场上，年轻人直到深更半夜还在跳科洛舞。

在这次旅行刚开始的时候，我乘渡船渡过多瑙河来到了保加利亚的鲁赛城。我被举了起来并久久地被人们抬着：风气如此。老实说，这不比把你抬起来往上抛来得轻松。同样的情况在保加利亚的每个城市里都一再重演：对于青年们来说，这既是热情的流露，又是一种运动，他们围着广场奔跑十来次，不管怎么请求他们把我放到地上都无济于事。

在即将离开索菲亚之前的一个晚上，我被带到剧院去看《歌颂者》，人们在幕间休息的时候宣布我要上台。站在那里的有艺术部长迪莫·卡扎索夫、形形色色的官方人士、作家、身穿中世纪服装的男女歌手。部长授予我一枚圣亚历山大勋章，勋章应该挂在脖子上，左侧还得增钉一枚大星。观众发狂了，而我却像一个初次登台的演员那样，险些由于张皇失措而掉进地道口里。在南斯拉夫的斯普利特，成千上万的人一定要同我握手。我想我会受不了的。我到达地拉那的时候是傍晚，经过一路上的坎坷和坑洼之后，走出汽车时已很疲倦——但我立即被推进了剧院的大厅。这天是 11 月 7 日，十月革命的周年纪念，剧院座无虚席。台上有人正在跳舞。一位舞蹈演员用我听不懂的语言说了些什么，大家便开始鼓掌、喊叫，我也鼓起掌来，后来发现，人们原来是在向我鼓掌，我已分辨不清，哪里是演员，哪里是部长，阿尔巴尼亚人具有南方人的气质。我觉得，这好像延续了无限之久。阿尔巴尼亚人在沃赫里德湖上隆重地把我转交给了马其顿人，于是又一个群众大会立刻开始了。

我是第一次游历巴尔干国家。当然，在两个月内是难以分析五光十色的生活与陌生的习俗的，但我竭力观察各种人，了解不同国家的性格。

罗马尼亚的种种互相矛盾的现象使我惊奇。在布加勒斯特的中心还保存着昔日的漂亮外表，但在距首都二百公里的煤矿区瑞乌却有许多人像野兽一样住在洞穴里。不过即使在布加勒斯特市内也不乏互相对立的现象：一位优雅的太太迎面遇到一个身穿土布衣服的赤足农妇，几头犍牛挡住了部长坐的一辆"凯迪拉克"牌轿车的去路。我看见过奢华的公寓和没有烟囱的茅舍。一位以学术和文艺的庇护者自居的财主曾邀我前往，请我吃了一顿精美的大餐，他说，在罗马尼亚，人们很熟悉洛特雷亚蒙、布莱顿、乔伊斯，而在农村我却看到农民们用画十字代替签名。在七千名医生当中有四千名在首都工作，农民们像在古代那样死去。罗马尼亚常遭旱灾之害，1945 年特别严重。

农妇们一面啼哭，一面回忆着丈夫或儿子，她们不明白为什么要打仗，说道："他被赶到苏联，后来就说他被打死了……"

我被那种温厚（有时是轻浮）所吸引。在那还有玉米面粥和葡萄酒的地方，人们善于寻开心。我曾偶然碰上一次农村里的婚礼。一个年轻的女人按照习俗假哭一阵便去跳舞。一株吊着面包的新年松树被送来了。人们用绘着五颜六色的花彩的浅底木桶喝李子酒。小提琴手拉了个通宵。我摆脱了上流社会的招待会而得到了休息：人们只知道我是个俄国人，他们看见我无意夺取任何东西，而年老的主人则说："出乎意料的客人是个吉兆……"

红军解放了许多国家，苏联人民表现出了自我牺牲精神，前来帮助昨天的敌人，然而如今被称为"个人崇拜"的那个时期的风气却把许多人弄糊涂了。图多尔·阿尔盖齐是当时罗马尼亚最大的诗人。我读了他的诗的不大高明的法译本后，立刻明白了这是真正的诗歌。我在我的报告会上同他相识了。后来，我们见了面并进行了交谈。当时他 65 岁。极为复杂的精神状态并未妨碍他在人与人的关系中保持诚恳和朴实。在法西斯时代，他进过监狱和集中营。但人们却对他饧以白眼："颓废派""西欧崇拜者""个人主义者"。他有尊严地经受了不应受到的屈辱。1956 年以后，许多事情发生了变化，就连阿尔盖齐的旧著也都开始再版了。在我数年前到达布加勒斯特的时候，我曾听到："我们有一个像阿尔盖齐这样的诗人！……"

我认识了米哈伊尔·萨多维亚努，后来我们曾同赴保加利亚，进行长久的交谈，我爱上了他。他有一颗老狮子般的巨大的头，心地却很善良，这是一个已经难以使其变得冷酷起来的人。他比我年长十岁，从精神上来说是在19

1945 年，爱伦堡在格尔列特山上

左图：图多尔·阿尔盖齐
右图：1945 年，爱伦堡和米哈伊尔·萨多维亚努

世纪成熟的。真正的人民性和高度的技巧在他身上罕见地融为一体。他是个家喻户晓的人物，在 20 世纪 40 年代末的艰苦时期，这一点可能帮助了他。不懂艺术的人们，以及不喜欢他的人们在温和的萨多维亚努面前感到胆怯——他们突然想到，他是一位大作家。但萨多维亚努不是一位参加婚礼的将军，而是个艺术家，他连艺术中那些似乎同他格格不入的东西也爱。他很重视同他相距很远的阿尔盖齐，而且不能容忍那些专为报纸而写的响亮的诗。他喜爱真正的绘画，而看到那些似乎是描绘新罗马尼亚生活的巨幅油画时则扭转头去。有一次他对我说："我们是罪有应得——我们同千百万不识字的农民之间的距离太大了。当然，这些农民有很强的审美感，有幻想，有对美好事物的爱——像这样丰富的民间艺术似乎是任何地方都不曾有过的，但是农民一进城，就丧失了作为他们的精神财富的审美标准。他们喜爱庸俗的小人像、小市民的家具、眼睛带情绪的照片、电影的插曲。可您听听那些真正的民歌，不是被演唱团加工过的那些民歌……艺术的第二次繁荣将在二三十年后到来，那时另一些具有另外的标准的人们将成长起来。可我并不是在发牢骚——教人们识字，为工人盖房子，人们开始吃得饱了，这都不错。我的意思是说，艺术的黄金时代也将来到……"萨多维亚努是"加强和平"奖金评

奖委员会的成员。他每年都到莫斯科来，尽管在那个时期难以作推心置腹之谈，但我依然同萨多维亚努谈到了对我们而言亲切而珍贵的事情。他卧病很久，1961 年去世了，享年 80 岁。

我觉得保加利亚是个文明的、有文化的、质朴的、极其民主的国家。保加利亚人的性格含蓄——决不"披肝沥胆"，而是热情内藏。我几乎在每个村庄都看到过图书馆，农民们不仅读报，也读长篇小说，有的甚至读诗。

在索菲亚车站上迎接我的是马特·查尔卡（1896—1937，匈牙利作家，本书第四部中介绍过他）的战友彼得洛夫将军，他就是国防部长助理费迪南·科佐夫斯基，随他同来的还有一大群在西班牙作过战的保加利亚人。我立刻置身于老朋友们之中。几天以后，我看到革命斗争的古老传统在保加利亚依然生机勃勃。在法西斯主义时期，游击队员们在战斗中牺牲：早在红军到来之前很久，战争就已经开始了。

我遇到了在巴黎的作家代表大会上闻名的斯托扬诺夫。我同作家协会主席康斯坦丁诺夫成了朋友。尽管身居要职，他同我谈话却很坦率，他担心艺术中出现简单化和同一化的倾向。他的妹妹是位画家，热爱塞尚，她说，目前占上风的是学院派的画家。阿勃列施可夫和青年画家阿尔舍赫——帕斯金的侄子也都这样说。对伊利亚·贝什科夫（1901—1958，保加利亚画家）的喜爱使所有的人都亲近起来，对于害怕艺术的人们来说，他这个人是有益的，因为他画内容通俗的漫画，他画得好，会喝酒，爱吹笛子，了解民歌、民间习俗和人民的幻想，他不去适应对谈者，而是让对谈者去适应艺术。

在老一代的作家当中，我记得埃林·彼林和他说的一段绝妙的话："散文应该是严密的，但许多人写的散文却使你读来如在泥泞中行走，如果你没有陷下去，那仅仅因为你读了第一页就知道最末一页写的是什么，这不是散文，而是报纸……"女诗人伊丽莎白·巴格良娜曾在一次晚会上朗读自己细腻而真诚的诗句。坐在我旁边的是一名被派去监督文艺界的官员，他说："不错，但是对于我们今天来说也许过于主观。颇像你们的阿赫玛托娃……"这是在 1945 年，而不是在 1946 年，因而我未同他争论。我同青年诗人穆拉敦·伊萨耶夫成了朋友。

我曾到波扬纳去看 13 世纪的壁画。艺术史家很久都没有觉察到斯拉夫的文艺复兴，认为保加利亚和马其顿的绘画是拜占庭艺术。但波扬纳或沃赫里德的肖像画之不同于拜占庭艺术的抽象、刚健与合理，正如安德烈·鲁布廖夫的作品不同于他的老师费奥番·格列克的作品一样。鲁布廖夫看见过古希腊的花瓶，了解古希腊文学，在南部斯拉夫人的眼前就是古希腊罗马世界的纪念碑。拜占庭不是老师，而是邮差。

〔在 20 世纪 40 年代末，当我们根据斯大林的指示提倡"独具一格"的时候，甚至想到过尤里·多尔戈鲁基大公（约 1090—1157，基辅大公，莫斯科城的奠基人），却没有想到 15 世纪初的伟大画家安德烈·鲁布廖夫。〕

后来我在沃赫里德湖畔，在普里累普和斯科普里的郊区看到了 11 至 13 世纪的壁画。这些绘画比在帕多瓦的乔托的壁画要早一二百年。可悲的是斯拉夫的文艺复兴只有黎明时期——土耳其人在 14 世纪末叶侵占了保加利亚和塞尔维亚。

南斯拉夫在那个秋季感受到了解放的骄傲。人们精神昂扬，兴高采烈，争论不已，他们不能不沉浸在内心的欢乐里，尽管遭受了牺牲、破坏和饥饿，这种欢乐却依然洋溢在人民当中。我看到的是一个独特的国家，或者更确切地说，是一个国家中的几个国家。怎能不爱上达尔马提亚的柔和的美、文艺复兴时代的宫殿、威尼斯的竞争者杜布罗夫尼克、以赭石色和淡黄色的山丘为背景的萨格勒布市玲珑剔透的巴洛克式公寓、清洁而盛装的卢布尔雅那这个克拉科夫和布拉格的亲戚，以及悲惨的黑山呢？现在我回忆我在南斯拉夫那些不通车的道路上旅行的一个月，就像在回忆充满了骄傲、痛苦和美的一个月一样。

在这样的国度里，造型艺术自然应该十分繁荣。我欣赏过卢巴尔达、塔尔塔利亚及其他画家的油画，常去画室参观。有时我觉得我身处我青年时代待过的巴黎。我在卢布尔雅那看见了版画家们的作品，在具有高度文化水平的斯洛文尼亚，书籍备受人们的关怀。

我早在保加利亚就认识了伊沃·安德里奇，我们不知何故立刻就互相了解了。他为人沉着，每当佐戈维奇同达维丘之间开始了永无休止的争论，他总是沉默不语，或者企图缓和争论的调子，抽着烟，面带微笑。他稳稳地站在地面上，也许还不是站在那个没有一天不发生重大历史事件的地面上，而

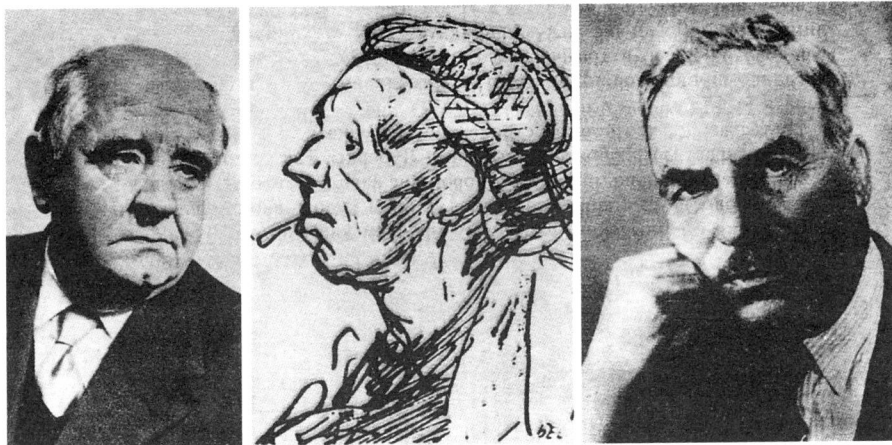

左：米拉斯洛夫·克尔莱扎
中：伊利亚·贝什科夫的自画像
右：埃林·彼林

是站在艺术的地面上；不是站在小桥上，而是站在山上。我和他只相差一岁，我总是怀着钦佩甚至嫉妒的心情想到我的这位同庚，他在最喧嚣的岁月里也是沉默和写作，写作和沉默。我在读了他的几部长篇小说以后，看见了我曾与之交谈过的那个安德里奇。国家关系不和的痛苦岁月到来了。1949 年 4 月，我在巴黎和平代表大会上遇见了安德里奇，我们像朋友一样见了面。后来我多年不曾看到他，但他总是找机会托人转达对我的问候。

南斯拉夫的另一位大作家是克尔莱扎。我看到了一种熟悉的现象：人们尽可能不提到他。在萨格勒布，曾有几位当地的领导者在我耳边低低地说了些什么。如今克尔莱扎备受尊敬，而当时他的处境艰难。

在杜布罗夫尼克，当我站在山上的时候，一位穿着披风的中年人走到我的跟前："不认识了吗？……"这是我青年时代的朋友，波兰作曲家罗戈夫斯基。在巴黎，后来在布鲁塞尔，我常同他相见。他是个浪漫主义者，而且始终不渝。命运把他带到了杜布罗夫尼克，他以赞美的口吻谈到这个城市，虽然他的生活甚为艰苦。

罗戈夫斯基告诉了我杜布罗夫尼克政府在 12 世纪通过的一项法律：每一个决定结婚的人都得种 70 株橄榄树——橄榄树的寿命长达三四百年——

共和国的执政者认为应该为未来工作。后来我不止一次想起这项法律。

黑山是执拗、高傲和刚毅的典范，这使我惊奇。人们运来了不多的土铺在石头上，一块块小得可怜的田亩宛如土箱。黑山人保卫了这个不毛之地许多世纪。每次出去打仗，他们都要吻吻家门。

在策蒂涅的一个黑暗的小旅店里，我的旅伴在夜间向我朗读彼得·涅戈什（1811 或 1813—1851，黑山的统治者和诗人）的诗。当时我曾不加润饰地逐字记下那些使我感动的诗句：

> 这个世界甚至对于暴君也是暴君，
> 对于高尚的胸怀它加倍地沉重。
> 大海同海岸交战，酷暑同严寒搏斗，
> 风同风厮打，野兽同野兽战斗，
> 民族同民族混战，人同人苦斗……

我在汽车里颠簸着，一面反复吟咏痛苦的字句：战争显然不愿让我安宁。

在布拉迪斯拉发，后来又在布拉格，我遇见了一些老朋友，许多人在解放了的共和国中有着很大的影响力。如今尚在人世的只有玛利亚·玛耶罗娃、霍夫迈斯特、拉佐·诺沃麦斯基和病入膏肓的雅罗斯拉夫·塞费尔特了，塞费尔特是一位卓越的诗人、忠实的朋友，我不久前曾收到他的信。而当时我们还无忧无虑地缅怀往事——"旋覆花社"（捷克 20 世纪 20 年代革命运动中著名的文学团体）和"人群"，开玩笑，喝酒……

我既在卡尔洛夫大学，也在嘈杂的群众大会上发表演说。我遇见了从集中营回来的布里安（1904—1959，捷克导演、剧作家和作曲家），他立刻问我："梅耶霍德怎么啦？"我回答："不妙……"他谈到希特勒匪徒，谈到他新排的《罗密欧与朱丽叶》——我的头脑乱成了一团：拷打，胜利，莎士比亚，梅耶霍德。我去参观"人民剧院"的展览，看见了菲拉、施帕拉、吉希、弗沙列克的油画。有些人说："形式主义。"奈兹瓦尔发火了："这不是形式主义，这是革命！……"加拉斯苦笑着。塞费尔特默然不语。

我在出版社看到了刚刚出版的我的短篇小说集《停战之外》的译本。这个版本很漂亮，但插图却是那么"形式主义"，让我吃了一惊——感到生疏。人们告诉我说，译文和插图是在占领时期完成的。译者、画家和印刷工人都在书上署了名。

在格拉特举行了一次招待会，我看到了贝奈斯，他微笑着对我说："您瞧，我们同斯洛伐克人达成了协议。也许这比别的许多事容易……"

我在布拉格看到过一个可怕的展览会。画家贝德里日赫·弗利特曾被希特勒匪徒关进了死亡营——提里济纳。他画了那些在劫难逃的人们。他死去了，但画却保存下来了——它们被埋藏在地下。在可怖的幽灵中间挂着一个四岁孩子的照片，这是被人们掩藏起来的画家的儿子。

我们到死了十五万人的提里济纳去了，在潮湿的飘舞而下的雪中伫立良久。战争还在继续……

我迄今尚未说明我去匈牙利和捷克斯洛伐克的原因。我原拟从贝尔格莱德飞往莫斯科，不料从《消息报》来了一份电报："请赴纽伦堡描述审讯战犯。"我立刻同意了——这一方面是因为想看看审判情况，另一方面也因为不想走上常规，不想在办公桌边坐下来动手写冗长的长篇小说。（我总是难以给书开一个头，一直寻找借口以便拖延下去，而当时在这种感情里还掺杂着另一种因素——我对平静的生活、四堵墙壁和专心致志的思考已感到生疏了。）

贝尔格莱德刮着阵阵寒风。我想到我正在向北走，时值隆冬腊月，但我穿的却还是夏装。军人们说，在布达佩斯可以用美金买到一切，而我从报社得到的外汇却不多。然而问题原来相当复杂。当我问商店老板是否有暖和的大衣时，他们讽刺地微笑着，也许他们认为我会取走衣服而不付钱。（有一次我在餐厅里要一瓶葡萄酒，侍者要我先付款。）但也可能真的没有衣服，因为他们向我兜售法国香水、精致的皮夹子，总之都是布达佩斯人没有也活得下去的那些东西。我在一个小铺子里说得渐渐兴奋起来，告诉他们我是谁，说明我必须去纽伦堡出席审讯。商店老板原来是只白鸦—— 一个死里逃生的犹太人。他立刻说："还剩下三个毛皮匠。要是伊利亚·爱伦堡要去纽伦堡，那我们就是死了也得给他找到一件大衣……"我们走遍了所有的作坊，全都一无所有。小铺老板用匈牙利语对其他几个人说了一些什么，大家一面作手势，一面喊叫。最后我问他们说了些什么。"很简单，我们说，伊利亚·爱伦堡要去审判吸血鬼。他们杀死了他的全家。您可以在审判时说说这个。虽然死者的名单要念 10 年才念得完。他说，到处没有大衣。这就是说，想必有一位部长有两件大衣，可是他一件也不会给您。那个人知道，有个匈牙利人藏了好些羊皮。他喜欢霍尔蒂（1868—1957，匈牙利法西斯独裁者）。他不喜欢我们，可他爱美金。我们要通宵干活。明天您会穿上一件非常讲究的短皮袄上路的。让他们瞧瞧，我们也会缝衣服。您一定要去说说，好把他们全给吊死。幸亏我的妻子在战争的第一年就死了，我也没有孩子，可他们杀害了我的兄弟跟他全家老小……"

短皮袄做好了。在布拉格，人们给了我一辆去纽伦堡的汽车。又是一条战争之路：废墟、军用汽车、哨兵。我们的车开得很慢——道路被堵塞了，美国部队从捷克西部撤下来了。

而我却在想法西斯主义给不幸的欧洲带来的灾难：它不仅破坏了城市，杀害了千百万人，还毒害了活下来的人们的意识。种族主义和民族主义流毒甚广。我想起了两个老头子——一个匈牙利人和一个罗马尼亚人如何打架，如何互相往对方的脸上吐痰，想起了意大利人在里耶卡如何骂斯洛文尼亚人，在离布达佩斯不远的一个德国村子里，农民们如何发誓要对"该死的匈牙利人"进行报复。在斯科普里，所有的街道都是编号的，就像这是纽约，但斯科普里却是个小城。街道的旧名最初是塞尔维亚文的，后来是保加利亚文的，而马其顿人则比较喜欢保持中立的数字。在布加勒斯特，在布达佩斯，那些幸免于难的犹太人谈到，他们不得不常常听这样的话："喂，下流坯，希特勒把你们给漏掉了！……"我在苏台德地区的德国人的袖子上看见白色的臂章——屈辱的标志，感到采取以牙还牙的手段对付法西斯主义是多么可怕。这是些不愉快的念头。向导告诉我占领时期的情况："他们往你的心灵里吐痰……"

天黑了。四周是一堆堆德国城市的废墟。我们问美国人，离纽伦堡还远吗？谁也不知道。司机突然说道："我们好像离开正路了……"车又往回开。我打起盹来。我梦见我在埃尔平。马上就要开始射击……果然，我被枪声惊醒了。司机骂道："傻瓜——站在路上开枪……"一个美国兵愉快地说，距纽伦堡还有三英里。

你不能说一堆堆的废墟是个城市。"可我们往哪儿去呢？……"我考虑到：已是夜里，谁也找不到的……我们驶往美国警备司令部去了。我问一位军官，这儿的俄国记者在什么地方。他说不知道，要等少校回来。"可您是俄国人吗？……"他微微一笑："你们打得真凶。"然后把一包香烟在手里掂了一下，就把它给了我。士兵们来往不绝。我问那位军官，我们是否还得等很久，他照旧微笑着答道："少校马上就到……"我和一个捷克人抽完了半包烟。最后终于忍不住了，想睡了。我们站了起来。美国人又微微一笑："少校稍稍迟了一会儿……不过我立刻就会把你们安排好。"他叫来一个在角落里打盹的士兵："把他们带到旅馆去。不过马上就得回来——少校很快就要来的……"士兵打了个哈欠，对我们说："走吧！可少校是不会来的，他在旅馆里——正在酒吧喝威士忌呢。我出席过审讯，戈林很胖，但总的来说没啥意思。有意思的是另一桩事——究竟什么时候才能把我打发回家？……这就是旅馆。照规矩我是不能进去的。我要去等少校……"

03

纽伦堡：人的感情和行为旋转的轨迹

在纽伦堡的"大饭店"大厅里聚集着外国记者、法院鉴定人、美国军官。酒吧里供应着鸡尾酒，一位袒胸露臂的女歌手唱着美国的小调（听得出德国口音），人们在跳舞。酒吧是有了，可屋顶却没有，楼梯也还没有修好。他们给了我一间在三楼上的房间，我有时用绳梯爬上去，有时从木板上走上去。

纽伦堡的旧市区几乎被彻底破坏了。堆满垃圾和碎瓦的街道在晚上就像死的一般。我起床很早，看见了一些小学生和挎着小筐子的妇女。一个戴着绿帽的中年男人在卖报纸、城市的平面图和旧明信片。一辆电车驶过。城市还在生活，但却是一种虚幻的、惘然若失的生活。在一座幸存的工厂里制造着印有"纪念国际法庭"字样的烟盒：美国兵酷爱纪念品。

似乎在任何地方都从来不曾有过如此之多的来自世界各国的记者，他们大部分住在城外铅笔大王法贝尔的领地上，而我却留在"大饭店"并学会了很快地爬上楼去。所有的人都在法庭附设的食堂里进餐，每人拿一个托盘，我们从十几个美国兵身边走过，他们就像熟练的走钢丝演员那样倒着菜汤、咖啡，扔着马铃薯和一块块面包。

法庭在区法院的大楼里，墙上有一幅壁画——亚当，夏娃，蛇。设置了日光灯、供翻译和电影摄影师使用的小屋，但走廊里的暖气装置却不起作用。下雪了，所有的人都咳嗽、打喷嚏。

我不知何故开始想到：我同纽伦堡有什么联系呢？首先是蜜糖饼干：当我们还住在哈莫夫尼切斯基工厂里的时候，曾有人从纽伦堡给父亲带来了一些布满彩色的糖点和扁桃仁的圆形的、美丽的蜜糖饼干。我年轻的时候到过纽伦堡，当时我囊空如洗，一天只吃一餐，一餐只有两根小灌肠加土豆泥，但这并不妨碍我从早到晚参观名胜古迹。丢勒（1471—1528，文艺复兴时代的德国画家）以其精确和残忍使我害怕，但我刻板地训练自己——一连几个钟头站在那里观看，甚至读完了他的书。旅行者可以看到古塔"铁姑娘"，看守人有条不紊地描述着人们被拷打和处死的情形。在那个时期，我醉心于象征派，并记住了索洛古勃的诗句：

> 但我在年轻时抛弃了
>
> 严格的科学之路，
>
> 沿着自由的道路
>
> 我来到了纽伦堡……
>
> 谁知道，在刽子手的艺术里
>
> 有多少苦恼，
>
> 若是双手根本不拿沉重的利剑
>
> 那该有多好……

又过了 25 年。我坐在巴黎的一个小小的电影院里。周围的一对对情侣在起劲地接吻。感伤的影片映完后是纪录片。在纽伦堡举行了阅兵式。正方形的队伍在行进，士兵们把脚高高地往上踢，蜘蛛似的纳粹万字符在风中打战，元首痉挛地做着手势。我觉得不自在起来，便走出了大厅。而现在我又在纽伦堡了……

是的，我是置身于我在 1942 年夏所幻想的那个正义事业的光荣结局中了。我贪婪地仔细打量被告，似乎在寻找过去的那场悲剧的谜底。戈林在向一位漂亮的女速记员微笑，赫斯在看书，施特里赫在嚼夹肉面包。而这时人们却正在阅读文件：在拷问室里杀害了三十万，六十万，六百万……

从戈林的衣着上可以看出他瘦了一些，但依旧很胖：他的脸上有一种女人的特征，戴的耳机像是一条头巾。他一直在写什么，总把字条交给自己的律师。突然他有意地朝我的方向看了一看，同身边的人低语了一阵——所有的人开始朝我看过来。我以为是身后发生了什么事，便回头瞧了一眼，但库克雷尼克塞却像往常那样坐在那里画画。后来有一名卫兵告诉我，戈林认出了我。原来他们就像我观察他们那样在观察我呢。

唯一出乎意料的事件也许是发生在被希特勒分子称之为"党的良心"的那个人物，即赫斯的身上。在审讯开始的时候，他说他什么都不记得。辩护人咬定被告有健忘症，整个会议都被鉴定医师们的报告占去了。但是赫斯要求发言，他声称他装病是出于策略的考虑。结果很荒唐，但我如今回忆所有的会议却像一场漫长的噩梦。

在放映关于死亡营的影片时，沙赫特转过身去背朝银幕——他不想看。别的人看了，而弗兰克则哭了，并用手帕擦着眼睛。这事听来令人难以置信，但我却亲眼看到了这件事：弗兰克（就是他曾经写道，在他去波兰的时候，那里有 350 万犹太人，而到 1944 年却只剩 10 万了）在银幕上看到他在现实生活中看到过许多次的情形竟哽咽起来了。也许他是哭自己——他懂得什么在等着他？

原告们述说着令人发指的罪行。侵犯各国的计划都有暗定的名称：并吞奥地利——"奥托计划"，侵占捷克斯洛伐克——"绿色计划"，侵占南斯拉夫——"玛利塔"，消灭波兰——"希姆莱的事业"，策划中的对直布罗陀的侵犯——"费利克斯的事业"，侵犯苏联——"巴巴洛斯计划"。将近五千万的受害者和 20 个渺小的人物——不，这是难以容忍的！

我再回头来描述他们的外貌。瘦削而秃顶的里宾特洛甫说他患失眠症，服了很多安眠药，因而他的记忆力衰退了，不过人们都说他是搞外交的，签署过条约，进行过谈判。他装扮得像一个仪表优雅的中年市民。凯特尔元帅给人的印象是个粗野的军人，这种人我见过不止一次，他就像武装力量的一名列兵似的回答一切问题："我执行命令。"而当宣读他自己发布的给苏联战俘打上烙印的命令时，他耸耸肩膀："这是个令人遗憾的误会。"那个曾在波兰大发兽性而在银幕上看到奥斯威辛又哭了起来的弗兰克很乐意回答问题，他把一切都推到希姆莱身上，说他只搞过"移民"："我只不过是个无足轻重的行政人员罢了。"在宣读他的关于消灭华沙的犹太人区的通报时我瞧着他。他在通报中说，衣服收集完了可以收集废金属，幸存者用来藏身的下水道管子被水淹没了。他惊奇地听着他自己说过的话，眨巴着眼睛。当原告提到他盗劫了达·芬奇的一幅画时，他说："我难以更准确地说明这件东西值多少钱——我不是内行，而且价格也是随马克的行情变化的。"阿尔弗列特·罗森贝格以内行自居，收集俄国的珍本书。他是个博学之士，纳粹党的理论家。同时他也执行各种行政任务，掠夺苏联的财富，就连零星物品也不厌弃，例如他曾下令"在开始行动（指大规模屠杀）前三小时或两小时内把犹太人的金牙拔下"。

令人发指的数字突然被日常琐事打断了。一个原告谈到各国被盗劫的艺术作品。戈林收藏了一批古代大师们优秀的绘画。不记得为什么谈起了他不是抢劫，而是购买一套餐具时如何讲价钱的事来。不错，他有一套漂亮的餐具，应该说他是爱美的。在历数自己的职位时，他没忘记提到自己不仅是林业部门的首脑，也是狩猎协会的主席。屠杀捷克人的凶手奈拉特解释说："事件的到来使我措手不及。希特勒把我叫去说道：'您是个现代化的人，也就是沉着的人，您是能对付捷克人的……'"对付犹太人是施特里赫的专长。他像是一个肝火旺盛的年老居民。20 年前，也是在这里，在纽伦堡，他曾被怀疑犯了奸污幼女罪，但是他脱了身——青年时代的不良行为。当人们开始盘问他被害的犹太人数目时，他惊讶地说："我始终是杰奥多尔·赫尔采的热烈拥护者，我认为应该把巴勒斯坦给犹太人……"

我瞧着他们，看到的只有恐怖。杀害千百万人是一回事，这是计划、勤于职守、党纪、狂热，而感觉到过一个月或半年人们会把盖尔曼、尤利乌斯、鲁道尔夫、阿尔弗列特杀死，却是另一回事。有的人企图在诉讼程序上进行争论——蹂躏了荷兰的杰斯-英克瓦特受过司法教育，他突然想到了法律原则；有的人企图以多愁善感或者哪怕是彬彬有礼、认真周到的供词来博取法官们的欢心；有的人把责任推到邻座身上，并把一切推到希特勒身上。当然，希特勒不在纽伦堡，但是如果他没有因一时感情冲动而自杀，说不定他也会把一切推到别人身上，让人们相信他既想为德国谋福，也想为全欧洲谋福，但他的思想被歪曲了，许多事情他不知道，他被欺骗了。

"您是个现代化的人，也就是沉着的人。"希特勒对奈拉特说。这句话可能说明了许多问题。在冗长的审讯期间，人们谈到了煤气室，谈到了占领巴库后该城的德国行政官员应该着手办理的事项，谈到了海军部门对于奥斯威辛供应的女人头发的利用。一切都是完全"现代化"的——侵占各国，消灭列宁格勒的计划，处决法国人质，娘子谷——这是一个企业，也可以说是一个规模巨大的托拉斯。

有一次我同弗谢沃洛德·伊万诺夫在冰冷的走廊上谈话。当时我对他还不大了解——我们很少见面。这是一个主意和想象纷乱如麻并有着一副直率的好心肠的人。他困惑莫解地问我："这一切该怎么理解？……"我答："不知道。"法官们倒不难断案：犯罪的事实俱在。但我们这些作家却想理解另一件事：这些人是怎么变成了能够干出人们所谈到的那一切事来的那种人，别人又怎么能够绝对服从地执行他们的命令？我们想搞明白，但做不到。

我想起了在波尔塔瓦经常去法院观察愚昧而绝望的农民受审的情形，想起了"蓝胡子"兰德利亚和疯子戈尔古洛夫——在那里我们看到的是人的变态，而在这里，在纽伦堡——一本血账，如此而已。我看了看长凳，蓦地想到：他们原也可以坐在餐厅里庆祝商品推销员里宾特洛甫的银婚或巴伐利亚的官员弗利克的就职纪念日，谁也不会去看他们。这里是陀思妥耶夫斯基气质的终点，又是可怕的机器人世界的起点。

我曾同安德烈·维奥莉斯畅谈了半夜，她是个聪明而高尚的女人。（她是最早描写印度支那殖民者的残暴的人们之中的一个。）维奥莉斯谈到了法兰西的悲哀——它不仅在经济上遭到破坏，精神上也被糟蹋了。我们坐在大厅里——房间里太冷了，爵士音乐喧哗着。而我问道："人类是怎么搞的呢？要知道早在战争爆发之前很久，希特勒就已显示了他能干出什么事来，可人们却同他谈话，装出一副没有察觉的样子……"维奥莉斯答道："早在战前我就常常想这个问题……朗之万所知道的要比亚里士多德多得多，但我觉得弗兰克的精神构造同古代最残酷的暴君毫无区别。只是弗兰克拥有更多的有利条件——暴君没有煤气室。"

审讯拖得很长——10 个月，记者们很快就开始散去。一切早在审讯之前就已见分晓了。在 21 个被告中有 10 个得以保全首级，但就连这一点大概也

左：1945 年，纽伦堡
右：1945 年，爱伦堡在纽伦堡的法庭上

只引起了一小部分人的兴趣。老实说，在我所感到的恐怖里掺杂着苦恼——由不可比拟的罪行和罪犯所引起的苦恼。

我坐在纽伦堡的大厅里时曾不止一次地想到：这多么可怕！因为全世界都知道：有一个戈林。而他是个什么人呢？一个庸俗的享乐之徒，一个只图升官发财的人，一个可耻的投机商，一个微不足道的人，而同时又是屠杀了五千万人的罪魁之一。但我现在想这个问题时也不能理解。我曾在本书中谈到莫迪利亚尼——他不仅是个大画家，也是个不同寻常的人。但在他死去之前有谁知道他呢？"洛东达"的一百多个古怪的老主顾。这就是杀害德斯诺斯的凶手。难道他们能够理解他的诗、他的爱情、他的思虑吗？为什么处于全人类注意的中心的竟是一些发了狂的庸人："希特勒说⋯⋯""戈林不同意⋯⋯""里宾特洛甫建议⋯⋯"爱因斯坦的著作，苏金、万丘拉、马克斯·雅各和圣-保尔·德·鲁的生命，诺夫哥罗德和比萨的壁画，这一切都取决于希特勒的左腿。这不仅是希特勒的同胞的耻辱，也是他的同时代人的耻辱！⋯⋯

在"大饭店"大厅里，一位美国记者（我忘记了他的姓）曾对我说："当然，希特勒是个恶棍，不过请您相信我，他是个天才的恶棍。他迫使一个具有高度文化的伟大民族随着自己的笛声跳舞，他把半个欧洲弄得糊里糊涂。

这是个带着魔笛的凶恶的捕鼠者，这是个为非作歹的天才……"我当时不能，而且现在也不能同意他的意见。问题甚至并不在于对希特勒的才干的评价如何，问题在于另一方面。帕斯卡（1623—1662，法国数学家、物理学家和哲学家）曾说，如果迷住了恺撒和安东尼的克娄巴特拉长着另一个鼻子，世界就会是另一个样子。我也不信这个。我不能想象，千百万人的命运竟会系于一个人的鹰钩鼻子或蛇信子般的舌头上。当然，社会条件起着巨大作用，然而在纽伦堡所谈到的那些事件是否能仅以经济危机和帝国主义列强的竞争来解释呢？我们的同时代人精确地知道射往宇宙的卫星运行的轨道，但我们还不知道人的感情和行为旋转的轨道。

在乘"威利斯"回家的途中——经过几十个被夷为废墟的德国城市，经过柏林的瓦砾场——我思索着以上的一切。先前"良心""善行""博爱"这些字眼曾风行一时。我在童年和少年时代还碰上了这些字眼的黄金时代，甚至还碰上了它们的通货膨胀。后来它们在各地都已失去效用，就像烛台从日常生活中被搬进了珍品爱好者的收藏室。这些字眼常常掩盖丧尽天良、惨无人道的恶行，但有时它们毕竟也制止过恶行。普希金曾写道：

> 我将长久受到人民的喜爱，
> 因为我曾用诗唤醒善良的情感，
> 我曾在我那残酷的时代赞美自由，
> 并呼吁对堕落者要有仁慈的胸怀。

我想起了马林娜·茨韦塔耶娃的一篇文章——关于丹特斯的故事。起初他毫无悔恨之心：他在决斗中杀死了一个俄国的低级宫廷侍从，这就是全部故事。但被害的诗人的名声与年俱增，于是丹特斯开始为自己辩白。取得胜利的不是丹特斯，也不是沙皇——取得胜利的是普希金，他之所以胜利，不仅因为他是个天才的诗人，也因为他曾唤醒善良的情感，赞美过自由，想以仁慈的胸怀对待堕落者。

淡黄色头发的小学生们穿着破烂的小皮袄在街上走着，生机勃勃地谈论着什么。这是在遭到破坏的奥尔沙。我看看他们，心里才比较平静一些。

04

《暴风雨》与反"卑躬屈膝"运动

我在 12 月底回到莫斯科，同朋友们一起欢度新年。战争不愿放过我，我写的是它，想的是它，但我明白，到了走上和平生活的正轨的时候了。客人常来访问我们。我同法尔克、孔恰洛夫斯基谈论绘画，同奥布拉兹佐夫夫妇成了朋友，常去他的剧院。《红星报》的战地记者盖赫曼邀我参加婚礼，出席的人很多，大家吃着、喝着、叫着，盖赫曼由于幸福而容光焕发。人们为孔恰洛夫斯基的 70 寿辰举行了盛大的庆祝仪式，彼得·彼得罗维奇·孔恰洛夫斯基同几个年轻的西班牙女人——他的未婚妻的女友翩翩起舞。在 2 月 22 日托尔斯泰逝世一周年的时候，柳德米拉·伊利尼奇娜邀我们前往巴尔维哈。四周的一切都使人想起阿列克谢·尼古拉耶维奇，即使是痛苦也是富于生气的、温暖的。

新闻电影制片厂说服了我为两部关于南斯拉夫和保加利亚的文献纪录片写解说词。这占去了很多时间。我常去做报告，介绍巴尔干各国，介绍纽伦堡的审讯，有时在综合技术学院做，有时在工厂里做，有时在部队里做。

一天，我去犹太剧院看《弗列拉赫斯》一剧。这是一出取材于市镇上的民间故事的愉快的戏。服装是我的朋友特施勒设计的。米霍埃尔斯和祖斯金演得十分出色。我同大家一起笑着，蓦地我觉得可怕——我想起了《弗列拉赫斯》中的那些被希特勒匪徒杀害的人物如今长眠的壕沟。米霍埃尔斯和祖斯金出来谢幕，频频点头行礼。我怎能想到，不久以后他们之中的一个人将被杀害于明斯克偏僻的郊外，另一个将被枪毙？……

有一次犹太诗人苏茨凯维尔前来找我。（我早在战争时期就同他认识了。他先前住在维尔纽斯的犹太人区，后来从那儿逃出来打游击。他曾被运往"大陆"。）他说他去过纽伦堡，当过证人。鲍里斯·波列伏依曾在《真理报》上写道，苏茨凯维尔叙述的维尔纽斯犹太人区（诗人的全家也是在那儿遇害的）的悲剧使法官们大为震惊。

我继续同外国人来往——笔记本上有这样一些摘记：在法国大使卡特鲁处吃早饭，在挪威公使爱德华处吃晚饭，等等。秋天回莫斯科后，我没有立刻就明白一切均已大变。我记得一桩可笑而又可悲的事。哥伦比亚代办到了莫斯科，他是个文学家，想结识苏联的作家、艺术家。他在"民族"旅馆租了一个大厅，那里摆好了晚餐——哥伦比亚人邀请了30个左右的客人。但应邀的却只有三人——凯林、西班牙作家阿科纳达和我。外交官着急了，一个劲地盯着门瞧。快10点钟的时候，服务员开始收拾餐具。我们的主人的声音因受委屈而发抖了。我们尽力安慰他，为友谊举杯致辞，但无人坐的长桌却使所有的人都感到压抑。

3月，丘吉尔在富尔敦的演说发表了，我第一次读到"铁幕"二字。丘吉尔向美国人建议组织反苏的军事保卫联盟。这话听来颇为离奇：报上还在刊登关于纽伦堡审讯的报告，英国和美国的原告在审讯时同苏联的原告一同揭发戈林和凯特尔。我不知道什么使人更加痛苦：是回忆过去还是想到未来。

我交给"苏联作家"出版社两本小书：旅途随笔《欧洲的道路》和诗集《树木》。书的命运同人们的命运一样不可预测。随笔没有引起任何异议，尤其是它们已在《真理报》或《消息报》上发表过了。（此书两年后在图书馆里停止借阅了——其中有一章是写南斯拉夫的。）但诗却使出版社感到为难："太悲观了……"（甚至在1959年也曾有一位编辑对我收入《树木》这本诗集中的某些诗摇头叹息道："这个字眼最好是删去，或者至少也得换一个——太阴暗了……"）《树木》于1946年7月问世。后来法捷耶夫告诉我，曾有人想在一篇毁灭性的文章中提及此书，但因我在国外才未受打扰。总之，《树木》还算走运。

一月，经作家协会组织，隆重地颁发了"英勇的劳动"奖章，受奖者

安娜·阿赫玛托娃和
鲍里斯·列昂尼多维
奇·帕斯捷尔纳克

当中也有鲍里斯·列昂尼多维奇·帕斯捷尔纳克。他告诉我，不久将在综合技术学院举行他的晚会。在列宁格勒，代表获得奖章的作家们致辞的是米·米·左琴科。4月初，在圆柱大厅里举行了一个列宁格勒诗人们的盛大晚会。在会上朗诵自己的诗作的也有安娜·阿赫玛托娃。她受到热烈欢迎。两天以后，安娜·阿赫玛托娃来我家做客，当我提到晚会时她摇头说："我不喜欢这个……主要是在我们这里这不招人喜爱……"

我开始安慰她——现在不是1937年……虽然我前不久已满55岁，但我还是没能摆脱天真的逻辑。

我在一月初坐下来写《暴风雨》并立刻入了迷。我很久以前即已构思此书，但始终未下定决心写下第一页。开始写作以后我却没有中断，在4月份前就写完了长篇小说的三分之一——前两部。我觉得这两部非常成功。这是战争的前夜，我写的是自己的经历和感受。在我描写谢尔盖和马多、描写充满注定失败的爱情的上流社会时，我胸中蕴藏已久的全部浪漫的激情都得到了宣泄。在对两兄弟——正直的教条主义者奥西普和轻浮的法国人列奥——的会见的描述中，也有不少是出自作者的内心体验。我企图谈谈战前那几年里的不公道现象，哪怕是略微提及也好：我叙述了女大学生季娜由于拒绝诬蔑被捕的父亲而被共青团开除的事。

长篇小说付印时有个别句子被删去了。于是有的地方变得乏味了，有的地方变得难以理解了。我从第一部里举几个例子——我偶然地把原稿保存下来了。作者叙述谢尔盖来到巴黎的情景："他来自严峻的轧轧响的岁月中的莫斯科……"（"轧轧响"一词删去了。）列奥对奥西普说："您也是为了未来而生活着……"接下去是"这就像快马追赶电兔。兔子是追不上的，人们开动它是为了让快马跑得更快些"——这被删去了……在印好的书里关于季娜是这样描述的："可您知道——因为父亲，她有过一些不愉快的事情。围绕着这件事的一切……"接下去的一句话被删去了："他被捕的时候是在冬天……"这使书中所说的"不愉快的事情"变得难以理解了。编"正误"表的工作就到此为止吧。

我从清晨写到晚上，夜里也写。四月初，我突然被转往中央委员会，他们说，我得同加拉克季奥诺夫将军和作家西蒙诺夫同去美国参加报纸编辑的代表会议。我对维·米·莫洛托夫说，我开始了一部长篇小说的写作，其中有部分情节是在法国展开的，因此我希望在美国之行结束后能到巴黎去待些日子。他答道："我没有不同意见。"

我想在本章中把有关《暴风雨》的事说完，因此我只得打乱叙述的先后顺序。关于美国和法国，我将在后面叙述，而现在我要提到1946年夏天发生的一些同作家们的创作有关的重大事件。

这是八月末在图尔附近的一个法国市镇乌弗莱。我同柳芭一早就到安纳托尔·法朗士住过很久的里亚·巴舍列里去了，带我们前往的是作家的孙子刘辛·普西沙利。法朗士的故居看来同他的长篇小说以及他的外貌都有密切的联系——我想起了那个在塞纳河滨河街上的旧书店里翻寻不已的书迷。塔拿格拉小塑像（在古希腊的塔拿格拉城遗址掘出的大批两千多年前的具有高度艺术性的焙烧黏土小塑像）看上去不像博物馆的陈列品，它们同日用品融为一体了。我们在作家的餐室里喝着芬芳的乌弗莱葡萄酒。后来我在古老的旅馆的房间里打起盹来。柳芭把我叫醒了，她读了巴黎的报上刊载的一条很小的消息："据莫斯科广播，开始了一次新的清洗，牺牲者是作家阿赫玛托娃

左：爱伦堡的长篇小说《暴风雨》的西班牙版海报
右：爱伦堡在法朗士故居旁

和左琴科。"

到了巴黎，我首先就跑到大使馆去索取苏联报纸。当我们在十月回到莫斯科后，我获悉了一些细节。在安·亚·日丹诺夫的报告之后，安娜·阿赫玛托娃和左琴科被作家协会开除了。

我曾觉得，在苏联人民的胜利之后，20世纪30年代不可能重演，但一切都酷似先前：召集作家、电影导演、作曲家开会，揭发"同谋者"，过错者名单上每天都要增加几个新名字，遭到指责的有帕斯捷尔纳克和肖斯塔科维奇，爱森斯坦和普多夫金，卡杰茨夫和特劳贝格，波戈廷和谢尔文斯基，基尔萨诺夫和格罗斯曼，艾亨巴乌姆和别尔戈利茨，列·伊·季摩费耶夫和萨多菲耶夫，梅日罗夫和亚·格拉德科夫。

《文化与生活》报开始出版，许多文章看上去就像是控诉书，对左琴科和阿赫玛托娃写得特别尖锐。在日丹诺夫的报告和报上的文章里，第一次宣布"同对西方的卑躬屈膝斗争"。

我在第一次作家代表大会上记住了安·亚·日丹诺夫。斯大林大概认为他是文学艺术方面的专家，早在1934年即委托他在代表大会上讲话。我在1947年又看见了日丹诺夫——他邀请了包括我在内的五六个文学家前去，我们必须加入《旗帜》杂志的编委会。我断然拒绝，而且直到会议结束始终默然枯坐——日丹诺夫在阐述苏联的文学应该是什么样子。1948年初，谢·谢·普罗科菲耶夫和德·德·肖斯塔科维奇谈到，日丹诺夫曾把作曲家们请去。为了说明什么是不同于有错误的作品的"悦耳的音乐"，便在钢琴上弹了点什么。我还记得我在华沙时深夜被电话铃声惊醒的情形。法捷耶夫说："可怕的消息——日丹诺夫死了！您下来吧……"

我同左琴科很少见面，不知道为什么我们彼此都不大了解，但我始终认为他是我国最优秀的作家之一。在20世纪50年代初，有一天我在普希金林荫道上遇到了他，他很忧郁，看上去像个病人。我们共同的朋友都说，他非常痛苦地经受着一切。我在1947年曾往访安娜·安德烈耶夫娜·阿赫玛托娃。她坐在挂着莫迪利亚尼为她画的肖像的小房间里，同往常一样忧伤而庄严，她正在读贺拉斯的作品。不幸如山崩一般压到她的头上，需要有特殊的精神力量才能保持自尊、外表的平静和高傲（就这个字眼的正面含义而言）。

我之所以叙述1946年夏天发生的事件，为的是让读者了解我写作《暴风雨》时的环境。我在十月回到长篇小说的写作上来，于是美国的景象、巴黎的会见、令人不安的无线电广播的噼啪声都立刻消失了——我被战争年代的情景包围起来，我同长篇小说里的人物一同生活了。在我看来，《暴风雨》里有许多败笔——这大概是因为我所描写的事件距离当时太近，我未能理解这一切的意义。但是长篇小说的某些主人公——马多，她的父亲朗歇，艺术家萨姆巴，学者杜马，克雷洛夫博士，忧郁的浪漫主义者米纳耶夫同他的妈妈——对于我却是珍贵的。我于1947年6月写完了长篇小说。

这本书引起了许多争论。有些读者抱怨：为什么法国人看上去要比苏联人英勇？这也许是因为游击队员的冒险事迹总是被涂上了一层浪漫的色彩，但在我国，同德国人战斗的不是个别的英雄，而是全体人民。但也许是因为这个或那个读者的评价受到了报上的文章的影响——当时正值反"卑躬屈膝"运动的高潮。让我从一位评论《暴风雨》的批评家的文章中摘出几句："……我国人民并不像伊利亚·爱伦堡所描绘的那样可怜而又孤立无援……只有自由主义的资产者才不理解并诬蔑苏维埃制度。他们在我国看见的只是阿尔佩耳和拉巴佐夫之流，只是一知半解的弗拉霍夫之流和克雷洛夫之流的地方自治会活动家，这就是说，他们看到的只是对他们有利的……但是爱伦堡同志却不是自由主义的资产者……在长篇小说所描写的苏联人同资本主义的法国人的所有对比之中，总是法国人赢，俄国人输……这就够了！谢尔盖·弗拉霍夫是俄罗斯人吗？他的祖国是苏联吗？……"

对战争的头几个月的描写激怒了这些批评家，尽管他们当然也同所有的苏联人一样知道 1941 年发生的事情。一位批评家写道："一切都已被斯大林同志阐明了……"然而，当然，斯大林却没有阐明他何以在战前消灭了军队的全体指挥人员，何以一向非常多疑的他却相信了希特勒的话。

长篇小说刊登在《新世界》上，当时该刊的主编是康·米·西蒙诺夫，他在给我的信中写道："没有令人担心的事，我觉得一切正常。"我以为，我将受到的指责只不过是来自"卑躬屈膝"的最狂热的揭发者们的几篇文章。

现实出乎我的意料。我在 1948 年记下了法捷耶夫说的一段故事，他作为斯大林奖金评奖委员会主席，曾向政治局报告提出的候选人名单。"斯大林问，为什么《暴风雨》被提为二等奖。我解释说，根据委员会的意见，长篇小说里有错误。作为主要人物之一的一个苏联人爱上了一个法国女人，这是不典型的。其次，书中没有真正的英雄人物。斯大林提出了异议：'可我却喜欢这个法国女人。一个好姑娘！其次，这样的事在生活中也是常有的……至于英雄人物，在我看来，天生的英雄是不多见的，普通人也会变成英雄……'"法捷耶夫补充了一句："您是怎么理解的呢，我没再争辩下去。"他高声笑了起来。

我对斯大林想得愈多，我就看得愈清楚：我什么都不理解。就在那次会上他曾保护薇·潘诺娃的中篇小说《克鲁日里哈》而不同意委员会的意见，他曾挖苦地问法捷耶夫："您可知道，该如何解决所有的冲突？我可不……"斯大林保卫了谢尔盖喜爱马多的权利，但不久之后就颁布了一条法律，禁止苏联公民同外国人，甚至社会主义国家的公民通婚。这条法律制造了不少悲剧，我还记得，一位复员军官常去找我，他是个心灵纯洁的人，常把他所钟情的一个波兰女公民的信拿给我看，女的写道，邻人都挖苦她，她祷告上帝，愿他能获得结婚的许可。我写过信，请求过，但无效。斯大林的言行常常是如此不一，以致我至今还问自己：莫非是我的长篇小说促使他颁布了这条惨无人道的法律？他一面说"这样的事是常有的"，一面却在想，并且决定了：这样的事是不该有的……

在 1946 年至 1954 年间出版的书中，看来能流传下去的将是那些描写战争的书，这不仅因为人们没有内心的分裂，没有必不可少的吹嘘，为保卫苏维埃国土进行了战斗，而且也因为战争时期的主人公有权受苦，有权牺牲。但在描写和平生活时，作者知道，允许你表现的冲突是很有限的：天灾，敌特的活动，迟钝的经济工作者的落后。

《暴风雨》脱稿后，我很久没去想再写一部长篇小说的问题，而只是写文章、搞翻译。那几年，作家要想创作是不轻松的。现在我们这里对于"个人崇拜"对农业、工业、建设的不良影响写得很多，作为一个作家，只需补充一点：个人崇拜没有促进文学的繁荣。不久前康斯坦丁·格奥尔吉耶维奇·帕乌斯托夫斯基曾写到过这个问题。

当时是什么在支持着我？我日后在谈到假想的"南方"的孩子们时曾写到过这个问题：

> 他们怎能想象到，
> 哪怕是在恍恍惚惚的梦中
> 短暂地、偶然地想象到，
> 什么是对春天的思念，
> 什么是在使人绝望的
> 三月的严寒中
> 对笨重冰块的蠢动的
> 焦急的等待。
> 可我们却领教过这样的冬天，
> 深切地体验过这样的严寒，
> 那时就连忧伤都不存在，
> 只有高傲和灾难。
> 在严酷的、冰冷的屈辱中，
> 干燥的暴风雪使人双目失明，

　　但我们不用眼睛也看见了
　　春天的绿眼。

　　但《暴风雨》对我来说却依然是那严酷但清白的几年的一个微弱的、隐约的回声。

05

美国之行：首次出击

我于 4 月 12 日偕加拉克季奥诺夫将军飞离莫斯科，西蒙诺夫被从日本召回，他要在巴黎追上我们。我们飞抵斯摩棱斯克后重又折回——发动机出了故障，直到傍晚我们才到达柏林，不得不过一夜。翌日有人告诉我们，我们将乘美国大使比德尔·史密斯的飞机飞往巴黎——当时"冷战"尚未成为日常生活。

我们在德国上空飞行。从上面看下去，一座座的城市宛如立体派的油画，但炸弹破坏了和谐，马格德堡就像"抽象派"的一幅油画——乱涂一通。米哈伊尔·罗曼诺维奇·加拉克季奥诺夫穿着将军服，被炎热和激动弄得透不过气来："记者们马上就要开始进攻了。这对您来说很轻松——您习惯了，可我却从来没有同外国人谈过话……"

在奥利机场上欢迎我们的有美国人、我国大使馆的职员、阿拉贡、埃尔扎·尤里耶夫娜。这是一个晴朗的春日，栗树的花朵盛开，我们乘车驶过我十分熟悉的地方：伊塔利工人区、贝尔福的狮子。这就是蒙帕纳斯——在这个角落里我的青春逝去了！我想感慨一番，但没来得及。阿拉贡夫妇邀我去吃晚饭，穆西纳克夫妇也去了。我贪婪地倾听他们叙述有关占领时期、抵抗运动和共同的朋友们的情况。

我们被安置在艾图阿尔广场附近的一所旅馆里。那里站着一些美国军人。一切对我来说都是陌生的——无论是那一段市区、喧哗的军官还是美国的食品。我在巴黎各处游荡，找到了我的几个滞留在法国的姐姐。她们告诉我她们怎样躲过了德国人，朋友们怎样帮助她们。十分激动的福京斯基跑来，说他将要去莫斯科，如今他不怕再度被捕，因为俄国人是胜利者，他们拯救了世界。我在蒙帕纳斯看见了蔡特金、拉里奥诺夫。爱笑的杜霞笑着，尽管她也同所有的人一样经历了许多毫不可笑的事。我们想起了往事，就连战前的岁月也仿佛是古老的历史了。有个人说："难道这是总共才六年以前的事吗？……"

西蒙诺夫飞来了。我决定请我的旅伴们吃一顿真正的法国式晚餐，便去找若瑟芬娜——战前她曾在舍尔什－米迪街上开过一个餐厅，我在《巴黎的陷落》里描写过这个餐厅。若瑟芬娜很高兴地说："听说您写过我的事……可我常想，您在俄国过得怎样？……"当我把我的计划告诉了她以后，她举手一拍："可怜的爱伦堡先生，您不知道我们这里的情况！什么东西都找不到……"但她还是准备了一顿精美的晚餐。加拉克季奥诺夫对酒浸公鸡做出了评价，对于牡蛎却竭力不看，而当若瑟芬娜拿来了各种各样的干酪时，便说："我去散散步，一刻钟以后回来……"西蒙诺夫什么都吃，还抽起了一支从日本带来的哈瓦那雪茄。

博戈莫洛夫大使举行了一次记者招待会：我得谈谈战争、恢复以及苏联人对法国的态度等问题。出席的人很多，几乎所有的人我都认识：阿拉贡、埃尔扎·特里奥莱、尚松、维尔德拉克、卡苏、斯坦尼斯拉夫·弗尤梅、波朗、雷纳·布列克、马赛尔·加香、爱弥儿·布列。

我们应在 17 号动身，但我们却被从机场送回：雨下个不停，飞行被取消了。我高兴起来：还可以在巴黎多待一天！将军很激动：会议明天就要开始，我们迟到了。

我去找马尔凯，久久地瞧着那些风景画——这是我百看不厌的：油画上灰色的水，那么多的艺术！

我们在次日起飞。民用航空还处于青年时代，我们着陆了两次。在北爱尔兰，只见一片葱绿，人们给我们送来了晚餐，我把围住了米哈伊尔·罗曼诺维奇的当地的记者都轰开了。后来我们飞越重洋。在水上飞原来同在陆地上飞一样简单，于是我打起盹来。在纽芬兰，万物都被白雪遮没。人们给我

1945 年 4 月，爱伦堡和加拉克季奥诺夫将军在飞往美国前

们送来了早餐。当地的居民在一旁喝着啤酒，打着哈欠。我瞧了瞧餐厅里的钟——当地时间是在午夜。继欧洲的一夜之后，第二夜是美洲之夜。

破晓时，我看见了一座大城市——波士顿。摩天楼直指飞机而来，我明白了，我们真已飞越了重洋。

在着陆之前，他们给我们分发了一些需要填写的表格。除了常见的问题以外，还有一个关于种族的问题。我代表三人填写了调查表〔米哈伊尔·罗曼诺维奇认识几十个法国字，而西蒙诺夫也只会喊"温德福"和"艾·拉夫·阿美利卡"（英语："妙极了"和"我爱美国"）〕。我画了一条线来代替关于种族问题的回答。我的反种族主义使我们在护照检查处所在的小房子里白白地待了一个钟头。大使馆的一位职员告诉我们，一名警察给长官打了个电话："赤色分子不愿回答：他们是白人还是有色……"

我们乘火车抵达华盛顿。我疲倦得什么都没有考虑，但是不得不立即赴会。大厅里有三百多人——各报的老板和编辑，每个座位上都有一个木牌写着姓氏和报纸的名称。米哈伊尔·罗曼诺维奇·加拉克季奥诺夫代表《真理报》，康·米·西蒙诺夫代表《红星报》，我代表《消息报》。休息时有一位州报的老板问我："您是向贵国政府租的报纸还是领年薪？"

我们发言以后，人们开始向我们提问题。一位编辑说，在 20 世纪 30 年代他住在莫斯科，当时外国记者进行工作比较容易，除了中亚细亚以外他们到处都可以去，而且对书报的检查也不严格；而现在却对他们的活动加以限制，对书报的检查也很苛刻。我不得不回答，便把一切都归罪于战争，并补充了一句，说我不是书报检察官，而是新闻记者。另一位编辑很气愤：为什么俄国人发签证总要拖很久？将军默然不语，我不得不再次出面设法摆脱困境："我不发签证。我是愿意把签证发给所有的人的——我觉得，记者们走的地方愈多愈好。也许正因如此才不指派我发签证。"美国人大笑起来，冰块被敲碎了。加拉克季奥诺夫回答了有关裁军的问题。突然，一位叼着大雪茄的肥胖的记者（他很像宣传画上的资产者）站起来对将军说："请问，您是否能在贵报上要求斯大林总理辞职，并让哪怕是莫洛托夫或李维诺夫来代替他？"米哈伊尔·罗曼诺维奇回过身来看着我，我看到了他脸上的恐怖："请您回答吧！您习惯了……"我平静地答道："不行，这是不行的。我只得提醒我们的同行，不同的国家有不同的制度和不同的习惯……"美国人喜欢直率的回答，第二天清晨我在报上读到，我身上有一种"无耻和坦率的混合物"。我们在宴会开始前折返旅馆。米哈伊尔·罗曼诺维奇一再地说："多可怕！……"

旅馆是最现代化的。夜里我疲惫已极地走进房间，我想打开窗子却打不开。我按了各种各样的电钮——吹来阵阵冷气，灯光忽明忽灭，收音机大吵大叫，但窗子却没打开。最后我疲倦不堪地倒下了，早晨醒来后我急忙走向窗前，咒骂自己技术上的落后与束手无策。我没拿定主意是否去唤女仆——她们会想：这些俄国人还是野蛮人呢！大使馆的秘书发现我穿着睡衣站在窗前。"该去开会啦。"我答道："别忙，请您把窗子打开……"他试了试就平静地把女仆叫来，女仆微笑着解释道："窗子是打不开的——街上有灰尘，新

1946 年，爱伦堡、西蒙诺夫和加拉克季奥诺夫会见华盛顿的记者

鲜空气是从管子里进来的。"秘书很喜欢这一点："他们的技术真高明！……"可我却觉得不舒服起来——连窗子也不能开，大概新的世纪也将是如此……

不久我就明白了，年老的欧洲人在新大陆感觉颇不轻松。西蒙诺夫充分享受着前所未见的舒适，同时也充分享受着他的军事小说的畅销和他的30岁的青春。关于米哈伊尔·罗曼诺维奇·加拉克季奥诺夫的遭遇，我将在后面谈到。至于我，我害怕扮演啰嗦不休的老人的角色，只是到处看看，同好几百人相见，在全国各地走走，夜里则把印象、谈话记录下来。我在一篇文章中写道："美国在人类的生活中占有一个显著的地位，不了解美国就不能了解我们的世界。关于它已写了几百首颂歌和几百篇抨击性的文章——要恭维它或嘲笑它都很容易，要了解它却比较困难。在技术的复杂性后面有时隐藏着精神上的单纯，而在这种单纯的后面却隐藏着真正的人类的复杂性。"

我同有些美国人交上了朋友，但我还得老实地说：我愿同欧洲人在一起休息，无论他们是我的老朋友——杜维姆、夏加尔、斯杰法、赫拉西、罗曼·雅科布逊、勒·科尔布泽、德·里亚·帕普，还是我初次见到的人们——爱因斯坦、库谢维茨基、肖洛姆·阿什、奥斯卡·朗格。当我在新奥尔良看到了有凉台的古老的欧洲式的房屋时，我幸福地微笑起来了。

我在美国第一次对传统、习以为常的评价和爱好等是否不容争辩发生了怀疑。八年后我到了中国，后来又去过拉丁美洲、印度、日本。我已知道世界有多么丰富多彩，于是较少采用欧洲的米突尺或俄尺了。但美国之行却是首次出击——也可以说是初级小学。我想在本书中更为详尽地谈谈美国之行（与我的其他几次旅行相比），其故即在于此。

06

美国之行：美国人的生活方式

　　早先，当我在美国的影片中看到疯狂的暴雨时，我觉得那是导演的艺术手法。原来美洲的雨是同欧洲的雨不一样的，一切都很过分——暑热，飓风，泛滥。水果和浆果都很大，但却没有我们所习惯了的滋味和芳香。美国前副总统华莱士从苏联移植了几株"俄国草莓"（学名叫费拉加利亚·莫斯卡塔）——难看、矮小、有绿色斑点，但芳香四溢——到美国。他醉心于园艺，于是我们除了政治，还找到了另一种共同的爱好。他把我带到自己的菜园里，我没能立刻认出我的同乡——果实大了两倍，但香味却消失了。

　　我想起了在纽约的第一夜。旅馆均已客满，领事为我在百老汇附近一条狭窄的街道上租了一间八楼的房间。我睡不着——醉汉们在旁边大声喊叫，室内闪动着霓虹灯广告的反光。我在窗前站了半夜，百老汇上空灯火辉煌，摩天楼的顶端高耸入云，爵士音乐震耳欲聋，而下面，宛若在山中的峡谷里，是劳碌不堪的人群。这既美好而又令人难以容忍。

　　有一次我在第42号街上的一家小小的法国餐厅里同勒·科尔布泽共进午餐。他详细地向我打听战争的情况、我国城市的遭遇，并谈起了建筑学，这是个不平常的人物。他当时笑了笑说："我很快就要满60岁了，但我盖的房子却还太少——不让我盖。我是个失败的人……"正如任何一个革新者一样，勒·科尔布泽创作的是精华，但人们要的却是那种精华被稀释了的艺术。如今勒·科尔布泽的思想到处都取得了胜利，那些师法他、模仿他，同时又冷静做事的建筑学家也取得了胜利。但勒·科尔布泽所想的并不是订货人，而是时代的风格。他建造了一些宣言式的建筑——在马赛和里约热内卢，在里昂和波哥大，在纽约和旁遮普，巨大的摩天楼和由矮小的房屋组成的居住区同街道交战，而他却保护树木和人类的神经，为太阳求自由。如今他已75岁高龄，他活到了受人推崇的一天。我在美国初次见到他时曾对他说，纽约的建筑使我既心醉又沮丧。他莞尔一笑："您永远都是浪漫主义者，甚至在您捍卫构成主义的时候也是。您知道纽约是什么吗？这是个极其危险的仙境。"

对于一个你不太了解的人或国家有一个先入之见，然后又用预先制定的呆板公式去解释一切——这是最危险的。我对美国的了解来自美国作家的作品、朋友们的叙述，我在欧洲看到过我们称之为"美国化"的那种现象，因而我对新大陆已有一定的概念。看来一切都是既正确而又不正确——有时是表面的，有时是片面的，因而也就是不正确的。当然，人们都很忙碌，但一经仔细观察，我发现这与其说是生活的内容，不如说是生活的形式。我充分地看见了乱七八糟的现象、官僚主义、人欲横流。

街上是人挤人，记者们坐在我的床上，人们不仅用手，也用脚来比划示意，每当有人请客，我就知道有的客人要坐地板，而姑娘则要脱鞋上床，人们互相咒骂，友好地拍拍肩膀，人们举止随便，有时用我的欧洲的俄尺来衡量，简直是无礼。我听到的故事说的都是人们如何很快就飞黄腾达啦，冤家对头怎么互相践踏啦，昨日的百万富翁变成了穷光蛋，而昨日的流浪汉却正坐在"凯迪拉克"牌轿车里飞驰。所有这一切与其说同特别强烈的贪财欲或天生的粗鲁有关，不如说同社会的年轻有关。

我在一生当中曾不止一次地看到打倒老子的儿子和为儿子的忘恩负义、粗野无礼而勃然动怒的老子，这仿佛是永恒不变的历史。美国的许多优点和缺点都同它的年龄有关。"他们是多么年轻啊！"我常对自己这样说，有时出于感动，有时出于气愤。人们从世界各地来到了富庶的、人口稀少的辽阔地区，他们大概都是些不顾死活的首领，精力充沛的失败者，永不发愁的机灵鬼，不可救药的幻想家，是最先冲出失了火的剧院而又最后离开赌窟的那种人。肖洛姆·阿莱赫姆曾写道："在美国，人们不是在生活，在美国，人们是在逃生。"人民就是由"逃生者"所形成的。来到的有英国人、意大利人、犹太人、爱尔兰人、波兰人、乌克兰人、塞尔维亚人、德国人、斯堪的纳维亚人。所有这一切很快就混为一体。人们随身带来一套换洗的衣服和求生的意志，至于古老的传统，那却是任何船只都装不上的。移民们从初步知识开始学起。一个注定要在未来走向历史的前台的民族就这样诞生了。

在新奥尔良，我曾被引往一家古老的小饭店——美国人把它当作名胜古迹来访问。房子几乎有一百岁了。当天气候酷热，还夹杂着一股使欧洲人疲惫不堪的炎热的潮气，就连美国人也汗流不止。他们在一个熊熊燃烧着的大壁炉旁喝着冰镇鸡尾酒——壁炉，木柴，这真是一幅前所未见的景象，是远古时代，庞贝城时代的景象！

同年龄有关的还有半游牧的生活方式。在去过美国之后，我觉得欧洲像是一所住惯了的、不通风的房屋。美国人常常交换住宅，有中等收入的人在换房时往往抛弃家具——运费比买新的还贵，而没有欧洲人的那种舍不得家中陈旧的瓶瓶罐罐的心情。人们从此城迁往彼城，从本州迁往他州。

我几乎没看到过小马力的汽车：工人们都买那些早先虽很昂贵，但已行驶了数十万英里的大汽车。没有工作吗？装上一家老小和日用家具就开出去寻找幸福〔30年代在我国叫作：找寻"长卢布"（意为特别高的工资）〕。一个美国人决定载我出去兜风，吃午饭的时间到了，他在一家餐厅旁边把车停住，按了按喇叭。一盘盘的肉、啤酒、咖啡被端了上来。我们不得不在车上吃饭，但并不是急于去什么地方，只不过顺着一条条非常好的道路在那些彼此雷同的平房旁边转来转去。我看见过围猎般的场面：汽车都向那里驶去，而银幕上却放映着电影。夜间，在纽约的大公园里有许多黑色汽车。朋友们告诉我说，对于情侣们来说汽车代替了旅馆的房间，有时警察也进行搜捕。

我常在百货商店里看到有人买了新衣就把旧衣扔掉。载我到南方去的我的朋友基莫尔几乎每天买一件衬衫，他说这比送去洗来得省事。

我并非从古希腊、意大利或西班牙来到美国，但那种特殊的标准化却依然使我惊讶。城市都很雷同。我在底特律和杰克逊看到的是同样的街道，同样的房舍，同样的招牌，同样的领带。一个敏捷的记者的一篇短文同时在50种报刊上发表，流言蜚语、奇闻逸事、布道演说都一再被重复着。

看来似乎可以自然地得出结论，巴比特先生的典型形象站了起来。但我并不急于得到结论，而是对自己说：一切既是如此，又不是如此。

登在报上的关于做礼拜的通告使我发笑——就像拉观众去看马戏似的。一家教堂答应放映一部《圣经》题材的彩色影片，另一家则以出色的餐厅来引诱人们。美国人大概并不觉得这种广告是渎圣之举。在亚拉巴马州，我们曾去拜访一位教授。我们被留下来吃午饭，大家都已入座，教授站起来朗诵了一篇即兴的祷文——请求上帝保卫两个伟大的民族之间的和平，从家里人的脸上可以看出，他们真的在祈祷。我曾出席《纽约时报》的出版者举办的一次午宴，在每一个餐具旁边都放了一张小卡片，我以为那是菜单，原来一面是报纸的广告，另一面是祈祷词，可在那里谁也没做祷告……

在我们到达美国之后不久，西蒙诺夫和我被邀请去赴一个犹太人组织举行的晚宴。领事说，我们一定得去——这个组织已为苏联的儿童保育院募集了二百万元以上的美金。来客众多，都想听听"赤色分子"（这是报纸上对我们的称呼）说些什么。我们在舞台上吃饭，而客人们则坐在台下的小桌旁边。一个以募捐为职业的人（不是犹太教牧师，而是基督教牧师）担任报幕员，他巧妙地榨取美元。人们一般都捐一二百元。有些人开了一千美元的支票，基督教牧师便万分热情地向他们致谢，大厅里响起了掌声。该由我讲话了，但我却被这一切弄得作呕不止。我在讲话中提到，在此聚会的人们欠了苏联人民一大笔债，当他们偿还微不足道的一部分债务时，他们不应为此骄傲，不应为此鼓掌。我还说，在我国，人们献出自己的生命也比这里的人拿出美金来得谦虚。晚宴的一位组织者给我拿来了一些药片——他断定我的意见之所以如此激进，是因为我有病在身。

当然，辛克莱·刘易斯未作任何杜撰，我在伯明翰也亲耳听见过这样的恭维："您有百万富翁之相。"当然，对美元的崇拜是非常普遍的，但我在美国也见过不少大公无私的理想主义者。在纳什维尔住着一位朴实的法梅尔律师。他相信"世界政府"的思想。后来这种思想被政治家们利用来达到绝非人道的目的。但法梅尔坚信世界政府将拯救人类免于战祸。他变成了一个鼓动家。他曾带我到一个牧场上去见他的父亲，我们在那里吃午饭，儿子企图使父亲相信新的信仰。我在新奥尔良遇到过一位工程师，他在战前曾设计出一种使棉花的收获工作机械化的机器，曾有人愿出一笔大价钱向他购买这项发明的专利权，但他在同一个经济学家朋友做了一次谈话以后却销毁了自己的发明——他怕机器夺去千百万农业工人的面包。我看见过在密西西比州发表演说反对压迫黑人的热心的白人，看到过第一次反对原子弹的示威游行。20世纪40年代末，美国牧师约翰·达尔曾参加保卫和平运动的工作。他在笔记簿上记下了那些他觉得意义重大的谈话：他想了解对重大事件所做的马克思主义的解释的一切奥妙。一个和平拥护者代表团曾应邀去中国。当然，达尔牧师在那里也记录自己的对话者的那些明哲的和浅显的格言。尽管中国人自己也把我同别的客人所说的一切都仔细地记录下来，但他们却觉得美国人对做笔记的爱好是可疑的，并把此事通知了莫斯科。天真而无比正直的达尔变成了一个稻草人。他明白了这一点就回美国去了，在那儿继续发表保卫和平的演说，尽管这在他来说是同一切不愉快的事件联系在一起的。1965年夏天，赫尔辛基会议上有很多美国和平主义者：牧师、公谊会教徒、全面裁军的拥护者、对越南战争感到气愤的妇女、勇敢和无私的人们。

这一切该如何理解呢？这就是在1946年曾使我绞尽脑汁的问题。巴黎的房子大致都是一般高的——六七层，而在美国的外省城市里却是一些平房，但在市中心则一定有几座摩天楼。在美国，矛盾的现象多得令人张皇失措。在两次大战之间，我们称赞过美国文学——海明威，福克纳，斯坦贝克，考德威尔。来到美国以后，我看见他们的周围是一片荒凉。在密西西比州，从事知识分子职业的人连福克纳的名字都不知道，虽然他就住在旁边——牛津城。中等水平的文学作品的缺乏使我感到惊奇：不是海明威就是《文摘》，不是福克纳就是荒谬可笑的《连环画杂志》。我看过福特、怀勒、威尔斯、马穆利安导演的一些优秀影片，但在中等的影院里却放映着平淡无奇的闹剧、激烈的传奇剧、甜腻的糖浆和低级下流的东西。

我很早以前就想看看"狮子俱乐部"成员的集会——这个俱乐部在所有的城市里都设有分部。恰巧在南方的一个距福克纳住过的城市不远的地方，我碰到了"狮子们"的一次午餐。主席用木槌敲敲桌子，于是俱乐部的成员，主要是商人，便齐声咆哮起来："呜呜呜！"这简直荒唐得使我险些忍不住大笑起来。午餐结束了，"狮子们"都回去干自己的事去了，可我却在很长的大街上边走边想：很好，但福克纳是怎么从他们当中产生的呢？……

在纽约，我曾往访约翰·斯坦贝克。早在战前我在巴黎就赞美过他的中篇小说《人与鼠》。他住在纽约市中心的一间平房里——这是很奢华的。好莱坞根据他的长篇小说拍了几部影片，他咒骂这些影片，咒骂许多别的事情，喝着带冰的威士忌。我们坐在一间大画室里（斯坦贝克之妻是画家）。他对我说："要是往狮子的嘴里啐口唾沫，狮子就会变成驯服的……"（我日后不止一次想起这句话——他在对待各种各样狮子的态度上都是正确的。）几年以后，斯坦贝克来到了苏联。在扎戈尔斯克时我同他在一起，他想在那儿看看那些用木头雕制小兽的工匠。早先他们的手艺很好，但因受到喜欢自然主义的影响而开始制作这一类商品。当一位工匠制成了一个同普通的熊一样的小熊以后，斯坦贝克要求卖给他一个未完工的玩具。工匠见怪了："他想叫美国人嘲笑我们……"但斯坦贝克却赞道："这才是艺术！……"并补充了一句："写长篇小说的时候也应该及时收尾……"

15 年又过去了，不久前，我再次看见了斯坦贝克。在那以后他写了许多东西，经历过不走运的岁月，也享受过荣誉。他坐在我那儿，魁梧而结实，而我一直在想：他同美国的联系有多深啊！一个年轻的国家，那里的人们是不会衰老的——活着，然后倒下。我不知道斯坦贝克在写长篇小说时是否善于及时收尾，我没有向他问起这个问题——看来世上没有一个作者是了解自己的：作家们都忙于塑造自己的主人公，他们没有工夫去想自己。当然，斯坦贝克变得比较冷静了，我感觉到了一个 60 多岁的老人的稳重与宽厚，但他依然像他的国家，依然是名声震耳、倜傥不羁的。

如今我对美国人的了解比以前深刻一些了。但在 1946 年我却问我自己：斯坦贝克靠什么为生？美国靠什么为生？这不是空泛无聊的问题，不是旅行家的好奇，不是人种志学者的考察——我看到战后世界上的许多事物都发生了变化。一切都取决于这个富裕的、非常文明同时又不大开化的国家将沿着什么样的道路前进。

数以百计的美国人都企图向我证明，美国人是最自由的人，而这是由于个人的主动精神、拓荒者的心理、个性的意义。在听这些谈话时，会觉得在我面前的是一些西班牙的无政府主义者，而杜鲁门则是米盖尔·巴枯宁的门徒。是的，我到过一些城市，那里的私人公司不仅出售电力和煤气，甚至还卖水。我们的汽车在路上曾数次被拦住索取过路税——原来道路属于一个实业家或种植场主。横跨密西西比河的大桥受到一家股份公司的剥削。1946 年政府推行了一次反浪费运动。我看见到处都有这样的广告："别忘了世界上有五亿人在挨饿。海因茨有 57 种调味汁。"我曾问杰克逊市商业局的主席，为什么海因茨商行要借助于人道的词句给自己的调味汁做广告。主席摇着头说："正相反，海因茨商行正竭力帮助政府。官方的宣言没有人相信，而海因茨却有很高的威信……"同时当局也满不在乎地干涉美国人的私生活。在纽约的一家我住了一个礼拜的旅馆里，夜里进行了一次搜捕，逮捕了一对外省的新婚夫妇——他们身边未带结婚证书。有一些州批准结婚毫不拖延，而内华达州却因为人们离婚十分方便而发了财。餐车里的一位侍者拿走了一杯威士忌："我们正通过一个干旱的州……"

我曾拜访发明光电显像管的大科学家兹沃雷金。他住在费城附近一所非常漂亮的房子里。他常谈科学在美国发展得如何之快。我知道，爱因斯坦和费密受惠于美国之处很多。罗曼·雅科布逊通宵向我谈论未来的新科学——控制论。在普林斯顿，我看见过非常出色的教室、实验室、图书馆。

在杰克逊和诺克斯维尔，我好不容易才找到一家书店。

我在若干特写里叙述了互相矛盾的印象。当然，其中有许多是偶然的东西，也许还有错误——在短期内是难以了解异国的生活的。但当时我并未因为只受到一篇文章的攻击而被迷惑。1946 年，"冷战"激烈起来，那些煽起冷战的美国人对于我国报纸上刊载的某些文章或小品文感到高兴。参加了反苏运动的《哈泼斯》杂志，发表了我的特写的译文，但在自己的注释里却承认："重要的不是个别的细节，而是苏联读者将从这些文章中获得的总的印象……难以想象，他们将在这些文章中看到的美国竟是一个粗野的、贪婪的、机械化的和冷酷的怪物，就像过去安德烈·齐格菲之流的欧洲唯灵论者对它的描写那样——爱伦堡先生的文章出现在 6 月至 9 月的《消息报》上——正值如今业已驰名的'文化清洗'时期，这次清洗使许多作家和电影导演备受折磨……《消息报》在一篇社论中写道：苏维埃社会的优秀人士和它的文化的创造者，向现代西方和美国的'时髦的'活动家，资本主义制度的道德崩溃和腐败的表达者，究竟可以学习些什么？在读到这一段话时，我们吃惊地想起了爱伦堡先生的第四篇文章中的一个地方：'我们向美国作家、美国建筑师，甚至美国的电影导演（尽管一般的产品惊人的庸俗）都可以学到很多东西。'这让人产生了一种令人不安的感觉，那就是由于这些文章，爱伦堡先生吊在树上了。我们希望他已采取了一些预防措施，并把领带从自己脖子上解下来。"（反苏的记者们希望我被消灭，而且至今还因为我依然活着而不能原谅我。）

但我的特写并非仅仅出于想扑灭"冷战"的火焰而写出来的。我明白，欧洲人正在开始变得像美国人了——这表现在对舒适的迷恋上，在把热情洋溢的生活变得有些简单化上，在对技术和体育运动的崇拜上。我想鼓舞一下自己，想到我曾在纽约、波士顿、新奥尔良遇到过的那些新知识分子阶层的代表人物，我曾这样论证许多美国人正在开始变得像欧洲人："美国不是一个停滞的世界，它一直处于运动状态。昨日的清教徒正在变成狂饮无度的神经衰弱症患者，变成海明威笔下的人物。浸礼会教徒和美以美会教徒的子女正在阅读嘲笑'美国主义'的《纽约人》。一般说来，任何一个欧洲人都永远不会像美国人自己那么辛辣地挖苦美国，这也是成长的一种保证。我深信，那些咒骂美国的美国人其实是最热烈的爱国者。他们是新的拓荒者，他们也被热病弄得战栗不止，但这不是'黄金'的热病：他们寻找的是精神财富，他们不满足于有高楼大厦，如果他们嘲笑这些高楼大厦，那并不是因为他们情愿住茅草房，而是因为他们想要崇高的思想和崇高的感情。"

也许这一切都是正确的，然而"故事说得快"，历史却兜着圈子走。自然科学的进步已成为普遍现象。美国人看到苏联的技术在某些领域里领了先便惊慌失措了，但这与其说是同寻找"崇高的思想和崇高的感情"有关，不如说是同政治家和军人们的考虑有关。

在如今被称作"个人崇拜"时期的那些年里，控制论在我国被称作是招摇撞骗。苏联大百科全书在补编里首次谈到它。我国的控制论专家们气愤地回忆起过去，其中的一位拿艺术来出气，似乎对新科学的讨伐乃是"对巴赫或勃洛克的过时的迷恋"的罪过。其实那些禁止控制论的人也在小心翼翼地注视着艺术。无论过去还是现在，我主要不是同美国而是同"美国主义"在进行争论。我曾入迷地读完了维纳（指控制论的发明者诺贝尔特·维纳）的书（虽然并非其中的一切全都明白），我听过电子音乐，我乐于相信，写诗的机器写起诗来要快于而且也并不亚于作家协会的许多会员，但巴赫或勃洛克却没有被机器代替，而且也不能代替。

也许在不远的未来，星际火箭将为没有结婚证书的情侣提供比现在的"凯迪拉克"或"别克"轿车更大的方便，这是无须做许多幻想就想象得到的。我不愿认为，未来的人们将不再具有那种使莎士比亚、歌德或列夫·托尔斯泰的主人公们的爱情不同于直立猿人的交配的文化激情。

古人描写过带着猫头鹰的智慧女神，而黑格尔说过，猫头鹰在夜幕四垂的时候就要飞起。到了暮年才开始思考许多问题是令人遗憾的。

07

美国之行：黑人的命运

我们的美国之行被看成是一次"回访"——在 1945 年有三个美国记者到过苏联。"冷战"刚刚开始。美国人同苏联政府正就增加用俄文出版的《美国》杂志的份数、改善在莫斯科的美国记者的工作条件进行谈判，国务卿贝尔纳斯也决定显示一下他的好心。各报均报道："三名赤色记者应邀前来同美国相识。他们将在我国自由旅行，费用由美国政府负担。"钱被我们拒绝了，但对于允许自由行动这一原则，我们则决定加以利用。加拉克季奥诺夫情愿留在纽约，因为那里有许多苏联的工作人员，但在同大使相商之后，却决定到芝加哥去观光几天，而当贝尔纳斯的副手卞顿接见我们时，他又说明他打算了解一下芝加哥的几家大报的工作情况。西蒙诺夫说，他挑选了西海岸——好莱坞。轮到我了："我想去南方各州。"卞顿企图劝阻我：太远了，空中交通也差，而且并非到处都有好旅馆。我不同意：从莫斯科到华盛顿更远，我们可以乘火车，而且我们也不是娇生惯养的。卞顿重申我们可以自由选择。

华盛顿的一位在数十家报纸上刊登文章的评论员（在美国被称为"专栏作家"）马尔克维兹·查尔茨曾写道："三人之中最出色和最具挑衅性的爱伦堡挑选'烟草路'的原因是十分明显的。他厚着脸皮在南方的生活中寻找适合他的口味的故事……"（这位记者在提到"烟草路"时所指的当然不是我酷爱抽烟，而是指考德威尔的书。）

老实说，无论对于考德威尔还是报刊特写的素材我都很少想到，我想了解一个很久以来对我来说始终颇为神秘的问题：美国黑人的处境。我年轻时认为，进步不可避免地会把人们从迷信和偏见中解放出来。我知道，美国的南部各州远远落后于北部各州，那里的工业很少，存在着文盲，而这就是偏见能长期存在的原因。直到种族主义不是远在海外，而是在我十分熟悉的德国占了上风，我才明白我是多么幼稚。美国黑人的命运不再是例外的现象了，种族主义渗透到时代的日常生活中了。在决定了去南方各州以后，我所想的不是报上的文章，而只是虽已结束却尚未离开我的战争，我想到我一生中不得不碰到的许多黑暗现象，我寻找谜底，试图了解矛盾的时代。

在到达纽约的最初几天里我就明白了，新大陆堆满了陈腐的偏见的垃圾。

在售报亭里可以看到用各种文字在美国出版的数十种报纸——意大利文的，波兰文的，犹太文的，德文的，西班牙文的，希腊文的，亚美尼亚文的，乌克兰文的，塞尔维亚文的，等等。我到过一个意大利人居住的市区，那里的绳子上挂着衣服，小饭店里的人把长长的通心粉缠在叉子上，有个人在唱歌，我觉得我是在热那亚或那不勒斯。在犹太人居住的市区里会出售腌黄瓜、哈勒瓦（用芝麻、花生、胡桃等做的油质酥糖）、伏特加，招牌既有俄文的，也有波兰文的。一个貌似巴别尔笔下的人物的老头子在街上一边喝茶一边议论："苏兹贝格写道，他爱上帝，如果不是犹太人的上帝，那也是美国人的上帝，不过这个上帝在读《时报》的时候大概过于专心，以至于就连华沙的犹太人区是怎么被烧光的也没注意到……"

城市的名称使人想到人们来自天南海北：纽约、新奥尔良、曼彻斯特、阿姆斯特丹、北京、巴黎、敖德萨、托勒多、法兰克福、广州、剑桥、莫斯科、柏林、罗马、牛津、科尔多巴……在任何一个科学部门都会遇到这样一些名字，它们清楚地说明，如果不是科学家本人，那便是他的祖父，出生于爱尔兰，或者波兰，或者德国，或者俄国。我想明白，何以就在一个混杂着所有的种族、民族和语言的国家里，种族主义和独特的民族等级制竟然也都那么兴盛。

贵族社会有世代相传的等级制度：世袭的贵族瞧不起非世袭贵族，而后者又鄙视小市民。在法兰西最高的是亲王，下面是公爵，接着是侯爵、伯爵、子爵、男爵，最后才是普通贵族，他们的姓氏前面都要加个"德"字。人们曾认为贵族的血管里流的是"蓝血"。但美国既未有过封建制度，也未有过蓝血。然而它却以一种使我感到莫名其妙的方式形成了自己的血液等级制：最高的是那些英格兰人、苏格兰人、斯堪的纳维亚人、荷兰人家庭的后代。稍次的是德国人，下面是法国人，再低一些是斯拉夫人，再低许多的是意大利人，几乎处于底层的是犹太人、中国人、波多黎各人。而最低的就是黑人。有些俱乐部不接受斯拉夫人和意大利人。至于犹太人，曾有一位饶舌的美国人向我清楚地说明了他们的处境："可以同他们共进午餐，但不可共进晚餐——午餐就是在不带妻子的餐厅里所进行的事务上的会见——可以同犹太人办事，但不可与之结交。"有人曾指给我看了几家不准犹太人入内的旅馆，通常这是在疗养区、海滨或湖畔。

我到纽约后过了几天，朋友们带我去黑人居住的地区哈莱姆。我在那里认识了一些记者、作家、演员、音乐家，我同其中的一些人成了朋友。

纽约的黑人在理论上享有一切权利。但凡是住有白人的住宅是不租给黑人的。他们住在哈莱姆，不管怎么说——这毕竟是黑人区。有一次我深夜从哈莱姆回去。出租汽车司机把我送到该区的边界，说明再往前开对他是不上算的——回去找不到乘客，他叫了一辆白人司机开的出租汽车，于是我就换了车。当然也有些富有的黑人，甚至有的还当了国家的官员（这种人为数很少，他们的官职也不高，不过摆摆样子罢了），但是大多数黑人却干着重活：搬运工、垃圾清扫工、看守、电梯司机、洗器皿的女工、洗衣女工。我曾在哈莱姆看到一个"衬衣医院"——这是一个就地缝补衬衣的作坊的名称，一个顾客半裸着身体坐在那里等着：他总共只有一件衬衣。

如果有一个黑人走进了一家正有美国人在内的餐厅，就会有人客客气气地对他说，所有的餐座都已被订去了。如果他想找一个比较干净点的工作，就会有人亲切地告诉他，空额已有人占去了。我曾想邀请几位黑人朋友前往我处。有人预先警告我说，他们不会被送上楼来——我住在 16 楼，会有人说电梯坏了。

美国人喜欢黑人的音乐、黑人的歌手和演员。黑人的剧团常在百老汇演出。池座里坐的是白人，他们鼓掌。然而如果演员们想在演出后吃顿晚餐，他们就得找到一家法国的、意大利的或犹太人的餐厅——在美国的餐厅里会有人对他们说，所有的桌子都坐满了……

种族主义甚至传染给了那些吃过它的苦头的人：我遇见过排犹的黑人。有一个被什么人侮辱了的犹太人叫道："您干吗这样跟我讲话？我还不是黑人！……"华盛顿的一个黑白混血儿谈到自己的不幸——他的女儿爱上了一个黑人。

我开始做旅行的准备。朋友们说，他们将给我派一个进步的南方人，他能给我出点主意，告诉我该去哪里。丹尼尔·吉莫尔是海军上将的儿子，战前出版过"左倾"的文学杂志《星期五》（在巴黎出版过一份同名的周刊，是让-里沙尔·布洛克和尚松主编的）。他说，他要我乘他的汽车。这是个意外的成功——否则我可能永远也找不到我的新朋友引我前去的那些穷乡僻壤。

国务院通知我，用俄文出版的《美国》杂志的主编将伴我同行。纳尔逊是个俄国移民的儿子，俄语说得很漂亮。他的言谈举止很有分寸，因而我们之间建立了良好的关系。

纳尔逊常同地方当局办交涉，我一再被邀请出席官方的午宴——主人有时是商业局的主席，有时是一家大报的出版者，有时是负责文化事务的官员。吉莫尔认识许多人，常把我带到黑人报纸的编辑部去，带到一些小县城和棉花种植场去。我同数以千计的形形色色的人谈过话——其中有教授和种植场主，有新教的牧师和工会工作者，有艺术家和工人。

我们在亚拉巴马时，吉莫尔说，"专栏作家"山姆·格拉夫顿想描述苏联作家的南方之行，因而要求允许他加入我们这一伙。往后我们已是四个人一起乘坐一辆疲倦的、但很宽绰的"别克"去各处旅行了。

我的旅伴们不知何故很喜欢俄国人用名字和父称来称呼一个人的习惯。于是与我同行的就成了丹尼尔·荷拉柴维奇·吉莫尔、比尔·宾涅吉克托维奇·纳尔逊和山姆·诺艾莫维奇·格拉夫顿了。我们成了朋友，南方人曾不止一次把我们都看成是"赤色分子"。我们有时在大旅馆里，有时在"莫特尔"（附有停车场设施的汽车游客旅馆）里，有时在市镇居民租给过路人的房间里过夜。南方人原来都很殷勤好客，常邀我们同他们共进午餐或晚餐。我很走运——我就像一个美国的旅行家那样在旅行。

　　在纳什维尔时我曾在私人开办的菲斯克黑人大学里度过一天。有将近七百名青年男女在那里学习，他们准备当医生、教师、律师，但他们知道，将来他们只能治疗、教导、保护"有色人"。在教授当中有大化学家布莱迪。他叙述了他不得不在什么样的条件下工作。在为白人办的大学里有设备十分完善的实验室，但他没有权利进去，就连大学里的图书他也不能用，每逢他需要查阅的时候，一个白人青年就代替他到图书馆去抄录。但布莱迪教授却常被派去出席国际性的代表大会：对于纳什维尔来说他是个黑人，对于国外来说，他是著名的美国学者。

　　（我读过芝加哥大学教授、著名的动物学家黎里写的一篇献给在战争开始的时候死去的生物学家卓斯特的文章："在卓斯特的全部科学活动中都铭刻着悲剧的标志——他是个美国的黑人……他在欧洲受到了亲切的接待，因而不难理解，他何以要让自己去过流亡的生活，但令人深为遗憾的是，他的知识和对科学的忘我的忠诚未能在他的祖国得到应用……"）

　　我在纳什维尔的大学生当中看到过一个生着雀斑的淡红褐色皮肤的姑娘，她用俄语同我攀谈起来。原来她的父亲是黑人，而母亲是敖德萨人，她叫丽莲·瓦特菲尔德。从外貌来看无论如何也不能把她当作黑人，但身份证上却赫然写明："有色人。"

　　我们参观了田纳西河的拦河坝——由罗斯福实现的一项巨大建筑工程。发电站改变了南方六个州的经济。我称赞道路、房屋、公园，但我到处都看见"为了有色人"的字样，于是闷闷不乐地想：如果这种稀罕的技术竟能同对人的侮辱连在一起，那就让它见上帝去吧！……

　　在我们去南方的时候，比尔·宾涅吉克托维奇曾告诉我说，美国的国民教育办得有多么好，用于保健事业的经费有多么庞大。我在密西西比看到了租来一小块土地的黑人或农业工人是怎么生活的。在黑暗的茅舍里蠕动着一大堆家口，拿地板当床。我们遇到过许多文盲——为黑人办的学校不够用，遇到过一辈子没看过医生的人：请一次医生要花费全家三个月的收入。

　　但是曾用南方的美味款待过我们的一个殷勤的大种植场主却说："我这里的黑人都过得很好。我甚至还让他们上教堂去呢……"

　　走进一个不幸的茅舍，山姆·格拉夫顿不禁大吃一惊——先前他从未到过南方。我对他说："您瞧，连我也有用了——因为我的缘故山姆大叔认识了托姆大叔……"纳尔逊也是第一次看到南方各州而大为沮丧，他再也不提医药卫生或国民教育了。

我想起了巨大的、淡黄色的密西西比河，想起了米切尔的那些被美化了的主人公们住过的古老庄园，想起了我们的萨尔台奇哈（1730—1810，因残酷拷打农奴而臭名远扬的俄国女地主）所梦想不到的舒适，也想起了黑暗的、恶臭的茅舍，有讽刺意味的人类的不幸——富裕地区的饥荒，过重的劳动以及所有的人每小时都会遭到的侮辱："往哪里钻，肮脏的黑人！……"（这句话我是在电车站上听到的——只有白人才有权乘坐的车厢几乎是空的，而车厢的平台上却没有一点地方。）

目睹他人的不幸、穷苦和赤贫是令人难受的——我在家里，在西班牙，在印度，都曾不止一次感觉到这一点。但我生平只有一次置身于别人的屈辱当中。一天在新奥尔良一所漂亮的房子里，我同几位有教养的好人——吉莫尔的熟人坐在一起。一位高高的、浅色头发的客人是个建筑师。我们从都市主义、勒·科尔布泽谈到绘画。口渴折磨着我——天气酷热难当，我提议到附近的酒吧去继续交谈。谁都不支持我。半小时后我要了一杯水。建筑师站了起来：他该回家了。他走后，女主人向我说明，他的身份证写明他是"有色人"，因而不能去酒吧——城里的人都认识他。我感到羞愧：是我把他置于困难的处境中的。我再不想喝水了，坦率地说，我再不想活了。

还有一次我也感到了难以忍受的羞耻：一个肤色很浅的黑白女混血儿告诉我，一个搬运工人没想到她是个"有色人"，让她坐进了白人的车厢，火车开动了，她没来得及走出。一个白人把列车员叫来，让他把"有色女人"扔出去。姑娘丝毫不像黑白混血儿，列车员是个慈悲心肠的人，他低声对可疑的女人说："我向他解释，说您是犹太人，所以您才有黑头发……"姑娘笑着补充道："可我却吓得简直都不能动弹了……"当时我生平第一次为我是犹太人感到羞耻，我想变成黑色的犹太人。

"种族隔离"的拥护者，或者简称为种族主义者，在同我谈话时试图为南方的制度找根据：存在着种族之间天然的不平等，要过几个世纪黑人才能进步到白人的水平；目前难以同他们来往，应该教导他们，为他们创造还过得去的条件，并给予他们能够胜任的工作。这话我听到过许多次。就连一位曾邀请我们前去用晚餐的法学家也对我说过这话。他的年轻的妻子补充道，不论这是好是歹，反正每个人都对黑人有肉体上的极端厌恶。（我却感到了对这个年轻漂亮的女人的极端厌恶，但作为客人，我只得默然不语。）我们站了起来，这时女主人说，她要请我们瞧瞧她的头生子——他刚刚满月。一个闪耀着满口白牙的高大而肥胖的黑女人把婴儿抱来了——她要给主人的儿子喂奶……

在工业城市伯明翰，有许多黑人在冶金厂工作。我们访问过其中的一个黑人。他虽然穷，但过得很干净，一个小房间里住着五口人。我们谈到工作、住宅。后来我问，他同白人同事们的关系如何。"工作上的关系不错。""您常到他们当中的什么人家里去吗？""不。""他们到您这儿来吗？""从不来。您是到这个房子里来的第一个白人……"

在新奥尔良，我曾去海员工会。秘书让我看俱乐部，说他们的工会被称为"赤色工会"：在他们那里，黑人都参加共同的会议，在别的工会里却为"有色人"组织了特别小组。"这就是黑人的座位。"秘书说。板凳并不比别的那些坏，但毕竟是为黑人另设的。

我还记得同罗伯逊律师所做的一次坦率的长谈。他是个对种族歧视感到气愤的好人，不遗余力地帮助黑人。他告诉了我一些骇人听闻的判决。一个女人看上了一个叫作威利·梅吉的黑人，他是载重汽车的司机。她常把他硬拉到自己家里。女邻居们对此议论纷纷。一天，丈夫回来了，但不是往常的时间。女人嚷了起来："救命呀，有人强奸我啦！……"包括法官在内的所有人都明知女人撒谎，但在法庭上谁都没有道破真相。律师企图拯救威利·梅吉，但白费力气——他被判处了死刑。在奥尔贝威尔镇有六个白人强奸了一个黑女人，大家都知道他们有罪，但他们却被宣布无罪。罗伯逊还想起了密西西比州的其他一些诉讼案。我问他，何以种族主义如此顽固。他答道："向您把这一切和盘托出，我感到很不愉快，但我们这里的人从小就是如此，我们所有的人都被这种下流勾当所毒害。我家有一个黑人女仆。我同妻子对她很好。不久前她分娩了。医生来了。我去瞧婴儿，却产生了这么一个念头——一个活的生命，但毕竟不是白人……我对自己也感到厌恶……"

我明白，问题不仅在于希特勒的一段可怕的历史。当然，在美国既没有奥斯威辛，也没有特雷布林卡。私刑杀害事件日益罕见。在 1946 年，南部各州存在着很像格罗勃克制定的那种法律（格罗勃克不久以前还在联邦占有非常体面的地位）。但南方的农奴主也不是创新家。鼓励过天文学和其他科学并被称为明君的西班牙国王阿尔丰沙五世在 13 世纪公布了一项法律，其中有七条提到要在生活中把基督教徒同犹太人隔离开来，并为犹太人制定了一些清规戒律，它们同 20 世纪中叶在南方各州为黑人制定的清规戒律非常相似。

我知道，如今许多事已发生了变化。就连美国的反动分子也都明白非洲已经觉醒，对美国黑人的迫害会排除同新诞生的国家建立良好关系的可能。而且在美国国内也可以看到觉悟的提高。在北方战胜奴隶主和种族主义者整整一百年之后，通过了一个给南方的黑人以选举权的法律，这当然很好。但这事恰好又和洛杉矶大街上的流血，和亚拉巴马州与密西西比州的枪声，和郁积在被压迫者心头的对压迫者的仇恨，以及隐藏在那些自由主义的"解放者"内心的对被解放者的厌恶凑到一起去了。

问题不仅在于消灭可憎的法律，问题在于改变人们的精神世界——任何法律，甚至最进步的法律，也不能从意识中根除古老的偏见。它们有时隐藏起来，伪装起来，寻找新的、比较适合现代生活的论据，突然又把丑恶的真相暴露无遗。

我之所以记述南方之行，并不是为了谴责美国人，本书也不是一部政论集。我现在思索的是我的见闻和感受，我想找到结论。看来我年轻时认为光明正在驱散黑暗的想法是正确的，不过在那遥远的岁月里我常把教育当作修养，把知识当作良心。结论大概就在人的和谐发展中，这需要许多精神力量、许多理性以及许多时间。然而如果人们不去着手办此事，那他们将很不值得地死去——死于杀人的武器相比于脆弱的"没有思想的芦苇"的优势，不同肤色或鼻型的人都将同归于尽。

08

美国之行：会见爱因斯坦

我觉得我已丧失了吃惊的可能性：我飞越重洋，到过各种各样的国家，遇到过知名的，有时是伟大的人物，经历了三次战争、一次革命、1937 年、法西斯主义、胜利，不料在 1946 年 5 月 14 日我却体验到了一个第一次看见自然界的奇特现象的少年所感到的惊异——我被带到普林斯顿并出现在阿尔伯特·爱因斯坦面前了。我在他那里总共只待了几小时，但我对这几小时却要比对我一生中的某些重大事件记得更为清楚——欢乐和灾难都可以忘记，而惊讶却不会忘记，它是刻骨铭心的。

当然，我见过爱因斯坦的照片，谁又没见过呢，但他看上去却是另一个模样，这也许是因为照片太旧，也许是因为照相机的镜头毕竟不是眼睛。我见到爱因斯坦的时候他 67 岁。长长的灰白色头发使他变老了，赋予他一种19 世纪的音乐家或隐士的神态。他没穿上衣，穿着绒线衫，一支自来水笔正对着下巴插在高领子上。他从裤袋里掏出了笔记本。面部的线条清晰，轮廓分明，但两眼却惊人地年轻，时而忧郁，时而聚精会神，突然又充满热情地笑了起来，我可以大胆地说——像孩子一般笑了起来。在最初的瞬间我觉得他是个年迈的老人，但只要他说起话来、很快地下楼走进花园，只要他的两眼愉快地嘲弄起来——这第一个印象就消失了。他因具有岁月所不能磨灭的青春而显得年轻，他自己曾用一句脱口而出的话形容这种青春："我活着并感到不解，我总是想明白……"

第 六 部

在 1921 年写成的《胡利奥·胡列尼托及其门生历险记》里，我曾叙述我阅读过一篇通俗地介绍相对论的文章。在科学的许多领域里我都是非常无知的（幸而我明白这一点）——就像一个"未完的平均数"。通俗的介绍我是领会的，但也还没能全都懂得，有些东西不如说是猜的。在由纽约赴普林斯顿的途中我很激动：像我这样一个不学无术之辈能同这位伟大的科学家谈些什么呢？……我向带我去普林斯顿的犹太文学家勃莱宁谈到了我的畏惧。他回答说，爱因斯坦是个朴实的人，他邀请我是因为他对俄国和新战争的威胁感兴趣。他没有使我平静下来。但爱因斯坦一开口，畏惧就消失了。当然，我回答了他的问题，谈了些什么，但现在我却觉得，只有他一个人在说，而我侧耳倾听，如果我也张过嘴，那也是出于吃惊。

一切都使我吃惊——无论是他的外表、经历、智慧还是热情，但最使我吃惊的还是我坐着，喝着咖啡，而爱因斯坦却在同我谈话。

〔有一次我在世界和平理事会的会议上同约里奥–居里并肩而坐。演说家们一个接一个地重复着人所共知的真理。而约里奥则俯身向我谈起了物理学家们的命运。（大概是一句什么话引发了他的这些想法。）"物理学家很像诗人，他们往往在青年时代有所发现。这像是一种灵感。费密在 33 岁创立了β衰变理论。卢瑟福在 32 岁显示了自己的天才，德布罗意和泡利在 31 岁有了重要发现，狄拉克则在 26 岁。但您可知道当爱因斯坦创立狭义相对论时他是多大年纪？ 26 岁！"约里奥的两眼调皮地闪烁起来，突然他皱起了眉头："应该听听他说些什么……"我把约里奥的话记在即将讨论的一项决议的草案上了。〕

当然，我在去普林斯顿的途中所感到的激动是同这个人的伟大有联系的。我想起了朗之万在 1934 年曾对我说："爱因斯坦把所有的自然科学都翻了过来。在他之前的物理学家们都觉得一切都已被认识，但他却证明了还有另一种认识。现代物理学是从他开始的，而且不限于物理学——新的科学也是从他开始的……"

他粉碎了关于囿于自己专业范围内的书房里的学者的陈旧观念。我知道，他同罗曼·罗兰交谊甚厚，在 1915 年发表过反战演说，我知道他为反对法西斯主义进行过斗争，我所见到的这个人帮助我在我们这充满矛盾的时代里

爱伦堡在爱因斯坦家做客

明白了许多事情。

〔很久以后我读了他的《自传概述》和他的朋友们的回忆，发现我的惊讶是很自然的。他的一生宛如一股汹涌澎湃的山泉。让我从他的身份谈起：他先是德国的臣民，后来是瑞士的公民，最后又成为美国公民。在他做出了自己的天才发现后，他成了"伯尔尼发明专利局的三级审查员"。三年后，当全世界的先进学者都在谈论爱因斯坦的发现时，他在伯尔尼大学讲课，而听课的往往总共只有两个大学生。不久人们开始不仅在学术会议上，而且也在电车上谈论他了。他在苏黎世、布拉格、柏林、莱顿、帕萨迪纳、普林斯顿都讲过课，他在欧洲的许多国家待过，还去过印度、巴勒斯坦和日本。他在一生中有什么人不曾见过，同谁不曾做过倾心之谈！我说的不是科学家——当然，他同其中的许多人有朋友关系，但我现在要列举一些他在文章或谈话中提到过的意外的会见：罗曼·罗兰和伯特兰·罗素勋爵，卡夫卡和查理·卓别林，拉宾德拉纳特·泰戈尔和外交人民委员契切林，哈西德教派的历史学家布贝尔和萧伯纳，比利时国王阿尔贝特和女黑人歌手安德逊，罗斯福和尼赫鲁。他不能忍受招待会、鼓掌、赞扬，很少发表公开演说，爱拉小提琴，醉心园艺，热衷帆船运动（甚至还写了《驾驶带帆快艇的若干问题》一文），同时也没有一个重大事件是他不愿热情而忘我地对待的。在第一次世界大战期间，当他获悉罗曼·罗兰发表演说反对盲目的民族主义时，便到瑞士去拜访后者，发表了反对世界大战的演说。他勇敢地向十月革命表示祝贺，痛斥德国军国主义。法西斯主义发现他是个不共戴天的敌人。他不是民族主义者——既不是德国的，也不是犹太的或美国的。在集资兴建巴勒斯坦的犹太人大学时，他说："我看到过犹太人在德国如何受到嘲笑，我的心里充满了热血。我看到过学校、滑稽杂志和其他一切宣传工具如何被动员起来，以扑灭我的犹太人兄弟对自己的信心……"他为捍卫自己尊严的西班牙做了力所能及的一切。他参加了许多为反对新的世界大战的威胁而进行斗争的组织。他离开了国际联盟的文化部，宣布它姑息强者并鼓励侵略。他曾在美国公开宣称他是社会主义的拥护者和苏联的朋友。关于对黑人的歧视他曾写道："这是每个美国人良心上的污点。"在第二次世界大战期间，他曾协助征集物资来支援苏联。他谴责了原子武器，把"冷战"革出了教门，坚持普遍裁军，而在去世前一个月还曾起草过一个要由他、伯特兰·罗素和约里奥-居里签名的呼吁书。

他有许多敌人。有些科学家长期企图否定他的发现，他们觉得，这些发现有损他们那依靠一切真理和谎言挣来的不大的声望。德国法西斯分子仇视他：对他们来说他首先是个犹太人。有些人曾经建立过一个叫作"反爱因斯坦"的组织，有些著名的物理学家、诺贝尔奖奖金获得者也加入了。这个组织专门陷害爱因斯坦——破坏讲课，印行伪科学的谤书和传单。1922 年，"王室的喽啰们"在获悉爱因斯坦抵达巴黎时曾举行敌意的示威。希特勒上台后，爱因斯坦被判处死刑，高价悬赏征求他的首级。1933 年，黑暗势力分子要求禁止爱因斯坦进入美国。1945 年，议员伦金在众议院建议政府"惩办一个叫爱因斯坦的煽动者"，因为此人胆敢发言反对佛朗哥的政体。5 年后，同一个伦金又说："有一个叫爱因斯坦的老骗子，自称是科学家，实乃共产主义阵营的参加者……"爱因斯坦曾是著名的反美活动调查委员会注意的对象。〕

我在笔记本里找到了爱因斯坦的几句话——那是我从普林斯顿回到纽约后立刻记录下来的。他是这样谈论美国人的："这是些孩子，他们有时可爱，有时任性。孩子开始玩弄火柴不是一件好事。最好是玩积木……我不认为，一个普通的美国人读书比欧洲人读得少，但他们读的是另一种书，主要的是他们用另一种方式去读。我问过一个大学生，他是否读过某一本书，他答道：'好像读过，是的，我不记得了。不过这本书是好多年前出版的，它可能已经过时了……'这种人只对新的东西感兴趣……这里的人善于很快把事情忘掉。在战争时期，一个普通的美国人一听到'斯大林格勒'这个字眼就会有这样的反应——从手上摘下手表赠给红军战士。米霍埃尔斯和费费尔就看到过这种事。如今许多人听到这同一个字眼却会有完全不同的反应：向俄国人炫耀我们有原子弹。当然，这是报纸上进行的运动的结果……在中非洲存在过一个不大的部族——我之所以说'存在过'，是因为有关这个部族的消息我是在很久以前看到的。这个部族的人给孩子们取名为高山、棕榈、曙光、鹬鹰。一个人死后，他的名字就变成了忌讳，于是只得寻找新词来称呼山岳或鹬鹰。显然，这个部族既无历史，也没有传统或传说，因而它就不能发展——几乎每年都只得一切从头开始。很多美国人就像这个部族的人……我在《纽约人》杂志上读到过一篇关于广岛的令人震惊的报道。我用电话订了一百份杂志分发给我的学生。其中的一个后来向我致谢，他狂喜地说：'多么不可思议的原子弹！……'当然，也有些不同的人。但所有这一切都使人感到十分沉重……秋天我发表了演说。看来，很快就得重新……"

他在谈话中曾再一次回到原子弹的问题上："您要知道，最危险的就是指望一切都合乎逻辑。您确信二乘二等于四吗？我可不……不幸的是罗斯福死了——他是不会允许……"

（稍迟我还获悉了被称为"爱因斯坦的悲剧"的那件事。在第二次世界大战开始前一个月，爱因斯坦的几个物理学家朋友曾告诉他，在德国有人正在设计制造原子弹。希特勒匪徒侵占了捷克斯洛伐克以后拥有了铀。朋友们说服了爱因斯坦写信把此事告诉了罗斯福。1945 年 4 月，当时业已判明希特勒匪徒没有来得及制成原子弹，而当爱因斯坦获悉美国人已拥有这种原子弹以后，便再次致函罗斯福——恳求不要使用这种可怕的武器。罗斯福没收到信就去世了。而新总统杜鲁门则在几个月后下令在广岛和长崎投下了原子弹。）

我知道爱因斯坦对《黑书》的出版感兴趣。我带来了一些发表过的材料和照片。爱因斯坦仔细地看着，后来抬起两眼，我看见其中含着悲痛，他的嘴唇微微颤抖。他说："我生平说过不止一次，认识的可能性是无限的，我们应该知道的事物也是无限的。现在我认为卑鄙和残酷也是无限的……"

他问我打算到哪儿去。我回答说，后天要去南方——想看看黑人是怎么生活的。他说："他们的生活真可怕。真可耻！南方各州政府的行为应该按照纽伦堡审讯的起诉书中的若干条款来治罪……"几分钟后，当我们下楼走进花园并在那里受摄影师的折磨时，他告诉我说，很久以前曾有一位维护种族歧视的年轻漂亮的美国女人向他

1946 年，爱因斯坦向爱伦堡问起《黑书》的创作

提出了一个在美国很普遍的问题："要是您的儿子宣布他要娶一个黑女人，您会说些什么？""我回答她说：'我不知道。我也许会想认识一下新娘子。可要是我的儿子说他打算娶您的话，我大概会睡不着觉也吃不下饭了。'"（他的眼里燃起了热烈的火花。）

他仔细地向我探问有关苏联的事。后来说道："我相信，你们很快就会把经济恢复。我一般是相信你们国家的。请告诉我，您常见到斯大林吗？"我回答说，我没同他谈过一次话。"可惜——我很想了解作为一个人的他。一个共产党员曾对我说，我落后了——我夸大个人的作用。当然，我不是马克思主义者，但我知道世界存在于个人的主观评价之外。但个人毕竟起极大的作用……我对列宁的想象要清晰得多——我读过关于他的文章，看到过会见过他的人们。他是令人尊敬的——他不仅是一个政治家，也是一个具有崇高道德标准的人……"

我还记下了一句话——我现在想不起他是在谈到什么问题时这么说的了："《卡拉马佐夫兄弟》给我留下了很深的印象。这是那些粉碎了关于人的内心世界、关于善与恶的界限的机械概念的作品之中的一部……"

他在告辞时说："目前主要的是避免一场原子的浩劫……您到美国来是件

好事，让更多的苏联人前来谈谈吧……人类应该比打开了潘多拉的盒子却再也关不上的厄庇米修斯（希腊神话中普罗米修斯的弟弟，潘多拉的丈夫）聪明些……再见！日后再来……"

十天后我从收音机里听到了一个熟悉的声音：爱因斯坦谈到悬在人类头上的致命危险——必须同苏联人达成协议，放弃使用原子武器，不要武装，而要裁军——他想合上潘多拉的盒子。

我一面听，一面想起了那所有绿色护窗板的灰色小房子、书籍、手稿、烧穿了的烟斗——一切都像是被抛弃了的，仿佛主人已离开习惯的舒适跨入了无限的世界。我想起了一个在衣领上插着一支自来水笔的老人，他目光炯炯，一绺绺的白发在春风中抖动。

09

美国之行：人们很激动，但海洋很平静

这是我认识美国之初的纽约。我正在一间光线暗淡的作坊里试裤子，突然一个灯泡的闪光使我为之目眩。摄影师嘟哝着说，他原想拍一张我在街上的照片，拍试衣时的照片则是开个玩笑，给我留个纪念，当然，这张照片是不会发表的。但我次日就在一份晚报上看见了它，这也是当然的。记者报道说，爱伦堡拒绝采用"闪电"式纽扣，而宁肯使用旧式的纽扣。我没有笑，而是勃然大怒，几天后我见到了主编，问他何以刊登了这么一张戏谑的照片——我又不是电影明星，而是个已过中年的男人。"我们对人有兴趣。"主编向我解释。"可为什么对人的下半身有兴趣呢？……"他惊奇地瞧了瞧，然后哈哈大笑起来："好啊！您这纯粹是美国式的幽默。您这话明天就会见报……"

起初我对许多美国报纸的性格感到惊讶，后来我习惯了也就不在意了。使我不安的是另一种东西——一年后被称作"冷战"的那个东西的第一批征候。

我还记得在诺克斯维尔浏览一张地方报纸时我突然愣住了：我读到，在第119首赞美诗里提到一个叫莫索赫的地方，那里住着一些仇视和平的人，以西结先知曾经指出，梅舍赫的人崇祀偶像歌革，而莫索赫和梅舍赫不是别的，就是莫斯科。当然，诺克斯维尔是个不大的外省城市，也可以嘲笑他们的愚蠢和神经质的狂吠，但次日我同一个十分好客的农场主谈话，他也对我

说："真是不幸——刚打完仗可又得再打，但如今不是同德国人打，而是同苏联人打……"他说这话时并没有寻衅之意，甚至也没有不友好之心，而是颇为发愁。类似的议论我听到过不止一次，尽管纽伦堡的审讯还在继续进行，在战胜希特勒的一周年纪念日，许多人还想到了苏联人曾经是盟友。人们被动人心弦的电报弄糊涂了。突然街头的报贩们大声叫道："红军坦克开往德黑兰……"谁也记不得辟谣，只记得恐惧。我问那些分析外国政局的人：何以他们认为第三次世界大战是不可避免的？他们没有援引《圣经》，而是说："苏联人打算侵占波斯……苏联将在最近几个月内进攻土耳其……莫斯科正在觊觎希腊……红军以发动战争相威胁，如果铁托得不到的里雅斯特……"

我们在美国逗留了两个半月，在这短短的一段时间里发生了许多变化：报纸日益经常地表现出不友好的态度，我们所会见的人变得比较警惕了。当然，这是"冷战"的最初阶段。还可以指望昨日的盟友会达成协议。我遇到过一些企图保持罗斯福路线的政治活动家——前副总统华莱士，前大使戴维斯，国会议员贝贝尔、柯菲、托马斯。他们和我们一同在群众大会或会见会上讲话。有两万美国人来到了麦迪逊广场，葛罗米柯大使、我们三人和戴维斯都讲了话。我曾在一个宽敞的大厅的昏暗的光线中看到了友好的微笑。

但依然可以明显地看出普通的美国人情绪上的变化。赫斯特系报纸的记者们的想象力曾使我大吃一惊：他们写了一些关于我们的谣言，尽管我们就在旁边。许多报纸断言，我是在陪伴着我的一名国家政治保安局的侦探的监视下旅行的，当我介绍纳尔逊为"红色警察机关的密探，国务院的工作人员纳尔逊先生"时，极为亲切的比尔·宾涅吉克托维奇笑了。我同西蒙诺夫来到波士顿，我们在车上过了一夜，美苏友好协会的一个会员在车站上迎接我们。当地的记者纷纷提出问题，我们一一作答，最后友协会员说道："让他们去吃早饭，休息一下吧……"一家晚报用大字标题写道："苏联领事禁止苏联作家同报界代表谈话。"我问主编，为什么他在自己的报上刊登了这么一条荒谬的新闻——波士顿并没有苏联领事呀。他回答说，这是一个误会：说的是"康歇尔"（协会），但记者却听成"坎苏尔"（领事）了。也许这是事实，但也许并非如此：我不止一次发现，每当一个问题同政治有了瓜葛，误会就出自人们的见解，荒谬的事也充满了意义。

赫斯特系的报纸把我称作"戴着假面的鼓动家""玩世不恭的同志"和"来自共产国际的伊利亚"。这听上去几乎是纯理论的。(两年后这些报纸在谈到我时却采用了一些比较鲜明的字眼,我还清楚地记得其中的两个:"克里姆林宫的低能儿"和"雇佣的畸形人"。)

罗斯福的一个朋友曾向我解释美国的新政:"杜鲁门根本没有想到战争。他认为,共产主义正威胁着西欧的某些国家,并且可能取胜,如果苏联在经济上恢复了元气并向前迈进的话。美国的不妥协政策和原子弹试验将迫使苏联把全部人力和物力花费在武装力量的现代化上。'强硬'方针的拥护者正在谈论苏联坦克的威胁,但实际上他们已向苏联宣战了。"

在这次谈话的两个月后,杜鲁门建议让维护同苏联达成协议的主张的商业部长华莱士退休。

美国的官方人士对我们都很客气,我们自由地在全国各地旅行,在会议上讲话,只有一些力图超越时代的记者欺负我们。我们看见了第一幕的开端。在加拿大又让我们看了下一幕中的一场。我们原想到墨西哥和古巴去一趟——那里邀请我们前往,但从莫斯科发来一份电报:建议我们接受加拿大—苏联友好协会的邀请——到多伦多、蒙特利尔去演讲。我们只得同意。

还在纽约的时候就曾有一位加拿大的外交官前来找我,建议在访问了蒙特利尔之后访问渥太华,在那里我们将是加拿大政府的客人。他像外交官所应表现出的那样微笑着说,我们在渥太华可以休息:政府的客人必须拒绝发表公开演说。

一越过国境我们就立刻明白了我们将要得到的是什么样的休息。恰巧那几天正在审讯几个被控向苏联泄漏了军事秘密的加拿大人。大使馆的职员古坚柯是原告方面的主要证人——他被人用金钱和未来的舒适生活引诱了。他是审讯时的明星,在上衣里面穿着铠甲,报纸赞美他的勇敢。由于所有的国家不分大小都在从事间谍活动,所以对这类案件的审理通常并不大事张扬,报上只说被捕者"为一个强国的利益效劳"。但这一次加拿大政府却掀起了(未必是出于自愿)一个猛烈的反苏运动。报上每天都在描写"赤色的危险"。在渥太华的使馆周围,常有一些公职人员或志愿者聚集在一起大骂莫斯科。这样一来,气氛就不完全适宜于安静地认识这个国家了。

1946 年，麦季松花园，格罗
缅克、加拉克季奥诺夫、西
蒙诺夫和爱伦堡发表演说

　　我还记得到达多伦多的第一夜。一家大报的老板请我们去进晚餐，说他
想谈谈如何加强文化联系、增进相互了解。当天晚上要举行"战时支援俄国委
员会"的晚宴，我不得不去赴宴。我对报纸的老板说，晚宴结束后我将去他那
里待上个把钟头。晚宴进行得很正规——既有主席的木槌，也有冠冕堂皇的
演说，还有支票和掌声。我已知道晚宴的程序，便尽力扮演指派我担任的角
色。报纸的老板住在城外一所坐落在漂亮的花园中的公寓里。一走进餐厅，我
立刻感到有些不妙。米哈伊尔·罗曼诺维奇凝然不动地坐着，把嘴唇一瘪，而
西蒙诺夫则装作在仔细观看墙上的版画。看来我的出现使谈话中断了。有人端
来了咖啡，我还没来得及端起杯子，主人就转身对米哈伊尔·罗曼诺维奇说：
"这样一来，您就应该理解，加拿大人把每个苏联客人都看作侦探是不无理由
的……"我站了起来，说我累了，想去睡觉。主人明白他说得过了头，就说他
喜欢苏联，对我们的光临感到高兴。我们站了十几分钟便离开了。

　　记者招待会开始了。友好协会的加拿大人无法使记者们安静下来。我们
谈论苏联人民的生活与文化都是白费唇舌。给我们提的问题都是关于间谍活
动、克里姆林宫的军事准备、行将爆发的战争。我在第一次记者招待会上说
道："我喜欢你们的国家和人民，但有两件事令我惊奇。为什么你们的记者一
开口就是新战争？难道对于我们怎样生活、怎样战斗、怎样重建遭到破坏的

城市，你们都没有兴趣？第二个问题是：根据宪法，加拿大是个使用两种语言的国家，但在边境上说法语却没有人懂，在邮局里也是这样，而且在记者们当中——我从脸上的表情看出——也有大多数人不懂我的话。"

我的话对于蒙特利尔和魁北克的法文报刊如同蜜糖。用法语出版的报纸都用大号铅字告诉自己的读者："爱伦堡认为，在加拿大关于战争谈得太多，说法语的人太少。"这预先决定了法文报纸（其中多数属于极右派）在一定程度上对我们采取了比较善意的态度。

我们在最初几天没有回答一些同审讯有关的问题。有些报纸指责我们胆小。当他们在加拿大军队的报纸举行的晚宴上第十次提出同样的问题时，我认为不能再避而不答了。我保存了一份《祖国报》，上面发表了我的回答："苏联政府已经宣布它正在考虑此事。我可以告诉你们，作为一个苏联公民的我也在考虑此事。此案有法律上的一面，对此我不拟涉及。其中也有政治上的一面。我看见过第一次世界大战时期的加拿大军队。当时它们处于前线上最危险的战区之中的一个战区里。这是个光荣的岗位。对于加拿大人在第二次世界大战中所据守的岗位——在些耳德河上——也同样可以这么说。我觉得，在已对苏联宣布的一场舌战中，加拿大人重又被置于一个最危险的地位，但却未必可以称之为光荣的岗位。我不明白，何以加拿大必须充当煽风点火的角色？我认为我们不如达成协议并和睦相处。"

当然，报纸谈起了我对加拿大内部事务的干涉。蒙特利尔当局预先警告我们，群众大会最好停止举行——有人准备捣乱。米哈伊尔·罗曼诺维奇·加拉克季奥诺夫因为自己的健康状况而对于所发生的事情感到特别痛苦。群众大会却并未停止举行。我用法语演说，而在这个城市里讲话不用翻译就意味着立刻博得听众的好感。

我想去魁北克访问一天——看看这个古老的法国式的城市，但政府的代表却对我说："魁北克现在连一间可供您留宿的空房间也没有……"

我们在渥太华的逗留最令人不快。一群中级官员把我们包围起来。我们在我国大使馆度过了一天，在那里略事休息，而且使那些犹如坐在不可侵犯的避难所里的工作人员快活起来。

在最后一天，总理意外地邀请我们前往。我们决定让加拉克季奥诺夫同西蒙诺夫去见他，并说我请求原谅——我很疲劳，身体感到不适：因为我受到的攻击多于他人。总理明白我患的是外交病，便企图推卸罪责。我们坐上飞机以后，我微笑起来：感谢上帝，终于结束了！……飞机在沃尔巴尼着陆。他们让我们在机场待了很久，后来告诉我们，说气候不宜飞行，已为旅客订了火车票。

我们在沃尔巴尼待了几个小时——没有举行仪式，没有记者，没有朋友。这是美国的一个普通的外省城市。街道上来来往往的年轻人都穿着崭新的西服、系着色彩鲜艳的领带。坐在酒吧里高凳子上的既有大喊大叫的人，也有沉默寡言的人——他们不互相交谈，而是不时发出刺耳的、轧轧响的声音——有时要"布尔邦-苏打"，有时咒骂，有时咧着嘴大喊"耶斯"。在商店的橱窗里，沐浴在蓝色的不祥光线里的塑料制的美女，使人想到夏季衣着的低廉和人人均可享受的十分钟的幸福。我们在酒吧里坐坐，在街上走走，到火车站去看看又重新走开：等火车。

我之所以想起了在沃尔巴尼的这个晚上，是因为我在那里意外地同酒吧的一个顾客做了一次谈话。他看上去年近50，他那红铜色的脸由于汗水而闪闪发光——晚上很热。他在布鲁塞尔住过两年，法语说得很好。他向我叙述了自己的身世：他的父亲是内布拉斯加州一个小种植场主，他童年时并不穷困，但很可怜。父亲让他自立——送他进了商业学校。后来他开始在一家卫生用品商行工作，想出了一种新的做广告的办法，获得了一笔奖金，便抛弃了工作，到旧金山去开了一家小小的灌肠铺，很快就发了大财——因为碰到了一个越狱出来的高明的匈牙利行家。不久他对肉食品感到厌倦，改行经营保险事业。他在比利时得到了一个职位，但他不喜欢欧洲的生活。他回到祖国并在堪萨斯开始出版金融小报。他被认为是个精力充沛的人，步步高升，结了婚。突然，经济危机爆发了，他变穷了，便在售货亭里卖热的小灌肠，并想到过自杀，特别是在妻子同警察局局长来往密切之后。但是，一般说来，一切都是来了又去，经济危机结束了，他振作起来，找到了一伙股东，在克利夫兰开了一家私人侦查局，醉心于政治活动——参加了竞选运动，但并不顺利：他替共和党宣传，但罗斯福再度当选。他第二次结婚——娶了一个寡妇，附带得到了妻子的前夫养的一个吊儿郎当的儿子，但也得到了一笔储蓄，买了一所不大的制造保险柜的工厂，突然——珍珠港事变爆发，工厂开始为军事部门生产物资，规模扩大了。这时发生了一桩极不愉快的事——工厂的产品被认为是废品，被竞争者收买的报纸要求诉诸法庭，不得不花了一大笔钱聘请酬金高昂的律师，人人都在大吃大喝，可他却重又沉了底。妻子抽走了储蓄，工厂被卖掉了，他搬到沃尔巴尼经营广告。如今事业发展顺利，他的局里有 11 名职员。过继的儿子改邪归正了，他原来颇有才能——发明了一种用于灯光广告的机器，这种机器也可以报道交易所的行情和政治新闻，他获得了为海因茨、"骆驼"牌香烟和三家银行制造广告的独有权。如今人们建议他去担任一家大商行的巴黎分行的主管，而过继的儿子将留在局里……

我问他，这种动荡不安的生活是否使他疲倦。他轻蔑地冷冷一笑："我不是比利时人，不是法国人，也不是俄国人，我是真正的美国人。五月份我已满 54 岁，对于男人来说这是黄金时代。我的头脑里装满了主意。我还能爬到顶峰呢。"后来他开始发表抽象的议论："我一点也不反对苏联人。他们打仗打得真棒。也许他们都是精明的生意人。但我曾在《泰晤士报》上看到，你们没有个人的主动性，没有竞争，只有政治家和设计家才能出人头地，而其余的人只是工作、领薪水。这真是前所未有的单调！要是在大萧条时期（他这样称呼 20 年代末的经济危机）有人对我说：我们给你一份优厚的薪水，不过有一个条件，那就是你今后再不从一个州搬到另一个州，也再不更换职业——那我就会自杀。您不懂这一点吗？当然！我在布鲁塞尔看到过人们是怎样过着平静的生活，储蓄金钱以备困难时日之需，因而逐渐退化下去：那里的每一个年轻人都是精神上的阳痿患者……"

西蒙诺夫走过来说，该去火车站了。

普尔门式车厢里很黑暗——所有的人都在帷幔后面睡觉。我走到厕所旁边的一个地方——那里可以抽烟、看书、喝汽水。我在那里记下了萍水相逢的酒友讲的故事。

一周后我们在波士顿坐上了法国的"伊尔德法兰西"号轮船。战前它被认为是一艘豪华的轮船，但后来却用来把美国部队运往欧洲。任何地方的大兵都是大兵，他们使漂亮的大厅和船舱都处于同他们的精神空虚相适应的状态。

波士顿的港口工人罢工了。"黄种人"搬运行李，但行李很多：欧洲人正在回欧洲去。"伊尔德法兰西"上真是什么人都有！儒勒·罗曼（等待着他的有院士——或者像法国人所说的"名垂千古的"院士称号、礼服、长剑）和一个曾在布加勒斯特的监狱里蹲了六年的罗马尼亚女共产党员，一个比利时的香烟厂老板和一位捷克教授。所有的人都是到破产的、饥饿的欧洲去的，他们带着女用皮大衣和储存的咖啡、洗衣机和罐头。白天在甲板上不时传来语句的片段。一个意大利大学生激昂慷慨地叫道，已经到了消灭"万恶的教权派"的时候了。普瓦提埃的一个老年的贵族女人叹息道："女婿来信说，法国弥漫着革命的气息。他认为皮杜尔虽是个十分正直的人，但却是个懦夫，竟让多列士目前待在马提尼昂宫里。而游击队员也把武器藏了起来……当然，在美国比较平静，可我愿意死在自己的家里……"年轻人争论着萨特的作品、法国是否会实行共产主义，以及是否应该按照过去的面貌恢复被破坏了的城市，或者重新修建。大家都因即将见到亲人、朋友和阔别数载的故乡而十分激动。我不知道那些把侨民们运往美国的轮船是什么样子，但"伊尔德法兰西"却把那些没有在富庶而吃得饱的美国安居落户的人们运走了。

人们很激动，但海洋却很平静。夜间我常坐在上层甲板上——有时记录美国印象，有时钻入黑暗中去欣赏辽阔无垠的大海。我在一个夜里记下了我对这次旅行的一些想法，在札记里我又回到了在沃尔巴尼遇到的那个红铜色脸膛的美国人身上："在少年时代，当我参加了一个中学生组织以后，我总是根据《顿河言论报》的小册子思考一切问题。那里明确地说，社会主义将首先在那些资本集中、拥有先进工业的国家里取得胜利。结果正好相反：在黑山地区的群山里，人们叫道：'贝尔格莱德—莫斯科！'而在美国，资本主义正在经历的如果不是青春时代，也是'男人的黄金时代'，就像沃尔巴尼的那个人所说的。他并不是一个罕见的冒险家，而是一个冒险世界的人。他所珍惜的一切对于他不是正在结束，而是正在开始。应该同美国达成协议——在最近的几个世纪内那里是不会发生革命的。问题在于美国人。他们大多是爱好和平的人，但是已经很狂热了……"

我想到在加拿大所听到的事情，感到可怕：结果一切也没有按照计划进行——战后的岁月正在开始变成战前的岁月。我正打算把一部关于那场业已平息的风暴的长篇小说写完。但我在加拿大曾与之进行争论的人们却已经把不久前的往事抛到九霄云外——对于他们说来，风暴才刚刚开始，风正在旋转尘柱……

海洋犹如一个做噩梦的人那样辗转反侧，但这对于海洋来说只不过是轻微的波动。当然，小舢板也许会被它抛起，但在"伊尔德法兰西"的酒吧里却几乎不停地有人在按铃要酒。夜像七月般温暖，天上繁星密布。当时我在想什么？不记得了。大概也同所有那些在一周内摆脱了尘世的纷扰，置身于碧波之中和星空之下的人们一样，想的是业已过去的生活、未完成的作品，以及应该做总结了……

我只记得，有一夜加拉克季奥诺夫前来找我。他抱怨他患失眠症，接着说上面很好——有海洋空气，有星星，突然他朗诵起来："……星儿同星儿交谈……"他走了，我也到下面的船舱里去了。我想写诗，但没有写，却记道："我们在一生中很少互相交谈，可能比星儿同星儿的交谈要少得多……"

10

美国之行：米哈伊尔·罗曼诺维奇的命运

只要我一回想起美国之行，我就开始想到米哈伊尔·罗曼诺维奇·加拉克季奥诺夫的命运。在《红星报》社，我几乎每晚都遇到这个谦逊的、守旧知礼的人。我们互相问安，有时也说上三言两语，因而我当然不了解他的为人。在我们赴美游历期间，有时我同他长谈，对他总算有了些了解，但主要的东西却依然很久都未明白。我常责备自己对人不够注意，有时我觉得，这不是我的缺点，而是时代的风气：我们对邻人、同事，甚至朋友的了解太少了，我们谈的只是短短的一天里发生的重大事情，或者几乎是抽象地进行一些争论，而对于真正使我们激动的问题却保持沉默——我们竭力隐藏自己的东西，也同样竭力避免偶然发现被隐藏起来的别人的东西。

美国记者在初次见到米哈伊尔·罗曼诺维奇后称他为"老战士"——灰白的头发、黑框眼镜下疲倦的眼神和肩章上的一颗星把他们骗了。在我们赴美之前，我也以为米哈伊尔·罗曼诺维奇年长于我，但我们访美时他还不到50岁。将军服使他显得有些枯燥乏味，似乎他整个都被浆硬了一般——无论是两颊、谈话还是思想。可这是不真实的。在他还能平静地谈话时，我同他两人在一起有什么不曾谈到过啊——关于契诃夫的技巧和被俘的我国士兵的可怕遭遇，关于基辅的索洛夫佐夫剧院很早以前的演出和把人机械化的危险性。米哈伊尔·罗曼诺维奇曾在语文系学习，后来成为一名准尉，准尉在当时被人们鄙夷地称作"普拉波尔"或"芬德里克"。尽管加拉克季奥诺夫在

1918 年就自愿参加了红军并几乎终生在军中服役，但我在同他谈话时依然可以感到那种旧知识分子的修养。

在我们旅行之初，我不仅对米哈伊尔·罗曼诺维奇的精神状态毫无所知，而且也不理解他的行动。对于记者们提出的毫不客气的问题，对于一位"专栏作家"开的一个挖苦人的玩笑，对于西蒙诺夫或我甚至都未发觉的任何一桩小事，他都会有那么痛苦的反应，这使我感到惊奇。后来我开始有了一些了解，但很迟才获悉一切。

在我们的美国生活的第一个月里，有一次我走进了米哈伊尔·罗曼诺维奇的房间。他躬身坐在桌旁，我觉得他像是有病。他答道："一切正常。"并用被捕获的野兽似的眼睛看了看我。我说，我们该去赴合众国际社的午宴了。他站了起来，梳理着头发，甚至还微笑了一下，但突然轻声说道："每天会见外国人……这是刑罚！……"

他诚心诚意地履行委派给他的职务：在会议上讲话，看上去和蔼可亲，容易与人接近。虽然"冷战"正在加剧，但记者们对待将军却远比对待作家们恭敬得多。然而米哈伊尔·罗曼诺维奇却焦躁不安。一天有一位大有名气的军事评论员在招待会上对他说："我听说你们正在编写战史。我们目前也在做这件事，认真地分析我们的失利——在太平洋，在非洲，在意大利。请告诉我，你们的军事史家可以研究失败的战役吗，例如刻赤战役？"米哈伊尔·罗曼诺维奇答道，在战争的第一年间德国人在技术装备上占优势。当时美国人便冷笑着说："当然，既然红军是由斯大林大元帅指挥的，战略上的错误也就不存在了。"

在纽约，我和西蒙诺夫整天在市内游荡，而米哈伊尔·罗曼诺维奇却不离开自己的房间。倘若没有官方的宴会，他吃饭也要在自己的房间里吃。商务代表处的一位工作人员从图书馆给他带了些书来。天气酷热，将军脱了衣服，坐在圈椅里阅读契诃夫、屠格涅夫、列斯科夫的作品。有一次我碰见他正在读契诃夫的作品。"惊人的作家，"他说，"看来我读第十次也会赞美不止。他把人看透了。昨天我们从可恶的晚宴上回来以后，我读了《第六号病室》。我几乎背了下来，但当我读到尼基塔把丑角穿的长袍交给医生的场面时，我再也读不下去了……常有一些时髦的作家，我一度迷上了列昂尼德·安德烈耶夫。但当有人给我送来了他的短篇小说，我却读不下去——可笑，陈腐。您到之前我正在读《套中人》……精练得使我吃惊——连一个字也不能增减。您听听：'大斋的饮食有害处，可是吃荤又不行……'还有这个地方：'你看着人们作假，听着人们说假话，人们却因为你容忍他们的虚伪而骂你傻瓜。你忍受侮辱和委屈，不敢公开说你跟正直和自由的人站在一边，你自己也作假，还微微地笑……'"有人敲门，米哈伊尔·罗曼诺维奇合上了书。

我的良心上有罪过——虽然我自己没有料到这一点，我曾加速了米哈伊尔·罗曼诺维奇的病情的发展。热得令人难以忍受的纽约的夏天已经开始，而他却穿着军服备受暑热之苦。此外他还很引人注目：只要他一上街，所有的人都盯着他看。我说服他买了一件夏装。他活跃起来了，说他在黄昏时出去散步，谁也没有看他，他甚至还大笑起来："大概我就像一个普通的中年实业家……"不料次日我发现他惊恐万状，面前摆着一张报纸，他好不容易才说出话来："您可以读读。这就是您的劝告所引起的后果！……"应该说，"专栏作家"们在我们身上确是狠狠下了功夫：有一个写道，西蒙诺夫请一位女演员吃顿晚饭花了多少美元，另一个叙述我买了一盒贵重的哈瓦那雪茄。这一位"专栏作家"则写道："花园里的花儿开了，小鸟唱起来了，威严的米哈伊尔·罗曼诺维奇将军也换了自己的羽毛。我们看见，昨天他穿着一件浅灰色的上衣，兴致勃勃地出来，到……我们不谈他到哪儿去了。"米哈伊尔·罗曼诺维奇十分沮丧："您可明白，这是什么意思？我只不过走到街角上就折回来了。可这里却这么说！……"我依然没有明白，并天真地说，米哈伊尔·罗曼诺维奇的妻子是个聪明的女人，即使报纸到了她的手里，她也会大笑起来的。他叫道："这跟妻子有什么相干？……我告诉您：那里会说什么？"他指指天花板。我想安慰他：对于我和西蒙诺夫，胡说八道的人也不少，黄色报纸的作风我们大家都知道。但他并未平静下来："你们是什么都可以对付的——你们是作家。可我是军人……"突然他忍不住了："我经历得太多了……"说到这里他很快发现自己失言了，便谈起了另一件事。后来他向我叙述了他的青年时代、萨马拉附近和喀琅施塔得城下的战斗、同伏龙芝的会见，但从未回到那些极不愉快的回忆上来。

如今关于"个人崇拜"的牺牲者人们写得很多，谈得就更多，人们回忆着那些被枪决的和死在劳动营里的人们。米哈伊尔·罗曼诺维奇从未被捕，他只是等待过逮捕。谢苗·古德坚柯在受了重伤后被救了出来，但十年后却死于很久以前的暗伤。米哈伊尔·罗曼诺维奇被"叶若夫暴政"的冲击波所伤。直到不久前我才知道在"我经历得太多了"这句脱口而出的话后面隐着什么。米哈伊尔·罗曼诺维奇的履历表同别的许多人相似。他于1917年入党，当时是20岁，上了前线，留在军中，步步升级，在军事学院毕了业，在人民委员会国防组工作。风暴加剧了：他的同事们被捕了。师政委米哈伊尔·罗曼诺维奇被控与"暗害分子"有联系。从他的柜子里搜出了"人民公敌"的作品。党的会议一致通过决议把他开除出党。他失去了军衔与工作。他很走运：半年后他恢复了党籍，然后受命在《红星报》工作。1943年，上头有人想起了有过这么一个谦逊而勤奋的人，于是加拉克季奥诺夫便被授予了少将军衔，加入了《红星报》的编委会，后来又被调往《真理报》，被派往美国。万事如意。只是人受了伤害：他记得他在会上怎样被斥为"懦夫""马屁精""伪君子"，怎样在深夜侧耳倾听楼梯上嘈杂的声音。

美国之行加速了结局的到来。米哈伊尔·罗曼诺维奇是生来就最不适宜于去同那些在表面上的客气后面隐藏着敌意的美国记者进行艰苦而复杂的谈话的。在加拿大的几天尤其痛苦。我已叙述了当时的情况。我很惊奇，米哈伊尔·罗曼诺维奇在陌生人面前竟那么泰然自若。人们中伤他，但他记得，不该在火上加油，因而不卑不亢地，但也像往常那样彬彬有礼而又善意地作答。在轮船上我曾对西蒙诺夫说，米哈伊尔·罗曼诺维奇精神上患病了。

他在巴黎似乎逗留了一周，有说有笑，常去书店。有一次我们同他在卢森堡花园里的魏尔兰纪念碑附近坐了一个钟头。他谈到欧洲的神圣的石头（指欧洲的名胜古迹）、赫尔岑、巴黎的工人。我想：会过去的，人活着……

1947年我在《真理报》社遇见了米哈伊尔·罗曼诺维奇。他的气色不佳，十分忧郁。我想叫他开心，便回忆起在华盛顿的旅馆里我们怎样闯进了别人的房间——我们不知道虽然号数相同，但有"W"和"E"——"西"与"东"之别，这像是一出轻松喜剧。但他没有笑。1948年4月5日，米哈伊尔·罗曼诺维奇·加拉克季奥诺夫自杀了。

11

战后的法国：从痛苦中磨出面粉

我在塞纳河左岸圣日耳曼林荫道附近的一所旅馆住下，我被带到一个有阳台的阁楼上的房间里，从那里可以看到巴黎的景色——砖瓦，烟囱，古老的房屋像绵羊一样挤成模糊的、灰色的一堆。有时我在暮色中欣赏我所熟悉的景色，有时又不予理会。

有人告诉我，丹尼兹已从安纳西（她在那里同儿子住在一起）来到这里，将逗留数日。我们到塞纳河岸的"护航舰"咖啡馆去了，15 年前我们常常在那里见面。她叙述着占领时期的情况。她的两眼同先前一样像梦游症患者的眼睛。我问她，对于《巴黎的陷落》中的女演员让奈特同她相像这一点可曾生过气。她答道："我听说过这件事。我没读过……"红红绿绿的圆圈在墨色的塞纳河水中跳动。

阿拉贡和埃尔扎·尤里耶夫娜邀请西蒙诺夫和我去"顶间"——这是作家委员会所在地的名称。对占领时期的记忆和战时形成的团结还依然存在。我见到了许多老相识——艾吕雅、维尔德拉克、卡苏、科克托、阿维林、马丹-舒菲埃、波朗、萨特。我所遇到的年轻人都定要谈起萨特——显然，他表达了那些年的不安。巴黎也果真变了：在作家当中很少有人谈论现实主义、超现实主义、人格主义——而是谈论抵抗运动、秘密出版的书籍、紊乱的现象——而在寻找自己的位置，大概许多人都在重大而矛盾的事件里寻找自己的位置。

我想在这里简略地谈谈阿拉贡。我是在 1928 年认识他的，当时他是个年轻的、漂亮的超现实主义者。在蒙帕纳斯，人们对他的优秀作品《巴黎的农民》谈得很多，对于各种嘈杂的示威也谈得很多：超现实主义者的狂热劲头颇像我国的未来派，阿拉贡是最富于战斗性的人们之中的一个。后来他成为现实主义的拥护者、共产党员，创立了各种组织，编刊物、报纸。我经常同他见面，有时还进行非常激烈的争论。1957 年阿拉贡曾被《文学报》的一位批评家对我的攻击所激怒（这是在我的一篇关于司汤达的随笔发表之后），并在《法兰西文学》上做了回答。他在文章中顺便写道："30 年来，我习惯了同伊利亚·爱伦堡进行争论，这一点我已谈到过了。我们在所有的问题上都存在着分歧，除去最根本的问题——和平与社会主义，战争与法西斯主义……"我之所以正是在本章中谈到阿拉贡，也许是因为在 1946 年"最根本的问题"吸引了所有的人，我甚至同他也很少争论。但一般说来，阿拉贡是对的：有时我难以同他相处，但我们的争论却一次也不曾导致不和。

我不愿再说大家都知道的事了：这是个大诗人和大散文家。他的一部分作品使我感到亲切，另一些则不然，但我现在不想谈这个问题。他是个十分复杂的人，常常改变自己的评价，但当人们试图把他的一个时期同另一个时期对立起来的时候，他理所当然地生气了——他始终都是阿拉贡。他写作时全神贯注，甚至在写古典式的诗歌或在长篇小说中描写主人公的衣着时也是如此。选定了生活的道路以后，他从 20 世纪 30 年代初就一直捍卫他所说的"最根本的问题"，以及出于人道而不能让步的东西，他真诚而狂热地捍卫着它们，以免敌人侵犯。在"最根本的问题"中应该加上对法兰西的爱：这种爱是与生俱来和高于一切的——它既促成了他在抵抗运动时期写的诗歌，也促成了长篇小说《受难周》。我觉得，他是雨果的继承者，只是他既无孙子，又无漂亮的胡子，也没有曾使奥林波感到快慰的某些田园诗般的图画，但在华丽、善辩、好斗、鲜明、愤怒、现实的浪漫主义和浪漫的现实主义方面，阿拉贡是同他相近的。当然，阿拉贡有着更多的苦恼——室外是另一个世纪……

我还记得 1963 年初我去找他时的情景。他仔细地向我打听当时让那些同艺术有关的人们激动的问题。后来我们默然不语了。我瞧着他并看见了"库波尔"酒吧里的那个年轻的超现实主义者。只是头发白了……他带来了自

左：1946年，法国作家委员会——"顶间"
右：让-保罗·萨特和西蒙诺夫

己的一部新作的手稿，并向我读了一首关于一个摩尔人的悲剧的非常激烈的诗，这个摩尔人谈到自己的信仰，谈到可兰经如何使他遭受了许多痛苦。

但在1946年阿拉贡却很愉快——胜利刚刚降临。

柳芭从莫斯科来了。福京斯基把我们带到蒙帕纳斯去。咖啡馆里坐着些陌生人。后来杜霞来了，她像过去那样笑着，但说的却是可悲的事——在占领时期她如何躲藏，人们如何失踪。维什尼亚克夫妇被送到奥斯威辛去了。画家费德受了折磨。苏金病了，有人想请医生，可他害怕医生会把他出卖给德国人，于是未进行医疗救助就死去了。

安德烈·尚松邀我们前去，他是普蒂帕勒博物馆馆长。我们在空空荡荡的大厅里走来走去——博物馆已经闭馆，我在华托（1684—1721，法国画家）的一幅油画前伫立良久，重又想起了艺术的不可理解的力量。华托在20岁时被认为是个风格画家，用佛来米派艺术家的手法描绘战争的灾难，五年后他找到了自己的风格——你瞧这个丑角，在他的身上包含着艺术家的全部痛苦，以及貌似轻松的时代的一出悲剧，这是个忘记了自己的角色的喜剧演员……

我们去找马尔凯。他像往常那样羞涩地微笑着，默默地出示他的风景画。我们就法国的未来展开了争论，他睁着两眼，也许在看河水，但也许是企图

第 六 部

看到未来。

皮埃尔·戈特（1895—1977，法国政治家）寓所的窗户也面向塞纳河。河水是令人百看不厌的，它流动着、变化着，看着它可以谈到一切——诗歌、皮杜尔、一个时代和一分钟。皮埃尔·戈特向我说明，联合政府是不长久的，将要发生内讧，不知谁能获胜——法国破产了，但美国有钱……

埃非尔邀我们前去，他忧郁地逗笑取乐，给我们看他新创作的漫画。

朗之万气色不佳，变老了，他那绝妙的眼睛变得更加聪明、更加忧郁。（我不知道他的寿命总共只剩几个月了。）他对我说："过去的一切是惨无人道的，但最惨无人道的可能还在未来……"

尚塔尔从蒙巴尔来了。我们试图回忆遥远的青年时代，但又突然中断了。我们谈到彭纳尔的油画、伦敦、和平会议（在战前曾是可敬的参议员们开会之处的卢森堡宫里我看见了维辛斯基——当时正为对意大利的和约进行着争论）。尚塔尔问我，苏联的画家怎么作画，可我却谈起了卡斯托尔诺耶。

在滨河街上，仍像半个世纪前那样，在舒适的小椅子上坐着一些老态龙钟的旧书商。只是伏尔泰不见了：德国人着了迷——不是对笑容着迷，而是对青铜着迷了。

我既同那些跟我关系亲密的人们来往，也同那些跟我毫不相干的人们来往。我知道一些不能告诉他们的事，而他们在六年当中也经历过许多在一个钟头甚至一个月里都说不完的事。所有的人都问我，巴黎变样了吗，我回答"没有"——城市还是那个城市，但我如今却感到自己是个想从窗子里瞧瞧别人的生活的陌生人、过路人。我不能像先前那样把那些被我的朋友们当作亲切而重要的事放在自己的心上了。

"巴黎有了很大的变化，"我对丹尼兹说，但又立刻改正道，"也许是我变了……"

当然，我在法国要比在美国轻松得多：法国人懂得战争是什么。（在纽约曾有一位夫人对我说，美国人在战争时期也遭受了损失，例如她费了好大力气才为丈夫弄到一件白衬衫，到处都只有奶油色或天蓝色衬衫。）在法国要弄到鞋穿是很困难的，街道上还响着木屐的踢踏声。在布里塔尼的一个城市里，我曾看见姑娘们在下雨时把鞋脱下藏在雨衣下面。巴黎的摩登女郎上街时不穿袜子，肩上搭着大网兜骑着自行车奔跑。高贵的商店的橱窗里陈列着陶壶，饿坏了的画家们设计的头巾，用纸、黏土、玻璃做的小摆件。在酿造葡萄酒的地区，那里的酒馆老板在战前为了省得走到水龙头跟前，便用葡萄酒冲洗酒杯，如今工人们饭后却喝白开水。富有的巴黎女人和美国军人在上流社会的疗养区拉博尔寻欢作乐，遭到破坏的圣那泽尔市的居民也在那里安身。在饱受炸弹之害的土尔，我看到一排排凄凉的木棚。人们谈论着没有油，没有肉，冬天很快就要到了，但煤却毫无指望。一切都是很清楚、很熟识的。

那些在占领时期发了横财的人已经喘了一口气，他们找到了有势力的保护者，在爱丽舍田园大街喝着开胃酒，在海滨浴场上晒太阳。在翁热，蜜酒厂的老板管特罗先生在引导我参观各种各样的车间时说："德国人对我们的产品评价很高……"我常听到翁热和图伦尼的那些阔气的葡萄酒酿造师说："1942 年真是妙不可言！……"他们谈到葡萄酒的优点——一年赛过一年。可我却想起了勒热夫、化为灰烬的斯塔里察、饥饿的士兵……一位批评家告诉我，在剧目初次上演的时候德国军官常常称赞科克托、季洛杜、萨拉克鲁的俏皮。在安纳托尔·法朗士的故居，我在墙上看到一行笔触奔放的题字："士兵克罗茨凯到此一游。"

战争结束后总共才过了一年，但许多人已不再去回想过去了。报纸描述着形形色色的投机勾当，有的与葡萄酒有关，有的与纺织品配给证有关。伊夫·法奇（1899—1953，法国政治家、艺术家和政论家，曾从事和平运动）被任命为粮食部长。在 7 月 14 日的示威游行时我遇到了他，他说："我也去过美国。我参加了在比基尼岛上进行的炸弹试验，在那里我获悉了对我的任命。我不能拒绝……比基尼——这是件肮脏的事。我要试着去干点什么。但这里也有很多肮脏东西，太多了……"法奇向那些靠葡萄酒、肉类、粮食而发了财的大奸商宣战了。他在自己的岗位上总共才坚持了四个月——"黑市"的大王们比他强。

昔日的慕尼黑分子，附敌分子，昨天的游击队员——鱼龙混杂，难以识别。在古老的教堂、学校、市场、监狱的正面墙上，人们引人注目地用颜料、柏油、粉笔写着"是"或"否"——这是对全民投票的回答。

我面前有一张照片——一次会议的主席团，在这次会上我发表了演说，西蒙诺夫则朗诵诗。坐在长桌后面的有赫里欧、总理皮杜尔、多列士、朗之万、大使博戈莫洛夫。

多列士住在马蒂尼昂宫里，一天他请我们吃晚饭。威风凛凛的看门人扫了我们一眼，在这一眼中表现出了敌意：当然，多列士是副总理，但对于看门人来说他却依然是个可疑的阴谋家。

我在巴黎碰上了一次例行的全民投票。这是两年内第七次请法国人走到投票箱前，许多人对此都已厌倦，因而未投票者的百分比很高。戴高乐建议否决新宪法的文本。

新宪法以微弱的多数被通过：皮埃尔·戈特是对的——我看到了一个分裂成两半的法国。不过这在很早以前——还在 20 世纪 30 年代中期就开始了：工人尚未强大到可以夺取政权，但却足以使统治阶级经常生活在恐慌之中。1938 至 1940 年间的重大事件在很大程度上是这种不稳定的平衡所引起的。即使在我现在所叙述的那个时期，隐蔽的内战还在继续。

我们在罗什福尔-胥尔-卢瓦度过了几周，在那里，药房老板兼诗人让·布耶收留了我们。我看见了重大的政治事件怎样对一个极小的市镇的日常生活发生影响。有些虔诚的女天主教徒不惜到翁热去购买药品，以免鼓励被公认为"赤化分子"的药房主人。我曾想去咖啡馆，但布耶制止了我："这家老板曾同德国人'合作'……"父母亲禁止天主教徒的子女同不信教者的子女玩。替德国人当过市长的那个人依然还是市长，他是个大地主兼葡萄酒商，这是因为多数人投右派的票。而少数派则公开揭发昨日的附逆分子。

我曾多次在附近的丘陵地带徘徊。四周是葡萄园、草地、古老的榆树或杨树、宽阔的卢瓦河心的孤洲、八月的深沉的宁静。这是我多年以来的第一次休息，我竭力什么都不去想。但只要看一看小村庄，在农民们谈天说地的阴暗的小酒馆里坐坐，普遍的不安和那酝酿已久但尚未爆发的风暴的闷热就传染给我了。

在另一个以产葡萄酒著名的小镇乌弗莱，那儿的地洞——即地窖冬暖夏凉。同法国一样，乌弗莱分成了几乎相等的两半。一个殷实的葡萄酒酿造师曾说："干吗要打破瓦罐？共产党人不是农民，而是外来者……我的财富是三代人的汗水换来的。"另一个葡萄酒酿造师的女儿贝杜阿尔是共产党员、参加立宪会议选举的党的候选人。她的丈夫先前在巴黎工作。我同他的老父亲谈过话，他说："我的父亲是巴黎公社社员……"贝杜阿尔的 12 岁小女儿能够胜过职业的品酒员：她能准确地辨别葡萄酒的年代和产地——是产于丘陵或是产于坟地。

在利木赞我认识了许多马基（法国反对希特勒侵略者的游击队）的参加者。他们带我到森林里去，叙述各种战斗故事——《暴风雨》里的许多人物在我的头脑里诞生了：捷杰、米基、梅德维吉。我听到了一支歌曲："吹起口哨，吹起口哨，同志……"

我到过奥拉杜尔。希特勒匪徒曾把这个小镇的居民集中在一座教堂里，把孩子们集中在一所学校里，然后放火去烧。在田野上工作的人们幸免于难。在烧焦了的墙壁上还能隐约地看见酒馆的招牌、曼涅的巧克力的广告。在市镇的入口处有一张标语警告说："安静！"废墟变成了宝贵的纪念品。但旁边却在兴建一个新的奥拉杜尔，它的市长是共产党员。

马赛尔·加香建议我和他同去艾穆蒂埃镇——那里在庆祝老共产党员弗利泽的战斗活动 50 周年。加香回忆道："40 年前我曾在艾穆蒂埃演说，记得有三个人到会。可现在这里至少有两千……"后来我们坐在长凳上吃午饭。加香对我说，如今苏联是胜利者，它将能从容地恢复城市，文化将繁荣起来，美国人永远不敢侵犯——西欧会起来抵抗。后来他问，听说莫斯科的西方绘画陈列馆被封闭了，不知是否属实："我到那儿去过几次——多么出色的收藏品。特别是我国印象派的……"我知道加香是多么赞赏自己的朋友西涅克的油画，于是避开了他的问题谈起了刚刚开幕的一个画展，展出的都是曾被希特勒匪徒所盗而又回到了法国的图画，其中也有西涅克的一些优秀的风景画。

在多尔多涅可以廉价购得半倒塌的庄园。共产党员画家吕萨购得了其中的一座。他告诉我，农民们曾去找他，一个老头子说："地主同志，你来得正是时候——我们已决定建立一个党组织……"

我只得到了短暂的休息。《消息报》急需关于美国和法国的随笔。"法国—苏联"友好协会邀请我去法国各地走走。我在里昂、圣太田、里摩日的大会上讲过话。不得不在市政管理局、友好协会分会、新闻工作者协会举办的各种招待会上站着，发表广播讲话，回答成千上万的问题。在里摩日我曾在省政府内的一个供部长们休息的特别讲究的房间里过夜。在里昂,《克洛代梅尔》的作者谢瓦利埃要求我向他说明左琴科有什么可怕之处。雕塑家萨朗德尔请求谈谈我国的纪念像。"诺曼底"的飞行员若弗尔来到了里昂,我曾同他在一起休息,他回忆起明斯克、扎哈罗夫将军、苏联的机械师——一切照常:大无畏精神,坟墓,友谊。

脆弱的反希特勒联盟作为官样文章依然存在,我常听到人们说它是用鲜血凝成的,是比任何水泥都要坚固的。人总是愿意相信好听的话。但历史却不仅常常忽视逻辑,也常常忽视被我们称为良心的那种东西。

我曾数次去卢森堡宫出席和平会议。会议的进行却一点也不和平。不久前的盟国互相指责对方的阴险。澳大利亚人艾凡斯发言特别激烈。他很快就成了记者们眼中的"明星"——人们知道,只要他一开腔,就得大闹一场,每当有人通知:"现在艾凡斯要发言了……"记者们的餐室里就会剩下一杯杯没喝完的咖啡。

我亲身感受到了什么是"冷战"。当我在赴美途中在巴黎停留时,报纸对我的描写都很亲切,至少也是有礼貌的。这是在初春。但到夏末和秋天,许多报纸便开始骂我了。一家报纸断言,我被收买了——我在莫斯科有一幢十个房间的住宅,在克里米亚有一所别墅,甚至在白俄罗斯还有一个行猎馆。另一家报纸写道,我滥用法兰西素来的殷勤好客,想鼓动法国人反对美国人,我让人相信,似乎美国的黑人失去了自由,在非洲大概会给我建立纪念碑,但我最好是离开法国。第三家报纸突然想起了遥远的过去,要求我把那些从持有沙皇公债的法国人那里"偷去的钱"还给他们。里昂的报贩们为了推销当地的晚报,竟胆大包天地嚷道:"莫斯科准备占领法国!"南特有几个少年抢劫了一家高贵的餐厅,一家当地的报纸一口咬定,在罪犯里搜出了几本俄法字典。在一次例行的采访中,人们阴险地问我,我于此时来到南特是否出于巧合。

共产党当时在法国是最强大的政党。不稳定的平衡还保持着:"冷战"正在任何一个法国的城市里进行。皮埃尔·戈特说:"结局如何,尚不得而知……"人总是不愿意自寻烦恼的,我也觉得,反正一切总会上轨道。那是一个美妙的秋天,十月里玫瑰花盛开。人们喜气洋洋——法国人性情随和,一个好天气、一句笑话、打身边走过的一个漂亮女人，都能使他们眉开眼笑。

我曾去《今日晚报》编辑部找让-里沙尔·布洛克。他提议到隔壁的咖啡馆去喝杯葡萄酒。他陈述自己的希望：社会党人不可能同共产党人断绝关系，而这两个党受到大多数人支持——无论在国会还是在全国都是如此。后来他谈起了莫斯科并突然掏出笔记本来："请翻译一下。"我读到一句用拉丁字母记下来的俄罗斯俚语："磨了再磨——总会磨出面粉。"翻译起来并不容易，但我还是译出来了，并开玩笑地补充了一句："我们有时候把'面粉'说成'痛苦'（"面粉"和"痛苦"在俄语中是同一个词，只是重音的位置不同）……"他生气地瞧了我一眼："开始磨的时候是痛苦的。可是一磨再磨就一定会磨出面粉。"

12

马蒂斯为我画像

在苏里杰尔街上阿拉贡夫妇居住的一幢小巧的、我十分熟悉的住宅里，我看到了马蒂斯的一些绝妙的素描。阿拉贡告诉我，1942 年他常同马蒂斯相见——在尼斯，画家一直住在那里，而现在他在巴黎——为地毯绘制草图。我从阿拉贡那里获悉，马蒂斯在 1941 年动了手术——胃被切除了，他只得在床上工作，而当他起床活动数小时的时候，就戴上石膏绷带。

阿拉贡在九月告诉我，马蒂斯盼我能让他画像。他住的房子几乎正对着我的青春时代在那里度过的"尼斯"旅馆。在一间普通的卧室的墙壁上挂着一些别着彩色纸片的草图。我看见了我已在许多照片上看到过因而十分熟识的一张面孔，但当他摘下眼镜，一对明亮的淡蓝色眼睛却使我吃了一惊。

我认识毕加索、莱热、莫迪利亚尼的时候，我还是个年轻小伙子，而且他们也总共只比我大八九岁。在那个时候我就钦佩地看到过马蒂斯的油画，但我在画家 77 岁时才第一次看到他。

他很迟才开始作画。毕加索在 14 岁时就俨然一位有经验的大师那样作画了，但马蒂斯则学过法律，在公证所工作过。20 岁时，他在做了阑尾割除手术以后出于无聊才开始临摹绘画。文艺复兴时代的大师马萨丘死于 27 岁，拉斐尔在结束自己著名的"诗篇"时也是这么大年纪。毕加索在 27 岁以前就画出了"天蓝色时期""玫瑰红时期"的油画与《亚维尼翁的姑娘》，并达到了立体主义。但马蒂斯如果在 27 岁死去，他留下来的可能只是一些虽然也不乏才气，但却缺乏独特风格的作品。

　　我让马蒂斯画了三次像。在第一次画像时他告诉我："我在被抬到手术台上时曾暗自同生活告别。不料发生了奇迹——命运赋予了我第二次生命。附加的……因而您知道，我现在对一切都感受到特别强烈的喜悦——对人、树木、颜料……"

　　床上挂着一些硬纸板做的圆盘，上面有被子弹打穿的黑色圆圈。马蒂斯解释说，他有时候会去靶场，尽管这对他来说很困难："保持良好的视力和手腕的稳定对我的职业十分重要。我正在试验……"

　　如果我没记错的话，他三次共画了大约 15 幅素描，送给我两幅，并微微笑着在一个美少年的脸孔下面题了几个字："写爱伦堡。"我不知道是否应该把这些素描称作肖像画。他曾说，除了写生，他不能用别的方式写作或绘画。我看见他作画时审视着我的脸。在所有的素描上都有一种共同的东西："我把您想象成这种样子……"另一次让我看了一幅素描后，马蒂斯说："这是——头，眼睛，嘴，加上我对您的了解……"他工作时一直在谈话，更确切地说是一直在发问，他想引我说话："这对我不但没有影响，反而有帮助。"（他在两幅素描之间的休息时间说了许多事情。）最后一次末了，他说现在他知道了我的脸，也知道了我，但立刻改正道："最好是说：我看到和感到。"

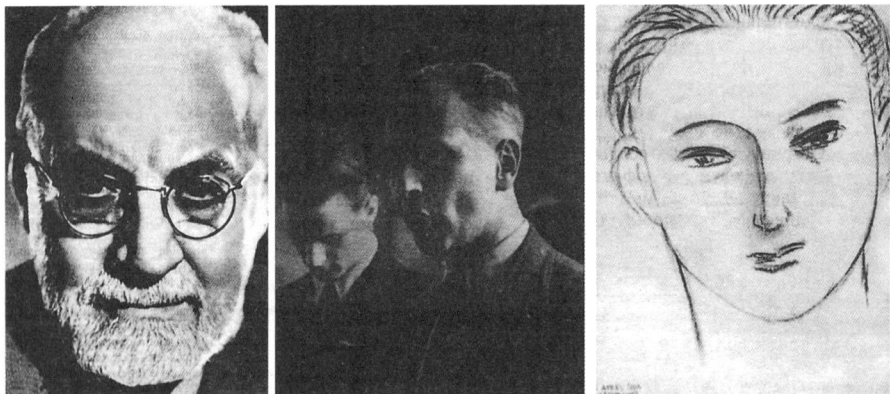

左：马蒂斯
中：路易·阿拉贡
右：《写爱伦堡》——这也是马蒂斯为这幅画的题字

当我问他何以迷恋写生时，他微笑了一下："我一辈子都在学习，而且现在还在学习辨认大自然潦草的字迹……"

我对线条的准确感到惊讶——手腕毫不颤动。（日后我看到了一部关于马蒂斯的文献纪录片，其中用慢镜头表现了画家勾勒线条有多么准确。）我对他说，素描的稳定性使我吃惊。他摇着头："当然，60年来我也学到了一点东西。但远非全部……我记得，我读过一本关于葛饰北斋（1760—1849，日本画家）的书，他活了90岁，临死前曾坦白地告诉弟子们，说他还在学习……我什么稳定性也没有。诗人们最喜欢谈灵感。可咱们却说：'今天干得不错。'这同内心状态有关：有时候你感觉到了——也就是看到了，但有时候却并非如此……我一生中撕毁了多少幅素描，多少次涂掉失败了的油画啊！……"

最后一次作画时他谈了很多艺术问题。他唤来了协助他绘制草图的年轻女人杰列克托尔斯卡娅："请您把大象拿来。"我看见了一个表情十分丰富的黑人的雕刻品——雕刻家用木头雕制了一头怒气冲冲的大象。"您喜欢这个吗？"马蒂斯问。我答道："很喜欢。""您看，没有什么不合适的地方吧？""没有。""我也这样认为。可是来了一个欧洲的传教士，他开始教导黑人：'为什么大象的门牙朝上？大象会把长鼻子举起，可门牙却是牙齿，它们不会动的。'黑人听从了……"马蒂斯又按了一下电铃："利吉娅，请您把另一个大象拿来。"他调皮地暗笑着，把一个同那些在欧洲的百货商店里出售的商品相似的小雕像拿给我看："门牙在原来的位置上。但艺术却完蛋了。"

就在这个当儿，他开始谈到现代绘画的起源："阿拉贡认为，一切是从库贝（1819—1877，法国画家）开始。也许是的。也许更迟一些——从马奈（1832—1883，法国画家）开始。但也许要早得多。问题不在这儿。您可知道，谁对现代绘画的功劳最大？达盖尔，涅普斯。照相发明后就不再需要写实的绘画了。无论画家如何力求客观，在摄影机镜头面前也只能低头服输。要想判断安格儿（1780—1867，法国画家）是什么样子，我必须看看他的自画像、大卫和其他画家给他画的肖像，他们当中每一个人都同别的人不一致，因而我至今还不知道安格儿的嘴是什么样子。但我从银版照相和普通的照片上认识了雨果。画家的眼和手服从于他的激情。我研究过解剖学，要是我想知道大象的种类,我可以请教照片。但我们画家却知道,门牙是可以向上举起的……"

他很爱抽烟,床上放着一包包形形色色的香烟——法国的,埃及的,英国的。"我的流质食物太单调了,到了嘴里压根不沾上颚的边就咽了下去。各种香烟的味道给我留下唯一的肉体上的享受,我拿起一支,然后又拿另一支。还有眼镜……先前我看到鲜花和漂亮的女人从来没有这么高兴过……"

10月8日我最后一次去找他。他正在为地毯剪制阿拉伯式的图案。剪刀剪出来的线条同木炭或铅笔画出来的一样稳定。为两幅"玻利尼西亚"地毯绘制的草图几乎已经完成。(很久以后我看见了他的一些用彩纸剪贴而成的图画——他不能坐在画架前面,但绘画的构思却总是萦绕在他的心头。他去世时已是85岁的高龄,并一直工作到最后。他从个人的不幸中创造出一种新的可能性,当你看到那些用纸片贴成的图画时,你就会忘掉他是个长年卧于病榻的人,并看到创造的翅膀。)

马蒂斯向我仔细打听莫斯科的情况。"整整35年以前——在1911年10月我到过那里,休金请我去的……我待的时间不长。看到过鲁布廖夫。这也许是世界绘画中最出色的……在莫斯科我明白了一点什么,感觉到了一点什么……我不研究政治,但不掩饰我对贵国的好感。在社会组织里大概也像在绘画的结构里一样,理性是必不可少的。奇怪的是,俄国人竟第一个明白了这一点,要知道我在莫斯科的时候曾觉得,俄国人在日常生活中崇尚混乱……"

(马蒂斯始终回避政治,但在"冷战"开始以后,他开始说,西方有些人丧失了理智,必须拯救世界。1947年我为《文学报》写了一篇文章谈保卫和平的斗争。其中有这样的句子:"我们在共产党员或苏联的朋友当中看见了法国最大的科学家——已故的朗之万和约里奥-居里,法国最大的艺术家——毕加索和马蒂斯,及其最大的诗人——阿拉贡和艾吕雅,这不是偶然的。"阿拉贡得到了文章的法译文并把它在《法兰西文学》上发表了。几天后有一期《文学报》到了巴黎,于是反苏报刊欣喜若狂地刊登了一条按语:"编辑部认为,伊利亚·爱伦堡同志对毕加索和马蒂斯的形式主义——颓废主义的创作倾向问题默然回避是不正确的。"朋友们告诉我，马蒂斯在读了这个故事以后哈哈大笑。1948 年他曾向弗罗茨瓦夫代表大会致贺，1950 年又在斯德哥尔摩宣言上签了名。）

我很少遇到像马蒂斯那样无论在外表上还是在智能的气质上都具有那么鲜明的法国人特色的人。他最喜欢鲜明。当然，从一个拼命同摄影师竞赛的画家的观点来看，他的创作中有很多变形的物体，但我却觉得它不仅是现实主义的，而且还沐浴着历来的笛卡儿派思想的光辉。

他曾谈到俄国的收藏家："休金在 1906 年开始购买我的作品。当时我在法国还鲜为人知。有名气的是格特鲁德·斯泰因、桑巴，似乎这就是一切……据说有些画家的眼睛是从来不犯错误的。休金就具有这样的眼睛，虽然他不是画家，而是商人。他总是挑最好的。有时我舍不得一幅油画，就说：'这幅还没完成，现在我给您看看别的……'他看来看去，末了却说：'我要那幅没完成的。'莫罗佐夫比他容易对付得多——画家推荐给他的他照单全收。我听说莫斯科现在有一所出色的陈列馆专门陈列新的西方绘画……"

"利吉娅，请把休金的肖像拿来……"我看见了早期的马蒂斯的一幅卓越的油画。他说："人们多次要买它，可我不卖。我认为，它的位置在莫斯科，在西方绘画陈列馆里。如果您不嫌麻烦，就请您把它带去，作为我的礼物转交给陈列馆。"我知道西方绘画陈列馆已被封闭，马蒂斯的油画都被当作收藏品保存起来。我把它送到哪儿去呢？……我对马蒂斯说，肖像我将在下一次取走——我也许很快就要再来巴黎。事后我责备自己——当时应该拿走并保存在自己家里，那么现在它就可以挂在艾尔米塔什博物馆或普希金博物馆里了。但这种想法被法国人称为"楼梯上的机灵"，而俄国人则说："事后聪明。"

马蒂斯在谈话中提到，他在占领时期曾为龙萨的诗集绘过插图。我谈到我在东普鲁士怎样找到了龙萨诗集的初版本，并说在坟墓和废墟当中阅读描写欢乐的诗是多么令人痛心。马蒂斯答道："我理解您的心情……我认为，诗人很像画家。而绘画是以对生活的热爱、对生活的赞美，而不是别的任何东西为生的。一个画家即便具有天才，但若是与生活不和睦，他就会引起人们对他的争论，让人们对他过分颂扬，但不能使任何人高兴……"

马蒂斯生于法国北部，但几乎在尼斯生活与工作了 40 年，而且也死在那里——他爱上了南方的色彩。他画什么？穿着色泽鲜艳的衣服、戴着花花绿绿的披肩的年轻女人，棕榈，银莲花，小鸟，金鱼，仙人掌，绿色的百叶窗，贝壳，橙子，奇形怪状的南瓜，大海，大罐子，天空，舞蹈——他了解尘世的、肉体的欢乐并善于让别人分享这种欢乐。当我获得了成功并看见愉快的、五光十色的世界的创造者的时候，我的面前就出现了一个老人，可怕的疾病企图把他压倒，但他却继续工作——聪明地工作着，我还可以大胆地说，尽管这个字眼听来会使人心如刀割——愉快地工作着。

对我来说，人生的黄昏当时刚刚开始，同马蒂斯的会见既是一桩快事，也是上了一课。

13

自白："祖国只有一个"

在本书的最后一部里，我将比在前面的几部里更少遵守按时间先后叙事的原则。不必去描写那些重大事件——人人都记得它们。我童年时代的莫斯科的景象，"洛东达"，"无所谓派"在那里宣布世界末日的咖啡馆，这都是大多数读者所不知道的，然而未必值得列举"冷战"的所有细节或者描写每一次保卫和平代表大会。而且在写到战后的岁月时，也许已经到了对了解时代和自己做一番尝试的时候了。但要说明我的一切见闻和感受，我却无能为力。当然，被读者看作一个高瞻远瞩的人物是颇为光荣的。但我不想撒谎。先前我说过不止一次，我在展望未来时如何屡犯错误，这不会使任何人惊奇：因为我既未冒充先知，也未冒充算命的女人。如今我又不得不承认另一件事：在回顾已往的时候，我发现我所知道的何等之少，而主要的是——在我所知道的事情当中也远非所有的事我都明白。

事件距今愈近，我就愈要经常中断自己的叙述。当我在前面的一部里写到我将愈来愈少地掀开忏悔室的帷幔时，我想着自己的一生——我想预先警告，如果我可以叙述一个中学生的初恋，我则不会吐露一个成年人的"内心的迷惘"。但在本书的最后一部里，不仅忏悔室的帷幔经常垂下，就连剧院的帷幔亦是如此，在这个剧院的舞台上演出的是我的朋友、同辈和同胞们的悲剧。有一个时期我在任何地方都是年幼者，我在本书的前几部里描写的人们至今尚在人世者已寥若晨星。在战后的岁月里我很少在什么地方不是年长者，而且我遇到的人们几乎全都健在。我也将谈到一些重大事件。作家有自己内心的书刊检察机关，它不仅在谈到人们的时候要拿起剪刀，就是在回忆起某些似乎早已被历史公开了秘密的重大事件的细节时也要动用剪刀。要知道我现在还没有感到自己是个退休的公民、隐士或者哪怕是心平气和的领养老金者。我一面描述已往，一面捍卫我今天的思想，并试图架起一座通向未来的桥梁。当然，也有一些对我不怀好意的人，但我已不大去想他们了。即使苏联人民的敌人以及合我心意的思想的敌人有所减少，我也不能从另一个星球或另一个世纪去看他们——战斗还在继续。这也迫使我略去某些细节，但是对于最主要的东西，我是当然不愿也不能避而不谈的。

最后还有这么一个想法限制着我，那就是迟早总得画个句号——结束全书，因此就试图得出结论。我决定写到我写《解冻》的时候结束本书。这样一来就不能写出"最后的故事"了——我不是皮缅老人（普希金的剧本《鲍里斯·戈杜诺夫》中的古代编年史家），本书也根本不是一部冷静的编年史。不管我所经历的战后岁月的故事有多么零碎，不管那些场面看上去是多么七拼八凑，日月和思想又是多么破烂不堪，我相信，读者在这前后不连贯的叙述里感受到的将不是宣传，而是忏悔。

回到莫斯科后，我又回到《暴风雨》的写作上去，并在 1947 年夏完成了它。我夜以继日地写，急于脱稿，尽管我知道，正是长篇小说的写作才可以使我摆脱痛苦的念头，而且我也不是很快就会再有机会坐下来写书。实际情况正是如此。但是，如果我很久没有下决心开始长篇小说的写作，那么在结束它的时候我就更久地不能摆脱主人公们，我继续在同他们做思想上的交谈——这不仅因为要作者同他已经爱上了的作品中的人物分手总是很痛苦的，而且也因为对战争的回忆使我对周围发生的许多事情采取了容忍的态度。

有时我在晚上收听我国的和巴黎的广播。在我写作《暴风雨》的这段时期内，世界已发生了变化。我的国外之行已像是很久以前的一首田园诗了。法国工人举行大规模的罢工失败了，警察向示威者开了枪。在美国，极端派占了上风。我听到了一些新词："马歇尔计划""杜鲁门主义""先发制人的战争"。这是令人难以相信而又可怕的：因为共同的胜利日过去了还不到三年，人们还清楚地记得迫击炮火、轰炸、人人都经历过的严峻岁月。我从无线电里听到了一些伪科学的谈话，说什么必须"捍卫西方文化，防止苏联的扩张"，我一面听一面感到气愤。一位著名的法国作家，戴高乐的拥护者，曾宣称存在着一种"大西洋文化"，他发表演说的时间同北大西洋联盟的建立不谋而合。所有这一切同希特勒分子关于"北方种族"创造的文化优越性的论调太相像了。

我在报上的文章中回击西方的战争宣传时，有时成功地提到了一些在那几年里常常横遭践踏的十分初级的常识。我在1947年8月写道："文化不能划分地区，不能像馅饼那样切成几块。把西欧文化同俄国文化分开，把俄国文化同西欧文化分开，不客气地说这是出于无知。我们谈论俄罗斯在欧洲的精神生活中所起过的作用，绝不是为了贬低其他民族。矮子才需要高跷，而喊叫着自己种族的、历来的民族优越性的也往往是那些缺乏自信的人。从最古的时候开始，在各国的思想家和艺术家之间便存在着深刻的联系，这种联系促进了文化的丰富和多样化。我们向别人学习过，我们也教导过别人。是否须要再一次提到，没有古典的俄罗斯长篇小说就不能想象会有现代欧洲的和美国的文学，正如没有19世纪的法国画家的创作就不能想象会有现代绘画一样。别林斯基在一百年前写道，欧洲各民族'无情地互相借用，丝毫不怕损害自己的民族性。历史说明，这种担心只有对于那些在精神上软弱无力和微不足道的民族才可能是真实的'。"

西方的报纸把我称作"无所顾忌的赌棍"和"俏皮的玩世不恭之徒"（熟悉的字眼）。而我的心里纷乱如麻。

康·米·西蒙诺夫（当时我常同他相见）告诉我，斯大林认为反对向西方卑躬屈膝的斗争具有重大的政治意义。运动不断扩大。正像通常看到的那样，有些合理的想法往往自行发展为荒谬绝伦的东西。冯维辛就早已嘲笑过对一切外国东西的顶礼膜拜——这是一个很老的毛病：称赞德国的技术，断言"月亮是德国人做的"，同时又大言不惭地一再地说："俄国人收拾了德国人。"我自幼便看到低声下气同傲慢自大是如此近似，以至于难以辨别二者之间的界限。在听到我们的那些第一次出国的旅行家们的天真的赞扬时，我常常想起米亚特列夫（1796—1844，俄国诗人，他在幽默的长诗《库尔久科夫太太在国外的奇闻和见解，在外国》中巧妙地嘲笑了贵族的生活与醉心洋化）创造的德·库尔久科夫太太。缺点的总和产生优点的总和。在同一期报上可以找到声称我国的农业跃居世界首位的高傲的断言，以及某一位荷兰的批发商喜欢俄国芭蕾舞的消息。

要想看到反对卑躬屈膝的运动被歪曲到何等地步，只消看看大百科全书，更确切地说是看看 1954 年以前出版的几卷：关于外国科学家的著作只是一笔带过。对艺术史的处理也不比这好。后来经济工作人员企图表现得积极，于是干酪"卡马别尔"被改名为"小吃"。

有些西方人士开始发出轻浮的、往往是不学无术的粗野的嘲笑。一位大小说家曾在群众大会上讥讽地宣称，俄国人在谈论一个谁也不知道的无线电技师波波夫的什么功绩。〔方才看了看拉鲁斯的小百科全书，我看到："无线电报是在 1895 年由波波夫（俄国）和马可尼（意大利）发明的。"〕皮杜尔在下议院挖苦地说："有人向我们宣称，有个叫罗蒙诺索夫的做出了伟大的发明。"我在《真理报》上答道："我厌恶民族主义，我不能容忍那些侮辱另一个民族的文化的人们。在对皮杜尔先生的行径感到气愤的同时，我不仅支持对罗蒙诺索夫的敬仰，也支持对拉瓦锡（1743—1794，法国卓越的化学家）的敬仰。不管有个叫皮杜尔的对伟大人物说些什么，他们依然是伟大的。"

从美国回来以后，西蒙诺夫写了中篇小说《祖国的炊烟》，他想在书中把斯摩棱欣纳居民的丰富心灵同脑满肠肥、洋洋自得的美国人做一个对比。在《祖国的炊烟》的讨论会上，康·亚·费定和我谈到了这部作品的优点。然而中篇小说给予斯大林的却是另一种印象。我不知道是什么使他勃然大怒——是西蒙诺夫试图有自己的见解，还是中篇小说的名称，但只有《文化与生活》骂了《祖国的炊烟》，顺便也骂了费定和我。

读了我的一位法国朋友探询我的健康状况的信后，我没有立刻明白是怎么一回事，但后来从我国大使馆收到一堆剪报——反苏报纸幸灾乐祸地报道着"对苏联作家进行新的镇压"。有一份报纸甚至问道："有趣的是，爱伦堡是将仅仅被流放到西伯利亚，还是有绞索在等待着他？"

刚刚因为中篇小说《星》获得了奖金的青年作家埃马努伊尔·亨里霍维奇·卡扎凯维奇成了下一个牺牲品。他写了中篇小说《草原上的两个人》，其中有这样的情节：一个第一次上火线的青年在退却的可怕时日张皇失措，未完成战斗任务，并被判处枪决。一名哈萨克士兵看守着他。由于退却仍在继续，哈萨克人和被判处死刑的军官不得不一同逃往东方。犯人同押解者变成了朋友。中篇小说出色地描绘了主人公，真实地表现了他们接近的过程。我认为（现在也还认为）《草原上的两个人》是描写战争的优秀作品之一。我曾在会上谈到这一点，我还保存着埃马努伊尔·亨里霍维奇的一封信："我对您的关心感到兴奋，并为您对我的第二部作品的评价感到骄傲。"卡扎凯维奇刚强地承受着攻击。这是个谦逊的、温和的人，但具有非常大的勇气，对于他来说信念要高于成就，他也从来不曾以献殷勤来代替为人民服务。

死亡比历史更少考虑逻辑，它常常向绿色的、尚未成熟的田亩扬起镰刀。卡扎凯维奇从战火中回来了，虽然他当过侦察员，并冒过不止一次的生命危险。他充满了精力，写着一本新书，看上去是个身体很结实的人，但没有活到 50 岁就去世了。

1949 年人们庆祝斯捷潘·彼得罗维奇·施巴乔夫的 50 诞辰。我说我想在他的晚会上致贺词。我喜欢诗人的那些朴实而短小的诗，尤其喜欢他本人——他正直、自然、坦率。我在简短的贺词中说，施巴乔夫善于"在词汇膨胀的时代"保护自己的诗歌。这话是在作家的晚会上说的，而且说得很含蓄，但许多人觉得我的话是一种挑战行为——看来在不少人的身上都留下了虚伪而动听的空谈的烙印。后来我同斯捷潘·彼得罗维奇交谈过几次，看来我没有错。他崇高、正直，就像自己的诗，他拥有一颗高尚的心。每当我遇到困难，只要骤然想起施巴乔夫，我就怀着更大的信任思考生活。

在我写《暴风雨》的期间，写作拯救了我。但后来又不得不乞灵于陈旧的药方：火车及其夜间刺耳的呼啸，路上的坑洼，偶然的寄宿，小车站上的自白，无穷无尽的谈话，隐没在雾里的人们，万花筒。在一年半的时间里，我哪里不曾去过啊！让我从笔记本上抄下一张地名单：奥尔沙——明斯克——维尔纽斯——考纳斯——克来彼达；绍莱——帕蓝加——利耶帕亚——耶尔加瓦——里加——塔尔土——塔林——纳尔瓦——列宁格勒——诺夫哥罗德——瓦尔戴；加里宁——卡申——卡利亚律；华沙——弗罗茨瓦夫——罗兹；基辅——波加尔——布良斯克；弗拉基米尔——苏兹达尔——伊万诺沃；图拉——奥廖尔；奔萨——别林斯基；列宁格勒——塔林；华沙——弗罗茨瓦

左：卡扎凯维奇的肖像
中：施巴乔夫
右：1948 年，爱伦堡在宾泽

夫——基埃尔塞——克拉科夫；基什尼奥夫——贝尔齐——索罗基——法列什蒂——宾捷雷——波尔格勒——基利亚——伊兹马伊尔……

这些旅行的回忆犹如从形形色色的影片中剪取拼凑而成的镜头。我去伊万诺沃是为了巩固已被释放但尚未恢复名誉的尼·尼·伊万诺夫的地位，伊万诺夫是前驻法代办，当时是政治知识普及协会的编外工作人员。

在一个村子里举办了一次报告会，我得谈谈美国之行，在最动人的时刻有一头母牛走进了听众聚集的板棚。邀请我去波加尔是为了让我谈谈西方如何制造香烟。举行了一次品烟活动，我带去一支哈瓦那雪茄，但它却遭到严厉批评。我看到许多有趣的、好的和坏的东西——大工厂和不能通行的道路，古老的苏兹达尔的财富，爱沙尼亚画家阿达姆松的作品，诺夫哥罗德的废墟，摩尔达维亚的旧货市场。我现在不打算叙述所有这一切，只回忆一下奔萨省之行。

当时正在纪念别林斯基的一百周年诞辰，我被列入了作家代表团。团长是法捷耶夫。

在奔萨举行了别林斯基纪念像的揭幕式，法捷耶夫发表了演说。我立刻看中了奔萨，尽管那里没有任何名胜古迹。旧市区里的那些久经风雨剥蚀的房屋看上去颇为凄凉，先前其中住着一户户人家，如今每一个角落都已租出去或转租出去了。我很喜欢那里的人。他们不知何故要比在熙熙攘攘的莫斯科显得更为聚精会神，读得多，想得也多。一个大学生同我一起在城市的公园里走着，背诵着萨尔蒂科夫-谢德林的作品。一位在列宁格勒学习过的年轻妇女引我去看博物馆的藏品，她热情地谈论着科罗温、"红方块王子派"、塞尚，回忆着艾尔米塔什博物馆的藏品。在同大学生们会见时，引发了关于卡扎凯维奇、涅克拉索夫、潘诺娃的争论，有人朗诵了帕斯捷尔纳克的诗。一个钟表厂的工人到旅馆来找我，他立刻谈起了艺术："每当我听到庄严的音乐时，我觉得时间正在分解，但也许正好相反——一千年正在压缩为一小时，音乐结束时，你感到像是活了好几辈子……"

新旧事物的交错到处可见。莱蒙托沃（塔尔罕内）的集体农庄庄员当时的生活还过得去。村里有一所十年制中学。我坐在池塘旁边听见孩子们嚷着一些听不懂的话，我同他们谈谈才知道他们是在用法语骂人。我想同法语教师认识一下，但他听说此事，就到树林里去了。

历史课的女教员薇蕾帕耶娃获悉我爱好陶器，便带我到邻近的雅泽科沃村去，那里的集体农庄庄员一向从事制陶业。我看见了没有烟囱的小木房。不知何故流传着伏罗希洛夫已来别林斯基参加纪念活动的消息，于是我就被当成了他的一名随员。在我前去的那所小木房里聚集着许多人，集体农庄庄员们七嘴八舌地陈述自己的要求——他们运送的瓶瓶罐罐全部都得上税，但在去钱巴尔的路上有一半商品会被打破。我一面听，一面记，后来感到不自在起来：我是在冒充钦差大臣——因为所有的人都说："你告诉斯大林……"我解释说，我只不过是一个作家，我将尽力帮忙，但没有成功的信心。炕上坐着一名复员军人，他咳嗽不已，两眼像是害着热病。他一直沉默不语，这时却说道："作家……他要给你描写的不是小木房，而是宫殿，不是瓦罐，而是花——瓶……"他久久地重复着，一面咳嗽和咒骂："花——瓶！"我们走了出来。极其热爱文学的女教师惘然若失地说："怎能想象，这是在1947年！岂有此理！……"但我却想：或许他是对的。

〔一年后我同弗·格·利金去奔萨省和唐波夫省时重又看到了矛盾的景象。唐波夫的博物馆收藏之丰富令人吃惊（除了其他的展品之外，那里还

爱伦堡和利金（前面的位置）

保存着陶那德罗〔1386—1466，意大利雕刻家〕的一个出色的雕塑），城里有一个出色的图书馆。但在区中心的基尔萨诺夫却有一个博物馆使我们大笑起来：我们在一个房间里看见了一张坐坏了的沙发、一个圈椅、一只打碎了的花瓶——题字解说道："奥博连斯卡娅公爵夫人的生活起居。"在另一个房间里有一个毫不出色的雕塑，上面有张小标签："一个不知名的匠人信手制成的半身像。"我们在波伊马时曾去爱好民间创作的女作家阿尼西莫娃家中做客。她带我们去涅维日基诺，那儿还有擅长俄罗斯刺绣的女工匠。我们看见了可怜的、东歪西斜的小木房，学校已倒塌了一半，一切看上去都很凄凉。翌日，我们被邀请到不远的一个以列宁命名的集体农庄去出席一家书店的开幕式。那里有城市里的那种房屋、图书馆、托儿所。难以相信涅维日基诺就在近旁……〕

在 1947 年我第一次看到了许多同上一世纪的俄罗斯文学有关的地方。我到过托尔斯泰写作《战争与和平》《安娜·卡列尼娜》的雅斯纳亚·波良纳，但在屋子里却能看到衰老的、聚精会神的、同时正喝着茶在教导几个"托尔斯泰主义者"的列夫·托尔斯泰，这就是那个托尔斯泰，他曾怀着胜过骄傲的谦虚耕地，并在遗言中嘱咐埋葬他时不要留名，不要立碑。最使我感动的可能是他的坟墓——他选择了这样一个地方，在那儿他可以同唯一配得上做他伴侣的大自然为邻。我去过斯帕斯科耶，屠格涅夫常在那里绿荫如盖的槭树下写长篇小说，到了晚秋则去巴黎。有一次，因为他们拒绝发给他出国护照，他便盖了一个小厢房，并给维亚尔多写了一封信，说他生活得像个流放犯。我在奥廖尔看见过他的沙发、写着批注的书籍。我参观过列斯科夫的故居。我在荒芜了的费特墓前伫立过片刻。在钱巴尔时我曾到别林斯基的母校去走过一遭。难以解释，何以博物馆里有一幅图画特别令人激动，我也不知道，何以我对在塔尔罕内（或者按照新的说法，在莱蒙托沃村）的那些天记得最为清楚。

我在那里认识了教俄罗斯文学的年轻女教师薇·阿·达莉耶夫斯卡娅。她问我，马雅可夫斯基生前是什么样子，我是否喜欢巴格里茨基的诗，什么地方可以弄到海涅作品的优秀译本。而我则从她那里获悉了有关学校和村里生活的一些情况。这是个喜爱自己的工作和艺术的朴实的姑娘，她说，有时她可以到奔萨去过星期天——那里有戏院啊……距铁路30多公里，有时不得不步行回家。薇拉·阿纳托利耶夫娜有一次在冬天遇见了狼群，起初她以为它们是狗，但狼群却跑到村边咬死了集体农庄的绵羊："噢，我多害怕呀！……"

我们走进了一个墓穴。那里有一口棺材，莱蒙托夫的尸体就是被装在这口棺材里从皮亚蒂戈尔斯克运来的。那里很潮湿，一滴滴的水很响地落在棺材上。

博物馆是个大杂烩：既有一些同诗人有关的物品，也有关于农奴制、革命、奔萨省集体农庄庄员们的成就的各式各样的宣传画和图表。我在一个房间里看见了莱蒙托夫的烟斗和《恶魔》的插图，另一个房间里挂着一幅很大的斯大林像。

夜里我写了一首诗。我从未发表过它，而现在我引用它是因为它是我业已许诺的自白的一个片段。

> 塔尔罕内并不是一首长诗——
> 这是一个巨大而结实的村庄。
> 疯狂的恶魔在很久以前
> 把翅膀送进博物馆保藏。
> 参观者看见一个脆弱的、
> 玩具般的、业已逝去的世界，
> 一个被人在痛苦中咬坏了的烟斗

和小歌剧演员的服装。

每个人都荣幸地看到，

这是莱蒙托夫的圈椅。

墙上有许多引文

记述已经发生的变化。

窗下是一个荒芜的花园

和隐藏在丁香丛中的"幸福"。

机器减轻了劳动。

如今村里有一所十年制学校。

庄员们认真地阅读

光荣的祖先的事迹，

每年七月

在他饮弹而亡的那天，

塔尔罕内如同节日一般。

儿童们一早就全都换上新装。

拱门的脸儿红得像大红布一样，

黑麦已交给了国家，

年轻人一齐在古老的

莱蒙托夫花园里跳舞。

这儿既没有脚步声，也没有呼啸声……

久远以前的一枪早已被遗忘，

仅仅在墓穴里有一口

包了锌皮的棺材冷得浑身打战。

马达声沉寂了，司机在忙碌。

一个姑娘老是在小木棚里

喃喃地念着那一行可爱的诗句，

她那无言的两眼含着热情，

眉梢高高地扬起。

夜同从前一样漆黑。

人们在唱歌、喝酒、朗诵诗歌、骂爹骂娘。

但有一颗心儿敲击着锌皮。酒已全部喝光。

"我爱祖国，但这是一种奇怪的爱……"

这里有什么奇怪的呢？祖国只有一个。

当然，我爱祖国不仅是因为它只有一个，而且也因为一个苏格兰移民的后裔写了《塔曼》，我每次重读这个作品都要惊奇得像婴儿那样微张着嘴。因为莱蒙托沃村的女庄员，那些勇敢的、历尽艰辛的、自豪的士兵的妻子们用乳牛耕地，并对着三角形的前方来信偷偷哀哭。我爱祖国，还因为那个塔尔罕内的朴素的大自然，因为所有这些小山丘、小树林、小池塘，因为人民的大胆计划，因为博物馆的图表干巴巴地谈到的"变化"，因为那个薇拉姑娘，她曾在黑暗的小木棚里反复念诵着："有些话的意义不是模糊不清就是毫无价值。"她曾去看《哈姆雷特》并碰见了狼群；因为在偏僻的钱巴尔出现了同样献身于正义和美的维萨里昂（别林斯基的名字）；因为少年梅耶霍德在奔萨曾渴望去看市集上的演出；因为奔萨省有一些名字很奇怪的村庄——沃契弗拉格（意为"狼谷"），索谢特卡（意为"女邻居"），维尔霍吉姆，舍梅舍伊卡；因为骂人的粗话辞藻华丽，而表示亲热又那么羞涩；因为数以千计的其他大大小小的事物，对于它们，也许我已在简短的自白里做了最好的表达："祖国只有一个。"

14

关于波兰的抒情的说明

1947 年 10 月，法捷耶夫对我说，要到波兰去一趟，将派一个作家代表团前往：特瓦尔多夫斯基、狄青纳、布罗夫卡、爱伦堡。法捷耶夫开始教导我，忽然又大笑起来："您自己也知道的……您在国外过了半辈子啦。"我想：在国外生活是一回事，参加代表团却是另一回事……在车厢里我碰见了帕维尔·格里戈里耶维奇·狄青纳，他当时是乌克兰共和国的教育部部长。我们在如何分配座位的问题上争论了很久——双方都想爬到上铺去睡。我同帕维尔·格里戈里耶维奇不仅生于同一年，而且生于同一天。我说，狄青纳应该睡下铺：他是部长。帕维尔·格里戈里耶维奇不同意。我到走廊上去同特瓦尔多夫斯基谈话去了。狄青纳利用了这个机会，于是我回去后便看见他躺在上铺上了。我们亲切地谈了一会儿，然后把灯灭了。当帕维尔·格里戈里耶维奇说"准会 помылка……"的时候，我已经快要睡着了。我虽然生于基辅，但童年和少年时代是在莫斯科度过的。许多乌克兰的字眼我都不懂。后来有人向我解释，"помылка"就是"犯错误"，但当时我在睡意蒙眬中却觉得正有人在我们的头上搓肥皂（俄罗斯语中的"помылка"意为"带肥皂的脏水"）：这是我第二次作为代表团的成员出国旅行，因而我也有些害怕。

杜维姆在车站上微笑，我立刻平静下来了。波兰人亲切地迎接我们。我看到了另一个波兰，它不是 20 年前在健全化时期（指 1926—1939 年波兰毕苏茨基政权时期）我所看到的那一个了。那时不仅是官方人士，就连某些作家在同我谈话的时候也保持着警惕。

当然，尽管波兰变成了另一个波兰，我还是认出了许多东西：人民的性格是不会变的——会变的是生活。1947 年我看到了化为灰烬的华沙。我辨认不出街道，但辨认得出人们。我先前认识的人有许多已经不在了：死去的既有家喻户晓的著名人物，也有只为朋友所知的人们。1928 年我认识了作家博伊-席林斯基。我们曾争论了整整一个晚上——关于蒙田，关于普鲁斯特。他比我博学得多，说起话来激昂慷慨，有时还很毒辣，但却怀着那种使人无法抗拒的对艺术的热爱。当法西斯的公子哥儿们在里沃夫枪毙他的时候，他 67 岁。20 世纪 30 年代在巴黎时，我常在蒙帕纳斯遇到年轻的建筑师塞尼奥尔。他幻想着盖个什么东西，崇拜勒·科尔布泽，生活穷困，但每当母亲从波兰给他寄来一个包裹（他说"一包"），他便拿红果酒和灌肠来招待我们。1939 年夏，他回去同希特勒匪徒战斗，不幸牺牲。我结识了一些年轻的作家、艺术家，结识了数以百计的各行各业的人。一年后我在弗罗茨瓦夫代表大会期间重又看到了波兰，此后的数年间也常去华沙，尽管这总是同代表大会、代表会议、委员会、决议之类有关，但总能抽出时间拜访旧友、结识新交。我更为强烈地爱上了波兰的性格，因而这一章大概更像是一篇抒情的说明，而不像是对一个国家和人们的叙述。

在很长的一段时期里，在俄罗斯人同波兰人之间存在着一道很深的鸿沟——这就是关于入侵、瓜分、起义者的鲜血的回忆。历史教员告诉我们，任何一个波兰人都像小贵族那样妄自尊大，波兰的灭亡是由于每个地主都在议会里叫嚷"我不准"并把禁令载入法律。我青年时代的老师之一陀思妥耶夫斯基在他那些长篇小说里描绘了一些漫画式的波兰人。我不了解波兰，而且在内心的某处还隐藏着成见。我还记得，杜维姆在我们初次相见时谈起了波兰人的性格，他那股热情曾使我感到吃惊。后来我从巴别尔那里听到："这是个富有诗意的民族……"然而要知道巴别尔是在波兰人进行反对苏维埃俄国的战争期间看到他们的。我思索了很久，直到 1928 年在波兰待了一段时间后才若有所悟。

要认识那些对人有重要价值的东西——劳动与斗争的欢乐，爱情，艺术，不能根据学校里的功课，也不能根据书本，而要根据生活经验。但也有这样

左：1945 年，华沙公园
右：1947 年，特瓦尔多夫斯基和爱伦堡在华沙

一些有重要价值的东西，它们要在你缺少或离开它们的时候才开始被你理解。当我在巴黎数日没吃任何东西，而从面包铺里又传来了妙不可言的香气时，我才明白了面包是什么东西。在阿拉贡的群山中战斗时我明白了一口水是什么东西。我曾写道，在远离祖国的时候才能认识祖国的意义。波兰人特别敏感的爱国主义是同历史有关的：他们不是经历过就是从自己的父母亲那里听到过民族尊严遭受蹂躏的漫长历史。

　　我谈到过，杜维姆同我在华沙的废墟当中徘徊时曾反复地说："你瞧，这多美！……"也许并不是所有的波兰人都这么说过，但他们都这么想过。华沙的旧市区已重建起来，人们在重建的过程中对任何一个细小的地方都那么热爱，以致使人忘记了这是一座已化为灰烬的城市的复原。问题不仅在于爱好，问题也在于热情。

　　吸引我去同波兰人接近的是激情——它存在于民族的性格中，它既表现在斯特沃什的古老的雕刻中，也表现在从密茨凯维奇和斯沃瓦茨基到杜维姆和加尔琴斯基的诗歌中，激情存在于民歌和叙述失败了的起义的很长的故事中，存在于一个曾是巴黎公社社员的老人向我谈到过的东布罗夫斯基（1836—1871，波兰的革命民主党人）的作品中，也存在于我在韦斯卡附近看到过的杨涅克的作品中。只要看看正在秩序井然而又非常美好的克拉科夫街头漫步的一个留着胡须的领退休金老人的眼睛，或者在被人遗忘了的乡村里听到一个梳着白色小辫、笑声犹如啼哭的小姑娘的一声叫喊，就可以一再地看到感情的洋溢和命运的盘根错节。

我读到过许多对巴洛克式的苛刻评价——它那过分夸张的、出人意料的、有时令人莫名其妙的结构似乎是标新立异、追求形式、抛弃真挚、藐视质朴。然而巴洛克式在贵族社会崩溃的时代诞生以后，却投合了各族人民的心意。在冈哥拉、马里诺或格吕菲乌斯的诗歌同波兰的陶工们塑造的那些耶稣的泥像之间有一种共同的东西，这些陶工在塑造泥像的时候忘记了头和手的尺寸，却记得人类的苦难是无限的。"这里埋葬着肖邦的心灵。"外国人觉得奇怪，但是这一点也存在于波兰的性格中。

1947 年，波兰政府赠给我们四个苏联作家一些民间艺术作品。我得到一幅地毯，它是克拉科夫的加尔科夫斯基一家用碎布编结成的。这幅地毯在困难时刻鼓舞着我已有 15 年了。我看着那些现在和过去都不曾有过，但却在我的房间里生活、嬉戏、咆哮和打盹的野兽，我看着那些姑娘和古怪的骑士，于是我不仅看见了浓淡色调的奇妙结合，也看见了艺术的力量。

对于我来说，波兰同艺术、同夸张的真实性、同那似乎可以把一幢平平常常的小房子变成宇宙的想象力是分不开的。1947 年，出现了一段对于诗人或画家来说十分困难的时期。但即使在当时我也看到了许多表现出艺术还活着的油画。还需要谈谈此后的十年吗？有些波兰影片走遍了全球。人们开始翻译波兰的散文作品。我还记得我阅读卡吉梅日·勃兰兑斯的旅途随笔时的情形，他叙述了他在联邦德国的一家殷勤而又干净的旅馆里吃早饭的感受——我找到了表达模糊的感觉的艺术方法。

灵感在波兰不是特等人物的采邑，它存在于人民之中。只要看看灰黑色的水罐就够了——其中有悲伤的一切细小差别和全部高尚气度。一个从来没进过城的农妇用纸剪出了一些热带的树丛。如果走进用品商店，你不仅会对审美力大吃一惊，而且会对幻想的丰富大吃一惊。吸引我同波兰接近的也许正是这种艺术的丰富性？然而由于这种丰富性同民族性格有关，因而无论对于西班牙的东布罗夫斯基营，还是对于在华沙的工地上搬运石头的女人，我

左：伊瓦什凯维奇

右：这里曾经是华沙集中营，站在最前面的是爱伦堡

至今均犹未忘怀。

我曾谈到过杜维姆。现在我想谈谈我在华沙常常遇到的他的那些"斯卡曼德尔诗社"（参见本书第三部第三章）的朋友。斯沃尼姆斯基有点像英国人，他太爱嘲笑人，甚至挖苦人，但在他的讥讽后面却隐藏着波兰的诗歌和波兰命运的善良与轻率。不同的民族有不同的讽刺——塞万提斯既不像斯威夫特，也不像莫里哀。斯沃尼姆斯基的讽刺不是溶液，而是精汁，对于另一个国家或另一个时代它可能太浓了，如果它也可以稀释，那也不能用水，而得用眼泪。伊瓦什凯维奇骤然看去像是个幸运儿，他为人温和，甚至宽宏大量，但他在精神上却绝不是一帆风顺的。他酷似一个耽于幻想的小贵族，但在他的作品里却有许多当代的动乱。现在我想起了他在 20 世纪 30 年代写的一个短篇小说——一个波兰作家赴佛罗伦萨出席一个代表大会（看来无论是作家还是代表大会都一向有之——就像雨水一样）。短篇小说颇像屠格涅夫的《春潮》，但充斥其中的却是我们这个世纪的空气——爱情不同，绝望也不同。

1947 年我还不能忘记 20 年前的波兰之行，当时我们生活在不同的世界里——我竭力使自己特别谦恭有礼，回避那些同当时存在的麻烦有关的问题——总之，我常常让自己的言谈举止像一个外交官。下面我将叙述一桩趣事，这既因为我总是想在抒情的文字中插入一段笑话，也因为这个故事将会说明我当时多么不理解业已发生的变化。

我曾说过，波兰人接待我们极其殷勤。我们接受了带一个波兰作家代表团去莫斯科参加十月革命节活动的委托。我很高兴，因为我们将能像他们接待我们那样接待他们了。与我们同行的有著名的女作家纳乌科夫斯卡（她已60开外），剧作家克鲁奇科夫斯基（他当时是文化艺术部的副部长），以及青年诗人达布拉沃尔斯基。我们乘一节设备完善的专车赴布列斯特，但在布列斯特却没有一个人迎接我们。（后来我才知道电报迟到了。）一切看上去都十分危急，"国际旅行服务社"断然拒绝赊售车票给客人，而我们当然是没有卢布的。纳乌科夫斯卡看到苏联的列车便说她累了，想躺一会儿。我回答说，还没有开始放旅客上车。（不幸就在这个时候有一位将军走进了车厢，副官提着他的皮箱。）我给省委书记打了个电话。工作日已经结束，我在家里才把他找来。他听了后表示最深刻的同情，但是说明省委会里一个人也没有——他从哪里弄到钱呢？我开始开导他、恳求他，甚至暗暗地以可能招致"外交麻烦"来威胁他。他答道："我试试，但不能担保会有结果……"过了一个钟头、两个钟头。纳乌科夫斯卡问，是否已开始放旅客上车。克鲁奇科夫斯基彬彬有礼地默然不语。达布拉沃尔斯基谈论着加尔琴斯基和帕斯捷尔纳克的诗。但我哪有工夫去理会诗，我不时跑来跑去——给省委书记打电话，看看汽车来了没有。省委书记终于来了："弄到了，可以买三个卧铺……"我请求他向客人表示欢迎。纳乌科夫斯卡终于得以躺下。而我们却聚集在一个包厢里开始清点我们所有的卢布。今天——一顿晚饭，明天——早饭、午饭、晚饭各一顿，后天我们要在11点到达——这就是说，还有一顿早饭。但我们的钱却只够吃今天的一顿晚饭。布罗夫卡说，明天早上在明斯克就可以对付过去，可惜离城市太远了……

我在餐车里试图请求赊账供应我们用餐，我们将在莫斯科车站上把钱付清，但我得到的回答是：这是不可能的——稽查员会在途中上车。我们去吃晚饭，要了半公升酒。纳乌科夫斯卡请求给她一小杯红葡萄酒。给她拿来了一瓶。达布拉沃尔斯基又谈起诗来，但突然说道："我希望看到一个能把空瓶变满的诗人……"我跑出去把我们的资本重数了一遍，于是又要了一瓶酒。

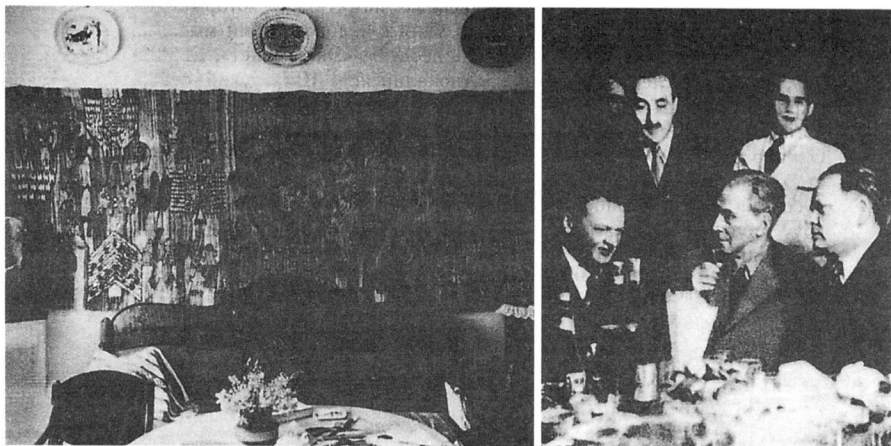

左：克拉科夫的加尔科夫斯基一家用碎布编结而成的地毯，由波兰政府赠送给爱伦堡
右：1950 年，布拉涅夫斯基、爱伦堡和达布拉沃尔斯基在华沙

早上我们说，我们不吃早饭了——只喝点茶。在明斯克，布罗夫卡同大家告辞了，突然我看见彼得·乌斯季诺维奇像赛跑冠军一样飞奔而回："离中央委员会太远，我跑到家里，可妻子不在，这就是我在桌子的抽屉里找到的全部……"他往我的手里塞了几张钞票。吃午饭是够了。我们决定宣布，晚上我们不吃晚饭，不料晚上在斯摩棱斯克却有一个奇迹等待着我们——作家西蒙诺夫走进了车厢。我立刻把他叫到一旁并请求他对客人说，他是从莫斯科前来迎接代表团的。然后我问他："您有多少钱？……"他回答："一无所有。我看到你们很高兴，心想我可以吃顿晚饭、喝瓶葡萄酒了……"在一个单间里发现了西蒙诺夫这个熟人。我们得救了。

两年后，我同达布拉沃尔斯基做了朋友，我把我在他谈到将空瓶变满时的经历告诉了他。他笑了很久："这纯粹是一个波兰的故事……"后来克鲁奇科夫斯基也笑了。

当然，当我说现在任何东西都不能把我们同波兰人分开的时候，我是最不愿想到"国际旅行服务社"了。1928 年，波兰人同我们生活在不同的世界里。即便是杜维姆和布罗涅夫斯基，当时也有许多事情不能理解，而我也常常做出轻率的判断。有些传统的成见是很顽固的，直到 1958 年来到华沙以后，我才感到再不会有任何东西把我们分开。斯沃尼姆斯基，伊瓦什凯维奇——这是些老朋友，但我也认识了一些年轻的作家，在同他们交谈的时候，我没有感觉到国家的界线或辈分的界线。

无论是在我开始写这一章时所谈到的 1947 年秋还是在这以后，我在波兰都没有感到过孤独——这是一纸枯燥无味的证明书，但它说明了许多问题。

15

我一生中最艰难的岁月

我即将谈到的岁月可能是我一生中最艰难的岁月，因而我把这个工作中断了很久：对于开始写这一章下不了决心。如我能把它略去那该是何等的快事！但生活不是校样，经历过的往事也不能一笔勾销。从那时到现在过去了15年。我不愿触及那些正在愈合的创伤，不想提到某些人的名字——我对扮演检察官的角色是最不感兴趣的。此外还有许多事情我不知道，我将只限于简短地、干巴巴地叙述我的经历。

如今我明白了，我想写的某些重大事件的开端是同所罗门·米哈伊洛维奇·米霍埃尔斯悲惨的死有关的，因而首先我将谈谈米霍埃尔斯。我早在20年代即已同他相识，但对他很不了解，而在战争时期我了解并爱上了他。有一段时间他经常到"莫斯科"旅馆来找我们，时而诉苦，时而开玩笑，时而又不知何故缩手缩脚地沉默不语。他是大演员，因而艺术也就当然是他爱好的事业。我还清楚地记得他扮演的李尔王。他变得令人不敢认了——平常他的个子并不显高，脸也不像国王，凸出的前额和鼓出的下唇，倒很像一个好嘲笑人的知识分子。但是在舞台上，高高的、悲哀的李尔王在自己的不幸和愤怒中却是难以形容的优美。各种流派的演员都很景仰米霍埃尔斯的才能。我还记得，无论卡恰洛夫、梅耶霍德还是皮托耶夫都曾那么赞叹地谈到过他。米霍埃尔斯从来不是民族主义者，他喜爱俄语，他的朋友阿·尼·托尔斯泰有时候说："我不明白，为什么所罗门不愿在俄罗斯剧院演出……"但米霍埃尔斯有个宠儿——犹太剧院。就连那些不懂犹太语的观众也常来观看这个剧院的演出。米霍埃尔斯和朱斯金的演出是如此富有魅力，以致所有的人都常被小镇上的堂吉诃德的奇遇或卖牛奶的台维（犹太作家肖洛姆-阿莱赫姆的同名剧作的主人公）的不幸弄得神魂颠倒。

米霍埃尔斯在战时是犹太人反法西斯委员会的灵魂。当时有谁能想到艺术呢？希特勒匪徒在乌克兰和白俄罗斯的小镇上既屠杀肖洛姆-阿莱赫姆作品中年老的主人

米霍埃尔斯饰演的李尔王

公，也屠杀少先队的小姑娘。米霍埃尔斯曾和诗人费费尔一同被派往美国。1946年，一些美国人告诉我，在一个城市里塌了一个舞台——想挤到苏联客人跟前去的人太多了。米霍埃尔斯和费费尔为苏联的医院和保育院募集了数百万元。

胜利后有数以千计的人来向米霍埃尔斯求助——在他们的心目中他依然是被侮辱者的保护人。

不料米霍埃尔斯被杀害了……

当时我们听说，米霍埃尔斯受斯大林奖金评奖委员会之托，和戈卢博夫-波塔波夫同赴明斯克——他得给一个被提名获奖的戏提意见。有人邀请他夜里去做客——他还是同戈卢博夫-波塔波夫一起在郊区的一条街上走着，在那里他们俩不知是被匪徒杀害，还是被一辆载重汽车压死了。这种说法在1948年春似乎是令人信服的，半年后却有许多人开始对它感到怀疑。当祖斯金被捕的时候，大家都在思索：米霍埃尔斯是怎么死的……不久前有一份在立陶宛出版的苏联报纸报道说，米霍埃尔斯是贝利亚的爪牙杀害的。我不想去猜测，可以泰然自若地逮捕米霍埃尔斯的贝利亚，何以要采用凶杀的伪装。当然，这不是因为他顾忌社会舆论，多半是他想寻点开心。

我参加了在米霍埃尔斯的剧院所在地为他举行的追悼会。变得丑陋了的脸已做了一番修饰。人们相继致辞。我还记得法捷耶夫的发言。街上站着一大群人，许多人哭了。

5月24日，举行了一个纪念米霍埃尔斯的晚会。我讲了话，现在不记得讲了些什么了。当时十分痛苦。

但我还是没有预见到任何事。

1948年9月，我应编辑部的请求为《真理报》写了一篇关于"犹太人问题"、巴勒斯坦、排犹运动的文章。下面是几段引文：

"黑暗势力分子很久以来都在捏造谣言，想把犹太人形容成一种与他们周围的人不同的特殊人物。黑暗势力分子说，犹太人过着一种单独的、孤立的生活，不与他们周围的那些民族同甘苦、共忧乐。黑暗势力分子叫人们相信，似乎犹太人是一些失去了祖国感的人，是永恒的风滚草（又名风卷球，是角果藜之类的草本植物的总称，果实成熟时，其茎容易折断，被风一吹，就像球似的滚得很远）。黑暗势力分子发誓说，有一种神秘的联系把不同国家的犹太人联合起来。

"……是的，犹太人是迫不得已才过着这种单独的、与世隔绝的生活的。犹太人区不是犹太的神秘主义者的发明，而是天主教的残忍信徒的发明。在人们的两眼被宗教的迷雾所蒙蔽的时代，犹太人当中曾有过一些狂热的宗教徒，正如在天主教徒、基督教徒、东正教徒和穆斯林当中也曾有过这些人一样。一旦犹太人区的大门敞开，一旦中世纪黑夜的迷雾开始消散，各国的犹太人就立刻加入了各民族的共同生活。

"是的，有许多犹太人背井离乡，迁居美国。但他们之所以迁居，并不是因为他们不爱自己的乡土，而是因为暴力和凌辱让他们失去了这可爱的乡土。是否只有犹太人才有时去别的国家寻找生

米霍埃尔斯的漫画

路呢？意大利人、爱尔兰人、那些曾经处于土耳其人和德国人的压迫下的国家的斯拉夫人、亚美尼亚人、俄罗斯的教派信徒，不也都这样做过吗？……

"……在突尼斯的犹太人和住在芝加哥用美国话交谈与思考的犹太人之间，很少有共同之处。如果他们之间的确存在着联系，那么这种联系也毫无神秘之处：这种联系是排犹运动所产生的……前所未见的德国法西斯的兽行，他们所宣布的、并在许多国家付诸实施的对犹太居民的大规模屠杀，种族主义的宣传，最初是侮辱，接着是马伊达内克的焚尸炉——所有这一切在各国的犹太人当中产生了一种深刻的联系之感。这是被侮辱者和被激怒者的团结一致……

"……当然，在犹太人当中也有民族主义者和神秘主义者。他们制定了犹太复国主义的纲领，但是让犹太人住满了巴勒斯坦的却并不是他们。让犹太人住满了巴勒斯坦的是那些仇视人类的思想家，是那些种族主义的信徒，是那些排犹主义者，他们把犹太人从世代居住的地方赶走，并强迫他们到天涯海角去寻找——不是寻找幸福，而是寻找维护人格的权利……"

我在文章中引用了高尔基、列宁有关排犹主义的意见，也援引了斯大林的话："排犹主义，作为种族沙文主义的极端形式，乃是人吃人的最危险的残余。"

报纸上的文章不是自白，其中有很多话是不能说的。现在当我即将结束回顾我的一生的这本书时，我想谈谈我是怎样理解那个常被称作"犹太人问题"的事物的。

我小时候听到过人们谈论德雷福斯案件、屠杀犹太人的暴行。我知道，列夫·托尔斯泰、契诃夫、高尔基都曾因为有人教唆俄罗斯人去迫害犹太人而无比气愤。数年后，我在一份秘密报纸上读到了列宁的一篇文章。我的父亲曾说，排犹主义是一种遗毒，是宗教狂热症和无知的产物，在这个问题上我同意他的见解。

正如读者所知，我生于基辅，我的本族语是俄语。我既不懂现代犹太语，也不懂古犹太语。无论是在犹太教教堂、东正教教堂或天主教教堂，我都从未做过祷告。有些艺术古迹曾经使我而且至今也还使我神往，这些古迹对于信徒来说是同宗教联系在一起的，但对我来说却同人类的思想感情联系在一起——《约伯书》《圣歌集》《传道书》和福音书，包括"禁书"、《启示录》、沙特尔大教堂、卫城、安德烈·鲁布廖夫画的圣像，贝阿托法师的绘画，埃洛尔村的印度女神，阿旃陀的古代佛教寺院里的壁画。然而所有这一切对于我来说不是僵死的教规，而是活生生的艺术。我的童年和少年时代是在莫斯科度过的，我的同伴也都是俄罗斯人。我在地下组织里工作时，我们互以绰号相称，对于在我的同志们当中是否有犹太人的问题我是不感兴趣的。后来我不知不觉地来到了巴黎。我遇见了两位出色的诗人——一个是阿波利奈尔，按族系说他是波兰人，另一个是马克斯·雅各，他是犹太人，但是对我来说，他俩都是法国人。我爱上了意大利人莫迪利亚尼。有一次他告诉我说，他是犹太人，然而对我来说，他依然是同战前岁月的惊慌不安和意大利文艺复兴时代的艺术联系在一起，而不是同古代的耶和华联系在一起。

我爱西班牙、意大利、法兰西，但我的全部岁月都是同俄罗斯生活分不开的。我从未掩盖过自己的族系。有些时候我很少想到自己的族系，也有另一些时候只要有可能我就到处反复地说："我是犹太人。"我觉得，同那些遭受迫害的人们站在一起，是人道主义的初阶。

我看过卓别林的影片，却没想到他是犹太人，这一点是希特勒匪徒告诉我的。他们编黑名单。作曲家达留斯·米俄，哲学家柏格森，那些我经常遇见但却没去想他们的族系的人——本达，安娜·西格斯，我读过其作品的那些作家，例如卡夫卡——原来都是犹太人。

是否有一种为犹太人所固有的特殊的民族性格呢？排犹主义者和犹太民族主义者的回答是肯定的。很可能，数个世纪以来的迫害和欺凌使讽刺变得尖锐了，并激起了对美好的未来的浪漫主义的希望。民族性格在艺术创作中表现得最为鲜明。海涅的诗歌充满浪漫主义的讽刺，但我不知道这是什么缘故——是因为诗人的族系还是因为时代。每逢想到我的同时代人——莫迪利亚尼、卡夫卡、苏金的作品，我所看到的首先是悲痛：它反映了现实生活，回忆同预感或预见结合起来了。数学属于人的理性的表现，这些表现同水土、语言或传统的联系是最少不过的。但是在 20 世纪 30 年代初的德国却有过这样一些科学家，他们竟把爱因斯坦发现的相对论视为"犹太人搞的小把戏"而予以否定。

　　排犹主义在早先是同宗教、同"犹太人曾把耶稣钉在十字架上"而要求报复的思想联系在一起的。僧侣们的权力逐渐削弱。许多人已经明白，耶稣是起来造反的犹太人当中的一个，他曾反对那些同罗马的占领者共事过的正统的神职人员。法国大革命宣布了犹太人的平等权利。各国相继废除存在了若干世纪之久的限制。犹太人开始同他们的祖先所来到的国土上的那些民族过着一样的生活。

　　19世纪末爆发了德雷福斯案件，它表明普遍隐藏在缝隙里的排犹主义还活着。数年间，千百万人的视线都集中在德雷福斯身上，此人本身是无足轻重的，只不过是个受过纪律训练的勤勉尽职的法国军官而已。当左拉发言维护无辜的被告时，支持他的有列夫·托尔斯泰、维尔哈仑、马克·吐温、饶勒士、安纳托尔·法朗士、梅特林克、安佐尔、克洛德·莫奈、儒勒·勒纳尔、西涅克、佩吉、米尔博、马拉梅、查理·路易·菲利浦。支持原告的又是谁呢？民族主义者的作家——巴勒士、莫拉斯、戴鲁列特。反对德雷福斯的人不仅是排犹主义者，也是进步的大敌、沙文主义者，他们在自己的报纸和传单上称左拉是"意大利分子"。

　　俄国的犹太人革命前只能在犹太人区里居住。在乌克兰或白俄罗斯的城镇里，他们孤独地生活着，说着意第绪语。革命改变了一切，犹太青年大批涌入俄罗斯的学校，犹太女人嫁给俄罗斯男人，犹太男人娶俄罗斯女人为妻。犹太人与世隔绝的状况不仅在我国，而且也在法国甚至德国消失了。这时候希特勒的"种族理论"前来给排犹主义帮了忙。

　　当然，关于存在着"劣等种族"的论调并不新奇。在叙述美国南部各州之行时我曾想表明，种族主义在一个文明的国度里有多么强大和顽固。但在20世纪20年代，我们曾认为亚拉巴马州或密西西比州过去的奴隶主乃是例外。希特勒在历史舞台上出现了。他和他的信徒们开始证明，存在着高等种族，首先是"雅利安族"或"北方族"，也存在着劣等种族，其中最低劣的就是犹太人。

　　在国内战争时期，我看到过白匪组织的一次屠杀犹太人的暴行。几个月后有一个喝醉酒的弗兰格尔的军官叫道："打死犹太佬，拯救俄罗斯！"他想把我从轮船上扔进海里。我觉得这是很自然的：旧时代的幽灵维护着黑暗势力。

阿道夫·希特勒

　　20世纪20年代末，我在蒙帕纳斯认识了来自波兰的犹太作家瓦尔沙夫斯基和他的朋友们。他们告诉了我一些关于小镇上守旧的犹太人的迷信和机灵的可笑的故事。我读了一本哈什教派的传说集，我很喜欢这些富有诗意的传说。我决定写一部长篇讽刺小说。小说的主人公是戈麦尔的裁缝拉齐克·洛特什万涅茨，一个倒霉鬼，命运把他不断地从一个国家抛到另一个国家。我描写了我国新经济政策时期的资本主义分子和穷乡僻壤的书呆子、健全化时代波兰的骑兵大尉、德国的小市民、法国的唯美派、虚伪的英国人。拉吉克在绝望之余决定赴巴勒斯坦，不料被称为"天国"的国土原来同别的国家一样——富人过得好，穷人吃不饱。拉吉克建议组织"重返祖国同盟"，说他不是生于棕榈树下，而是生于他那可爱的戈麦尔。他被犹太的宗教狂热分子杀害了。我的主人公被西方的批评家称作"犹太的帅克"。（我没有把这本书收入我的文集，这并不是因为我认为它太差或者把它否定了，而是因为我现在觉得，在纳粹的兽行之后发表许多讽刺作品似乎为时尚早。）

　　希特勒的上台曾使我大吃一惊：一个文明的国家倒退到暴行的黑暗中去了。"水晶之夜"（希特勒匪徒这样称呼进行大规模屠杀之夜）对我来说是可恨的法西斯主义的一种表现。希特勒匪徒不仅焚毁犹太作家的书，也焚毁恩格斯、列宁、高尔基、罗曼·罗兰、左拉、巴比塞、亨利希·曼的书。他们杀害"雅利安"族系的德国共产党员。我在西班牙看到了法西斯主义残暴的本质。

在法西斯匪徒侵犯我国的时期，我是大量兽行的目击者。希特勒匪徒屠杀俄罗斯儿童，烧毁乌克兰和白俄罗斯的村庄。我每天都在报上描写这些罪行。别的人也写。希特勒匪徒在自己的传单里让人们相信，他们只同犹太人作战，应该驳斥这种谎言。

同古老的历史有联系的犹太复国主义者的思想从来不曾吸引过我。以色列国家存在着。在阿拉伯文化的繁荣时期，犹太人没有遭受过类似宗教裁判所那样的迫害，在安达卢西亚的形形色色的哈里发国家里生活与工作着像哲学家迈蒙尼德和诗人哈勒维这样的人物。我愿意相信，亲身体验过不公道滋味的以色列的犹太人，将会找到一条同阿拉伯人和解的道路。每个人都知道，生活在欧洲和美洲的各种不同国家的千百万犹太人，是不能在以色列的领土上找到立足之地的，而且他们也不愿到那里去——他们同他们生活其中的那些民族有着紧密的联系。亚拉巴马州或密西西比州的黑人根本不想去非洲的任何一个主权国家，他们需要平等权利，并正在进行反对种族偏见的斗争。

把我同犹太人联系起来的是希特勒匪徒用来活埋老人和婴儿的壕沟，是过去的鲜血流成的河，是后来从种族主义的种子里萌发出来的凶恶的莠草，是顽固的成见和偏见。我在我的 70 岁生日发表广播演说时曾告诉我的读者，只要世界上还存在着一个排犹主义者，我就要不停地说：我是犹太人。促使我说这种话的不是民族主义，而是我对于人的自尊感的理解。我一直认为，排犹主义是旧时代的遗毒，它将会消失，正如一切种族偏见都将消失一样，直到如今我才知道，把古老的偏见从意识中清除出去——这是一桩长期的工作。

回头来谈我正在叙述的那个时期。1948 年末，犹太反法西斯委员会被停止活动。《艾尼凯》报被停刊。不久那些用意第绪语写作的诗人和散文作家被捕了，他们是：别列茨·马尔基什、克维特科、贝格森、费费尔，等等。

1949 年 1 月，报纸宣布"揭发了一个反爱国主义的剧评家集团"。为什么运动是从一个次要的问题——戏剧批评开始的呢？我不知道。可能正巧有一位受了委屈的剧作家向斯大林诉了苦，但也可能这是出于偶然——只要水面上能出现圆圈，不管往池塘的什么地方扔石头还不都是一样。

在掀开新的运动的序幕的第一篇文章里有这样一句话："古尔维奇对于俄罗斯苏维埃人的民族性格可能具有什么样的概念呢？"两天后我读了另一篇文章，其中"古尔维奇和尤佐夫斯基之流"这几个字用的是小写字母。"世界主义者"的圈子逐渐扩大：有些诗人和电影导演也遭到了批评。两周后，人们开始揭发躲在笔名后面的"忘本的世界主义者"。

我的许多俄罗斯朋友对于所发生的事情很气愤。我还记得同奥布拉兹佐夫、孔恰洛夫斯基、建筑师鲁德涅夫、法捷耶夫、弗谢沃洛德·伊万诺夫、雕塑家列别杰娃的谈话。是否还需要提醒一下，任何种族主义，包括排犹主义在内，都是既违反俄国知识界的传统，也违反那作为列宁的遗训并用来教育苏联人的崇高的国际主义思想的呢？

对"世界主义者"的迫害并不是一个孤立现象。大批的人被逮捕了，其中有的是曾被法西斯俘虏（这当然不是他们本人之过）的，有的是没来得及撤退的，有的是自愿从侨居国回来的，有的是在 20 世纪 30 年代受过惩罚的，有的是在国外有亲属的。贝利亚所实行的专横可真是无所不包。

至于我，报刊从 1949 年 2 月初开始停止发表我的作品。他们开始把我的名字从批评家的文章中删去。这些预兆是十分熟悉的，于是我每夜都等候着铃声。电话不响了，只有亲近的朋友探询我的健康状况。再有就是进行"检查"：熟人们小心翼翼地用自动电话机打来电话——想知道我是否已被抓去，而当我回答一句"是我"的时候，他们就把话筒放下了。

1938 年 3 月，我常惊恐不安地倾听电梯的声音：当时我想活下去，同别的许多人一样，我准备好了一个装着两套换洗衣服的小皮箱。1949 年 3 月，我没去想衣服，而且几乎是无所谓地等待着结局的到来。这可能是因为我已不是 47 岁，而是 58 岁——我已疲倦了，老年开始光临了。但也可能是因为这一切都是旧戏重演，同时在战争之后，在战胜法西斯之后，发生的事情特别使人难以忍受。我们睡得很迟——往往在天快亮的时候才睡：会有人来把你叫醒这种想法是使人极为难受的。有一次在深夜两点，电铃响了。柳芭前去开门。我一句话也没说，只是看了看她。不料那是西蒙诺夫的司机——是西蒙诺夫的妻子打发他来的。西蒙诺夫对她说，他想到我这儿来。

三月底，有一位朋友跑来，他兴奋无比地叫道："原来是假的！……"他叙述道，前一天曾有一位当时相当负责的人物在一个有千余人出席的谈文学问题的报告会上宣称："我可以报告一个好消息——头号世界主义者、人民公敌伊利亚·爱伦堡被揭发和逮捕了。"

我给斯大林写了一封短信：我写道，我失去为报刊写作的权利已有两个月了，昨天还有一个人宣称，似乎我被捕了。然而我尚未被捕，因此我请求派人查明我的情况。我只希望一点——结束我这种不为人们所知的处境。我把信交给了克里姆林宫的岗哨。

翌日马林科夫给我来了个电话。我还清楚地记得这次谈话。"您给斯大林写了信。他委派我给您打个电话。请您告诉我，这是从哪里传出来的？""不知道。我本想问问您这件事。""可您早先为什么不通知我们呢？""我曾同波斯佩洛夫同志谈过，我所能做到的也仅止于此了。""奇怪，波斯佩洛夫同志是个那么机灵的人，可他什么也没对我们说过……"（彼·尼·波斯佩洛夫在几年后告诉我，这不是实话，他把一切都转达了，但他的话没发生作用。）

电话机马上又响了起来，各报的编辑部都说，"发生了误会"，文章将被刊登，请求再写。

那时埃夫罗斯和切尔尼亚夫斯基都在我处。患了感冒的格·米·卡杰茨夫躺在沙发上。格里戈罗维奇把被子裹在身上跳了起来。大家都异常激动地议论纷纷。

事后聪明，人皆有之。我在 1949 年春是什么都不明白。如今当我多少知道了一些的时候，我觉得斯大林善于把许多事情都掩盖起来。亚·亚·法捷耶夫告诉我，反对"反爱国主义的批评家集团"的运动是按照斯大林的指示开始的。但在一个月或一个半月之后，斯大林却召集编辑人员说道："同志们，不容许揭露笔名——这具有排犹主义的气味……"舆论把专横行为归咎于执行者，而斯大林却似乎制止了这种专横。到三月底看来他已断定，问题已经解决了。

由于那些在国外反对我国的敌人幸灾乐祸，我是加倍地痛苦。我看见过为捍卫十月革命的思想，为团结起来反对武装干涉者和白卫军、反对法西斯的入侵、反对残害异族者和种族主义者而一连进行了30年斗争的人民。对于我所谈到的那些报上的文章，人民是没有罪过的，他们过着艰苦的生活，夜以继日地工作，始终没有离开他们所选定的那条艰辛的道路。

几年以后，一位记者在以色列做了一次耸人听闻的揭露。他肯定地说，他在狱中遇到了诗人费费尔，后者似乎曾对他说，我在镇压犹太作家的事件中是有罪的。某些西方报纸抓住了这一诽谤。他们有一个论据："他保住了性命？这就是说，他是个叛徒。"

我的精神不振，不能工作。可这时候却告诉我说，得去巴黎参加保卫和平代表大会。我认为保卫和平是件好事，但感到自己没有力量。在这种情况下突然跑到国外——这简直是一种刑罚！他们要我写一篇发言稿送去给他们看看。当一张白纸摊在我面前的时候，我开始写下使我激动的问题。在写好的演说词里有这样的句子："再没有比种族的、民族的傲慢更令人厌恶的了。世界文化有着这样的一些血管，谁要是割断它们就不能逃脱惩罚。无论是过去还是将来，各民族都是互相学习的。我认为，可以既尊重民族的特点，同时又摒弃民族的孤立性。"当时身居要职的格里戈良把我叫去，同我握手，表达谢意。他的桌上放着一张漂亮的纸，那是我的发言稿，而在我上面所引的那一段话前面的页边上还写着"真棒"二字。我觉得字迹非常熟悉……

我们在四月中旬飞抵巴黎。莫斯科天气很冷，伏努科夫机场旁边的小树林里还能看到皑皑白雪。柳芭说，在巴黎我将能得到休息，散散心。我答："当然。"

在巴黎的机场上我看见了埃尔扎·尤里耶夫娜。她说，阿拉贡和她将在晚上前来找我——我们将共进晚餐。我们被带到大使馆，大使在那里说明政治情况。我很想听，但听不进去。蓦地我明白了，我病了——浑身大汗，准是发烧了。这可是糟透啦！……后来我被带到右岸普莱耶尔大厅（代表大会的会址）附近的一家旅馆里。我什么也不明白，什么也看不见——热得厉害。突然司机（一个中年的法国人）说道："真热呀！……"我睁大了眼睛："这么说来，您也觉得热吗？……"他也感到惊奇："30度哪，所有的报纸都说，在四月间出现这种天气，已有一百年没遇到过了……"我高兴起来：这么说来我没生病。我看见了先前没注意到的现象：人们不穿上衣在咖啡馆的凉台上贪婪地喝着啤酒或柠檬水，但是脑子里却同先前一样模糊。

阿拉贡夫妇把我带进了喧嚣的"梅迪特兰涅"餐厅，那里很拥挤，人们谈论着复活节是怎么过的。常有熟人走到阿拉贡夫妇跟前开玩笑。而路易和埃尔扎却用俄语问我："'世界主义者'——这是什么意思？为什么要揭露笔名？"这都是自己人，我认识他们已有四分之一个世纪，但我却不能回答他们。科克托走了过来，引起了一场上流社会的笑话，我竭力微笑。巨大的龙虾转动着大触须。邻居们笑着。热得难以忍受。

在旅馆的房间里我迅速脱去衣服，躺下，关了灯——渴望入睡，但不久便明白这是办不到的。我辗转反侧，开了灯，不知何故穿上了衣服，坐在圈椅上，胡思乱想起来——想出一个什么理由才能让他们明天就把我送回莫斯科去呢？我逐一地斟酌所有的方案——生病，说明我不能发表演说，干脆地说："我想回家。"我就这样一直坐到天亮。我的面前出现了别列茨·马尔基什，我上一次看到他时他就这样。我回忆着报刊文章中的句子，毫无表情地反复地说："回家！"

我说过，我想在本章中谈谈对我来说最艰难的一个时期，但这未必做到了，而且我也不知道，是否可以谈论这样的事，我只补充一点——在巴黎的一个狭长的房间里度过的第一夜最为可怕，当时我明白了，一个人要为他"忠实于人民、时代、命运"付出什么样的代价。

16

巴黎：保卫和平代表大会

　　清晨，我正在刮脸，福京斯基跑进房间里来："我在报上看到你来的消息，大使馆的人告诉了我你的住址……"福京斯基未向我提出令人不快的问题，而是开始叙述罢工、大家都反对政府、蒙帕纳斯、杜霞、艺术家们。"有许多有趣的展览。你现在有空吗？"我们一直游荡到吃午饭的时间。我时而看看塞纳河，时而看看有着淡绿色护窗板的灰色房屋，时而看看塞尚画的苹果。我觉得一切既很优美又无比陌生。福京斯基突然不安地问道："你身体可好？"我回答说，身体还好，但是没睡够。我什么都没想，但什么都不能忘记，我觉得谈话很吃力——回答得牛头不对马嘴。

　　午饭前我们走进一家咖啡馆。桌上有一张不知是谁留下的报纸。我机械地把它打开，一条简讯映入我的眼帘："政府的软弱无异于犯罪。昨日从莫斯科飞来一帮人，他们被派来巴黎以'保卫和平代表大会'的招牌鼓动风潮。政府甚至还把签证发给了鼎鼎大名的伊利亚·爱伦堡，此人写过一部诽谤性的'长篇小说'《巴黎的陷落》，此人之所以值得注意，在于他曾因为在那些从共产主义的暴政下解放出来的国家里建立了恐怖网而从斯大林那里得到克里米亚的一座大公的宫殿。将同爱伦堡一起'保卫和平'的有多列士的特派员、机灵的阿拉贡、英国的'科学家'贝尔纳（此人在科学界默默无闻，在政界却大有名气），以及冒充作家的某茨威格，当然，还有已下定决心抛弃物理学家的职业去担任克里姆林宫主要宣传员职务的约里奥-居里，以及年老的丑角毕加索，此人画了一只马克思主义的鸽子，这只鸽子弄脏了我们这美好的、但可惜是未设防的巴黎的所有墙壁。"我把报纸塞进衣袋，并对福京斯基说："让我们为敌人干杯。"他不明白，我也没做解释。

在写作本书和回忆艰苦岁月的时候，我常怀着感激之情想到敌人。当然，类似我以上所抄的那些句子的咒骂只能在未来的"极端派"的传单上找到。《费加罗报》，甚至《震旦报》使用的语言比较含蓄，但它们也进行诽谤与恐吓。敌人帮助我克服了许多困难，他们提醒我，不论在某些年月里发生的事件令人多么痛苦，它们都不应该遮没主要的东西。当天也是如此——我不知何故清醒过来，甚至快活起来了。

翌日，保卫和平代表大会开幕了。会议在普莱耶尔大音乐厅里举行——那个地区住的都是有钱人。但是从清晨开始，在大厅的入口处附近就聚集了许多人，其中有大学生、时装女工、工人，也有偶然路过的闲人。他们认出了约里奥-居里、毕加索、伊夫·法奇、阿拉贡，便表示欢迎。他们仔细观看有些波兰女人和斯洛伐克女人鲜艳的民族服装、苏格兰人的短裙。他们猜测着，戴着白得耀眼的僧帽的大胡子主教来自何处——来自希腊还是来自保加利亚？他就是总主教克鲁季茨基·尼古拉。（我数次与他同乘飞机去参加代表大会或世界和平理事会会议，每次都看到他那个用来装僧帽的一个盛女帽的硬纸盒。）

大厅被二千名左右的代表和来宾挤得满满的。不时响起听得懂的、听不懂的语言发出的喊声。大厅里是喧哗的、南方色彩浓厚的——法国代表团和意大利代表团的人数最多。这似乎是战后的第一次国际性的代表大会，因而年轻人觉得一切都很新奇。演说不时被喊声、笑声、掌声打断。

1949 年，"冷战"不仅已从报端的文章发展到国与国之间签订的条约，而且也发展到日常生活中去了。大西洋公约就是在这一年诞生的。德国的分裂采取了国家的形式：在这一年，联邦共和国宣布在波恩成立，半年后又建立了民主共和国。在代表大会的一次会议上，有人宣读了解放南京的消息，中华人民共和国在 1949 年诞生，同年荷兰又被迫承认印度尼西亚独立。在越南，战斗还在进行。希腊也在打仗，在代表大会开幕前，游击队重又占领了格拉莫斯山，但内战的结局已预先由"杜鲁门主义"所决定。在意大利经常爆发罢工，举行激烈的示威，谁也不知道事件会向什么方向发展。我觉得，就是在法国，斗争也日趋激烈。直到一年以后我才明白，1947年至1948年的大规模罢工已是战争的风暴的余波。美国人提供金钱（"马歇尔计划"）。工厂开始更新业已陈旧的设备。商店里的商品增多了。诚然，物价上涨了，许多法国人的生活也还很艰苦。但大家都明白，国家即将在经济上站立起来。

然而无论《费加罗报》的读者还是《人道报》的读者都害怕去想未来。在一家中等的餐厅里，我听到一场使我想起1939年春的谈话："我们已决定去布里夫附近度假，我妻子的姑母住在那里。当然，这要以不发生战争为前提……"英国人、意大利人、比利时人向我谈到过同样的心情。代表大会回答了千百万人的不安——人们对战争岁月的记忆太新了，报上的消息太令人不安了。有些人担心，美国人会发动一场先发制人的战争，另一些人认为，俄国的坦克很快就会开到大西洋岸。

支持杜鲁门政策的报纸原想避而不谈代表大会，但却忍不住了。我面前有《巴黎新闻》上的一条简讯："在记者招待会上，著名的苏联作家伊利亚·爱伦堡回答一位记者提出的'您是否认为美国真的要求和平'这一问题时说：'不可能同时做两件事情——嘴上谈论和平，同时又从衣袋里掏出原子弹。'"美国反动派目光敏锐。前一天晚上，国务院专员马克·戴尔莫特先生宣称："巴黎保卫和平代表大会的参加者们就像有人命令他们那样竭力证明，只有苏联要求和平。所有这一切都是莫斯科的巧妙宣传。"法国的《世界报》写道，共产党人"找到了人人都理解的口号"。

代表大会是否真如报纸所断言的那样是共产主义的呢？我看不是。如果仔细看看委员会发起成员、贺词、参加者的名单，就可以看到一系列同共产主义思想距离很远的政治活动家、作家、艺术家的名字。让我列举一些在拉鲁斯小百科全书上可以找到，因而就连法国的小学生也都知道的名字：前墨西哥总统卡德纳斯、比利时女王伊丽莎白、亨利希·曼、马蒂斯、夏加尔、查理·卓别林、剧作家萨拉克鲁。在形形色色支持召开代表大会的组织中，我发现有这样一些组织：日内瓦钟表技师联合会、巴拿马大学、阿根廷艺术家协会、突尼斯小商贩联合会、挪威家庭妇女联合会、叙利亚保护儿童联盟，以及其他一些同共产党很少有相同之处的组织。

我在代表大会上听到过那些不仅难以被定义为共产主义者，而且也难以被定义为社会主义者的人们的一些发言。在弗罗茨瓦夫代表大会上我第一次遇到美国法学家罗盖。我觉得他是个出色的演说家，但思想混乱；能干，同时又很幼稚——这种人我在美国就遇到过。他在同我谈话时说，人类的生路在于心理分析。他谴责大西洋公约时博得了掌声。他说，美国人不必害怕俄国人，俄国人也不必害怕美国人，世界正在普遍的恐惧的催促下走向战争。他还说，资本主义和社会主义都各有自己的弱点和优点。年轻的意大利人和法国人不赞成地喧嚷起来。但罗盖却博得了掌声，并被选入了代表大会的常设委员会。（在华沙的第二次代表大会上，罗盖抗议对南斯拉夫进行攻击，指责朝鲜战争的双方。他的演说常被那些最沉不住气的代表的口哨声打断。他脱离了运动。）

英国法学家穆尔以一种类似"匹克威克俱乐部"式的幽默揭露代表们的一些在他看来是过于好战的演说，奉劝大家说话要慎重些，不要寻找偏袒一方的谴责，而要寻找为双方接受的协议。"冷战"已教会大家使用另一种语言，因而穆尔的演说使许多人勃然大怒，但大家让他把话讲完了，部分听众还向他鼓了掌。

使年轻的共产党员最为气愤的也许是瑞典的和平主义者、宗教组织的领导人谢捷尔格琳女士的演说了。我刚把代表大会的速记记录仔细看了一遍。谢捷尔格琳说："威胁着我们的是两个巨人——美国的资本主义和俄国的布尔什维主义。"（听众哗然。）她用这样的话结束发言："我们要试图成为架在把世界分离开来的深渊上的桥梁。人类需要和平与自由。"（热烈的掌声。）

在代表大会上发言的只有两个人是众所周知的职业政治家：意大利社会党人南尼和工党左派分子吉利亚库斯。代表们知道，约里奥-居里、毕加索、聂鲁达、亚马多是共产党人，但对大家来说他们却是大科学家或大艺术家。

（同任何一个运动一样，保卫和平运动也经历了高潮和低潮，它的流动性很大——一些人走了，另一些人来了。1956年，大多数意大利社会党人脱离了运动。作家法斯特、布隆贝格、韦科尔、马丹-舒菲埃、卡苏、伊塔洛·卡尔维诺在不同的时候出于不同的原因离去。1952年萨特在代表大会上发言。德·阿斯蒂埃、瑞典作家伦德奎斯特、印度国大党代表、日本哲学家安井郁和别的许多人参加了运动。对于保卫和平运动来说，最富于特色的也许是这样一些人的作用，这些人是无论如何也不能被称为职业政治家的——科学家

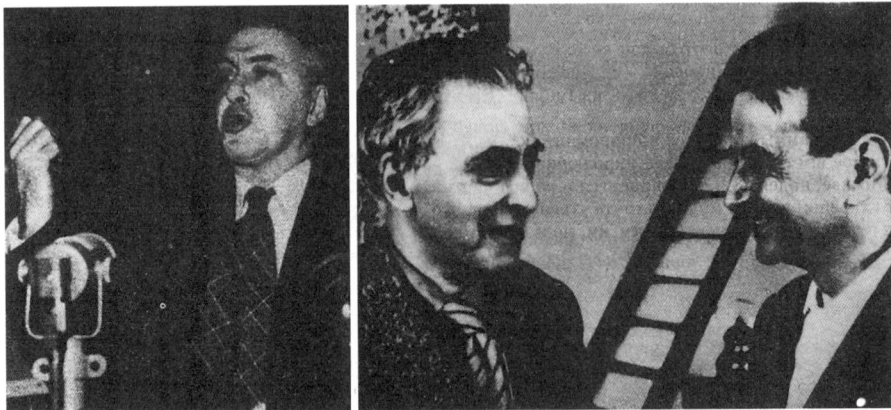

左：1949 年，爱伦堡在世界保卫和平大会上发言
右：1955 年，爱伦堡和韦科尔在巴黎

约里奥-居里、贝尔纳，以及像伊夫·法奇或德·阿斯蒂埃这样一些在包括政治在内的各种领域都非常出色的饱学之士。）

一方面，西欧的社会斗争在 1949 年开始略微趋于沉寂，另一方面，反对备战的斗争方兴未艾。当然，在巴黎代表大会上有不少知名之士（我只需列举几个作家：阿拉贡、聂鲁达、艾吕雅、亚马多、阿诺德·茨威格、法捷耶夫、西格斯、纪廉、安德里奇），但这首先是那些被报纸称为"普通人"的人们的代表大会，尽管他们往往要比许多大名鼎鼎的人都复杂得多。

在会场旁边的休息室里，我认识了在战争时期遭到严重破坏的洛里昂市的女代表。她姓凯莱，她没有在代表大会上发言，但曾告诉我她何以决定为和平斗争："我的路易是个水手，他死于 1942 年。他有一个未婚妻。他是个那么愉快的……我的若瑟夫参加了马基。他在离洛里昂不远的地方打游击。不知道为什么派他骑摩托车出去，一个坏蛋把他出卖了，他受到拷打，然后被杀害并烧成了灰，这是他的同志告诉我的。我的瑞贝尔先在科雷兹，后来又像路易那样在洛里昂附近打游击。他负了伤，被截去双足，他死于胜利的前夜——5 月 7 日。我在医院里听说，他临死前呼唤着妈妈。我的阿尔贝特已经娶亲，留下两个女儿。他是在我们家的附近被枪毙的……我在这里认识了许多母亲，我明白她们为什么要到这里来。我们的手臂太短了，因而没能在战争的第一天好好地拥抱一下，而后来就是有手也没有用了——没有可拥抱的人了……"我记下了她的话。

我在代表大会上遇到了我的一些老朋友——意大利作家邦滕佩利、巴勃罗·聂鲁达，战后我没有看到过他们。我认识了那些日后成为我的朋友的人们——约里奥-居里、法奇、若热·亚马多、蒙塔古（我将在以下的章节里谈到他们）。我每天都获得很多新的印象——有许多对我来说也很新鲜。

出席代表大会的还有南斯拉夫人，但是根据斯大林的决定，他们在社会主义国家的报纸上被称为"叛徒"。可爱的安德里奇给我送来一支哈瓦那雪茄，附有一纸便条："我们现在不能相见，但是您要知道，我依旧是您的朋友。"

在代表大会的第二天，法国人在普莱耶尔大厅的酒吧里举行了我的记者招待会。与会的有各个国家的形形色色的记者 150 人。我不得不回答 92 个问题，其中有些颇为阴险。对代表大会很不友好的《世界报》写道："伊利亚·爱伦堡先生的领带系反了，他还有着一副十分漫不经心的人的外貌，但他在自己的回答里却表明，外表是靠不住的。"《意大利日报》报道说："伊利亚·爱伦堡非常泰然自若地回答着大量的问题，并且把什么都摆脱得一干二净。"事实上我十分激动，可能正由于这个缘故才显得平静。

记者招待会结束后，我同纪廉走进了塞纳河左岸的一家小餐厅。二月里我译了纪廉的十来首短诗。他要求我朗读译作，并微笑着反复地说：

啊，古巴，请告诉我，从哪里
你获得了这蔚蓝的颜色……

我们谈论着诗歌的实质——关于神秘的吸引力和使人反感的字眼，于是我就不再去回忆记者招待会了。

然而记者们却不让我安宁。次日清晨，一位摄影记者不敲门就闯了进来，并大为扫兴地说："您已经穿上衣服啦？什么也拍不成了……"晚上我正同意大利作家们吃晚饭，出版家恩瑙吉前来请我。按照他的请求我选了一家餐厅——就是我曾带加拉克季奥诺夫将军和西蒙诺夫去光顾过的那个"若瑟芬娜"。我们在一个小房间里正谈得起劲，若瑟芬娜的丈夫，一个非常魁梧的男人前来告诉我说："那里有两位记者，他们想给您照相。"我从门缝里一看就看见了那位清晨不敲门就闯入我的房间里来的人。"我不愿意。"我答。传来一阵吵闹声——这是老板把固执的记者扔到街上去了。我回到旅馆时已是深夜。电梯带有栅栏。突然灯光一闪，我看见了一张熟识的脸和一架照相机。《周末晚报》上出现了一张带有如下说明文字的照片："伊利亚·爱伦堡在巴黎躲在铁幕后面。"我像是一个凶恶的老苦役犯——摄影记者的手艺高超。

如果翻翻代表大会的速记记录并回想起那几年的气候，那就可以把我的发言称作一篇十分爱好和平的发言。我曾说过，发言稿是在莫斯科写的，当时我希望它不被看中，也不要送到代表大会上来。我不仅竭力否认当时流行的这样一种论点：几乎一切发明的优先权均属于俄罗斯人，而且还想起了赫尔岑所说的那些关于欧洲的"神圣的石头"的话。我在演说的末尾说道："保卫我们共同的房屋，保卫我们的古代文化！我们不仅向我们志同道合的人们，而且也向一切心地善良的人们发出这一呼吁，不管他们是马克思主义者还是康德的信徒，是天主教徒还是自由思想者。我们到这里来不是为了证明我们的思想正确或我们的社会制度优越。我们宁愿用劳动、创造、进步来证明这一点。我们到这里来是为了向一切憎恨战争的人们伸出手来。"这博得了听众的好感，而我的话也是真诚的：我认为（至今依然认为），只有像这样联合起来才能保卫和平。

次日是星期日，在巴黎南郊的布法罗体育场上有一个规模很大的群众大会。从外地来了"和平队"——火车、汽车，来自意大利的"和平队"里有20个城市的市长，还有的来自比利时、荷兰。代表团都在代表大会主席团的台前走过。体育场容纳了80万人，而游行的人数根据报纸判断有四五十万。尤其使我激动的是过去希特勒的集中营里的囚徒们组成的队伍。他们穿着带有号码的条纹衣走着——他们把这些衣服当作宝贵的物品保存起来了。

薄暮时分，群众大会刚刚结束，突然雷电交加，大雨倾盆。我在城外一条小巷的屋檐下避雨。旁边站着一个身穿黑呢连衣裙的妇女——进城的农妇都会这样穿，她的脸是绯红色的，带着皱纹，像是冬天的苹果。她对暴雨感到高兴——因为在这个提前到来而又炎热异常的春季，二月份以来还没下过雨呢："你看上帝也感觉到了！……"游行的参加者被雨追赶着在小巷里奔跑，女人看着他们说道："现在他们将会看到，人们不是傻瓜了……"

毕加索叫我去他的画室。

　　我带了一份报纸，上面有一条题为《丘吉尔和毕加索》的简讯。毕加索请求把它朗读一下。简讯谈到英国艺术科学院院长阿尔弗列德·曼宁格逊举行的一次便宴，出席的有丘吉尔和蒙哥马利元帅。院长在举杯致祝词时抨击现代绘画，特别抨击了毕加索和马蒂斯："他们不能把一棵树画得像一棵树。顺便说说，温斯顿·丘吉尔先生赞同我的意见。不久前他曾在散步时向我提出一个问题：'您听我说，阿尔弗列德，要是咱们现在碰见毕加索，您能帮忙朝他的屁股来上一脚吗？'我答：'那还用说。'"毕加索做出害怕的样子："幸亏我不在伦敦！他们是两个人。说不定元帅也会突然加入……"

　　艾吕雅默不作声，一直静静地微笑着。我们在很大的画室里四处走着，看看油画，艾吕雅忽然轻声说道："这是十分需要的。不仅我或者你需要——人人都需要。这就像空气……"

　　毕加索看了看表："该去开代表大会啦……"他专心致志地听着冗长的演说，参加委员会，在会上做报告——总之，他的举止堪称代表大会的模范代表。不过有的时候，当某些演说家为了论证和平比战争优越而开始援引阿里斯托芬、雨果、马克思和斯大林的话时，毕加索的眼里闪烁着调皮的火星。

　　我被带到法兰西喜剧院附近的一条街上。在一所富丽的公寓里住着刚刚到达巴黎的巴勃罗·聂鲁达。我一见他就愣住了：我从来不曾想到，唇髭，甚至是极大的唇髭，竟能使人的面貌发生这么大的变化。有的人说，聂鲁达像佛，另一些人开玩笑地把他同食蚁兽相比。在任何情况下唇髭对他都是不合适的，他养长了唇髭为的是让别人认不出来。他从智利潜逃到阿根廷，又从那里化名来到巴黎。在当局尚未认定他进入法国是合法的（正在为此进行谈判）之前，他不能在普莱耶尔大厅里露面。

　　我们久久地互拍着对方的肩背。后来聂鲁达说他饿了，我们就开始吃午饭。神色庄严的仆役斟上了绝妙的葡萄酒。聂鲁达揭露智利独裁者魏地拉，叙述人们如何帮助他躲避警察的搜捕，他又如何越过了国境。他夸奖布尔戈尔厄的葡萄酒，但补充道，智利有比它更好的葡萄酒。吃罢午饭，他开始睡觉了。

　　他在代表大会上出现时已是会议的最后一天，唇髭已经没有了。人们以震耳欲聋的欢呼声欢迎和欢送他。当然，并非所有的人都读过聂鲁达的诗，但是所有的人都知道他是个著名的诗人，他反对过独裁者，曾藏身地下，穿越了安第斯

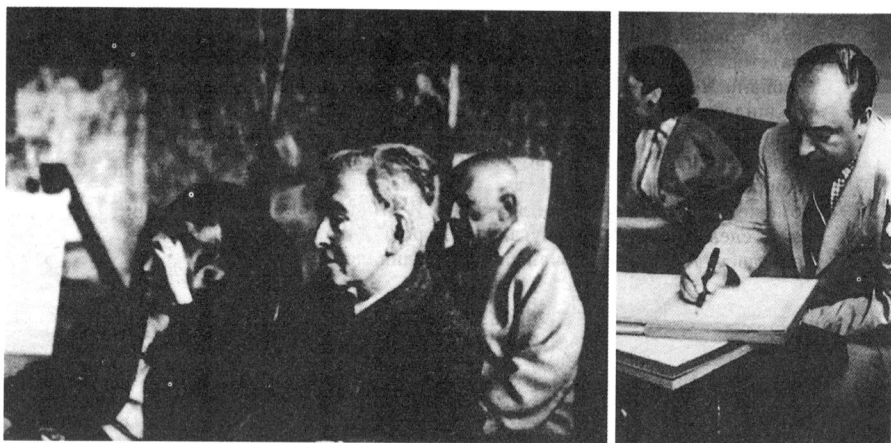

左：爱伦堡在毕加索的工作室
右：巴勃罗·聂鲁达

山脉（有的说是步行，有的说是骑马，还有人说是骑驴）。我的上帝，人们是多么需要浪漫主义啊！就连那些显然是冷淡无情的人也需要它。而大厅里却是许多年轻人，他们狂喜大叫——站在他们前面的台上的是一个诗人和英雄，他在朗诵诗，这不是资格审查委员会的报告，甚至不是专讲联合国章程的演说……

代表大会结束后，我也没有得到机会在巴黎逛逛、休息休息。法国的拥护和平人士要求法捷耶夫去里摩日演说，要求我去第戎演说。我想，一切都会平安过去，并安慰自己说，我会再次看见我喜爱的城市。

一到第戎就有人告诉我："您的到来是一颗炸弹。晚上大概会发生斗殴——年轻的戴高乐分子打算破坏报告会……"人们给了我一些当地的报纸，于是我读到了一段极其可笑的故事。市政委员会的一位委员，共产党人，建议接受我加入市政管理局。这项建议在市政委员会里引起了激烈的争论。第戎的市长当时是天主教神甫吉尔，他日后表现出是一个勇敢的人，一个和平的热烈拥护者。在法西斯占领时期，天主教神甫的言行堪称模范爱国者，他曾被判处枪决。但在1949年，他却像许许多多的人那样被卷入反苏运动，并以很有礼貌的方式表示反对共产党员们的建议。另一些属于右派阵营的顾问重复着《时代周刊》《震旦报》的结论，让大家相信《巴黎的陷落》是一部

"卑劣的谤书",保卫和平代表大会是莫斯科为了麻痹法国的警惕性而安排的,苏联军队正在准备向巴黎进军。到夜里 11 点多举行了表决。18 名顾问——"无党派人士"和戴高乐分子——投票反对建议,六名共产党员赞成,五名社会党人弃权。这使我也不禁大笑起来。在就法律、决议,甚至议事日程进行表决时是可以弃权的,但现在的问题是该不该接受一个外国作家加入市政管理局,社会党人却照样弃权。我笑了,但第戎的拥护和平人士却说他们顾不得笑。我抽空去观看了第戎圣母院里的怪物雕像。

我走进大厅时,人已多得谁都不能动弹了。突然灯灭了——我至今也不知道,这是第戎的朋友们所说的那种破坏行为呢,还是偶然的事故,但情况严重起来了。有人给台上拿来了几支蜡烛。大厅里吼成一片。在黑暗中是容易打起来的,那时所有的人就不得不退场了……我决定要点花招。我在演说一开始就说,尽管我在法国总共还只有几天可待,但依然到第戎来了。我是荣誉军团的军官,但却不给我延长签证。而我在战争时期还得到过戴高乐将军的嘉奖。后排响起了掌声。又拿来了一支蜡烛,一个第戎人低声告诉我:"这是戴高乐分子在鼓掌,我知道他们坐在什么地方……"将军的年轻拥护者们想必是茫然不知所措了。晚会顺利结束。

第戎人决定带我到酿造葡萄酒的地区罗曼奈、乌若、纽伊去。由于第二天晚上我要去巴黎演说,因而最迟要在两点钟以前动身。我们一大早就出发,我在旅馆里只弄到了一杯黑咖啡。我们常在我的旅伴们所认识的葡萄酒酿造师的家中停留,主人招待殷勤,请我们看葡萄园、地窖,请我们喝葡萄酒。我爱喝布尔戈尼厄红酒,但这种酒要在吃饭的时候就着肉食或干酪喝。而我却不得不空着肚子品尝,我担心喝醉,但最终还是喝了:要是不喝就会得罪那些人,他们为自己的佳酿自豪,就像画家为油画自豪一样。

我在纽伊曾被带去会见一位富有的女葡萄园主。起初她不信任地打量着我,指出她对红色葡萄酒的喜爱,甚于对红色思想的喜爱。对于代表大会她一无所知:"我不读报。报上说的事会把你吓得不知怎么是好。可我得照看葡萄酒……我爱看小说,小说里的英雄就是死也死得那么漂亮、高尚……"她开始拿上酒瓶,幸而还给了面包和干酪,看到我分辨酒的优劣并识别出了佳酿,她高兴起来。我的一位旅伴解释道:爱伦堡在法国住了很久,写过长篇小说《巴黎的陷落》。女人惊喜地把双手一举一拍："我看过这部小说！这是一本非常悲伤的书，当可怜的女演员被杀死的时候，我甚至哭了……"她跑去拿了一个蒙着很厚一层灰尘的酒瓶回来："这是纽伊最好的葡萄酒。偶然保存了一瓶下来……我曾想把它给吉尔神甫送去。但我深信，当我告诉他我款待了一位俄国作家的时候，他是不会见怪的——他对我说过，俄国人打仗打得很出色……"

我一到巴黎就不得不立刻去"互助会"——就在 1935 年举行过反法西斯作家代表大会的那个大厅里我做了报告。报告会是友好协会举办的。我觉得讲话很轻松，而当我结束的时候，艾吕雅走到我跟前："你可知道，过两个礼拜，我可能和法奇到希腊去——到我们的人所控制的地区去。这是一桩幸事！……"

次日晚上我在凡尔赛演说，我不知道在那里会受到什么样的接待：凡尔赛是个官吏、军人、食利者的城市。报告会的主持者是"法国—苏联"协会的一位支持者、法兰西国家银行的名誉主席艾米尔·拉贝里。此人已不年轻，具有 19 世纪的人所特有的那种内在的热情。在他那非常朴素的寓所里，我看见墙上有一些出色的油画和素描——他喜爱艺术。〔10 年后他来到莫斯科。我邀他去我家中，他带来了科罗（1796—1875，法国写生画家）的一幅素描——一幅凄惨的风景画。我不愿收下这份太名贵的礼物："为什么您决定把它送给我呢？"他莞尔一笑："因为我老了，也因为我喜欢您。"〕我谈到两国人民的友谊、文化的共同性、和平，一切都比我想的简单。

包括我在内，参加代表大会的常设委员会的有九名苏联代表。我同伊夫·法奇告别时，他对我说："请向您的朋友们解释一下，应该与反对和平的敌人做斗争，但不要反对和平主义者或这样一些人，他们既不赞同共产党人的观点，也不赞成我的观点，但真诚地要求和平，并准备参加我们的运动……"我答道，我完全同意他的意见。

在飞机上我回忆起代表大会的那些日子。我喜欢我所遇到的人们（其中有的日后成了我的密友）。而且事情也很正当，竭力使所有的人相信：第三次世界大战将会消灭文明。

"冷战"渗入了人类的所有毛孔。在华盛顿有一个记性很好的反美活动调查委员会在工作，对于所有胆敢说出"和平"这个字眼的人，它都要以"同情共产主义"为名予以治罪。在离开巴黎的那天，我在《法兰西晚报》上看到一条很短的消息，消息说，警察逮捕了"四名年轻的共产党员，他们在美国大使馆附近喊着'我们要和平'及其他侮辱性的词句"。

我读了5月1日以后的《真理报》。在一位文学家的文章里有对西方作家的严厉批评。辛克莱·刘易斯被称为"卑劣的小人"，海明威被称为"丧尽天良的假道学"，福伊希特万格被称为"文学贩子"。这是不公道和不可思议的：在那几年里我们似乎在把人们

科罗的素描——艾米尔·拉贝里送给爱伦堡的礼物

推向美国的"委员会"的辩护者。我想起了法奇的话。当然，我们没有任何人希望发生战争：无论是普通的苏联人还是斯大林都是如此。但是照规矩应当咒骂西方，于是就拼命地骂……

当然，当时我不能想到，巴黎代表大会将成为我的生活的新的一卷的开端，我将为各种代表大会、会议、协商付出多于为我的职业所付出的时间。过去和现在，我都乐于担任这个工作。从巴黎代表大会举办到现在已过去15年。保卫和平运动既碰到过浪漫主义精神，也碰到过官僚政治。既获得过胜利，也遭到过失败，既做出过英明的决定，也犯下过愚蠢的错误，但它却变成了一支真正的力量。

当我现在写下这几行时，全世界正聚焦于刚刚签订的禁止核试验协定。约里奥-居里有一次曾对我说："靠铀矿发财的实业家对于他死后将会怎样是无所谓的，但是那些想着未来的人，那些为了使21世纪的青年能纯洁、正直、人道地生活而不惜牺牲的人，却不应该杀害或残害曾孙……"我一面和千百万人一同高兴，一面想着保卫和平运动的微薄却高尚的作用。在黑暗的、消沉的岁月里，和平的拥护者曾用人类团结的语言说话。我感到高兴的是，在善心的海洋里也有我的岁月的一滴……而一切都是从巴黎的那个耀眼的、但并不欢乐的1949年春天开始的。

17

《人群》和斯洛伐克作家

在巴黎，我的老友阿道夫·霍夫迈斯特曾邀我去吃午饭，他是个画家，又是作家，但当时却是捷克斯洛伐克大使。我在他那里看见了画家希姆，他几乎在巴黎度过了一生，又意外地当了外交官——文化参赞。我们没谈政治，而是谈艺术，回忆青年时代、布拉格。霍夫迈斯特画过抱着七弦琴的奈兹瓦尔，也画过坐在箱子上的我。他说，有人请我去布拉格谈谈代表大会的情况。当时从巴黎不能直达莫斯科，要在布拉格过夜，于是我同意了。

在布拉格的机场上，一个年轻人对我说："您的报告安排在明天。外交部长克列曼蒂斯同志请您今晚去找他。"

我生活在一个命运往往随意摆布人们的时代。我青年时代的许多朋友都已身居要职。坐在捷克外交部长的办公室里的时候，我想起了认识弗拉多时的情形。

那是1928年1月在布拉迪斯拉发的事。当地的《真理报》的年轻编辑和文学艺术杂志《人群》的支持者弗拉基米尔·克列曼蒂斯曾带我去"逛标杆"。（在布拉迪斯拉发，每个葡萄酒酿造师都有权在一年中的一周里零售自己的葡萄酒。他们在门上挂了"标杆"——一根干树枝。）室内拥挤而嘈杂。不时有乐师、卖环形小面包和熏干酪的商贩进来。我们的桌旁坐着几位年轻的斯洛伐克作家。他们仔细地向我打听有关马雅可夫斯基、构成主义、苏联的工业化等情况，还问及爱森斯坦、梅耶霍德、塔特林现在在做什么。克列曼蒂斯谈论着马克思主义的胜利，但后来突然唱起一支关于劫富济贫的强盗雅诺舍克的歌子来了。所有的人都齐声合唱起来。克列曼蒂斯笑了笑（我感到这一笑后面既有羞涩，也有骄傲）说："咱们斯洛伐克人就是这样的……"

外交部长的寓所里堆满了别人的笨重行李。我们吃了晚饭。克列曼蒂斯问起代表大会的情况，谈到柏林，还谈到现在美国有人想发动战争。他在若干年当中变样了——发胖了，忧郁起来了。我瞧了瞧他，心想：部长准是不好当的……

丽达拿了一瓶酒来。我用嘴唇沾了沾酒杯，突然回忆道："您的父亲在提索佛次给我看了一种绝妙的桃子做的甜酒，还有一种被我叫作'芳香露'的露酒……"弗拉多活跃起来、高兴起来了。我们开始回忆遥远的过去，犹如秋天树林中的蛛网的那些美好的琐事。我们不再谈论即将召开的四大国外长会议，回避一切使我们不安的问题。我们回忆着友人、过去的争论、趣事。直到我告辞的时候，弗拉多才忽然说道："你可记得，1939年我是怎样到科坦登街去找你的吗？当时你生着病。我们谈论政治问题，后来你向我朗读了你的诗《忠诚》。这是正确的，如果说有什么能拯救我们，那只有忠诚……"

我偶然间保存了1930年出版的一卷《文学百科全书》，我在其中找到了答案："《人群》——在布拉迪斯发出版的一种斯洛伐克的文学—社会周刊，

弗拉基米尔·克列曼蒂斯和父亲

左：1936年，拉佐·诺沃麦斯基和爱伦堡
右：1936年，弗拉基米尔·克列曼蒂斯

它团结了斯洛伐克的革命作家，其中多数是共产党员。刊物是集体编辑的。年轻而有才能的共产党员记者弗拉基米尔·克列曼蒂斯负责主要工作。"百科全书列出了《人群》的部分编辑人员：波尼昌、诺沃麦斯基、伊伦尼茨基、丹尼尔·奥卡利。

我曾在布拉格听说，《人群》是一个类似"旋覆花社"的斯洛伐克版的东西。我早在1923年末就认识了"旋覆花社"的同人，其中有一些大作家——奈兹瓦尔、万丘拉、比博尔、哈拉斯、塞菲尔特，还有一些有才能的画家、导演、建筑师。到20世纪20年代末，他们还继续谈论构成主义同共产主义的联系，醉心于工业美学、照片剪辑、形象的结合，喜爱马雅可夫斯基、毕加索、勒·科尔布泽、爱森斯坦、韦尔托夫、阿拉贡。"旋覆花社"的理论家是泰格，他是个愉快的书呆子，一个怀着堂吉诃德的热情的级任教员，他善于给赫列布尼科夫的创造新词或阿波利奈尔的"书法诗"（一种完全讲求形式主义的文字游戏，把一首诗用文字堆砌成宝塔、十字架等形式）找到马克思主义的解释。捷克是个富裕的工业国，对那里的共产党员产生了很大的影响。各种各样的风都向布拉格吹去。"旋覆花社"的艺术家们常去巴黎。奈兹瓦尔爱上了布莱顿。而斯洛伐克却像革命前俄罗斯的一个贫穷的省份。《人群》的首脑是弗拉基米尔·克列曼蒂斯，一个乡村教师的儿子，共产党员。

他紧紧地盯着莫斯科——对于《人群》的同人来说，《列夫》的任何一个编辑都远比世界上所有的超现实主义者权威得多。

1928 年 1 月，我在斯洛伐克总共只待了一周。克列曼蒂斯劝我夏天再去，答应带我去国内各地看看。我说："我尽力争取。"斯洛伐克人一下子就博得了我的好感，他们有大公无私的精神，有时还具有那种与宽阔的胸襟相联系的天真。

回到巴黎后，我收到了克列曼蒂斯寄来的一个邮包和一封信。他给我寄来一些斯洛伐克的民间烟斗"扎别卡契卡"，并写道："那只单独包装成一个包裹的扎别卡契卡我是这样得到的：我曾去找一位老人，他的烟瘾很大。听说我需要他的烟斗，他就把它从嘴里取下给了我。他说，他抽这支烟斗已经抽了 30 年，但是愿意割爱，因为他喜爱俄国人（当然，是像我们的父亲那样以古老的方式喜爱着）。这个烟斗对他来说是同一桩回忆有联系的。事情发生在 27 年前。他在油漆屋顶的时候想抽烟了。扎别卡契卡是不能像普通的烟斗那样抽的，否则底下会留着'烟底'，即一层没有烧完的湿烟末。可是屋顶上没有火，于是他抽了一斗又是一斗。夜里他突然想起扎别卡契卡里形成了'烟底'。他起来走进院里，以便把'烟底'给工人尤洛送去——尤洛爱嚼烟末。尤洛不在。他走进畜棚。蓦地他听见了咕嘟咕嘟的声音。他奔向井边，看见自己的儿子，一个 3 岁的男孩子掉了进去，正抓着跳板挣扎。他把他拉了出来。现在他的儿子是我们村里的医生。这就是故事的始末。当然，这不是文学作品，但我曾答应老人把它同扎别卡契卡一同转交给您。"

我向朋友们宣读过克列曼蒂斯的信，还在一篇随笔中引用过它。扎别卡契卡早就破了，但一个年老的斯洛伐克人因为"喜爱俄国人"而赠送了他珍爱的烟斗的故事，却迄今还使我激动。使我激动的还有克列曼蒂斯的说明："当然，是像我们的父亲那样以古老的方式喜爱着。"《人群》的历史，克列曼蒂斯、诺沃麦斯基和我的许多朋友的遭遇都可以用这个对比来说明。

就在 1928 年的夏天，我又来到了斯洛伐克。《人群》的同人让我看到了他们的国家，偏僻的小村落奥拉维、塔特雷、普列绍夫、巴尔吉耶夫、科希策，巴洛克式的匈牙利寺院，以及山间牧民的窝棚。克列曼蒂斯是对的——当时"俄国人"这个字眼似乎只有在斯洛伐克才能打开所有的门户。诚然，爱情是各种各样的。在图尔强斯基·马丁坐着一些年老的虔诚的斯拉夫主义者。我在那里的公墓上看到了第一批启蒙者的坟墓，上面有俄文的题词。在"斯洛伐克社"里挂着普希金和莱蒙托夫的照片。我曾在果戈理街上漫步。捷克在哈布斯堡王朝时代加入了奥地利，于是奥地利人就竭力迫使捷克人德意志化，但国内却有忠于祖国语言和以往的丰富文化的知识界。统治斯洛伐克的匈牙利人没有兴办工厂，而是在布拉迪斯拉发和科希策的餐厅里喝着厉害的葡萄酒"阿苏"，他们宁要神甫和宪兵而不要小学教师。（在第一次世界大战以前，斯洛伐克的农民多数是文盲。）斯洛伐克爱国者的一切希望都同俄罗斯联系起来了。在图尔强斯基·马丁，人们不仅知道普希金，还知道霍米亚科夫（1804—1860，俄国社会活动家和作家），不仅读托尔斯泰的作品，也读斯科别列夫（1843—1882，俄国军队的将领）将军的作品。"斯洛伐克社"的许多活动家曾觉得十月革命是一桩神秘的暂时事件。我还记得，一位白发苍苍的文学家曾向我抱怨道："从莫斯科寄了些诗来。这样的东西竟会付印，真是怪事！……据说作者自杀了。也许他也有过才能，可他不是用俄文写作的。普希金用别的语言说话。现在我想起作者的名字来了……叶赛宁……"（我不知道，这些"斯拉夫主义者"是否活到了20世纪40年代，以及他们的言行如何——是企图借助于希特勒"解放俄罗斯兄弟"还是有所醒悟。也许有的曾帮助过斯洛伐克的起义者？……）

《人群》的同人则以另一种方式爱着俄罗斯——他们爱十月的人民，读马雅可夫斯基、叶赛宁、帕斯捷尔纳克、巴格里茨基的作品。这是一种双重的爱——既爱一个亲近的民族，也爱革命。在《人群》的同人对马雅可夫斯基、"列夫"的理论和现代艺术的迷恋中有一种出于浪漫主义的反抗的成分——似乎我在任何地方都不曾像在斯洛伐克的农村里那样看到人们对装饰图案、传统的民族服装那样眷恋：农民们不仅在炉灶上，甚至在坟头的十字架上绘制花彩，而他们的子女却醉心于光秃秃、硬邦邦、干巴巴的构成主义。

（1950年我看见斯洛伐克已大为改观。民族服装从日常生活中迁入了歌舞团的服装部，出现了新的房屋、大型工厂、发电站。青年农民的花花绿绿的"小围裙"、五彩的炉灶、窗玻璃上的小图画，同没有烟囱的小木房和贫穷一起消失了。时代的法则就是如此，看着充满阳光的发格河谷，我不再对过去感到伤感了。）

在 1928 年我初次看到斯洛伐克的时候，这是个没有城市的国度。当然，在布拉迪斯拉发住着一些斯洛伐克的作家，那里出版报纸、杂志，但在城市的居民当中，德国人和匈牙利人多于斯洛伐克人。在科希策，只有在农民们常去的市场上我才能听到斯洛伐克语。有市政管理局和哥特式教堂，还有德国小城列沃恰或克日马罗克，仿佛是从另一个世界上搬来的。而那些住着斯洛伐克人的城镇——布雷兹诺、兹伏冷、鲁让贝罗克、马丁，却像是一些大村落：只有几幢城市里的房屋——但就是这里也有农舍、菜园、鹅。整个斯洛伐克知识界都是同乡村联系在一起的。在雅谢诺瓦亚我曾被带进一个小木房，斯洛伐克文学的创始者之一库库钦就是在那里诞生的。我还在一个同样的小木房里看见了伊伦尼茨基——他坐在那里写长篇小说。有一次我在冬天来到斯洛伐克，诗人拉佐·诺沃麦斯基带我到他的双亲和祖母所住的谢尼翠村去过圣诞节。《人群》派的青年诗人伊凡·霍瓦特也去了。我们被飨以传统的圣诞节的美味食品。而拉佐和霍瓦特却谈论着马雅可夫斯基、奈兹瓦尔、阿拉贡、帕斯捷尔纳克……

克列曼蒂斯曾带我到他的提索佛次村去，他的双亲用面疙瘩、李子酒、芳香露酒款待我们，殷勤地跑来跑去。《人群》的同人们幻想着工业的美，同时也爱斯洛伐克的农民，他们虽然目不识丁，但精神高尚，未曾通过能使心灵变畸形的资本主义火炉。《人群》的独特和它的困难也就在这里。克列曼蒂斯能唱关于一个最后一次把羊群赶进山里的老牧民的歌，或者是关于雅诺舍克的歌，能称赞一把旧式的长柄勺的美，但他又不止一次对我说，我保留了"一系列唯心主义的错误"，应该"以马克思主义的观点对待"某一件事……

我还记得在提索佛次的一个山上的窝棚里进行的一次谈话。弗拉多谈起了自己的遭遇。他当时正在写论诗的文章，爱好艺术，对我来说，他还是个青年作家。我们看着河谷、古老的树木、花园的绿荫中依稀可辨的农舍。克列曼蒂斯说，主要的是斗争，在捷克斯洛伐克尚未抛弃资本主义之前，既不会有公正的生活，也不会有真正的艺术。"我的事业——党……"

1940 年至 1941 年间，弗拉多在苏格兰北部蹲过英国的集中营，当时他的时间很多，他便给妻子丽达写信叙述自己的童年和少年时代，叙述自己的父母和故乡提索佛次。如今这些笔记本已经出版，被称作《未完成的编年史》。此书表明，其作者是多么接近艺术的力量，然而对于克列曼蒂斯来说这不过是从要塞里出击——从士兵的步枪和部长的职位之间出击。

对于拉佐·诺沃麦斯基是个诗人这一点，你不必读他的作品，只需同他在一起待上一刻钟，甚至只要看他一眼就猜得出来。但若是用尺子来量他的一生，那就可以看到，他的时间主要是用于政治活动了。从 1925 年到 1939 年，他编辑各种党报。他在德国占领时期加入了准备斯洛伐克起义的地下的捷共中央。胜利后他是中央委员和国民教育部长。然而诗歌才是他真正爱好的东西。有一次他对我说："良心在提醒……"良心对他来说不是偶然的对话者，而是经常的提示者。建筑师在战时可以参加工兵部队去炸毁桥梁——这是他的职责，可并非他的志向。

克列曼蒂斯和诺沃麦斯基是不同的人，但他们彼此喜爱，他俩的命运也很相似。

1936 年，根据《人群》的倡议，在疗养地特伦强斯克-杰普里察举行了斯洛伐克作家的代表大会。我当时在国际反法西斯作家联合会的书记处工作，为了建议斯洛伐克人加入联合会，便去参加了代表大会。那里有各种派别的作家，其中有些人日后追随那些把赌注押在希特勒的胜利上的分立派天主教徒，另一些人参加了抵抗运动，打游击。克列曼蒂斯及其《人群》派的朋友说服了代表大会的全体参加者加入反法西斯联合会。我们来到一个农村，在那里受到款待，人们唱着歌，一个老头子说，俄国人会打败法西斯匪徒，他举起一只拳头。我对弗拉多说："跟在西班牙完全一样……"

不久西班牙战争爆发了。1937 年我在瓦伦西亚遇见了诺沃麦斯基。我们谈论战事、不干涉委员会、国际纵队，顷刻之间我想起了弗拉多、农舍、斯洛伐克淡淡的绿荫。拉佐写过这样几行诗：

我曾想数数星群：

当我们尚未烧尽，

可这时——噢塔拉拉——机关枪响了起来，

第 六 部

一颗颗新星向旧星飞去，

噢塔雷拉塔塔，

哦，主啊——

羊群。

慕尼黑来到了。希特勒匪徒占领了布拉格。世界变黑了。

"奇怪的战争"爆发时，我正卧病在巴黎。很少有人来找我：有的对条约（指《苏德互不侵犯条约》）感到气愤，有的有些害怕密探。在九月，弗拉多和丽达来了，他们伤心、悲哀。后来克列曼蒂斯又来了，他很沮丧，但竭力鼓舞我：他从来不曾抛弃自己的护身符——忠诚。十月法国人逮捕了他，并把他送进集中营。在法兰西毁灭的前夜，我看到他穿着士兵的制服，他想同希特勒匪徒战斗，但贝当的法国投降了。

1944 年我们在莫斯科重逢。克列曼蒂斯已成为著名的政治活动家。他告诉我说，英国人和美国人害怕苏联的胜利，正在搞阴谋，但他是愉快的，相信他为之献出了自己一生的那个思想会获得胜利。后来我们回忆往事，于是我觉得我不是站在高尔基大街上，而是在提索佛次山的窝棚里，一个老牧人在那里请我吸辛辣的扎别卡契卡。

1948 年 2 月，作家俱乐部的人们为庆祝我进行文学工作 40 年而举行了一次晚会。捷克大使伊日·戈列克转交给我"国务秘书克列曼蒂斯"的一封电报："亲爱的伊利亚，我们正在为你的健康饮提索佛次的芳香露酒。弗拉多和丽达。"

我们最后一次见面的情形我已说过了。后来我回忆起来：弗拉多的眼神很忧郁。也许他只是在一天繁重的工作之后疲倦了，但也许是他知道诽谤的圈子正在收紧？

一年后我来到世界和平理事会书记处所在的布拉格，从霍夫迈斯特处获悉，丽达、诺沃麦斯基、伊凡·霍瓦特被捕了（后者在这之前是驻布达佩斯的大使）。

丽达在两年后获释。我在布拉格的街上遇到了她，想同她谈谈，但她同我握握手说："别跟我谈话。"然后就跑了。

诺沃麦斯基、伊凡·霍瓦特被释放了。我在布拉格看到过拉佐，他在工作——从事翻译，但他的诗却不能发表。伊凡·霍瓦特出狱后不久便去世了。

在诺沃麦斯基的诗集（这些诗写于狱中和出狱以后）里有一首叫作《智慧》的诗：

> 与其受火刑，不如屈膝下跪，
>
> 不如把真理藏在心灵深处，
>
> 犹如藏在木柜里，
>
> 只为了事后又可以说，
>
> 它毕竟保全在那里……
>
> 加利列同志，
>
> 莫非这就是智慧？
>
> 然而童话中的那个勇敢而愉快的孩子，
>
> 却比智者更有智慧，他当时叫道：
>
> "皇帝是裸体的，一丝不挂！"
>
> 他叫得那么响亮，真是糟透啦！

几年过去了。世上的许多事发生了变化。1963年春到来了，拉佐·诺沃麦斯基在作家代表大会上受到了热烈欢迎。奥卡利写信给我说："您大概知道，《人群》的组织者和首脑弗拉基米尔·克列曼蒂斯被诬告从事间谍活动而被判处了死刑。我自己和其他同志是在10年的监禁后一同获释的……在消除了不公道的现象之后，如今人们正在重新估计《人群》对于我国的文学和广义的文化所起的作用……"我面前是一本斯洛伐克的刊物，上面有弗拉多的照片……

我看着照片，回忆起1949年他在阴郁地笑了一笑之后朗读了我的诗：

> ……踩在你的身上走过去。
>
> 忠实于心灵并忠实于命运……

他在被处死的前夜写信对丽达说，他是作为一个正直的共产党员死去的。

在这样一些时代，人们可以想到自己的、个人的遭遇和生平的经历。我们当时生活在这样一个时代，即优秀的人们思考着历史的时代。谎言是到处存在并具有无限权威的，但是幸而它不是永恒的。好人会死亡，许多人的生命可能遭到戕害，但真理最终依然会获得胜利。对于弗拉多，也像对于我在本书中谈到过的我的一些苏联朋友一样，那个时代是很痛苦的。但是对于克列曼蒂斯所相信的历史，它却是胜利的时代。

而我现在所想的则是那个遥远的"逛标杆"的晚上，当时年轻的斯洛伐克的作家们唱着关于雅诺舍克的歌。如今有些人已不在人世，另一些则尝尽痛苦，未老先衰了。我还想起了提索佛次山上的窝棚、年轻的弗拉多、他那十分纯洁而明亮的眼睛、关于斗争的谈话。暮色四合，万物都蒙上了一层淡蓝色，而在柔和的、凸起的群山上空，苍白的金星正在发出微弱的光芒。

18

法捷耶夫：不大为人所知的一面

"您在巴黎是怎样度过最后一晚的？"亚·亚·法捷耶夫问我。我答道，同老朋友在一起。他说："而我则被一个美国作家所折磨——他要我把一切都向他解释清楚……哎，伊利亚·爱伦堡！……"他中断了自己的话："咱们还是喝白兰地吧。"我瞧了他一眼，我看见的不是我通常在各种集会和会议上看到的那双眼睛，而是一双柔和的、忧戚的眼睛。

关于法捷耶夫，人们常说他才气横溢、聪明过人，说他具有钢铁般的意志，深受斯大林器重。这一切都不错；但是"才气横溢"一词并非履历表上的评语，它是同手稿上数以百计的删改，同内心的苦恼，同精神气质联系在一起的，这种精神气质并非总是同法捷耶夫担任的社会工作（不仅是兢兢业业，而且是津津有味地担任着的社会工作）相适应的。所有的作家，似乎还有保卫和平运动的所有领导人，都熟悉他那双明亮而又冷冰冰的眼睛，熟悉他的学识渊博、记忆力强，善于在文章或报告中赋予斯大林的一句简短的话以深刻的含义、智慧的光辉、小品文似的可争论性和法律似的不可争论性。我现在想描述的是另一个法捷耶夫——不大为人所知的法捷耶夫。

早在他还是拉普领导人之一的年代我就同他相识了。我们常在莫斯科，尔后又在马德里和巴黎相见。我喜爱《毁灭》，但对他的为人则并不了解，说得更确切些，是并不熟悉，在1940年我同他交谈的时候，他对我而言与其说是一个作家，不如说是一位首长。他在回忆往事的时候不知何故也承认：

"我那时认为您是个来自远方的人。在马德里时我曾对我们那些为您辩护的军人说：'也许他也愿意为我们的事业而死，可他却不愿同我们生活在一起，而且也不能……'"

战后我们亲近起来。在奔萨纪念别林斯基的时候，我曾同他彻夜长谈。之后我们在莫斯科相晤，谈起作品、作家们的遭遇。我开始懂得，法捷耶夫并不是他先前在我心目中的那样。但是我真正了解他则是在我们一起参加保卫和平运动工作的那五六年间，我们在飞机上、车厢里交谈，法捷耶夫常常（有时在奥斯陆，有时在维也纳，有时在布拉格）夜间到我的房间里来谈啊，谈啊。正是出于这个缘故，我才在说完巴黎代表大会之后动笔来写他。

我不能说我们已成为朋友——我们是太不相同了。但也许正因如此，法捷耶夫有时对我要比对他的许多亲近的朋友更为坦率。很明显，他多少还保留着"来自远方的人"这种看法，因而在同我交谈的时候，他感到比跟他的朋友在一起更加不受拘束。他的朋友可不少（我现在说的不是那些趋炎附势的伪君子，而是说那些真诚地喜爱法捷耶夫的人）。但是我觉得，他跟朋友们并非总是无话不说的。有一次他就承认："我现在也知道什么是孤独了！……"他对许多人均以"你"相称，人们则叫他萨沙，可我和他却彼此都以名字和父称相称。

法捷耶夫是难以描述的——他是个十分复杂的人，大概有许多东西被我忽略过去了，而且一些事件发生的时间也太近了。我现在不想妄加臆测，而只限于从笔记簿中摘录（有时是凭记忆叙述）他说过的一些话，说明他对某些现象的态度，消除有关"钢铁般的人"的神话，多少为那将在 5 年或 10 年以后执笔给一个曾在我国文学史上起过重要作用的人物立传的人提供一点帮助。

法捷耶夫的创作生涯有 35 年之久，身后留下两部已完成的长篇小说、两部未完成的长篇小说、若干短篇小说、一百多篇文章。法捷耶夫曾说："我写得很多，可写成的很少……"我听到过这样的解释："作家协会，争取和平的斗争，会议，群众大会，代表大会……这些都不让法捷耶夫写作。"的确，作家团体的领导工作和保卫和平运动占去了法捷耶夫许多时间，不过要知道，他做这些工作并非迫不得已，而是乐于为之，而当他在晚年被解除了一些职务的

1950 年，爱伦堡和法
捷耶夫在华沙

时候，他感到的并不是轻松，而是懊恼。他在争取和平运动时是不知疲倦的，一切琐事他都要过问。我偶然间保存了他在各种会议期间写的一些便笺。他写得一丝不苟：有时要求同南尼谈谈；有时则为一个美国人的发言可能要拖一个半小时而感到不安——代表们会起哄的，最好是请他把演说压缩一下；有时则阐述他对扩大运动的看法。

人们还说，法捷耶夫疏于写作，因为他过于贪杯。不过福克纳喝得更多，却写了几十部长篇小说。看来法捷耶夫存在着一些别的障碍。

我有一次告诉法捷耶夫，在他的作品当中我最喜欢《毁灭》——这是一个 25 岁的青年写的第一部长篇小说。他答道："当然，《毁灭》是我经历过的事情。当然，认识到自己的责任有时能使写作的水平有所提高，但有时也束缚人的手脚……"

在 12 年的时间里，他几乎每年都在写作《最后一个乌兑格人》：拟提纲，进行修改，他认为这部长篇小说没写好。

当法捷耶夫执笔写《青年近卫军》的时候，他已不是 25 岁，而是 44 岁了。克拉斯诺顿的少年们的故事使他异常激动——他重又回到了自己青年时代。尽管他始终认为自己是现实主义者，但在这部长篇小说中却有许多浪漫主义因素。

长篇小说《青年近卫军》的遭遇是同我们现在称之为"个人崇拜"的那

种东西联系在一起的。小说脱稿了，出版了，获得了成功，得到了斯大林奖金。法捷耶夫的朋友谢·阿·格拉西莫夫把小说改编成了影片。这可引起了一场风暴。斯大林没读过《青年近卫军》。影片触怒了他：影片描写的是一些留在被希特勒军队占领的城市里听天由命的少年。共青团组织哪里去了？党的领导哪里去了？有人向斯大林解释，说导演是以长篇小说为依据的。报上出现了严厉批评《青年近卫军》的文章。随后在《真理报》上发表了法捷耶夫的信：他承认批评是公正的，并答应修改小说。我们见面的时候，法捷耶夫说，他没有修改正文，而是增写了几章——写几个老布尔什维克，写党的领导作用。他沉默片刻，又补充道："当然，即便我成功了，小说将已经不是原来那样……不过，也许我是太崇拜游击习气了……时代是艰难的，斯大林知道的比咱们多……"

我提到《青年近卫军》是因为我想说明浪漫主义者的法捷耶夫对待现实的态度。在构思这部小说的时候，他曾前往克拉斯诺顿，询问了数以百计的人，力求重现事件的经过和主人公们的外貌，使他伤心的是，他没能找到对某些人物的外貌的精确的描绘，这一点表明，他努力遵循的不是诗人的法则，而是编年史家的法则。司汤达的长篇小说《红与黑》是因报上的一则记述一个追名逐利的青年的犯罪行为的简讯而诞生的，作者不但在描述于连·索雷尔的时候没有拘泥于"事实"，甚至把情节也改变了。司汤达从不醉心于描写自己的主人公们的外貌，他说这一点要让读者去想象。左拉肯定地说，他"失去了想象力"，他研究他想描写的那些日常生活的细节，或者像现在所说的，"搜集素材"。在写长篇小说《娜娜》的时候，他生平第一次带着笔记本上妓院。法捷耶夫的老师是列夫·托尔斯泰：他在揭示主人公的性格时细致地描写其外貌上的某种细小特点。托尔斯泰能把卡列宁的耳朵描写得那么真实，使得我们可以根根这双耳朵对他要比对我们的朋友了解得还要清楚。法捷耶夫想要知道所有克拉斯诺顿人的面貌特点。

我回忆起我们在飞机上的一次谈话。法捷耶夫说，他"完了"，他叙述了未完成的长篇小说《黑色冶金业》的悲惨故事。"1951年马林科夫把我叫去了。'冶金业中有一项将改变一切的发明。一个伟大的发现！倘若您把这写出来，您就给党帮了一个大忙……'同时他还告诉我，怎样揭露了一帮搞破坏勾当的地质学家。我便开始工作，研究问题，在乌拉尔待了很久。我写得很慢。写了20多个印张。在我的心目中这肯定是一部真正的长篇小说，是我可以对其负责的唯一的一部作品……不料'发明'原来却是招摇撞骗，国家花了好多亿的卢布，那些地质学家是被诬陷的，已给他们恢复了名誉。总之，小说失败了……"我感到诧异："您说什么，法捷耶夫！我在《星火》上看到过小说的片段，写得很好嘛……只要稍加修改就成了。让他们去发明别的什么玩意去吧。您写的是人，又不是冶金术……"在这之前我看见法捷耶夫生过两次气：通常是拘谨的、冷冰冰的他勃然大怒，满脸通红，尖声喊叫起来。他在飞机上也叫道："您是根据自己的情况下判断！您描写陷入情网的工程师，至于他在工厂里干些啥则跟您无关。而我的小说是以事实为根据的……"他平静下来以后又悄悄地说："我就只得把手稿扔了。把自己也给扔了——我已不能动手写新的作品了……"

我叙述这种对真实情况的依赖，当然并不是为了同已故的法捷耶夫争论。他是一位真正的作家，对自己的要求十分严格。但是，《最后一个乌兑格人》和《黑色冶金业》这两部作品的写作时间之所以都很长，则不仅与作家对自己的严格要求有关，而且也同法捷耶夫一生的经历有关，同他的种种矛盾，包括一名过去的游击队员和一名遵守纪律的士兵之间的矛盾有关。有一次法捷耶夫对我说："有许多作家埋怨我。我能理解他们。但却不便解释……"我答道："您可以告诉他们，您得罪得最厉害的是作家法捷耶夫……"

法捷耶夫很年轻的时候就参加了远东的游击队，尔后又参加镇压喀琅施塔得叛乱。他17岁入党，20岁被赤塔的党组织选为代表出席了第十次代表大会。对他来说，托洛茨基或"工人反对派"都不是《简明教程》的篇页，而是活生生的回忆。在某些作家的一生中，政治斗争不过是几个月或几年的激情。对于法捷耶夫而言，政治却是他毕生的事业。

我还记得世界和平理事会的一次小型的"积极分子"会议。会议是在布拉格郊区约里奥-居里居住的一所小房子里举行的。我们讨论着当前该怎么办：斯德哥尔摩宣言的成功冲昏了大家的头脑。我们说，应该征集签名。法捷耶夫提了个建议：要求五大国政府缔结和平公约。他听取了各种发言，然后头头是道地证明，别人所说的一切——对战争的恐惧，经济上的困难，侵犯国家主权，变得野蛮起来，都可以包括在五国公约中。这并不是他的主意，可他说得是那么合情合理，以至于在那个只有 10 到 15 个人的小房间里就像是在人数众多的会议上似的响起了响亮的掌声。约里奥-居里建议把法捷耶夫的发言付印，分发各国委员会。

1956 年夏我在巴黎时约里奥-居里曾邀我前去。我们谈了很久，谈二十大，谈当时使我们感到高兴和激动的一切。后来约里奥-居里说："法捷耶夫……在这件事上也表现出他那不可思议的意志……这对我们是一个十分重大的损失。他有时很激动，我同他有过几次困难的谈话。但我永远赞赏他的睿智。他总是从政治上考虑问题，这就胜过了我。我，还有贝尔纳，我们总是像学者那样发议论。您在我的心目中始终是个作家。不仅是您……就拿德·阿斯蒂埃来说吧，许多人认为他是个政治家，可他却是个诗人，尽管他仿佛并没有写过诗。可是同法捷耶夫谈话的时候我却常常想：是啊，他的天赋就是搞政治……"

当然，无论过去还是现在，我都不能同意约里奥-居里的最后一句话：我不仅了解法捷耶夫的作品，我也了解这些作品的作者。我明白，不能使法捷耶夫离开艺术。不过约里奥-居里说得对，法捷耶夫的确是从政治上考虑问题的。这一点在日后便决定了在对他的评价上存在的那些曾被另一些受了冤屈的人看作是假仁假义的矛盾。

法捷耶夫虔诚地相信斯大林善于领导国家，知道该干什么，有远见卓识。有时法捷耶夫支持不住了：在奔萨他同我谈起了梅耶霍德的遭遇，之后，在斯大林逝世前不久，他想起了亚基尔、施特恩，一再地说："他受骗了……"在 20 世纪 40 年代末，他对许多事情深恶痛绝，可他又找到了解释："一股浊浪……斯大林正设法加以制止……"信仰中也掺有恐惧。有一次他半开玩笑地说："我怕两个人——我的母亲和斯大林。又怕又爱……"

法捷耶夫有时谈到一部作品："当然，很有才气……不过请您正确地理解我的意思——问题不在单纯的评价上。若是从国家的观点来看，这作品就是有害的了……"

我曾说过，法捷耶夫的老师是列夫·托尔斯泰，这是谁都看得出来的。带有大量副句的很长很长的句子，对于法捷耶夫来说是（或者说"已成为"）

很自然的。他不会换一种样子来写。有时他需要用电报报告和平理事会会议情况或同运动的一位领导人谈话的情况。他请求我帮忙。他在桌子旁坐下——他的字写得很清楚："您就口授吧——您会用短的句子把这一切都描写出来……"

但是托尔斯泰的影响却比单纯的写作手法深刻得多。在奔萨时，法捷耶夫曾长久地向我论证，契诃夫值得学习之处无非是他的观察能力："他怎么能教别人呢？他也不愿意教……可托尔斯泰懂得文学的使命，他是个导师。当然，我们现在的评价不同了，但我崇拜那部通常被认为是失败了的长篇小说：托尔斯泰写《复活》为的是让善的因素取胜。可狄更斯呢？难道在他那些优秀的长篇小说里他不是在支持善？当然，若是在这之后不进一步加以发挥，那这就依然只是乏味的说教。一个庸庸碌碌的作家还不及百分之一个托尔斯泰，可是天才却应该为善、为人道主义效力。而在我们的时代，这就是说要让自己服从共产主义建设。"

在这里，在一个作家同作家协会的一个领导人之间存在着一座桥梁，但有时也存在着一道鸿沟。

1929 年，法捷耶夫还是拉普的领导人之一，当时他写过一篇文章：《无产阶级文学的康庄大道》。他在此文中捍卫对于他所喜爱的那部长篇小说的看法。他的见解的绝对性并不能使任何人感到惊奇：拉普派当时不但攻击"右派同路人"，也攻击马雅可夫斯基。《康庄大道》这个名称本身并不奇怪——浪漫主义者、现实主义者、自然主义者、象征主义者，都认为自己的道路是新创的和唯一正确的。这个名称的奇怪之处在于它的遭遇。拉普被解散了，人们撰文论述必须保持文学流派的多样性，同时又警惕地注视着是否所有的作家都在同一条文学道路上行进，羊肠小道无异于死胡同。在这种情况下，公路（或者用法捷耶夫的话来说：康庄大道）就绝不是一条直路，它不仅依赖一些重大的政治事件而蜿蜒曲折，而且也根据斯大林的口味、他的情绪、他对不同作者的态度而绕来绕去。在 1929 年，法捷耶夫以为他是在铺路。我不知道这种幻觉在他身上持续了几年。1949 年他在对一个批评家生完气后对我说："他认为我在吹毛求疵，在执行自己的路线，可我只不过是个调节员罢了……"

当然，这说的是心里话。他不曾铺路，但他也不是调解员。有时他成功地创造了一种学说，突破了那些可以接受的表达方式的框框。例如他曾对社会主义现实主义做过这样的解释：不是按照人们的真实模样来表现他们，而是按照人们应有的模样来表现他们。诚然，这接近于浪漫主义远甚于接近 19 世纪的现实主义者，但在这种提法里有一种激情，有一种气魄。

在法捷耶夫周围总是有一些能够重复他的想法并在评论作品时把这种想法表达出来的批评家。我记得，法捷耶夫曾在一次作家们的会议上做报告，揭露了一名这种批评家的阴险："有一个东方的童话，说的是一个蝎子和一只青蛙。蝎子遭到敌人的追捕，央求青蛙把它驮到小河对岸去。'你会螫我的。'青蛙说。'我干吗要害你呢，要是我到不了对岸，我就难以活命。'它说服了青蛙。它俩快到目的地的时候，蝎子蜇了它一下。它俩一同沉到河底去了。'你干吗这样？'奄奄一息的青蛙问道。'我不知道，这是我的性格。'蝎子回答。"那位批评家就坐在我旁边，他大声说道："问题不在性格。蝎子只是不信任青蛙罢了……"

1928 年法捷耶夫攻击过马雅可夫斯基的长诗《好！》。1938 年他把这首长诗称作"历史性事件"。改变了的与其说是对长诗的评价，不如说是对文学的态度，法捷耶夫的演说出现了新的调子。法捷耶夫是个勇敢的，但又遵守纪律的士兵，他从未忘记总司令的特权。

我记得法捷耶夫有一次做完报告以后我同他的相晤，他在报告里揭露了某些作家"脱离生活"的事，其中包括帕斯捷尔纳克。我们偶然在高尔基大街我居住的那幢房子附近相晤，法捷耶夫说服我进了街角的一家咖啡馆，要了些白兰地，突然说道："伊利亚·爱伦堡，您想听听真正的诗歌吗？……"他开始背诵帕斯捷尔纳克的诗句，简直停不下来了，偶尔中断一下背诵也只是为了问一句："好吗？"

他喜爱诗歌，但更强烈地喜爱自己一生的基本路线，在四分之一个世纪里，他同千百万他的同时代人一样，把对主义的忠诚同斯大林的每一句话联系在一起，不管这句话是否正确，这不是他的过错，而是他的不幸。当然，法捷耶夫知道，巴别尔不是"间谍"，左琴科也不是"敌人"，斯大林对普拉托诺夫或格罗斯曼的不满是没有根据的，但他也知道另一件事：对于千百万勇敢而忘我的人们来说，斯大林的话就是法律。"在国内战争时期我两次负伤，"法捷耶夫在我们最后一次见面时告诉我，"医生们说，伤势严重。可那时年轻……况且又怎能拿一小块金属来同日后不得不经历的那些事情相提并论呢？……"

有时他会开玩笑打断自白。"您可知道，我喜欢什么样的画家吗？雷诺阿（1841—1919，接近印象派的法国画家）。"看到我的惊奇，他补充了一句："可是我得向您承认——我是个色盲……"他发出了那令人难以忘怀的笑声。

他看上去是严肃的，但我多次看到他的两眼怎样变得柔和起来。他试图帮助那些不幸的作家。1938 年初，他给我看了一些曼德尔施塔姆的诗，想把它们拿到一个杂志上去发表。毫无结果。10 年后他对我说："您还记得哈里吗？他猛烈抨击您的《第二天》……他从集中营回来了，写了部有趣的中篇小说，有点像《伊凡·伊里奇之死》。他的处境很艰难……我要试试把他塞进……"下一次见面时他闷闷不乐地说："哈里的事毫无结果。"

他变得一年比一年忧郁，两眼日益显得冷冰冰的、视而不见似的。他开始更为频繁地饮酒，酒量也更大了，他主要是同那些跟文艺界离得很远的人一起喝，他想忘忧。

1953 年 3 月，在斯大林逝世后不久，我在《文学报》上读到了法捷耶夫的一篇文章，他在文中尖锐地攻击格罗斯曼的长篇小说《为了正义的事业》。我觉得这是难以理解的：法捷耶夫有好几次曾眉飞色舞地向我谈到这部小说，他成功地把这个作品发表了。小说触怒了斯大林，出现了一些尖锐的文章，法捷耶夫继续维护这部作品。格罗斯曼做了某些修改。突然来了这一篇文章……

几位医生恢复名誉的消息传开了，显然发生了一些变化。法捷耶夫事先未打电话通知我便来找我，坐在我的床上说道："您别往我身上扔石头……我简直吓了一跳。"我问道："可为什么要在他死后？……"他答道："我想，最可怕的事开始了……"这句话他后来曾重复了多次：他要忏悔。一年以后，我遇见了法捷耶夫每当同法国人进行困难的政治性谈话时总要带上的女翻译利季娅·萨莫伊洛夫娜·法克托尔。利季娅·萨莫伊洛夫娜告诉我："法捷耶夫有点大不对头——他好几次来找我，悲痛万分地说他那篇关于格罗斯曼的长篇小说的文章写得不好……"1954年底，法捷耶夫在第二次作家代表大会上谈到了小说《为了正义的事业》和自己的那篇文章，向大家承认了错误："我为我表现出软弱而懊悔莫及……"

法捷耶夫是个极其坚强的人。他吃得多，喝得多。他能跑十公里。他可以在会议上一坐就是几夜而毫无倦容。直到晚年他的神经才开始出毛病。1952年12月他写信给我："……唉，我还在生病，看来在医院里还得住两三个礼拜。若是有人从一旁看看您和我，他肯定会说我非常健康，而您有病。其实您倒是个钢筋铁骨的人。不过您要多加保重！因为一切都有赖于神经，而且一切也都是暂时的。您不知何故不习惯休息，可您得试试……"

我们最后一次见面时法捷耶夫说他病了——"腿痛，不能走路"，"就像我对您说过的那样，长篇小说失败了"，"总之，不妙"。我想给他鼓鼓气，便说病总会好的，他比我年轻10岁，还能写几部长篇小说。他摇摇头："发动机出了故障……"

两个月后我接到电话："法捷耶夫自杀了……"

在这种情况下总是如此，人们纷纷猜测，寻找自杀的原因，回忆好事和坏事。原因想必是很多的——他在一生中是不宽恕自己的。在严冬还没过去的时候，他顶住了，而当人们露出笑容的时候，他却开始考虑他经历过的事和写过的东西，不知为什么一切都暴露无遗了，就在这当儿发动机开始出故障了。

回顾战后的岁月，我总是看到法捷耶夫的身影。他身材高大，在任何会议上都显得很突出。他是一个高大的人——无论在毫不留情方面还是在温柔多情方面，无论在信念上还是在遭遇的不幸上，他都是如此。

19

意大利之旅

我在傍晚接到电话，说是次日清晨我们要飞往罗马，出席巴黎代表大会常设委员会的会议。这是那个时候的风气：迟迟做出决定，迟迟申请签证，我们常常迟到。我曾在本书的前一部里谈到，当小小的飞机在阿尔卑斯山上空遇到暴风雨而飞得太高的时候，我们险些被憋死了。我们一大早从布拉格起飞，十时左右在罗马着陆。意大利朋友们在机场上迎接我们。我想喝一杯咖啡，吃一个三明治，可是办不到，原来有人硬给我们塞了一部什么影片，于是海关把我们留难了整整一个钟头。法捷耶夫说，应该立刻就去开会——会议已经开始了。我没有好好地听德·阿尔布泽所做的关于非洲保卫和平斗争的报告——我想吃东西。最后终于宣布了午休，这时大使馆的一位职员说，大使在等我们。

法捷耶夫、华西列夫斯卡娅和考涅楚克坐上了大使馆的汽车，而共产党员议员埃米略·塞伦尼却建议我坐他的汽车。这是个肥胖、黝黑而愉快的人。他懂许多语言——法语、俄语、西班牙语、波兰语、英语、古犹太语、德语、汉语、阿拉伯语，还有一些什么语（我忘记了）。他在法西斯的监狱里蹲了很久，在思考问题的时候习惯于从这个墙角到那个墙角走来走去。有时在一些小型的会议上他也站起来走动——这使他想到了一桩有趣的事。在听长篇发言的时候要是他坐在我的旁边，我是不会烦闷的：他会俯身讲述有趣的笑话。我请求塞伦尼在酒吧旁边停一下车——我要在柜台上喝杯咖啡。

但塞伦尼说，大使马上就会请我们吃饭，他会款待我一杯又苦又香的维尔木特酒来代替咖啡。

大使在办公室接见我们，午饭的迹象一点儿也看不见。大使冗长而详尽地向华西列夫斯卡娅、法捷耶夫、考涅楚克和我谈到，资本主义不同于社会主义，在罗马的言行举止不能像在莫斯科那样。法捷耶夫闭上两眼，气得脸都红了。我一直看着表——一点半了，过一个钟头就得去开会了，要是不给我们饭吃，我可受不住了……突然考涅楚克打断了大使的话："您可知道，我们是早上 7 点起飞的——空着肚子……"

大使馆的食堂有一半是在地下。白菜的气味扑鼻。由于没有空位子了，他们便请我们到内院去等等。我对考涅楚克说："我不如到城里去走走。""你发疯啦——你一个里拉也没有啊……"我明白我这样做不恰当，但仍固执己见——站着等是太难堪了。

我走到街上的时候，一个高高的年轻人亲切地问我："您是伊利亚·爱伦堡吗？"他自我介绍道："维什涅夫斯基，塔斯社记者。"并夸奖起我的作品来了。我恳求道："作品让咱们下一次再谈。但是，也许您能借给我几个里拉——够吃一顿午饭就行，我们还没领到钱……"维什涅夫斯基从餐厅打电话给自己的妻子，叫她前来，而我已经吃起通心粉、喝起葡萄酒来了。这是一顿绝妙的午餐，我觉得一切都美味之极——也许是因为喝了维尔木特酒以后我饿得发狂了。何况同餐者又是一个极风趣的人——维什涅夫斯基了解并喜爱意大利，他谈论着政治局势、新影片、作家们。

不用说，开会我迟到了，我轻声问考涅楚克，发言者是谁。他嫉妒地吼叫起来："你有一股酒味！你吃过饭了吧？"

大厅里可以抽烟。人是难以满足的。我已把我烟袋里的一切都抽光了，但是没有里拉。我开始向形形色色的代表"讨"香烟，装出一副好学好问的样子：在墨西哥、黎巴嫩、瑞典……都有人抽烟，这很有趣……

我已有 25 年没到罗马。当然，无论贝斯塔的庙宇，罗马式的柱廊形大厅，还是巴洛克式的宫殿，都没有改变，改变了的是我——我是第一次有准备地去了解这个城市的伟大，在这个城市里，20 个世纪正在和平共处。

在第二天或第三天，我明白了，发生变化的不仅是我，罗马的空气也发生了变化。当然，在政治方面，意大利同法国没有多大差别，还是那个"马歇尔计划"，还是那个大西洋公约，强大的共产党，不断的罢工与同时出现的经济复兴，美国军人和墙上的题字："和平万岁！"巴黎的气氛是忧郁的，意大利人看上去却很愉快。也许这是我从布特尔监狱中被释放出来时所体验过的那种感情的流露？意大利经历了25年法西斯主义的压迫。如今任何镇压都不能制服人民，失败也没有引起失望的心情。（写了以上这几行后我不禁想到：也许我做这样的比较是不正确的？我在巴黎住了很久，我有权把这个城市称作是自己的，但在罗马，我只是一个旅行者、客人、参观名胜的游客。当然，我对法国人有更清楚的了解，能看到更多的细枝末节。至于我的心里充满了忧郁，大概是因为我的青年时代是在这个城市里度过的。）

大概是在会议的第二天，早在弗罗茨瓦夫就成了我的朋友的画家雷纳托·古图卓举办了一次晚宴，我们同意大利的作家、艺术家、导演相见了。古图卓是个热情的人，是真正的南方人。时至今日他还在寻找自己：他想把真理同美结合起来，把共产主义同他所喜爱的那种艺术结合起来。他无比热情地详细打听莫斯科的情况，并虔敬地看着毕加索。他画政治题材的巨幅油画和小幅的静物画（他特别醉心于篮子里的马铃薯）。

每晚他都邀请毕加索和我。我们在各种各样的餐厅里进晚餐，这些餐厅都很好，但也都很贵。钱币的兑换发生了意外的障碍，我们直到离开前一两天才得到钱。由于不好意思，我便虚伪地说："今天让我付账。"甚至还把手伸进衣袋去掏钞票。我的心直跳：要是有一次他突然没有及时拦阻，那可怎么办？……但是古图卓每次都抓住我的手："算了吧！你是在这里做客。"同我们一起吃晚饭的人们都很有趣：诗人、画家、导演，但是每次总有这么一个人前来，雷纳托在介绍他的时候不提他的职业。我弄不明白：雷纳托是从哪里弄到这么多钱？当时他还不是著名的画家，我还知道，他不得不处处节省。直到我离开之前，他才向我揭穿了这个秘密：每天晚上都是由他一字不提其职业的那个人付账，因为那个人以与毕加索同桌为荣。

有一次我们在过去的犹太人区里的一家餐厅吃晚饭，侍者给我们端来了"犹太式的菜蓟"（它们是用橄榄油炸的，像玫瑰花那样盛开，叶子用牙一嚼就咯吱咯吱地响）。大厅里坐着一个卡拉布里亚的漂亮姑娘。毕加索突然说：

"我想给她画个像。"姑娘坐着，毕加索便开始工作。半小时后，他给我们看了一幅具有安格儿风格的绝妙的素描，这幅素描是在菜单的背面画的。姑娘告诉我们，她有个未婚夫，他们很快就要举行婚礼。"那你可以把画像给未婚夫看看，他会喜欢的。"卡洛·勒维说。她害臊了："我怕——他可爱吃我的醋啦。"所有的人都大笑起来，有人劝姑娘把素描卖掉："它至少能卖20万——你就会有一份出色的嫁妆了。"她激动了："瞧您说的！……当然，咱们的钱少，但是咱俩都在工作。我最好是把它挂在床头上……"

一位富有的附庸风雅的财主举行了一次招待会，邀请出席会议的全体人员参加。在招待会前，他请毕加索、古图卓和我吃了一顿午饭。早晨毕加索到梵蒂冈去过一趟。我们好奇地打听，他是怎样爱上了拉斐尔的。毕加索谦恭地回答："一位出色的大师。"但后来突然承认："米开朗琪罗有多么高超！……我不明白，西比拉的手他是怎么画成的……"主人住在一所宫殿里，他收集古代烧壁炉用的钳子。代表们——保加利亚人、塞内加尔人、日本人，拿着大酒杯在富丽堂皇的大厅里走来走去：一切都像是往日的假面舞会。

卡洛·勒维是作家兼画家（现在还是参议员）。不知为什么，我们一下子就成了朋友。此人似乎很懒——他走得很慢，常常在熙熙攘攘的街上突然站住，对别人的谈话发生了兴趣。有一次他让我坐在一辆小汽车上。这是加加林飞入宇宙空间的那一天。我们穿过科隆纳中央广场。卡洛·勒维谈论着无穷的概念，把交通规则给忘掉了。警察要罚他一笔巨款——破坏交通规则是一桩严重事件。我试图介入富有戏剧性的对话："我国的警察对作家比较宽容。"我指望卡洛·勒维的名声可以起到作用。警察怀疑地看着我："'您的国家'是哪里？……""苏联，莫斯科。"警察无比兴奋地抓住我的手："你们的人飞到月亮上去了！……"他未取罚款就把我们放走了。

卡洛·勒维住在宾乔公园附近一所堆满杂物的大画室里。他最早也得到10点钟才醒。他画了几幅我的肖像，他在画架旁边也是懒洋洋的——画笔总是轻触画布，犹如猫用爪子洗脸。但是，我的天哪，这位假装懒惰的人画了多少油画，写了多少书和文章啊！1949年我读了他的《耶稣在埃博利住下了》一书，它具有作者的自传性质——年轻的卡洛，一个反法西斯的医生，被流放到南方贫穷而荒凉的卡拉布里亚，那里的人说，"耶稣在埃博利住下

雷纳托·古图卓画的爱伦堡肖像

了"——就连耶稣也不愿到比这个小镇更远的地方去。卡洛描写贫困的、不识字的农民们的生活，怀着满腔热爱揭示他们的精神世界。这本书有一个特点——一下子就可以感觉到它是出自一位画家之手：读者看见了景物、场面、人们。

这个像个懒惰的幻想家的人做了许多事，他走遍了许多遥远的国度，参加过各种各样的运动，花了很多时间去保卫西西里的封建主们意欲加以消灭的最安分的谋反者达尼洛·多尔奇（意大利作家和社会活动家）。懒惰的外表是因何而来的呢？大概是因为对于卡洛来说，时间是个步行者，它像不知疲倦的但丁在托斯卡那山上那样徘徊，而不是在汽车竞赛中创造最快的纪录。在他的油画中，我最喜爱的是那些有乳牛的风景画。也许问题不仅在于颜色，卡洛应该喜爱这些动物——因为它们都是十分聚精会神地在过自己的日子。卡洛·勒维同那些残缺不全的、实在抽象的真理相距很远，而且永远找得到时间来倾听、思考、理解。

在我同他相识之后的次日，他带我去他那里。当时他住在一座古老的宫殿的顶层，下面是晒得暖洋洋的罗马在骚动着。我告诉卡洛，我得在"阿德里亚诺"剧院的群众大会上演说，可我不知道说什么。卡洛微微一笑："说什么嘛——您是知道的。可我想给您出个主意：说意大利语。"我笑了："这同要您用俄语演说差不多一样困难。"他提议把我的讲稿译成意大利语，我照本宣科。我决定冒险一试——有一个时期我曾说过几句意大利话，后来忘了，现在我还懂得一半。我们在古罗马街头散步。卡洛说："这里住着我的一个熟人。他过去是法西斯分子，但其实他为人还不错，他有打字机，我可以把讲稿打出来。您说法语，我来翻译……"

卡洛·勒维说对了：在第二天晚上我用意大利语开始我的演说时，一切都预先注定了——任何平淡无奇的话我都可以说，但是一个用意大利语演讲的俄国人，这却是前所未有的，就连反苏的报纸也报道了这一点。

我认识了欧洲最优秀的短篇小说家之一——阿尔贝托·莫拉维亚。很早以前，在 1933 年，我曾在文章中谈到过他的长篇小说《漠不关心的人们》——这是法西斯时代一个中产阶级家庭的故事：漠不关心，无动于衷，烦闷无聊。莫拉维亚是个从事艰苦创作的作家，而且不是在形式上，而是在内容上。对他来说最为艰苦的大概是他自己。他生活在契诃夫式的世界里，但是其中没有契诃夫式的宽厚，没有怜悯，他还说，他的老师是薄伽丘。

然而莫拉维亚对于曲折的情节并不很感兴趣，他表现自己的主人公就像表现收藏的一批有趣的昆虫——不是文艺复兴时代鲜艳的蝴蝶，而是变得凶狠了的可恶的蟑螂。他的《罗马故事》有点像那使我为之倾倒的一部影片——《甜蜜的生活》——这也许是因为作者没有串通自己的主人公。我理解费里尼对罗马的那些闲得无聊的富有的无知之徒的态度。而莫拉维亚对待自己的那些不幸的主人公的态度却比较难以理解。1963 年初，我曾去毕加索处，在他那里看见了一些表现显贵们的丑恶与无聊的毒辣的素描。两天后，毕加索来到了尼斯，我们吃了午饭，而在五点钟时他忽然想到一家糖果点心店去，女士们常在那里以英国的方式喝茶。他久久地打量着那些年老的遍体绫罗的女人，她们身上缀着许多钻石，而她们的脸虽然经过打扮，却并无装

左：1962 年，爱伦堡和卡洛·勒维在莫斯科
右：1959 年，阿尔贝托·莫拉维亚和爱伦堡在意大利

饰，后来他说："我爱画老年男女——人到老年一切都更为明显突出，年轻人的轮廓是模糊的。你要知道，有一种穷人的老年——我尊敬它，也有一种闲得无聊的懒汉的老年——我嘲笑它……"莫拉维亚常常愁容满面，他机械地答道："我知道……知道……"但他有时也容光焕发——我觉得这是出自一种被抑制的温情。他的著作也像这样，人类的感情常常突然涌现，犹如黑森林中的空地那样耀眼。

会议闭幕后，意大利人说，我得到离罗马不远的小城阿尔巴诺去一趟。我把它称作城市只是根据它的外貌来说的，而它的居民多数是葡萄酒酿造师。我在罗马常喝城郊山区酿造的清澈而芬芳的葡萄酒——"弗拉斯卡蒂""阿尔巴诺""詹扎诺"。（有些葡萄酒像人一样禁不住迁移，罗马郊区的葡萄酒运到国外，甚至运到意大利北部以后，其醇香和味道就一并消失了。）群众大会在一个类似板棚的乡村剧院里举行。宽阔的大门敞开，部分听众就站在街上。后来人们把我带到市政管理局里，以葡萄酒相待，说了些亲切的话。

很晚我才同大使馆的秘书回罗马去，我们乘的大汽车在狭窄的小巷里显得特别的笨。《团结报》的两位记者乘着一辆小巧的"菲亚特"跟在我们后面。我从早上起就没有吃任何东西，便问苏联同志是否知道近处什么地方有比较便宜的餐厅。秘书慌张起来了："也许还是回到您的旅馆去吃要好些吧？……我从来没进过罗马的餐厅……""怎么，您来此不久？""快一年了。可我们总是在我们的食堂里吃饭的。"我们停住了，我问意大利记者，有什么地方可以吃晚饭。他们答道，恰巧这条街上有一家小饭馆，他们在那里吃过几次晚饭，老板是自己的同志。

餐厅已经客满，顾客看上去都是工人。一位记者对老板说："给我们一点吃的。这是俄国同志……"老板端来了葡萄酒、齐墩果、番茄、香肠、醋渍菜蓟，又到厨房去煮通心粉去了。他很想同俄国同志谈谈，但他不能把为其纤细如线的面条调制复杂的调味汁的工作托付给其他人去做。我们用大碗吃完了面。桌上出现了一只烧羊羔。在这之前一直一言不发的大使馆的司机，突然兴高采烈地说："瞧他们吃得多好！"说着就咧着嘴微笑起来了。我们把羊羔也消灭了。老板常被顾客招去。最后他到我们桌旁坐下，打开晨报对我说："我一下子认出了您，但怕您不好意思，所以没说。所有的人也都认出了您……"他请求我在报上的照片上题词。当我们想付款的时候，他大为生气："你们不该瞧不起我！……"他对顾客们说："为作家，为苏联人民，干杯！酒钱我付。"人们都走上前来碰杯、谈话，有的谈游击队，有的谈圣佐万诺广场上的群众大会，有的谈自己的女儿，所有这一切都是朴实而亲切的。当我们在深夜里走出餐厅时，大使馆的秘书说："我在 3 小时内对意大利人的了解，似乎比一年间所了解的还多……"司机依然咧着嘴在微笑，他握握我的手："瞧他们这些人多好！"

两天后，《团结报》的一位编辑带我去弗拉斯卡蒂——距阿尔巴诺不远的一个酿造葡萄酒的小镇；意大利共产党的领导人邀请我与他们共进午餐。我们在一个通常用来举行乡间婚礼的木造的附属建筑物里吃饭。有些意大利同志我早先曾经见过——在莫斯科、巴黎或西班牙，另一些是初次相见。他们以其朴实、喜爱艺术和一种独特的谈话方式而使我惊奇，这种谈话有时会使人忘记在我面前的不是作家，也不是艺术家，而是一个大党的政治局委员。陶里亚蒂说，我们有一位电影工作者不喜欢曾使我非常高兴的影片《偷自行车的人》："没有结局。"陶里亚蒂笑着说："但是，如果在表现一座没有栏杆的桥和一个失足落水者之后，再迫使即将灭顶者发表一通演说，大谈设置栏杆的必要，那就谁也不会相信演说者将被淹死，甚至也不会相信他掉在河里了。影片不以劝善惩恶的老生常谈结束，而以人道主义结束，这太好了……"听着陶里亚蒂的话，我想到他以及其他同志同意大利人民及其性格和文化有着多么紧密的联系。我们从桌旁站了起来，走进一个小花园，那里有一群农民和许多带着孩子的妇女在等陶里亚蒂。一位农妇把五个孩子领到他跟前："瞧瞧我的……"陶里亚蒂同他们谈话就像同我谈话一样自然。此后数年间我曾多次同巴叶塔、阿利卡塔谈话，常常遇到多尼尼，在保卫和平运动中还曾和已故的尼加维莱共事，这是一个十分纯洁而又头脑敏捷的人。这都是些生机勃勃的人，他们不是按照呆板的公式进行思考，也不是在看着夹带（指学生在考试的时候用来舞弊的夹带）说话。

我已叙述了同意大利同志们的会见。现在我想补充一点：即使是那些在思想、性格方面同我有无穷遥远的距离的人们，也是友善地以意大利式的坦率同我谈话。我回忆起佛罗伦萨的市长，虔诚的天主教徒里亚·皮拉在古老的威基欧宫接待我的情形。我一见到他就觉得我们久已相识。他请我去费佐尔，我在那里的一家小饭店里遇到了一家左派天主教报纸的几位编辑。他们仔细打听苏联的生活情况，谈论托斯卡那的农民，争论与其说是口舌之争，不如说是出声的自我探索。

我很走运：在1949年之后我又到意大利去过几次——有时是世界和平理事会主席团会议，有时是欧洲文化协会的大会，有时是应邀去各种各样的城市做报告，有时是"圆桌"会议。诚然，每次旅行都为时不长，而且不得不一连数天坐在烟气弥漫的大厅里，但是我每一次都有所发现，而且愈来愈强烈地感受到意大利的亲切。我又再次来到我觉得十分可爱的佛罗伦萨，还再次来到了威尼斯，在这个城市的小巷里，猫儿知道发动机的哒哒声不会打搅它们，便泰然自若地吃着鱼身上的废物。我甚至还到过环以古代寨墙的神奇的卢卡——那里的任何一幢房屋都是博物馆，而在博物馆的房子里却住着生机蓬勃、热情洋溢的现代人。

我初次看到意大利是在半个世纪之前。当然，从那时以来已有许多事物发生了变化。北部矗立起了巨大的工厂。现代化的工人新村盖了起来。至于都灵的博物馆，无论在照明设备还是图画的张挂方面，在全欧洲似乎还找不到能与之媲美的。生活水平提高了，书籍的印量增加了——工人，甚至农民，也开始读书了，世界变得开阔了，往日的闭塞状态消失了。在对苏联文学的了解方面，意大利超过了西方其他国家，翻译的作品很多，并且不是碰到就译，而是有所选择的。在我过去经常碰到犍牛和毛驴的道路上，如今奔驰着一串串小"菲亚特"和摩托车。但在我还是少年时曾使我惊异和倾倒的民族性格，却依然如故。

我认识了一些作家——维多里尼、夸齐莫多、帕韦泽，至于另一些作家，例如普拉托利尼或卡尔维诺，我只是因为他们的作品才认识他们的。我不知道，应该把现代意大利文学摆在什么地位，而我现在所写的这本书，也无须给它贴标签。我要说的只有一点：这种文学是人道的。一位控制论学者曾对我说："二三十年以后，能思考的机器将会纠正人们所写的作品中的错误。"我认为这完全是可能的，即在不远的未来，机器将不仅能够代替潦草塞责之辈，而且可以代替通俗作家和模仿者。但人仍将不得不去纠正最完善的机器的产品——因为在机器看来是"错误"的东西，却可能是发现、发明、创造的开端。

我感到遗憾的是，直到晚年我才在米兰的收藏品中看到杰出的画家莫兰迪的油画。这主要是些静物画——用三四种朴素的、并不鲜艳的色调画的瓶子。尽管它们具有充分的哲学深度，但其中并无枯燥乏味之处——它们诉诸感情世界。莫兰迪不仅不曾在巴黎住过，似乎还没有到那里去过一次，因此他的油画在意大利之外就很少为人所知。我从未见到过他，虽然他和我同岁——他孤独地住在波伦亚画着瓶子。1964年夏，我去佛罗伦萨参加"圆桌"会议。我本想：此后再到波伦亚去一趟，看看莫兰迪……可是莫兰迪已不在人间，他在一个月之前故世了。

意大利的影片使全世界的电影事业发生了转变。我认识了一些导演。除了德·西克之外，我认识费里尼、维斯康蒂、朱·桑蒂斯、安东尼奥尼。或许他们都可以成为自己的影片的主人公。据说，新现实主义以描写的真实性、反对戏剧化演技、对话的简短和出人意料而取得了胜利。所有这些都是对的，但是还有一个特性——意大利影片是真诚的，然而现在有些非常正直也非常有才能的艺术家甚至也决不认为真诚是不可或缺的。

奇怪的是，意大利朋友竟如此迅速地闯入了我的生活！我现在所想的首先是卡洛·勒维和雷纳托·古图卓。须知我认识他们的时候已年近60，在这种年纪是常常失去朋友而又不愿结识新友的。我们很少见面——有时是一年中的几天，有时是若干年后的一天，但我们总是谈论那些对我们来说同样亲切珍贵的事物。虽然他们住在很远的地方，他们的生活也和我的不同，而且我们又不是同辈——卡洛比我年轻得多，而雷纳托则可以当我的儿子——但我了解他们，他们也了解我，我觉得，我们是在同一个轨道上围绕地球旋转。

在我最后一次意大利之行期间，我曾到过罗马附近的山区小镇罗卡-迪-巴帕。公共汽车爬到山上后便停在一个广场上。再往上就得步行了。狭窄的街道，晾在绳上的衣服，儿童们。我们爬得很慢，不时俯瞰下方：葡萄园，河谷，远方某处一片淡灰色的海洋。人们生活在陡峭的街道上，妇女们一面揪着菜豆，一面聊着天。一位天主教神父走过，风吹起了黑色的袈裟。在一所宛若古代要塞的小房子门口挂着一块小木板：意大利共产党的地方委员会。在另一所同样的房屋上画着一个七弦琴：音乐学校。最后我们在一个很小的广场上停下，从那里可以看到宽阔的河谷。我一下子想到了许多事情，既有重要的，也有一些琐事。若是在 20 年前，我会向上跑去，但如今心跳得厉害。这一年葡萄丰收。奇怪的是我从来不曾到过这里。为什么我不曾去过墨西哥和暹罗？大象有特殊的眼睛。而这里只有毛驴——像在西班牙。哪怕在这个小镇里住上一周也好！一周——这很多了，特别是当一个人年逾古稀的时候。奇怪——到了死去的时候，可我却没有想到死，心里完全是另一种东西。一周——这就是永恒，如果静止存在的话。在这些片段的念头之外，或者更确切地说，在这些支离破碎的图画之外，我心中还有一种深沉的宁静、幸福之感，这大概是因为我休息过了，虽然法捷耶夫曾要我相信我不会休息。我环顾四周，突然看到一个针盘：再过 15 分钟，最末一班公共汽车就要开了，得跑下山去啦。我暗自埋怨：刚刚爬到，却又得请你下去！……这种情况太多了……我迷信地向古老而沉寂的房屋、一头毛驴、门上的招牌反复地说着"再见"，而且像意大利人那样说得比较简短："乔！"

回头来谈 1949 年 11 月 4 日。次日我得赴西西里岛——意大利人建议我们再待一周，我选择了西西里是因为我从未去过那里，而古图卓说："这意味着你没看见过意大利……"傍晚，我到旅馆去休息，发现了一纸便笺："明天我们飞莫斯科——有指示。约里奥将与我们同行，我们必须在节日前到达。祝您愉快地度过最后一晚。法捷耶夫。"我没有走进房间，而是又在市内漫步——我走到纳沃内广场上。寒风阵阵，人比往常要少，而沐浴在古色古香的路灯光下的长形广场，宛如舞客散去后的舞厅。我看着喷泉，它腾空而起又纷纷落下——同昨天一样，同许多世纪以前一样。

在布拉格的"阿尔克隆"旅馆里，清晨 5 时响起了电话铃声。我刚刮完脸。法捷耶夫说，我们乘的是专机，一小时后在列格尼察就可以有茶喝。机场上有一位捷克女人说："你们不能起飞，这样大的雾，看不见飞机……"法捷耶夫一再地说："怎能不飞呢——我们今天必须到莫斯科。"

在飞机上我同约里奥并排而坐，他说，他想同我谈谈。他一开始便说道："同南斯拉夫人来往可不容易——委员会的某些委员有不同意见………"

我突然睡着了。而我之所以醒来，则是因为约里奥-居里抓住了我的手臂："您瞧！……"我从小窗口里看见一丛丛挂着最后的稀疏的叶片的树木——它们不是在下面，而是在我们的上方。飞机来了个急转弯："咱们回布拉格——有雾……"

在布拉格的机场上，我们走进一家小吃店。旁边有些人喝着啤酒，吃着小灌肠。法捷耶夫给保卫和平委员会打电话，但没有人接——时间太早，还不到 9 点。我对法捷耶夫说，应该叫早餐了。他勃然大怒："我们没有克朗。您明白吗？……"约里奥-居里低声对我说："弄一小杯咖啡怎么样？我觉得有点不舒服……"我立刻给所有的人都叫了咖啡，还叫了面包、奶油、火腿（后者是为法捷耶夫叫的）。法捷耶夫试图提出抗议："您疯啦！要是我们给捷克人打不通电话呢？……"我挥挥手。约里奥-居里喝了两杯咖啡，吃了一个小面包，蓦然轻松地微笑着问道："您有时会想到死亡的问题吗？……"

捷克人来了。我们在机场坐了很久：雾一直不散。我们终于飞到了莫斯科。

20

约里奥-居里：创伤和路标

"我很少想到死亡，但一旦想到就很坚持，非得到答案不可。"约里奥-居里在布拉格机场上对我说。"想到一个人将会消失，这是令人难以忍受的。这不是生理上的恐惧，而是一种比较严肃的东西——对不知去向和空虚渺茫的厌恶。我觉得，阴曹地府的观念正是由此产生，当科学还在襁褓中的时候，人们用空幻的希望安慰自己。知识要求人要勇敢……死后生活的不存在，绝不意味着放弃延年益寿的心愿。一代一代之间有一种生理上的联系，这是大自然的安排。但是还有另一种联系——工作，创造，爱情，以及当一个人连同他的名字甚至骨头都全部消失的时候留下来的东西……"

我把这些话记了下来，但8年后约里奥在随笔《科学的人道价值》中却更为清楚得多地表述了自己的想法："我曾不止一次地得到机会目睹人们突然失去信仰时所流露的可怕的绝望。但是……我想说的是——但是，真见鬼，为什么死后的生活必须在另一个幽冥世界里进行呢？甚至在年轻时想到死亡的时候，我都看见自己的面前摆着这个极为人道的尘世间的问题。难道永恒并不是把我们同我们之前的人和物联系起来的一条活生生的、可以触得到的链子？如果您允许的话，我愿告诉您一段回忆。在我的少年时代，有一天晚上我坐在那里做功课。突然我一只手碰到了一只锡烛台——一件十分古老的传家宝。我非常激动，不再做功课了。闭上眼睛以后，我看到了一些景象，古老的烛台大概曾是这些景象的目击者……在愉快的命名日人们怎样走进地窖，夜里怎样坐在死者的尸体旁边……我觉得，我感觉到了在数百年间拿过烛台的那些手的暖气，看见了一些面孔……当然——这是幻象，但烛台帮助我看到了我不知道的那些人，看到他们活着，于是我彻底摆脱了对虚无的恐惧。每一个人都会在世上留下不可磨灭的痕迹，无论是栏杆上的一段木头还是一级石梯。我喜爱那由于许多只手的触摸而变得光亮了的木头、被人们的脚步磨出了沟槽的石头，喜爱我那古老的锡烛台。它们包含着永恒……"

（我谈到约里奥是从有关死亡的谈话开始的，然而我似乎还不曾遇到过一个比他更富生气的人。他已去世 5 年了，但我难以想象他已不在了，我常常忽然发现自己有这样的念头：可惜约里奥没来，否则他会说该怎么办的……）

布拉格机场上的谈话还有下文。1955 年约里奥曾回到同一个问题上来。在维也纳举行了一次世界和平理事会主席团扩大会议。约里奥在自己的报告中断言，核武器的储存已足以消灭地球上的生命。有些人觉得这种看法过于悲观（"一个专家的论断。从政治观点来看这是不正确的……"）。我从维也纳来到巴黎要比约里奥迟一两个礼拜：等待签证。约里奥的秘书罗歇·麦耶立刻前来找我："约里奥说，他将不得不离开主席的职位——他不能放弃一个

爱伦堡和约里奥-居里

科学家的信念……"事情很快就顺利解决，约里奥安静下来了，但是当我们见面的时候，他立刻说道："您要明白——这是良心问题！政治是一种高尚而人道的职能。但是，如果有着合理的看法，有着苏联的建议，有着我们所从事的一切，而惨祸仍将爆发，我可以使您相信——那就不会有人议论已经发生的事情在政治上的荒唐了……当我在斯德哥尔摩接受诺贝尔奖奖金的时候，大家都是兴高采烈的。我多少破坏了一点普遍的安乐之感……当时我还没有认清原子能的力量，当然也就不能预见到广岛的惨剧，但我在演说结束的时候毕竟提出了警告：要谨慎！被人解放出来的力量是巨大的。我回忆起正在燃烧和毁灭的一些新星，这与其说是科学的假设，不如说是一种想象……人的死亡是可怕的，但他所创造的东西并未消失——我深信，尽管历史的发展是曲折的，尽管有过多次的失败，尽管人们是愚蠢的（这是由于人类还处在幼年时期：它开始思考总共才只有六千年，而且只存在了两百代）——是的，尽管人们是愚蠢的，但依然存在着进步和前进……信教的人认为，有理性的生物只有地球上有。这倒未必……但是，如果违反一切而发生了原子灾难……那时将会怎样？'新的星球'？一片荒凉？一代人把接力棒转交给另一代——我这是重复您的话。但那时我们将把六千年间所创造出来的东西转交给谁呢？真空……您曾亲口对我说，我是个乐天派。但我要再说一遍：要谨慎！幻想是最危险的。一个刚刚娶了亲、找到一所新住宅的人，难以想象他还没来得及布置家具，一切就已化为灰烬。过错不在科学，而在人类不平衡的发展。有这样一些人，他们虽然拥有很大的权力，可惜却既没有道德的障碍，也没有起码的知识：他们认为，原子能的解放是一种寻常的发明，是一种类似蒸汽机或内燃机的东西……"

不能把约里奥-居里（这是书籍和报纸对他的称呼）、约里奥（这是了解他的人对他的称呼）、弗雷德里克（这是他的朋友对他的称呼）的生平同那些由于新物理学的诞

弗雷德里克·约里奥-居里

生而摆在我们面前的那些问题分割开来。我在我的晚年看见了人类新纪元的清晨。当然，爱因斯坦的发现早在 20 世纪 20 年代初就曾使我大吃一惊，尽管我对这些发现还很不理解。广岛的灾难以其规模之大使我震惊，但我对事件的认识并不清楚。原子弹之所以使我愤怒，是因为它比普通炸弹的威力要大一千倍或一万倍。美国的政权不是属于普林斯顿大学的那位教授（他被认为是一个天才的怪杰，留着很长的卷发，并怀有 19 世纪的博爱精神），而是完全属于一位仪表优雅的现代人，一个偶然登上了总统宝座的标准的政治家。

我曾虔敬地聆听爱因斯坦讲话，但我同他在一起总共只待了几个钟头。我同约里奥在 8 年当中经常相见，我爱上了他——爱上了他的智慧、艺术家的敏感、直觉（诚然是女性的）、勇气、纯洁。我不仅喜爱他，我也感激他——他帮助我懂得了那时对我来说依然颇为神秘的东西。他的言论，还有他的遭遇，使我得以看到新时代的面貌。约里奥的朋友贝尔纳在他的棺木前说："约里奥的悲剧是高尚之悲剧……"晚上贝尔纳又补充道："也是科学之悲剧……"

有时人们在谈到一个作家时说，他酷似自己的作品。约里奥-居里可能也酷似自己的著作，但我不知道是否真是如此——我对现代物理学还太无知了，难以判断这个问题。然而对于我来说，从举止、谈吐、喜好——总之，从精神构造方面来看，约里奥同我早在童年时代即已形成的那个关于科学家的概念却丝毫也不相符：他根本不是一个狭隘的专家、苦行僧、心不在焉的书呆子。不过有关天生的科学家、作家、工程师、音乐家的一切议论，都是牵强附会和不负责任的。约里奥有一次曾对我说："我自己也觉得奇怪，为什么我当了科学家？我在小学时代曾幻想当一名职业的足球队员，人们都认为我前途无量。结果却是另一回事……大概是有什么东西吸引我去研究科学。我曾踌躇过——化学还是物理？显然，就是在这里也没有简单的偶然性。我至今也不知道，当时我是否有足够的毅力和耐性去研究化学……人们在我的年纪不仅早就赋予了自己的工作以个人的特点，而且他们的特点的形成也是取决于他们所从事的事业。而我直到如今却还在为我是个科学家感到奇怪。请您相信，同阿尔库斯特的渔夫们在一起，我的感觉要比在科学会议上更为自然……"

完全可能，约里奥不是天生的科学家，但他成了科学家，并把自己的才能、自己的创造的主动性、自己的力量投入了科学。他体验过发现的幸福，那时，用他的话来说，他就想跳舞、喊叫、拍手。他也体验过报应的滋味。谈到这一点时，我所想的不是同他的浩然正气有联系的许多不公道的事情，不过这些事情我还是应该提及。约里奥制成了原子反应堆"卓埃"，这是法兰西的骄傲。一年后，法国政府的首脑把约里奥从原子能最高委员的职位上撤了下来：政治家们不能饶恕一个大科学家成为共产党员。（让我叙述一桩与其说可悲，不如说可笑的事情。当瑞典国王在1935年授予约里奥-居里诺贝尔奖金以后，所有的斯德哥尔摩报纸都描写了年轻的法国科学家，瑞典的同事们也赞扬了他。1950年3月，约里奥又到斯德哥尔摩来出席常设委员会的一次会议。报纸保持沉默。翌日我看见约里奥提着一口皮箱——原来人们要他把房间让出来：不愿在旅馆里接待一个"赤色分子"。）在谈到报应的时候，我所想的不是行政的迫害——这些迫害不是同人工放射现象的发现有关，而是同约里奥的政治作用有关。使他痛苦的是另一件事——他曾多次反复地说："普通人开始憎恨科学了。"他懂得自己的责任，无论在公开的报告还是私人的谈话中，他都曾谈到，原子能可以给人们带来极大的幸福——把人们从被迫的劳动中解放出来——但它也可以毁灭人类。在实验室里他感到自己是主人。然而除了科学的发现之外，还存在如何利用这些发现的问题，不是科学家，而是政治家决定利用爱因斯坦、卢瑟福、约里奥-居里、尼耳斯·玻尔、费密、哈恩的最伟大的发现来制造大规模屠杀武器。"对科学的信任动摇了，"约里奥在我们最后几次会见时有一次曾对我说，"普通人看到的只是灾祸——锶，放射病，尸骸遍野的景象……"

人们可能会责备我夸大了个人的作用，但我现在所写的不是历史著作，而是一部回忆录，因而我愿意坦白地说，对我说来，保卫和平运动同约里奥的个人品质、同他对于自己作为一个核物理学家的责任的认识、同他善于团结具有各种不同思想的人们的才能是分不开的。他常说："这不是敌人，这是对手。"他只把那些想发动战争的人当作敌人，至于那些认为这一运动是亲共的因而不愿加入，但试图以自己的方式捍卫和平的人，则被他称之为对手。

20 世纪 50 年代初的气候是严酷的：朝鲜战争正在进行，互相仇视达到顶点。然而我还记得，即使在那几年里，约里奥也时而企图保护谈论双方的责任的意大利女天主教徒皮亚娇，时而企图保护反对攻击西方政策的丹麦妇女阿彼尔，时而企图保护美国牧师达尔——约里奥曾说："同他们也应该进行争论，但不是在这里，在保卫和平的运动里……"

当然，如果世上不曾有过约里奥此人，我们的运动也一样会发生的，但我觉得，它会比较狭隘，也比较枯燥。一切都是政治——战争固然是，反对战争的斗争也是，但是以政治为职业的人即使在这个运动中也不能摆脱自己的习惯、辞典、公式（正是出于这个原因，约里奥特别重视毫无职业政治家习气的伊夫·法奇参加运动这件事）。

保卫和平运动占用了约里奥许多时间。有一次他向我承认："我也有过片刻的怀疑……接近我的人们说：'你不能这样继续下去……'的确，为什么我非得使荷兰的和平拥护者同印度尼西亚的和平拥护者和好呢？为什么人们常来找我谈论书记处的内部纠纷呢？为什么要我去安慰洪都拉斯的代表——在下次代表大会上没有把他的发言安排在夜里，而是安排在白天……所有这些工作别的人也可以做。我想有从事科学工作的时间，但同时我也明白，不能划一条界线：什么事该由我做，什么事该由别人去做。况且大家都习惯前来找我，他们会说：'这就是说，运动现在已退居次要地位。'那些责备我的人是有道理的——我的位置是在实验室里，而不是在委员会里，人们常在那里通宵争论是说'要求'还是说'建议'。那里有政治家在管事——洛朗、塞伦尼、南尼……但我希望我们的运动能扩大，只有那时我们才能影响西方的政策。这就是说，我应该坐在委员会里……"

50 年代的政治问题至今依然是很现实的，同约里奥–居里共过事的人还活着，因而我不得不对许多事情保持沉默。常有巨大的困难、失眠之夜、政治纠纷，有时还有私人的不和，约里奥并非总能使人们言归于好、使他们振作起来。有一次他对我说："某某曾责备我过于乐观……只要想想历史就可以成为乐天派。但是往往有些共产党员同志也对我的乐观表示惊奇，这大概是同性格有关——不仅是哲学——还有生理学……"其实我知道，约里奥有时也曾一连数周十分难过，但他不仅善于鼓舞别人，也善于鼓舞自己。

他的外表不像一个书生，而是很像一名运动员，他爱滑雪，曾是个钓鱼迷。在安托尼家里的墙上，赫然悬挂着他捕到的巨大的狗鱼头标本。1950 年 3 月 18 日，约里奥年满 50，这是在一次常设委员会会议期间。瑞典朋友想起了这个日期，便在群众大会上送给他一份礼物。我们坐在旁边。约里奥一下子就猜到了："绞竿！……"他的脸上浮现出婴儿般的喜悦和好奇。他不愿当众把纸包打开，便弯下腰去撕掉一小块纸，接着心醉地向我低语："这是一种特别的竹子！……"

1951 年夏，约里奥在莫斯科郊外休息。有一次他到新耶路撒冷来找我。他的情绪很好，开着玩笑，午饭前他坦白地说，他在苏联碰到了一个敌人——一种无处不在的小草：菜汤里、马铃薯里、肉里都有。（原来他的敌人是莳萝。）饭后他问，我们可有茶炊。茶炊搬出来了：这是两三年前土拉的一家工厂送给我的。我们一次也没有用过它。木片点着以后，不是还没有把煤点燃就烧光了，就是一下子就灭了。约里奥拿着吹火筒拼命地吹。我们终于制服了茶炊。约里奥赞美着古老的白柳，久久地察看着椋鸟巢，临走时说："你看，我们甚至没谈到过主席团、秘书处、罗加！……这是真正的和平的一天！……"

一周后我们动身去赫尔辛基出席主席团的一次会议。他们给约里奥提供了一节瞭望车，伊雷娜·约里奥-居里和他同行。在列宁格勒，约里奥请求我带他去艾尔米塔什博物馆。"我曾听说，那里有一部分图画是 15 年前我在莫斯科的西方绘画陈列馆里看见过的……"那时候印象派（马蒂斯和毕加索就更不用说了）的作品被认为是不能给陈列馆的观众观看的，因而最珍贵的收藏品都被保存在储藏室里，画都挂在托架上。约里奥赞叹不已，他特别喜欢西斯莱、莫奈、皮萨罗的风景画。临走时他说："我仿佛在乡村里度过了整整一个夏天——成了另一个人……"他弯着腰轻声对我补充了一句："剥夺苏联人民享受这种欢乐的机会是不好的……"紧接着又补充了一句："这不会很久的，我深信。"

1955 年约里奥患了重病，被送进圣安东医院。（3 年后他在这个医院里去世了。）这是一所十分陈旧、阴暗的楼房。约里奥住在一个单独的小房间里。他说，医生们对诊断没有把握，但他监督着自己，做记录，同主治医生交上了朋友。当然，接着他谈起了局势的和缓——现在正是进行扩大运动的尝试的时候……突然他拿起一幅反贴在墙上的油画，不好意思地说："我在这里注定无事可做，就画起画来了。请不要评判得太严格，我可从来也没学过，是从初步训练开始的……"油画上是他从窗户看到的景象：一个院子，几株树木，一堵墙壁。我看了看第二幅、第三幅……约里奥问："很糟糕吧？……"我回答他说，他的风景画有光线感、直率感，甚至还有天真感，尽管轮廓很坚定。他说："54 岁的娃娃游戏……"

1956 年春，伊雷娜·约里奥-居里死于白血病。这对约里奥来说是个沉重的打击：他们一同生活与工作了 30 年——1926 年，在玛丽·居里所领导的镭锭研究所工作的一个年轻的实验员，娶了她的女儿、该研究所的助教。他们虽然很不相像，但生活得很和睦。伊雷娜为人含蓄、沉默，于是爱说话的约里奥在她的面前也常常沉默起来。我还记得我们在瞭望车里度过的一夜。伊雷娜不久就到车厢里去了，而约里奥却留在那里。他开始谈到孤独，自己的"贱民的天性"，还谈到一个人有时候很想摆脱自己的生活："我们都是些在轨道上空转的汽车……"1956 年约里奥来到了维也纳。我们在车站上迎接他。晚上他对我说："伊雷娜死于我们所说的那种职业病。现在我们变得谨慎些了，但在 20 世纪 30 年代……"他沉默片刻又补充道："这一切都不容易……"一年后我去安托尼找他。他让我看了花园、一堵布满了蔓生蔷薇的令人惊叹的墙壁、最后的郁金香。"伊雷娜把郁金香的颜色选配得很好。去年春天它们开花了，而她却已经不在了……"几分钟后他说："我太性急——总是提早把什么事情做完。我不是神经过敏，但是不能过于轻率……"

更早一些时候——1956 年——他曾同我谈起了斯大林："我们有许多知识分子在第 20 次代表大会以后动摇了。但我觉得我们的事业前进了。我从来不曾像别的一些人那样大失所望——他们谈起斯大林就像谈论一个半神半人一样。我还记得，当时我曾对某某说：'要小心！我们不应该相信有什么是绝对正确的，让天主教徒去这样想吧。我在苏联看到过许多缺点——他们是最早开始的，并不奇怪……'"1958 年春，他在邀请我去安托尼时曾说："在孩子们面前请您谈谈你们正在做的那些好事。可现在让我们谈谈往事……您一切都明白吗？我想过很多，但最后还是不明白……"

他成为共产党员是在一个十分可怕的时间点——1942年，并至死忠于选定的道路。他的选择不仅表现出参加抵抗运动的共产党员们的激情和英勇、苏联人民反对法西斯主义的斗争，而且也表现出一个科学家的逻辑和思索。约里奥在回忆起法捷耶夫时曾说："有一次我们争吵起来——您还记得——这是在维也纳——当我断言战争会消灭我们地球上的生命的时候，他劝我放弃我说的话，他一再地说：'我们像了解一个忠实的朋友那样了解您。'我回答他说，在友谊中忠实是好的，但在政治中，也像在科学中一样，不仅需要忠实，而且还需要思考……"

约里奥有一张法国人的脸——具有精细的、仔细描绘出来的轮廓，他的性格中也有许多民族特点——有时他在愉快中带着淡淡的哀愁，他说话很多，但很少失言，在发表议论的时候总是确切而有条理。

我曾在安托尼目睹他照看孙子们——艾伦的子女，背诵雨果的诗《当爷爷的艺术》。家中有许多漂亮东西，饭后有上等葡萄酒，书房里有朋友们的照片，一切都是开朗、明亮而欢乐的。当时我不知道，这是我最后一次看见约里奥。

我和20世纪30年代在约里奥的实验室里工作过的德·弗·斯科别利岑一同飞去参加葬礼，我们所了解的是两个不同的人，但所爱的却是一个。

在约里奥的子女同政府的代表进行了长久谈判之后，葬礼分成两步进行。回到莫斯科后，我写道："灵柩设在古老的巴黎大学内的17世纪的钟楼前，在雨果的纪念碑和巴士德的纪念碑之间……戴着缀有马尾的古代头盔的共和国近卫军的士兵，像雕像似的站在那里。部长们和大使们、科学院的院士们和参议员们站在那里。巴黎大学学术委员会的委员们，身披银鼠皮镶边的红色托加，也站在那里……后来部长们驱车走了，近卫军士兵也走了。在巴黎郊区斯俄的公墓附近，聚集着约里奥的朋友和同志、和平拥护者、听过他的课的大学生、工人、家庭主妇、实验员、职员、普通的法国人。这是雷雨交加的一天，人们在倾盆大雨下不停地走着，许多人都哭了。在豪华而沉重的花圈旁边，摆着从法国的花园和庭前花圃里采来的朴素的花朵……"

晚上，前来参加葬礼的世界和平理事会主席团的几位成员组织了聚会，应该讨论今后该怎么办。我记得有贝尔纳、卡桑诺瓦、斯帕诺、伊莎贝丽·布吕姆。我们说不出话来——哀痛之情犹新。我的面前站着活生生的弗雷德里克，我不能想象，他从此不在了。即使在 5 年后的现在，我也看见他还活着，接着一切又都混乱了：他死了……他曾说，每一个人都在地球上留下痕迹，但对他的怀念却难以称之为痕迹——不如说是创伤，创伤和路标。

21

斯德哥尔摩宣言

保卫和平运动组织过一些人数众多的代表大会和群众大会。在罗马，曾有 20 万人手持火炬在街道上游行。我们受到过波兰总统贝鲁特的隆重接待，而在德里，尼赫鲁曾向我们谈到印度是自古以来就爱好和平的。我们给甘地的坟墓和秘密警察枪毙意大利爱国者的地洞献过花圈。在华沙代表大会上，我们看见了巴拉圭大学生阿隆索的血衣，他因为保卫和平而受尽了警察的折磨。一位巴西代表飞到维也纳后死于血管梗死：受不了长期飞行。在一次代表大会上我们听见了纳齐姆·希克梅特的诗，在另一次代表大会上罗伯逊曾引吭高歌，在第三次代表大会上一位年老的印度说书人说唱了一首赞美兄弟般团结的长诗。我们听取过老练的议会演说家皮埃尔·戈特和南尼的演说、萨特的富于文采的随笔、佛教僧侣的祈祷。有时候我们的集会是非常激烈的。1956 年 12 月，主席团在赫尔辛基从早晨 9 时开始工作，直到翌日早晨 8 时我们才达成协议——在闷热的、烟雾弥漫的大厅里接连争论了 23 小时。5 年后我们讨论召开争取裁军的代表大会问题，这使部分代表们暴跳如雷，于是习惯于一年一次彬彬有礼的讨论的瑞典合作社工作人员专用的大厅，竟变成了战场。

在回顾已往的时候，我始终怀着特别激动的心情回忆起 1950 年 3 月的斯德哥尔摩会议，从表面看来并无任何值得注意之处。与会的有 150 人。我们在餐厅的地下大厅里开会（我们开玩笑说"在地下经堂里"）。瑞典报纸不提会议的事，斯德哥尔摩的居民对我们也不感兴趣，而且会上的讲话我也记不得了。然而斯德哥尔摩宣言在我们的运动的历史上却占有一个特殊的地位。我们明白，我们是在向千百万人呼吁，我们的号召的成败关系重大，因而当约里奥-居里读完宣言的全文以后（这似乎是我们曾经通过的所有宣言中最短的一个），我们都十分激动。我们首先在宣言上签了名。

在斯德哥尔摩会议前数月，苏联政府宣布它被迫生产原子武器。西方报刊断言，苏联在核武装上永远不会赶上美国。人们谈起第三次世界大战就像在谈论明天的事一样。一家法国报纸举办了一次调查："如果俄国人侵占了巴黎，您将做什么？"西方报刊把斯德哥尔摩宣言称作"特洛伊木马"。记者们问我，我们谴责原子弹是不是因为它有碍于莫斯科的侵略计划。吓破了胆的居民们仿佛看到苏联坦克已经开进爱丽舍田园大街或皮卡吉里了。当美国电台广播一出描绘想象中的进攻的短小喜剧时，人们惊慌失措了。一个美国人告诉我们，旧金山有一个小姑娘，当她的哥哥添枝加叶地向她描述原子弹消灭"赤色分子"的景象时，她问："咱们不能到一个没有天空的地方去吗？……"成人却有另一种议论：许多人觉得原子弹是护符、救星。

我在 20 世纪 20 年代即已认识的丹麦记者——19 世纪的激进分子基尔凯比告诉我说，他曾怀疑是否应该在斯德哥尔摩宣言上签名，他憎恨战争，但认为禁止原子武器只对一方有利："我问过我的妻子，你可觉得这个宣言偏袒一方？她答道，也许是的。不过原子弹正斜眼看着我们的孩子们。她签了名……"千百万男女大概都是怀着同样的感情在宣言上签名的。

奇迹发生了：我们在一家斯德哥尔摩餐厅的地下大厅里通过的呼吁书飞遍了全球。半年后，我在华沙看见了一些法国妇女、意大利妇女、阿根廷妇女、希腊妇女，她们走遍了许多人家，敲过所有的门。我还记得一位意大利的印刷女工，名叫费尔明娜，她征集了一万八千个签名。她叙述了她是怎样说服女天主教徒、修女和那些怕共产党就像怕魔鬼似的妇女的。巴西的妇女们带来了一些盛着小纸片的匣子——不识字的农民们都画十字。非洲的代表们给大家看了一些用砍痕代替签名的木棍。

许多年以后，一个美国的军事评论员承认，当朝鲜战争期间提出了是否使用原子弹的问题时，斯德哥尔摩宣言上的五亿人的签名使杜鲁门不得不思

左：1950年丽兹洛塔·迈尔和雅尔马尔·迈尔在斯德哥尔摩
右：毕加索和丽兹洛塔·迈尔

考思考。当然，在1950年春我们并不能预见到这一点，但我们从"地下经堂"散去时却十分激动。

我们通过了3月19日的宣言。晚上，左翼社会民主党人、参议员布朗丁请我去吃晚饭。一切都是瑞典式的——殷勤中带有几分隆重。主人举杯祝酒，桌上的细蜡烛颤动不已。南尼谈论着梵蒂冈、大西洋公约。布朗丁的朋友雅尔马尔·迈尔同某人争论着"斯堪的纳维亚联盟"问题。对于这样的晚会我似乎早就可以习惯了，但我依然感到拘束。

我的座位被安排在年轻的丽兹洛塔·迈尔女士的旁边。我们用法语交谈。突然她用俄语说道："我在莫斯科学习过……"原来她生在德国，希特勒上台后，她的父母亲跑到巴黎，又从那里迁往莫斯科，小姑娘被送进了10年制学校。后来他们来到斯德哥尔摩，丽兹洛塔在那里遇见了迈尔。我立刻感到轻松起来：在莫斯科学习过——这就是说，不是外人……

我对布朗丁在西班牙时的情形模模糊糊地记得一些。在20世纪30年代，对他的描述很多——在季米特洛夫一案中他揭发过戈林，组织过对西班牙共和主义者的援助。柯伦泰曾告诉我，在战争期间他曾发表演说反对自己的党内同志，因为他们企图以让步来防止希特勒的侵犯。虽然25年前我曾游历了瑞典的许多地方，但我对瑞典人很不了解，更确切地说，我对他们只有一种有点抽象的概念，这种概念大概还是斯特林堡的作品留给我的。我觉得，几乎任何一个瑞典人都反对不义，写作关于死亡的诗，害怕日常琐事。后来我同布朗丁做了朋友，我们一同参与了"圆桌"会议的组织工作。传奇性的维琴人（古代斯堪的纳维亚的半商半贼的航海者）竟是一个孤独的老人。但是有一点我毕竟是正确的——他真的写过关于死亡的诗。1965 年夏天他死了，于是人们顿时又回想起了 20 世纪 30 年代。

夜里还像严冬那么寒冷。我在阒无人迹的街道上徘徊良久。在斯德哥尔摩，海鸥代替了鸽子。它们本来应该在大海上飞，却像鸽子一样情愿住在人们的附近，在海上也是围着海船盘旋，而在斯德哥尔摩市内，它们就在沿岸的街道上飞来飞去，忙个不停，也叫个不停。路灯发出明亮而寒冷的光芒。在灯火辉煌的橱窗里，毫无生气地陈列着餐具、吸尘器、衬衣、橙子。一个老人牵着一条肥胖的达克斯狗在散步。两名水手摇摇晃晃地走着，还喊叫着什么。一对对情侣紧靠着贴有广告的柱子，在波罗的海的劲风下接吻。一条条街道又长又空。有些窗户里有灯光——人们正在那里幻想、争吵、啼哭、跳舞……天快亮的时候我在旅馆的一个小房间里记道："一切在于人。"我不记得，何以正是在当时我写下了适用于生活中的任何一天的这句话。

瑞典当局原来是宽宏大量而又殷勤好客的。我不得不常去斯德哥尔摩，这个城市已成为我的生活的一部分了。在斯德哥尔摩（或其他瑞典城市）举行过各种代表大会、代表会议、世界和平理事会会议、主席团会议。我在哥德堡、诺尔彻平的群众大会上讲过话。瑞典作家们邀请我去过他们的俱乐部。我给乌普萨拉和隆达的大学生做过报告。我认识了一些部长、科学家——古斯塔夫松和密达尔，遇见过诗人和记者。瑞典总是令外国人惊奇。这个国家是天之骄子，世界大战两次饶过了它。它从欧洲的一个安宁闲逸的农业边区变成了一个具有先进工业、超现代化的、舒适的国家。它的新式建筑犹如 20 世纪 20 年代初我国的构成主义者的理想建筑。这里的大窗户、圈椅、快艇、厨房——一切都是合理的。尽管如此，在瑞典作家的作品中，或在任何一个喝了一瓶烧酒的瑞典人的议论中，却存在那么多的矛盾和精神崩溃的迹象，即使魔鬼也得甘拜下风。看来舒适既能使人心醉，同时也能使人贫乏，使人憔悴，使人暴跳如雷。

1950 年，爱伦堡和丽兹洛塔·迈尔在斯德哥尔摩

我同诗人、小说家、随笔作家阿图尔·伦德奎斯特经常相见。我们是1950 年在和平大会上相识的。他是一个斯卡尼亚的雇农的儿子，他的外表很柔和、清秀，但在发表见解时他却毫不含糊，在精神上他也不是山毛榉的亲戚，而是岩岛群的亲戚。他几乎永远在旅行，走遍了半个世界，无论在他的作品里还是在他的一生中都看不到一丝安适的影子。他从很年轻的时候开始就为反对模仿者和社会上的保守习气而斗争，谈论（现在还在谈论）未来的胜利——这是一个乐观主义者，但又非常忧郁。当我从收音机里听到，在艾加迪尔发生可怕的地震时伦德奎斯特竟在那里出现的时候，我并不惊奇。在我看来，大地永远在他脚下震动，但他的腿是既长而又结实的。

当授予伦德奎斯特以列宁和平奖奖金时，我和科学院院士德·弗·斯科别利岑同在斯德哥尔摩。这同"冷战"爆发的紧张时日不谋而合，在这一周之前，瑞典的科学院院士们决定把诺贝尔奖奖金授予帕斯捷尔纳克。给伦德奎斯特授奖的仪式就在颁发诺贝尔奖奖金的那个大厅里举行。一个穿燕尾服的人走到台上沮丧地宣布："不能配乐队了——四重奏乐队因事变而解散了……"（原来那个著名的四重奏乐队的一名队员由于事变而拒绝演奏。）在盛大的晚宴上（当然，点了蜡烛），伦德奎斯特站起来说："一般来说，作家总是倒霉的。"他站了一会儿，又坐下了。

"该死的诗人"、阴沉的酒鬼和自杀者在瑞典都很多，这究竟是什么缘故呢？我不知道，也不想拿一些离奇的假设来把这个问题搪塞过去。有一点是确定的："一切在于人。"而对人来说，只有精心烹调的鲱鱼，只有塑料制的天堂，看来是不够的。

在 20 世纪 50 年代的中期，当世上的许多事物都解冻的时候，丽兹洛塔告诉了我她学生时代的情形。这是叶若夫飞扬跋扈的时代。常有一个惊慌失措的男孩子或一个啼哭不已的小姑娘到学校里来。丽兹洛塔以儿童的感情爱上了一位教师。他失踪了。她看到的是处在十分艰苦的岁月里的莫斯科，尽管如此，也许正因为如此，在她的心里留下了对苏维埃人、对俄语、对莫斯科的爱。

现在我想打断对斯德哥尔摩的叙述来讲一段故事。我应该说说这个故事，虽然它可能显得过于像是一篇小说，而不像是真实的。故事的主人公叫安德烈，当时我们叫他安德烈，我不提他的姓氏——因为宣扬出去可能使他不高兴。在革命前夕，一个俄国侨民、文学家，在巴黎认识了一个俄罗斯族的年轻女诗人。安德烈诞生了。不久他的父亲回到俄国去了，而女诗人又嫁给了一个日后出了名的雕塑家。继父爱上了男孩子，宠着他。一天，安德烈看了影片《战舰波将金号》。他知道他的父亲在莫斯科，便决定去苏维埃俄国。男孩子的名字被写入了苏联画家什捷连别尔格的护照，于是他来到了莫斯科——找到了父亲和年轻的继母。他没有看见浪漫主义的东西。继母常打发他去排队。不久他就同她争吵起来，并离家去当流浪儿了。我还记得他的母亲怎样流着眼泪给我看了安德烈的信，这封信是深夜他在躲避严寒的药房里写的。

警察在搜捕时捉住了安德烈，把他送回了家。他在学校里学习时暗中唆使两个同学逃往巴黎。他们

1962 年，爱伦堡在国际列宁奖大会上遇到毕加索

左：1950 年，加里宁地区集体农庄社员为"斯德哥尔摩宣言"签名
右：阿图尔·伦德奎斯特

有自行车。安德烈偷了一把左轮手枪。夜里，土耳其边境发生了对射，边防军人拘捕了逃亡者。安德烈的母亲去找罗曼·罗兰，又从他那里去卡普利找高尔基。当时的天气还相当和缓，于是安德烈被送往波尔舍沃的模范少年营去了。1934 年他从波尔舍沃来到莫斯科，向我打听母亲和继父的消息。我同他谈了一个钟头，明白了他的命运将是艰辛的。1937 年他的父亲被捕。安德烈去法国使馆要求把他送往巴黎。他没有任何文件可以证明他诞生在法国。他于当天被捕并被送进了集中营。监禁期满被释放以后，他又到莫斯科去找法国大使馆。他又被送进了集中营。

似乎是在 1953 年，他给我写了一封信，而我则把他的情况写信告诉了检察长。结果安德烈被释放了。我看到的已不是一个少年，而是一个头发斑白的人了，他忘记了法语，也没学会流利地运用俄语。他没有职业，时而住在一位教授家里，时而又住在一位工程师家里——他们都是他在集中营里的同伴。后来他们允许他到法国去了。

在巴黎时他曾前来找我。他穿得挺好，并告诉我，起初那些从大使馆获悉了他的特殊遭遇的记者们使他厌烦，他拒绝回答他们的问题。他获得了工作，收入还不错。他同母亲住在一起。沉默了一会儿，他轻声说道："但是住在这里没有意思。我还想回苏联去。现在这已不是一个傻小子的愚蠢的幻想，而是一个 40 多岁的人的清醒的结论。我在那里认识了一些真正的人……"当我向丽兹洛塔叙述了安德烈的经历以后，她说："我了解他……"

现在回头来谈那个同保卫和平运动以及我一生中的许多经历都有联系的城市。这是个北方的城市——那里的夏天也很冷，12 月的白天很短。虽然我在巴黎生活了多年，但我是个北方人。我知道，人类关系的冰块是多么难以融化。在北方，人们对室内植物的喜爱要比在巴黎强烈得多。在人们沉默寡言并安于孤独的地方，也特别珍视人类的温暖。

"一切在于人。"到 1950 年我已年近 60。当然，那时我比现在要结实得多——我可以一连工作 10 个小时，不停地走 10 公里，但我的心里却常常感到不安，我想，我不是在生活，而是在苟延残喘，并把精神上的萎靡归因于年龄。我不能不写，但写作在当时是不容易的。我现在说的不是所有的作家，而只是说自己。我在作家的劳动中依赖耸人听闻的事件、报纸、令人伤心的信件，这些信件叙述的是我爱莫能助的别人的痛苦。在 1950 年我开始写作《九级浪》，我写得很多，但缺乏内心的火花。保卫和平运动这一纯洁而富有生气的事业和一些好人拯救了我。斯德哥尔摩宣言的成就可能也应该首先归功于人们。千百万人都知道约里奥-居里或伊夫·法奇，但是默默无闻的意大利妇女费尔明娜大概也怀有一颗伟大的心灵，既然她能够说服数以千计的陌生人。

是的，我的许多经历都是同斯德哥尔摩联系在一起的。正是在这个城市里的一个昏暗的冬日，我第一次想到了我目前即将写完的这本书。我不知道，我这本书写得是否成功，作者是难以评判自己的创作的，但这的确是我的书，我是出于内心的必须来写它的，是真诚地来写它的，既没有昔日那种曾不止一次挽救过我的恼恨，也没有按定量配给的一分蜜糖。我还记得我是怎样想起写作本书的：我突然觉得可怕，因为我行将就木，却不能谈谈我所认识和喜爱的人们。岁月和生活是后来想到的——不谈自己，只谈别人，原来是办不到的。而当我决定坐下来写这本书时，我并未想到自己的希望和错误：我的面前出现了一长串人，他们虽已离去，但却是亲切、温暖、栩栩如生的。

我常在迷信的恐惧中问我自己：精力和时间是否够用？在笔记本上那些关于委员会会议和决议草案的记号当中，我发现了丘特切夫的诗句，诗中说，人在老年气血日衰，但情感不减。

1963 年 1 月我去拜访了毕加索。聂鲁达突然想起要开导我。"你现在已经不是在任何情况下都必须维护真理的那个年纪了。你想想巴勒斯坦的那个年轻人吧，他为此而被人用钉子刺穿了双手……"我微微一笑——聂鲁达比我大 10 岁，但他却比任何一个年轻人有着更多的热情，甚至更多的狂热，他也专门做维护真理的事情……

当然，如今我清楚地知道了什么是老年：发动机磨损了，常常发生故障。我感觉到老年的来临，但几乎不去想它。问题不在年龄：一个人在他未死之前很久，精神上要不止一次地死而复生——就像一堆篝火燃尽以后，灰烬底下有一块木头还在勉强地阴燃，但是有人吹一口气又使它燃了起来。一切在于人……

22

应邀与伊丽莎白王后谈话

我在 1950 年初写了一份申请书：为了写长篇小说《九级浪》，我必须去法国详细了解战后年代的若干重大事件。我的申请被批准了，这是一个成功，但不久我却获悉，法国人不给签证。外交部代表通知报界："不给爱伦堡先生签证并非因为他是共产党员，而是因为有着一切根据可以认为，他本人对法国是不友好的。"

在法国报纸上看到这条消息后我曾勃然大怒，但后来又觉得好笑。我曾因为过于热爱法国挨过多少骂啊！恰巧在这之前不久，我读了一位批评家的一篇长文，他证明，在长篇小说《暴风雨》里我甚至企图给"不择手段的资产者朗歌"罩以圣洁的光圈……可现在请看，皮杜尔把我当成了法国的敌人！

1950 年是"冷战"时刻都有转化为热战的危险的一年。夏天，在朝鲜响起了炮声。诚然，斯大林一开始在研究语言学问题，但居民们却在抢购食盐和肥皂。一位老人向我解释："没有盐可活不下去。要是不得不死的话，也得穿件干净衬衫死去……"春夏两季我到过瑞典、比利时、瑞士、德国、英国——我看见到处都是狂乱、憎恨、恐惧。对于当时的重大事件人们记忆犹新，我现在想谈谈一些不很重要的琐事，只不过了重现 20 世纪 40 年代末到 50 年代初的独特的气候。

难以解释的是，我何以变成了反苏记者心爱的靶子。也许是他们夸大了我的作用，也许是我熟悉西方生活激怒了他们，到底因为什么，我不知

伊丽莎白王后

道，但他们经常写我，而且写得很恶毒。在斯德哥尔摩，一位法国代表给了我一张叫作《红与黑》的小报，上面的文章报道我不久前被选入最高苏维埃，每月将得到一万卢布，并将迁往"莫斯科景色宜人的郊区的房屋里，那是高官显贵们居住的所谓'禁地'"。接着有一个法国记者向我打听"失踪者"："一年前还被官方的批评家捧到天上的塔马拉·莫德辽娃失踪了。她失去了一切，甚至失去了大学里的教职，只因为引用了列昂·布吕姆（1872—1950，法国社会党领袖）的一句话。阿纳托利·索夫罗诺夫失踪了，在他胆敢揭发升官思想之后，便遭到了克里姆林宫闪电般的猛击。苏联最大的小说家米哈伊尔·肖洛霍夫失踪了，他躲到伏尔加河上的小村落里去了……"

当时法国左派作家组织的首脑是马丹-舒菲埃。他给他在抵抗运动时期认识的皮杜尔总理写了一封信，坚决要求发给我签证。皮杜尔没有回信。马丹-舒菲埃发表了一封公开信——《别了，皮杜尔！》，但是任何信件对皮杜尔都不再起作用了，无论是非公开的还是公开的。

我决定去比利时和瑞士碰碰运气——有些法国朋友可以到那里去。比利时人发给了为期两周的签证，这在当时来说已是极端宽容的了。"比利时—苏联"友好协会在布鲁塞尔、安特卫普、列日举办了我的报告会。到处都是人山人海，听众都十分狂热：当时所有的人都失去了平静——无论是敌人还是朋友。

我在布鲁塞尔受到了伊丽莎白王后的邀请，她是第一次世界大战期间有过很多报道的阿尔贝特国王的遗孀。王后使我大吃一惊。当然，这是我与之谈过话的第一个王后，但是，即便她没有爵位，我也一样会感到惊讶：她已74岁，但走起路来却像年轻姑娘那么快，她自己开汽车，做雕塑，学习俄语。她同我谈了谈《暴风雨》，她读过此书的俄文本，还把自己的作品指给我看，叙述她同罗曼·罗兰的几次会见，问我是否在斯大林身边待了很久，奥博林和奥伊斯特拉赫可好。关于音乐家我还可以说上几句，但关于斯大林我却避而不答：很难向比利时王后解释清楚，何以一个苏联作家见到她竟比见到斯大林要简单得多。我谈起了斯德哥尔摩宣言。她说，她觉得宣言写得很漂亮。我们发现了共同的爱好——园艺，我说我很喜爱晚香玉，在布鲁塞尔寻找过球茎，但没有找到。两三个月以后，我在莫斯科从苏联对外文化协会收到一个纸包，并附有一封信："随函附上的球茎是伊丽莎白王后托苏联驻比利时大使馆转交给您的。"在谈话结束时，王后说，她将出席我的报告会："我要坐在王后的包厢里，通常我都坐在池座里，但是报纸想对您的报告会保持沉默，如果我坐在王后的包厢里，它们就不得不写了……"

王后果真坐在王后的包厢里了，报上也就出现了关于我的报告会的报道。

在安特卫普的"鲁宾斯大厅"附近警察云集。尽管有失业现象，码头工人依然举行罢工，除了经济要求之外，他们还拒绝给载有武器的美国船只卸货。一艘美国船曾不得不在夜里驶进小港泽耶-布留盖卸下武器。当局为了挫伤罢工者的锐气，逮捕了罢工委员会成员，其中包括当了国会议员的码头工人弗朗斯·范登布兰敦。但是罢工还在继续，而范登布兰敦为抗议警方的非法行为，又宣布了绝食。工人们在五一节前往监狱要求释放"我们的弗朗斯"。我的报告会正是在范登布兰敦获释的那一天举行的。我们在咖啡馆里为他的健康、为和平干杯。工人聚集在周围。范登布兰敦是个顶长而消瘦的佛来米人，他说："你们可以相信，他们不会运武器到我们的港口来了！……"接着范登布兰敦和他的同志们到"鲁宾斯大厅"去听我的报告。我谈到鲁布廖夫、毕加索、文化的一致性、斯德哥尔摩宣言。

回想起 1950 年春，我认为当时谁也不知道一切将怎样结束。"也许战争明天就会开始。"这在任何城市的任何一个十字路口都可以听到。战后的 5 年是风波不息、光怪陆离、矛盾重重的。德意志联邦共和国是个一周岁的娃娃，北大西洋公约组织还在摇篮中手脚乱动。许多人觉得，事件的进程是可以改变的。年轻的法国五金工人雷蒙·阿加斯来到了布鲁塞尔：他想告诉我里亚·洛舍尔城的悲剧。里亚·洛舍尔的码头工人拒卸载有运往西贡的军事装备的船只。当局企图把工人赶走，另雇"黄种人"。这时工人们便向港口涌去。阿加斯被逮捕并交法庭审判。开庭之日有一面红旗出人意料地在法庭大楼的上空飘扬起来。阿加斯叫道："我们不为战争工作！不会成功！……"他在"巴拉斯"旅馆的沙龙里向我叙述事件的经过时，坐在圈椅里打盹的太太们都吓跑了。

两周后，马塞人在日内瓦告诉我，"艾姆皮尔·马沙尔"号轮船不得不在地中海里跑来跑去——没有一个港口愿给它卸货。一位同志从尼斯前来找我，那里要卸安装导弹的设备。军火武器都用金合欢的枝叶羞羞答答地遮盖起来，但是有一个人发现了着上保护色的设备，汽笛哀号起来，工人们向港口涌去了。

我的天，这里有多么浓厚的浪漫主义色彩！莱蒙达·狄艳在狱中过了生日——她满 21 岁了。她收到了数以万计的贺电。她做了什么呢？卧在铁轨上，使一列军用列车迟开了一两小时，但她的名字却被千百万人反复称颂，各地青年男女都为她的行为所鼓舞。

战后的西方生活方式当时尚未形成。伦敦的市中心堆着黑压压的瓦砾。在从德国的上空飞过时，我看到一些被炸毁的城市的残骸。英国还在使用粮票。欧洲过着贫穷、不安、慌张的生活。在法国和意大利，工人的战斗早在 1947 年即已失败，但大家都觉得战斗仍在继续。

和若干垄断组织一同决定美国的政策的五角大楼，助长了大规模的恐惧。我深信斯大林不希望发生战争，但他的名字不仅使资产阶级，也使农民、知识分子，甚至西欧的许多工人害怕。法国报纸曾写道，苏联坦克数日之内即可到达敦刻尔克和布勒斯特。西蒙娜·德·波伏瓦（1908—1986，法国女作家）在自己的回忆录里叙述，作家们在见面时常问："当苏联军队逼近巴黎的时候，您打算怎么办——是逃走还是留在被占领的法国？"加缪曾对萨特说："您非走不可——他们不但会杀死您，还会败坏您的名誉……"共产党员的悲剧在于他们的孤立，这种孤立来自邻人的疑惧，来自对入侵的恐惧，来自关于"第五纵队"的流言。无论是佛来米的农民还是许多社会党的工会，都没有支持安特卫普的码头工人。

在列日，我的报告会是在音乐学院里举行的。瓦龙人（比利时两个主要民族之一）是富有热情的人，报告结束后他们缠住我不放——我得在自己的和别人的书上、在从笔记本上撕下的纸上、在"比利时—苏联"友好协会的会员证上、在各种各样的卡片上签字。突然，一个无比高大的签名爱好者推开众人向我冲来，递给我一张纸片。我险些在上面签了名，但此人大声叫道："出示您的证件！"原来他塞给我的是警察证：他决定查明这个煽动者究系何人，以防不测。

但是一般说来，比利时当局还是颇知分寸的。诚然，当布鲁塞尔大学校长请求司法部长把我的签证延长一天，以便我能给大学生讲一次俄罗斯文学时，部长拒绝了。然而这是时代的风尚。

比利时生活得比毗邻的法国要好：商店里不仅有较多的商品，也有较多的购买者。比利时人解释说："一切都在于美国……""原子能中心"的经理柯赞斯教授告诉我，研究和平利用原子能问题的比利时科学家没有铀。他建议我到郊外的刚果博物馆去一趟。我在那里看到一块黑色的矿物，下面写道："铀。加丹加省辛柯罗布韦产。"这多少可以说明美国人何以爱上了小小的比利时。

如今当我回忆起博物馆和"加丹加"的小牌子时，我想的是另一件事：10年后发生的悲剧、卢蒙巴的遭遇。陈列品力图使博物馆的观众相信刚果的富饶及其土著精神上的缺陷：高尚的传教士、文明的殖民者和丑陋而野蛮的黑人。铀矿、黄金、铜、锡、象牙、橡胶……10年以后，在这些宝藏中还可以加上人血流成的河。

我结识了社会党参议员亨利·罗伦。他对我说了许多关于苏联的政策的刺耳的话，但后来突然说道，他发现斯德哥尔摩宣言是明智的。当然，我当时不能想象罗伦将成为"圆桌"会议的倡议者之一，我将在他家中友好地同他谈论文学问题，在布鲁塞尔的一次由他主持的群众大会上，尤尔·莫克将继我之后发言说："我的朋友爱伦堡曾建议……"我曾说过，政治常常干预人们之间的关系——使友好的联系中断；也常有相反的情况——昨日的仇人开始友善地微笑。我曾想：某人发生了很大变化，但此人却认为爱伦堡变了，大概我们都有变化，而时代的变化最大。

比利时充斥着矛盾的现象，这使我感到惊奇。布鲁塞尔市中心的灯光比巴黎明亮得多，霓虹灯广告就像百老汇似的令人头昏目眩。但只要走到一旁去——在温暖的晚上，头戴包发帽的老太太们会在古老的房屋前聊天。人们在报上阅读关于原子战争的可怕预言，接着就去工作，平静地聊天，喝啤酒。在法兰德斯的一些古城里，长舌妇们借助挂在窗上的小镜子窥视街上发生的事情，自己却不露形迹。在笔会里接待我的作家们，起初不安地谈论着日益临近的战争，询问阿赫玛托娃和左琴科的命运是否正在等待他们，但后来就开始争论有关萨特、卡夫卡、马雅可夫斯基的问题了。

我去奥斯坦德看望画家佩尔梅克。岸边有许多毁坏了的建筑物。经过里亚·巴尼的时候，我想起了写《胡利奥·胡列尼托及其门生历险记》时的情景。那座旅馆在哪里呢？只剩下一块烧焦了的墙壁。

在布鲁塞尔，我去拜访了埃伦斯。他说，周围是一片混乱和盲目，令人难以辨认。我说了一句使他觉得奇怪的话："最困难的是我们自相矛盾……"

的确，不仅在比利时的生活中，就是在思考比利时的矛盾的人的头脑中，都有许多矛盾。在布鲁塞尔，我曾坐下来阅读金融家们的文章，其中谈到"上加丹加"（指"上加丹加股份公司"）的红利、美国托拉斯"A—B集团"（即美英集团）向英国人和比利时人购买了160万张股票：轰动一时的新闻依然使我激动。但是一走进恩卓尔死后的展览会，我却沉湎在另一个我所爱好的境界里了——铀、范-捷兰德和艾奇逊全都消失了。我看着描绘沙漠的风景画、戴粉红色假面具的人们的游行、一个在魏尔兰和马拉梅时代长眠了的孤单的马车夫。看来我几乎终生都同时生活在不同的世界里，两个人在并存，但这种并存有时候远非和平，在那一年我特别尖锐地感觉到了这一点。

我早在莫斯科即已申请瑞士的签证。在布鲁塞尔我被召往瑞士的大使馆：可以给我签证，但我必须在下述申明上签字："我，在本申明之末尾签名者，伊利亚·爱伦堡，答应在我逗留瑞士期间绝不从事任何政治活动，特别是不做报告，不参加公开的或私人的集会，也不举行记者招待会。"

我把申明书的文字改动了一下，在"集会"一词前面加了个"政治"。一位外交官说，他要打电话去伯尔尼请示。我等了整整一小时。结果外交官沮丧地通知我，我不仅不能参加政治集会，也不能参加文化的、宗教的或文学的集会。他补充道，我可以做礼拜和去电影院。

我到瑞士的时候，瑞士作家代表会议正在圣加伦进行。我收到了邀请，但当局提醒我，我已答应不参加集会……我甚至都不想去听捷克斯洛伐克的音乐会了。

中立的瑞士被卷入了"冷战"的漩涡。在苏黎世，他们给了我一份交易所通讯社"阿菲达"的通令："……俄国目前也拥有原子弹这一事实，将导致美国武装力量更为迅速的发展。因此，在交易所里可以看到所谓'战争的产儿'的活跃气象，那就是在第二次世界大战时期由于军事订货而逐步上升的那些企业的股票。我们现在附上'洛克希德飞机公司'的简介，它的股票的利息超过一般的股票，高达六七厘……"

我还了解到了一位教员的思想，他在锡昂中学的高年级学生做法译德练习时口授道："……让俄国人来吧，他们会看到我们的勇敢精神的。我们要为我们被绞死的朋友、为我们被抢走的妻子向这些狗熊报仇。这些强盗想把我们的祖国从我们这里夺走，他们已经召集了士兵并开到我们的阿尔卑斯山前来了……"

当然，我也遇到过一些对股票不感兴趣并憎恶仇恨的瑞士人：在日内瓦——指挥官安塞尔梅，在巴塞尔——神学家巴特，在卢塞恩——画家艾尔尼。现在我想谈谈杰出的古希腊语学家安德烈·邦纳。我是在巴黎代表大会上认识他的。现在他邀请我到洛桑去找他。我们谈论着迈锡尼（希腊古城）、苏联诗歌、和平。后来我读了他的著作，它们帮助我明白了古希腊文化中的许多问题。此后我也见到过邦纳——我曾再次去洛桑找他，在各种和平代表大会上同他交谈。我之所以在这一章里谈到他，是因为他的晚年同"冷战"有密切联系。他比我大三岁，属于西方最后的人道主义者之列。虽然他从未搞过政治，但却是保卫和平运动的第一批参加者之一。1952 年，在他去出席世界和平理事会的会议时，他在苏黎世被拘留，人们荒谬绝伦地告了他一状，说他泄露国家机密。一年半后他受到审讯，并被判处 15 天监禁，缓期执行。判决充分说明了公诉的荒谬无稽，但伯尔尼的法官们却依然不敢宣判他无罪：害怕瑞士警察局会因此受到指责。

像邦纳这样大公无私、非常正直又非常纯洁的人是很少见的。他喜欢古希腊的诗歌、它的古迹、它的艺术的生命力，喜爱听过他的课的大学生，爱好和平。他在法庭上说："你们现在应该经得住判决。这是你们的良心问题。我的良心是纯洁的……这里有人谈到我的人道主义，但是人道主义对我来说并非书斋里的学者所研究的科学，而是另一种东西——决定生活的法则。我还想说，有人企图证明，在我的身上，人道主义者有与另一半同时存在的嫌疑——这另一半就是被滥称为'共产党员'的那种人——这是不正确的。其实古希腊学对我来说是一种长期吞没整个身心的学派。人们企图把《安提戈涅》的翻译者同和平拥护者分割开来，而实际上这是同一个人。不，法官先生们，我并不像这里的人们对我的描绘那样是个具有双重人格的人……你们不要认为，文学作品只不过是让人们阅读的，它是为了让人们在生活中体现它才产生的。如果它不能教导生活的艺术，它就仅仅是一种玩具，我也永远不会把自己的一生献给它的……"

这是一个可怕的时代，人们视书籍如炸弹，和平而中立的瑞士竟能审判自己的骄傲——安德烈·邦纳，并企图污辱他。但他在审讯后却温和地微笑着，并满怀希望地看着孩子们："他们将会轻松一些……"

我在瑞士逗留了十天。常有来自巴黎、格勒诺布尔、马赛、里昂、尼斯的朋友到来。我听着、记着，黄昏时分则坐在咖啡馆的阳台上，我觉得湖水时而像是暂时平静下来的海洋，时而又像专为可敬的英国女人或来自俄克拉何马州的旅行者建造的人工蓄水池。看着湖水，我第一千次想到生活是一出十分奇怪的戏——一出像是闹剧的悲剧，一个演员在啼哭，另一个却不知道为什么在笑。要想领会舞台上发生的情节，大概必须是一个十分聪明或十分彻底的傻瓜，但一个普通人却只有工作、读报、看着湖水（如果有湖可看的话），并不想去看透过于复杂的作者的构思。

丹尼兹前来待了几个钟头。我们久久地互相打量对方——也许是又想明白我们发生了什么事。后来我突然说道："那是在另一种生活里……"她答道"是的"，并略微笑了笑——像从前一样。

签证到期了。我到了柏林。"冷战"在那里是日常生活。在东柏林，三一节（每年夏季在耶稣复活节之后第50天的节日）期间举行了一次"青年的会见"。穿着蓝衬衫或女短衫的青年男女列队行进，他们唱着歌，听演说家发表演说。这一切都是在废墟当中进行的。波茨坦广场的一方属于民主共和国，另一方却站着美国兵。穿蓝衬衫的小伙子们用力投掷着一束束的传单，下面印着毕加索画的鸽子。对方以橙子回敬，一个穿方格衬衫的大学生叫道："你们没有橙子……"

边界上不断有人来往——上工，探亲，购物。我到西柏林去过几次。在我曾和莫果利·纳吉、马雅可夫斯基、瓦特·梅林、杜维姆常去光顾的"洛马尼谢斯"咖啡馆对面，有一个交易所——人们在此用"东部"马克兑换"西部"马克。在木棚里或在遭到破坏的房屋的业经修缮的下层，也有数以百计的兑换商在进行同样的交易。当时的行情很离奇——7个"东部马克"才能换 1 个"西部马克"。西部的节约的市民常到东部去刮脸——每刮一次可以省六个马克。西部的主妇到东部去买蔬菜，东部的主妇把咖啡、橙子、香蕉装在小篮子里带回家去。在波茨坦大街上的商店里，英国的衣料推销得很快。橱窗里赫然写着："本店接收东部马克。"而俭省的沙洛坦堡的市民则把哗叽拿到亚历山大广场上的裁缝铺去——一套西服的手工费可以便宜四分之一。在库福尔斯坦大街上，人们跳着桑巴舞，喝着莱茵葡萄酒，瞪着眼睛看着半裸的、尖声怪叫的歌女。而东柏林的戏剧爱好者则去看布莱希特的话剧。西柏林有许多失业者，但美国人舍得花钱——在他们面前的不是一座城市，而是资本主义天堂的展览，他们给失业者发补助金——每月一百马克，于是失业者便对住在东柏林的亲友说："我们啥也不干却得到七百个你们的马克。"

东部有许多书店。柱子上惹人注目地贴着政治宣传画或海报——席勒的《强盗》，"我们是否需要艺术"的学术辩论。西柏林充斥着花花绿绿的广告，小商店里陈列着奢侈品。库福尔斯坦大街充满了餐厅、咖啡馆、夜总会。招牌令人想起遥远的过去："马帕大饭店""凯宾斯基餐厅"。我第一次在阿申格尔那里吃小灌肠时才只有 10 岁。一切都烟消云散了：威廉的帝国，魏玛共和国，第三帝国——可阿申格尔的小灌肠却又在我的面前出现了。诚然，地址已经换了——这是设在一所半倒塌的房子里的小饭馆，但市民们却很满意：那种古老的、空气闷热的、十分熟悉的生活恢复了。

安娜·西格斯和爱伦堡

　　两个柏林的扩音机从早到晚互相揭发。这同其他许多现象一样都酷似前线。西柏林的报刊叫人相信，似乎"赤色分子"举行"青年的会见"旨在占领整个城市。美国人、英国人、法国人搬出了大炮、坦克，但是既没有炮弹，也没有子弹，只有许多传单和不多的橙子。

　　战争有自己的规律，它总是偷窃人的精神世界，使人们的见解简单化，把自己人变成神圣的，而把敌人变成宣传画上的怪物。在这个方面"冷战"同一切战争相似。如果莫斯科或纽约是后方，那么柏林人就是生活在前沿，而一个作家却难于只是写几句简短的口号、画几幅圣像画或漫画。

　　我在东柏林遇到了布莱希特、安娜·西格斯、阿诺德·茨威格。西柏林的报纸攻击他们，把他们称作"卖身投靠莫斯科者""官迷"和"变色龙"。这是愚蠢的——因为任何一个东柏林居民都可以穿过波茨坦广场来到西方所说的"自由世界"，而用"西部马克"进行收买也比用"东部马克"容易得多。安娜·西格斯从墨西哥来到民主共和国，布莱希特来自美国，茨威格来自巴勒斯坦。但是就是在东柏林也有一些批评家时而攻击布莱希特，时而攻击茨威格，时而攻击西格斯。我还记得同这样一个人所做的一次长久争论，他是那些不但同艺术无缘，可能还敌视艺术的人。同我对话的人要我相信，在西格斯的长篇小说《死者青春常在》里可以感觉到对希特勒分子的同情，其中甚至还有排犹的语调。茨威格是个"半犹太复国主义者-半复仇主义

者"，他一只眼睛看着以色列，
另一只眼睛看着西方，至于布
莱希特，则是个"不可救药的
形式主义者"，他顽固地反对
用现实主义手法描写现实，他
的剧本里有"矫揉造作的幻
想"。我反驳说，谁也不曾把
茨威格从巴勒斯坦拉到柏林
来，安娜·西格斯不可能是排
犹分子——她是犹太人，她的
母亲被希特勒匪徒杀害于奥斯

1951年爱伦堡和阿诺德·茨威格在柏林

威辛，至于矫揉造作的幻想过多的问题，在柏林最好是不去谈它——这个城
市超过了布莱希特、爱伦·坡和戈雅的幻想。当然，我是徒然地激昂慷慨了
一番：有些人只会说，却不会听。

　　我很早就了解布莱希特，同他谈话可不容易，他往往像是心不在焉，这
种印象是一种错觉——其实他听着，常常看出很多问题，有时还微笑。然而
他永远被包围在他生活于其中的那个世界的气氛里——这个世界不是巴黎或
柏林，而是某一个国度，我曾私自称之为"布莱希吉亚"。他的幻想就像他的
哲学或诗歌一样不是文学手法，而是天性，他不是一个普通的诗人，而是个
不可救药的诗人。他总是穿一件短上衣，不系领带，吸很辣的黑雪茄，为人
谦逊，说话很轻，尽管如此，许多人都同我一样，每逢有他在场的时候就感
到不安。我想，这是因为一个沉默寡言、仿佛漫不经心的人的内心生活过于
紧张导致的。

　　我想起了在安娜·西格斯家中的最后一次会见。这是在 1955 年秋，在
布莱希特去世前数月。安娜问道："在巴别尔之后还有哪个作家恢复了名
誉？……"我给她带来了一张古老的民间木版画：鲍瓦王子（俄国 18—19
世纪风行一时的通俗故事中的主人公）要同死神决斗。布莱希特请我把说明
翻译出来，接着就全神贯注地看了起来，我感到了我所熟悉的不安。

　　一位联邦德国的作者在一本论述布莱希特的书中说，似乎诗人"要滑头"，做决定时很会"计算"。但布莱希特的"滑头"是婴儿的"滑头"，他的所有"计算"也都是诗人的失算。

我于 6 月初回到莫斯科，叙述此行见闻、柏林景象。萨维奇问我："你的看法如何，会发生战争吗？……"我答："绝不会。"我又当了一次蹩脚的预言家：两周后战争就在朝鲜爆发了，很长一段时间里，都有变成世界大战的危险。

23

在伦敦遭遇冷战气候

我们住在新耶路撒冷附近的别墅里。夏天雨水很多，我几乎整天撰写报纸特写，晚上听收音机。我正想坐下来写长篇小说，不料电话来了：得去伦敦参加和平代表会议，同我的预料相反，英国人给我发了签证。

在机场上迎接我的有英国的和平拥护者和我国大使馆的一位秘书，后者带我去了旅馆。房间很豪华，有澡盆，我想，我可以好好地睡个够了。在《新闻晚报》的第一页上我看见了一篇题为《为什么把伊利亚放了进来？》的文章。我曾认为，与其说英国人不拘形迹，不如说有些迂腐，于是这条简讯就使我不知所措了。夜里我常被一些喊声惊醒，在蒙眬中我模糊地想道：何以英国人要深夜在街上喊叫呢？先前不曾有过这种现象……清晨我从旅馆的经理口中获悉了喧嚷不能制止的原因：一个叫作莫斯里的法西斯组织的参加者带来了一个轻便的讲台，开始咒骂我，说我在朝鲜发动了战争，到英国来进行破坏活动，等等。既然自由大宪章保证言论自由，警察就得保护演说家。旅馆经理说，许多房客都啧有烦言，他只得请我迁往另一家旅馆。

我在大使馆里听说，夏天的伦敦一般是不容易找到房间的，何况目前正在开一个代表大会，还在举行一场大足球赛。我在会上坐了半天并发完了言（即让那些深信不疑的人相信了和平比战争好），便前往指定的地址。这是一个肮脏的三等旅馆，我被带入一个很小的顶间。我洗了洗脸，甚至还没有清醒过来就有人前来找我——工党议员正在威斯敏斯特宫里等我。

1950 年，爱伦堡在伦敦特拉法加
广场上发表演说

朝鲜战争使所有的人都十分激动——人们害怕它会发展为第三次世界大战。英国报纸断言，军事行动是朝鲜开始的。虽然距朝鲜很远，而且工党党员们也和我一样对于 6 月 25 日在三八线上发生的事情知道得很少，但他们认为共产党人是罪魁祸首。诚然，工党党员们的意见是不一致的，有些议员说，即便战争是朝鲜军队发动的，李承晚也依然既不值得尊敬，也不值得支持。但是这样的人不多（我还记得两个——艾·休斯和戴维斯）。多数人对"莫斯科的朝鲜喽啰"感到愤怒。交谈——与其说是交谈，不如说是审讯——一直持续到晚上 9 点。

在伦敦，人们晚饭吃得较早，议员们在会见之前便吃了东西。艾·休斯把我带进议院的餐厅，请我喝啤酒。我们出来的时候，所有的餐厅都已关门。我给大使馆打了个电话，说我和一位满怀盛情地同意当我的翻译的英共党员已经饿得受不住了。我们到了大使馆，被飨以罗马的油浸熏西鲱鱼和"恰特卡"螃蟹，这是一顿真正的盛宴。报应接踵而至。当我在午夜一时乘出租汽车回到旅馆时，人们对我说，他们错把房间租给了我。洗脸用具已被擅自放进了赫然摆在看门人旁边的箱子里。我动怒了，但看门人却想睡觉，一句话也不回答。我只得回大使馆去，那里的人都已睡了。值班的说，我可以躺在来访者等候接见时通常会坐的一张沙发上，但上面既无床单，又无枕头。

早上艾弗·蒙塔古前来找我，把我载往会场，但突然又出人意料地宣称，我们该走了：我的记者招待会已定下了。我答道，我不能穿着一件揉皱了的衬衫出现在记者们面前，只得到大使馆去一趟。伦敦是个很大的城市，于是蒙塔古答道："这不成。还是买一件衬衫吧。""可是我到哪里去穿它呢？""厕所。"当我们驶抵会场时，发现 150 名记者已在等我了。蒙塔古显示出自己是一名能干的统帅：同两个和平拥护者一起封锁了通往厕所的道路，使我能够换衣服。

应该承认，记者招待会结束后我不得不再换一次衬衫：大厅里挤满了记者，而且他们是如此善于挑衅，竟使我汗流浃背。我明白，对于为数不多的那些确实对我的回答感兴趣的人们应该保持平静，但要保持这种表面的平静却很费力气。我出席过数以百计的记者招待会，但没有见到过任何类似的情形。我的回答经常被人打断。一名记者曾跑向前来叫道："别拐弯抹角。直截了当地回答——'是'或者'否'？"

在特拉法加广场上举行了一次群众大会。人山人海。合众国际社报道有一万人出席，塔斯社报道的数字是"两万"，其实大约是一万五。我环视了一下广场，看了看海军上将纳尔逊的纪念碑，不禁腼腆起来，但很快就镇静下来并发表了演说。此后不久便下起大雨来了，人群开始稀少。群众大会结束时，我抽起烟来，我的衣袋里有一盒苏联火柴，上面有工厂的商标——镰刀和锤子。一位我不认识的记者要求我把盒子送给他。翌日，有关我的演说的报道旁附上了一张照片："伊利亚打算用来火葬英国的火柴。"我在另一份报上看到："伊利亚·爱伦堡想写一部新的长篇小说：《伦敦的陷落》。"

蒙塔古在不会有人前来打扰我的一家旅馆里找到了一个房间，这是一件大事。总之，蒙塔古曾多次拯救我。我是 1948 年在弗劳兹拉夫代表大会上认识他的。此后的 15 年间，我在保卫和平的各种会议上都曾看到过他，他不发表演说，但不遗余力地工作。他的外表不像一个体面的绅士，而像我年轻时常去的那个"洛东达"的一位顾客，他穿许多五颜六色的绒线衫和坎肩，开会时常把它们一件件脱去。他的生平更加奇特。他是在一个富有的家庭里长大的。他的父亲是勋爵，自由主义者。蒙塔古年轻时向往十月革命，去过莫斯科，后来成为共产党员。有一次我曾同他在伦敦东部的工人区漫步。行人认出了他，有的还同他攀谈起来——他不止一次支持过这个区的共产党候选人。年轻时他研究过动物学，并以各种野兽充实了伦敦的动物园。他曾把一头小熊装在苏联轮船上，从列宁格勒运往伦敦。熊在第三天便躺到蒙塔古的舱里一觉睡到伦敦。全体船员坦白地说，小熊使得人人讨厌，它在船上走来走去，到处拉屎，水手们决定把它灌醉——把自己的伏特加给它喝了。后来，蒙塔古搞起电影来了，他在墨西哥帮助过爱森斯坦。至今他还在研究电影和电视问题。他还有一桩不可不提的爱好——乒乓球，他是这项运动的热心者们的世界联合会主席。艾弗喜爱艺术，他容易轻信他人，同时又很固执。总之，这是个我始终觉得易于了解的人，虽然他发表议论时条理不清，法语又说得那么特别，使得法国话有时竟像是英国话。1950年，当共产党员在英国的处境十分困难的时候，蒙塔古常平静地同政敌交谈：他的不同凡响显然使许多人束手无策。

一位未曾出席记者招待会，但当时具有反苏情绪的著名的英国作家，曾把我同"大狼狗"相比，并劝我早点回莫斯科去。我不提这位作家的姓名——后来我认识了他，六七年后他改变了自己对和平拥护者的态度，同时也改变了对我的态度。

一位工党党员在英国议会上发表的演说则更坏。（我不提他的名字，后来我没有见到过他，不知道他现在想些什么，我把我现在想谈的这件事归之于"冷战"的气候。）《新政治家》周刊的编辑们邀请我去吃午餐，我在那里认识了他。我们谈了很久——3小时，蒙塔古把法语译为英语。不用说，谈话的题目是和平与战争。我谈到了法国《世界报》上的一篇有趣的文章，并说，无论是法国人民还是英国人民，想必都不愿打仗，普通人的心情同政治家们的演说大不相同，而且也同报上所写的大不相同。后来这位议员在下议院发表了一次演说。他说，不久前他曾和我同进早餐。一个保守党人打断了他的话：一个英国议员怎能同伊利亚·爱伦堡共坐一桌？工党议员答道，他想了解敌人。后来他宣称，似乎我曾对他说，英国人也像法国人一样，无论在精神上还是肉体上都不能作战。他把我同里宾特洛甫相比，后者曾向希特勒证明，英国人不会做任何抵抗。读了这段报道以后，我给《泰晤士报》写了封信。蒙塔古也写了一封。但是任何这种反驳都很难使人感兴趣，事情已经做了：爱伦堡——这是里宾特洛甫，是头大狼狗，是个正在策划"赤色分子"对大不列颠的侵犯的人物。

在这半年之前，一家右派的法国报纸曾写道："如再次让伊利亚·爱伦堡前来我国，那是愚蠢的。我们对这个骗子是太了解了。在赤色的俄国，他所扮演的角色同弗里德里希·吉堡在纳粹的德国扮演过的角色一模一样，后者在表白对法兰西的爱情的同时，却担任着武装力量的军需官。《暴风雨》的作者正在为斯大林的军队开路。爱伦堡在法国会是国家政治保安局的又一名间谍。这是一名怎样的间谍啊！他熟知巴黎的热带丛林，常出入于社会各界，这是唯美派和假绅士的宠儿，他会成为间谍活动的无穷的链条上主要的一环。"

我接到了英国和平理事会的邀请——这个组织联合了一打和平主义的运动、同盟、团体：有战栗教徒（教友会会员的绰号，教友会是英美等国基督教的一派），有托尔斯泰主义者，还有兵役制度的反对者。在同我谈话的人们当中我看见了吉利亚库斯，此人在 10 年后成了我的朋友。我立刻感到可疑，甚至心怀戒备——当时就是这样的时代。我们讨论了为制止朝鲜战争而共同行动的可能性。我的敌意逐渐得到缓和，谈话开始融洽起来。英国保卫和平委员会的女秘书把事情搞坏了。她走到我跟前低声问道："您大概累了吧？我可以叫人给您一杯茶……"同我交谈的人们情绪发生了变化，他们不知道我们谈的是一杯茶，便窃窃私语起来，狼狗变成了一只头戴老太太的包发帽的恶狼……

星期六下午五六点钟，正当所有的英国人（富有的和贫穷的，右派的和左派的）都在喝茶的时候，我走到我国使馆大楼跟前，看到一幅奇怪的景象：一群年轻人，几个电影摄影师和警察。原来在此 5 分钟前，莫斯里的年轻拥护者们开始往大使馆的窗户里扔石头。当时警察尚未赶到，但摄影师却预先得到了通知，把人民反对继续在朝鲜进行侵略的"赤党"的抗议示威拍了下来。查鲁宾大使把石头拿给我看。房间已打扫干净，玻璃碎片也都收拾起来。大使当着我的面给业已在别墅里休息的外交部长贝文打了个电话，要求紧急接见。后来大使开始口授抗议照会。所有这一切我都是第一次看到，查鲁宾发现我被此事吸引住了，便建议我暂时留下，等他回来。在同贝文交谈以后，他说，部长犹豫不决，当然，他也谴责了流氓，答应采取措施，等等。

我去过剑桥，蒙塔古带我去见一位大物理学家——狄拉克。我们受到殷勤的接待。我谈起了斯德哥尔摩宣言。狄拉克说，他认为原子弹是罪恶的，但他不过问政治。他的儿子来了，这是个正在专科大学里学习的少年，他请求我在《巴黎的陷落》上题字。狄拉克说："这就是新的一代，他在我这里是个赤色分子……"我回答说，对于《每日邮报》来说，狄拉克本人也是"赤色分子"——因为他不喜欢"冷战"，并以尊敬的口吻谈论约里奥-居里。

左：1959 年 8 月，艾弗·蒙塔古在爱伦堡的别墅
右：贝尔纳在爱伦堡的别墅

狄拉克大笑起来。（约里奥–居里有一次告诉我，狄拉克还不到 30 岁就在量子力学上有了重要发现。）在两三小时内我忘却了"冷战"，倾听着一个有趣而独特的人的谈话。午饭后，狄拉克谨慎地问我，他的朋友卡皮察（苏联物理学家）出了什么事，报上说，似乎他被捕了。正巧在我动身之前有人告诉我说，卡皮察（他曾在什么问题上触怒了斯大林）还在继续工作，于是我回答狄拉克说，卡皮察是自由的，他有个实验室。我感觉到，狄拉克和他的妻子愿意相信我，但却有些迟疑。狄拉克夫人问道，我是否可以给卡皮察的妻子带去几卷毛线——她爱打毛衣。四只眼睛逼视着我。我答道，乐于转交礼物。我们立即全都轻松下来。时代如此，人们的关系当时也是如此……

我在伦敦第一次同贝尔纳做了倾心之谈。他去过弗罗茨瓦夫，也去过巴黎，但在那里我只是在会上见到他，而在伦敦他却邀我去他家里。日后我们经常相见，有时还做长谈，于是我爱上了他。他看上去酷似一个典型的科学家——老是忘事，老是丢东西，不驯服的头发直竖在头上。实际上他什么都记得，有许多事情使他激动。在战争时期，丘吉尔曾不止一次向他求教，甚至还有人专门为他订做了一顶军帽——他的头太大了。有一次他告诉我他是怎样突然想到了他的一个发现。这是在 20 世纪 30 年代，英国科学工作者代表团来到了莫斯科。他们从中央机场出来。因气候问题，起飞延迟了，下着雨。没有乘客大厅。贝尔纳站在屋檐下，就在这里他突然想到了水的结构原理。他把这件事告诉了一同旅行的物理学家福勒。他们在飞机上又把此事告诉了同行的朋友。那些人听了便对贝尔纳说："飞机一到您就立刻把这写下来……"

贝尔纳过去和现在都为保卫和平运动花费了许多时间和精力。

现在我从贝尔纳教授在 1954 年 9 月（正如写信人所指出的——在清晨 4 时）写的一封信中摘引一段："我被安置在一个过于豪华的旅馆里。他们给了我一套毫不吝惜地以出色的传统风味装饰起来的寓所，挂有一些用真正的油彩绘成的图画，我知道，比这差一些也没关系。为了帮助我入睡，在我的房间的窗户对面闪耀着一盏非常明亮的路灯，窗下是一个停车场，司机们时而开动发动机，时而高谈阔论：如果我懂俄语，他们的谈话可能会吸引住我。他们为我可以在莫斯科度过的为数不多的几天制订了一个计划：乘地下电车环行一周，逛高尔基大街，星期日去参观农业展览会上的建筑……我来莫斯科这是第八次，在这个城市里我认识十多个聪明而有趣的人，然而正当世界上有这么多有趣的事情的时候，却并不给我同他们谈话的可能，而是把我变成一头神圣的乳牛……"

他是个很富有生气的人：一切都使他感到有趣。在我上面所引的那封信里，他想起了维永的一句诗："我渴死在溪水上"。有一次他向我谈到 17 世纪初杰出的英国诗人约翰·多恩，海明威曾把这位诗人的诗拿来作为长篇小说《丧钟为谁而鸣》的题词。另一次我们谈论了毕加索。

有一次他到新耶路撒冷来找我，我们出去散步，贝尔纳在一所小屋旁看到一堆石头，便仔细打量起来，并放了几块在衣袋里。柳芭说："可这是别人运来的呀——大概是想拿来铺路的……"贝尔纳把石头扔了，后来又再次仔细观察它们，接着像有罪似的左顾右盼，把三四块石头塞入了衣袋。我们回去后，他把石头砸碎，给我看了一块有海中贝壳痕迹的石头，并说要把它带回伦敦。

我带他去沃洛科拉姆斯克的郊区，那里的湖畔保留了一座 16 世纪的漂亮寺院。虽然大门上写有这座建筑物系由国家保护的字样，但是却没有一个人保护它。在监禁过瓦西里·舒伊斯基（1552—1612，俄国大贵族，

沃洛科拉姆斯克16世纪的寺院

1606—1610年的沙皇）的塔上，我们看见一头猪。在有着残缺不全的壁画的寺院内晾着衣服。这是个寒冷的秋天，汽车的轮子空转起来，我们不得不在黏性十足的泥地里徒步走了一公里地，鞋子常常陷进去，贝尔纳像鹳一样蜷起一条腿把鞋拔出来。后来他说，这是绝妙的一天。

我竭力想摆脱令人非常难受的"冷战"气候，时而同贝尔纳谈话，时而在泰晤士河岸的街道上徘徊，领略巨大而富于生气的城市的忧郁之美，时而在绘画陈列馆里欣赏在法国印象派诞生的半个世纪前即开始了现代绘画的特纳创作的风景画。

我在晚报上看到一篇文章：《伊利亚·爱伦堡究竟何时回去？》。这是在我起飞那天看到的。

我从飞机的小窗口往外看——我们低低地在伦敦上空飞行：积木般的房屋，红点般的公共汽车，运动场，公园，小汽车——一座巨大城市的模型。我想起了群众大会上的人们、谈话时常常竖起本来就竖得很直的头发的贝尔纳的微笑，还想起了在窗下喊叫的人、记者、窗玻璃的碎片……

这一章写得太长，内容也太芜杂，但我是想叙述"冷战"的离奇古怪，于是想起了一些人来，他们的人道主义、泰然自若和对于包围着他们的意见与情绪的抵抗，当时曾使我感到惊奇。10 年后，在威斯敏斯特宫的一个房间里举行了"圆桌"会议。不仅是工党党员，就连保守党党员也都亲切地同苏联代表攀谈起来。还有其他许多本章所描写的事情，现在连我自己也觉得像是遥远的往事，虽然从那时到现在过了还不到 15 年……当然，从我们这方面来说，在对待这个或那个人的态度上有过许多不必要的、过于生硬的、有欠公道的地方。但是，如果某些西方人士也能想想自己的责任，那就好了。我给我的一部中篇小说取名为《解冻》，我开始写它是在 1953 年末。西方报纸很喜欢这个书名，它们深为感动地一再提到它，但在 1950 年它们却尽其所能地加强本就极为酷烈的严寒，这也是不可忘却的。

24

关于萨特蘑菇和柳条筐的争论

　　我已叙述了在 1950 年席卷全球的那种狂怒。现在我想检查一下我自己的责任。当然，我当时所发表的见解既不能是心平气和的，也不能是沉着克制的，我不是在"冷战之外"袖手旁观，而是生活在其中。当我仔细阅读专门描绘未来的一场反苏战争的一期《柯里尔》杂志时，我能有什么感觉呢？在描述了破坏苏联城市的情景以后，《柯里尔》描绘了被美国人占领的莫斯科的安宁闲逸景象：工厂将被卖给或租给外国企业家，红军剧院将改名为新大陆剧院，剧院里将上演流行的美国喜剧《懒汉和女人》，一家最大的莫斯科报纸将开始在第一版上发表女电影明星詹尼·詹姆斯的回忆录《我在砂拉越州的恋爱史》。我做了尖锐的回答，而且只能这样。

　　这是在 1949 年，当时我还不理解席卷西方知识界的恐慌情绪，因而有时往往有失公允。我读了英国哲学家伯特兰·罗素的一本书，他在书中对成立"世界政府"表示支持。我迄今依然觉得这个主意是不能接受的：它会导致资本主义对全世界的统治，但是不能把罗素说成是统治阶级的辩护者。

　　现在我对这样一篇文章也感到懊悔，我在文章里保护福克纳，却攻击了萨特，称他为"尖锐有力的、重理性的、贵族式的"作家。在此之前我读了他的剧本《肮脏的手》——一篇才华四溢的抨击性文章，但我觉得它是反对共产党的。何以我把萨特称为"贵族式的"？当时我对他很不了解，两次相见——一次在战前，一次在 1946 年——都具有偶然性。在法国，以及在西方的其他各国，所有的人都一再提到萨特的名字，不仅是大学生，就连没有职业、没有成年的女士们也都在谈论他，她们在形形色色的客厅里和招待会上叽叽喳喳："啊，萨特！……"在认识了萨特之后，我看到了一个聪明而谦逊的人，他为自己的名声感到苦恼，把这种名声称作"小傻瓜"——他清楚地知道，有许多怀着景仰或愤怒谈论他的人连他的一部作品也不曾读过。

在我们的时代，政治不是专家们的采邑，而是一种人人都应遵守的东西——很少有谁能回避它。萨特的政治路线会使人觉得是难以解释的——其中有那么多活结。在 1948 年他曾以"第三种力量"的代表者自居，认为自己处于无产阶级和资产阶级、苏联和美国之间的某处。然而"无主的土地"是不存在的，于是《肮脏的手》变成了美国和资产阶级的武器。

萨特在维也纳是一颗明星：让他在第一次会议上讲话，当他结束演讲时，全体起立并长时间鼓掌。

从 1952 年到 1956 年，萨特捍卫苏联，驳斥法国报纸的攻击，他曾数次前来我国，发表了热情洋溢的谈话，参加了赫尔辛基的世界大会。

匈牙利事件发生以后，他公开宣布同自己的朋友——苏联作家绝交，但一年后却又和睦地同我谈话，而且与其说是进行攻击，不如说是为自己辩护。

所有这一切都会使人感到为难，尤其是回想起 1952 年 12 月的情形，当时萨特断然抛弃了虚伪的中立而把脸转向苏联。为了说明这个问题，我想谈谈萨特的某些特点——在同他和西蒙娜·德·波伏瓦成为朋友之后，我明白了许多事情。

就感情和才能而言，萨特是个作家，但他的创作和对生活的理解却往往依赖于他的活动的另一方面——哲学。在维也纳代表大会上萨特曾说："当代的思想和政治把我们引向一场屠杀，因为它们是抽象的。世界被劈为两半，一半害怕另一半。每一个人在行动的时候都不知道邻人的意图和愿望，人们进行推测，不相信'别人'说的话，而是从自己的推测——对手将如此这般行动——出发去解释'别人'的话并采取态度。那时可能采取的就只有一种态度，就是那句说了一千年的蠢话：'想要和平，准备战争。'而这是抽象获得的胜利。人们正在变成抽象的。每一个人都是这个'别人'，亦即那个使人担心的想象的敌人。在我国很难遇到一个人——大都是称谓和头衔……"

在萨特身上，与力图了解正在发生的事情的愿望同时存在的，还有许多敏锐的灵感。他很少观察，他想着，探索着结论，后来又热情洋溢地去领会他看到或听到的。有一次我有幸当了翻译：我引他去见一位熟识的农学家，这是个有才能的人，但喜欢自吹自擂地蒙混人。我预先警告萨特："这是我们的达达兰（法国作家都德的作品《达拉斯贡城的达达兰》的主人公）……"现在我引一段对话。农学家问："我很想从他们那里知道，一头法国乳牛能挤多少牛奶？""我不敢回答——我不是专家。""这我们明白，他们正在写书。但是，譬如说，一天是否可挤 50 公升？""这种乳牛似乎是供展览会上展览的。""但我却可以让他们看看那些生来从未看过展览会的人们，这些人的乳牛一天能挤 50 公升牛奶。"虽然我已事先警告过萨特，但他还是相信了。农学家后来对我说："这个法国人不坏，那么老实！……"在巴黎我把莫斯科近郊的达达兰的赞许告诉了萨特和西蒙娜。西蒙娜笑了："一般说来，他是对的——萨特的确天真……"而萨特则不好意思地微笑着。

15 年前我曾责备萨特偏重理性，这种偏重理性并不是同缺乏感情有联系，正好相反，他那敏锐的良心使他酷似 19 世纪后半期的俄罗斯作家，但是，作为一个哲学家，他有时用一般的范畴进行思考，于是他一方面憎恶抽象，一方面却又变得抽象起来。至于他的政治态度的转变之所以出人意料，那是他的性格使然：那种在别人身上可以称之为内心的独白、怀疑、沉默的日子或岁月的东西，在萨特身上却伴随以在各种场合同记者谈话时发表的宣言和声明——简言之，伴随以行动。当我明白了这一点时，我就对我在 1949 年写的文章感到懊悔了。

我已叙述过的几次西方之行，帮助我更好地理解了"冷战"的气候，我看到了增加敌人的数目是多么容易，我的文章的语气就变得缓和些了。"世界上没有不能通过协商解决的问题，"我在《真理报》上写道，"无论过去还是现在，我们从来不想以武器的力量证明我们的主张正确……我们珍惜任何文明——'东方的'和'西方的'，'北方的'和'南方的'——的价值。我们不仅愿意给我们的朋友，也愿意给那些并不喜欢我们的人提供和平——人人都将在太阳下找到位置，至于谁是谁非——未来会加以评判。"在 1950 年 11 月第二次保卫和平代表大会上，我曾说道："我拥护和平——我不仅支持同罗伯逊和法斯特的美国和平共处，而且也支持同杜鲁门先生和艾奇逊先生的美国和平共处……地球只有这一个，但是它很宽敞，足够容纳各种不同的社会制度的拥护者。他们可以达成协议：不得因为讨厌某人的思想而砸坏他的大门，也不得因为邻居的想法不同、说话不同、生活不同而往他的窗户里扔石头……我们应该关心的不仅是禁止战争宣传，还要为和平共处创造必需的道德条件。应该制止轻蔑和敌视其他民族的现象在成长着的一代中继续发展，要同民族和种族自大狂的一切表现进行斗争。在互相隔绝、制造人为的壁垒、对其他民族的文化和生活进行盲目攻击的情况下，人类的文化是不可能发展的……必须改变世界的气氛，打消互不信任的心理。"

如今这种议论已是初步常识，但在 1950 年我国的报纸却把那些有关壁垒对文化有害、必须打消互不信任心理之类的话从我的演说中删去了。我只得在各种代表会议、读者会见会上一再地重复这些话。〔数年后，情况发生了变化。《文学报》上发表了一个从美国回来的前保皇党人写的一篇文章。他愤怒（这种愤怒从心理上说是可以理解的）地写道，不存在任何美国文化。我给报纸寄去一函，我说，美国有着自己的、出色的文化，有伟大的科学家、杰出的作家。编辑部虽也指出它不同意我的意见，但它毕竟把信发表了。但这是在 1955 年，而不是在 1950 年……〕

在我现在所叙述的那个时期，我游历了国外的许多地方。1950 年访问伦敦之后，我到过布拉格、哥本哈根、奥斯陆、斯德哥尔摩。后来我去出席了华沙代表大会。1951 年——在柏林召开了世界理事会会议，在哥本哈根和赫尔辛基召开了主席团会议，又是斯堪的纳维亚，维也纳的大会。委员会和小组会，那些依然还未变成历史的问题——军备竞赛、联邦军的诞生、在经济与文化交流中日益增多的障碍，通宵的会议，在各地举行的群众大会——在哥本哈根是在公园里举行的，春光明媚，一群群穿着古老的民族服装的丹麦妇女；在赫尔辛基是在车站广场上举行的；在维也纳是在国会大厦附近举行的——所有这一切宛如一条五颜六色而又千篇一律的绶带在回忆里通过。世界和平理事会书记处设在布拉格，每次代表大会召开之前我都不得不在那里停留数周。

我试图把形形色色的政治活动家和文化活动家吸引到运动中来，有时获得了成功，但更为常见的是人们以委婉的拒绝来答复我。我在哥本哈根认识了自由党的女议员艾琳·阿佩耳。她对世界大战的策划感到愤慨，但我国的许多事物都不合她的心意，她的不满有的不正确，但有的是正确的。我同她做了一次长谈，并说服她去华沙参加了代表大会。（在这之后进行了选举，她未被再度选入议会。）艾琳·阿佩耳在华沙发言时说，有些建议她是赞同的，另一些却不赞同，她请求"东方各国的代表考虑自己的错误，就像我现在思索自己的错误这样"。两年后她在维也纳的代表大会上发言，她说，我使她"认识了许多事情"，但对我的演说中的许多地方她却不能同意："伊利亚·爱伦堡，请您谈谈这个问题：您是否确信，对于我们的恐惧，您和您的同志们哪怕连一小部分责任也没有呢？……"

在挪威，一群左派社会党人曾约我在城外相见。我没有钱雇出租汽车，便乘大使馆的汽车前往。司机不认识市郊的道路。我走下车来问路，但无论法语还是德语都没有一个人懂。我迟到了两小时，但是谈话进行得却还顺利。（我之所以谈到这次会见，是因为参加者在几年前脱离了执政党并组织了一个新党。）

我不由得面红耳赤的情况也是常有的。在斯德哥尔摩，瑞典和平委员会秘书参斯特列姆——一本关于毕加索卓越的作品的作者——引我去见一位名医——我得说服他在斯德哥尔摩宣言上签名。一位穿得很漂亮的侍女把我们带进了患者候诊的客厅。我不知何故突然想起问问参斯特列姆，教授是否知道我打算同他谈些什么。参斯特列姆答道，他只是提到我的姓氏，教授大概把我当作患者而约定了一小时的会见。我赶快向出口跑去。侍女想叫住我："再有两个人就轮到您了……"我羞惭地跑了。

有人请我拿一份文件去给著名的丹麦微生物学家马德逊看。当时他已82岁高龄。他亲切地接待我，请我喝核列斯酒，然后开始阅读从朝鲜文译成中文，又从中文译成俄文，再从俄文译成英文的报告。读了第一页后，他就把手稿交给我："把这收起来吧，年轻人，别给任何人看了——这会使一个一年级大学生发笑的……"他说，他同情我们建立和平的意愿，他的态度很温和。可我却如坐针毡，直到夜里想起"年轻人"这句话时，我才微笑起来——我当时已年逾60，早就没有任何人这样称呼我了。

世界和平理事会的总书记是让·拉斐德——一个善于调解的好心肠的人。拉斐德看上去为人恬静，甚至有些懒惰，但实际上却工作勤勉而出色的人。他的助手有中国诗人萧三、美国牧师达尔、巴西人波尔萨里、意大利社会党人菲诺亚尔特亚和古利亚耶夫。在熟悉了工作情况以后，古利亚耶夫显得很有分寸，而且很聪明。他保留了在 20 世纪 30 年代初走进生活的那一代人的一些优点，既未官僚化，也没有被吓死，虽然他的处境困难。古利亚耶夫去世的时候，大家都明白了他在运动中所起的作用。

书记处设在伏尔塔瓦河岸的一所大房子里。我每次到了那里，就有人给我一个房间，让我坐下来批阅文件，这是一种需要细致和耐心的工作。当时布拉格看上去有些忧郁。有时拉斐德邀我去他家里，请我吃那声名远扬的晚餐：他生在多尔多涅，那里的人制作馅饼、山羊干酪和红葡萄酒是内行。他年轻时是糖果点心商，他的妻子若尔热特可以同最高明的厨师较量较量。我们既不谈争取和平的斗争，也不谈文学，而是吃着、喝着、逗笑取乐。

星期日我有时到多布里什去——若热·亚马多同妻子杰丽娅和小儿子住在那儿的作家之家里。亚马多是个生气蓬勃、容易冲动的人，我们所想象的南方人就是这种模样，但在杰丽娅身上，温柔贤淑却同真正的勇气和睦相处。我同他们成了朋友。亚马多既蹲过监狱，又曾两次流亡国外，他容易适应生活中的困难。在多布里什，他整天写作，晚上则同捷克作家德尔达玩牌。消瘦的、活泼的、黑发的亚马多会被人当作敖德萨或马赛的骗子，而肥胖的、愉快的、有时有些狡猾的德尔达则酷似帅克。玩牌时他们常用捷克语和葡萄牙语骂道："赌棍！""骗子！""偷马贼！"……

亚马多是共产党员，在 20 年间一直从事日常的政治工作。他还参加了我们的运动。他没有丝毫虚荣心。在维也纳代表大会上他成功地带来了几个属于不同派别的巴西人，但他却不想发言："让他们说吧……"

他很早就开始写作，他的第一部长篇小说问世的时候，他才 22 岁。他对他成长的那个地区——巴西北部的生活了如指掌，这是可可和饥饿之乡。我喜爱他的长篇小说——其中有着严峻的真理同诗意的结合。这不是文学手法，而是亚马多的本质——对人们的爱，体贴，人道。我永远不会忘记他在早年写的一部长篇小说中所描写的饥饿的农民的结局，以及养活全家的热列米亚斯的驴子之死。这头驴知道，沙漠上的青草有毒，便吃树皮和带刺的仙人掌，但后来它忍不住了——吃了有毒的草并悲鸣着死去了。

外国人对亚马多的了解要比他的本国人更为清楚。1954 年，在酷热难当的累西菲的机场上，有一个跑江湖的摄影师在走来走去地寻找知名的旅行者。某人劝他给我照相。他告诉我说："我给若热·亚马多照过三次相，但是只有一次一家报纸从我这里拿去了照片……"长篇小说《加布里艾拉》问世后，亚马多声名大振。福楼拜在谈到包法利夫人时曾说："爱玛——这就是我。"有些人觉得奇怪——这位独身的、爱讽刺人的怀疑论者同那个轻佻而多情的外省女人太不相似了。但加布里艾拉却的确是亚马多，所有了解作者的人都感觉到了那个善良的、具有自由思想的、顺从而同时却又叛逆的女人同作者之间的血缘关系。

我青年时代的朋友如今已所余无几——有的被杀害了，有的死在自己的床上。亚马多本来可以当我的儿子，但却成了我的密友，我知道，在世界的另一端有一个不会怀疑、不会忘却的人，这就足够了。

我想起了在多布里什庆祝亚马多和杰丽娅的女儿诞生的那一天，她同毕加索的女儿一样，名叫帕洛玛（小鸽子）。有人从古巴给尼古拉·纪廉寄来一瓶白罗姆酒。巴勃罗·聂鲁达带了一瓶酒来举办鸡尾酒会。纪廉像小孩子一样感到很委屈：因为他想用古巴的名产款待大家。纪廉的身上有很多稚气。他喜爱掌声、奖章，荣誉对他来说就是一株挂着闪闪发光的星星和爆竹的新年松树。他过着长期流亡的生活，经常怀念古巴。有一次我们在巴黎的圣米瑟林荫道上走着。纪廉抱怨自己很孤独。突然有两个姑娘站住了，定睛瞧着我们，其中的一个请求纪廉在他的一本诗集上题字。他立刻高兴起来，我们分手时他说："原来在巴黎也有我的女读者！……"

他的诗非常富有音乐性。它们是同古巴的黑人和黑白混血儿唱的歌有联系的。他把它们朗诵得十分出色。他能用一根手指在粗大而雪白的牙齿上敲出旋律。他很早就开始了革命斗争，虽然他个人的命运并未迫使他这样做——他是参议员的儿子，有才华的诗人，他的第一本诗集曾受到要求严格的乌纳穆诺的称赞。内战时期纪廉在西班牙，后来尝到了巴蒂斯塔的牢狱的滋味。他写了一首关于他热爱的祖国的短诗：

飞来一只无精打采的鸟儿，

唱着一支凄凉的歌儿。

啊，古巴，我了解你！

你的棕榈在鲜血中成长，

眼泪汇成了淡蓝色的海水。

当时，"冷战"的氛围十分紧张，这一点有时赋予我们的工作以浪漫色彩。第二次代表大会应在设菲尔德举行，但是在预定的会期之前的两个月，我们从英国得到了不利的消息：十分明显，政府要破坏我们的意图。我们请求波兰人准备会址，订好了飞机座位。使我难忘的一夜来到了：约里奥-居里和一群代表从巴黎前往伦敦，他们先乘火车，又乘轮船横渡英吉利海峡。夜里布拉格接到伦敦来的电话："不让约里奥入境……"拂晓时我们开始用电话找他。港口很多——约里奥究竟在哪里呢：在加来，在布伦，还是在勒阿弗尔？……布伦小姐（这是人们对女电话员的称呼）非常热心，她说要竭力找到约里奥-居里，不久她就通知，约里奥在敦刻尔克。"敦刻尔克小姐"原来也很殷勤，她把我们同约里奥联系上了——约里奥正在港口附近的一家小咖啡店里吃早饭。法奇和他谈了话，后来我也谈了一些。这是一次独特的会议——用电话开的。一小时后我们给了报界一个通知：代表大会改在华沙举行。

世界和平理事会会议在那几年里经常召开。每逢约里奥、法奇、南尼、多尼尼、法捷耶夫发言，大厅里总是挤得满满的。也开过一些枯燥无味的会。人人都想发言，只得通宵开会，天快亮时，主席在同瞌睡做斗争，但演说家却激昂慷慨地对着空空荡荡的大厅叫道："我们不能放松我们的警惕！……"

许多人都曾为参加保卫和平运动付出了巨大代价：天主教神甫布列和加泽罗失去了神职，有些教授失去了教职，而伊莎贝丽·布吕姆则失去了议会里的席位：比利时社会党人把她开除出党了。她为争取和平的斗争贡献了自己的全部力量。在年轻人里也很少有人能像她那样：飞到墨西哥待上几天，接着立刻去印度尼西亚，在代表大会上坐一个礼拜，从一个委员会跑到另一个委员会，规劝或安慰什么人，担任任何一桩平凡的工作，两周后又前往日本。她的父亲是个牧师，她的儿子是共产党员，而她则依然是个女游击队员。

爱伦堡和皮埃尔·戈特

我早就知道皮埃尔·戈特，我们在人民战线年代相识于巴黎，常在莫斯科相见，曾同去土拉访问"诺曼底"的飞行员，然而直到我现在所叙述的那个时期我才对他有了清楚的了解。他是个法学家、知名的政治活动家，在议会里待了数十年，当过几次部长，从他的思想体系来说，对于我他是另一个领域的人——就像鸟儿之于鱼儿或鱼儿之于鸟儿。但是同他在一起我觉得很轻松，这大概因为他从来既未当过猎人，也没当过渔夫。他爱好艺术。除了政治观点以外，他还知道，就连志同道合者也并非相似。我们常常通宵起草宣言或建议文本（事后很少有人想起这些文本，但是我们往往对一个形容词也要争论几个小时，似乎人类的命运就取决于一个字）。在典型的决议中常常可以碰到"注意到"这句话。皮埃尔·戈特善于注意到这个或那个人的特点，这一特点在政治活动家当中是并不多见的。他是个出色的演说家，但在他的演说中却从来没有我们称之为辞令的那种东西——他的话准确、层次分明，竭力说服同他进行争论的人。他有许多年都是激进社会党（世界上最复杂的一个党，它把具有各种不同观点的人都联合在一起）的领袖之一，同时我在西方又很少见到如此守纪律的政治家。他争论了一番之后，看到没能说服别人，便坐下来起草表达多数人的观点的决议，而且在表达同他有分歧的人们的意见时，可能比他们自己表达起来具有更大的说服力。

第 六 部

德·阿斯蒂埃有一个很长的名字：艾曼努埃尔·德·阿斯蒂埃·德·里亚·维热利。他本人要比自己的名字还长——走进任何一个大厅，我一下子就看见他了。他有一副年老的法国贵族的外貌，同时又是一个典型的堂吉诃德。他是个标准的半瓶醋——无论在政治上或文学上都是如此。他写了几本好书——一半是回忆，一半是思索。他的作品受人喜爱，但是作家们在赞扬他的同时并未忘却德·阿斯蒂埃是个半瓶醋。至于政治家们那就不用说了：议会或政治报纸编辑部里的堂吉诃德——这不仅只是个半瓶醋，而且还是个看管不住的危险的糊涂虫。在第一个时期的保卫和平运动中，可以看到各种派别的人物，热情同关于人生意义的议论交织在一起，组织工作也同独立的外交手腕难解难分，德·阿斯蒂埃之所以能在这个时期的运动中占有自己的地位，可能就出于上述原因。我在德·阿斯蒂埃的办公室里看见过他的祖先的肖像，他们全都因为命运的戏弄而当了各种不同政体的内政部长。德·阿斯蒂埃没有避免遗传病——他被任命为自由法国第一届内阁的内政部长。当时德国人还在法国，于是德·阿斯蒂埃只能管一个科西嘉岛。他未必是个好部长，但若干年后他却显示出自己是个优秀的和平拥护者。在执行局或主席团的每次会议上，在世界理事会的每次会议上，他都要对我说，他对毫无意义的辩论和通宵的会议感到厌倦了。我们都是教条主义者，而他却没有忘记这一点：今后无论在布拉格还是维也纳，我们当中将没有任何人会再看到他了。他不知为什么要对我说这话，就像是我把他请来而且不放他走似的。他走到旅馆楼上自己的房间里，读一两页蒙田的作品，或者摆上两副牌阵，然后心平气和地回到会场，坐下来起草例行决议的草案。他同有些女人一样器量很小，但是既忠于自己的思想，也忠于朋友。他的性格有些别扭，但我珍视他的友谊——不管怎么说，堂吉诃德精神在我们的时代毕竟是罕见的奇货。

现在我还不能像谈论往事那样谈论保卫和平运动：它还在继续，而我也正如先前一样参与其中。我之所以谈到它最为蓬勃的那些年代，是因为原子战争的威胁在当时最为明显。当然，朝鲜距离伦敦和纽约都很远，但是在朝鲜进行的军事行动却使全世界不安。这个不幸的国家化为灰烬了。被凝固汽油点着的城市和乡村在燃烧。起初北方的军队几乎占领了整个朝鲜。美国出面干涉，它的士兵开到了中国边境。这时中国的师团投入了战斗。美国的许多政治活动家和军人都坚决主张使用原子武器。有些参议员还要求往莫斯科扔原子弹。任何一个法国人或意大利人都知道，苏联已拥有核武器，他们的房舍、家庭，也可能化为灰烬。争取和平的斗争变成了所有人的事。

当然，保卫和平运动得到过成功，也遭到过失败。在斯德哥尔摩宣言上签名的人真是三教九流，无所不有——托马斯·曼和几内亚目不识丁的居民，巴西的部长和穆斯林出身的教师，亨利·马蒂斯和战栗教徒。我们被获得的成就所鼓舞，曾建议五大强国——美国、苏联、中国、英国和法国在宣言上签字，让它们彼此之间签订和平条约。但是这对于普通人来说只是抽象的公式——大家都记得希特勒签订过多少不侵犯条约。而研究国际形势的人们则觉得和平条约是乌托邦——在 1951 年是难以想象杜鲁门和毛泽东会在一张圆桌旁坐下来的。此外签名也只能搞一次——这不是每年都能搞的。无论在长篇小说的写作上还是在社会活动中，都最好不要当模仿者。恰恰相反，停止在朝鲜的军事行动的要求得到了各地的响应。

为什么我要花费（现在仍在花费）这么多的时间去做一桩既非志趣主使、又非职业要求的工作呢？谁也不曾逼我去干这事，谁也不曾劝我把它一直干下去。我是自己要当蘑菇（俄国有句谚语："既然名为蘑菇，就请跳入筐中。"此处意为本人心甘情愿。因下文提到蘑菇同柳条筐之间的争论，故这里只得直译，以免下文费解），但要我回答这是什么原因却很困难。每当朋友们问我会不会发生战争，我总回答"不会"，这种回答与其说出自对局势的清醒估计，不如说出自愿望。但是当我在各个城市的街道上走过时，我常常感到惊慌不安。一天，在维也纳，我觉得战争正伴我同行，像我一样窥伺着灯火辉煌的窗户。有时我诅咒令人窒息的房间，人们在其中没完没了地争论着第七段的第三句话。同时我又找不到人诉苦，不得不自己战胜自己。争论是在蘑菇和柳条筐之间进行的，很明显，胜利的将是柳条筐。

回顾以往，我对此并不惋惜：我们做了一些事，也做成了一些事。三四十年以后，一位目前还在学校读书的历史学家，也许会把自己的著作中的一章献给保卫和平运动，但也许只写寥寥数行。这不是我能够判断的——我在这个问题上是有偏心的，因此也是盲目的。

25

画家孔恰洛夫斯基和红方块王子派

我们热闹地庆祝了画家彼得·彼得罗维奇·孔恰洛夫斯基的 75 岁生日。孔恰洛夫斯基唱着西班牙歌、跳着舞，所有这一切都同 "75" 这个数字不大相符。当时我刚满 60，却常常想到老年已至。当然，大自然有自己的规律，精力日渐衰竭，身体日益苍老，但我曾不止一次遇到年轻的老头子，也认识一些愉快的、鲁莽的、没有失去自己幼年时代的勇敢的老人。孔恰洛夫斯基就是如此，他教会我心平气和地阅读年轻读者的来信，在这些信里我常发现这样的字句："在您的暮年……"

我是在 20 世纪 20 年代认识孔恰洛夫斯基的，但真正了解他并爱上他却是在很久以后。在战争时期和战后的年代，我们常常相见。孔恰洛夫斯基在地上站得很稳，这使我同他亲近起来。我发现，坚韧不拔的精神是狂热之徒或真正的乐天派所固有的。时代的气氛充满了狂热，但精神上的欢乐却显不足。

孔恰洛夫斯基是个具有壮士般体魄的人，他的一切都是粗大的——举动、感情、油画上的笔触。我曾谈到过他精神上的欢乐，这些话可能会把人弄糊涂——他既不是殷勤逗趣的人，也不是在我们这里长期被视为公民道德的典范的那种招贴画式朝气蓬勃的人。我常常听人说起，他作画时是不想太阳如何明亮或者他心爱的丁香如何开放的。但这并不真实：孔恰洛夫斯基是个乐于深思的人，他不仅工作，还聪明地开玩笑。他生平并不是只尝到过蜂蜜，他也饱尝过冰窟窿里的滋味。当然，使他伤心并不困难——他具有艺术家的敏感，但是

1943年，彼得·彼得罗维奇·孔恰洛夫斯基的自画像

却没人使他倒下，虽然曾经有过一些人想这样做。

我常同他谈论巴黎。孔恰洛夫斯基在那里住了很多年，就是在那里他第一次发现了作为画家的自己。他在十八九岁时去巴黎学画。朱廉学院有些类似莫斯科的克莱曼中学——年轻的艺术家之所以挑选它，是因为那里没有那种使得国立艺术学校的全体学生都苦恼不堪的机械训练，但是那里的教授却像各地一样都是昙花一现的学院派的名流。回忆起朱廉学院，孔恰洛夫斯基笑道："您知道有谁在那里学习过？在我之前有博纳尔、维雅尔、马蒂斯。

格列兹同我坐在一起，他还是个孩子。后来莱热、德朗在那里学习。马蒂斯告诉我，他的老师（可能是布盖罗）当时是个名人，他曾对一个学生说：'这比我看到过的一切都坏。您永远学不会绘画。您不如去选择另一个职业。'洛朗斯教过我，他的画在卢森堡挂过——都是巨幅的战争画，如在我国他会三次获得斯大林奖金。有一次他夸奖了我。我惊慌起来，明白了我在制造废品。不过日后在彼得堡学校时，我甚至对洛朗斯感到惋惜……"

我不曾感觉到孔恰洛夫斯基比我年长许多，有时甚至还羡慕他的年轻。有一次他告诉我第一次看见现代绘画时的情形："这是克洛德·莫奈的令人神往的《干草垛》。莫斯科有一个法国技术展览，那里不知为什么展出了一百多幅图画，其中就有莫奈的作品。我发呆了。现在我告诉您这是什么时候的事……1891年……"这时我不禁暗笑：这正是我诞生的那年。而他直到暮年却始终年轻。当他年近80的时候，他不仅从早到晚不停地作画，而且还同孙儿们打闹。

　　孔恰洛夫斯基长期未能找到自己的风格。他看到过自己的岳父苏里科夫、自己年轻时的艺术监护人谢罗夫、科罗温的油画，对他们深为敬佩，但是认为时代变了，眼光也变了。他寻找自己的道路，或者像他爱说的那样，寻找自己的"方法"。他看见了凡·高的作品，竟如此心醉，因而前往阿耳瞻仰了一番，并为能够在凡·高常去的铺子里买些颜料而感到幸福。在悲痛而狂乱的凡·高同愉快、健康、结实的孔恰洛夫斯基之间，似乎不可能有任何共同之处，但是直到一生终了，他始终都爱重复凡·高的话："我经常从大自然吸取养料。有时我夸大、改变所有的素材，但从不杜撰一幅图画。正好相反，我是在大自然中寻找已经存在着的、虽然还有待发现的图画。"

　　塞尚的绘画对他来说是最后的也是最重要的发现。孔恰洛夫斯基是那么震惊，以至于开始坐下来去做一件无论在这之前还是在这之后都从来不做的工作：把爱米尔·贝尔纳写的一本记述塞尚对绘画的意见的书从法文翻译过来。

　　当孔恰洛夫斯基的作品在"红方块王子派"的第一次展览会上引起了一部分人的赞许和另一部分人的嘲笑时，他已34岁。

　　我翻阅了1951年出版的一卷苏联大百科全书，找到了几行有关"红方块王子派"的文字："帝国主义时代资产阶级艺术极端堕落的典型表现。'红方块王子派'反对思想性和现实主义，斩断同过去的艺术的崇高传统之间的联系（协会带有挑衅性的、招摇过市的名称即由此而来），同时又以需要'新'形式为名来掩饰自己的反动立场。但是他们那种世界主义的'创新'却化为对保罗·塞尚和亨利·马蒂斯的模仿。"

　　我想起了"红方块王子派"时代的孔恰洛夫斯基的油画——静物写生，纳拉河上的桥梁，画家雅库洛夫的肖像。这同"帝国主义时代"有什么相干？（顺便可以补充一点：法国帝国主义者从未从马蒂斯的绘画中吸取过灵感，而马蒂斯也是憎恶法国帝国主义的。）参加"红方块王子派"的画家孔恰洛夫斯基、连图洛夫、马什科夫、罗日杰斯特文斯基、库普林、法尔克在革命后没有逃往国外，他们热爱人民，并为人民工作。俄国的官方人士对"红方块王子派"的最初几次展览采取挖苦、起哄的态度，而阿·瓦·卢那察尔斯基和年轻的马雅可夫斯基却对它们表示赞许。当然，"红方块王子派"这个名称是非常无聊的，但在当时，荒谬的名称风行一时。（"野兽派"听起来也是不很令人信服的，但它不仅并未妨碍马蒂斯、马尔凯、迪菲、弗列兹成为大师，也未妨碍他们联合起来革新了一个时代的绘画。）

我曾谈到我在革命后不久回到莫斯科，在一个展览会上看到"红方块王子派"的油画时有多么高兴。在巴黎时我仅根据《俄国晨报》或《俄罗斯言论》的文章了解新的俄罗斯绘画，以为"红方块王子派"是模仿法国人。我立刻发现这是胡说。

当然，孔恰洛夫斯基也像"红方块王子派"的所有成员一样，向塞尚学习了许多东西，但是，一个20世纪的画家又怎能对这位大师在绘画上的发现漠不关心呢？毕加索惊人地表现出了西班牙民族的天才，然而如果在他之前没有塞尚，他也未必做得到这一点。安德烈·鲁布廖夫首先在绘画中表现出抒情色彩、光线感和俄罗斯性格的深度，而鲁布廖夫却向拜占庭人费奥凡·格列克学习过。孔恰洛夫斯基、连图洛夫、马什科夫不仅曾向塞尚学习，而且还向俄罗斯民间艺术的大师们学习过。我还清楚地记得我们革命前的城市里挂的招牌：一个理发师在顾客的脸上搽肥皂，一个土耳其人在吸烟斗，几块西瓜周围是一串串的葡萄。孔恰洛夫斯基曾回忆道，1912年的静物画《面包》是他在看到一个绘有几大块糖的招牌后画成的。他还说过，当他在西班牙之行结束后开始画斗牛的场面时，他想到过古老的三一节的玩具。

孔恰洛夫斯基景仰塞尚，喜爱法国绘画，但他的创作却是俄国式的。他的油画在巴黎展出时，有些批评家说他的作品"粗糙""自然主义"：他们不懂他们面前是另一种性格、另一种天赋、另一些习俗的表现。

孔恰洛夫斯基不止一次钦佩地向我谈到法国大师们的现实主义。这也许会使人惊奇——须知那些在数十年间"严厉批评"过他的人之所以批评他，就是因为现实主义。孔恰洛夫斯基把绘画分为两种，一种是接近大自然的、现实的，另一种是幻想的，其中没有同大自然的有机联系，往往"照相只起辅助作用"。他在回忆1912年爱好者们前来购买他的静物画《面包》时说："我开玩笑地用一根线把一块真正的面包吊起来，后面衬以背景的颜色，大家看了很久，在我没有碰它也没有让它在线上摆动的时候，谁都不曾发现有个面包是真的。这就是接近真实的证明。"还得补充一点，即对于热衷于空想的现实主义的人们来说，"红方块王子派"时代的这幅静物画（当然，吊起来的面包没有了）依然是"反现实主义"的体现。

人们都说，孔恰洛夫斯基一生非常走运，这话又对又不对。他非常结实、健康、愉快，他到过世界上的许多地方，做过许多工作——画了一千七百幅油画。他对什么都感兴趣，能说流利的法语、意大利语、西班牙语，为了阅读莎士比亚的原著，他还学了英语。他在布格雷有一幢房子、一个种有丁香的花园和宾客——他非常好客。他和妻子奥莉加·瓦西里耶夫娜非常和睦，热爱儿孙。他常去打猎，阅读笛卡儿的著作，同阿·托尔斯泰、谢·普罗科菲耶夫、毕加索、梅耶霍德等大艺术家交谊甚厚。他死于 80 岁的高龄，几乎直到临终都还保持着旺盛的精力。他爱祖国，亲眼看到了它如何逐渐成长并在精神上强壮起来。如此说来，孔恰洛夫斯基的一生就似乎是幸福得令人难以置信了。这一切固然也可以说是幸福，但这种幸福的空想成分毕竟多于现实成分。

对于孔恰洛夫斯基来说，生活首先就是艺术。他常谈到这一点。他在1925 年去巴黎卖掉若干作品以后，买了 70 公斤颜料：他不能想象哪怕一天没有调色板和画笔。晚上不能画油画，他就写生。油画、画家的道路之所以是他一生中最重要的东西，其故即在于此。

可以说，孔恰洛夫斯基在这个方面也是走运的——只要想起连图洛夫、法尔克、塔特林、德烈温、乌达利佐娃的苦恼就足以说明这个问题。孔恰洛夫斯基当了院士，他的个人画展定期举办。但我又要说：这一切既是如此，又并非如此。

环境对于画家或作家当然是有影响的，要想不为夸奖和指摘、奖章和严厉批评所左右，就得具有狂热的顽强精神。我根据自己的体验知道，有时你会不知不觉就在这件事上让步了，在那件事上退却了。有过这样一些时期，当时孔恰洛夫斯基坦白承认："我还在工作，但先前那种充分的愉快却没有了……"

他对绘画有非常深刻的理解。虽说毕加索距离他非常之远，但孔恰洛夫斯基却说："毕加索高出所有的人。"他还开明地向别人解释，何以毕加索是我们这个世纪伟大的现实主义者。

下面这一段话摘自孔恰洛夫斯基的笔记本："普希金在 1825 年 3 月 14 日给兄弟列夫·谢尔盖耶维奇的信中写道：'你们那里的人简直胡说八道。他们说，在诗歌当中诗不是主要的，那什么是主要的呢？散文吗？应该及早用压力、鞭子、棍棒和《我独自坐在大伙中间》的歌声把这消灭……'我们这里的人也是胡说八道！他们说，在绘画当中绘画不是主要的！那什么是主要的呢？因此我还不止一次听到这样的话：我的主要缺点是绘画和醉心于绘画，尽管这里所指的是朝气以及同这朝气相联系的特点。这岂不是胡说八道？绘画当中主要的就是绘画，因为只有这样，观念、思想、情节才能影响观众。画家只有通过绘画才能把自己的思想感情传达给观众。艺术的天性就是如此。"

灵感常把孔恰洛夫斯基从同他格格不入的"空想的类似"（这是他的话）中解放出来。无论在梅耶霍德的肖像画、某些家庭肖像画、许多静物画还是孔恰洛夫斯基在 1946 年画的那个非常年轻的《地板打蜡工人》中，都可以看到这点。他留下了许多出色的油画，但在想到这位大画家的命运时，我依然经常回忆起他所揭露的那些"胡说八道之徒"。

孔恰洛夫斯基的脾气非常好，他很少抱怨，甚至同那些妨碍他工作的人也保持着不能说是良好的，至少也是正常的关系。奥莉加·瓦西里耶夫娜对丈夫的对头们却坦率得多，她说："我是西伯利亚人，该用凿子的时候我却用斧头……"

我还记得一次盛大的纪念展览的情形。孔恰洛夫斯基同往常一样愉快地站在那里，同来宾握手，面带微笑。他把我引到一边，谈起了当时美术家协会的一位领导人："他本来在国外，后来飞奔而来，把最好的作品——《地板打蜡工人》《水牛》以及早期的'西班牙'油画全都撤了下来。可现在他要讲话——致贺词……"孔恰洛夫斯基在说这话的时候依然面带微笑，但我懂得，微笑对他来说有时并不容易。

1949 年我在坦波夫时，博物馆的一位女职员告诉了我孔恰洛夫斯基的一幅静物画的故事，这幅画挂在省里的一家大工厂的食堂里。经理决定，"没有思想性的"丁香配不上先进生产者。后来，有人送来了一幅描绘工厂生活的大油画。不料工人们却提出了抗议："把我们的丁香给我们留下！"

回到莫斯科后，我把此事告诉了孔恰洛夫斯基，我看见了他眼中的泪花。他轻声说："这就是奖赏……"

可以画个句号了——历史将得出结论。

26

《九级浪》和担任最高苏维埃代表

1951 年我年满 60。就在那个人们用来批评、庆贺和安葬作家的文学宫的大厅里，举行了一次纪念晚会。回忆是十分丰富的。

在晚会上，亚·亚·法捷耶夫担任主席，康·亚·费定做了报告。各出版社、杂志、报刊、剧院的代表宣读彼此雷同的贺词："热心的政论家""锋利的笔触""争取和平的不倦的斗士""作品已成为苏联文学最宝贵的一部分"……青年们表演了合唱。酷热难当，耸立在我面前的人造皮纸夹发出臭气。后来，有人宣读了世界和平理事会、杜维姆、奈兹瓦尔、聂鲁达、亚马多的贺电。在简短的讲话中，除了当时在任何一个隆重的纪念会上都必不可少的那些表示感谢的话以外，我还谈到了使我激动的问题："正如每一个作家那样，我经历过迷惘、怀疑、沉默的时刻。支持了我的是俄罗斯文学，是我们伟大而具有深刻的人道主义精神的前辈。可以写得比他们差——任何配售店都不分配才能——可以写得比他们差，但不能在思想、感觉、苦恼、欢乐方面比他们差……我想起了别林斯基关于诗人的一段很好的话：'他有权维护高尚的人类天性，他也同样有权追究使人变得畸形的那些虚伪而不合理的社会生活的原则。'为了人的尊严而同别林斯基所说的那些虚伪的原则进行斗争——这就是作家的职责，这就是他的使命。他不是选择事件的记录，不是从事改编，不是编制存在的事物的清单，他是发掘人类心灵的宝藏……我同我的许多同时代人一样，没有立刻看到人类文化的继承性和多样性。我们在阅读历史的各章时往往未把这些章节联系起来，有时地理学也妨碍我们很好地了解历史。然而接力赛跑却在继续进行，普罗米修斯的火也不断地从一个人的手中递到另一个人的手中……人是会老的，精力日益不济，感情也不大容易激动了。但对于作家来说却没有老年：他的全副精神都寄托在隐秘的激情和未完成的作品上，在不是人们而是死亡使他离开——这一次是永远离开——稿纸的那一分钟之前，他始终年轻。我谈这个问题是因为我想写作。"

作家协会书记处决定出版我的作品的五卷集以纪念我的生日。我为这个版本饱尝了痛苦：几乎在先前出版过许多次的那些作品的每一页上人们都要寻找违禁之处。我偶然地保存了我在1953年1月寄给最高法院的一封寻求保护的信件的副本。除了文字上的各种改动之外，人们还要求我给中篇小说《第二天》和《一气干到底》的某些主人公更姓换名："这两部作品均是描写同其他民族一起修建工厂和改造北方的俄罗斯民族的，但书中非主要民族的人物姓氏过多。"接着开列了一份名单，其中有中篇小说《第二天》里的276个姓氏之中的17个，《一气干到底》里的174个姓氏之中的9个。我想：可卷头上的那个姓氏又该怎么办呢？

我们用得到的稿酬在郊外的"科学，艺术，文学"合作社里买了一些木料。当地不像莫斯科郊区：我的小房子位于一座带有陡坡的小山上，小伊斯特拉河在下面流过。这是一条小溪，但在四月里化雪的时候，它却大为泛滥，如果想象力丰富的话，简直可以称之为尼罗河，尤其因为我们的车站就叫作新耶路撒冷。兹维尼戈罗茨克县一度被莫斯科人戏称为"莫斯科的瑞士"。17世纪，尼康（1605—1681，1652—1666年的莫斯科总主教）命令修建了新耶路撒冷修道院，这个小镇便因此而得名。德国人临走时炸毁了钟楼，并严重地破坏了大教堂，彩色的瓷砖（佛罗伦萨同波斯的合璧）直到1950年还堆在地上。契诃夫在沃斯克烈先斯克镇（即今伊斯特拉）住过，在地方自治会医院里工作过，写过短篇小说，并在修道院的古树下休息过。我种了些丁香、茉莉、月季。冬天，从伊斯特拉的市苏维埃来了电话："您的别墅烧掉了。"

得到各卷的稿费后，我们开始建造新房——砖砌的地基完好无恙。莫斯科的窄小住宅人多而嘈杂，从1952年开始，我们大部分时间都是在新耶路撒冷度过的。我在提米里亚捷夫卡从季莫费耶夫教授的林中别墅里弄到的小菩提树已经绿荫遮地了。这本书我是在窗畔写的。冬天四周一片雪白，而在八月，短暂的北方之夏的鲜花则盛开如火。

我在纪念晚会上说我想写作，这是真心话。我想叙述我的见闻和感受，叙述自己的痛苦、疑虑、希望。20世纪40年代末和50年代初，无论对于我国文艺界还是全体苏联人民都似乎是一个最艰苦的时期。人们继续在顽强不屈地工作、重建千疮百孔的城市、盖工厂、挖运河。意志薄弱或灰心失望的人民永远也不可能取得战后所取得的成就。人们生活得很苦。萨拉托夫人觉得莫斯科或列宁格勒无异于天堂，但在恩格斯城人们却艳羡地谈论着萨拉托夫的商店。不过在我现在谈到当时的艰苦时，我所想的不只是、而且主要也不是物质上的缺乏。从伏尔加河走到施普累河的人们，在精神上是不能容忍官员的迟钝、想入非非的巨大数字、说了不止一遍的"让我们不要再……"的。对于一个旁观者来说，主动精神、创造性的思想和人与人的关系似乎均已冰封，但是在这冰层之下却流动着深厚的感情、未吐露的话语、良心和思想的活水。这条河流也是我想叙说的，可我却坐下来写作这么一部长篇小说，它描述了一个美国参议员的故事、报纸通讯社"特兰索克"的阴谋、杜马教授的老年，其中，愚蠢的裁缝马科恩唱道：

> 她对他说：
> 你干吗接吻？
> 你不是他，我也不是她，
> 特鲁图图和特拉塔塔。

我曾提到，在1917至1918年间我写过一些歪诗，当时我还不到30岁。但《九级浪》却出于一个60岁的老人之手。当然，我本可以举出我的一些同志来为自己辩解，说他们在那几年里也写了一些不大好的作品，但一个作家首先要对自己负责。为什么我现在要为写出了《九级浪》而感到遗憾呢？这不是因为某些历史事件写得不真实——我是根据我当时所拥有的材料进行判断的，这都是一些细节，而且问题也不在这些细节。批评家们从20

世纪 20 年代就开始指摘我的长篇小说充满政论色彩。他们没能说服我：我在探索长篇小说的新形式——我不能把一个人的遭遇同寿命短暂的报纸赖以为生的重大事件分割开来。我从未号召别人仿效我的榜样：作家也同所有的人一样，是完全不同的。那时，在我们心里称之为"耸人听闻的事件"，10 年后有时竟会成为历史上的一章，我便属于那类与此类事件紧密相连的作者。《胡利奥·胡列尼托及其门生历险记》《第二天》《巴黎的陷落》《暴风雨》都是因那些在当时可以称之为轰动一时的重大事件产生的。作者不是自己作品的审判官——他往往要在写成的东西上增添他想写的东西，我上面提到的那些作品可能写得不好，但它们都是内心必需的产物。可我为什么要在 1950 年坐下来写《九级浪》呢？我可以回答：不是为了钱。但这只能是个借口。在战争时期我没想过写一部关于战争的长篇小说：我知道这是不可能的。在 1950 年，"冷战"十分激烈，只得赞美它或诅咒它，煽风点火或试图把火扑灭，但谁也不能理解所发生的事情的意义，不能窥察敌人的心灵。我所写的文章可以是成功的或失败的、正确的或错误的，但我不能否定它们。至于写长篇小说，又是部头很大的长篇小说，那却是一件蠢事。我模模糊糊地感觉到这一点，但我却被另一件事所诱惑——表现我国人民。我以这样一种希望安慰自己：我将能说出一些真情。

我还记得，有一次我同萨维奇坐在一起，他读了已完成的章节，我们时而喜形于色、时而愁眉不展地讨论着作者应该如何处理苏联的英雄人物。如果教师索莫夫受到了诽谤与迫害，那他的女同事将会从区委书记那里了解到真实情况。如果奥西普在基辅碰到了残酷的现实，那么火线上的朋友们就应该立刻在精神上把他拯救出来。如果瓦丽娅最后终于明白自己没有才能，剧院里上演的也都是一些枯燥无味、死气沉沉的戏，如果她已陷于绝望，那就会有一个不知名的观众及时向她致以由衷的谢意。如果厂长是个官僚主义者，他不愿把一个年轻的工程师设计的脱谷机投入生产，那么莫斯科就会称赞革新者。如果发生天灾，人们很快就能战胜它，如果有了什么苦恼，多情的妻子或富有远见的朋友就会把它驱散。我的长篇小说的情节发生在 10 个国家，但拨给苏联人的篇幅却不足四分之一，而专门描写他们的那几章也都加了不少的糖。从《暴风雨》转入《九级浪》的主人公米纳耶夫想写一部关于战争的真实的长篇小说。书中引用了一些写在这本构思中的作品里的简短字句，例如："'我们的爱情十分单纯，'薇拉说，'如果被杀害——没有什么，但如果我们还能活着——那就得想出点什么来。'"除此之外，还有一些关于工作、同志关系和生活的字句。米纳耶夫是不可能在 1951 年写出这本构思中的作品来的。而我则写了一部拙劣的长篇小说。

我在 1951 年春遇见了文学研究所的大学生。我向他们谈到了我对创作的天性的理解。（《文学报》发表了略微经过整理的谈话记录。）我想起了列夫·托尔斯泰对初学写作的作者列昂尼德·安德烈耶夫的劝告：如果作家想到一部作品，但觉得可以不把它写出来的话，那他也就不该去写它。这段话是对《九级浪》的严厉判决：我本来是可以不写它的。

亚·亚·法捷耶夫在 1953 年 1 月从医院给我寄来一封关于《九级浪》的长信，他也批评了几句，但是却说，总的说来这部长篇小说是"强有力的、富有人道主义精神的，其中沸腾着人民的力量，人的洪流汹涌澎湃"。与此同时，阿拉贡也把《九级浪》同《巴黎的陷落》和《暴风雨》相提并论。但我依然不相信这些好评——我已清楚地知道，我犯了作家最大的错误之中的一种。方才我把此书拿到手中翻了翻，不禁想哼出美国裁缝的那支小调。

> 你不是他，我也不是她，
> 特鲁图图和特拉塔塔。

不久前我浏览了 1951 至 1952 年间出版的《文学报》的合订本。社论里总是一再地说"创作的空前繁荣"。众多获奖者的照片琳琅满目。但是不能预见下一次的灾难将落在谁的头上。在整整一个月当中，人们一直在咒骂乌克兰作家：考涅楚克和华西列夫斯卡娅由于为一出歌剧写了歌词而犯了错，索休拉发表了一首为某人所不喜欢的诗，人们回忆起雷利斯基在 1945 年发表过"有害的诗"，并重又提到了佩尔沃迈斯基——原来他既是"世界主义者"，同时又是"资产阶级民族主义者"。另一个月则专门攻击批评家古尔维奇，因为他写了一篇关于长篇小说《远离莫斯科的地方》的文章。亚·亚·法捷耶夫和阿·亚·苏尔科夫供认，经他们的推荐发表了一篇

1951年，60岁的爱伦堡在文学
宫举行纪念晚会

被《真理报》称为"反爱国主义观点的再次出现"的文章。《新世界》的主编
"完全承认自己的过错"。有些文章酷似法院审理报告，只是现在难以理解什
么是犯罪要素。

《文学报》刊载了一些悼亡之作：维什涅夫斯基、普拉托诺夫、巴甫连科
逝世了。接踵而至的是雨果、果戈理的纪念。

出色的果戈理纪念像起初从街心花园迁往顿河修道院，后来又迁往他去
世的那所房屋的院内。果戈理忧郁地坐着，但作家却应当始终朝气蓬勃。

当然，即使在那歉收的几年里读者也曾感到过喜悦：格罗斯曼写了一
部关于战争的长篇小说，其中有一些优秀的章节。薇拉·潘诺娃发表了新作
《一年四季》的片段，我第一次在文学作品中看到了战后的少年。我读了奥维
奇金的《区里的日常生活》、年轻的格拉宁的中篇小说。我想必遗漏了许多作
品——难以想起这本或那本书是什么时候拿到手里的了。

当时马丁诺夫常来找我。他很少谈话，在生活中还常常对许多事物视
而不见，我甚至还要说他口齿不清。有时他对人漫不经心。有一次我把巴勃
罗·聂鲁达介绍给他。智利诗人就像大自然现象那样使马丁诺夫感到惊讶，
暴雨、干旱、化雪和风是永远都会使他惊异的。他写了一首关于聂鲁达的诗，

把他写得就像报刊文章所描写的那样，一名壮士，神奇的行吟诗人。但聂鲁达却了解马丁诺夫："一个真正的诗人，在他眼前的是第二个世界——艺术世界……"1946 年以后，马丁诺夫的作品不能发表了。但他继续写诗，常从衣袋里掏出揉皱了的纸片向我朗读，每一次我都对他那诗人的力量感到惊奇：气象学变成了长篇史诗。而他却逍遥自在地喝着茶，牛头不对马嘴地回答别人的问题。那几年是他的创作的黄金时代。1955 年马丁诺夫年满 50。年轻的诗人们争取在文学家之家为他举行了一次晚会，并朗读了他的诗作。与会的老作家似乎只有我一个。后来由莫斯科各工厂的文学小组代表、铁路员工致词。他们都说，手抄的马丁诺夫的诗句帮助他们懂得了现代诗歌。诗人的命运发生了变化：数月后出版了他的作品。

年轻人——维诺库罗夫、梅日洛夫、乌林也曾向我朗读诗作。我在《接班人》上写了一篇关于维诺库罗夫的文章——当时他还是个年轻小伙子，但在他那朴实的诗作里却有一些优秀的、巧妙的诗句。

文学研究所的学生曼德尔常来找我，他在经历了许多苦恼之后变成了诗人科尔扎温。他的头脑很不清楚，有时简直荒唐可笑，他常和教师发生争论，为朋友和自己写诗。手抄的诗作落到了并非诗作应该落到的地方。曼德尔被叫去了。他攻击了一个劝他此后再不要写那些不伦不类的诗的正派人。不久他终于被捕，但他再次走了好运：他被送到一个遥远的西伯利亚村落流放 3 年。曼德尔的父亲是个装订工人，母亲是个医生，他们会不时给儿子寄点钱去。诗人在那里读书、思考、写作。我看见他时他早已成人，他告诉我，没等到人们把他送往卡拉干达，他就决定前往该城，进了矿业技术学校，他继续写诗，但不愿迎合编辑部的口味。他给我读了一首长诗的引言——他写道，轻松愉快的时代从来不曾有过，一切取决于人。不久前我从他那里收到了第一本诗集。

在莫斯科举行了一次青年作家会议，他们指派我参加一个讲习班。我读了十来

列昂尼德·马丁诺夫

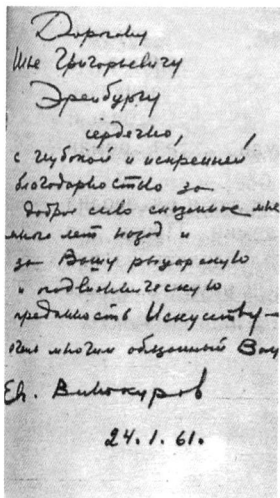

维诺库罗夫在自己作品《人面》上的亲笔题词

部手稿——中篇和长篇小说。几乎所有的作品里都有一些成功的篇页，但却使人有一种拘束之感。在同年轻的散文作家们谈话时，我看到他们了解生活、懂得人。有一个人承认："我自己也知道写得不好……可那有什么办法——趴在桌子上写长篇小说可真不容易……"

年轻的一代吸引了我。我领导了两年季米里亚泽夫科学院的文学小组。小组的成员几乎全都写诗。我没有打算把他们培养成诗人，这在我看来也是不可能的。但是可以教会他们如何欣赏诗作、提高美学修养，于是我就竭力这样去做。我对于同20来岁的人谈话颇感兴趣，他们差不多都是集体农庄庄员或区农艺师的子女。有一次，一个年轻的大学生出来送我。他突然问道："为什么杂志上不发表情诗？我们正在读莱蒙托夫、勃洛克、叶赛宁、帕斯捷尔纳克的诗。可现在有谁这样写呢？"谈话结束时他说："我就要在学院毕业了，也许我还能学会写诗，但也可能学不会，可我永远都要读诗。5年以后，情诗大概也会开始发表了……"一年后，沃洛佳·柯克里亚耶夫在池塘里淹死了。

1950年，诗人鲍里斯·斯卢茨基前来找我。我是在战争前夕认识他的，但此后未再相见。在我开始写《暴风雨》的时候，有人给我带来一部很厚的手稿——一名参加过战争的军官的札记。在手稿里的那些表达得既很简洁而往往又很巧妙的饶有风趣的见闻中，我发现了一首叙述苏联战俘的遭遇的诗——《科隆谷》。我断定这是民间创作，便把它收进了长篇小说。不料作者原来是斯卢茨基。他向我朗读了一首描写被水雷炸沉的运输舰上的马匹的诗：

马儿嘶叫着沉往海底，
在沉到海底之前全都嘶叫不已。

这就是一切。可我还是可怜它们——

这些没看见陆地的枣红马儿。

我立刻感到，他的诗同我是那么接近。后来我试图对他的诗做些分析，曾谈到人民性，引证过涅克拉索夫的话。为了这篇文章我挨了一顿臭骂。也许是我没能表达出我想表达的东西。斯卢茨基一向是既不写自己对女人的爱情，也不写大自然的——给他灵感的诗神是前线的女通信员，她用乳牛耕地，在建筑工地上搬运砖石。在斯大林死后不久，他向我朗读道：

讲排场的时代结束了，

造面包的时代来到了，

冲击天空的人们

也可以抽支烟休息一下了。

先前我从来不曾想到，我可以像同我的同龄人那样同一个比我小 30 岁的人谈话，不料这却是可能的。我在"抽支烟休息一下"之前就同斯卢茨基成了朋友，这大概也有助于我把他当作自己的同辈。

别人的诗作帮助了我——诗还活着（有时是像很久以前那样活在口头上）。然而我谈到过的那条看不见的河流在生活中的水位却高得多。

1950 年初，我被里加的一个区选为民族院的代表。在选举前的大会上，人们都说拉脱维亚语，姑娘们给我献花——可能是用布做的白水芋，献花时

1962 年，爱伦堡和鲍里斯·斯卢茨基在纪念马林娜·茨韦塔耶娃的晚会上

还屈膝请安。选民们很少找我：他们住在共和国的首都，因而有什么要求或冤屈总是去找当地的代表。一年后，我被恩格斯城及其附近的几个区选入俄罗斯苏维埃联邦社会主义共和国的最高苏维埃。此时我才明白，代表的职务并不清闲。

在战前，恩格斯城是伏尔加河流域德国人的自治共和国首都。在城里和乡下居住的几乎全都是新住户。人们还没有适应新的环境：乌克兰人在冬天冻得要死，俄罗斯人咒骂寒风。我已经说过，在那几年里，除了工业中心和某些栽培技术作物的地区之外，全国都是勒紧腰带生活。萨拉托夫得到供应的情况比恩格斯城好得多，但是乘火车前往却很不容易：在冬天，有一条道路穿过伏尔加河，在夏天，河上有小汽船行驶，而在春秋两季，恩格斯城的居民就只有愁容满面地瞧着萨拉托夫的灯火。地方当局请求我设法改善恩格斯城的供应状况。我试了一下，但毫无结果。可是我却弄到了几辆救护车，一位部长接见了我，这也许是出于好奇——好歹是作家，他谈论着文学，而我却拿定了主意：弄不到汽车就不走。恩格斯城是个很长的城市，有的地方没有人行道，街道上的照明设备很差。我帮忙弄到了公共汽车。所有这一切都需要有"苦难的历程"，也就是说要经过各种不同的部门，需要冗长的谈话和耐心。我还帮了图书馆的忙，馆中原来有许多罕见的德文书，而俄文书却很少。我搞了个书籍交换，此事也不简单：需要各种各样的中心点头同意，需要一些人签字，但要闯进去见到这些人物却又并非易事。

幸福的人是既不找医生也不找代表的。在星期日报名求我接见的不幸者往往数以百计——一个人证明，他和全家再也不能在 8 平方米的住宅里生活下去了；另一个人抱怨说，他的父亲受到了不公正的判决；第三个人所做的工作不是他的专长。我向检察长争取到了对一个案件进行重新审查（我的其他几十个请求却被束之高阁）；为一个残废军人弄到了一条假腿；在斯德哥尔摩为一个女人买了一种药品，用她的话来说，这种药拯救了她的小儿子；弄到了书籍、种子。这一切虽都是"区区小事"，但我却暂时感到轻松了一些，而且还觉得自己是同成千上万的人的日常生活联系在一起了。

我在市执行委员会里接见群众时，来访者都低声说话，常常请求不要说出欺负他们的人的姓名："您一走，他们就会拿我出气……"几年以后，生活发生了变化。我当了陶格夫匹尔斯（俄文是德文斯克）市的代表，这个城市在战争时期遭到破坏，城里住着各种民族的居民，成千上万的妇女渴望安排她们劳动。他们修建了一所有着过于豪华的楼梯的师范学院，但却不能给教授们提供寓所。那里的选民们来找我时都激烈地提出抗议，不让市苏维埃的工作人员走进我的房间，大声地述说着一切。但这是在1955年，而我现在叙述的却是1952年……

我在扎沃尔日耶的草原上旅行时，村里的居民纷纷向我提出请求和要求。在一个集体农庄，人们说，有人给他们挖了些自流井，钱拿走了，水却不见；另一个集体农庄的人抱怨道——他们弄不到建筑材料，学校只好设在一个有人住的农舍里；第三个集体农庄的青年生气地说："恩格斯城答应派个剧团来，不料只来了三个演员，演了一出戏的几个片段，而这出戏也很枯燥——女队长知道该怎么播种，可主席不肯让步。这个我们自己也懂。我们希望来个真正的剧团。"有一个人补充道："让他们把《哈姆雷特》带来。我在萨拉托夫看过，这是那么好的辩证法，叫我想了整整一个月……"

在一个集体农庄，人们留我吃晚饭，端来了煎鸡蛋、家酿的啤酒。女主席说："请您帮助我们解决，我们跟她争了好几个晚上……"这个"她"原来就是指会计，她说："依我看来，谢尔盖没有把马多带到莫斯科，他这是对的。我是从格扎茨克附近到这里来的。看来这算不了什么——虽然是在自己的国家，说话也听得懂，可就是不能让自己平静下来，夜里想起小木房——被德国人烧了——就像傻瓜似的号啕大哭起来……要是把一个法国女人带来——她连找个人谈谈都找不到，会愁死的……"女主席是个威风凛凛、精力充沛的女人，她不同意："人应该有理想。有时你做了一个好梦醒来会觉得生气：为什么不能老在梦里呢，在梦里就是下地干活也轻快些……"

人们的思想在发展。在草原上的一所农村小学里，小孩子们读道：

　　　　而他，不安地在寻求风暴……（莱蒙托夫的诗句）

他们怀着理想走入生活。现在他们快20岁了，每当看见我们的有所思索、有所要求、有时也吵吵闹闹的青年，我都会想起那个朗诵莱蒙托夫的诗的淡褐色头发的一年级学生。他的背上大概发痒——长出了一对翅膀。七年级女生常去萨拉托夫，参观博物馆，思考车尔尼雪夫斯基的遭遇。有一个人告诉我说："我在萨拉托夫认识了一个小姑娘，她让我抄了一首叶赛宁的诗。小马驹真可怜……"

有一次在恩格斯城，一个50岁上下的人前来找我，他在接待室里坐了整整一个星期天，终于轮到他了。我请他坐下，可他却站着嚷道："请您想想看——像恩格斯这样的城市，总共只有15部！……"我因接待了几百个来访者而昏迷起来，便问"什么"，我猜可能是一家医院或营业站出了什么事吧？最后他做了解释。国家文学出版社为纪念雨果而征求预订他的文集。这位伟大的法国作家的特点并不是文字简练，他活了很久，也写了很多东西。在恩格斯城有谁会需要他的文集呢？何况房间里也摆不下。但来访者却很生气："人们从晚上就开始排队，可是请看，全城只给15部！……"我高兴起来，因为我至少马上就可以满足一个选民的请求——作为纪念委员会委员，我有权预订书，将来把书给他寄去……他摇着头："我不需要，我是第三个登记的。我是为了全城来对您说的。真叫人难过：恩格斯是个大城——可突然来个15部！……"

另一次来了个青年工人，他的脸还像孩子似的微微有些发肿，他很腼腆，不大连贯地叙述道：他被派去修理残废者之家，那里有个年老的女人曾当着他的面说，人们给她登记了一副专门的眼镜，可有人却对她说："没关系，没有眼镜也能对付。"要知道，她可当了42年教师。他说："您想，作家同志，她给多少人打开了眼睛，可现在连看书都不能看。我认为，这是绝对不公道的。"他的手里拿着一本书，我问他读的是什么，他更加不好意思了："我知道，等您接见要等很久……"原来是一本代数教科书。

不，女教师并没有白白地工作42年，无论是教师、图书馆管理员、博物馆工作人员、演员、讲师还是作家，都没有白白地劳动。人民在思考、学习、成长。小小的外省城市、木棚、白雪覆盖的乡村、东倒西歪的小房子——所有这一切都似乎是不幸的、昏睡的，而生活却在沸腾，纵然《文学报》美化这种生活，同时又使之减色，实际上人们的生活却比这要坏，但是却更坚强，精神上要比戏剧中的那些获得了所有三个等级的奖章的主人公们更为丰富多彩。

我曾醉心于园艺、种菜。我种了两棵七叶树——一棵死了，另一棵长大了，如今每逢春天，它就像在基辅或巴黎那样鲜花满枝。我经常播种，这是一桩好差事：一部作品能否写好是难以预料的，可你在这里种下微小的种子，在木箱上盖一块玻璃——两周后就会出现绿点，接着就得疏苗移植，这是个需要细致耐心的工作，它可以使人平静下来，这当儿不能去想那些时常发生的不愉快事情，要十分留心，保护幼苗，使其不受病、虫之害，它们一定会开出花来。

有的读者会觉得奇怪：何以我在叙述了恩格斯城的人们之后却突然掉转笔头写起一个上了年纪的植物爱好者的怪癖来了？这不是偶然的。国外的许多人以及我们的一些青年还不明白，人民的生活是延续的，是不会中断的。人民经历了许多不好的事情，但他们没有睡觉，而是在感受，在建设。莫斯科城郊的花园在冬天像死的一样，但在树干或仅仅是在树根里却进行着准备春天开花的看不见的过程。所有这一切在日后是很容易理解的，但在1951年我却常常濒于绝望。

27

去智利为诗人聂鲁达颁奖

颁发"加强和平"斯大林奖金的委员会于 1950 年组成，参加者有阿拉贡、郭沫若、安德森-尼克索、凯勒曼、贝尔纳、邓波夫斯基、萨多维亚努、聂鲁达、法捷耶夫和我。委员会的主席是德·弗·斯科别利岑。

在第一年的获奖者之中，除了约里奥-居里之外，还有孙中山的遗孀宋庆龄女士。1951 年 9 月，我和巴勃罗·聂鲁达同去中国授予她奖金。与我们同行的有柳芭和聂鲁达的妻子杰丽娅。我们乘火车赴伊尔库茨克——聂鲁达想看看西伯利亚，哪怕是从车窗里看看也好。我们在伊尔库茨克停了下来，会见了那里的作家。聂鲁达想看看贝加尔湖——他说，早在青年时代他就有此心愿。我们到了一个鱼类研究站，有人给我们看了一些奇怪的深水鱼。聂鲁达要求给他几条尝尝。幸而煎熟以后难以辨别鱼的种类，于是聂鲁达就津津有味地吃了起来，当然，他吃的并不是那些在鱼缸里游来游去的奇怪的鱼。

现在我想违反我选定的规则来描写聂鲁达以及我的一些同他有关的奇遇。除了毕加索之外，在我曾用本书的单独一章分别描述的那些人当中，如今已没有一个在人世：我怕得罪人或者引起不愉快的事件。但聂鲁达已变成一个神奇的人物，有几十本浪漫主义的作品描写了他。我现在想谈谈另一个聂鲁达，这不是我在历史舞台上看到过的那一个，而是在一些普通的房间里看到的那一个：在马德里、巴黎、布拉格、莫斯科、北京、维也纳、圣地亚哥、伊斯拉-涅格拉。

第 六 部

本书的最后一部可能显得过于悲伤：正如古话所说，老年不是欢乐，加之未必有谁会认为 1945 年到 1953 年的这一段时间是愉快的。我对聂鲁达的怪癖将要比对他的出色的诗歌谈得更多一些——回忆起同聂鲁达度过的那些时日我就不禁想微笑，读者可能也会同我一起微笑。

我是 1936 年在马德里认识聂鲁达的。那个时期通常被称作诗人生活与创作的转折点。我觉得，"转折点"是罕见之物。聂鲁达当时是 32 岁，他的性格业已形成，他很久以前就开始写诗，在最初的几本诗集之中有一本叫作《二十首情诗和一首绝望的歌》，他在这本诗集里不仅找到了自己的风格，而且也表现出了高超的技巧。他当时写道：

> 云儿犹如离别时的白手帕，
> 远走他乡的风儿挥动着它，
> 在我们默默无言的爱情之上，
> 猛烈地跳动着风儿的心脏。

30 年后，聂鲁达也写过风、爱情和离别。1936 年，聂鲁达的诗的内容与主题扩大了。他当时是智利驻马德里的领事，朋友们——加西亚·洛尔迦（1899—1936，西班牙诗人和反法西斯剧作家）、阿尔维蒂（1902—1999，西班牙诗人）、埃尔南德斯常去找他。法西斯的炸弹突然开始了对城市的袭击。

> 儿童的鲜血就像儿童的鲜血那样，
> 在街道上流淌。

他当时写了诗集《心中的西班牙》，我把它译成了俄文。我们做了朋友，但不久就一别十载。

战争时期聂鲁达是驻墨西哥领事。我读了他献给斯大林格勒的诗。后来我收到一本在墨西哥出版的我的战时论文集，前面有聂鲁达写的序言：聂鲁达诅咒唯美派而赞美苏联。那时聂鲁达成了共产党员。回到智利以后，他写

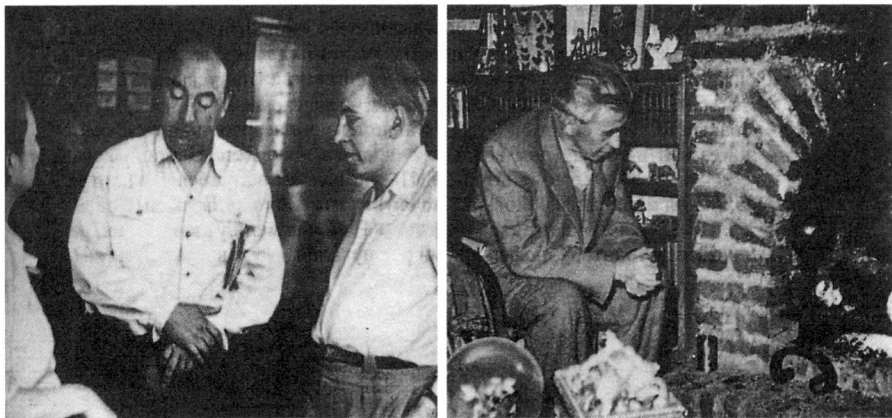

左：1951 年，聂鲁达和爱伦堡在中国
右：1954 年，爱伦堡在聂鲁达位于伊斯拉-涅格拉的家中

诗、在集会上讲演。圣地亚哥和瓦尔帕莱索的那些不懂诗歌的工人都认识他。

　　总统选举即将举行。共产党员支持候选人冈萨雷斯·魏地拉，他发誓要实行土地改革并保护工人的权利。聂鲁达劝选民投魏地拉的票。新总统不久便忘记了自己的诺言。聂鲁达的一段大概是所有读者都知道的故事便由此开始：他被指控犯了叛国罪，此后，在 1948 年初，他又在上议院的会议上被公开指控为背叛共和国总统。诗人不得不藏了起来。他继续写作——写《全民的歌》一书。我已叙述了他在巴黎代表大会上出现时的情形。

　　聂鲁达喜爱惠特曼，这不仅是因为他向后者学到了许多东西，而且也因为他和惠特曼的内心很相似——他们是同一个大陆上的诗人。对于像和平这样普遍的主题，聂鲁达有与欧洲诗人不同的写法：

> 给即将来临的黄昏以和平，
> 给渡口和葡萄酒以和平，
> 给那像一支古老的歌曲一般
> 寻找着我并且融化在
> 我的血液中的话语以和平，
> 给面包醒来的

第 六 部

黎明时的城市以和平，

给我兄弟的衬衫以和平。

从那时开始，聂鲁达写了几十本书，走遍了几十个国家，获得了真正的名声，但他却没有变。每当我在离别数年之后见到他时，我们总是会立刻谈起今天。

有人说，聂鲁达的外貌很像一尊佛像，这尊佛像是古代的印加人用石头雕成的。我同意这种说法。（但是印加人的神都是怒目圆睁的，而聂鲁达却是温和慈祥的。）尽管他一生中碰到过不少惊心动魄的事件，但他（过去也一直喜欢）逍遥自在，喜欢谈谈琐事或想想严肃的问题。他给人的印象是个清心寡欲甚至懒懒散散的佛，但他写作之多却使人大为惊奇。他的许多诗作都是嘹亮震耳的，但他谈起话来声音却低低的，他的声音不像是一个宣传家，而像是一个受了委屈的婴儿。他的朋友，智利议员巴尔塔萨·卡斯特罗对聂鲁达有出色的描述。他告诉我，在他们相识之初，聂鲁达曾打电话通知他，一桩有争论的事情得到了圆满解决。仿佛是从远方传来的一个充满悲痛的声音："巴尔塔萨，胜利！……"

聂鲁达是个入迷的收藏家，他收集各种各样的东西，但主要的是用来装饰帆船船头的巨大的木头雕像，以及海里的小贝壳。在位于太平洋沿岸伊斯拉-涅格拉城的他的家里，有古代的指南针、沙漏计时器、航海地图。中国诗人艾青访问该城时，曾问聂鲁达是以水手还是以船长自居。聂鲁达答道："我是船长，但我的船沉了。"这是诗人的杜撰：我不仅从未看见过聂鲁达的船沉没，也从未看到过它失去控制。在中国的一个博物馆里，聂鲁达看见了一个他所没有的小贝壳。他一再地提到这个贝壳，致使殷勤的主人把稀罕的陈列品赠给了他。聂鲁达曾以充满深刻歉意的声音向我谈了一两个钟头他所得到的小贝壳的价值，但是他的脸上却浮着幸福的微笑。他在中国的玩具店里买了些硬纸板做的老虎。老虎都凶狠无比，同时又不能不带着微笑去看它们。（我们当时还不知道，10 年后中国人会把美国帝国主义称作"纸老虎"。）

聂鲁达是个非常容易同人接近的人。在布拉格，无论我什么时候去找他，他的房间里总是有人坐着或站着：智利的共产党员，捷克的诗人，操各种语言的记者。在圣地亚哥，我和柳芭住在聂鲁达的家里，我们觉得就像是住在广场上。有一次我想在白天换换衣服，但是不得不放弃这个打算：聂鲁达诗歌的女崇拜者一直不停地向房间里窥探。每天都有 15 至 20 人在他那里吃午饭。有一次他轻声问我："你可知道坐在你左边最末一个座位上的那个人是谁？……"

根据聂鲁达的请求，我于 1954 年夏前往智利：我得授予他和平奖金。能够看到拉丁美洲，我觉得很高兴。当时我国同智利没有外交关系，但我和柳芭都得到了签证。我想，此行将会是轻松愉快的。智利人在那个夏天庆祝了聂鲁达的 50 岁生日。"冷战"也趋于缓和。在此两个月前，我在巴黎把奖金授予了皮埃尔·戈特，一切都很隆重，各党的代表都到了。

我忘记了距智利路途遥远——我们从斯德哥尔摩起飞，飞了 48 小时。这是在八月里，那里正好是冬天。在智利，"冷战"还在进行。在圣地亚哥机场上，警察好奇但颇有礼貌地把我们的护照翻来覆去地看了一阵，海关职员检查了被打开的皮箱。当我们走进聂鲁达、杰丽娅和前来参加纪念的若热·亚马多等待我们的大厅时，突然出现了特别警察局（不知为什么被叫作"国际警察局"）的几名如临大敌的官员。他们开始怒气冲冲地把我的东西从皮箱里扔出去，我的皮包被掏空了。我试图护住一张应该授予聂鲁达的奖状，但是一名肌肉发达如拳击手的警察紧紧握住我的双手，险些使我忍不住叫起来。幸而金奖章未被发现——它放在柳芭的手提包里。要是它落入警察局局长之手，那他是绝不会送还的：这是个手脚不干净的人物，不久他就因为羊羔皮舞弊案而被捕。

国会主席巴尔塔萨·卡斯特罗来到了飞机场，但在"国际警察局"面前连他也无能为力。聂鲁达把我们接到自己家中，生起平时不大生的壁炉，开始叙述我们在智利将会看到一些什么奇异的东西。

翌日所有的报纸都登满了我的照片。警方宣布，我企图带来给智利及其他拉丁美洲国家共产党的录有秘密指示的唱片、译成了密码的基层组织的代号和五百万比索。对于最后一项，司法部立刻予以否认，因为他们害怕将不得不归还警察未能没收到的那笔钱（这笔钱我本来就没有）。无论是录有秘密指示还是录有民歌的唱片也都并不存在。一张写了几种植物（我希望从它们的故乡弄些种子）的拉丁文名称的便条和我在飞机上用来消遣的法文字谜，被他们称为译成了密码的文件。

想象不到的事开始了。一天夜里，有人向聂鲁达的家里扔了几个爆炸筒，火灾很快即被扑灭。另一天夜里，我们被喊声惊醒。"这里连觉都不让人睡。"柳芭说，说完立刻又睡着了。早上我们才知道，一辆装着扩音器的汽车开到房子跟前，把这条街上的人全都吵醒了。聂鲁达的园丁规劝道："你们怎么不害臊呢，把人们都吵醒了……"一个说西班牙语的叫嚣者答道："我们过 5 分钟结束了就走。"我在报上看到，有几个专程从纽约飞来的俄国人劝我"选择自由"，和他们一同飞往美国，因为"赤色分子"不会原谅我的《解冻》，他们还向柳芭呼吁："救救伊利亚和你自己！"又说柳芭曾想从二楼上跳下来，但被"两名彪形大汉——肃反工作者"拦住了。报纸刊载了所有这一切，尽管圣地亚哥是个不大的城市，而且众所周知，聂鲁达的房子只有一层。

城墙上写满了这样的字句："爱伦堡，回家去！""要智利，不要俄国。"报纸宣称，我在莫斯科绞死了许多无辜者。"一名老练的女肃反工作者和爱伦堡同来，她的绰号是'柳芭'。"给读者的印象最深的大概是这样一个消息：俄国人把聂鲁达叫作"叶皮达"——记者们是这样念那个也是用俄文印在奖状上的姓氏的。

我在一周内成了圣地亚哥最出名的人物。朋友们劝我到教堂之类的地方回避一下——法西斯分子想害我。可我依然常常进城（聂鲁达的家在郊区），有时同聂鲁达一起，有时同他的一位朋友一起。我曾和聂鲁达同去工人区。司机保护着我，一小时后他恳求道："要是我们再往前走，我就要心力衰竭了……"工人们认出了我便扑过来拥抱我，而司机每次都提心吊胆——不会是法西斯分子吧？……

看来所有的人都张皇失措了。只有聂鲁达保持充分的镇静，他照样写诗，午饭后睡觉，说有趣的故事。他说，当然，他未曾料到会发生这些事故，不过这一点也不奇怪——美国佬在那里就像在自己家里一样发号施令，这不久就会结束，那时我可以再来，他要带我去看看瓦尔帕莱索、智利的南部，看过后我就会明白，再没有比这个国家更美的了。

我用电话同我国驻阿根廷大使联系，请他把我的处境转告莫斯科。两三天后，合众国际社报道，莫斯科的报纸正在描述"智利当局的横行霸道"。智利政府明白，它做得过火了。此外，我还和聂鲁达去拜访了阿根廷大使，在智利同苏联的外交关系断绝以后，他被委托保护苏联公民的利益。我们是第一批前去打扰大使的苏联公民。他坦率地说，他要向布宜诺斯艾利斯请示，还说他是聂鲁达的诗歌的崇拜者，而对我则是既感兴趣，又怀有戒心。后来他通知聂鲁达，说他去晋见了年迈苍苍的智利总统，总统对于我想购买几种秋海棠的种子感兴趣，并说这可以成为两国之间贸易关系的开端。

一天，有两位客人来到聂鲁达家中。聂鲁达不在家，而那些一直住在聂鲁达那里的朋友们则把他们当作是陌生的崇拜者。这时来客说道，他们想同我谈谈，并出示警察的证件。原来他们是给我送奖状来的。硬纸封面已令人不忍直视——报纸描写道，它曾经受了各种各样的化学分析。聂鲁达回来后，我把奖状给他看了。他微微一笑，并忧郁地说："我对你说过，我们会胜利的……"

需要组织授奖仪式。这可不容易——法西斯分子威胁说，他们要采取措施。我们召集了一次军事会议——与会的有共产党员、巴尔塔萨·卡斯特罗、智利作家，当然，还有若热·亚马多。我们在一家大旅馆里租了个大厅，但是怎么维护秩序呢？我们决定，让大学生把市中心占领一个晚上。但是共产党员们想了一想，断定这还不够，于是在大学生之外又增加了几千名工人。

一切都平安地过去了。大厅挤得满满的。致辞的既有作家，也有各党派的政治活动家。一位年老的作家忘记了人们庆贺的是聂鲁达而不是我，竟慢吞吞地用俄语数了起来："一……二……三……四……"他想以此表达他对俄国人的敬意。我看见亚马多为了忍住笑而痉挛不已，而聂鲁达却一本正经地听着。后来他发表了有鼓舞力的演说。一位著名的演员朗诵了契诃夫写的独白——《论烟草的危害》。

在我们离开的前夜，我为获奖者举行了一次晚宴。在应邀前来的宾客中有两位部长——司法部长和情报部长，前者在 5 天之前曾宣称，我将受到智利法院的审判，后者则每天供应界荒诞不经的故事。酒肴丰盛，司法部长心花怒放地举杯致辞——请我不要把智利政府同警察局混为一谈。

（阿根廷大使给了我们签证，我们在布宜诺斯艾利斯过了几天，我们的老朋友拉斐尔·阿尔维蒂和玛丽亚-特雷莎·莱昂当时住在那里。阿根廷作家邀请了我们。我们站着谈话：人们向我们解释不能坐下的原因——如果坐下，招待会就会被视为集会，而集会是被严格禁止的。在最后一天，我们外出散步回来，大使馆的一位秘书同我们在一起。阿根廷朋友们带我们看了美丽的市郊，于是我们耽误了一些时间，而我曾答应向大使馆的工作人员谈谈我在智利所经历的那一段绘声绘色的故事。突然响起一阵轰隆声，我们从汽车里跳了出来：大使馆对面是一条陡街，两个业已逃逸的人从那里把一辆小型卡车向我们的汽车推了下来。大使馆的汽车被砸坏了，而我们之所以安然无恙，仅仅是因为动作迅速，我们的确不是走出来，而是跳出来的。）

这一切都是 1954 年的事，但是，如果撇开某些绘声绘色的细节，那么这就是一幅我在前几章里谈到过的"冷战"的画面。从那时到现在已过去了10 年，无论在世界上还是在聂鲁达的故乡，都发生了许多变化。不久前苏联作家访问了智利，玛·约·阿莉格尔（1915—，苏联女诗人）叙述了他们在那里曾受到多么殷勤的接待。

巴勃罗·聂鲁达在不久前满了 60 岁。他有一首诗叫作《我请求宁静》，他在诗中请求：

> 现在请给我安宁。
>
> 现在没有我也行……

但在一周或一月之后他重又投入了生活的海洋。他解释他何以能够忍受某些失望的苦恼：当船只沉没的时候，他重又拿起斧头——因为他是造船者：

> 那些船只是我的宗教。
>
> 除了生活之外，我别无出路。

我在本书中对于作家和艺术家们的悲惨遭遇写了那么多，因而应该谈谈一个幸运的大诗人，哪怕只是简短而戏谑地谈谈也好。当然，聂鲁达也经历过绝望和沮丧的时刻、爱情的痛苦和其他许多不可或缺的事物，但他从未脱离生活，生活也从未脱离过他。他反对世界上的强者，做了共产党员，找到了朋友，因而也找到了敌人，但是咒骂他的都是敌人，他从来不知道，忍受自己人给的奇耻大辱是什么滋味。他写他所向望的东西以及如何想望。当我翻译他的一部作品的一章时，我碰到了一个我不理解的形象。我问："聂鲁达，为什么印第安人是浅蓝色的呢？……"他向我解释了很久，说他有一次在湖畔的暮色中看到一些印第安人，觉得他们仿佛是浅蓝色的。"但在诗里这是没有的……"他答道："你是对的……但是让他们依然是浅蓝色的吧。"当然，对的是他。

人们会说：此人过去和现在都很走运。这不说明任何问题。聂鲁达从未选择过轻松的道路，但在艰苦的道路上，当人们在他的周围颓废、啼哭、诅咒自己的命运时，他看到的不是卑贱，而是高尚，不是牛蒡，而是玫瑰——他生来就有这样的眼睛和心灵。

不料他发起愁来了，现在他写的不是人民的斗争，不是安第斯山脉或火山，他让自己抱怨道：

> 我被母鸡们弄得十分疲劳：我们不知道它们在想什么，
> 它们不理睬我们，用冷漠的眼色瞧着……
> 但愿一周间哪怕疲倦一两次也好，
> 因为一天天总是一个模样，
> 像桌上的菜盘那么单调……

这不是一个老头子的唠叨，而是一个婴儿的淘气。聂鲁达在诗的末尾写道，将有一群青年前来，他们将发现曙光，或者重新给吻举行洗礼。如果他也曾走运，那就是在他出世的那一分钟——问题不在于顺利的环境，不在于乐观主义哲学，不在于利己主义，而在于这个人的不可思议的天性。

28

中国之行印象记

我们在中国逗留了一个多月，除了北京以外，还去过上海和杭州，到过农村，看过长城和明陵。

对我来说，一切都很新奇：我第一次看到亚洲。诚然，殷勤的主人有时过于照顾我们了——他们说，那时还不安宁，到处都有翻译跟我同行。（只有一次在杭州，我用巧计骗过了他们，才得以独自在城里走走。）各种各样的招待会、宴会、会议、群众大会占去了许多时间。印象却依然很丰富。然而我不曾下过决心去写任何关于中国的东西。要想了解一个革命刚刚胜利、新旧事物互相交错的具有极为古老的文化的国家，我看到的太少了。但要想了解我一无所知的事物，我所看到的却已经足够了，也正是这些阻止了我做出肤浅的判断。

我在这部回忆录里叙述的不是形形色色的国家，而是自己的一生。中国之行对我来说是一所学校：我直到老年才开始摆脱欧洲教育的局限。如今我不怕杂乱无章，想必还是得幼稚地叙述自己的印象了——谁也不会把这些印象当作是企图给中国作画。

在我去中国之前去过北美，后来在拉丁美洲，在印度，在日本，当然，以及在中国，都有许多东西使我惊奇。旅行者所注意的首先是他不理解的东西，我也经常如此。

第一天就有几位中国作家前来找我。他们叫我"爱伦堡"，我很久都没能猜到，这个令人纳闷的字眼指的是"爱连布尔格"（"爱伦堡"是比较简略的音译，更确切的译法应为"爱连布尔格"）。在中国话里几乎所有的字都由一个音节构成，人名是两个或三个字。外国人的名字可以用褒词或贬词来表现——这取决于对这个人的态度。"爱伦堡"表达的是好感，意思是"爱的堡垒"。法捷耶夫在中国话里被称作"法捷夫"，法捷耶夫曾自豪地告诉我，它的意思是"严格的法律"。欧洲语言中的某些音，例如"P"，在汉语中是没有的。他们多次向我谈到著名的法国作家巴尔博，对于我不知道他而感到惊奇，直到最后我才猜到，他们说的是巴比塞。

中国的文字是一门复杂的学问：要想借助一本简明字典阅读报纸或图书，需要认识几千个象形字。郭沫若认识一万字，他能写出所有的字来，但要读完这"所有的字"却远非所有的人能做到的。我们在上海时曾被带往一家大印刷厂。墙上有成千上万装着象形字的匣子，排字工人敏捷地在小梯子上爬上爬下，拣取所需的象形字。一张纸印好之后，把旧字熔化，浇铸新字——把新字分别放入匣子是非常困难的。排字工人都是很有学识的人，他们比一个中等水平的读者认识的象形字要多，而认识了象形字，也就理解了概念。我感到奇怪，何以中国人不能像越南人那样改用拼音文字，或像日本人那样部分改用拼音文字。他们向我解释说，那样一来广东的居民就不能阅读北京的报纸或杂志了。茶在北方读作"茶"，在南方读作"泰"，但象形字其实是同一个。在世界和平理事会的会议上，我好几次看见越南、中国和朝鲜的中年人交换字条——他们不能交谈，但是懂得象形字。

抵华后的次日，我们被请往保卫和平委员会，在那里他们给我看了一些授奖典礼各个议程的图纸设计。"有一点我们不很清楚，"中国朋友们说，"您将怎样把奖章授予宋庆龄女士——是用双手还是用一只手？"我回答说，这是没有意义的——我可以用一只手，也可以用两只手。"这具有十分重大的意义——您得像在莫斯科举行授奖式那样行事。"虽然德·弗·斯科别利岑曾数次当我的面授奖，但我却想不起来他拿奖状和奖章是用一只手还是用两只手。讨论延续了很久。中国人对待任何一种仪式都比欧洲人认真得多，而且存在着大量不容忽视的礼节。

两周后我们出席了庆祝中华人民共和国成立两周年的招待会。我们奉命

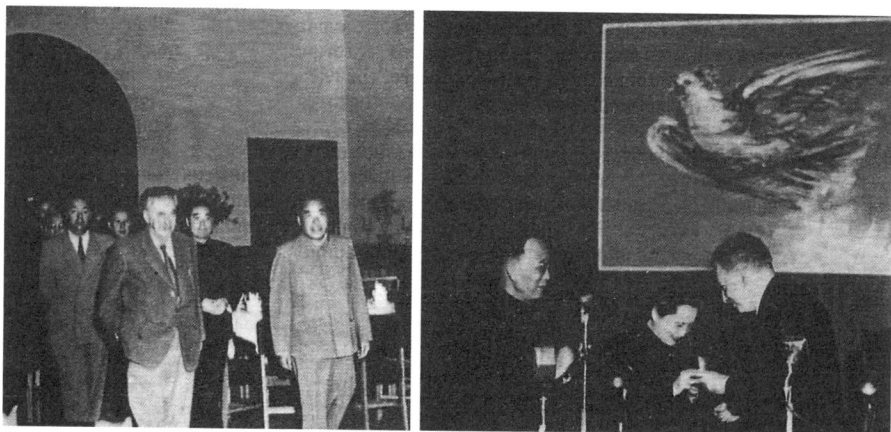

左：1951 年，在中国的例行接见
右：爱伦堡为宋庆龄颁发奖章

排成队，他们对我们说明："你们要走到毛泽东同志跟前向他祝贺节日。"柳芭是这列队的排头。走进大厅，她便向坐着政府成员的主席团走去。中国人及时地阻止了她——应该走一个半圆形。

在第一次宴会上我就愣住了——在 3 小时左右的时间里，他们给我们端来了各种各样的菜，不下 30 种。上菜的顺序使欧洲人感到莫名其妙——端上甜菜以后，我松了一口气，断定宴会即将结束，但接着又拿来了鱼，最后还端来肉汤和干饭。中国的食品非常讲究，很难弄清你吃的是什么。有一次女作家丁玲招待我们。有一道菜我特别喜欢，便问我们吃的是什么。女主人不知道，便把厨师唤来，厨师做了一个小小的报告，可是翻译既不懂母鸡解剖学，也不知道那些农作物的俄文名称，所以这道菜对我来说依然是一个谜。

一位作家对我说，前些日子他不能跟我见面，因为他的妻子病重，三天前去世了。说这话的时候他面带笑容。我浑身都起了鸡皮疙瘩，事后我想起萧三曾告诉我说："我们那里谈到悲哀的事情就要微笑——这就是说，听的人不必伤心。"

在中国我第一次考虑举止行为的陈规惯例。为什么亚洲的习俗会使欧洲人惊奇呢？难道我们的陈规惯例还少吗？欧洲人在见面打招呼时伸出一只手，于是中国人、日本人或印度人就只得握握陌生人的手。如果一位来客塞给巴黎人或莫斯科人一只赤脚，同样未必会使人高兴。维也纳的居民说"我吻你的手"时并未考虑这句话的含义，而华沙的居民在别人把一位女士介绍给他时也机械地吻她的手。英国人在被自己的竞争者的卑鄙勾当激怒的时候，写信给他说："亲爱的先生，您是个骗子。"似乎不写"亲爱的先生"，他这封信就无法开头。基督教徒在走进教堂、天主教堂或新教教堂时要摘下帽子，而犹太人走进犹太教堂时却要把头蒙上。在天主教国家，妇女头上不蒙东西就不能跨入庙堂。欧洲的孝服是黑色的，中国的孝服则是白色的。当中国人第一次看见一个欧洲人或美国人挽着女人同行，有时甚至还要吻她，便觉得这是太不知羞耻了。在日本不脱鞋是不能进屋的，餐厅里的地板上往往会坐着一些穿着欧洲服装和短袜的男人。北京旅馆里的家具是欧洲式的，但房间的入口却是传统的中国式——一道屏风不让你长驱直入。这是同鬼走直路的传说有联系的，但根据我们的观念，鬼是很滑头的，它根本不必回避任何屏障。如果客人来到一个欧洲人家中并赞美墙上的图画、花瓶或别的小摆件，主人便很满意。如果欧洲人开始赞美中国人家中的小玩物，主人就会把这个东西送给他——礼貌要求如此。母亲曾教导我说，做客时不可在盘子里剩下任何东西。在中国，宴会结束前送上来的一碗干饭根本没有任何人去碰，这表示你已经饱了。世界是五光十色的，不必去为这种或那种习俗绞尽脑汁，既然有不同的庙堂，也就有不同的规矩。

1951 年，有许多苏联专家在中国——工程师、农艺师、医师。他们忘我地工作，态度谦虚。中国人当时珍视苏联给予他们的援助，把苏联人当作期望的客人予以接待。然而习俗上的不同即使在当时也有时会影响到友谊。一个苏联工程师曾为一个新建的工厂安装设备，车床是根据比中国人高一些的苏联人的身材设计的。工程师们说，这事不难解决——他们要在车床前搭一个木台。中国人微笑起来，但后来宣称，车床将由他们自己安装。他们做了一桩非常吃力的工作——把机器埋进地里。显然，在木台上工作对他们来说是一桩可耻的事。在回忆起这件事情的时候，我常想：有多少争执与不和是从偶然的事情中产生的，是因为那些具有相同的感受、体验和想法的人们习惯了用不同的方式表达感情、习惯了一连串不同的形式而产生的。

授奖仪式结束后，北京的京剧演员表演了几个节目。我第一次听到中国的音乐，它使我惊讶，演员的表演手法和剧目的内容也使人惊奇。我同中国的部长们并排而坐，他们欣赏着演技、领略着舞台上表现的故事。后来我数次去北京和上海的剧院看戏，开始懂得了中国戏的魅力。它常常是同现实主义对立的——同象形字一样复杂，充满了程式化的概念，但是没有程式化的艺术是不可思议的：我们自幼就知道的东西不会使我们惊奇。聪明的、不说废话的鲍里斯·戈杜诺夫在舞台上总是不停地唱；罗密欧和朱丽叶在临死时跳舞；小铃铛是"瓦尔戴的礼物"，而失眠则是"命运女神的絮语"——对于这些，我们都觉得很自然。我曾谈到，扮演俄狄浦斯王时令人感动地悲呼的法国悲剧演员穆内-絮利一度曾引我大笑——当时我只知道那种一切都是"真的"的戏剧。而梅耶霍德的演出也曾使有些莫斯科人发笑：《森林》一剧的一个演员的绿色假发对他们来说是一种不习惯的象征。我看见穆内-絮利的时候才18岁，而我第一次看见梅兰芳时已60岁。这位著名的演员扮演一个怀春的少女，他的儿子扮演女仆：所有的演员都是男子。在上海的一出歌剧里演出的却只有女人，她们扮演统帅和长着大胡子的官员。中国戏的程式之所以使我惊奇，是因为我不了解它们。后来有人向我解释，如果演员在头上颤动双手——这表示他感到害怕；统帅背上的小旗表明他统率多少军队；如果他做出喝茶的样子，表示他开始同对手谈判；红脸表示正派人物，而白脸则表示他不正直。每一个中国人，甚至是文盲，都认识戏剧的象形字。

费德林帮了我很多忙——他当时是我国使馆的参赞。他懂汉语，懂得旧的和新的文学，他的讲述常常打开我的眼界。

中国的诗人们告诉我，诗不能听，必须读，象形字能产生形象。纪尧姆·阿波利奈尔一度写过"书法诗"：一首诗就是一个酒杯，一个十字架，一座宝塔。他只有很贫乏的材料——一张拉丁字母表，而他却力求做到中国诗人们所说的事情。

在一次宴会上有人赠给我一首诗。我把那些写得很漂亮的象形字欣赏了很久。我以为作者是位诗人，不料他却是人民银行的经理。他解释道，他是个已过中年的人，而在旧时代所有的人都得掌握作诗的技巧。他的诗就内容而言是传统的程式化的，但我觉得它的外观却比20世纪的一位最大的诗人的"书法诗"所具有的表达力要强得多。显然，技巧是同时代有联系的。丘特切夫对我来说是个伟大的诗人，但他用法文写的那些诗却是任何一个法国大学生也写得出来的。

我在北京看到了老画家齐白石的作品，当时他已八十高龄。他用传统的手法作画，他是个有才能的画家——我觉得他画的马或松鼠是令人神往的。有些中国人耸耸肩膀，认为不可理解：何必去重复许多世纪以前已经做过的事情呢？的确，齐白石没有把任何新的东西带入绘画，马或松鼠没有变化。但 11世纪天才的风景画家郭熙却并非模仿者，而是革新者。至今我依然要对慈善的大师齐白石加以保护。当某些中国人开始绘制巨幅油画时，这些画家看来并不是革新者，也不是模仿者，而是不高明的录事。（我在印度看到了现代绘画，这种绘画没有模仿法国的大师，保留着民族特点，它以一种不同于阿旃陀的古代壁画的方式表现世界。类似的东西将来大概也会在中国出现。）

在古老的中国艺术里，令人惊异的不是画家的想象力、奇思异想或粗鲁，而是罕见的耐心和完美无疵的技巧。这是出于民族性格。我在公园里欣赏过"相思树"或"友谊树"——两株或五株树木长成了一株：要想使树木的生长听从人的意志，既需要植物学家的知识，也需要巨大的耐性。我在中国没有找到在欧洲被我们称之为民间艺术的东西。北京有数百条供手艺人居住、工作和出售自己产品的街道——篮筐街，刷子街，药罐街，假髻街，玩具街，以及制作纸老虎、风筝、小鸟等的街道。中国人所习惯的一切日用品的特点是具有匀称之美，他们对材料很了解，而欧洲日用品的仿制品在我看来则是很难看的。

我看到中国时中华人民共和国才只有两岁。上海还有人力车，时髦女郎穿着巴黎的连衫裙在游逛，老头子还没有抛弃传统的长袍。而在北京，男男女女全都穿着同样的蓝色服装——短上衣，裤子。许多人用白布带遮住口鼻——这是那些想避免吸入从戈壁沙漠上刮来的微细沙土的日本人带来的风气。到处都有人兜售博物馆的古董、糖果、丝绸、人参。

人民的守纪律精神使我吃惊。年轻的中国人都购置了自来水笔。每当我去参加会议或群众大会时，所有的人都坐在那里专心地听着、记着。我不得不做了好几次演说，有时我开玩笑（我怕听众疲劳），他们就把笑话也记下来。中国人的报告会在各地都很长——四五个钟头。（对于欧洲人说来，戏剧演出也过长，有时一出戏要演两个晚上——把故事的始末原原本本地交代清楚。）

在学校旁的花园里，在农村的树下，在木棚子里，我都看见过一些二三十人的小型集会，会上也是边听边记。翻译对我解释说："这是批评和自我批评。"这种集会的内容则未必是传统的：人们讨论的是一个大学生隐瞒了自己的社会出身，一个未婚的女工有了孕，一个钳工到车间去得迟了，但形式却是中国式的——一个人做着冗长的检讨，其余的人边听边记。

在景色如画的杭州市郊，我看到了 12 世纪的名将岳飞的陵墓。他打退了女真族的袭击，后来被召回京都杭州被处以死刑。在他的墓旁跪着一个出卖了这位英雄的铜人和他的妻子。学校的参观团仔细观看着名胜古迹。一个少年向叛徒的脸上啐了一口，他的同学们立刻群起效仿。带我们去看统帅之墓的那个中国人不很熟悉古代历史，他不知道他所说的女真是什么人，但他赞许小学生们的举动，并补充道："他在 810 年前背叛了……"我有机会碰到的 中国人都很注意日期、周年，而在论证什么事情的时候则说"第五点""第六点""第七点"……

在中国，佛教以及其他宗教只有很有限的作用。我走进佛塔，那里有肥胖的镀金佛像在闪闪发光，但在四周跑来跑去兜售一种小纸片的却根本不是肥胖的和尚。信徒们喝着茶，有的在睡觉。简单的儒家道德占据了宗教的地位：为人要正直，要尊敬长官并敬重祖先。但是乡间没有公墓，于是拥有类似郊区的小花园那样一小块田地的农民，就必须在那里为祖先的坟墓腾出一块地方。

在离北京不远的一个农村里，有人告诉我说，有个无地的农民不知该把父亲埋在何处。他跪着恳求地主允许把父亲埋在地主的地上。地主提出条件：不幸的人要为这个坟墓干多少个月的活。

共和国成立后做的第一件事就是进行土地改革——消灭封建主义。当然，有些地主很富有，但是我去过几个地主的家，同它们相比，一个中等水平的丹麦农民的家也可以被称为皇宫了。

平分地主土地消灭了不平等——这是第一步。北京有一个青年对我说："我们很快就要在共产主义社会的建设上超过老大哥了。"（中国人当时把苏联人称作"老大哥"）但我在农村里却还看见古代的犁。农民的房子十分矮小：

左：爱伦堡在吃午餐，旁边是作家丁玲
右：生产丝绸的中国工人

一个很低的炕上睡着全家。食物很贫乏——稀饭，有时是白薯或菜叶。农村里的妇女还是低声下气的。我看见过赤足的农民，看见过头上长疮的孩子。5年后，我在印度明白了一切都是相对的——消瘦的农民，饿死的乳牛，加尔各答的街道上那些无家可归的人、奄奄一息的人、麻风病人。这些可怕的景象在中国是没有的，但是大多数中国人的生活水平在1951年比欧洲最贫穷的地区要低得多。数年后去过中国的朋友们说，已经发生了很多变化：建立了数以千计的学校、医院、产院、托儿所。我看到了新中国的清晨：给所有的人种牛痘，教儿童和成年人识字，拆除上海的贫民窟。许多亚洲国家当时就像看待一个显灵的先知那样看着中国。1956年我在德里的时候有一个中国代表团到了那里，难以描述印度人是多么兴奋地迎接他们。

印度和中国的历史道路是不同的，同时它们又具有许多相同之处。公元前300年印度的城市就安装了下水道。公元前3世纪中国人建造了万里长城防御游牧民族的入侵。中国人在公元前两千年就开始制造丝绸；在公元前5世纪挖掘了灌溉渠，后来又开始造纸。指南针、地震仪、瓷器、活字印刷术〔比古登堡（1400—1468，德国发明家，欧洲活字印刷术创始人）早400年〕的发明权是属于中国人的。他们发明了火药以及欧洲人很迟才从阿拉伯

人那里知道的其他许多东西。印度统治者阿育王（公元前 273—公元前 232
年印度孔雀王朝的统治者）在公元前 3 世纪确定了和平的原则，根据这些原
则他决定永不发动战争。当我们在保卫和平运动中捍卫同样的原则时，有许
多人攻击我们。封建的内讧、入侵、不得已进行的战争使亚洲的两个伟大国
家民穷财尽之时，正是西欧各国掌握火药、弄到大炮和战舰之日。印度开始
遭到分割，英国人得到了最大最好的一份。中国还继续作为一个国家存在着。
印度于 1950 年获得了独立，同时仍旧是大不列颠联邦的成员。中国在这一
年之前成立了中华人民共和国。

　　每个中国人都记得过去的屈辱。只要回忆起"鸦片战争"也就够了，当
时英国人被中国禁止鸦片入口所触怒，用武力取得了延长对中国人进行毒害
之权，这是在宪章运动和工联发展的时代，狄更斯、萨克雷、特纳的时代。
我在中国，后来在印度，都想过这一点。亚洲的民族有自己的一些旧账要同
欺负者清算，这些旧账是不容易偿还的。

　　回头来谈 1951 年。经过短暂的观察，我明白了，生活的形式同我所习
惯的生活形式之间的差异，要比内容上的差异大得多。聂鲁达和我曾到公墓
去——把鲜花放在鲁迅的墓上。在那里我们遇到了一位熟识的中国女人。人
们发现了一个被国民党反动派杀害的烈士的坟墓，她以为可以找到丈夫的遗

在鲁迅墓上献花

骨。她迫于礼貌而强作欢容，但终于忍耐不住，失声痛哭了。人们向我叙述了一个不幸的爱情故事。诗人艾青曾向我谈到诗人如何难做，他的话使我想起了我的传记的某些篇页。我遇见了我的长篇小说的读者们。一切都比一个寻找异国情调的旅行家所感觉的要简单一些，同时又复杂一些。

我爱上了印度，那里有许多这样的人，在同他们交谈的时候，我忘却了这是"奇迹之国"的孩子。

一年后我在日本看到，我在 20 世纪 20 年代初所向往的那种建筑竟是日本式的。

本书的这一章可以被看成是插入自传中的一篇文章，但我现在所叙述的是过去曾使我激动而现在仍使我激动的事。我的一生是在两个时代的交界处度过的。十月革命、自然科学中的革命、亚洲和非洲人民的觉醒，正在开始一个新的纪元。许多事物我都是在暮年才明白的。现在，人们常常谈到他们即将掌握宇宙，但我直到人生之途的终点才开始掌握我们的地球。

我在古典中学里学过拉丁文，我知道诸侯的纷争、古希腊男女众神的恶作剧。后来我乱七八糟地读了许多书，逛博物馆，懂得了埃拉多斯（即希腊）的伟大，看透了中世纪的艺术，赞美过文艺复兴。但是关于亚洲各国，我是在青年时代根据欧洲人的书以及某些古代艺术作品做出判断的。我弄到的书往往是偶然得来的：布拉瓦茨卡娅叙述神秘的印度，吉卜林描写热带丛林和勇敢的白人，佛教史（书是沃洛申给我的）的作者赞美涅。后来我看到了 18世纪的大师葛饰北斋和北川歌（1753—1806，日本画家），但对于生活在 15世纪的雪舟的肖像画却一无所知。关于现代的日本，我是根据皮利尼亚克的一本书，根据一个平庸的法国作家写的一部在当时颇为流行的讽刺小说，还根据摆在古董商人的橱窗里的小摆件——茶壶、扇子、假面而做出判断的。我读了罗曼·罗兰写的一本关于甘地及其信徒的书，泰戈尔的诗，两三本叙述英国人的兽行、等级、饥馑、瑜伽理论（瑜伽是印度一种神秘的宗教哲学，相信能用默坐思维和刻苦修行的方法得到所谓"超自然"的力量）的书。当我 1917 年在莫斯科室内剧院看到《沙恭达罗》的演出时，我曾赞叹不已——我对迦梨陀娑（《沙恭达罗》的作者）一无所知，因而觉得这个写成于 15 个世纪之前的剧本像是一出现代剧。在 20 世纪 20 年代，杂志和报纸有许多关于革命中国的描写。我知道在广东发生的事件，读了马尔罗的长篇小说《人类的命运》、一本关于孔子的法文书。我现在之所以叙述自己的无知，是因为对亚洲的无知乃是欧洲人的通病，这种无知使得有学识的印度人或中国人有点瞧不起西方的知识分子。

两个世界的共处在过去绝不是和平的，它们之间隔着一堵墙。

吉卜林曾写道，东方和西方永远不会相见。他生于孟买，青年时代是在亚洲度过的。他是个优秀的诗人，但对印度却视而不见：他的眼睛蒙上了一条布带，认为西方比东方优越。

我觉得吉卜林的格言不仅不正确，而且是危险的——他在各地都得到了反应。如今另一些人开始谈论东方比西方优越了。但东方和西方在过去见过面，现在也常见面，我希望它们将来也能见面。看到 18 世纪的日本画家以后，我明白了法国的印象派大师们向他们学到了什么。法国的百科全书派研究过旧中国的哲学家。英国的语文学家在 19 世纪中叶从很古老的印度文法中吸取过许多东西。现代中国戏剧给巴黎留下了深刻的印象，并丰富了法国导演们的技巧。

东方和西方有着共同的发源地，不管那些时而分、时而合的支流有多么多种多样，河水依然向前流去。

以文化的共同性、以人们和各民族的团结一致为基础的思想，可能成为包罗万象的思想，而种族主义或民族主义（不论它来自什么人都是一样）及其优先地位和优越性的论点，却不可避免地引起敌视，使各民族隔离，降低文化水平，结果成为普遍的灾难。关于这个问题，我在写作本书的那几年间经常想到，现在从收音机里收听中国的一些教条主义者的教训时也还在想。新时代的黎明未必将如田园诗一般可爱，但我不信那些确信自己的血统、自己的宗教比别人的优越，或确信自己对某种学说的解释绝对正确的人们，竟敢在制造口头上的分裂（把自己的那些要打问号的真理同别人的那些同样要打问号的谬误分裂开来）的基础上进而动用武器——这种武器不仅能消灭一切谬误，也能消灭一切真理。

29

土耳其诗人希克梅特

1949 年，我在我的一篇文章的末尾写道："我在想到这个世纪的命运时，记起了土耳其诗人纳齐姆·希克梅特的一首诗——《二十世纪》。

> ——不，我的世纪并不使我害怕，
> 我的可怜的，
> 我的伟大的世纪，
> 不，
> 我不是一名逃兵。
> 我不为我这么早
> 就来到这个世界而懊恼，
> 对于我的世纪
> 我既不害羞
> 也不害怕，
> 我是它的儿子，
> 我为此感到骄傲！

这首诗是一个共产党人写的，是他在经历了 20 年的狱中生活之后写的，他知道他被判处了 28 年徒刑，他还患着心脏病……当你念这首诗的时候，你就觉得有什么东西涌到了喉头，你很想握住那只遥远的手，说：'他们永远不会战胜生命，只要我们有这么多纯洁、正直而勇敢的朋友！……'"

纳齐姆·希克梅特当时还蹲在土耳其狱中。两年后我握住了他的手。一个秋夜，他邀柳芭和我前去。他住在《真理报》对面的一所住宅里，那是把他当作客人拨给他的。我们几乎互不了解，但纳齐姆却好像立刻就谈起了使他激动的问题。（他经常谈论他的想法，这触怒过一些人，但末了却又使他们无言以对了。有一次，一位同志对我说："可这是纳齐姆·希克

纳齐姆·希克梅特

梅特说的，而从他那里是什么也得不到的……"）在我们一起度过的那第一个晚上，纳齐姆坦白地说，他对许多事物都不理解。他从一个小雕像谈起："您知道，我不能看它。这很丑恶，不折不扣的小市民趣味！可是毫无办法——房子是公家的，我在此是做客……"他说，他们给他提供了一辆汽车："早上我一出门，司机就问：'上哪儿去，首长？'我答：'我是什么首长？我是个诗人，我是共产党员，蹲过土耳其的监狱……'他说：'就算不是首长——是主人。''马雅可夫斯基是天才'，可我看了杂志上的诗——哪有什么马雅可夫斯基？……人家把我带进剧院。似乎既没有梅耶霍德，也没有泰罗夫或瓦赫坦戈夫……"

这是一出古老的悲剧——一个人离开人世数十年，一旦归来，对许多东西都不能理解了。在一些古老的法国歌曲里，都有一个士兵或水手在长期的战争之后回来认不出自己的妻子，而妻子也把他当作陌生人的故事。人心可以像杨梅果那样使之冰冻起来，这只是时间问题……纳齐姆于1937年被捕，但不是在莫斯科，而是在土耳其。他不知道他所崇拜的梅耶霍德已经去世，不知道人们已不唱"也不靠神仙皇帝"（《国际歌》中的一句），而代之以"斯大林培养我们成长"，不知道他在博物馆里曾赞叹不已的那些绘画都藏了起

来，他有许多事情都不知道。

他在狱中写过一首诗，把斯大林写得像一位年长的同志。他在 1951 年说道："我十分尊敬斯大林同志，但我不能读那些把他比作太阳的诗，这不仅是坏诗，也是坏的感情……"而在 1962 年，纳齐姆·希克梅特却写道：

> 他是用石头、青铜、石膏和纸制成，
>
> 小的只有两公分，大的高达几公尺，
>
> 在所有的广场上我们都在他的皮靴底下，
>
> 在那用石头、青铜、石膏和纸制成的皮靴下……

他在各处都受到热烈欢呼——大诗人，蹲了 30 年监狱的英雄。他发表谈话、回答问题，并以其坦率和真诚赢得了青年们的钦佩。有时候天真帮助他变得明智了。他第一次来莫斯科是在 1921 年——当时他不到 20 岁，而苏维埃共和国才只有 4 岁。那是塔特林的《第三国际纪念碑》、未来派和形象派争吵不休、梅耶霍德的《宽宏大量的戴绿帽子者》的时代，是饥饿和街上狂欢的时代。纳齐姆在我国住了八年，在东方劳动者共产主义大学学习，写作诗歌和剧本，获得了信仰，明白了道理，经受了锻炼。这是个非常纯正的人。他在自己的诗人自传中说："一些人熟悉各种草木，另一些人熟悉各种鱼类，而我却熟悉各种离别。有的人背熟了星宿的名称，而我背熟了离别的名称。"（奥西普·曼德尔施塔姆也说过同样的话："我研究过离别的学问……"）纳齐姆的一生是动荡而艰苦的，但是，他一方面知道各种离别，知道离别的所有名称，另一方面却从未尝到过脱节的苦味：他一直到死都保留着青年时代的思想、趣味与爱好。

当然，他已变为成年人（"衰老"一词对他不适用），明白了许多事情，并在去世前一年写道："我忘记了如何信仰，我正在学习如何理解……"但在学习如何理解的时候，他深信他先前所信仰的东西是正确的。在斯大林还在世的时候，有一天晚上，我们坐在巴黎的一家旅馆里。纳齐姆说："当我在罗马尼亚问起梅耶霍德是否活着的时候，一位同志告诉我，他好像死了，而我所问的另一位同志却说，梅耶霍德住在南方，好像是在克里米亚或索奇附近，那里的气候比较好……我永不放弃共产主义——这对我来说是真理。可是为什么要欺骗同志?"

在 1956 年,也可能是在 1957 年,纳齐姆告诉我,在"个人崇拜"时期,在斯大林死前不久,一个年老的土耳其共产党员被捕了,他是个兽医,快 70 岁了,死在集中营里,而现在已恢复名誉。纳齐姆说:"我常想到 N 的遭遇……我很走运——当然,我坐过牢,但那是敌人让我坐的,我知道我是在地狱里。别人却不幸得多……"

纳齐姆有一次曾和马雅可夫斯基同台朗诵,他为此感到骄傲:"当然,这是在综合技术学校里。我很害怕,可马雅可夫斯基却对我说:'老弟,你别怕,你用土耳其语朗诵,谁也听不懂,可大家都会鼓掌……'"他常回忆起展览会、戏剧,而且始终感到惊奇。"在沃罗夫斯基街上,"他说,"我曾同两个年轻的诗人谈话。我对他们说,艾吕雅是个杰出的诗人,可他们却微笑着。我问他们,对于巴勃罗·聂鲁达的诗有什么想法,在我看来,这是很大的成就。他们又微笑起来。后来有一个人说,他们反对奴颜婢膝。我勃然大怒,说道:'艾吕雅是共产党员,聂鲁达是共产党员。'这对他们来说是无所谓的。在我看来,他们根本不是共产党员。"

纳齐姆·希克梅特的祖父是个巴夏(旧土耳其高级军事及行政长官的称号)、省长。孙子在青年时代当了共产党员,并作为共产党员死去。在第 20 次代表大会以后,当有些人困惑莫解,甚至发生怀疑的时候,他说:"在我看来,所有的人心上都搬走了一块石头……"在访问巴黎回来以后,他说:"有些人可真奇怪。当人们的舌头不能动弹的时候,他们有信仰,而当有人说出真情的时候,他们却动摇了。共产主义——这是激情,这是生命,但是对于这种人来说却是短暂的爱好或习以为常的差事。"

关于纳齐姆是个坚定的共产党员和大诗人这一点,大家都知道,但是见到过他的人们还知道,他是个非常善良的好人。有一次我告诉他,艾吕雅在获悉奥拉多尔(指法国上维也纳省的居民点奥拉多尔絮格兰镇。1944 年 6 月 10 日,希特勒匪徒在此进行了惨无人道的大屠杀)的惨剧后,在最初的一分钟曾感到怀疑:希特勒匪徒是否真的曾把孩子们集中到学校里把他们烧死。纳齐姆说:"我理解他。在我们土耳其有许多野蛮人,常常发生可怕的械斗，有人说，他们连孩子也杀，可我总觉得——这也许是杜撰，也就是被夸大了……"

我在罗马曾仔细阅读过他的两卷作品：一卷由古图索绘插图，另一卷由纳齐姆的朋友，目前住在巴黎的土耳其画家阿比丁绘插图。我说，我看到过阿比丁，于是纳齐姆眉开眼笑了：他不想谈论自己的诗，而想谈论朋友。他在各国有许多朋友：巴勃罗·聂鲁达，阿拉贡，奈兹瓦尔，布罗涅夫斯基（1897—1962，著名的波兰诗人），卡尔洛·莱维，亚马多——不胜枚举。有一次他对我谈到艾吕雅："真怪，每当我阅读他的某些诗的时候，我总觉得，这正是我曾要写的，我正是要这样写的……"

不知道为什么，大家都认为马雅可夫斯基是纳齐姆·希克梅特的老师，而纳齐姆自己却不止一次地说，马雅可夫斯基对他来说是英勇和人类功勋的榜样，但在诗歌方面他走的却是另一条路。他抛弃了韵脚，他说，诗歌与音乐不同，它虽同音乐沾亲带故，但它所渴求的主要是音，而不是声。由于想发展民歌，他转而致力于创造自己的形式，追求朴实和鲜明。我听到过他用土耳其语朗读，朗读法文和俄文的译作。当然，要评价一个诗人，这是不够的，但我依然觉得，就像纳齐姆自己曾经感到的那样，同他最为相近的是艾吕雅。

他对20世纪20年代的艺术的喜爱是同他的天性、同他的审美观有联系的。在诗歌中他摆脱了一切文学派别，但是在剧作中却有一种陈腐的东西——一种业已消失的戏剧的手法。他很喜爱绘画，他说，绘画是一种最难理解的艺术，"塞尚的苹果的香甜"是不容易看出来的：这必须有高深的绘画修养。20世纪20年代的叛逆者在20世纪50年代准备坚决地保卫任何一个有抛弃学院派手法之意的苏联画家。

我们在罗马见过面，我出席了他朗诵自己诗作的一次晚会。在罗马，他对我谈了很久，说不能要求艺术通俗易解。他的诗作有时每一个人都能理解，有时则只有那些研究诗歌的人才懂，而当有人把两种诗歌分出高低优劣的时候，他就提出抗议。"不能委托制造玫瑰油工厂的厂长照料所有的玫瑰。因为每年都要培育新的品种，问题不仅在于油，玫瑰还有色、香。有些人——唯美派希望人们把玫瑰置于小麦或玉米之上，但对于另一些人说来，玫瑰只不过是巨额预算中的一项微不足道的数字……"他突然在一家花店的窗前站住了："请看，这里的玫瑰花多好啊！……"

我知道，囚犯是多么容易陷入绝望。而纳齐姆·希克梅特却满怀希望地在石牢中蹲了 13 年。他在狱中写了《人类的全景》——土耳其人民的史诗。纳齐姆曾两次宣布绝食——尽管身陷囹圄，仍继续为人的尊严而斗争。

他的外表与其说像是土耳其人，不如说像是北方人——很高的身材，开朗的性格，蓝色的眼睛。他在任何地方都感到自由自在——在莫斯科和在罗马，在华沙和在巴黎。但他怀念土耳其。他用土耳其布料来罩沙发，他曾带我去"巴库"餐厅："这里的食物有点像我国的。"每逢在世界和平理事会会议上遇到一个土耳其人，他总是依依不舍。有一次他对我说："有人寄来了译成冰岛文的我的诗。真怪！……可在土耳其却不发表我的作品。就是发表了，我为之写作的那些人也照样不能读——他们不识字……"在诗歌《遗嘱》中他写道：

> 倘若我客死异乡，同志们，
> 请到安纳托利亚的乡村公墓把我埋葬，
> 靠着被哈桑-贝依杀害的雇农奥斯曼……
> 但愿能长出一株悬铃木，
> 即使没有石碑和题字我也心甘……

1952 年，我们都曾焦急地问道："纳齐姆怎么样了？……"后来他自己写道："怀着一颗破碎的心，我仰卧了四个月，等待死亡。"他患了严重的血管梗死。他脱险了，但此后却经常同死神为邻。他常在我的别墅里谈笑风生——他是个出色的说故事的能手——突然他的脸上布满大颗汗珠。他在诗里常常回到死的念头上：

> 在莫斯科的柏油路上，
> 春天迈开她那纤细的绿腿
> 在雨中行走，

拥挤在她周围的是轮胎、马达、皮革、布匹
和石头。
今天早晨
我的心电图不佳。
人们期待着的她将突然来临，
她将独自来临，
没有带来已经逝去的东西。
柴可夫斯基的音乐会在雨中进行。
你将没有我的陪伴，沿着楼梯
步步向上……
一方面——要写作诗歌
一首比一首开朗，
另一方面——要同站在你身边的
死神对话。

在庆祝他的 60 岁生日的时候，举行了两个晚会，一个是在文学宫为作家们举行的，另一个是在综合技术学校为读者们举行的，后者由我主持。大厅里拥挤不堪，有的站着，有的坐在过道里的地板上，所有的眼睛里都流露出对纳齐姆的热爱。我轻声问他："累了吧？"他抱歉地答道："有一点……可我很幸福……"

他热爱生活、斗争、儿童、诗歌、小鸟。他在去世前不久曾写道：

让我们把地球送给儿童，哪怕只送一天，
当作一个彩色的小球送给他们去玩。

他继续欢乐、喜爱，他飞往遥远的坦噶尼喀，从那儿写了些诗体的信笺——关于非洲、星星、斗争、自己的爱情。
他在 1962 年给自己的爱人写了一首诗：

我已把死的念头从自己身上摘下，

又给自己戴上了

林荫道上六月的树叶……

他在整整一年之后死于初夏的一个清晨。他醒来后到前厅去拿报纸，但却一去不返——坐下来就去世了。

他仁慈而优美地躺在棺木里。一个老太婆哽咽着对一个小姑娘说："心力衰竭死的。"我年轻的时候人们就是这样称呼血管梗死的。而我们站在棺木旁边，仿佛所有的人都将由于这样一个短暂可怕的念头而心力衰竭：再也看不到纳齐姆了！

30

两位杰出的外交家：李维诺夫和苏里茨

1952 年对我来说是从葬仪开始的。在旧年的最后一天，马克西姆·马克西莫维奇·李维诺夫逝世了。

我在各种城市里和各种不同的情况下都遇到过李维诺夫。在莫斯科时我常去找他，当时他是人民委员，住在斯皮利多诺夫卡一座豪华住宅的厢房里。我在巴黎遇到过他。我同他在日内瓦吃过晚饭，当时他在那里的国际联盟的会议上发言。我在他失宠被黜的时候看到过他。在他出使华盛顿的前夜，我曾在他那里度过一个晚上。在战后的年代里，我同他谈过几次话。我不能说对他十分了解——他是个比较沉默的人。他坐着，听着，有时微微笑笑——时而带有轻微的讽刺，时而又很温和，间或简单地回答一句，但在他的身上却没有任何郁郁不乐的沉默寡言者的特点，他爱笑。世上有一些忧郁的乐观主义者，而李维诺夫则是个愉快的人，但他往往（特别是在晚年）抱有非常忧郁的思想。

我记住了李维诺夫的一些话，看出了他的某些特点，下面我就要简略地谈谈这些特点。他是个大人物，只要知道这样一个事实就可以做出判断：在斯大林时代，任何主动精神都会引起猜疑，但是却存在着"李维诺夫学派的外交家"这一概念。

对于这个"学派"的外交家，我几乎全都了解——有的较好，有的较差。他们在一个艰苦的时代里进行工作，当时西方列强还打算消灭年轻的苏维埃共和国：威胁、警察对大使馆的袭击、伪造文件，这都是家常便饭。我看到过我国的外交家在必要的时候曾如何劝说敌人，如何巧妙地制造敌人之间的不和或调停动摇的和平拥护者之间的纠纷，把生意人和科学家、大工业家和有声望的作家吸引到我们这方面来。这项工作是普通的苏联人还不知道的，而外交家们也绝非天之骄子。有些在专横开始之前就故世了：克拉辛、多夫加列夫斯基、科别茨基、季维利科夫斯基。另一些很走运——柯伦泰、苏里茨、施泰因死在自己的床上。沃罗夫斯基和沃伊

阿·李维诺夫画的马克西姆·马克西莫维奇·李维诺夫

科夫被反苏的恐怖分子杀害。迈斯基、鲁比宁、格涅金虽然受尽了痛苦，但毕竟活着回来了。许多人牺牲了。安东诺夫-奥夫谢延科、克列斯京斯基、罗森贝格、盖吉斯、马尔琴科、阿伦斯、吉尔什菲尔德、阿罗谢夫、契林诺夫成了无耻诽谤和不法行为的牺牲者（我所列举的仅仅是其中的部分人）。

当我如今思考我的朋友和熟人的命运时，我看不出任何逻辑。为什么斯大林不曾动我行我素的帕斯捷尔纳克，却除掉了极其认真地执行交办的一切工作的柯尔卓夫？为什么杀害了瓦维洛夫却饶恕了彼·列·卡皮察？为什么在几乎杀了李维诺夫的所有助手之后却没有枪毙执拗的李维诺夫？所有这一切对我来说依然是不解之谜。李维诺夫本人也等待过另一种结局。从1937年直到最后一次生病，他经常把左轮手枪放在床边的小桌上——如果深夜听到铃响，他就不再等待以后的事了……

李维诺夫有着十分爱好和平的外貌：他是个肥胖、温厚、十分关心家庭的人。他的空闲时间也排满了无害的娱乐——在国外，每逢有两三小时的闲暇，他就到电影院去看看描写人世间离合悲欢的感伤影片。他爱享受饮食之乐，看着他吃东西是很愉快的事——他是那么心醉地把嫩葱放进酸奶油里蘸着，那么津津有味地咀嚼着。他爱仔细查阅大本的地图集——他想必到过许

雅·扎·苏里茨

多遥远的陌生国度。他爱生活。然而这个温厚的人却善于争论，西方的外交家一看见他就不免有些提心吊胆。他在国际联盟里发表的某些演说传遍了世界。约里奥曾告诉我，李维诺夫在一次演讲中说，不能同强盗就他们可以在城市的哪一个区里恣意抢劫的问题进行谈判，这个演说帮助他不仅懂得了慕尼黑事件之前的几年间西方政策的不道德，而且也帮助他懂得了这种政策的愚蠢。而李维诺夫关于"和平不可分割"的言论，即使在他死后，我也常在各种代表大会和代表会议上听到。

李维诺夫曾虔敬地谈到列宁："这样的人不曾有过，将来也不会有。"列宁在 1919 年外国加紧干涉苏联这一十分艰苦的时期把李维诺夫派往斯德哥尔摩，并对他说，要设法在西方找到明智之士，要注意到胜利者阵营内的意见分歧、战败者的愤怒、工人运动、可能的承租者的胃口、科学家和作家的声望。李维诺夫很了解西方，他侨居国外多年，娶了一个英国女人。他谈到列宁时说："这个人不仅了解俄罗斯农民的要求，而且也了解劳合-乔治（1863—1945，英国自由党的首领）或威尔逊的心理……"

李维诺夫比斯大林大 3 岁。他对斯大林的评价很有分寸，珍视他的智慧，只有一次在谈到对外政策时叹道："他不了解西方……如果我们的对手只是一些沙赫（波斯文，意为国王）或族长，那他倒能胜过他们……"

李维诺夫的性格远非温和。雅·扎·苏里茨曾告诉我他所目睹的一个场面。苏里茨在 1936 年被召回莫斯科。李维诺夫在一次会议上阐述了自己的观点，斯大林同意他的看法，便走上前去，把一只手放在李维诺夫肩上，说："您瞧，我们是可以达成协议的。"李维诺夫把斯大林的手从自己肩上推开："这是短期的……"

我在一本旧笔记簿里找到李维诺夫的一段话："提图斯（39—81，罗马弗拉维王朝的皇帝）以暴虐著名。在他夺取政权以后，罗马人觉得他宽宏大量，阿谀逢迎之徒称他为‘人类之花’。就在这一年，维苏威火山毁灭了庞贝和赫库兰尼姆。十分可能的是，火神执行了新皇帝的圣旨：庞贝有许多权贵，而赫库兰尼姆则以拥有许多哲学家和艺术家著称。"读了这段笔记，我回忆起一桩往事：在走出当时是文学博物馆所在的那幢房子的时候，我看见了李维诺夫，便走上前去伴他同行。这是一个春日。李维诺夫谈到杜鲁门的才智平庸，并回忆起罗斯福。我问他认为谁是最大的政治家，他答道："当然是斯大林。"后来他不知何故谈起了一个英国人写的古罗马史，并微笑着说了上面那几句话，当晚我就把它记了下来。

在一次会议上，当李维诺夫遭到痛骂并被开除出中央委员会的时候，他愤懑地问斯大林："怎么，您认为我是人民公敌吗？"斯大林在走出大厅时从嘴里取下烟斗，答道："我们没有这么认为。"

李维诺夫没有被捕，但斯大林停了他的职务，想用疲劳战术来消灭他。然而这在当时并未奏效。在希特勒对苏联发动进攻以后，斯大林召见了李维诺夫，友好地向他伸出手去，并建议他去华盛顿。早在 1933 年，李维诺夫就会见过美国的新总统罗斯福，安排好了恢复外交关系的问题。我在美国的时候，罗斯福的政界朋友曾告诉我说，总统尊敬李维诺夫，常请他前去商量这个或那个问题。

在 1943 年斯大林格勒大捷之后，李维诺夫被召回了莫斯科。他还算是外交部副部长，但做的却是无足轻重的工作。在 1947 年他成了领退休金者——并非出自他本人的愿望。但斯大林却下令保留他的住宅和其他生活福利。李维诺夫当时已年逾古稀，他本来可以仔细看看地图集、回忆回忆往事，但他工作了一辈子，不知道在无事可做的情况下该怎么生活，而他却渴望生活，他明白，如果他将注定无所事事，马达就会熄火。他给斯大林写信，感激对他的关怀，并请求给他工作。日丹诺夫把李维诺夫叫了去："您给斯大林同志写了信。我们想让您主持艺术事务委员会。"李维诺夫生气了："我对这一行可一窍不通。而且我也不认为对艺术可以发号施令……"日丹诺夫勃然大怒："那您究竟打算做什么工作？""纯事务工作。"任何工作也没有给他。他开始编纂同义语字典，每天早晨去列宁图书馆，但依然为无所事事而苦恼。在克里姆林宫的食堂里，他几乎每天都要碰到苏里茨，他们互相倾吐积愫。

在去世前的几天里，他白天也闭上眼睛躺着，妻子轻声问他：是在打盹还是在思索。他回答说："我在看世界地图。"人们所说的"外交"对于他乃是一种创造，他思考着如何防止战争、使各民族和各大陆互相亲近，地图之于他正如颜料管之于画家。领养老金者身不由己地死去了，就像一个充满了创作计划，但却没有调色板、没有画笔和光线的画家那样死去了。

在外交部的一个房间里举行了追悼会。一个人拿着讲稿宣读了演说。李维诺夫穿的不是讲究的制服，而是普通的西装。他的面容似乎安详得有点神秘，甚至是无忧无虑的。苏里茨的女儿利利娅走到我身边："爸爸今天去世了……"

苏里茨在两天后被运进同一个大厅。在场的有部里的若干人员，有人宣读了讲稿。德国公墓上又是外交部官员的制服，又是照本宣科的演说和用纸花扎成的花圈。

我是 1922 年在柏林的苏联艺术展览会上认识苏里茨的。苏里茨注意地看着，有时生气，有时赞赏。他邀我去奥斯陆找他，说那里有优秀的画家。他热爱艺术，收集绘画和素描。他有形形色色的作品——罗丹和列维坦（1861—1900，俄国杰出的写生画家），马蒂斯和科罗温，马尔卡和伯努瓦（1870—1960，俄国画家、艺术史家与艺术评论家）。他乐意让别人看他的藏画，曾向我叫嚷，说我不懂"艺术世界"的意义，轻视列维坦，不想承认格拉巴里（1871—1960，苏联写生画家和艺术史家）。

我对苏里茨的过去了解很少。有一次在谈到希特勒匪徒时他说："你想，我曾在海得尔堡大学学习过！要是当时有人对我说这些，我是不会相信的……我们现在常常抽象地谈论。但也许语言能改变意义。'变野了。'可在那些年代这对我意味着什么呢？政治错误。或者是《萨宁》（俄国作家阿志巴绥夫的小说）的成就，狂饮，'收购猫来剥皮者'。而在柏林我看见过大学生拽着一个老人的胡子，他满面血污，而他们却唱歌作乐……"

他应该是第一个苏联大使：1919 年，当新的艾米尔阿孟乌拉汗（1892—1960，1919—1929 年的阿富汗国王）派自己的代表带着给列宁的信去莫斯科后，列宁就把他派往喀布尔去了。这是在苏维埃外交诞生之前，苏里茨为了起草国书曾去翻查档案。列宁说，应该用另一种方式去写，并亲自执笔，文中提到承认阿富汗的完全独立和主权。苏里茨在喀布尔待了没多久就被任命为驻挪威大使，于是拉斯科尔尼科夫便到阿富汗去了。

历史对于外交家的评论也像对于统帅们一样，是根据他们的输赢来判断的。每一个外交家，甚至最有才能的外交家也都常有自己的奥斯特利茨（原捷克斯洛伐克的斯拉夫科夫城的旧称。1805 年 12 月 2 日，拿破仑在此战败库图佐夫指挥的俄奥联军）和自己的滑铁卢——许多问题都取决于形势。当苏里茨被派往安卡拉的时候，新土耳其正满怀希望地瞧着莫斯科。苏里茨很能干。凡夫俗子认为，老练的外交家都善于沉默，但是也得善于说话，使好事变得更好，对于坏事，如果不能防止，至少也得加以阻挠并使之减轻。苏里茨赢得了凯末尔的信任，巩固了两国之间的友谊。苏里茨曾赞叹地谈到凯末尔：“大智大慧！达拉第同他相比，简直是一个不学无术、土头土脑的政治家……”

苏里茨在希特勒的柏林能做什么呢？只能进行观察并报告给莫斯科。美国大使杜德——罗斯福的朋友——不止一次地在自己的日记里提到他同苏里茨的友好谈话，而杜德的女儿玛尔塔也曾告诉我，苏里茨是她父亲信任的唯一一个在柏林的外交家。

1937 年夏，在从西班牙来到巴黎以后，我在大使馆里看见了苏里茨。他仔细打听，在威斯基之后有无发生转变的希望。他说：“这里的一切都在向极其恶劣的方面发展……”后来他坦白地说，在离开柏林之后他正享受着“巴黎的空气”。在工余之暇他会参观展览会，去旧书铺翻寻，结交艺术家。

（艺术家始终吸引着他。我在他位于莫斯科的家里遇到过阿·尼·托尔斯泰、伊·艾·格拉巴里、亚·亚·泰罗夫、科宁、杜罗夫和别的许多人。）

法国的局势不佳：梭坦代替了布鲁姆，此人是个浅薄的政治谋士，他觉得在国会的餐室里为内阁的多数派弄到几票就是艺术的高峰。人民阵线濒于解体。被罢工吓坏了的资产者开始怀着敬意、有时也怀着希望将目光投向希特勒。法兰西正向毁灭的深渊滚去。苏里茨试图使结局迟一些到来，便同赫里欧谈话，会见憎恨第三帝国的法国民族主义者凯里利斯、记者布莱，但是事件有自己的逻辑。战争开始了，不敢向敌人开火的胆怯的法国统治者要求苏里茨离开巴黎。

我在本书的前一部里曾谈到，在古比雪夫"大饭店"的房间里，苏里茨曾希望我赞美罗丹的一幅素描。他留我住了一夜，而在他给我看素描之前，曾一连三个钟头激动得气喘吁吁地谈论我们的失利："当然，同德国签订的条约是必需的。有罪的是法国人、英国人，当然，还有贝克（1894—1944，曾任波兰副总理和外交部长）。但是斯大林是怎样利用这两年的呢？说来可怕——他相信里宾特洛甫的签字。他怀疑自己最亲密的朋友居心不良，却相信希特勒！……"苏里茨觉得他是在轻声低语，其实他却在大叫大嚷，直到把素描从皮包里取出来才平静下去。

战后他们曾打算把他派往日本，医生们提出了抗议——他受不了那里的气候。当时又找到了一个气候并不比日本好的国家——巴西。他在那里没待多久——巴西在华盛顿的压力下同苏联断绝了关系。

苏里茨回到了莫斯科。他欣赏油画、读书、思考。有一次他严厉地对我说："您比我小 10 岁，但这并不妨碍您去思考许多问题……"

他的面目清秀，留着楔形的胡子和很长的唇髭（激动的时候他爱把唇髭放在嘴里嚼），还有两条毛茸茸的眉毛。他晚年患高血压，有时不能自制——想到什么就说什么。他常突然来访，心不在焉地喝着茶，默然不语，可后来却发作了——他可以不停地一连说上两个钟头，他的心里有什么东西在沸腾。几乎每次都是以这句话开头："昨天我同马克西姆·马克西莫维奇谈到……"接着便是一篇充满怒气的独白。有时苏里茨把斯大林的行为解释为"病态的人格分裂"。作为一个老革命家，国际主义者，典型的知识分子，他既不能接受"卑躬屈膝"和"世界主义"的说法，也不能接受 20 世纪 40 年代末的其他许多事件。我不准备转述他说的那些关于斯大林的故事——它们会被看作是一种揭露，表面上会扩大、而其实却缩小本书的性质。苏里茨对于许多问题都用斯大林的性格、理论同实际在他本人身上的分离来解释，也许他是对的，但我现在想表达一个年老、有病、精神纯洁的人的苦恼，他为他始终信仰的那种思想的胜利工作了一辈子，并且看见了他所不能接受的东西。有一次他低声说道："糟糕的甚至并不在于他不知道人民的生活情况，而是在于他根本就不想知道这一点——人民对他来说只不过是一种概念罢了……"

他走了，但一两个月以后却又来了——不能再沉默下去——并开始说道："昨天我同马克西姆·马克西莫维奇回忆起罗佐夫斯基……"

只有一种办法能使苏里茨平静下来——把他领入挂有马蒂斯的素描、法尔克的风景画、夏加尔的油画的房间。他的脸色起了变化，隐约地浮现出一丝笑容。我没有再同他争论——这不是因为怕使他激动，不，他以其对艺术的热爱而使我无法反驳。有一次，他看着马蒂斯的一幅素描轻声地说："生活——这也是一条线……"在苏里茨下葬的时候，我想起了这句话。人的生命线是多么纤细啊！……他的藏画还在，儿孙们不难辨认出它们来，也许还会去瞧瞧那些旧书。但谁能在历史这个巨大的线团里找到一根已被扯断的细线，找到一个业已从舞台上消失的演员的事业和热情呢？

31

法国诗人艾吕雅

1952 年 2 月底，人们为纪念雨果（Гюго）做了一系列的事。保罗·艾吕雅和维克多·雨果的孙子——画家让·尤果（Юго）被邀请到莫斯科。〔这里不得不向读者解释一下，何以伟大的诗人没有给子女留下字母"Г"这份遗产——这同俄国的拼音有关。在 19 世纪，以无声的辅音字母"h"开头的法国人名都增加了一个"Г"——雨果，雕塑家乌东（Гудон），哈佛（Гавр）。后来就写得比较正确了——诗人埃雷迪亚（Эредиа），作曲家奥涅格（Оннегер），赫里欧（Эррио）。〕

让·尤果是个非常出色的画家。他给艾吕雅的《巴黎还在呼吸》一书画了插图，这些插图都是非常清晰的城市风景画，画得十分精巧，同时又很朴质。尤果带来了祖父的一些珍本书作为赠给我国图书馆的礼物，他在各种集会上发言时都说，能在苏联的首都度过意义重大的时日，这使他感到幸福。

虽然请柬寄迟了，让·尤果依然及时到达，并出席了作为庆祝活动的序幕的世界文学研究所的科学讨论会。艾吕雅不在。我出席了会议，听了报告，回到家里，看见了艾吕雅。柳芭说，飞机场来了电话："飞来一个法国人，姓艾吕雅。谁都没有见过他。他不会说俄语，但说出了爱伦堡同志的姓……"柳芭请他们让他坐上出租汽车，司机准会把他送到我们的寓所。艾吕雅比我早 10 分钟到家。他说，人们想把他送到法国大使馆去，这时他提出抗议，人们在他说的所有的话里只听懂了"爱伦堡"。妻子在两天后才到——请柬寄到时，她不在巴黎。我生气了：为什么谁也不曾把他到来的消息通知我呢？他笑了："干吗要通知呢？我这样不也到了……"

艾吕雅十分谦逊。1946年，一位抵抗运动的参加者告诉我，有一天，一个高个子的人去找他，说了暗语，并交给他一包传单。那天很冷，他请来客到小炉子旁边坐坐。"我突然发现，我曾在战前的一本杂志上看到过这个面孔。我胆怯地问道：'您是诗人吧？''是的。'这是艾吕雅。我忍不住了：'您不该白白地冒险……别人也能送来。'他感到奇怪：'为什么要"别人"呢？我们所有的人都在冒险。同志们都疲倦了，他们奔跑了一天……'1949年夏天——在抵抗运动结束之前的几个月里，伊夫·法奇常同艾吕雅前往希腊的游击区。战斗激烈，人们所保卫的已不是格拉莫斯山，而是人的尊严。法奇曾告诉我，有时进山得走几个钟头，艾吕雅不曾有过一句怨言，不曾要求休息一下，每当我对他说'咱们坐个把钟头再说'，他总是不同意：'我们要同战士们一起走——干吗要耽误他们的时间？……'有一次他从两个姑娘那里夺过一个沉重的口袋，自己拖着它，不肯还给她们。我记下了法奇的一句话：'他似乎从来也没想到他是个大诗人。也许正因为如此别人就不能忘记这一点。'"

他在圆柱大厅里发表了演说，后来又在汽车厂的俱乐部里演说。他向我承认："在众目睽睽之下走上台去是最困难不过的事……"雨果的纪念活动尚未结束，果戈理的纪念活动就开始了。艾吕雅在大剧院和别的什么地方发表了演说。后来庆祝费定的生日，艾吕雅向他祝贺。后来他在文学家之家谈论现代法国诗歌。后来他受到大学生们的邀请。后来举行了记者招待会。多米尼卡（艾吕雅之妻）曾对我说："保罗演讲的时候十分激动……"我请求把计划压缩一下，但是已经形成了这种风气：如果是纪念会——25篇演说，如果是大型宴会——50次举杯祝贺，国家大，人又多……

一天早晨，艾吕雅心绪不佳地前来找我，说让·尤果碰到了一桩不愉快的事：他站在索菲亚滨河街上离英国大使馆不远的地方用水彩画克里姆林宫的风景。一个民警走来夺走了画册。"尤果从未搞过政治，但他对您颇有好感。他是法国纪念委员会主席，因而才和我同到莫斯科来。真遗憾！……也许他们会把画册还给他？……"

　　我给格里戈良打了个电话，他回答说，法国人画的不仅是克里姆林宫，他还画了国防部的大楼："这是绝不能容许的……"过了两三个钟头，有人从旅馆里给我拿来了一本有着尤果的插图的艾吕雅的作品，画家在第一页上画了一幅克里姆林宫的水彩画，我看见了国防部大楼的"不能容许"的顶部。尤果写道，在临走之前把此书送给柳芭和我，以纪念我们的相见。水彩画就像尤果的其他作品一样——柔和而天真：墙壁，圆屋顶，白雪。所有这一切都可以从英国大使馆的窗口拍摄下来，当然，还会拍得准确得多！我怒不可遏，又给格里戈良打了一个电话，说了所想的一切。晚上，格里戈良通知我，已决定把画册还给尤果："可对您有一个请求——请您尽力安慰他。"我不得已地去找尤果，犹豫了很久，最后开始说道："发生了一场误会……"尤果把我带进浴室，在那里说道："您可以确信，我在法国对这件事一个字也不会说……"他在巴黎同记者谈话时说，他对此行十分满意，他受到了非常殷切的接待，他还看见了苏联人是多么喜爱雨果。1954年秋，他来信告诉我，他正在为法国杂志《保卫和平》发表的《解冻》画插图。插图富于抒情色彩：小树林，林中空地，一双双情侣……尤果与其说是理解了，不如说是感到了：我们有许多风气发生了变化。

　　回头来谈艾吕雅。我想表现我在40年前第一次看到、但很久以后才了解并爱上的一个大诗人的形象。我还模糊地记得那个年轻的超现实主义者，高高的，瘦瘦的，有一张讨人喜欢的脸，有一副非常悦耳的嗓子。他曾咒骂一个在当时非常受人尊敬的作家："这不是人，这是一只黄鼠狼，它要母鸡们相信，它能使它们摆脱鸡的烦恼……"他气愤的时候脸涨得通红。在那些年里我对他很不了解，直到不久前读了他青年时代的书信以后，才明白我们有着许多共同的爱好与怀疑，虽然他比我小5岁。他年轻的时候患了肺炎，被送到瑞士的疗养所。他在那里遇见了俄国姑娘加利娅，并爱上了她。战争开始了。加利娅去莫斯科了。保罗在野战医院服务，中了瓦斯之毒。他常给加利娅写信，1916年，她来到巴黎，不久他们便结了婚。他在加利娅的帮助下翻译了勃洛克的《江湖艺人》。他在寄自前线的一封信里请求母亲把他第一本诗集寄给加利娅的一个熟人——"著名的俄国女诗人马林娜·茨韦塔耶娃"。

　　在柏林，我和柳芭在画家格奥尔格·格罗斯家里迎接1930年。来宾当中有艾吕雅。当时在超现实主义者当中正进行着热烈的争论——阿拉贡对不对。艾吕雅依然同不妥协派在一起，但就天性而言他却是温和的，他谈笑风生，尽管在那些年里他的生活十分艰苦。

4 年后，我写了一篇关于杂志《为革命服务的超现实主义》的文章。文章写得肤浅，但很尖锐。超现实主义者常常举行关于性、性格以及一个小玻璃球或一小块丝绒可能有的行为的讨论会，这激怒了我。而法西斯分子则正在莱茵河对岸烧书杀人。当艾吕雅到反法西斯作家代表大会上来宣读勃勒东写的讲稿时，他没同我打招呼。

1937 年夏，我正在圣日耳曼林荫道上的一家书店前面仔细地看着新书。有一个人站在旁边，我一看——是艾吕雅。我们彼此都觉得很窘。他首先开口："您好！……可毕加索告诉我，您在西班牙……"我回答说，一周前我在阿拉贡前线。他问，现在那里的情况怎样。我大概是不太乐意告诉他，因为他突然把谈话打断了："我得朝另一个方向……"每想起这次失败的会见，我都觉得我常常是又聋又瞎。

在战争时期，我在一本伦敦出版的法文杂志上读了几首诗，它们的人道和优美使我非常激动。署名——让·杜·奥——显然是笔名。闪过一个念头：也许是艾吕雅？……在这之后不久，一位"诺曼底"的飞行员向我朗读了这几首诗，还有别的一些诗："这是保罗·艾吕雅的作品……"

1946 年夏，我们在巴黎相见并互相拥抱。我从我们共同的朋友们那里获悉，艾吕雅的私生活在 20 世纪 30 年代初发生了变化：他娶了努施。毕加索给我看过她的照片，她好像很漂亮。艾吕雅的诗变得不那么阴沉了。后来我看见了努施，原来她不仅漂亮，而且迷人、温存、娇柔，同时也很勇敢。我们在一家黑暗的咖啡馆里坐了一个晚上。保罗和努施叙述着占领时期的情况。我们有说有笑。天啊，当时我们觉得未来是多么光明啊！……

柳芭从莫斯科来了。艾吕雅邀我们前去。我们找他住的房子足足找了一个钟头。他在我的小本本上写了个住址，不料却没有这个号头。我们在很长的德·梁·沙培尔街上来回地走。我们之所以终于找到了那所阴沉、黑暗的房子，只是因为我们所问的一位行人猜到了："你们说的大概是旧地址——街道的一部分已经改名，你们到马克斯－多尔马街上去找找看吧。"我骂艾吕雅：为什么他写的不是那条街？努施笑了："保罗不喜欢新的街名。他说，我们过去和现在一直住在德·梁·沙培尔街上。你们明白——这可是整整一个世界。人们甚至这样说：'来自德·梁·沙培尔大街的人。'"

两年后我同艾吕雅在弗罗茨瓦夫相见，每天夜里交谈。后来我们曾在华沙的废墟上徘徊。有时毕加索同我们在一起，有时只有我们两个谈话。他变了——他的遭遇表现出来了：1946年末，就在他去瑞士办事的那几天，努施猝然去世。朋友们告诉我，这个损失对他有多么沉重，而他也曾在弗罗茨瓦夫的一个夜里对我说："那时我已是一条腿站在坟墓里……"

后来是巴黎代表大会，又是很长的谈话。1952年二三月间，我在莫斯科最后一次看到他。如果把同他一起度过的时刻全部加在一起，那是很少的，但是心灵看来有自己的精密表。我失去的不仅是一位大诗人，而且是一个平凡而又特殊、温和而又英勇的密友，一个曾被认为不容易理解而又成了千百万读者的知己的爱情诗人。

难道成年的、严肃的人们永远不会停止把诗人创作的一个时期同另一个时期对立起来，把一个人劈成几块，把他的一生连同探索、损失、希望及其必然的悲剧变成一场滑稽的考试，让主考人在他面前唠叨："这错了……现在对了……又错了……您明白了，这很好……看来我们会给您毕业证书的……"这是多么倒霉又是多么狭隘！1925年，艾吕雅30岁，而在1945年他已50岁。问题不仅在于两鬓已经发白，双手也开始发抖了，但是，难道一个透过眼前的浓雾看到了远方的人，能够在人生之路的终点懂得和感到那不会是初步常识，而将成为自己的经验、眼泪、汗水和损失的东西吗？难道只有诗人才经常变化，而生活本身却是不变的吗？超现实主义的漫长岁月对艾吕雅来说并不是什么应该以其日后的成就而予以原谅的错误，而是他的一生、他的诗歌的一段岁月，而且没有这段岁月他大概也就写不出日后的作品来了。

他年轻的时候在前线上写了一首诗，诗的开头是：

蔚蓝的天空离开了我，我点起了火……

他在抵抗运动时期和临死前都写过同样的东西：黑夜与火。他始终描写爱情。站在年轻的前方战士面前的是加利娅，站在成熟的诗人面前的是努施，在晚年则是多米尼卡。然而艾吕雅的诗并不是爱情上的重大事件的编年史，也不是对彼特拉克的劳拉〔意大利杰出的诗人彼特拉克（1304—1374）写了一些歌颂自己的爱人劳拉的作品〕或别的女人的颂扬——这是些描写爱情的诗，任何一个有情人都可以把它们当作自己的感情的表现。诗人的天才——这不仅是一种特殊的语言力量，这还是感情的一种特殊的深度和强度，它能使"自我表现"成为对同时代人的表现，有时还会成为对曾孙的表现。

有一次在弗罗茨瓦夫，艾吕雅给我讲了《自由》这首诗的故事。这首诗是由一连串四行诗组成，每首四行诗的末句都是"我写着你的名字"：

> 在我支离破碎的掩蔽所里，
> 在我倒塌了的灯塔里，
> 在我苦闷的墙壁上，
> 我写着你的名字……

艾吕雅说，这些诗写的是努施，他在诗的结尾写道：

> 我生来是为了认识你，
> 为了叫你的名字。

他有一种惊人的特性：这位仿佛是孤僻的，甚至是"与世隔绝"的诗人不仅理解所有的人，他还代替所有的人去感受。"突然我明白了，"他叙述道，"我应该用一个名字来结束，于是就在'叫你的名字'这句话之后写上了'自由'。"这是在 1942 年，当时所有的人都有一个情人。

艾吕雅的诗总是被认为是晦涩的，人们谈到他就像谈到一个"为少数人写作的诗人"。但是飞行员们曾把艾吕雅的诗投掷到被占领的法国的城市里——原来诗歌要比传单更有说服力，尽管艾吕雅并未放弃任何东西，也没有迁就任何东西——战时的诗作同战前或战后的诗作一样"晦涩"。这再一次证明，"通俗易解"的概念是相对的，对于千百万读者来说，一个真正的诗人

画家格罗斯的新年聚会。
后排叼烟斗的为艾吕雅，
旁边是格罗斯

的诗作，往往要比一个文学批评家的冷静教导容易理解得多。

艾吕雅的诗的复杂在于它的简练，晦涩在于朴实。他的诗几乎是不能翻译的——它们对文字的形状、声音以及同它有关的联想的依赖性太大。（奈兹瓦尔、阿尔维蒂、杜维姆、纳齐姆·希克梅特、聂鲁达都读过他的诗的原文，他们对这个人的爱是同他的诗歌的鲜明性、现实性相联系的。）难以说明艾吕雅的诗的力量在什么地方——诗歌的外在特征一概没有：无论是韵脚、格律、罕见的修饰语、华丽的形象，都一概没有。他在《加布里埃尔·贝里》一诗中说：

> 有些词有助于生活，
> 这就是普通的词：
> "温暖"和"信任"，
> "爱情""正义"和"自由"，
> "婴儿"和"善良"，
> 还有一些水果和花卉的名称，
> "英勇"和"发现"，
> "兄弟"和"同志"，

还有一些国家和村庄的名称，

一些朋友和女人的名字……

他的诗犹如树荫或朝露一般朦胧而轻盈，但是却像古老的悬铃木或石头的雕像那样保留在记忆里、伫立在人生的道路旁。

艾吕雅很爱绘画。除了毕加索以外，给他的作品画过插图的还有不怎么相似的画家——马克斯·恩斯特和瓦莲京娜·尤果，莱热和萨尔瓦多·达里，夏加尔和基里科。他所喜爱的画家有许多与我志趣不同，但我明白，他在他们的作品中看见了诗的图解，看见了他的一个看得见的梦境的世界。然而他在自己的诗中并未企图用词句塑造形象或表现色彩——他相信词句的魔力，而且不回避这种魔力另去追求造型或辞藻。

艾吕雅对毕加索的喜爱甚于对一切的人和物的喜爱。他们的友谊延续了四分之一个世纪，任何东西都不能使之中断或者哪怕是使之冷却。在毕加索的《格尔尼卡》这幅画的下面有艾吕雅的诗。保罗把自己描写伟大画家的诗收集起来，并把这本诗集叫作《巴勃罗·毕加索》。从外表上看他们像是来自相反的两极——一个像鬼，一个像婴儿，不过这是属于那些对艺术的力量一窍不通的主考官或分类学家的评价。鬼可以是善良的，甚至是天真无邪的，而婴儿也进过地狱并知道许多事情。同外表相反，同年龄和职业的规律相反，他们是情同手足的两个伟人，每当毕加索回忆道："这是保罗对我说的。"他的脸就变得那么温柔，使人的心都不禁发紧了。

他是一个那么忠厚而谦逊的人，因而似乎不曾有过私敌。他于 1942 年加入了法国共产党，始终忠实于它。他去世的时候还处在一个极

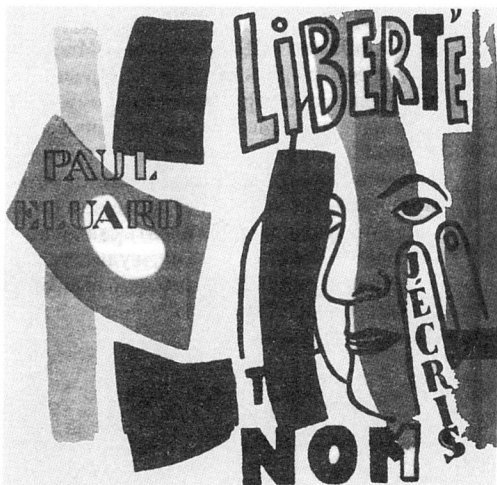

莱热为保罗·艾吕雅的书《自由》画的封面

端残酷的时代，令人吃惊的是——他的诗歌的力量、人道和宽大使政敌也无法反驳。诚然，政府曾企图禁止殡葬游行，但这只是"冷战"的机械行动，不是活人的举动，而是电子机的举动。艾吕雅已去世很久了，但他的影响却在继续增长，关于他，已经没有任何人还有争论了——他的诗歌既超越了他的一生，也超越了重大的事件。

我依然没有说出他的诗歌中最惊人的东西。那就是善心。有些大诗人尽管多愁善感，也善于深刻而确切地叙述痛苦或欢乐，但是缺少善心。这种特性在一般的人，特别是诗人身上已不是那么常见的了。艾吕雅在别人的不幸旁边是不会感到幸福的，而且这不是出于思考，而是出于人的天性。当他谈论自己的个人幸福时，他是在谈所有的人的幸福：

> 手挽着手，我们两个一同走。
> 我们觉得，到处都像在家中——
> 在温存的树下，在漆黑的天空下，
> 在所有的屋顶下，在所有的壁炉旁，
> 在空旷的街道上，在明亮的阳光下，
> 在人群不安的目光里，
> 在英明的和疯狂的人们当中，
> 在孩子们和成人们当中。
> 爱情中没有丝毫秘密，
> 我们在这里，大家都看见我们，
> 情侣们觉得，
> 他们是我们的客人。

这写于他去世之前不久。他同多米尼卡一同走着，也许是在多尔多涅的山丘上，或者是在莫斯科的普希金广场上。他想给所有的人赠送礼物。他斗争过，冒过不止一次的生命危险——不是因为他要这样做，而是因为他别无他法。

在离开莫斯科前不久的一个晚上，保罗坐在我们家里。他的双手比平时颤抖得厉害些，但他开着玩笑，后来又默然不语了。柳芭在同多米尼卡谈话。突然他对我说："我想到了一个年轻工人。您可记得——他在晚会结束后闯进了后台的房间？……他说：'我也想写诗，但我怕不会成功。脑子里老是塞满了词句，在嗡嗡作响，可是却怕写……'想的总比做的好，这真令人苦恼。不仅在诗歌里如此——在生活中也是这样……"

　　我把这段话记了下来。分手的时候，我们以为 12 月能在维也纳相见。看到结实的、可爱的、体贴的多米尼卡在他身边，我很高兴。八个月后，我在一个寒冷多雾的清晨听到："法国诗人保罗·艾吕雅于昨日去世……"后来多米尼卡告诉我，当天早晨他读了报纸：在美国受到不公正判决的罗森堡夫妇要求重新审理此案，但被拒绝。保罗说："但愿他们能够获救！……"一刻钟后他把多米尼卡叫去：心脏停止了跳动。他大概已满 57 岁。现在，当我写这些事情的时候，我觉得就像是昨天的事情一样。当人们已经通过了山口，正在暮色中沿着黑暗陡峭的小道向山下走去的时候，没有什么能比联系着他们的东西更为有力的了。

32

毫无生气的 1952 年。斯大林瘫痪了……

　　每当我回顾以往，我总觉得 1952 年很长，同时也毫无生气，这大概同我当时的生活情况有关。《九级浪》在杂志上连载，批评家在赞扬它，但我感到此书并不成功，因而再没有写别的什么。同争取和平的斗争与苏维埃代表的工作有关的各次旅行之间的休息时间，足以用来思考自己的创作道路。秋季里的一天，我在笔记本上记道："看来，把作家的工作撇开是最为明智的。3 个月后我将年满 62 岁，这已不是可以做毫无把握的等待的那种年龄了。至于保卫和平运动——即便在这里我也可以做些事情。"

　　10 月，召开了第 19 次党代表大会。斯大林在会议结束前发表了一篇简短而鲜明的演说。马林科夫在自己的报告里提到了文学问题，他对于我国没有果戈理和谢德林表示惋惜，还说一个作家的思想观点取决于他的主人公是否典型。一位列宁格勒作家对我说："对于房屋管理员，即便在人们想起果戈理和谢德林之前也是可以嘲笑的。可要是再往上走一级——人们就会说：'不典型'。有趣的是人们将通过什么途径创作'典型性'——也许是通过统计学。"

　　我浏览了《文学报》的合订本，一切看上去都像田园诗一般。报纸指出，《新世界》发表了格罗斯曼的长篇小说《为了正义的事业》，但是批评家们对它保持沉默。他们赞扬法捷耶夫的《青年近卫军》的新版本，对柯切托夫的长篇小说《茹尔宾一家》表示称赞。报纸对于"引起了语言学的革命的斯大林的天才著作"未得到充分的注意而感到伤心。人们揭露"伪科学"的控制论。作家们受到温和的、几乎是慈父般的咒骂。举办了一些庆祝作家的诞辰的活动：帕乌斯托夫斯基和费定满 60 岁，纳齐姆·希克梅特和卡维林满 50 岁。举行晚会，送上奖状，热烈拥抱，不用说，还有预祝"获得新的创作成就"。维诺库罗夫的作品问世，受到有限的赞扬。在一本很厚的杂志上发表了马丁诺夫的一首诗，编辑部为此被骂了一顿。在没有生气的、彼此雷同的诗歌正面是形形色色陌生的年轻人的名字，方才我发现其中有一首诗的署名是叶·叶夫图申科。每当你翻阅尚未变黄的纸页时，你总会觉得编辑部似乎不知道该用什么来填满它们。纪念拉季舍夫的活动结束了，又纪念左拉逝世 50 周年，后来又庆祝马明-西比利亚克诞生 100 周年。

四月，在莫斯科召开了国际经济会议。我认识了年老的英国和平主义者博伊德-奥尔勋爵，他是个具有高深修养和纯洁思想的人。他希望两个世界合作，谈到甘地和爱因斯坦时表示钦佩。

与会者除了经济学家之外，还有一些大企业家和许许多多希望苏联订货的中小企业家。我想起一桩可笑的事。会议秘书处给我来了一个电话。"法文缩写字——阿普特是什么意思？"我绞尽脑汁也想不出来。后来有人给我寄了一封信来：阿普特原来是普罗旺斯的一个城市，这封信是赭石厂的老板绍文写的。据绍文说，战前法国的赭石厂老板每年要售给俄国八千吨赭石，于是他就抱着恢复赭石出口额的希望前来出席经济会议。绍文原来是个生机勃勃、讨人喜欢的南方人、法国的保卫和平运动的参加者、不可救药的幻想家。他在克鲁泡特金大街上的保卫和平委员会里受到了接待。他赞美苏联人，但是一看到住宅正面被风雨剥蚀的墙壁就一再地说："赭石对你们是十分必要的！……"他带了些阿普特的工业样品到莫斯科来——蘸上糖皮的水果和薰衣草制的香水。水果很可口，薰衣草异香扑鼻，但是，无论是这些商品还是赭石都没有使对外贸易部动心。一个比利时人由于卖掉了一批衫裤相连的女用衬衣而欢天喜地，而绍文却空着两手回去，但他的心里却充满了对我国人民的热爱，他给我来信要求苏联演员去参加阿普特的狂欢节——总之，依然是个天真的幻想家。

生活迈着自己的步伐前进。人民劳动着。修建了新的工厂。教师们在教孩子读书识字，这些孩子如今已成青年，他们正在工作或学习，正在思索、争论。少年们阅读托尔斯泰、契诃夫、高尔基的作品。在数以千计的剧院的舞台上，每晚都有哈姆雷特在谈论海船和虚伪，契诃夫的主人公们在发愁，而不朽的赫列斯达柯夫（果戈理的喜剧《钦差大臣》的主人公）则不歇气地在撒谎。博物馆里总是观众成堆。在同陌生人谈话时，我看到所谓"中等水平的人"的觉悟已大为提高。

秋天，在布拉格，人们对一群著名的共产党员进行了审讯。在《文学报》上他们被称为"清泉旁边的癞蛤蟆"，他们"妄想把捷克斯洛伐克变成华尔街的世界主义的世袭领地，让美国垄断组织、资产阶级民族主义者、犹太复国主义者伙同形形色色陷入罪恶泥坑的败类去统治"。（1963年春，捷克斯洛伐克共和国最高法院撤销了判决，并恢复了犯人们的名誉。）当然，我并未预见到后事，但布拉格审讯却促使我重新警惕起来。

朝鲜停战谈判早在1951年春便已开始。在长期的争论之后，双方达成了60点协议。在一个问题上，争论仍在继续——如何遣返战俘。在联合国大会上，维辛斯基和艾奇逊发表着一篇篇冗长的演说，大家都明白，用武力不可能解决冲突，但是战斗还在继续，而且是在这样一个地区里进行的：根据得到赞同的60点之中的一点，这个地区应该成为中立区。

在印度支那也有战斗。"冷战"没有平息。有些美国参议员把朝鲜战争称作"第三次世界大战的开端"，他们说，这场战争将持续很久，并定将以"彻底消灭共产主义"告终。在法国，内阁经常更换，工潮此起彼伏，共产党人和工会工作者遭到逮捕。在希腊，镇压仍在继续。我曾久久地凝视着被判处死刑的贝劳扬尼斯（1916—1952，希腊共产党中央委员）的照片，他拿着一枝石竹，面带微笑。

这一年似乎是沉寂而令人窒息的。此后数年间的许多重大事件正在渐渐成熟，但是就连头号的乐天派也宁肯保持沉默。

我忙于各国人民代表大会（即世界人民和平大会）的筹备工作，两次前往斯堪的纳维亚各国，去过柏林，还在维也纳逗留了数周。

约里奥-居里和运动的其他领导人都希望各国人民代表大会能比保卫和平代表大会讨论的内容更加广泛，具有更大的代表性。在致意大利的自由主义者尼蒂的信里，约里奥提出保证：代表大会的参加者可以自由地阐述自己的观点。然而疑虑依然妨碍了许多犹豫不决的人来到维也纳。但是，如果回想起 1952 年底的局势，那就可以说代表大会是成功的。在会上发言的有前首相维尔特、意大利天主教党议员特拉诺瓦、意大利共和党议员尼蒂、巴西的瓦加斯（1883—1954，巴西政客，两次担任总统）的拥护者和阿根廷的庇隆的拥护者、印度国大党的成员、伊朗国会多数党的代表、英国的一些工联主义者、摩洛哥的民族主义者、布尔吉巴的朋友们、作家萨特、"世界政府"支持者的组织派来的观察员和各种派别的和平主义者。

与巴黎代表大会和华沙代表大会不同，人们在听取那些批评苏联政策的演说者讲话时都很平静，许多人甚至还报以掌声。这些演说有一部分谈到维辛斯基过于好战的调子、拒绝探求互相让步的可能、布拉格审讯的潜台词。我记得艾琳·阿佩耳、意大利女天主教徒皮亚娇和瑞典作家勃洛姆贝格的发言。

当然，也像在华沙那样，在欢迎有些演说者的时候往往全体起立，在闭幕会议上人们唱着歌、挥舞手绢，直到凌晨 3 点钟才让代表大会闭幕。但是同华沙代表大会相比，气氛毕竟更为严肃认真，也更为爱好和平。约里奥致了开幕词，他仿佛是给演说者们定下了调子。人们第一次谈到了很多有关和平共处、加强文化联系的问题。法捷耶夫病了，领导苏联代表团的是经常面带微笑的考涅楚克。

在致世界人民书中没有尖锐的指责，它要求立即停止军事行动、承认各国人民有权独立，提出必须进行普遍裁军——总之，就像七八年后联合国大会一致通过的某些决议。

代表大会结束后，在一个能容纳两千人的大厅里举行了一次晚宴。演说很少，而虽然淡薄、但后劲很大的奥地利酒却很多。大家兴高采烈。接近黎明时有人宣读了（更确切地说是喊出了）刚从莫斯科收到的一份新近获得"加强和平"奖金者的名单："伊夫·法奇，克其鲁（1885—1963，印度社会活动家），保罗·罗伯逊……"我鼓着掌，突然听到："伊利亚·爱伦堡。"我与其说是高兴，不如说是惊慌失措。我们从来不曾把奖金授予我们本国人。而且为什么要给我，而不给法捷耶夫或考涅楚克呢？……人们走向前来，碰

1952 年 12 月，维也纳世界人民和平大会

杯，拥抱。塞伦尼附在我耳边对我说："他给了您奖金，这是件好事。正是现在……"我问他的话是什么意思，但他没有回答。

两天后我们乘火车赴莫斯科。一节车厢拨给了宋庆龄和中国代表们，苏联代表团和我们的客人——克其鲁、亚马多、文幼章、萨拉梅亚都坐在另外两节车厢里。当时火车走得很慢。我们早晨启程，直到傍晚才到布达佩斯。我们没有钱，而一路上人们除了鲜花以外也没有给我们任何东西。坐在隔壁单间里的考涅楚克，有时说他打算吃掉坐在旁边的人，有时幻想着在布达佩斯（列车在那里要停两小时）将会有人让我们饱餐一顿。在车站的月台上我们看见了拉科西和其他重要同志，我们被带往政府大厅。考涅楚克低声说："马上就会端来红焖牛肉……"不料给我们送来的却是黑咖啡和饼干。考涅楚克犹豫片刻，后来说："我们一整天什么也没吃……"匈牙利人忙了起来，车站上没有餐厅，半小时后有人送来了很香但也很小的小灌肠。次日清晨，我们在苏联边境上吃了点东西，在那里站了四五个钟头。两天后我到了莫斯科。途中我曾数次企图猜透塞伦尼的话的含义——也许他知道什么？……但是我想得愈多，我明白的却愈少，只得神经质地不断打着哈欠。

5 天后我们同伊琳娜、利金夫妇、萨维奇夫妇一同迎接新年。我看到了一些朋友，问他们有什么新闻。他们说了一些微不足道的事情。我心里感到不安，我自己也不知道是什么原因。

1月13日，报纸在中午才送到。我勉强地打开了《真理报》。"争取石油工业的新发展"。"法国对外贸易的衰落。"突然我在最末一页上看到："一伙从事暗害活动的医生被捕。"塔斯社报道，一伙对于日丹诺夫和谢尔巴科夫之死负有罪责的医生被捕了。他们招供，他们准备杀害华西列夫斯基、戈沃罗夫、科涅夫等元帅。报上说，多数被捕者都是"国际犹太资产阶级民族主义组织'联合'（"犹太联合救济委员会"的简称）"的间谍，他们通过施梅利奥维奇医生和"犹太资产阶级民族主义者米霍埃尔斯"领取指示。被捕者的名单上开列的都是著名的医生——三个俄罗斯人，六个犹太人。

我试图探明发生了什么事情。有些人说，两个月前就开始逮捕医生了。另一些人却反而说，举行了一次会诊，请来了一些给斯大林治过病的医生，后来就把他们逮捕了。大家都一再地说，医院形同地狱，许多患者把医生看作是阴险的凶手，拒绝服药。一位农学家，就是那个同萨特谈过话的人，正在雅尔达休假。他提前回来，告诉我说，他的妻子吓坏了："咱们今天就离开疗养院——我们会在这里给毒死的……"一位女医生说："昨天不得不吞了一整天的药丸、药粉，一共服了治十种病的十种药——患者怕我是个'阴谋家'……"在季申斯基市场上，一个醉醺醺的人狂叫道："犹太人想毒死斯大林！……"

我曾说过，我国人民在精神上成长起来了，但是即便能思考的芦苇有时也会停止思考。若是一只猫儿抢了先，哪怕你是个哲学家也依然会觉得不痛快。我现在绝不想把我所说的那种恐惧强加给所有的人。最后一次霍乱骚动（在霍乱流行的年代，俄国人民群众反对沙皇政府的自发行动）发生在1893年。反犹暴行也随着国内战争的结束而消失了。但是如果钻入许多十分明智的人们的心灵深处，却能找到一种模糊的怀疑和疑惧。当然，这种人是不会去倾听市场上卖牛奶的女人的谈话的。但是侦查机关却报道了杀人的医生的情况。人们想起了1938年的审讯，当时查明，医生们杀害了高尔基。如今他们变得更为狡猾——做出错误的诊断并通过治疗促使患者死亡。我常常发觉人们在崇拜医药的同时又害怕医生——害怕给他们治病的医生：他可能出差错、照顾不周……如果他被敌人收买，他可以杀人而又逍遥法外。格里戈良邀我前去，谈起授奖问题——仪式已定于1月27日举行："您最好能提到犯罪的医生们……"我勃然大怒，说我并未申请过奖金，打算现在就予以拒绝，但我不会谈医生的事。跟我谈话的人开始安慰我："这并不是指示，我只不过是想提醒您……"

1月21日是列宁逝世的周年纪念日，报上在他的照片下面发表了"为了在揭发杀人的医生一案中给予政府的帮助"而授予一个女医生以列宁奖章的命令。

在给我颁发奖金的仪式上致贺词的有吉洪诺夫、苏尔科夫、阿拉贡、安娜·西格斯、哥伦比亚作家萨拉梅亚。后来轮到我发言了。我的讲话很短。我说："一个苏维埃人，不论他是哪一个民族，首先他是一个热爱祖国的人，是一个真正的国际主义者，是种族歧视或民族歧视的敌人，是一个致力于促进友好团结的人，是一个勇敢的和平保卫者。"这些话是在一些重大事件的影响下说出来的，而且我重又回到了使我苦恼的问题："在克里姆林宫富丽堂皇的白色大厅内举行的这个庆典上，我想回忆起那些正在遭受迫害、折磨、陷害的和平拥护者，我想谈到狱中之夜、审问、法庭——谈到许许多多的人的英勇气概……"斯维尔德洛夫大厅里鸦雀无声。柳芭后来说，当我谈到监狱的时候，坐在她旁边的人都呆住了。第二天早晨，我在报上看到我的演说被修正了——在关于迫害的那句话里加上了"反动势力"：他们害怕读者会正确地理解我说的话，并把这些话用在贝利亚手下的牺牲者身上。

一篇文章得到了发表，描述了那个揭发了"穿白衫的凶手"的女医生收到的一些热情洋溢的信件。许多信里都提到："俄罗斯女人"，"俄罗斯心灵"。

但是我在让-里沙尔·布洛克主编过很久的法国报纸《今晚报》上却读到了一些最激烈的解释。这些文章出自著名的记者皮埃尔·埃尔维的手笔，他当时是共产党员。我明白，一个法国的共产党员可以相信苏联的侦查机关，并保卫它们，使之不受政敌的攻击。但是埃尔维却超过了一切事物和一切人：他的文章犹如第二帝国时代伪造的文件《锡安众贤笔录》。他证明，"联合"和被捕的医生们的阴谋并非局部现象，而是一个预谋已久的阴谋的结果。就连在那些日子里这些文章也使我惊奇。而我现在之所以谈到它们，是因为两年之后，当法制在我国得到恢复时，埃尔维同共产党断绝了关系，他出了一本小书，甚至写上动人的题词给我寄了一本。在书中，除了别的问题以外，埃尔维还表达了对"医生案件"的气愤，但没有提到他本人的贡献。

《真理报》上发表了一篇激烈的文章，评论格罗斯曼的长篇小说。其他报纸也立即对长篇小说展开猛烈抨击。

事件继续发展。二月份对我来说十分艰苦，我认为现在叙述我的经历为时尚早。在千百万读者的心目中，我是一个可以到斯大林那里去对他说我在某一个问题上不同意他的意见的作家。其实我同我的读者们一样是"齿轮"和"螺丝钉"。我曾试图提出抗议。决定问题的不是我的信，而是命运。

那是很冷的一天。为了给自己找点事做并驱散那些忧郁的思想（哪怕只驱散几个钟头也好），我坐下来翻译维永的作品。守卫伊万·伊万诺维奇突然走来："无线电广播说，斯大林病了，瘫痪，情况严重……"

我还记得我是怎样去莫斯科的。大雪纷飞。孩子们陷在雪堆里。我想着：我们大家今后将会怎样？但我不能思考。我经受了想必是我的许多同胞当时都经历过的情况：发呆了。

33

斯大林肖像：上帝？老板？

"晚上 9 时 50 分……"

医疗鉴定谈到白细胞、虚脱、纤毛颤动失调。而我们却早已忘记斯大林是个人。他变成了一个万能而神秘的上帝。而现在上帝因患脑出血而死去了。这似乎是不可思议的事。

我住的房子位于高尔基街和普希金街之间的一条小巷里。要想走到这两条街之中的任何一条街上，都需要警官的允许、长久的解释和证件。巨型载重汽车阻塞了道路，如果军官允许，我就爬上载重汽车，再从上面跳下来，但在走了 50 步以后我又会受到阻拦，于是一切又重新开始。

作家们的追悼大会在沃罗夫斯基街的电影演员剧院举行。所有的人都是神情沮丧、惘然若失的，说的话也不连贯，似乎这不是一些老练的文学家，而是第一次在集会上发言的数学家或挖土工人。演说者很多。我也说了话，不记得说的是什么了，大概也是别人所说的那些。

翌日，我们被带到圆柱大厅。我同作家们一起站在仪仗队里。斯大林的尸体已被加了防腐剂，他庄严地躺着——医生们所说的那些东西已无影无踪，只有鲜花和星形勋章。人们从一旁走过，许多人在哭泣，女人们举起孩子，哀乐声和痛哭声混成一片。

我在街道上也看见有人哭泣。有时传来叫嚷声：人们急欲去圆柱大厅。大家谈论着喇叭广场上挤死人的情况。列宁格勒调来了警察部队。我想，历史上恐怕还不曾有过这样的葬仪。

我并不惋惜这位上帝，他在 73 岁时患中风而死，似乎他并不是上帝，而是个普通的凡人。但是我感到可怕：如今将会怎样？……我担心情况会更坏。我在本书中对于能思考的芦苇谈得很多。现在我看到，要保持思想的鲜明性是很困难的。个人崇拜并未把我变成信徒，但它影响了我的看法：我把国家的未来同 20 年来每天都被称作"天才领袖的智慧"的那种东西联系起来了。

我从未同斯大林谈过话（除了我已写到过的在战争前夜那次电话中的谈话）。我在隆重的会议、招待会或最高苏维埃的会议上从远处看到过他。有一次我出现在他的身边，那是毛泽东到莫斯科后举行的一次招待会上。当时使我惊奇的是，入口处的检查非常严格，仿佛这儿不是大都会饭店，而是克里姆林宫。走进大厅，我看见来的人很多，就不再往前挤了。大厅里热闹得嗡嗡直响。突然鸦雀无声。回头一看，我看见了斯大林。他不像照片上那样，而是一位个子不高的老人，有一张仿佛布满了被岁月刺伤的疤痕的脸，低低的额头，一双富于生气而锐利的眼睛。他好奇地仔细察看着大厅，他大约已有四分之一个世纪没有到这里来了。后来开始欢呼，斯大林被引向中国人所在的左方。一切都发生得如此之快，使我来不及好好地仔细看看他。

我不喜欢斯大林，但长期相信他，我也怕他。在同朋友们谈论他的时候，我也像大家一样称他为"老板"。古代的犹太人也是不直呼上帝的名字的。他们未必喜欢耶和华：他不仅是万能的，他也是残忍而不公正的，他把一切灾难都降在虔诚的约伯的头上——杀死了他的妻子儿女，使他本人传染上麻风病，而所有这一切只是为了显示一个活活地溃烂下去并被众人遗弃的无辜之人将如何在瓦砾堆上颂扬耶和华的英明。上帝同撒旦打赌，上帝赢了。约伯输了。

在本书的第四部里，我曾答应读者回头来谈谈斯大林，我试图做出总结并找到我们犯错误的原因。这个诺言就像我一生中的许多行为一样是轻率的。我曾不止一次地坐下来写这一章，不断地删改，撕毁已写成的稿纸，最后终于明白，我不能履行诺言：当然，现在我知道的事情远比我在 1953 年 3 月所知道的要多得多，但我看到，要想得出总结和结论，我知道的还太少，而且对于我

斯大林墓光荣的守卫者：爱伦堡、费德、吉洪诺夫、列奥诺夫

所知道的事情我往往也并不理解。我不能勾勒斯大林的肖像——我个人对他并不了解。看来他是个复杂的人，而那些见到过他的人的叙述也互相矛盾。我不该答应越出回忆的范围去搞历史或哲学。现在我将仅限于同读者谈谈自己在1953年3月的思想和感情，如果我也说出了一些想法，那它们将是同一个对于人的思想和良心的遭遇最为感到不安的作家的创作特征有联系的。

对斯大林的顶礼膜拜不是突然发生的，它不是人民感情的迸发。斯大林是长期地和有计划地在制造这种顶礼膜拜：根据他的指示编纂了一部神话传说史〔指《联共（布）党史简明教程》〕，斯大林在这部历史中扮演了一个不符合真实情况的角色。画家们绘制描写革命前夜、十月革命、苏维埃共和国最初几年的巨幅油画，而在每一幅这样的图画里斯大林都是在列宁旁边。报纸对列宁生前最亲密的助手——其他布尔什维克进行诽谤。承认斯大林是"天才的"和"最英明的"这件事发生在大规模镇压之前。我曾谈到1953年斯大林在斯达汉诺夫工作者会议上出现时响起的掌声和歇斯底里的叫喊如何使我不安。当时我曾长久地设法说服自己：我不理解人民的感情，我是个知识分子，何况又脱离了俄罗斯的生活。后来我对欢呼声和做弥撒似的修饰语都习惯了，不再注意它们了。

圣彼得对于天主教徒来说是教会的基石，是打开天堂之门的人，对于我来说，他是富于诗意的传说中的英雄，他曾三次宣布同自己的老师脱离关系，而后来以殉难补偿了自己的过错。但是，当我在罗马大教堂里看见青铜的雕像时，我忘记了一切传说：我看着彼得的一只脚——青铜已被人们的亲吻磨损了。信仰也同恐惧和其他许多感情一样有传染性。尽管我受到过 19 世纪自由思想的熏陶，并写了《胡利奥·胡列尼托及其门生历险记》，在其中嘲笑一切教条，但我并未完全避免膜拜斯大林这种流行病的传染。别人的信仰不曾使我的心灵激动，但它有时压制着我，不让我认真思考已经发生的事。1957 年，我在回忆往事时曾写道：

> 信仰是眼镜，也是障眼物。
>
> 信仰能推动大山。
>
> 我是人，不是山。
>
> 信仰不是我的姊妹。
>
> 我看见过灰色的石头，
>
> 它被嘴唇的颤动磨损。
>
> 信仰能唤醒死者。
>
> 我是人，不是尸首。
>
> 我看见过人们如何失明，
>
> 看见过人们如何在灰烬中生活，
>
> 看见过大地的颤抖，
>
> 看见过灰烬中的天空。
>
> 我不相信信仰。

我在安达卢西亚的支队里待过，人们在那里进行殊死的战斗，他们把自己的部队称作"斯大林营"。在战争年代，我多次听到"保卫祖国，保卫斯大林"的喊声。意大利和法兰西的抵抗运动的英雄们在被判处死刑前写的书信，有多少封是以"斯大林万岁"结尾的。在斯大林 70 岁时，一个法国女人把她那被秘密警察折磨死了的女儿的一顶小帽子寄给了他。诗人们（对他们的真诚，你是难以表示怀疑的）——艾吕雅、让-里沙尔·布洛克、埃尔南德斯、奈兹瓦尔颂扬斯大林。他变成了旗帜、绝对正确的圣徒、神灵。

斗争在进行，"超然于战斗之上"的地方是没有的。对于我们的敌人来说，斯大林也不再是一个人了，希特勒或戈培尔，福莱斯特（1892—1949，1947—1949年任美国国防部长，因精神错乱而跳楼自杀）或麦卡锡，在谈到他的时候都变得歇斯底里、狂吠不已。

在20世纪30年代，我看到了什么是法西斯主义。西班牙人民的抵抗运动遇到了挫折：法西斯独裁者帮助佛朗哥，西方的民主国家伪善地宣布"不干涉"，只有很少的苏联军人站在共和主义者方面进行战斗。慕尼黑是建立反苏同盟的尝试：张伯伦和达拉第希望希特勒转向东方。当"奇怪的战争"开始时，法国的统治者与其说是在同德国国防军作战，不如说是在同本国的共产党人作战。在法兰西毁灭前的几个月内，它的统帅们忙于筹组要去芬兰同红军作战的远征军团。在希特勒侵犯苏联之后，美国和英国的某些政治家之所以感到高兴，不仅是因为"赤色分子"将会削弱德国国防军，而且也因为希特勒最后将消灭"赤色分子"。第二次世界大战尚未结束，人们就谈起第三次世界大战来了。热衷于资本主义的人、冒充十字军骑士的实业家、双手老是发痒的军人，不论他们是否愿意，都促进了对斯大林的崇拜的加强。

我没有一下子就看出"最英明的人"的作用。如果至今我对情况还不够了解，那么在1937年我所知道的则只是个别的暴行。同别的许多人一样，我曾试图在自己的面前为斯大林辩护，我把大规模镇压归咎于党内斗争、叶若夫的暴虐狂、虚伪的报道、风气。

斯大林是个具有巨大的智慧和更巨大的阴险的人。他曾多次以一个想制止专横行为的捍卫公道者的面目出来发言。我还记得他所说的"胜利冲昏头脑"和"儿子不能替父亲负责"。在"叶若夫作风"的猖獗以后，他曾公开表示难过：在一个城市里开除了几个正直的共产党员，在另一个城市里甚至还逮捕了一个无辜的人。10年后，在反对"世界主义者"运动的高潮中，他谴责了揭发笔名的做法。他总是提醒大家必须爱护人。马·谢·萨良曾告诉我说，斯大林在接见一个亚美尼亚代表团时曾问起诗人恰连涅茨的情况，说是不要去打扰他，不料几个月后恰连涅茨却被逮捕和杀害了。

看来斯大林是善于迷惑同他谈话的人的。巴比塞曾写道："可以说，列宁的思想和言论在任何人身上都不像在斯大林身上那样被体现出来。"罗曼·罗兰在会见斯大林之后说:"他非常仁慈!……"福伊希特万格认为自己是个怀疑主义者,是个老于世故受不了骗的人。当斯大林对福伊希特万格说,他对于到处都显眼地悬挂着他的肖像感到多么不愉快时,他大概在暗自窃笑。而老于世故者却相信了……

苏里茨,后来是李维诺夫和迈斯基,都曾对我说,同希特勒签订条约是必须的:斯大林成功地粉碎了仍在妄想消灭苏联的西方各国结成同盟的计划。但是斯大林没有利用两年的暂息时机来加强国防——无论是军人还是外交官都向我谈到过这一点。我曾写道,会在自己最亲密的同事当中看见潜伏的"人民公敌"的非常多疑的斯大林,不知为什么却相信了里宾特洛甫的签字。希特勒分子给我们来了个突然袭击。斯大林起初惊慌失措了——他不敢自己说出敌人的入侵,而把此事委托给莫洛托夫。后来看到尽管苏联士兵充满了英雄气概,法西斯分子依然迅速向莫斯科推进,斯大林只得向人民求助,我们被提升为上帝的"兄弟姊妹"了。但他很快便鼓足勇气,以自己的平静使霍普金斯大吃一惊,他留在空空的莫斯科城内,而在 1942 年艰苦的夏天则竭力谦虚地退居幕后——报上很少见到他的名字。当德国人在伏尔加河被击溃以后,崇拜立刻就恢复了。取得胜利的是人民,他们作战、盖工厂、挖运河、修路,虽然食不果腹,但未丧失信心。但报上写的却是"英明统帅"的胜利。

战后的岁月是艰苦的,而且我不是住在巴黎,而是住在莫斯科。我知道了许多事情。在 1953 年 3 月,我明白了,就其天性而言,就他所选择的方法而言,斯大林就像意大利文艺复兴时代出色的政治家。我记得在巴黎围绕在列宁身边的那些布尔什维克,其中也许只有卢那察尔斯基和柯伦泰侥幸地能够在自己的床上寿终正寝。在死者当中有我的一些密友,任何人在任何时候都不能使我相信梅耶霍德、谢苗·鲍里索维奇、尼古拉·伊万诺维奇或伊萨克·埃马努伊洛维奇是叛徒。谢·米·爱森斯坦曾谈到他同斯大林的一次会见,后者在谈到必须在人民面前推崇伊凡雷帝时曾补充了一句:"彼得鲁哈没有砍完……"我现在不是在写伊凡雷帝或彼得大帝的历史,我只不过想对读者们说明何以我不喜欢斯大林。

我生平从来不曾认为沉默是一种美德，同时在本书中谈到自己和我的朋友们时，我曾坦白地说，我们要保持沉默有时是多么困难。

1937 年底从西班牙来到莫斯科后，我看见了在家庭和思想界所发生的事情。我企图安慰自己：斯大林对许多事都不知道。的确，我不认为斯大林知道年纪轻轻的娜塔莎·斯托利亚罗娃，或画家舒哈耶夫的妻子，或谢苗·良德列斯——如果他阅读所有牺牲者的名单，那他就不能做任何别的事情了。但是就在当时我也明白，消灭老布尔什维克或者我在西班牙遇到过的那些红军的高级指挥员的命令，只可能来自斯大林。半年后回到巴塞罗那时，我不能对任何人叙述我在莫斯科的见闻。

为什么我没有在巴黎写下《我不能沉默》？须知《最后新闻》或《黎明报》是乐意刊登这样的文章的，哪怕我在其中甚至还谈到自己对共产主义未来的信念。列夫·托尔斯泰不相信革命能消灭恶，但他也不想捍卫沙皇的俄罗斯——正好相反，他想在全世界面前揭发其暴行。我对苏联采取的是另一种态度。我知道，我国人民正在贫困和不幸中继续沿着十月革命的艰苦道路前进。沉默对我来说不是膜拜，而是可诅咒的东西，在一本记述业已经历过的生活的书中我不能避而不谈这个问题。

法国抵抗运动的一位参加者在 1946 年曾告诉我，他在其中作战的那支游击队是由一个残酷而又不公正的人指挥的，此人枪毙过同志，烧过农民的房屋，怀疑所有的人叛变或胆怯。"我过去不能向任何人谈这件事，"他说，"这意味着给整个抵抗运动以打击，贝当分子会抓住这件事……"

是的，我知道许多罪行，但要制止它们我却无能为力。况且在这种情况下又有什么可说的呢：就连那些势力大得多、对情况的了解也清楚得多的人也没能制止罪行。1956 年 6 月 30 日，公布了苏联共产党中央委员会的决议《关于克服个人崇拜及其后果》，其中有这样的字句："……中央委员会的列宁主义核心在斯大林逝世后就立即着手同个人崇拜及其严重后果做坚决的斗争。也许要问：为什么这些人不公开地反对斯大林，不解除他的领导职务呢？在当时的情况下，这样做是不可能的。"文件接着说："斯大林对许多违法事件是负有责任的。"但他的威望是如此之高，以至于"在这种情况下，对他的任何反对都会为人民所不理解，这里的问题完全不在于个人勇气不够"。

第 六 部

斯大林大概至死都认为自己是共产党员，是列宁的学生和继承者，他不仅这么说，而且也这么想：他正引导人民奔赴崇高的目的，为此就得不择手段。我不是偶然地想起了意大利文艺复兴时代。马基雅弗利（1469—1527，意大利政治家和历史学家）曾写道，为了建立一个强大的国家，任何手段都是好的——毒药，告密，暗杀。他建议统治者要同时具备狮子的勇敢和狐狸的狡猾，要像人那样英明，也要像野兽那样凶恶。对于美第奇家族（1434—1737 年统治佛罗伦萨的意大利家族，是 15 世纪欧洲最大的银行家）或博尔贾家族（15—16 世纪在意大利历史中起过重要作用的贵族家庭）来说这种劝告大概是有益的，但是对于共产党员来说却是不能接受的。

我觉得，关于目的是否能为手段开脱罪责的古老争论是抽象的。目的不是路标，而是一种十分实在的东西，这是现实生活，不是明天的图画，而是今天的行动。目的不仅预先决定政治策略，而且也预先决定道德。干着分明不公道的事情，就不可能树立公道。把人民变成"齿轮和螺丝钉"，而把自己变成神话中的神灵，就不可能为平等而斗争。手段总是会影响目的，不是提高它就是使它变形。我觉得，在第 20 次和第 22 次代表大会以后，这已成为人人都清楚的问题，也许只有某些外国的教条主义者是例外，他们在谈到自己的袈裟的干净时竟亵渎地把斯大林的名字同列宁的名字并列。

正如千百万我的同胞一样，在读了第 20 次代表大会的材料以后，我感到从我的心上搬去了一块石头。虽然斯大林的那些做法在他死后立刻就被抛弃，我国人民以及全人类依然应该知道痛苦的真相——理智和良心都要求这样。我们知道了过去的错误。在这个过去之中有着苏联人民的许多功绩和胜利，但是在谈到它们时更正确的说法也许不是"由于斯大林"，而是"虽说斯大林"——他过多地把自己的治国之才和罕见的毅力用在同他经常引用的那些思想相矛盾的事情上了，他伤害了任何一个正直的人的良心。

回头来谈三月的那些天。夜里，在列宁墓上添上了斯大林的名字。马林科夫、贝利亚和莫洛托夫在葬仪上讲了话。讲的话很雷同，但马林科夫提到"以同国内外敌人做不调和的和坚决的斗争精神"保持警惕，而其名字使人人害怕的贝利亚则答应苏联公民要"保护斯大林宪法给他们规定的权利"。

次日，莫斯科恢复了日常生活。我看见扫院人辛勤地打扫高尔基大街，人们去上班，在院子里卸下箱子，孩子们在淘气。一切都很熟悉，于是我对自己说，同一周前一样……这一点也是令人难以置信的：斯大林死了，而生活仍在继续。

白天我走到红场上。它堆满了花圈：人们站在那里，想读完绸带上的题字，然后默然走开。

我和法捷耶夫驱车同去"苏维埃"旅馆——前来参加葬礼的世界和平理事会的朋友们住在那里。法奇的眼神忧伤，但他立刻就开始鼓舞我们道："一切都会平安无事地过去。"他的性格就是这样：他必须得安慰别人。南尼拥抱了我，又不安地问道："今后究竟会怎么样呢？这真可怕！……"他的眼里有泪水。我自己也不知道往后将会怎样，但法奇的榜样看来具有传染性，于是我答道："一周后我们将在维也纳相见。不要绝望——一切都会平安无事地过去……"

我在高尔基大街上走着。天气很冷：这是个冬天的晚上。突然我站住了——一个简单的想法钻进了脑海：我不知道未来将会坏些还是好些，但它将是另一个样子……

34

独往独来的伊夫·法奇

维也纳代表大会选出了一个委员会，这个委员会要向五大国传达关于开始就缔结和平公约问题进行谈判的建议。参加委员会的有约里奥–居里、法奇、南尼、伊莎贝丽·布吕姆、日本参议员羽仁五郎、巴西将军布克斯曼、吉洪诺夫等等。我也被吸收进去了。委员会会议定于 3 月 16 日召开。

我们开了两天会，决定把文本送给世界各国政府，并通过了告公众书。我们在一个供举行各种庆典而出租的公园的陈列馆里工作。在休息期间，朋友们常沿着一条小路把我带到较远一些的地方问道："你们那里的情况怎样？……"大家都为没有斯大林今后将会怎样感到不安。冰冷的寒风不时从阿尔卑斯山上吹来，但是有的地方淡紫色的番红花却已经开放。过了 10 天，我才思考了许多问题，并且明白了今后不会比过去更坏，也许还会变得好一些。我是在最高苏维埃的一次会议的前夕离开莫斯科的，但在大使馆里人们给了我马林科夫的一篇简短的演说，我把它译给朋友们听。演说里没有任何新奇的东西，但是我鼓舞了大家，而且生平第一次充当了一个高明的预言家。

飞机定于 3 月 20 日从布拉格起飞，我同法奇夫妇必须在 19 日到达布拉格。大使对我说，他将派一辆汽车送我们到边境，还将派警卫人员乘另一辆汽车护送："要给法奇颁发斯大林奖金，我们不能不加保卫……"人们告诉我，一辆捷克汽车将在边境上等候我们。我们一大早便动身，法奇看到载有军人的汽车，感到奇怪。"毫无办法——如今您是斯大林奖金的获奖者……"

伊夫·法奇

他笑了："可我不是尼加拉瓜或洪都拉斯的独裁者呀……"

军用汽车在前面飞驰。我辨认不出我十分熟悉的景色，不免感到不安。我让司机把车停下——我们显然走错了路。司机按着喇叭，但军用汽车没有停下来。司机安慰我说："咱们总会到达……"当然，我们是到达了，但是到达的不是有一辆捷克汽车在等候我们的那个边境站。苏联同志们说，他们急于去维也纳，说完便乘车走了。而我们却留在大声叹着气的捷克边防军人的小屋子里。他们说，他们有一辆汽车，不过今天举行哥特瓦尔德的葬仪，首长坐着车去布拉格了。我恳求他们搞一辆车来。边防军人给某处打了电话，又继续叹气。

一两个小时以后，一瘸一拐地开来了一辆老态龙钟的小马力汽车，它费了九牛二虎之力才把我们送到色斯基－布台约威斯城。我们换了三次汽车，最后终于到达了布拉格。在所有的城市和乡村里，都有由士兵和当地居民组成的仪仗队站在燃着了的火旁。在布拉格，我们通过了南部的几个市区，后来便徒步行走。我们被带进了民族博物馆。出殡游行仍在继续。瓦茨拉夫广场上挤满了人。一切都同在莫斯科一样——石椁，花圈，穿着制服的布尔加宁，周恩来，排炮。人们默然仁立，既不拥挤不堪，也无啼哭啜泣。

6天后在克里姆林宫，他们把奖金授予了伊夫·法奇。仪式业已固定，出席者的演说也同我听过不止一次的那些演说相似。我在十分简短的贺词里谈到了法奇的伟大心灵。他拥抱了我，并低声地说："为了普罗旺斯向您致谢……"（他在普罗旺斯诞生、学习并度过青年时代，他在那里有所名叫"勒·图列特"的小房子。）

翌日，法奇和他的妻子法奇耶特来到了新耶路撒冷我们的家中。他们已经熟悉我们的家，但却是第一次在冬季看到它。法奇赞美着雪、浅蓝色的罗汉松和带醋的饺子。他愉快、幸福。看到柳芭的颜料和画笔，他要了一块画布，卷起袖子便画起肖像画来。次日他们要飞往第比利斯。我向他谈到古代建筑、皮罗斯马纳什维利的图画、格鲁吉亚的葡萄酒。他高兴地说："我们可以休息一下了——这一年过得可不轻松……"

这是在星期五，到了星期一早晨，我接到了莫斯科来的电话："我们在派汽车——法奇遭到了不幸……"我走进格里戈良的办公室，看见了法捷耶夫。通常他坐着的时候总是挺直身子，而现在却弯着腰。格里戈良说："写悼文吧。"电话铃响了，他拿起听筒："还活着吗？……好……明白了……"他又转过身来对我们说："写悼文吧。"我生气了："写一个活人吗？……"法捷耶夫把我领到隔壁的房间去，告诉我说，法奇被带到了哥里，举行了一个有不少人举杯祝贺的盛大晚宴，而当汽车驶返第比利斯的时候，它钻进了停在路上的一辆载重汽车里。法奇坐在司机身旁，他的颅骨被撞碎了。其他的人安然无恙，只是碎片使法奇的妻子的脸受了点轻伤。"应该写，伊利亚·爱伦堡。我了解您，但是毫无办法……"我没有回答：想着法奇。法捷耶夫也缄默了。一两个小时以后，有人走进房间，轻声说道："死了……"

我还记得中央机场上那个可怕的清晨。气候很冷。天刚拂晓。在灰暗而不稳定的光线中我看见了棺材、花圈、法奇的眼睛。洛朗·加桑诺瓦（1906—1972，法国和平运动活动家）、斯科别利岑、吉洪诺夫讲了话。轮到我的时候我吃力地说了几句：眼泪让我的咽喉哽住了。

法奇才 52 岁，但是问题不在这里，也不在于我们的运动少了他不知何故就立刻变得枯燥乏味了。

朋友的死亡在任何时候都是令人难以忍受的。问题甚至也不在这里。我们的友谊是短暂的。我是 1936 年初春在格勒诺布尔认识他的。穆尔的矿工们对我说："法奇要在报上写文章……"大学生们一再地说："画家法奇……作家法奇……"带我去穆尔的那位同志建议道："您一定要同法奇谈谈，像他那样的人是很少的……"谈话没有成功，他一直在点燃熄灭了的烟斗，问这问那，而我却很着急，火车很快就要开了。我们再次相逢于 1946 年夏。他愤慨地谈论着贿赂、贫困、投机——当时他被任命为粮食部长，他气愤地说："人们死在游击队里，死在秘密警察手下，而这是为了建立一个黑市的共和国，并让古安来当总统！"……我明白，他是个勇敢的人，但谈话是简短的。两年后，我在弗罗茨瓦夫代表大会上看见了他。我很喜欢他的发言：他说的话与众不同。我们谈了一谈，同意对方的意见，然后就分手了——各自回到自己生活的密林中去了。直到 1950 年夏天在布拉格筹备代表大会时，我们才在一起度过了几天，同去逛博物馆，回忆形形色色的作品，互相倾诉了许多肺腑之言，有时还谈到了一些不可对任何人说的秘密——总之，我们成了朋友。不料法奇却在 1953 年春毫无意义地死去了。但是问题也不在这里。

问题在于，在我遇到过不少天才的和无能的、出色的和平庸的人们的世界上，我觉得法奇是卓尔不群的。吉卜林曾谈到一只独来独往的猫。我认识不少的人，他们正是渴望着成为这样的独立不羁、与众不同的猫。而法奇却正好相反，他想做个同大家一样的人。早在战前他写过一本关于乔托的书，他在书中说，这位 14 世纪的伟大的写生画家认为自己并非天才，而是个普通的画师，同时却又表达了所有自己的同时代人的思想感情。法奇曾说，他的家是任何一个国家里的一条街，在任何一个城市、任何一个乡村里。他有许多朋友。尽管如此，他还是一只真正独来独往的举世无双的猫。在 1950 年，当时人们在各地都被编成了队——排、团、军，专业化变成了规律——一个工人一年年地重复着同一个姿势，科学家除了自己狭窄的领域之外一无所知，任何一句话都被一部分人奉为经典，而被另一些人视为邪说，甚至头号的怪杰也唯恐自己的言论不够时髦——但伊夫·法奇却没有参加任何党派，有时他批评自己的朋友而维护自己的敌人，同数以百计的处境各异、互相敌对的人们交友，把全副精神都用在大家的需要和期望上，同时又保持着自己的面貌，做他认为该做的事，醉心于使他醉心的东西。严肃的人在听到他的名字时都耸耸肩膀，但在看到了他、同他待上几个钟头之后，却会出乎自己意料地说："这才是个人物！"

他有什么不曾干过！还在上小学的时候他就迷上了绘画。他有过 20 种职业。在摩洛哥一家商行里当职员时，他举办过自己的油画展览。他受到过审讯：当萨柯与万泽蒂被处决的时候他组织了一次游行示威。他写过反对殖民主义的文章。法奇耶特曾告诉我，他给一个柏柏尔人（非洲北部的民族）画了一幅肖像，后者想酬谢画家，便用枪打下了一只老鹰，他掏出还是热气腾腾的心来，逼着法奇和法奇耶特把它生吃下去。他回到法国，为巴比塞的刊

第 六 部

物撰稿，后来前往格勒诺布尔，成为省报的编辑，写作短篇小说，赞赏李维诺夫的发言，后来迁居里昂，关怀西班牙儿童，在社会党的代表大会上发言（当时他还是社会党人），要求进行反法西斯主义的斗争，并继续从事绘画。

德国人侵占法国后，他是组织抵抗运动的发起人之一。意大利人侦缉"恐怖分子波纳瓦图尔"——法奇剃去了唇髭和蓬松的眉毛，并更姓换名。法奇耶特被捕了，他千方百计地营救她，同时又在维尔柯山区组织游击队，往那里输送人员和武器。秘密警察搜捕他。他同共产党人和戴高乐分子、皮埃尔·维戎和奥蒙、皮杜尔和罗尔都共过事。民族阵线诞生了，于是代替了波纳瓦图尔的格利古阿尔便从南部地区前往巴黎，回到里昂。1944 年初春，德勒雷把一纸命令转交给法奇，他被任命为罗讷-阿尔卑斯地区的共和国委员。他留在自己的岗位上，里昂解放以后，共和国委员发布的第一号告公民书的署名是"伊夫·法奇（格列古阿尔）"。

法奇曾向我叙述戴高乐将军飞抵解放了的里昂时的情形："我对他说，他将同抵抗运动的参加者共进晚餐。他打断了我的话：'地方当局在哪里？'我答道：'在狱中。'看来他对此感到不快……"沉默半晌，他补充道："而我却不喜欢他的声调……"

一年后，法奇要求解除他的委员职务：战争结束了，而行政官员的工作是不合他的口味的。皮杜尔派他去比基尼——代表法国出席第一次原子弹试验。法奇去了，但很气愤。一封电报从巴黎发到美国——建议法奇当粮食部长。破了产的法兰西过着半饥半饱的生活。法奇向黑市宣战。他出席了国民大会的会议，于是议员们听到了一件不可思议的事：粮食部长伊夫·法奇指责副总理古安庇护大投机商。法奇在自己的岗位上没待多久。他写了《贪污的粮食》一书。古安告了前任部长一状。与此同时，巴黎的一家剧院上演了法奇的一个剧本。他继续画风景画，组织"自由捍卫者"协会——保卫和平运动的雏形。他和艾吕雅同赴希腊。写作短篇小说。在保卫和平的集会上发言。在《贪污的血》一书中揭露了印度支那战争的组织者。和克洛德·鲁亚同赴朝鲜。早在 1936 年他就在格勒诺布尔认识了约里奥，彼此相知甚深。法奇成了世界和平理事会的灵魂。

像这样的履历表，或者也可以说像这样的劳动手册，是不常看到的。但是问题也许不在这里，也不在于法奇的特点——惊人的大公无私：无论对于职位、金钱还是荣誉他都是漠不关心的。问题在于另一方面：那只独来独往的猫对于什么值得去干和什么不值得去干有着自己的看法。法奇与我一生中见到过的许多人不同，他不知道什么是苦难的等级。在抵抗运动时期，他常冒着生命的危险去拯救路上的一个陌生人、被遗弃在炸毁了的乡村里的一个年老的农妇、犹太儿童，而当人们对他说，应该谨慎一些，他担负着重要任务，他却答道："可对于我来说这就是重要的……"解放后他救了许多维希政府的小官员的命，尽管他知道这会引起某些同志对自己的反感。他说："政府包庇著名的恶棍，想拿无足轻重的小人物的命运来捞回本钱。"在谈到这个问题时他说："人们拉来一个姑娘，说她跟德国兵睡过觉，于是剃光了她的头，还想脱光她的衣服。我及时赶到……后来人们开导我：'当然，您是对的，可这是小事一桩，而您却是共和国的委员……'他们看待一切都是根据职位来的。要是我忽然想到要支持贝当——这倒像是符合我的地位……"

我曾给法奇同法捷耶夫进行的一次紧张的谈话担任翻译：法奇被激怒了——和平理事会的书记达尔在主席团的会议上遭到公开侮辱。（我曾谈到，这位美国牧师有间谍嫌疑，传到了斯大林耳中。）法奇说："我要脱离运动。如果你们有事实，请把它们告诉我。但是不能在谈论保卫人道主义的同时去侮辱一个什么也不明白的人……"事后我对法奇说："您不该攻击法捷耶夫……"他不让我说完："您以为我不明白这一点吗？我支持斯大林的和平建议——我同意这些建议。我反对评论你们的对内政策的反苏文章——我不知道你们正在干什么，但我了解文章的作者——这是一帮堕落文人。但是达尔的问题却是另一回事——我了解他，在我还没听说他有什么罪过之前，我要保护他……"

不错，我没遇到过第二个这样的猫。

他还有一个永远使我钦佩的特点。我们在布拉格常常一同消磨晚上的时间，有一次他向我谈起了拉斯帕。我的青年时代是在拉斯帕林荫道上度过的，但是我对于他是个什么人却知道得不很确切——赫尔岑曾提到他是1848年的一位革命家，还有人告诉我，拉斯帕是科学家，化学家。法奇热爱普罗旺斯，知道许多普罗旺斯人的故事。他开始向我叙述诞生在卡尔平特拉斯镇上的拉斯帕的故事。他被判处死刑的时候才 18 岁——那是个白色恐怖时期。他藏了起来。他像科学家那样工作着——但没有实验室，没有仪器。他比克洛德·贝尔纳早 40 年发现了糖在有机体中的作用，在巴斯德之前很久就发现了微生物的功用，但是谁也不想听他的发现：他被公认为是个怪人。1830年他在街垒上为自由战斗。新皇帝请他出来当官。拉斯帕拒绝了。当时皇帝便下令逮捕他。他在狱中撰写化学著作。1848 年 5 月，他引导工人冲进了正在举行立宪会议的大厅。工人们要求劳动权。拉斯帕被判处 6 年监禁。他在狱中撰写生物学著作。获得自由以后，他不得不侨居比利时。他在普法战争前夜回到法国，里昂的纺织工人把他选入了国会。1874 他已 81 岁，又因颂扬巴黎公社而被判处两年监禁。他于 85 岁去世。法奇向我谈论他时不胜钦佩，他大概是感觉到了自己同这位永恒的叛逆者、空想的社会主义者、其发现已无影无踪的科学家在精神上十分相近。他一再地说："这是普罗旺斯精神上的丰富！……"

　　不久后（当时法奇已经去世），我在温和的自由主义者和拉斯帕的对头拉马丁（1790—1869，法国诗人，历史学家和政治活动家）的作品里找到了这样几句关于他的话："他把自己的希望之狂热传染给民众，却不把仇恨掺入其中……"我现在之所以要回忆法奇所说的拉斯帕的故事，其故即在于此。狂热同法奇是格格不入的，但在一点上却可以称他为狂热之徒——那就是希望。不论现实多么令人痛苦，法奇永远希望真理将会取得胜利，并以自己的希望感染别人。

　　1934 年 2 月 6 日，巴黎的法西斯分子上了街。2 月 9 日，法奇在格勒诺布尔建立了警惕委员会——他的两个朋友和他一起。三个人……委员会号召格勒诺布尔居民举行示威。2 月 11 日，三万名格勒诺布尔人出来保卫共和国。1948 年，法奇邀集前抵抗运动的参加者聚会，以便建立一个保卫自由与和平的组织。与会者寥寥无几。法奇说，他们无钱办报，甚至印传单都不行，每人都得在一切可能的地方进行口头宣传，法奇对自己的话寄予了那么大的希望，以至于不久以后这一小伙人就变成了一支强大的力量——法国的和平拥护者。

　　据说迷信、恐惧、怀疑、仇恨都有传染性，这是真的，但希望也可以成为有传染性的。在那些年间，我不止一次意气沮丧、悲观失望、失去信心，而法奇总是以自己的希望感染我。我曾说过，我在维也纳鼓舞过别人。帮助了我的也许不仅是我的思考，还有法奇的影响、他的言谈和微笑。他过于忠厚、过于纯洁、精神过于愉快，所以难免会使卑鄙和邪恶获胜。

即便在政治性的发言中他也不用报纸的语言，而用人的语言说话。这赢得了普通人的欢心，却往往触怒职业政治家。我还记得，1951 年夏我们在布拉格讨论应该如何起草一个支持各国人民代表大会的简短的呼吁书。人们提出了一些在世界的所有报纸上看到过数千次的句子。法奇从嘴里取下烟斗，出乎大家意料地说道："应该用一句最普通的话开头：'不能再像这样继续下去了……'"有些人表示反对："我们是在对成人说话，而不是对孩子……"在长久的争论之后，法奇的文本通过了，于是张贴在各城市的墙头的呼吁书便经常使行人止步，促使他们思考。

令人惊奇的是，形形色色的人物，甚至包括政敌在内，都喜欢他：阿普特附近的乡镇居民（赭石厂老板绍文没有法奇的帮助是不会成为和平拥护者的），邮差，葡萄酒酿造师，教师，工人，小铺老板，过去、现在和未来的部长，艺术家，穷乡僻壤的狄摩西尼（古希腊著名的演说家）和新的拉斯帕，法捷耶夫和天主教神甫布利耶，艾吕雅和马赛的冒险家——法奇拥有开启所有心灵的钥匙。

他把自己的妻子叫作法奇耶特，这不是没有原因的。他们结婚的时候法奇耶特还是个小姑娘。他以自己的精力感染了她，使她养成了他那种胸襟广阔的性格，传递给她以希望。当占领者使法奇耶特身陷囹圄时，法奇写信给她："我深信我们是坚强的，因为即使在离别的时候我们也互相依靠……决不可绝望，任何东西都还没有失去。以后那留下来的东西，那将永远留下来的东西——这是我们的骄傲：我们知道，我们两个都高于恐惧……"

不能说他喜爱艺术，正如不能说人们喜爱空气。我在布拉格曾和他同去博物馆，当时在储藏室里（更确切地说是在一个地下室里）乱堆着法国印象派画家、塞尚、博纳尔、毕加索的一些油画，同时还有 19 世纪捷克画家普尔基涅的许多图画。我们在地下室里盘桓了几个钟头。当我们回到旅馆时，法奇开始谈论绘画。他喜欢印象派的风景画，同时又说："塞尚使人注意到形式的意义……"突然他换了一副声调说："真可惜！……我深信，如果把博纳尔的花园或普尔基涅的家庭肖像画拿给工人们看，他们是不会把它们送回地下室去的，我绝对相信。您听我说，伊利亚，您会看到，所有这些油画很快就会回到它们自己的地方……"在莫斯科时，他也曾在一幅描绘斯大林站在田野上的巨幅图画前面对我说："我可以打赌，过一两年这就会被撤去——无论是对于斯大林、对于俄罗斯的田野还是对于艺术，这都是不愉快的……"

法奇死后，我收到了从巴黎寄来的一包种子，信封上写道："受伊夫·法奇先生之托。"我迟至四月才把它们种下，在初秋的寒冷来到之前，红色的沟酸浆、淡蓝色的甘薯、像凝干的血那样发黑的金莲花，全都开放了。它们支持了一周，在一个严寒的黎明之后变黑了。我在写《解冻》的开头几页时常去看看它们。我看见了法奇的微笑，听到了他的话："一切都会平安无事地过去……"

现在我也正在同他谈话。对于老年来说，只有一些慰藉是不够的，而且一个年逾70的人的希望也已经不再寄托在自己的幸运上，而是像法奇的希望那样——有一次他对我说："无论是在我们生前还是死后——一般来说，这倒不太重要……"

我曾想：法奇留下了什么？无论对于绘画还是文学，他从未付出过足够的时间。他的画不会挂在博物馆里，他的作品不会再版，历史学家提到他时也将一笔带过：在严肃的著作里是没有那些独往独来的猫儿的地位的。再过10年或20年，和他一同工作过和战斗过的人们都将死去。但是，一个人的延续似乎在另一方面——不在于名字，而在于他所造成的那些变化。法奇在千百万人当中引起了一点什么。他们会忘记他的名字，但他们接受了他的教导，用另一种方式同自己的孩子谈话，在促进思想、良心、人道的发展方面，法奇所做的事可能要比大政治活动家、大科学家、著名的艺术家们所做的还多。

所有这一切都是议论。最好是用一句朴实的个人的赞语来结束法奇的故事：他帮助我摆脱了许多令人不快的事，帮助我希望、爱、生活。

35

《解冻》：春天的开始

4月4日清晨，我被电话铃声叫醒。萨维奇激动得上气不接下气地说："拿《真理报》——有医生们的消息……"我不知道我把登在第二页上的那条简短的消息反复读了多少次。谈到的那15个医生，我一个也不认识，但我明白，发生了一件不寻常的事。消息中说，医生们受到了非法的控告，他们毫无罪过，他们的供词是"用苏维埃法律所不允许并极严厉地禁止的侦讯方法"获得的。这刊登在《真理报》上，用无线电广播出去，这是直率地、响亮地向全世界说的。

在关于医生们的消息下面登了一篇关于果园的文章。一小时后，我在这篇文章的下面看见了一条短小的简讯：那个不久前由于协助揭发了"穿白衫的凶手"而被奖以列宁勋章的女医生的勋章被收回了。

就在前一天，我们曾邀请来自基辅的戈洛瓦尼夫斯基到别墅里来，并答应去旅馆拜访他。原来他没有看报。我开始讲给他听，我似乎把消息都背下来了。他既不相信我，也不相信柳芭。我们看见了贴在墙上的报纸。戈洛瓦尼夫斯基要求道："我们停一下！我要亲自看看……"他读了很久。其他行人也在读。我从汽车里出来。一个年纪不轻的人大声说："原来如此。"并微笑了一下。

两天后，也是在《真理报》上发表了一篇社论，其中说，对医生案件的侦讯是由现已被捕的柳明领导的。《真理报》还谈到了先前就曾使我不安的事："柳明之流的卑鄙的冒险家企图假手于他们所捏造的案情，在已被无产阶级的国际主义思想熔炼成为一个道德和政治上的统一整体的苏维埃社会煽起和社会主义思想背道而驰的民族仇恨。为了遂行他们的挑拨的目的，他们不惜无耻地诬陷苏联人民。例如，精密的检查确定：诚实的社会活动家、苏联人民演员米霍埃尔斯就是这么被诬陷的。"报纸写道："只有那些丧失了苏维埃人的品格和人类尊严的人，才会干出这种非法逮捕苏联公民的勾当……"我的第一个想法是：奇怪——贝利亚竟会露出马脚！……我明白，历史正开始解开那团善恶难分的乱线，问题不仅仅在于柳明一个人。斯大林死了才一个月，但世界上有些事情就已经起了变化。

我要再一次对本书的年轻读者说，不能把我国历史的四分之一个世纪抹去。在斯大林时代，我国人民把落后的俄罗斯变成了一个强大的现代化国家，建设了马格尼特卡和库兹涅茨克，挖了运河，铺了道路，粉碎了差点战胜全欧洲的希特勒军队，他们学习，阅读，精神上成长起来，建立了那么多的功勋，因而有权成为 20 世纪的英雄。所有这一切是在那个时代生活与工作过的任何一个苏联人都记得的。但是不论我们对我们的成就感到多么高兴，不论我们怎样赞扬人民的精神力量和天赋，不论我们当时怎样珍视斯大林的智慧和意志，我们都不能同自己的良心和睦相处，要想不去思索许多事情也是做不到的。我们知道，在报纸报道那些伟大事业的同时，一些不公道的坏事也在进行——人们窃窃私语地，而且仅仅同亲密的朋友谈论它们。在说"我们"的时候，我指的是那些同我有交情的人——作家，艺术家，某些老布尔什维克，某些军人——也许有一百多个，也许有两百多个。但我认为，许许多多苏联人都体验过同样的感情。几乎每一个人都有被捕或失踪的朋友或同志、同事或邻居，并因为这些人的过失而难以得到信任。人们不是沉默就是窃窃私语，突然他们开口了——既不害怕地左顾右盼，也不像看待危险的敌人似的看着电话，而是简单地、像一个人那样地、怀着我国人民的性格中永远存在的那种善良和耿直说起话来。这似乎是一个奇迹，在那个四月，我不止一次地回忆起列宁，回忆起他的高尚和纯洁的心灵。

我要打断我的沉思：我突然发现，在我国的那些未被南方的温暖宠坏的地方，四月是那样美妙迷人，我真想把这种发现写在纸上。有的地方还可看到灰色的雪堆，但是你瞧——好日子开始了：在漫长的几个月的沉默之后，在孤独的亲戚——寒冷消失之后，在经受了严冬的考验之后，一株株草儿、未来的蒲公英的娇嫩的星形芽儿正在穿透地面，柳树开花了，从各地飞来的鸟儿唧唧地叫个不停：喧闹、不安而又欢乐。我现在之所以有这种感觉，也许是因为秋天和随后到来的冬天对于老年人来说是很难受的，它们太像自己本身的衰萎，太像任何一个过了 60 岁的人所熟悉的一切了。而春天——这是青春的世界，而且对于一个老人来说，看着那些正在把小水洼里的一层在夜里结上的薄冰打碎的孩子，听着他们那像小鸟唧啾似的杂乱而可爱的叫喊，在傍晚看见一对仿佛为自己的幸福感到害羞并挽着手儿的胆小的情侣，还有什么能比这一切更为甜蜜的呢？但晚上的天气还冷，手指还得挨冻。所有这一切正是发生在四月初，在气候开始转变的那些天里，当时在街道的一侧是寒冷而空虚，冰柱还在原地未动，而在另一侧则是阳光、喧哗、春天。我的家在一个山丘的北坡上，在四月初我们那儿还是一座座的雪山，但雪终究还是屈服了、下陷了，我把它分散、抛开，我的整个身心都感觉到生活正在获胜。即使你在片刻之间想到你的一切已经过去，只留下屈指可数的几个春天，喜悦依然会占上风，你不禁想笑，想干蠢事、幻想未来——不是幻想自己的蝇头微利，而是幻想世界的未来。我现在对莫斯科近郊的四月就是怀着这样的心情。

　　而我现在所叙述的那个四月却很特别。它给老人以温暖，像个男孩子那样恶作剧，洒着最初的雨点啼哭，太阳重新露面时又像是破涕为笑。当我在秋天决定写一本短小的中篇小说并立刻在一张纸上写下了书名《解冻》的时候，我大概想到过这个四月。这个词想必曾使许多人发生误解，有些批评家曾谈道或写道，我喜欢发霉、潮湿。在乌沙科夫的详解字典里是这样解释的："解冻——冬季或在引起冰雪融化的春季到来时的温暖天气。"我想到的不是冬季里的解冻天气，而是最初的四月间的解冻，此后往往既有轻度的严寒，也有连阴天和晴朗的太阳——这是那定将来到的春天的开始。

　　5 月 2 日，我同考涅楚克赴斯德哥尔摩出席世界和平理事会主席团的会议。我的衣袋里装着一份载有我的《希望》一文的 5 月 1 日的《真理报》，我在其中写道："这个春天的希望不仅同板门店谈判的恢复有联系……苏联政

府明确地说，它准备同其他国家的政府合作
以保障普遍和平……大家都明白，独白的时
期已经过去，对话的时代正在到来。"主席
团会议召开于理事会会议的一个半月之前。
大家都精神振奋地谈论着未来：不久前还被
认为是乌托邦的谈判思想，如今却在世界各
国的国务活动家的演说里被一再提到。

1961 年，丽兹洛塔·迈尔和爱伦堡

我还记得，丽兹洛塔曾对我说，我变
年轻了，这大概是由于生活中有许多东西开
始发生变化了。春天给了一个曾被认为是不
可救药的怀疑派的人以温暖。我们谈了很多
问题，我还对丽兹洛塔说，许多民族都有的
那句俗话"一燕不成春"是颇不聪明的。当
然，如果燕子飞来得太早，那它是会挨冻受饿甚至死去的，但它毕竟不会在
秋天或冬天飞来，而是在姗姗来迟的春天之初飞来。燕子不能制造季节，但
它们是在秋天离开我们，而在春天回来。

世界和平理事会会议于六月中旬在布达佩斯召开。我们满怀希望，但在
柏林发生的事件和罗森堡夫妇被处以死刑的事却提醒我们，历史不是在平坦
的公路上奔驰，而是在曲折的小径上迂回。我现在不想写德国问题：我不愿
从回忆掉转笔头来叙述迄今依然是举世瞩目的事件。我想起罗森堡夫妇的死
刑。大家都觉得这不仅是一桩可耻的行为，而且是一桩荒谬的政治事件。在
此两个月前，艾森豪威尔发表了一篇演说，他在其中说道，原子战争可能是
一场普遍的浩劫，美国要求和平。这篇演说在《真理报》上发表了，旁边
还登了苏联的答复。麦卡锡歇斯底里的偏执的时代似乎已经结束。朱利叶
斯·罗森堡和伊斯尔·罗森堡的案件延续了很久。他们住在监狱里，等待着
死亡，互相写信，在信中谈到他们年幼的孩子。这些信被发表了，方才我找
到了从那通常是称赞美国的《费加罗报》上剪下来的一个材料："只有那些
怀着伟大而纯洁的心灵的人才能说出这样的话。"红衣主教和法国总统，托
马斯·曼和马丁·杜·加尔，赫里欧和莫里亚克——他们全都请求艾森豪威

用达里线条绘出的超级封面

尔不要处决罗森堡夫妇。一个荒谬的政治决定、对极端派的让步、对坚持同苏联进行谈判的欧洲盟国的愤恨，断送了两个无辜者的生命。约里奥曾对我说："这是可怕的，但不要沮丧。实力政治的拥护者们会把案件拖延下去，会干出更多的坏事，但现在已很清楚，谈判的思想已深入到社会的所有阶层，甚至深入到南部各州……"

（约里奥说对了：一个月后，朝鲜战争结束了，第二年又同奥地利签订了国家条约，结束在印度支那的军事行动的条约也签字了。）

在新耶路撒冷，我又回头去写早在春天即已动笔的《谈作家的工作》一文。我在其中回答了一个读者，列宁格勒一位青年工程师的来信，他在信中写道："……我们的苏维埃社会难道可以和沙皇俄罗斯相比吗？然而古典作家却写得比较好。当然，有些作品读起来很有意思，但是也有许多作品读了会使人提出一个问题：这是为什么写的？好像什么都有了，就是还有点欠缺，作品不能打动人心，人物表现得不真实……"

我的文章是分析艺术创作的精神的一个尝试（日后我曾在关于司汤达和契诃夫的随笔里谈到同样的一些问题）。我想说明妨碍我国文学发展的那些深刻原因，我在本书中曾不止一次提到这些原因，现在不想再重复了。我只摘引其中的一小段来说明我在 1953 年夏天的一些想法："……为什么我们要出版那么多表现我们同时代人精神贫乏的长篇、中篇和短篇小说呢？我认为，有些（可惜相当多）批评家、书评家、编辑应该负一部分责任，他们直到现在还把人物形象的简单化当作对他的提高，而把主题的深刻化和广阔化当作对它的贬低。多年以来，我们的杂志几乎不刊登描写爱情的诗歌……有人会对我说，改造国家的英勇精神不容许其他题材。但是马雅可夫斯基的长诗《关于这个》也不是在平凡的时代写下的……我还可以继续提出许多问题。为什么短篇小说中难得提到爱情的或家庭的冲突、疾病、亲人的死亡，甚至恶劣的天气？（情节通常不是发生在'晴朗的夏日'，就是在'芬芳的五月之夜'，再不就是在'清新凉爽的秋天早晨'。）有些批评家的看法还是很天真，仿佛我们那种严肃的乐观主义、对我国人民的功勋的叙述，是同描写单相思或亲人的死亡不相容的。"

我几乎一直坐在别墅里。有一次我们在七月初赴莫斯科。伊琳娜一来就立刻问道："你们已经知道啦？……"她说，她在街上看到许多军队，昨天她在看纪录片时获悉贝利亚被捕了。一周后我在报上读到了这个消息。消息是耸人听闻的，但是老实说，它并未使我惊奇。还在四月时，当公安机关的非法行为第一次被揭发时，我曾问我自己：难道一切都只限于一个柳明？贝利亚继续出入于政府之门，拥有巨大权力。我没看到有人对他的罪过哪怕只有一刹那的怀疑，大家都很高兴。千百万公民依然相信斯大林未曾参与那些暴行，但对贝利亚却是人人痛恨，把他说成一个被权力腐蚀了的残酷卑鄙的小人。

一群作家被请往中央委员会，一位书记向我们说明了逮捕贝利亚的原因。这是第一次向我们这些非党作家透露没有发表的消息——我觉得这也是一个吉兆。同我们谈话的那位同志说："遗憾的是，斯大林同志在他的晚年处于贝利亚的强烈影响之下。"事后想到这些话，我回忆起 1937 年。是否会有人说，叶若夫当时影响过斯大林？每个人都很清楚，像这种无足轻重的人物是不能在斯大林面前就国务方针出谋划策的。我又重读了《真理报》的那篇评论贝利亚被捕的社论："由于厌恶任何个人崇拜——马克思写道——

在国际存在的期间，我从来不让公布那许多来自各国的、承认我的功绩而使我讨厌的信件——我除了偶尔对它们加以斥责外，从来不作答复。恩格斯和我最初参加共产主义者秘密团体时的条件就是：章程中一切促成盲目崇拜权威人物的东西都应该删去。"显然，"个人崇拜"或"盲目崇拜权威人物"与贝利亚无关，而与斯大林有关。当然，我不能预见到第20次代表大会，但我懂得，不仅是一个罪犯、刽子手被除掉了，斯大林时代的办法、风气和专横也开始被抛弃了。

我看到，人们的关系起了变化，人们开始自由地互相交谈了。"使工作日正常化"是一种没有直接的政治色彩的措施，但它却使千百万人恢复了人的生活。我们全都知道，斯大林起床很迟，睡得也很迟，爱在夜里工作。每个人都可以有自己的习惯和自己的怪脾气。但斯大林不是凡人，而是上帝，因此他的任何癖好都影响到了许多人的日常生活。部长们不敢在午夜两三点钟以前下班：斯大林会拨自动电话机的转盘。部长们拖住了局长，局长们拖住了秘书，秘书们拖住了女打字员。许多丈夫只能在星期日看到自己的妻子：她在中午12点上班，在深夜两点回来。他在家的时候，妻子不是在工作就是在睡觉。"白天"和"黑夜"的概念消失了，这种情况在夏末终于结束了。

九月，举行了中央委员会全体会议。在斯大林生前，我们所听的和所读的总是那一套：一切都好像进行得非常顺利，一切问题都得到解决或接近于得到解决。我曾在恩格斯城看到一个贫穷的市场，那里出售从莫斯科运来的一些哪怕有中等收入的职员也不敢问津的食品。但人们却谈论着和描写着普遍的幸福生活。在全体会议上，人们对农业政策进行了尖锐批评，谈到畜牧业的严重情况，说是苏联现在的乳牛比沙皇俄国时代的1916年还少。我在这之前也知道国内牛奶不足，但对于能在报上读到这个消息却感到新奇。人们称之为"摆样子"的那种事受到了打击，这使许多人感到高兴。

我坐下来写《解冻》——我想表现巨大的历史事件对一个小城市里的人们的生活产生了什么影响，想表达我的解冻感、我的希望。关于《解冻》，人们写了很多。那是个过渡时代，有些人难以抛弃不久前的过去，无论是提到医生事件还是谨慎地援引20世纪30年代，特别是中篇小说的名称，都使他们大为生气。《解冻》在报刊上老是挨骂，在1954年底举行的第二次作家代表大会上它还成了不应该那样表现现实的典型。《文学报》引用了痛骂中篇小说的读者们的信件，但我却收到了成千上万为《解冻》辩护的来信。

方才我把此书重读了一遍。（我现在说的是 1953 年底脱稿的第一部。1955 年我又犯了一个错误——写了平淡无味的、主要是艺术上不必要的第二部，现在我已把它从文集中淘汰了。）我觉得，我在中篇小说里表达了那个难忘的一年的精神气候。情节和人物都像抒情题材的插图那样不同寻常地来到。有些人物是我喜爱的：中年工程师索科洛夫斯基，偏远地区的官僚主义者茹拉甫辽夫，正直的画家萨布罗夫和玩世不恭的弗洛佳。提到 1953 年的重大事件的地方不多。茹拉甫辽夫在向自己的妻子谈到薇拉·舍列尔时说："我对她毫无成见，大家都说她是好医生。但是，过分信任也是不行的，这是无可争辩的。"过了一段时间，当恢复医生们名誉的消息发表时，茹拉甫辽夫打着哈欠对妻子说："原来他们什么过错也没有，所以你的舍列尔白难过一场……"工程师柯罗捷耶夫责备自己的骑墙态度："我常想：'在书里说起来很好，在生活中可不是这么一回事。'……可我却不想撒谎。为什么会这样呢？……萨夫琴柯完整得多，他既没有经历过 20 世纪 30 年代，也没有经历过战争，他要求得更多——这是他的权利。我们好像正在接近从前只是模糊地幻想过的东西……"中篇小说里有许多关于艺术的谈话。我在萨布罗夫身上注入了罗·拉·法尔克对绘画的热爱、忘我的一生甚至某些想法。我在把手稿送到杂志上发表之前曾把这一章读给法尔克听，他对它表示赞许。我不知道《解冻》写得是否成功，但它是我怀着对主人公们的热爱、怀着想说明其中的一些人何以表现不好的愿望写成的。玩世不恭的弗洛佳对艺术很敏感：看到萨布罗夫的作品，他明白了，他为了换取金钱和称赞而牺牲了什么。他觉得冷，他能够得救的保证可能就在于此。而两个已不年轻的、受过许多委屈的、孤独的、冻坏了的人却在互相寻找对方，索科洛夫斯基看着窗外初春的日子，笑道："真可笑，薇拉马上就要回来，可是我还没有想到该对她说些什么。我什么也不对她说。或许也可以对她说：'薇拉，你看，到解冻的时候了……'"我对写出了这本小书感到满意，尽管也曾为它经历过不少痛苦的时刻。

5 年前，当我动笔写我的回忆录时，我立刻决定，我要把它写到我坐下来写《解冻》的那一天。写到这一章时，我确信我做对了：我觉得，谈到产生《解冻》的那几个月，谈到这部中篇小说的遭遇，要比谈到以往各种比这悲惨得多的事件更为困难。1953 年不仅是我的生活、而且也是我国人民生活新的一章的第一页。此后的数年虽然有许多重大事件，但它们是如此之近，甚至还是大家目前所注意的焦点，因而就不能写入业已逝去的一生的故事中了。（关于其中的某些事件，还有一些如今依然健在或在 1953 年以后故世的人们，我还是写了。）

我写这本书写了 5 年。在这 5 年当中，我有过许多欢乐，也有过沉痛的岁月。连我自己也觉得奇怪，我尝到的幸福和痛苦竟比青年时代所尝到的更为强烈，但是精力日衰，即便温情并不见少，在已经硬化的血管里流动着的毕竟是老年人的血了。我本来可以在这里写下"完"字，但我想再一次回顾以往，试着去认识一个生活在不平凡时代的平凡人漫长的一生，即使不做总结，也得得出一些局部的结论，并把我的怀疑和我的希望告诉读者。

36

结语：分娩总是艰难的

一年前，一位在档案馆工作过的同志寄给我沙皇暗探局的一份文件的副本：《通过侦探途径获得的一封无署名信件的摘录，此信系 1908 年 11 月 17 日寄自莫斯科，收信人是基辅的谢尔盖·尼古拉耶维奇·舍斯塔科夫》。"……我已从波尔塔瓦经斯摩棱斯克抵莫斯科。此间表面上很糟：不得不为过夜问题四处奔走，尽管熟人甚多，但欲觅一宿处却甚为困难。至于莫斯科的一般情况（包括我们的熟人们在内）给人的印象，则不论情况有多么可悲，在一个从南方回来的人看来却依然是可喜的。很难说现在的情况是否比春天的时候要好，但无论如何并不更坏。许多人深信，党的危机正趋于结束。在前几天召开的省的代表会议上，已看出工作已有一定程度的活跃，特别是在伊万诺沃－沃兹涅先斯克、索尔莫沃和莫斯科地区。正如您从报上获悉的，莫斯科区委会委员在前几天被捕。至于策略观点，那我首先要告诉您的是在省代会上经过某些修改而被通过的莫斯科委员会的决议。它的基本论点如下：国际阶级矛盾普遍复杂化，俄国资本主义一定程度的活跃的结束，资产阶级虎头蛇尾的社会改革，政府推行的土地'改革'的卑鄙无耻，经济斗争不可能顺利进行——出路是闹政治风潮，革命高潮的到来已不可避免，这个高潮将更为无产阶级化也更为国际化。党提出必须同西方无产阶级建立更密切的联系，必须建立坚强的地下组织，希望工作能具有更严格的社会主义性质，还必须以更为严格的方式去影响党团，这都是实际任务。后者的表现颇有进步：接受了关于服从中央委员会的决议，议员别洛乌索夫甚至还宣读了列宁所写的一篇关于土地问题的演说。此外，它还正式声明它不赞成偏激的布尔什维克。后者得到了普列汉诺夫、马尔托夫和达恩的支持，他们三个宣称，秘密工作如今不仅无益，而且有害。《社会民主党人之声》编辑部，即以科斯特罗夫为首的高加索的孟什维克不同意他们的意见。这就是党的工作的全部情况。莫斯科没有《社会民主党人之声》第8、9两期，但我收到了第30期的《无产者》……"

在阅读的时候我没有立刻明白写信人是谁——也许是个老布尔什维克，我早年的一位同志？直到看了通讯处才恍然大悟。信末有一行批语："根据警察局的意见，此信作者系被监视的伊利亚·格里戈里耶维奇·爱伦堡。"警察局没弄错——这是我给瓦里亚·奈马克的信的副本。现在我重读此信时感到惊奇的主要不是内容，而是语言。正如你有时好不容易才能从一张旧照片上认出自己来一样。

无论是瓦里亚·奈马克、国家杜马里的社会民主党议员们，还是曾以那些关于艺术的功利主义本质的箴言吓住了我的某某，都早已不在人世了。一生已经度过，现在我只能补充一句：有一条把少年的信同老作家的书联系在一起的线。我现在既不懊悔我15岁就开始在布尔什维克的秘密组织里工作，也不懊悔在3年后狂热地爱上了诗歌，不再去参加集会，虽然还上了几个月的社会科学学校，但不久连这也抛弃了，从早到晚阅读新老诗人的作品、看油画、倾听有关立体主义和"科学诗"的争论。

然而即使在那些年里我也不能忘记我在15岁时认为是平凡而唯一的真理的那种东西，怀着激动的心情倾听来自俄国的人们的叙述，在5月份去参观巴黎公社社员墙，憎恨金钱世界的浮华和虚伪。本书的读者知道，我毕生所做的事，只不过是企图为自己把正义同美联系起来，把新的社会制度同艺术联系起来。存在过两个爱伦堡，他们很少和平共处，往往是一个在侮辱甚至践踏另一个，这不是口是心非，而是一个经常犯错误但却痛恨背叛的思想的人的艰辛遭遇。

批评家们很少力图去了解一个作家，他们有别的任务——他们偶尔（主要是在纪念日）也赞扬一个作者，但更经常的是辱骂他。西方的记者们过去和现在一直指责我怀有偏见、政治上偏袒一方、屈服于狭隘的意识形态的真理，有时还屈服于行政命令。有些苏联记者则正好相反，他们过去和现在都一再断言，说我害了过分主观、同时又过分客观的毛病，不善于识别新的意识和陈腐感情的垃圾，塑造一些不典型的人物，捍卫形式主义。

现在我不想为我所写的作品辩护，我在本书中已对其中的一部分做了相当严厉的批评。但我现在所谈的不是我在文学上的缺点，而是逝去的一生。《人·岁月·生活》不是长篇小说，因而我不能改造情节或改变主人公的性格。一方面我回避了我一生中的某些重大事件，另一方面对于自己的错误和轻率我却直言不讳。为了替自己辩解，我要补充一点：我的许多同时代人都经历过内心的迷惘和矛盾。看来这与时代有关。

我是在 19 世纪的传统、思想和道德标准的熏陶下长大的。如今连我自己也觉得有许多东西已是古老的历史，而在 1909 年，当我在笔记本上写满了歪诗的时候，托尔斯泰、柯罗连科、法朗士、斯特林堡、马克·吐温、杰克·伦敦、布鲁阿、勃兰兑斯、辛格、饶勒斯、克鲁泡特金、倍倍尔、拉法格、贝蒂、维尔哈仑、罗丹、德加、密奇尼科夫、郭霍……都还健在。我现在既不否定那个指责"偏激分子"并嘲笑醉心于诗歌的娜佳·李沃娃的留平头的少年，也不否定那个在发现勃洛克、丘特切夫、波德莱尔的存在之后便对那些关于艺术的微不足道的效能的谈话感到气愤的年轻小伙子。现在我对他们两个都很了解。

醉心革命斗争、在布尔什维克的秘密组织里工作，这对我来说并不是偶然的，它们预先决定了我一生中的许多事情，一方面它们妨碍了我获得中等教育——在应该上中学的时候我却天天出入于秘密接头处、集会、工人宿舍或茶馆，后来还坐了牢房——可是另一方面它们又教会了我许多东西。当然，1905 年的重大事件，老同志们，是我的朋友——第一中学的一个学生，书籍，都帮助我恰恰是以这种方式开始生活。但这种选择首先表明了我的性格特点。

在 1917 年，我不知道我 10 年前是为什么而斗争：在侨居国外期间我已脱离了俄国的生活，并体验到了对于那些我觉得正在被人践踏的各种真实的和臆造的珍品的迷恋。两年后我明白了自己的错误。有些朋友叫我去巴黎，但我却到莫斯科去了。我自己使自己对这种思想依依不舍：起初我觉得它是果戈理所写的那辆能飞的三套马车，可后来又觉得它是国家的大型马车、坦克车、卫星——我在 1957 年写道：

> ……在萧索的深秋，在俄罗斯的森林里，
>
> 在各州的寒冷和忧愁当中，
>
> 它被痛不欲生的人们的希望
>
> 射入空虚的太空……
>
> 我不知道，人们是否会猜到、是否会明白……
>
> 它在我的头上吵闹了 40 年，
>
> 我的希望、我的担忧的卫星，
>
> 不可思议的、遥远而亲爱的卫星啊。

我通过中篇小说《第二天》的一个主人公之口（确切地说是通过他的日记）说出了我的许多怀疑。沃洛加·萨风诺夫上吊了——我这是企图吊死我自己。我逼着自己对许多事情保持沉默：那是纳粹军旗、西班牙战争、殊死斗争的年代。如今被称作"个人崇拜"的那个时代把被迫的沉默同自愿的沉默混在一起了。

在专横的年代里，我也可能像我的许多朋友一样被捕。我不知道，巴别尔是怀着什么想法死去的，他是这样一些人之中的一个：他们的沉默不仅同谨慎有关，也同忠实有关。我也可能像泰罗夫、苏里茨、杜维姆那样在战后的年代，在 20 次代表大会以前死去。他们也受到过这样一些暴行的折磨，这些暴行似乎是为了捍卫他们所赞同并感觉到自己有责任促其实现的那些思想而采取的。我很幸运，因为我活到了这样一天：把我请到作家协会去并让我阅读赫鲁晓夫关于个人崇拜的报告。

改变政治、经济要比改变人的思想容易。我常常看到这样一些人，他们不能摆脱过去的岁月留在他们心中的精神上的拘谨、恐惧、决疑法（中世纪烦琐哲学和神学中用一般教条来解释个别事例的方法），但是，既不知道"暴风雨般的掌声，继而转为欢呼声"，也不知道我们如何在深夜倾听楼梯上的嘈

杂声的一代正在成长。从宗教到具有科学思想：这一时期过渡了很久，然而那些在 20 世纪 40 年代初诞生的少年却在一天之内就从盲目地信仰被引导到批判地思考。只有再次感谢这样的人们，他们在自己身上找到了足够的力量，并且懂得，揭露专横行为就意味着巩固十月革命的思想。而对我来说，听取那些刚刚迈入生活的大门的我国青年发表的一些有时虽不够老练、但却是真诚而奋激的意见，则是无上的快乐。

随着年岁的增长，我逐渐明白了，无论是我对艺术的喜爱还是我对社会主义思想的忠诚，都同一个东西有关——文化的命运。当我开始生活的时候，文化只是少数人的创造和财产。如今在我国，文化已在不同的程度上以不同的形式普及到几乎是所有的人身上了。40 年来，人们阅读着、思考着，他们在精神上成长起来了。在《新世界》刊载我的回忆录的这几年当中，我收到了大量来信。我的同辈回忆自己的过去，叙述他们的担忧和希望，而年轻人则提出一些曾被错误地称为"极可恶的"的问题。这些信教育和鼓舞了我。

我在本书中常常谈到自己的错误。别人也犯过错误，社会也犯过错误，他们的名单很长，不仅是我们的敌人，就是我的同胞也常常回忆这张名单。

在战后的年代里我曾多次前往西方。同战前相比，生活水平提高了，一种新的、工业的样式在建筑和用具中取得了胜利，生活变得舒适而不安静了。但是安静的消失却不仅是因为机械化的发展，而且也因为对明天没有信心。我曾目睹第四共和国的崩溃和不列颠帝国的没落。只有在美国还能听到对资本主义的赞扬，而西欧的政治家们则正在谈论计划经济、局部的国有化、提高所得税，企图使人相信，即使站在原地，他们也是同时代一同前进的。

我想，我的许多错误，无论是物质的还是精神的，都同清晨不是中午有关，也同法国的俗话"老年有许多事情干不了，青年有许多事情不知道"有关。坐上非常优良而又十分现代化的"别克"牌汽车在过去的道路上奔驰是很容易的。而要走向未来却很困难，常常得寻找道路，而且找不到一个人去问问该怎么走更好。

世界已经大变。当我开始自觉地生活时，人们责备顽固分子或反动分子缺乏逻辑——笛卡儿主义尚未寿终正寝。半个世纪的历史和每个人的经验表明，陈旧的逻辑破产了。完美无疵的假说被事实推翻了。生活不是按照笛卡儿的规律发展，而是往往与之相反。借助于辩证法是不难说明已发生的事情的。但我现在所想的是另一件事：如果在一个人面前出现了一桩无论是他所喜爱的作者还是各种会议或讨论都不曾预见到的事情，那他在自己的个人生活中该如何行事？

当我还是个孩子的时候，人们在俄国的、德国的或意大利的学校里教导孩子们说，凶杀、偷窃、侮辱父母、嫉妒别人的幸福，这都是不应该的。小学生都背得出十条戒律。在法国的小学里，当教会同国家分离以后，出现了一种新东西——"道德"：十条戒律借助于拉封丹的寓言而被更新了，刑法典的条文也装点了一些雨果作品的引文。盖房子不是从屋顶开始，将来后代子孙会把 20 世纪中叶说成一个拥有伟大的科学、社会和技术发现的时代，而不会说成一个人的和谐发展的时代：如今教育在各处都超过了修养，物理学把艺术甩在自己后面，而人们在即将掌握原子发动机的同时却没有被装上真正的道德的制动器。良心绝非宗教的概念，契诃夫虽非信徒，却具有（19 世纪俄罗斯文学的其他代表人物亦是如此）敏锐的良心。有时我觉得必须恢复良心的概念，但我现在不仅已越出了本章的范围，也越出了我的整个作品的范围了。

我记得有一个讲演者，他在 1932 年曾想使人相信，似乎爱因斯坦的发现乃是企图使唯心论甚至神秘论复活。这门新的科学遇到了许多意外的障碍：分娩总是艰难的。30 年来，科学家们的成就是如此明显，致使任何一个中等水平的人的思想都发生了变化。如今看来，19 世纪的科学似乎是一幢狭窄而舒适的住宅。文艺复兴时代后期的人在懂得了地球并非宇宙的中心以后，大概也曾有过（虽然是在较小的程度上）类似的感受。无穷的概念已以新的方式出现在我们面前。过去似乎是绝对现实的东西，正在变成抽象概念，而昨天的抽象概念却正在变成现实。

当物理学的发展及其在制造核武器上的作用被政治家、军人以及普通人所意识到的时候，大家都开始考虑在我们的地球上消灭生命的可能性。有两条出路——贮存核武器或者同意普遍裁军。现在我还继续在参加和平拥护者的各种协商或会议、"圆桌"会议。怀疑派有时拿过去的事来提醒我——他们提到海牙会议、第二次世界大战前在阿姆斯特丹举行的代表大会，说我太天真了。天真的也许是怀疑派。在过去，裁军不是幻想家们的乌托邦，就是强盗们的假仁假义。当一只老虎对另一只老虎说，应该拔去獠牙并剪短脚爪的时候，它们是想以此来使千百万羊群放心。现在老虎们懂得了，原子战争不是战略计划，不是谁有更多的石油、钢铁甚至铀矿的问题，而是顷刻之间玉石俱焚。裁军已成为所有的人的现实要求，如果说关于如何把它付诸实现的争论还在继续的话，那只不过因为国际政治中的习俗要比自然科学中的习俗顽强得多。问题在于一点：物理学家们的警告是否能胜过外交家们的墨守成规，各国政府是否会认识到必须在一个荒唐的意外事件引起一场浩劫之前及早从谈论转入行动。

生活是充满矛盾的。有这样一些人，他们说的是共同征服宇宙和飞往月球，但同时却在准备（幸而是在口头上）炸毁一颗可怜的、先进的行星，因为他们不能就一个城市的某几个区的规章制度问题同别人达成协议。几千年来用武器解决争论的习惯如今正在促使各国掌握核武器。在我的青年时代，人们写道，不能在一桶炸药旁边生活，而现在我们却生活在许多危险得多的大桶旁边。知识胜过了意识。

在 20 世纪后半叶，艺术在到处都不得不受到排挤。表面上看来艺术得到了普及：长篇小说的印数几乎在各地都有增长，博物馆和展览会的观众人数增加了，电影的地位稳固了，电视诞生了。然而艺术的作用在许多人的私生活中却缩小了。这可能是由于艺术的语言已被科学和社会生活中的急剧转变超过了。但这些转变可能也造成了人们对艺术的某种程度的冷淡——人们失去了精神上的平静，赞美人造卫星，害怕核炸弹，以创造发明自娱，在体育竞赛场上发狂，并幻想着出现能把半成品变为卢库尔（公元前约 117 年—前约 56 年，罗马统帅，曾任执政官，以豪富、奢侈和宴饮闻名）的餐桌的机器。

有些杰出的发明，例如电视，每天都在提供艺术的代用品。人们不大上剧院了，坐在电视机前还可以代替打开书本。银幕上闪现出刚果的战斗和奥林匹克运动会、女王的婚礼和总统的葬仪、着短裙的芭蕾舞演员和受过特别训练的猫儿、哈姆雷特和拳击手、音乐会和上流社会的丑闻。所有这一切都使人眼花缭乱，叮叮当当、轰轰隆隆、咪咪呜呜，诗歌同广告混在一起，音乐同天气预报难解难分。人们一面看，一面吃着东西、讲人坏话、斗着口角，理解力渐渐迟钝了。

我记得，在我童年时代大家是多么虔敬地谈论托尔斯泰，把他看作一位先知。当左拉由于保护德雷福斯而被判罪时，全世界都骚动了。在第一次世界大战期间，那些继续进行思考的人们倾听着罗曼·罗兰的声音。在巴黎的剧院里，人们为了斯特拉文斯基的音乐或毕加索的布景而大打出手。现在只有足球赛的性急的球迷有时才会打架。

四五年前，由于我的过错而在《共青团真理报》上掀起了一场辩论：在"原子时代"，艺术是否注定要死亡。我国的一位控制论学者嘲笑那些还在赞美艺术的年轻人，说他们就会叹息："啊，勃洛克！啊，巴赫！"我读了数千封寄给我和报纸的信件。几乎所有的青年男女都对艺术将会凋亡的想法感到吃惊。但是控制论学者却找到了一百多个拥护者，他们把自然科学的伟大同音乐或诗歌对立起来。他们的结论是技术至上的思想同屠格涅夫笔下的巴扎洛夫（《父与子》的主人公）的功利主义的混合物。

如果这些人的预言是正确的，那么征服宇宙的事业将会由那些虽然具有必要的知识，但却丧失了感情修养的残缺不全的人们去进行，他们大概会同21世纪能思考的机器没有多大差别。火的发现，即取火方法的发现是在石器时代的初期。若干万年以后，埃斯库罗斯写了《被缚着的普罗米修斯》。这出悲剧依然活着，现在它正鼓舞着千百万人，加强着人的自尊感。就连苍蝇也有性欲的本能，但是欲使性欲成为爱情，则需要数千年的艺术——从古代的克里特（指古希腊的克里特岛）人和迦梨陀娑到歌德、司汤达、托尔斯泰，以至于到阿波利奈尔、勃洛克、马雅可夫斯基、海明威、艾吕雅、帕斯捷尔纳克。

我认为，新的思想、新的感情要求艺术运用新的语言。习惯了乔托的绘画、留特贝夫的诗歌的人们觉得维永、拉伯雷或乌切洛是艺术的堕落，而在四百年后对于受了古典主义和浪漫主义的熏陶的第二帝国的法国人说来，莫奈、德加、波特莱尔、福楼拜则都是糟踏美感的野蛮人。

在有各国的文学家参加的列宁格勒作家讨论会上，有人说，继承托尔斯泰、狄更斯和司汤达要比继承普鲁斯特、卡夫卡或乔伊斯更好。我不认为，我们的时代只让艺术家作独一无二的选择——他们情愿做什么人的模仿者。

第 六 部

对于我在一部回忆录里为艺术提供了这么多的篇幅，读者是不会感到惊奇的：这不仅同我的职业有关，而且同我的人生观有关——我确信，只用一条腿行走是不能前进的，没有人的精神美，任何社会变革、任何科学发现都不会给人们带来真正的幸福。有人引经据典，说无论是艺术的内容还是艺术的形式都是由社会决定的，这话尽管无比正确，但我觉得却过于形式主义。当然，莱奥纳多·达·芬奇或米开朗琪罗要比他们的同时代人有着更为渊博的知识、更为敏锐和深刻的感情，但是他们也不得不顾及当时庇护文艺的财主、红衣主教、亲王，甚至雇用的凶手，这也是当然的。但是，无论是受到赞扬还是受到迫害，他们都是哲学家、发明家，他们修筑过通往未来的道路。他们的作品迄今还令我们无比激动，而对于 15 世纪末至 16 世纪初的那些意大利城市的历史，我们虽也觉得是惊心动魄、血腥扑鼻的，但也觉得它的轰隆声早已消逝，而且也没有多少吸引力。司汤达不是比自己的同时代人——"带雨伞的仁君"的臣民更为敏锐和深刻吗？在他生前，有数千人读了《红与黑》，其中可能只有一二百人看出了这本书的意义。这才真的不是模仿者呢！他从自己的时代里成长起来，但又超过了时代。他的长篇小说引起过许多人的反感，有时甚至还触怒了模糊地感觉到司汤达的力量的巴尔扎克和歌德。难道普希金的诗作、《当代英雄》《死魂灵》只不过是对尼古拉一世的俄国的天才反映，只不过是当时的先进贵族的思想感情的精华吗？

我曾觉得维纳关于控制论的著作是引人入胜的，但我没有给艺术唱起安魂曲来。正好相反，我明白了，在我们的时代一切都在很快地变化着。文学或绘画大概也会变。最坏的是开始像老头子那样喃喃抱怨，指责时代和青年，说他们既不会像他们的祖父那样幻想，也不会像祖父那样感到痛苦。我有许多过错，唯独在这一点上并无过错。

我在写到对我来说应该是最后一部的那一部的第一章时中断了对自己一生的叙述，那一部是太难写了——这就是今天，从我写完《解冻》的 1954 年初到现在，过去了 10 年。我继续在世界各地奔波，阅读新作者的作品，同朋友们相见，爱，苦恼，希望。

我的生活似乎比青年时代更为丰富，有时也更为紧张了。看来我既不了解某些感情的深度，也不了解寂静的声音，还不了解晚秋的最后几个艳阳天

萨良

的全部价值。

　　1963 年初，我同毕加索在一起度过了两天。我看着他新画的一组油画《对萨宾女人的抢劫》。在构图上他受到大卫的一幅画的启发。按照古代的传说，罗马人为寻找妻子而抢走了萨宾女人（萨宾人是古代意大利民族之一），而当萨宾男人进攻罗马时，有了孩子的妇女们制止了一场屠杀。但毕加索创造的不是令人感动的和解，而是默示录的战争幻象、新的《格尔尼卡》，而且油画上的每一寸画面都画得栩栩如生。我如痴如呆地站在工作室里，直到夜里才想到：真奇怪——须知他已八十开外了！……

　　我看到过许多对我来说十分新奇的国家——印度、日本、智利、阿根廷，世界对我来说变得更为辽阔了：在青年时代，我只知道欧洲，也听人说起过美国——只知一个半洲而不知五大洲。我认识了一些我觉得很出色的人。我要提一提我在德里同贾瓦哈拉尔·尼赫鲁的一次谈话，在我看来，他在政治方面一如阿姆里塔·谢尔-吉尔（1912—1941，印度画家）的油画在绘画方面那样——是印度民族的深奥同西方先进思想的有机合成物。

　　我第一次去亚美尼亚就爱上了它，它那淡红色的干燥使我想起了卡斯提利亚，我喜欢那些热爱自己的土地同时又不是眼界狭小的乡下佬的人，那些人是真正的世界公民。萨良画着我的肖像、回忆着往事、猛烈地咒骂那些对艺术漠不关心的人，我看到的不是一个年老的大师，而是一个第一次赞美赭石和钻的小伙子。1965 年萨良年满 85 岁。展览会上展出了各博物馆收藏的他往日的油画——康斯坦丁诺波尔的狗、埃及的棕榈树、波斯姑娘。人们拍了一部献给萨良的影片。解说词是我写的。我讲述了人们如何妨碍画家作画，讲述了 1948 年他如何把自己一幅幅最优秀的油画从墙上拿下来撕毁。

艺术继续给我以乐趣，大大增加我的见识。电影的发明是技术的功劳，但当我看了费里尼和阿伦·雷奈最近摄制的几部影片后，我明白了，电影正在开始寻找自己的语言，它不仅能够表达天才演员卓别林的演技、可以看见的事物的真实性、重大事件的进程，而且能够以不同于戏剧、书籍或油画的方式说明人的精神世界的郁闷和黑暗。

塞林格（当代美国作家，代表作《麦田里的守望者》描写一个"垮掉的一代"的少年）的那部描写一个少年的中篇小说以其刻画的精确使我感到高兴，我国的年轻人——卡扎科夫、阿克肖诺夫等写的许多别的作品和故事也使我高兴。在读了索尔仁尼琴的那个短短的、骤然看来是具有传统色彩的短篇小说以后，我感到自己的内心更为充实了：作者虽与契诃夫不同，但却以契诃夫式的深刻把一个度过了艰苦的一生的卓越的俄罗斯妇女带进了我的世界。

近几年来与世长辞的有法尔克、奈兹瓦尔、约里奥、里维拉、孔恰洛夫

1963 年，毕加索邀请爱伦堡的明信片，画家把自己画成魔鬼

帕乌斯托夫斯基

斯基、帕斯捷尔纳克、莱热、扎博洛茨基、海明威、纳齐姆·希克梅特。我感到，我的生活之林已多么稀疏，我温情而迷信地看着犹在人世的友人们，而晚上则从少年们的影子中得到快慰。

我认识了康斯坦丁·格奥尔吉耶维奇·帕乌斯托夫斯基——先前我很少见到他，我知道他是个大师，而我看见的则是个高尚、善良而勇敢的人，我们在老年成了朋友。这样一种想法是对我的一种支持：康斯坦丁·格奥尔吉耶维奇还活着，明天他想必还要说点什么，他和我同庚，经历过本书所记述的许多事件，他不但是个高超的大师，也是一个爱激动的人，1963年春他曾来找我，在艰苦的时日支持过我。

我爱上了维克多·涅克拉索夫，他是一个勇敢而聪明的作家，看来年龄并不是一堵墙：老年也有自己的门和窗。

我既不曾忘记如何去爱，也不曾忘记如何希望，今后大概也不会忘记。当然，衰老捆住了人的手足——精力日渐枯竭。然而如今我不仅有更多的经验，而且也有更多的内心自由。

我能写成此书并非易事。不论我讲多少科学的发展或争取和平的斗争，我依然知道我是在广场上吐露衷曲。这样一种想法帮助了我：在叙述已经去世的朋友和自己的时候（有时还插入一个亲爱的名字），我是在同忘却、空虚、乌有做斗争，约里奥说得好，这些东西是人的天性所厌恶的。

在开始写这本书时我就知道会受批评：有些人会觉得，我避而不谈的事情太多了，另一些人会说，我说得太多了。在1963年秋写成的第二卷（指新版的《爱伦堡文集》第二卷）的前言里我重复道："我的《人·岁月·生活》一书引起了许多争论和批评性的意见。因此，我想再一次强调，我的书叙述的是我的一生，一个人的探索、错误和发现。当然，它是极其主观的，而且我也永远不会妄想去写一部时代史……"

无论是过去还是将来，人们所批评的主要不是我的书，而是我的一生。

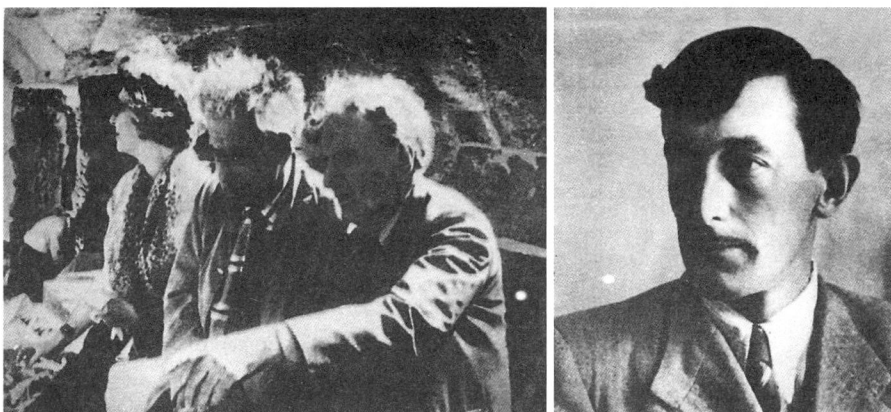

左：柳芭、爱伦堡和萨良
右：维克多·涅克拉索夫

但我不能重新开始生活。我没有打算去教训任何人，没有以表率自诩。为了充当一个发表议论的老人的角色，我经常谈到自己的轻率，承认自己的错误。同时我自己也很乐意听听能够回答迄今仍在使我苦恼的许多问题的明哲之士的意见。我想叙述逝去的一生、我遇到过的人们：这会帮助有些读者思考一些问题、理解一些事情。

现在我有很多心愿，怕的是力不从心。我要以如下的自白结束本书：我憎恶漠不关心、窗上的帷幔、使人隔绝的残忍和残酷。当我写到已不在人世的朋友们时，我有时曾放下工作，走到窗前，像出席集会的人们那样站着，想向已故者致敬。我既未看树叶，也未看雪堆，我看见了一张我觉得是和蔼可亲的脸。本书的许多篇页都是在爱的主使下写出来的。我爱生活，对于已往的生活与经历，我既不后悔也不惋惜，我感到难过的只是我有许多事没有做完，有许多东西没有写完，我没有受完苦，也没有付出更多的爱。但是大自然的规律就是这样：观众已经匆匆向存衣室奔去，而主角却还在舞台上叫喊："明天我……"而明天将会有什么呢？另一出戏和另一些主角。

译后记

    1960 年，苏联《新世界》杂志开始连载爱伦堡的长篇回忆录《人·岁月·生活》。不久，这部作品便在苏联国内外引起了强烈反响和激烈争论。当时中宣部的领导十分关注这一情况，要求人民文学出版社尽快将这部世人瞩目的作品译出，以内部发行的方式出版，供有关方面参考。我们当时都在该社外国文学编辑室工作，翻译此书的任务便落在了我们身上。

    在苏联的众多作家中，爱伦堡可说是博古通今的一位大师。20 世纪 50 年代初他来华访问，演说时谈古论今、广征博引，常使我方的翻译一时不知所措。《人·岁月·生活》共六部，前四部于"文革"前出版。"文革"开始后，出版工作陷于全面瘫痪，第五部虽已排好，但已不可能出版，第六部的译稿则干脆失踪了。

    十一届三中全会后，出版社决定重版爱伦堡的这部回忆录。幸亏第五部尚保留了一份校样，第六部的译稿又被《世界文学》的高莽同志在该编辑部的一个故纸堆中发掘出来，这才使这部作品的中译本得以第一次完整地在我国出版，虽然仍是"内部发行"。

    尽管是内部发行，但它在国内读书界的影响却不胫而走，深受不少文化界人士的欢迎。到了 20 世纪 80 年代，正当人民文学出版社考虑公开发行此书的时候，我们发现苏联已出版了九卷本的《爱伦堡文集》，该文集最后两卷收入的《人·岁月·生活》，与当初在《新世界》上连载时有不少出入。于是我们决定根据文集对全部译稿进行一次校订。

后来校订工作虽已结束，但由于国内图书市场风云变幻，此书一直未再出版。迄今虽说"三十八年过去"，无非是"弹指一挥间"，但对于我们两个人来说，却是一生的大部分岁月，待到此书公开问世，我们早已过上了离休老人的生活了。

本书原著各章均无标题，文内亦无注释，中译本各章的标题和文内注释，均为编者和译者所加。

我们为翻译和校订此书多年苦心经营，但书中仍难免有错讹和疏漏，敬请读者批评赐教！

译者